WILL SELF

REGENSCHIRM

Aus dem Englischen von Gregor Hens

Hoffmann und Campe

Die Originalausgabe erschien 2012 unter dem Titel *Umbrella*
im Verlag Bloomsbury Publishing, London.

1. Auflage 2014

www.hoca.de
Satz: Pinkuin Satz und Datentechnik, Berlin
Gesetzt aus der Sabon
Druck und Bindung: Friedrich Pustet, Regensburg
Printed in Germany
ISBN 978-3-455-40462-3

HOFFMANN
UND CAMPE

Ein Unternehmen der
GANSKE VERLAGSGRUPPE

Für Deborah

Ein Bruder wird so leicht vergessen wie ein Regenschirm.

James Joyce

I'm an ape man, I'm an ape-ape man ... Hier kommt Zachary, vom Pförtnerhaus hinauf, wo eine *Transe* am Wasserkessel steht, das Fenster ist einen Spaltbreit geöffnet, weshalb *Muswell Hill Calypso* den kühlen Morgen in Friern Barnet erwärmt und eine Weile neben ihm herzieht, sein Kopf ist bekränzt von rapide kondensierendem *Pop-Atem. Ich bin ein Affenmann, ich bin ein Affenaffenmann, oh ich bin ein Affenmann ...* Rasen und Grünstreifen sind weich vom Tau, seine Arme und Beine sind steif – eine Starre hat ihn befallen, die er auf eine Verspannung am Vorabend zurückführt, als *ich* den missglückten Beginn eines unverbindlichen Verkehrs *abbrach*. Als Miriam noch im Bett das Baby stillte, *Taue und Schläuche aufgewickelt im Milchpupsdampf – das mächtige Geschoss verkroch sich in die Wiege zwischen Bauch und Schenkeln ... Ich bin ein Affenmann, ich bin ein Affenaffenmann ...* hatte das Lenkrad des Austin *eine doppelte, kyphotisch gekrümmte Wirbelsäule ...* seine Schultern gezerrt, mit Mühe hatte er den Wagen von Highgate hinabgelenkt, durch East Finchley gewürgt – seine Knie klemmten unter dem Armaturenbrett – über den Nordring und an den Wohnblöcken vorbei, die vor dem Memorial Hospital Spalier stehen, bevor er rechts in die Woodhouse Road gebogen war. Die Kolben unter der Haube hämmerten gegen sein Steißbein, die Kurbelwelle leierte am Schambein, und all das Bremsen und Anfahren, das Kurbeln und Drehen – selbst die Bewegung seiner Augäpfel in ihren Höhlen – bot keine Erleichterung, sondern bohrte sich ihm nur tiefer ins Skelett: *Bohreinsatz, Drehfutter, Anwerfen* … In seinem ohnehin überspannten Zustand war ihm die Stadt als Inversion erschienen, er sah die fernen Parallelogramme der dunklen Waldstücke und winterlich ruhenden Wiesen als künstliche, von Backsteinbauten und Straßen umwucherte Anlagen, der Asphalt *in den Furchen der Ausfallstraßen schlägt winzige Wellen bis zum Horizont* … Während seine häusliche Situation keineswegs beruhigt, auch nicht geklärt ist, und der Tag, den er vor sich hat – Ach! *Der beigefarbene Wurm einer antiseptischen Salbe gleitet in den eitrigen Riss eines Druckgeschwürs* … Verbittert hatte er diese Überlegung angestellt: Was bringt mir mein Psychodiplom, wenn ich hier Erste Hilfe leiste und die sieche Parade einer watschelnden Bürgerwehr abnehmen muss? … *Ich bin ein Affenmann, ich bin ein Affenaffenmann* … Den Weg zur Arbeit findet er schon, ohne nachzudenken. — Und doch ist es ein Schock, dass er gerade diesen *Prunkschuppen mit Frittenbude* ansteuert. *Hier kommt Zachary* … Hushpuppies knabbern den Kieselweg rauf, der vom Belegschaftsparkplatz – wo auskühlendes Stahlblech und Blumenuhren ticken – zu einer langen Reihe von Fensterbögen und Torbögen, von erhöhten Portiken und Walmdachtürmchen führt. *Hier kommt Zachary* … kriecht lärmend auf die hohe Mittelkuppel, die von zwei Campaniles flankiert ist, in denen nie eine Glocke geläutet hat, es sind getarnte Ventilationsschächte, die *den fauligen Gestank des Irrenhauses* absaugen … *Hier kommt Zachary* … und meidet den erblindeten Blick der angelaufenen Bronzestatue, die sich hinter einer

Forsythie versteckt – der junge Mann ist *eindeutig hebephren* ... sein Gesicht für immer erstarrt im Leiden, die Falten seiner Kleidung *selbstredend schwer* ... denn er sieht aus, als würde ihn die Existenz an sich zur Erde niederdrücken. *Hier kommt Zachary* ... er scharrt jetzt vor den Fensterbögen, vor den Torbögen, den Fensterbögen, *schon wieder*. Nicht etwa durch den Haupteingang findet er Einlass in das monumentale Trompe l'Œil – der ist dauerhaft verriegelt – sondern durch eine unauffällige Seitentür – was seine Berechtigung hat, beginnt doch bereits hier das Ende des Irrglaubens, dass er auf einen Foscari oder Pisani treffen könnte. Die Wirklichkeit sieht eher so aus: Eine niedrige Sitzbank bedeckt mit *trockeneifarbenem* Plastik, darauf in sich zusammengesackt *ein Missetäter*, seine Miene – wie die Mienen so vieler Geisteskranker – ist ein paradoxes Neoplasma, er scheint gerade in dieser Sekunde gealtert zu sein und sucht angstzitternd Schutz hinter abwehrend hochgezogenen Schultern. Wir werden Sie diese Woche auf der Abteilung behalten, sagt jemand im Befehlston, das Taschengeld müssen wir Ihnen streichen, HA-BEN SIE MICH VER-STAN-DEN? *Oh ja, ich verstehe Sie sehr wohl* ... und das ist der Grund, warum er zügig weitergeht, er möchte diese *routinemäßige Gehässigkeit* nicht sehen ... *Hier kommt Zachary – und hier* geht er durch einen kurzen, mit feuchten Spanplatten ausgekleideten Gang und erreicht über eine kurze, abwärtsführende Treppe den unteren Korridor. *Hier kommt Zachary – und hier* – hat er bereits den Aktenkoffer an die Brust gedrückt, die Schlösser sind schon aufgeschnappt, er kann seinen weißen Kittel herausziehen, *der steif und ein wenig bauschig ist*. Sie werden einen benötigen, Busner, hatte Whitcomb gesagt – *was für ein vergnügtes Arschloch, sein langes Gesicht ist eine Divisions-*

aufgabe: Augen geteilt durch Schnauzer über Mund – weil die Patienten sonst denken … *Was denken? Was denken?!* Doch die Konzentration des Facharztes ließ zu wünschen übrig, er hatte bereits das Interesse an seinem eigenen Satz verloren, so war ihm nichts Besseres eingefallen, als mit einem umgedrehten Teelöffel den verkohlten Kopf seiner Bruyère-Pfeife auszukratzen, eine fummelige, auf den knubbligen Knien seiner X-Beine nur mühsam durchzuführende Angelegenheit. – Warum waren die Stühle im Schwesternzimmer alle entweder *zu hoch oder zu niedrig? Hier kommt Zachary – und hier … Ich bin ein Affenmann, ich bin ein Affenaffenmann, oh ich bin ein Affenmann*, seine breitgetretenen Schuhe crêpen über den Boden, schlittern über Linoleumflicken, landen dort, wo er freiliegt, platschend auf nacktem Pflasterstein, seine Schuhspitzen kratzen über historischen Estrich. *Krrratz-en.* Er fragt sich: Wem fällt so etwas ein – die Klinikkorridore, selbst die Stationen, mit Straßenbelag auszustatten? Doch auch hierfür gibt es eine Begründung – *eine keinen Widerspruch duldende, heuchlerische, brutale Begründung* – die sich *in den dumpf-verknöcherten Patientenköpfen, ihren Cerebralgängen und kortikalen Schlafsälen* wie von selbst festsetzt, wenn nämlich Stimmen verhallen … denn bei diesen Entfernungen geht es nicht ohne Verbindungswege – hundert Meter, hundert Fuß und noch mal hundert, *eine Umgehungsstraße der Seele*, es fehlen nur die Abfahrtsschilder nach *Tally-Ho Corner* – dafür: Lanzettbogenfenster blicken unter dreckigen Lidern auf Lichthöfe, *wohl eher Gefängnishöfe*, getrennt durch mehrere Gebäudeflügel und Rippen, die den sonnenlosen Graben zwischen dem ersten und dem zweiten Klinikriegel überbrücken. *Rippen sprießen aus Flügeln – aus denen weitere Rippen sprießen, ein einziges überdrehtes Bakterium, das im vorstädtischen Substrat langsam aber sicher immer ausgreifender und komplexer wird. Hier kommt Zachary ...* Auf der fensterlosen Seite des Korridors befinden sich mit anherrschenden Schildern bestückte Türen: PFÖRTNER, KANTINE, HAUSWARTSKANTINE, SYNAGOGE, BOUTIQUE – *Boutique!* und zum Schluss BROTZIMMER – *ein ganzes Zimmer voller Brote ...* mehrere Rampen führen in die höher liegenden Abteilungen. *Da kommt er weiter ...* und noch immer *klafft vor ihm der tiefe Rachen*, ein lichtgestreifter Schlund – das ursprüngliche Muster des Verputzers – pockennarbig, hier und dort durchbrochen von bräunlich aufsickernden Medaillons und rustikal behauenen Ecksteinen. *Hier kommt er ...* streicht zärtlich über die flockenden Venen alter Gasleitungen – von denen eine den mit Klebstreifen befestigten Anschlagzettel für eine BELIEBTE SWING BAND, die Rhythmaires, auf dem blanken Kupfer trägt – ist es wirklich so alt, fragt er sich, oder liegt es an der Luft hier drinnen, dass die Dinge so schnell überholt wirken? Hier kreuzt der Westkorridor, an einer von zahllosen Wankenden rundgestoßene Ecke – *stimmt so nicht! Sie war von vornherein so konzipiert, um ihnen die Gelegenheit zur Selbsttötung zu nehmen, die sie ohnehin ergreifen.* Und gewöhnen Sie sich dran, hatte Whitcomb durch seinen *Plastikkammschnauzer* geplaudert, weil noch viele weitere auf Sie warten. So läuft das – so ist das nun mal. Eine wahre Schande – aber so ist das nun mal. Den Galgentod hat das Parlament längst abgeschafft ... er paffte aromatische Wölkchen eines *kosmischen Fauxpas ...* aber hier ist er unter den Exekutionsmethoden nach wie vor die erste Wahl – so gesehen ist unser Jahrzehnt nicht weniger schwungvoll als das vorige! Wobei Whitcomb sich nicht kaltschnäuzig gab – *er ist einfach so*

– wie so viele Psychiater, die nicht völlig inkompetent sind, er hatte sich so daran gewöhnt, in einem von besorgter Neutralität gezügelten Ton die Verstörten und Verrückten anzusprechen, dass er, wenn er befreit redete, zum Lachen inkorrekt war – *wenn es denn etwas zu lachen gab*. Auch hatte er nicht damit gerechnet, dass sich sein neuer Junior persönlich um diese amüsanten Suizide kümmern, den Tatort in Augenschein nehmen und gar selbst zum Wischmopp greifen würde – *das war eindeutig Sache der Krankenschwestern!* – es hätte genügt, wenn er darauf eingestellt gewesen wäre, dass die quirligeren unter ihnen, *denen in der Melancholie langsam die Spritzigkeit abhanden kam*, ein Laken in den Waschraum zu schmuggeln pflegten, um es in schmale Streifen zu reißen, die zusammengedreht und an der Stelle, wo das Rohr den Wassertank erreichte, mit einem Knoten befestigt wurden. *Der Segen und Fluch dieser viktorianischen Leitungen*, würde Whitcomb wohl sagen, dachte Busner – das war so seine Art, sich auszudrücken – doch nun sah er sich selbst genötigt, die Trauerrede zu Ende zu bringen, denn jeder Todesfall, wie geringfügig er auch sein mochte, löste zumindest folgenden Gedankengang aus: *Der Segen und Fluch dieser viktorianischen Leitungen ist ihre Robustheit. Sie konnten schlackern und zappeln, so viel sie wollten, das Rohr hat selbst dem inbrünstigsten Selbstmörder standgehalten* ... Manchmal, so Perkins, die gemeinere der beiden Stationsschwestern auf der 14 – eine der beiden chronischen Abteilungen, denen Busner zugeteilt war – gelingt es ihnen, sich an der beschissenen Kette aufzuknüpfen, nicht zu fassen, was? Die nackten Füße hängen in der Kloschüssel ... Busner glaubte ihr jedes Wort. Er konnte förmlich sehen, wie Urin und Fäkalien durch die Rinne zwischen zwei Mittelfußknochen liefen und *plitsch-*

platsch in die Schüssel tropften, während oben im Tank das Wasser nicht aufhörte zu rauschen … Den ersten Suizid, den er nicht nur angesehen hatte, bei dem er auch Mboya – dem netteren Stationsspfleger – beim Abschneiden zur Hand gegangen war, hatte eine Frau begangen. Auch sie hatte sich an dem absolut zuverlässigen Rohr erhängt – und füllte im Tod einen seltsamen Raum aus zwischen diesem und einem geweißten Fenster, das mit Schaffung der Toilettenabteile der Länge nach geteilt worden und eigentlich erst entstanden war – *ein weiterer Beweis, wäre ein solcher überhaupt nötig, dass die Heilanstalt ihre eigene Zellstruktur veränderte, um für neue, von Psychiatern, die durch jeweils neue Berufsgenossenschaften dazu ermächtigt waren, diagnostizierte Pathologien auch neue Morphologien zu erschaffen* … während die Insassen unverändert dieselben blieben, geduldig, zumindest in dem Sinn, in dem die Frau es war: reglos, ohne ein Anzeichen, dass eine Darmentleerung stattgefunden hatte, hätte es nicht … *derart gestunken*. Nein, nur ihre papierdünne, *oh so feine* Haut knisterte im Flanell eines viel zu großen Nachthemds, eine tote, vertrocknete Motte, hatte Busner gedacht, ihre Zellstruktur verweste im Inneren einer anderen, viel größeren Struktur.

… wenn es nicht derart gestunken hätte: *fäkal, ohne Frage – aber auch chemisch-antiseptisch, mit einer Note von scharfem Bodenreiniger* — eine noch intensivere Mischung jener Gerüche, die den Poren, Mündern und getarnten Lüftungsschächten der Insassen einer geschlossenen Anstalt entströmt waren, die Busner einst besucht hatte, und zwar vor über einem Jahrzehnt, als er *studentenblöd* gefragt hatte: Was riecht denn hier so? Paraldehyd, wie man ihm erklärte, ein flüssiges Beruhigungsmittel von derselben klarbraunen Farbe wie der Zustand, den es hervorrufen sollte ... *in Henry, in Napsbury ... wo er noch immer ist ... mein Bruder ... sollte ich es vergessen haben.* Paraldehyd – in rauen Mengen, wie viel von dem Zeug hatten sie den Irren in die Rachen geschüttet, fünfzig Jahre lang? *Liter ... Korbflaschen ... Fässer? Man hat sie vollgepumpt, um das Feuer zu löschen.* Und was blieb von ihnen übrig? – *Häuser, in denen Regen fällt, rostiger, alter Regen, der aus durchnässtem Putz auf Estrich träufelt.*

All das hatte Busner Vortrieb gegeben, *im Seeschneckentempo durch grünliche Lake*, die Geräusche der Weinenden, der Schluchzenden und Gackernden, verstärkt und verzerrt von einem achtzehnhundert Fuß langen Korridor, durch Nischen und Vorsprünge derart gedrallt, dass sie ihn mit hundertprozentiger Zielgenauigkeit ins eine Ohr treffen und durch den Kopf zum anderen hinaus ... *Axoid: Mutig wie die Liebe. Hier kommt Zachary, mein Tremolo-Arm vibriert, während ich mein eigenes Bloß-nicht-auf-die-Risse-treten-Selbst besinge* ... vorbei am FRISEUR und an der SKULPTURENWERKSTATT, schließlich, den Hauptriegel der Klinik hinter sich lassend, zu KUNSTTHERAPIE und GEDENKZIMMER – welches Letztere Whitcombs eigene, humanitäre Neuerung gewesen war. Durch den südlichen Lichteinfall in diesem Abschnitt des Korridors hat er das Gefühl, zerschunden durch einen Schützengraben zu stapfen, *Paraldehyd ... paral– ... Parados!* das gesuchte Wort – die Grabenseite, auf der sie standen, um *ihr Maschinengewehr zu feuern, eine Traverse ... ein Lichthof, darin zuckende Finger, die einen nach dem anderen wegpflücken, Feinde, die brüllend über die winterlich ruhende Wiese stürmen: der Wahnsinn – eine Todesfee. Hier kommt Zachary* ... Nicht, dass er den Korridor für sich gehabt hätte – der Gegenstrom des

Personals riss nicht ab, durchsetzt von wenigen entschlossenen Patienten, die einige klägliche Einkäufe tätigen oder Therapiesitzungen besuchen wollten. Andere Patienten, die mit Erlaubnis ihre Abteilungen verlassen hatten, irrten ziellos durch das ausufernde Gebäude. Es gab einen Trupp, der – so war ihm berichtet worden – täglich vom nordwestlich gelegenen Büro des Sozialdienstes von Camden bis zum nordöstlich gelegenen Büro des Sozialdienstes von Haringey marschierte, dann südlich zum unteren Korridor abstieß, den sie der Länge nach durchmaßen, bevor sie sich wieder nach Norden wandten. Auf diese Weise legten sie eine Rundmeile nach der anderen im Inneren der Klinik zurück, und sie blieben erst stehen, wenn ihre Bäuche sie zum Anhalten, ihre Füße sie zum Ausruhen aufforderten, oder *ihre Halter kamen*, um sie zur Medikamentenausgabe zu führen … Ja, es hat auch immer wieder diese Patienten gegeben, Greise, deren Wohlfahrtsstrickjacken am Saum verkrustet sind, deren dicke Socken um dürre Fußgelenke schlottern, deren Augenpartien von schiefen Kassenbrillen karikiert sind – für die *der Korridor das Ziel ist.* Doch keiner von ihnen existiert – keiner ist auch nur im Entferntesten glaubhaft, verglichen mit: *Hier kommt Zachary … die Ich-Stimme, die Stimme an mir, in mir, die icher ist als ich … so ab-so-lut wirklich, was die Frage aufwirft, ob die Selbstbewusstheit nichts weiter ist als das Hinwelken einer ausgewachsenen Psychose?* Das sollte eigentlich jedem mindestens täglich einmal einfallen, denkt Busner, ob man nun einen Korridor entlangläuft, der so lang ist, dass er selbst die geistige Gesundheit *eines einstmalsgeborenen, eines frohsinnigen Whitman* herausfordern würde, oder nicht. *Und doch … wie Wahnsinn über Wahnsinn lügt …* ein Wahnsinn, der ihn bereits von der üblichen Laufbahn abbrachte, als er noch gar nicht richtig losgelegt hatte, *wodurch er auf die Nebenstrecke gerollt ist, die nirgends hinführte als zu dieser Wagenburg von zugeknöpften Seelen-Klempnern und Muschelmännern, verdonnert, unter dem Campanile zu dienen, dem Wasserturm, dem Schlot, aus dessen dreckigem Backstein eine gelblich belegte Zunge den grauen Himmel von Nord-London leckt. Hier kommt Zachary* ... der Korridor ist schmal – nicht breiter als zehn Fuß – trotzdem hat ihn der menschliche Verkehr nicht aufgehalten, bis – eine Erstarrte ihn erstarren lässt. Eine alte Frau, eine Patientin ... *eine uralte Frau, tief gebeugt, extrem kyphotisch* ... dass sie den ausgeleierten Bauch ihrer Acrylstrickweste vor Augen hat, verkehrt herum, und *sie scheint ihm eifrig beizupflichten.* Mehr kann Busner nicht sehen, als: ihren *Wackeldackelhinterkopf* und das weißliche, von zwei kahlen Stellen – eine am Wirbel, die andere ein Streifen längs des rückwärtigen Craniums – schmutzig abstehende Haar. Sofort denkt er an die Zuckenden, die er auf seiner chronischen Abteilung gesehen hat, sie sitzen in den zugeteilten Ohrensesseln und bohren die Köpfe in die Lehnenecke – während Glücksversprechen von innen gegen den Bildschirm hämmern und der Applaus in monotonen Wellen brandet. Sie ist sehr weit weg und doch nah genug, dass er sie fassen könnte. Nach den Ausbrüchen – das Danach ist viele Lebzeiten lang – rieselte leise die Asche des Verständnisses auf ihn herab, dass alle wichtigen Beziehungen in seinem Leben – zu Onkel Maurice, zu Alkan, Sikorski und den anderen Quantentheoretikern, zu seinen Frauen – eindeutig auch zu seinen Kindern, so aussahen: *zärtlich-vertraut, ihr Atem in meiner Nase kariessüß, zuckersauer – und doch auch radiophonisch fern, ihre Stimmen piepsen und gurgeln, sie überwinden Lichtjahre.*

Es dauert, bis sie einander näherkommen – der Psychiater und die greise Patientin. Busner muss durch einen Brei von Überlegungen zur Altersdemenz waten, um sie zu sehen, um sie überhaupt angemessen *wahrzunehmen.* — Moralisch Schwachsinnige, so hatte sie McConochie in der gedämpften, amphitheaterhaften Aula von Heriot Watt bezeichnet, er wusste nicht, ob die Krankheit auf Vererbung, Sauerstoffmangel, Syphilis-Spirochäten, Granatenschock oder sonst eine Störung des fleischlichen Mechanismus zurückzuführen war, und es schien ihn auch nicht zu interessieren. McConochie, für den die Dopaminhypothese längst keine Hypothese mehr war, bevorzugte eine expositorische Methode, bei der einer der chronischen Patienten aus den hinteren Abteilungen auf dem Podium *humpelnd vorgeführt wurde.* Es war eine verdrießliche Travestie von Charcots Hypnose, denn hypnotisiert wurde nicht die bereitstehende Schizophrene, deren Krankheit sie hinderte, das grausame Timbre ihrer eigenen monotonen Stimmen hörbar zu machen, sondern die Studenten, die der monotonen Patientenbeschreibung des Professors zuhören mussten. McConochie offenbarte den Wust seines ausgebrannten Geistes durch versehentliche – beim Pendeln zwischen Katheder und dampfendem Heizkörper vorgebrachte – Verweise auf allgemeine Paralyse und sogar Jugendirresein, längst veraltete Begriffe, die weniger bedeuten als ein volkstümlicherer Ausdruck: bekloppt – die aber bewirkten, dass die Studenten – auch Busner – mit der unumstößlichen Überzeugung geimpft wurden, dass ein langfristig verwahrter Patient ab einem bestimmten Alter nicht von einer abgrenzbaren Pathologie getroffen war, sondern von einem völlig amorphen Leiden. — Solcherart sind die fließenden und doch auch festen Überlegungen, in denen Busner watet, sie verstopfen nicht nur den endlosen Korridor, sie liegen als eingedickte Pfützen im ganzen Komplex, sogar in den Außengebäuden verteilt. Der Kopf der alten Frau vibriert *unhaltbar für mich: ein Werkstück auf einem Fließband, das in dieser Sekunde durch die Rufe der Vorarbeiter angehalten wurde* … Das sind ihre Tics, sie tritt mit kleinen, verkrümmten Füßen, die in plüschigen Kinderpantoffeln stecken, immer wieder gegen die Kante einer vom Estrich leicht aufgebogenen Linoleumplatte. Sie tritt und tritt: *eine Feinwanderung*, die sie nicht weiterbringt. Zuerst denkt Busner an ein Aufziehspielzeug, das auf der Stelle rattert, *eine zum Umkippen verdammte Schaufensterpuppe* … sie kippt aber nicht um, weshalb er seine klinische Gleichgültigkeit gewaltsam überwindet und sich mit *schweren, schmerzenden* Oberschenkeln an sie heranmacht.

Er steht unmittelbar neben ihr, kopfübergebeugt wie sie, nur so kann er ihr an der lahmen Schulter vorbei ins Gesicht sehen, das … *äußerst maskenhaft ist: raue, borkige Haut, die von zwei erschreckend flinken Augen durchbohrt ist.* – Er schreckt zurück, die alte Frau ist schon wieder *weit, weit weg, sie zittert und zuckt, scharrt mit den Fingern, lässt die Armmuskeln spielen, ich bin ein Affenmann, ein Affenaffen* … Inmitten eines tiefen akinetischen Gestrüpps, einer Lähmung nicht nur der Muskeln … *sondern des ureigensten Willens*, züngeln linksseitig erkennbare Flämmchen von Bewegung, die über Arm und Schulter schlagen, bevor sie *in einem Sprühfeuer von Zuckungen vergehen* … Schiefhals, fällt Busner *überflüssigerweise* ein – das parasympathische Drama, das ihm gerade vorgeführt wurde, ist derart packend, dass er staunend zur Kenntnis nimmt, wie zwei Hilfspfleger – ihre schwarzen, dicht gelockten, *mit Schaum aus einem Druckbehälter* gebändigten Haare stecken in

Haarnetzen – lässig auseinandergehen, um sie beidseitig zu umlaufen – ... Ich sackimm, mach dem Mädchen ein Angebot, das sie nich ablehn'n kann, die Gesprächsfetzen verfangen sich zwischen ihm und der alten Frau ... Also dekommt hier fass je'n Tag rauf ... – bis sie, wieder vereint, ihre Unterhaltung fortführen. Sie haben nichts gemerkt. — *Electric woman waits for you and me* ... mit Nescafé und einer Marihuana-Zigarette, *quietschende Reifen* nach einer International Times-Veranstaltung in der Roundhouse-Arena. Irgendwo tief in einer Jugendzimmergrotte in Chalk Farm hatte Busner das *entrunzelnde Schlangengift* genommen, und sein Blick fiel auf ein Brett-und-Backstein-Regal, wo sich Taschenbücher von Ronnie Laing und Jean-Paul Sartre stapelten ... *ihm war schlecht.* Das Haar ihres Freundes war strähniger als der Perlenvorhang, durch den sie mit den Bechern klackerte. Sie trug Samt – ihr Freund *eine Art Sackleinen.* War Busner ein Zeitreisender? War er aus einer Vergangenheit gekommen, die von einer ebenso schrillen Strenge war wie sein Testbild-gemustertes Jackett, die bügelfreie Krawatte? Oder waren es umgekehrt die anderen, die in Op-Art-Spiralen aus einem vorindustriellen Opiumtraum von Falschheit und Elend geschleudert worden waren? *Später* ... salbte sie ihn mit kühlem Tigerbalsam, sie kopulierten auf einer Matte mit einem indischen Stoffbezug, in dessen Brokat winzige Spiegel eingenäht waren. Der Freund hatte nichts dagegen *Alter, ich zisch ab* und auch Busner zischte ... *ein gabeliges Ding, das sich unter ihrem Gewand seinen Weg bahnte.* Sie hatte Mühe, die Knochenknöpfe an ihrer samtigen Kehle aufzufummeln, seine Haut und Haare verfingen sich in den Spiegelchen, die Finger *taten mit ihren Nippeln, was sie konnten. Sie sah von unten auf mich herab* ... eine seiner Waden lag kalt auf dem Dielenboden. Von draußen kam *der schwache Applaus der Tauben.* — Er verspürt ein starkes Verlangen, die alte Frau zu berühren, seine Berührung, denkt er, könnte ihr aus dem Trancezustand helfen – doch zuerst: Kommen Sie zurecht? Kann ich Ihnen helfen? *Keine Reaktion.* Das kopfstehende Gesicht *starrt mich nieder*, ihr Blick richtet und verliert sich, der Fokus ihrer Augen liegt immer entweder vor oder hinter seinem Gesicht, niemals darauf. – Können Sie mir sagen, aus welcher Abteilung Sie ...? Er fasst ihren Arm – fester, als er vorgehabt hat *akute Hypertonie, alte, verkümmerte Muskeln, noch immer recht straff, die Knochen unter Acrylärmel, Nylonkragen, Leinenhaut ... wie dünne Metallstreben.* Während ihre Krankheit in ihm nachhallt, fängt er einen weiteren Blick ab, diesmal von dem schwarz schimmernden Ziffernblatt der teuren, neuen Quarzuhr, die an seinem wohlgenährten Handgelenk hängt ... *Hier kommt Zachary* ... er fragt sich: Ob ich unscharf bin? Aschaua-schaua, nuschelt sie. Wie war das? Aschaua-schaua. Mit einem ihrer leuchtenden Augen wirft sie einen begehrlichen Blick auf den Boden. Er sagt: Sind es meine Schuhe – meine Hushpuppies? Enttäuscht trübt sich ihr Auge – und klärt sich sogleich wieder, um noch einmal diesen begehrlichen Blick auf den Boden zu werfen. Sie sabbert, der Speichel läuft an der Spitze des Wangenknochens zusammen und bildet einen Faden, der *schneckenspursilbrig* auf die Linoleumplatte kritzelt. Endlich ... beugt sich *der begriffsstutzige, dämliche Zachary* herab und drückt die Kante der Platte herab, sodass die Spitze des dagegentretenden Pantoffels hinübergleiten kann. Und ... *sie geht ab!* Nicht etwa zockelnd, sondern mit geschmeidigem Schritt, mit entbuckelten Schultern, aufgerichtetem Hals, sie schwenkt den Kopf nach oben, die Arme, jeglicher Starre entledigt, schwingen unbehindert. – Es hat so lange gedauert, bis Busner Kontakt mit ihr aufgenommen, bis er sich durchgerungen hat, sie zu berühren, dass er einen Augenblick gespannt verstreichen lässt: sie dürfte höchstens zwanzig Meter Vorsprung haben, *den langen Schacht des Korridors hinabstürzend, nur …* eilt sie bereits davon, ihr Gang *zu schnell … Festination*, noch so ein unangebrachter Latinismus, fällt ihm ein, als die alte Frau *mit der braunen Flut fortgeschwemmt wird …* ist dies ein Nebeneffekt ihrer Medikamente, fragt er sich, eine gegenläufige Reaktion? Ist es diese Echsenflinkheit, die der Bleischwere des Largactils entgegensteht? Denn natürlich bekommt sie Chlorpromazin, in irgendeiner Form – wie alle anderen auch. Das Mittel hat längst die Klinik durchtränkt wie früher das Paraldehyd, obwohl einige wenige Stimmen – darunter die verhaltene von Busner – ohne seine Wirkung, seine … Menschlichkeit … anzuzweifeln, die Frage nach der Notwendigkeit gestellt haben. Wie soll man diesen sepiasüßen Fluss verdammen, der ohne Zweifel gute Dienste geleistet hat, auch wenn die Flutwelle viele, viele Patienten mitgerissen hat. Es ist einige Jahre her, dass Busner so viele chronische Fälle an einem Ort versammelt gesehen hat, weshalb ihm nun, da er in Friern angekommen ist, *die Choreographie* auffällt, das Geschluffe der trägen Revue, aus der sich nur selten ein Solist löst, um mit High-Kicks und wild schlackernden Extremitäten auf sich aufmerksam zu machen. Er hatte die umfassende Ruhigstellung bemerkt – und spürte doch den stetigen, verdeckten Puls der unwillkürlichen Bewegung: tardive Dyskinesie hat die Körper der Insassen entstellt, Hände flattern, Gesichtsmuskeln zucken, *Köpfe rucken …* Sie sind von uralten Persönlichkeitsbestandteilen besessen, neuronalen Bausteinen der Psyche … *Sie ist fort* – hat sich so weit geschleudert, dass der Korridor sie verschluckt hat *ein Menschenpartikel.* Busner, den beinahe alles interessiert, hat etwas über lineare Beschleuniger gelesen, er zieht also einen Kuli mit grüner Kappe aus der Reihe in seiner Hemdtasche – Grün für die eher bildhaften Aperçus, Rot für klinische Beobachtungen, Blau für Erinnertes, Schwarz für Ideen – und schreibt in das Notizbuch, das er vorgeholt und aufgeschlagen hat: *Wo wird sie aufprallen? Was geschieht dann? Was ist mit all den menschlichen Bestandteilen – werden wir sie nachweisen können?* in dem langen, finsteren Flur, wo alles Mögliche gespielt wird: *Hüpfen und Bötchen fahren und Ringewerfen-für-Schokobommbomms.* Mary Jane kommt, um ihnen *eine zu verpassen.* Passdochauf mit den Leissen!, brüllt sie. Im Durchgang ist's *sauduster* – wie in einem Stollen. Das einzige Licht fällt, nur an Sonnentagen, durch ein Oberlicht über der Tür, ein einziger, schräg einfallender Strahl zeichnet eine *Jakobsleiter*, die bis zum *brennden Dornbusch* auf dem Dielenboden reicht. Stan und Audrey springen hinein und hüpfen wieder heraus – Dutus die linke Hand rein, dutus den linken Arm raus, schüttels ein bisschen, jetz dreh dich um, die Kleinen machen *Lubiluh, Lubiluh*, und Bert, der lacht sie aus: Ihr Schmutzfinken, ihr seit ja nichma richtig angezogn, nur Hemden, er öffnet weit die Haustür und setzt sich auf die Stufen, um mit seinen Murmeln zu spielen … sein *Eintzer … sein Fünfer un sein Sechser unso.* Er hat aus einem Taschentuch ihres Vaters einen sauberen kleinen Beutel gebunden, jetzt nimmt er sie einzeln heraus und legt sie in eine Reihe. Audrey beobachtet ihn durch den Türspalt, er hat *toniges braun, marmorgeschliert, Streifenglas* mit *Sonnenstrahlen*, das glitzert *so hübsch.* Als er die vier Stufen hinuntergeht und sich auf den Bordstein setzt, um herabgefallenes

Heu um die Finger zu wickeln, kann sie nicht widerstehen, – sie *schnappt ihn sich* und flitzt ins Haus zurück. Gleich gipps Ärger, sagt Stan mit weit aufgerissenen Augen, gleich gipps Ärger! Sie stehen im *brennden Dornbusch* und betrachten die glänzende Murmel in Audreys Handfläche, sie dürfen sich beide nicht bewegen – dutus das Bein rein, dutus das Bein raus, dutus das Bein raus, *dutus das Bein raus …* aber es *willeinfach nicht*, es hängt fest und tritt immer wieder gegen ein unsichtbares Hindernis, während Audreys Kopf zu zittern beginnt, ihr graut bei dem Gedanken an das, *was Bert mit mir anstellen wird, dutus die Birne rein, dutus die Birne raus …* Die Tür kracht in den Angeln, da ist er schon: Wo is die mit den Streifen?, jault er und greift an, *dutus dich ganz rein, dutus dich ganz raus …* Er packt ihr Handgelenk und drückt so fest zu, dass sie ihre im Inneren knirschenden Knochen spürt, dann dreht er es, bis sich ihre Handfläche hilflos öffnet. Aua-aua-au! Aua-au-au!, plärrt sie. Der aufgeschreckte Blick von Audreys großem Bruder ist auf die geliebte Murmel geheftet – und ihrer, ihr Blick bleibt an einem seltsamen Armreif hängen, den er trägt, aus feurigen *Goldsegmenten* im *brennden Dornbusch*, mit einem riesigen schwarzen Edelstein auf der Rückseite, das ist *Mutters Gagatkette*. Audrey stolpert, stürzt beinahe, krümmt sich tief, um dem *Wehtun* zu entkommen, sie steckt in einem langen, *vulkanisierten Streifen* fest, der ihre Mittelpartie einschnürt, *ein Fahrradschlauch auf einer Felge*, und sie in beide Richtungen des Gangs zerrt.

Im Fleisch der Gegenwart stecken die Spiegelsplitter einer verheerenden Explosion: Eine in der Zukunft scharfgemachte Zeitbombe ist in der Vergangenheit detoniert. Die Reihenhäuser an der Novello Street bis zum Park, die spitzig und zerzaust gedeckten, über die Fahrbahn ragenden

Obergeschosse, der fettbäuchige Töpferofen von der King's Road, das schroffe Eibenmuster auf dem diesigen Gelände von Carnwath House – alles liegt in Schutt und Asche. Vater Themse leckte an grasglitschigen Klumpen, die am Ufer zwischen Brücke und Bahnhof verstreut lagen. Ihr eigener Vater kaute auf einem Haselzweig, den er abgeschnitten und mit seinem Taschenmesser angespitzt hatte, um ihn in seinen schlammigen Mund und zwischen die verbliebenen, grasglitschigen Zähne zu stecken. — Audreys Vater, Sam Death: nicht De'Ath, nicht La-Dingsda, nicht wie die annern, die sich für was Besseres halten. Nämlich Sams Bruder Henry, der so auftritt und in einer neuen Villa wohnt, in einem Viertel namens Muswell Hill. Ja, sie haben ihren eigenen General, die De'Aths. Audrey hat das schon so oft gehört, dass sie, längst ein großes, zehnjähriges Mädchen, bis heute der Vorstellung nicht ausweichen kann: dass in einer Spülküche, auf einem Küchenstuhl, ein rundlicher Mann, in einer goldbetressten, purpurroten Jacke sitzt. Seine weißen Koteletten stehen wie Schlagsahne auf dem hohen Kragen, die rote Wange ist an die gekalkte Wand gedrückt. Audreys Mutter spricht ohne Neid über den General der De'Aths, blieb immer freundlich, wenn sie sagte, dass die Deaths nicht zu der Sorte gehören, die sich bedienen lassen. Und auch nicht zu denen, *die annere bedienen*. Und während die Deaths nicht besser sind, als sie sein sollten, sind sie auch nicht schlechter, als sie sein könnten. Im Wohnzimmer wurde nur getuschelt, als die neue Konsole angebracht, das neue Pianino geliefert wurde – es wurde getuschelt, als Mary Jane im Morgengrauen eine Höhensonne auf den Tisch stellte, in deren goldenem Schein die Ecken des Zimmers gerundet wirkten. Hin und wieder hörten sie es zischeln: Gossenkinder, Lausebengel, Schmuddelkinder –

es kamen aber auch immer wieder welche, die flüsterten, Wennse erlauben, Ma'am, ich war in Lambeth und happmir die Schlange vorm Arbeitshaus angeguckt und ein Typ der drinn war hat gesagt wennich in Westen rüberrenn und sein' Leuten Bescheid sag krieg ich'n Zehner. Sam Death flüstert nur ungern. Einen Zehner!, brüllt er, einen Zehner fürne quatschende Nerfnsäge minnem Bauch voll Wassersuppe? Du kanns froh sein, wenndu hier Threepence dafür kriegst – jetzt verzieh dich, du kleiner Pisser, sonst hohlich die Bullerei! Aber das verdirbt einem Straßenjungen nicht die Laune – ein Dreipence ist *kein schlechter Fang*, also hüpfen sie von der Avenue bis in die Fulham Road und werfen ihre Mützen in die Luft, während Audreys Vater seinen langen Kaninchenmantel zuknöpft und sagt: Der geht heut'Ahment aunich beim Duke Humphrey zum Essen. Audrey hat *die quatschende Nerfnsäge* überhaupt nicht zu Gesicht bekommen, und von dem anderen Bruder ihres Vaters weiß sie nur durch diese abendlichen Ausgänge – Sam geht los, damit er nicht losgeht, eine Schande, brummt er, dass John Phelps, der ehrliche Fährmann, nicht mehr unter uns weilt und ihn demnach auch niemand nach Surrey rüberbringt. So kommt es, dass Audrey, wenn sie an arme Leute denkt, immer an ihren armen Onkel James Death denken muss – es ist also *Jims* Schatten, der sich unter die Possenreißer gemischt hat, als sie einmal zum Rose & Crown geschickt wird, um den Vater zum Abendessen zu holen. Im Flackern einer Gaslampe sieht sie, wie er auf der Monmouth Street unter den Marktwagen eines Gemüsehändlers krabbelt – wie er, dort kauernd, eine Orangenschale aufhebt, um sich *ein Grinsen ins olle Männermaul zu schie'm* ... Dann ist da noch der Pflastermaler, der vor dem Eisenwarenladen auf der King Street kniet, während Audrey auf ihre Mutter wartet, die in das Geschäft getreten ist, um eine Dose Zebra-Paste für den Kaminrost zu kaufen. Der Rattenmann hat mit Kohle – er hat keine Kreide – einen Galgen auf den Asphalt gekratzt, er hat einen fransigen Strang gestrichelt, an dem jetzt Onkel Jim baumelt, er hält eine Mütze und singt *Die Seel' in Jeh-su Wun-den legen …*

Stanley, sein Blazer hängt am Griff der Klotür, führt den kreidigen Schlauch in die Stahlrille – *Gilbert, Gilbert Cook …* macht etwas Ähnliches, weshalb Audrey *mir auf die Lippe beißt.* – Aber jetzt noch nicht – sondern vorher, als Albert am Küchentisch sitzt, in Hemdsärmeln, die von *faszinierenden* Bändern gehalten werden. Ihre Eltern nennen sich bereits Deeth, was sich mit den *Zähnen* reimt, in denen Sam ohne Unterlass stochert, sein Gesicht *schwillt an wie rote Bete.* Du holst dir einen Schlaganfall, Chef, sagt Albert, taucht die Feder ein und füllt mit flinker, flüssiger, kursiver, bürogerechter Schrift die Olive vorbehaltene Zeile auf dem Volkszählungsbogen aus. Den Chef kannst du dir stecken, du hochnäsige Saufnase, grummelt Sam, wir haben aus dem a ein e gemacht, na und? Wen geht das was an? Albert hat das Gesicht, das sein Vater abgelegt hat, *aufm fetten Mann* sähe es sogar ganz gut aus, aber auf einem schmal zusammenlaufenden Kopf ist der Effekt seltsam – das glatte Fleisch *staut sich* an Brauen und Kiefer. Das Ministerium geht es was an, würde ich sagen, wir lassens besser mal weg – und während Albert noch redet, schreibt er schon, Death, Violet May, Tochter, —, — — — —, — —, Zweiten Grades, sein Stift *morst sich* von Kästchen zu Kästchen, jeder Strich bezeichnet eine weitere Gemeinsamkeit – bis ich nach Hause gegangen bin, es liegt mir nichts daran, für die anderen zu sprechen … die, obwohl Albert ihnen in Kindheit und Jugend immer einen Schritt voraus war, noch heute mit den Ohren schlackern, wenn er zwei Dinge gleichzeitig macht und beide *perfekt ausführt*: Er spielt Klavier und liest die Abendzeitung, er kocht ein Ei und rechnet die Ausgaben zusammen – der Wechsel zwischen Hand und Fuß, die Auge-Hand-Koordination, auf all das kann er sich vollkommen verlassen, er gerät nicht einmal durcheinander, wenn er sich in verschiedenen Dimensionen bewegt. Issn Zwilling in einer Haut, hat ein Witzbold aus dem Ort mal gesagt, der gesehen hatte, wie Bert einen Ball im Flug genommen und gleichzeitig in der Fußballbeilage die Tipps für den Chef eingetragen hatte, mit einem Bleistiftstummel – damals, als Vater und Sohn sich noch gut verstanden, unten in Craven Cottage, wo das Spielfeld bis an die Ränder zu einem glücklich gefolterten Morast zertrampelt war. Audrey dachte: wenn wir Death sind, dann ist Onkel James *dearth* – biblische Not, ein Wort, das ihr wohl in der Schule begegnet war, bei John Bunyan, denn gewissenhafte Kirchgänger, geschweige denn Kommunikanten, waren die Deaths nicht.

Vier der fünf Death-Kinder waren schon aus dem Haus an der Waldemar Avenue, und Death, Samuel A. Theodore, 51 Jahre, verheiratet, 31 Jahre, Nachtwächter im Depot der Omnibus-Gesellschaft, Arbeiter, wurde von denen, die ihn kannten, noch immer Rothschild Death gerufen, wohl wegen seines Händeflatterns, des Kaninchenfellmantels und der *Halbehalben*, die er in den Kneipen und Trinkhallen zwischen King Street und Parsons Green bis raus nach Mortlake kippte, Biere, die dem Bombast seines Äußeren einen freundlicheren Anstrich gaben. Von denen, die ihn kannten, *genau* kannten weil *aus denen kriegses nich raus*, aber offiziell hieß er Deeth, und als sich die drei Deeths aus dem Londoner Lehmgrund in den roten Lett von Devon verpflanzten, wo sie mit Alberts Hilfe ein kleines Haus in Cheriton Bishop – Mary Jane war dort aufgewachsen – bezogen, wurden sie von den Einheimischen Deers genannt. — Sam Deer stolpert durch den kleinen Garten, Olive Deer sieht ihm zu. Sie hat in der Illustrierten Bilder gesehen und die dazugehörigen Artikel gelesen. Die Bilder lassen kaum etwas erkennen – und die Wörter sind mehr als verblümt. Olive, die, abgesehen von dem, was sie an sich selbst beobachtet, nichts über erwachsene Körper weiß, fragt sich noch immer, wie es gelingen kann, im Holloway-Gefängnis Nahrung in die Frauen zu bekommen, die das Essen verweigern … und sich sogar die Kiefern zuklammern. Sie überlegt, was passieren würde, wenn sie jemandem verriete, dass sich aus dem vom Regen überfluteten Garten ein schlangenartiges Rinnsal von Ameisen ins Haus ergossen hat, das die Stufen hinaufgeflossen und über den Kerzendocht aufgestiegen ist, um *mich*, gar nicht unangenehm, *ein kleines bisschen zu befallen …*

Stanley flickt den Schlauch, er zieht ihn in einem Holzeimer durchs Wasser, ein *Knickaal, der* kleine *Regenblasen* an die Oberfläche schickt. Er zieht ihn heraus, wischt ihn ab, markiert die Kiemen mit Kreide. Audrey, in ihrem eigenen Knick feststeckend, den langen, fliehenden Korridor vor Augen … *länger als die Zeit selbst* – sie *brennt vor Begierde* nach diesem Niederrad, das sie, davon ist sie überzeugt, besser fahren und schneller flicken könnte als er. *Wie aus dem Ei gepellt* steht sie da in ihrem Schneiderkostüm, das sie sich mit dem ersten Wochenlohn von Inces gekauft hat, sie begehrt es – und trifft ihn mit ihrem Zorn. Dass sie noch immer Berts Kragen wusch, war eine andere Sache – seit sie kleine Stöpsel waren, hatte er in allem Vorrang gehabt, mit einer Selbstverständlichkeit, dass niemand es für notwendig erachtete, es auch nur zu erwähnen, wie ja auch niemand darüber sprach, *wastu auf'm Klo anstellst*. Aber Stanley – ihr *Baby*, ihr *stolpernder Wonneproppen*, dass er so etwas haben darf und sie nicht, nun, sie ist sprachlos, langsam beschleicht sie der Verdacht, dass sie ihm *völlig schnurzegal* ist. Draußen spielen, Queenie spielen – und *ich war Queenie*, und die Wiggins-Jungs *machten sich alle über mich lustig* … und dieser eine dreckige Racker, der aus Sands End hergezogen war – von dem Mutter mal gesagt hat, *dassem der Stinkpfurz inn Klamotten hängt* – schnappt sich den Ball, tunkt ihn in eine Pfütze und rollt ihn in Pferdescheiße, und als ich mich umdreh schießt er mich so doll ab dass die Kordel reißt und mir die ganze plitschnasse Papierscheiße aufm Gesicht klebt und meine Schürze bekleckert, un' Stan schmeißt sich aufihn un' gipps ihm un' zwar richtig, er verteidigt seine große Schwester und die Jungs von Sands End hatten diese schwern genagelten Stiefel, keine Sockn, nur die Stiefel … drauf auf Stans Gesicht … ein Schrei! Die Wiggins-Jungs kreischen und nehmen die Beine in die Hände. Da war wohl'n Nagel lose – alles voller Blut. Als Bert aus dem Haus kam und ihn fortgezerrt hat, haben ihm die Sands-End-Kinder noch hinterhergespuckt. Verpiss dich! Pissdich ans Bein und lasses dampfen! Aber … vielleicht … vielleicht *ist das alles nur in ihrem Kopf passiert* …

Hammelfleisch und Auf-Schnitt, Mutter stirbt und du kommst mit … November in *Foulham*, klebrigklamme Straßen, die Farbe von faulem Holz. Gestank vom Fluss, Abgase aus der Fabrik, der Wind stößt das faulige Malz der Lamb-Brauerei über Chiswick her. Audreys Schlafzimmer geht nach hinten raus, sie reibt sich die Wange an einer rußigen Musselingardine und schielt in den finsteren Garten hinter der Terrasse, hinter all den Terrassen, er ist längst mit Mauern und Zäunen in verschiedene Territorien zerteilt worden, in jedem steht ein Schuppen ... *eine Kommandozentrale – Ladysmith ist frei. Komm in den Ga-harten, Maude!* Und sieh dir die Himbeeren an, *die ausgestreuten Zählstäbchen*, den Buckel eines besitzerlosen Fasses, einen Stapel Backsteine, einen Vogelkäfig *in Form des Kristallpalastes*, den *dieda zwei Türn weiter für ihrnen Bali-Mynah gekauft hamm*, der hatte drüben beim Katzenfleischmann gekrächzt: *Ka-a-atzenfleisch!* Bis *ihn fleich'ne Katze gekrickt hat.* Audrey! *Or-drie!* Los hol dir dein' Tee! *Hammelfleisch und Katzenaufschnitt, Mutter stirbt und du kommst mit* ... Sie sollte zu ihrer Schwester hinuntergehen, das Hammelbein von gestern aus dem Eiskasten holen, Kartoffeln schälen und aufsetzen, den Bratensatz aus der hellblau emaillierten Fettpfanne kratzen. *Or-drie!* Aber das passt ihr *gratgarnich*. Arbeiten kann sie später immer noch – ihre Hände sind rau vom Waschsoda, *Bücklinge*, die im abgestandenen *Schaumwasser* treiben. Außerdem hält sie ihre Mutter gerade nicht aus, Mary Jane stinkt nach Laudanum und liegt ausgegossen und narkotisiert auf dem Pferdehaarsofa, das ihr die Söhne aus dem Wohnzimmer hereingetragen haben, als es eingerissen war. Ihr *Ladysmith*, ein Glockenzelt bestehend aus einem grauen Wollschal und schwarzem Bombasin, ihr schlaffes, mattbraunes Haar, das *rostend* auf den dicken Schultern liegt. Ich kammich nich aunoch minnem Mieder beschäftigen, sagt sie, nich jetz wo ich meine Tage kriege. Audrey findet sie abstoßend – es ekelt sie geradezu, dass die Mutter ihr allein dieses *Frauenproblem* anvertraut, es *kriegt dich immer wieder, Or-drie!* – ihr, bei der etwas, das vom *allgemeinen Radau* des Death-Familienlebens geschieden war, in den Innentaschen der Zeit durcheinandergerät.

Sie poltert die blanken Stufen hinab, der Läufer im

Flur hat die Treppe noch nicht erreicht, er folgt dem gemächlichen Gang der Dinge bei den Deaths, die das Haus in der Waldemar Avenue 18 Etage um Etage erobern. Mit ihrem Einzug erlitt das Haus – es war nicht einmal zwanzig Jahre alt – seine erste Abwertung: Die Familie, die es vom Bauherrn gekauft hatte, verkaufte es an einen gewissen Emmanuel Silver, der es in drei Wohnungen aufteilte. Die Deaths – Samuel, Mary Jane und die drei älteren Kinder – die damals noch sehr klein waren – wohnten im Erdgeschoss, sie besaßen jetzt einen richtigen Herd und einen *funkelnagelneuen Badeofen*, nur das alte Plumpsklo im Garten mussten sie mit den anderen Familien teilen. Die Poultneys bewohnten die Zimmer im ersten Stock, bis Abraham Poultney seine Stelle als Gleisarbeiter verlor, was unglücklich mit dem Tod ihrer kleinen Tochter Rose zusammenfiel, die von der Diphterie hingerafft wurde, oder auch mit diesem Tod ursächlich verbunden war. Die ham auch garnich hierhergepasst, so Mary Jane über Mrs. Poultney. War ja nich unansehnlich, die Arme, aber Rückgrat hatte se auch nich. Ich happ die kleine Rose seit, nawas, über 'ner Woche nich gesehn – is dir ja wohl auch aufgefalln, Ordrie – ich also da rauf und seh dasse die hinten im Schlafzimmer aufm Schrank liegen hamm. Hattas gestunken – schlimm waddas. Die großherzigen Deaths hatten sogar für die Beerdigung bezahlt – und für den aus Dielen gezimmerten Spielzeugsarg, *billig und würdevoll*. Etwa zur selben Zeit wurde Samuel zum Stellvertretenden Leiter des Busdepots in Fulham befördert – nachdem er lange als Fahrer und Schaffner eingesetzt gewesen war. *Er war Streikbrecher damals*, erzählte Stanley Jahre später, *hat sich am Ende ausgezahlt*. Audrey dachte immer, dass noch mehr dahinterstecken müsse – sie hatte ja gesehen, wie ihr Vater mit Pferden umgehen konnte – wie er sie *küsste und kraulte* … Als sie ihn einmal begleitete und schon wieder eine Leichenkutsche vorbeikam, neigte er sich zu ihr herab und sagte, Schau dir's genau an, Mädchen, hier haste den Mist und hier haste das Heu. Wasse fressen und was am anderen Ende rauskommt. Das Heu streunse, damits nich so klappert wennse uns holen. Wenn wir dann eingetopft sind, wer'n wir Erde – also Mist. Für ihren Vater ein ungewöhnlich langer Vortrag – zumindest in Anwesenheit eines Familienmitglieds. — Aber wenn Audrey draußen vor dem Cock & Magpie wartete und ihr Bonbon lutschte – oder auch nicht, dann hörte sie in der Kneipe nicht etwa ihren Vater Reden schwingen, auch nicht Samuel oder Sam, sie hörte Rothschild Death, der sich ausließ: über den Unsinn der Pferderennen, die närrischen Ideen der neuen Frauen und den sozialistischen Irrsinn der Fortschrittlichen. Manchmal rollte noch ein später Hansom über die King Street, ein Taxi vielleicht – Heu hing wie eingeflochten in den Schweifen, dahinter rasselklackerte ein alter Bus auf dem Weg in die Werkstatt des Vaters. Ein Pfundskerl, rausgeputzt mit Ulster und Homburghut, bahnte sich den Weg in die Kneipe, indem er unsanft eine Bettlerin zur Seite schob, *Scheißnutte*, was einem neugierigen Piepmatz erlaubte, im Schutz seiner Rockschöße reinzuschlüpfen in die rauchgolden verspiegelte Kakophonie. Wenn sie sich schließlich festgesetzt hatte, jaulte sie vielleicht, Also wenn ihr mein Kleid ein bisschen zu, ein bisschen zu – aber so wollt ihr's doch! Und sie hob den Petticoat, was von ihm übrig war, bis ihr das entrüstete Geschrei zu viel wurde: Gib ihr'n Penny und jag sie fort, die Schlampe! Das Gesicht ihres Vaters hing schlaff und fleckig unter der glänzenden Platte der Zylinderkrempe, die Düsen der viel zu großen Gaslampe zischten über der Doppeltür. Dort oben im

Strahlenglanz schwebte eine fein modellierte Figur in einem niedlich bedruckten Umhang. Dort oben, wo *der Gedanke ohne Sprache wohnt, ihr süßer Geist lebt weiter dort, der diese Welt nur kannte …*

Audrey hatte bereits gesehen, dass ihr Vater mit Pferden umgehen konnte – jetzt sah sie ihn unter Männern und Platzhirschen, auch mit ihnen konnte er – die Sache war gefährlich genug, um ihm Autorität zu verleihen, *Meine Herren, ich war gerade bei Romano's, und bin …* die Zigarrenwurst brutzelt in seinem Gesicht … *wie neugeboren!* Er lernt schnell, dieser Rothschild, einer, der spürt, woher der Wind bläst, und er kann sich mit seinem Bambusstock am eigenen, breiten Kragen packen und von der Bühne heben. Er hatte, *so erzählte man sich*, einmal einen Kanalarbeiter *haarscharf* fast totgeschlagen, ein kaum vorstellbares *Faustschlagmanöver*, betrachtet man, wie er sich nun über die Fulham Palace Road nach Hause schleppt, mit einer herzsüßen kleinen Tochter, die ungeduldig vor ihm herläuft und ihm mit feuerrotem Schopf den Weg zu einem weiteren *fleischlastigen* Abendessen leuchtet …

Albert und Stanley am Küchentisch, beide haben ihre Bücher unter die Tellerränder gesteckt, damit sie nicht zufallen, beide tragen den Kragen offen, beide halten ihre Teetassen mit zwei Händen, es ist, als würde ihnen die Wärme mehr bedeuten als das Getränk. Vi und Olive, käsige Gesichter zwischen scharfen Schulterknochen, gaffen – sie halten ihre in Bratensaft getunkten Brote in den Händen und werden Zeugen dieses Spektakels: wie der Mann und seine Söhne abwechselnd auf ein Hammelbein einhacken, um sich das Fleisch in die viel zu ähnlichen Gesichter zu stopfen. Alberts walisisch schieferblaue Augen, glasig wie Briefbeschwerer, fliegen derweil über die schmalen Kolonnen von Rous' Trigonometrischen Tabellen – nicht, um die Cosines, Sines und Tangenten dem Gedächtnis anzuvertrauen, sondern um das eng gefugte Granitpflaster bestätigt zu sehen, mit dem er die schnurgeraden Straßen seines metropolitischen Geistes ausgelegt hat. Und Stanley – sein Ausdruck ist kühler, seine Brauen sind feiner als die des älteren Bruders – seufzt, ah, so, und blättert mit spitzen Fingern in einem Bibliotheksbuch. Seine Lider flattern, der Pony wackelt, die surrende Mechanik aus Bakelit und Kristallstangen, von unzähligen Schwungrädern angetrieben, quetscht in mehreren aufeinanderfolgenden, krampfartigen Zuckungen seine ureigensten Atome in den kinetomischen Strahl, Zuckungen, die ihm keineswegs unangenehm sind, auch wenn sie ihn so weit nach hinten biegen, dass er mit seinem frisch ausrasierten Nacken den eigenen Hintern berührt – Stanleys ganzes inneres Wesen wird aus der Mündung des angestellten Laufs geschossen und streift als Lichtschweif durch die Speichen des Riesenrads von Earls Court. Hoch, immer höher steigt es über die Stadt – das schmerzverzerrte Heulen der vor Tilbury ankernden Dampfschiffe dringt bis hinauf in die obere Atmosphäre, ein Glühstrumpf-schhh! – höher, immer höher, weit unten blitzen Wolken. In einer Belichtung hauen sich Junker in Pickelhauben die Backen in Streifen, in einer anderen küsst die Zarin ein rubin- und granatbesetztes Ei. Der Strahl ist jetzt so hoch, dass Stanleys Atome in die Umlaufbahn gelangen und ein-, zwei-, dreimal die Erde umgürten! Bevor sie sich in das viridiangrüne Herz von Afrika absenken, wo in einer Dschungellichtung *Fortescue, mein Mechaniker* wartet, der an einer Apparatur kurbelt, die den Strahl in einen Zelluloidtrichter saugt. Stanley tritt in Erscheinung und verfestigt sich zügig, er trägt ein patentiertes Fahrradtrikot von Jaeger, aus Wolle. Er und

Fortescue schütteln sich ausgiebig die Hände. Ein kapitaler Schuss, alter Knabe!, sagt der Mechaniker, während der Negerhäuptling aus dem Wald tritt und eine Ehrengarde von nackten Kriegern dem *Wissenschaftsabenteurer* ein Tribut aus Stoßzähnen *vor die Füße legt …*

… *Olive*, Olive! Oh, weissnich, irgendwas stimmt nich mittier, Mädel, siehste nich, dass dein Vater sein Bier haben will? Olive, deren Stiefel zu klein sind, humpelt in die Küche – beinahe hätte sie sich am glutroten Herd festgehalten, um nicht hinzufallen. Audrey meint auch, dass *mit dem Mädel was nich stimmt*, und außerdem: *Die beiden stecken unter einer Decke*, genau so wollen sie sie haben, verwirrt und schwindlig, *ein Kreisel, der sich nur um sie dreht*. Sam zieht die bestickte Serviette aus dem Krug und füllt seine Barttasse, Mary Jane Death steht der Schweiß auf der Stirn. Über ihr im Kohldampfgestank hängt ein Übungsstück, das Audrey in der Schule genäht hat. — *Erstens, zweitens, drittens, viertens, Määädels. Erstens: Nadel in die rechte Hand. Zweitens: Faden in die linke. Drittens: Durchs Öhr. Und dann viertens: Schlaufe und Knoten. Jetzt, der Fingerhut …* Audreys Finger, die für diese feine Arbeit nicht geeignet waren, zuckten und zitterten, ein Frösteln hatte sie erfasst, dessen sie nicht Herr wurde, sie war nicht einmal in der Lage, es als etwas ihr Zugehöriges zu erfassen, ihr schien eher, als wäre es giftig von der arsengrünen Decke auf sie herabgeflockt … *Hütchen auf die Däumchen, eins-zwei, Hüt-Däum, Hütdäum, hamm-di-damm …* — Der Hungrige erschuf das Fleisch, sagte sie, und der so Gestärkte – Rüüülps! Also wirklich, Samuel, lacht Mary Jane, mussdenndassein? *Die stecken unter einer Decke*, gemeinsam *hammse schon fünf gemacht und noch keins verlorn*. Stanley lacht über die Eruktation seines Vaters und sagt Buch der Richter, Kapitel 14, Vers 14, – jetzt sind wir quitt, Chef. Albert grinst, sieht aber nicht auf, Audrey kann hören, was er hört: das Echo eines Bruders in der knochigen Höhle des anderen. Und ich *mittenzwischendrin* – einem Prisma gleich, einer Linse vielleicht. Die Strahlen von Stanley, die Strahlen von Albert, sie spielen jeweils in der *ausdruckslosen Miene* des anderen …

Merkwürdig, wie der dicke Mann *die Fäuste schwingt*, während er Halt an seinen Hosenträgern sucht – sein Bart ist *biernass* und an der verborgenen Oberlippe tabakgelb. Kaum vorstellbar, dass überhaupt eine Lippe drunter ist – Samuel Deaths Haar hat einen ausgesprochen fleischigen Ton, und wenn er nicht so rote Wangen hätte, würde man denken, der *Schnauzer is'seine Lippe*, und an seinem kahlen, runden Hinterkopf kleben ein paar Streifen wächserne Haut: Bedlam, nach einer Radierung aus den Illustrated London News. — Ein kräftiger, graziöser Körper balanciert einen Wäschekorb auf dem Kopf und geht den Kai entlang. Vier Seeleute hocken vor einem Haufen Seilen und Blöcken, sie würfeln und sehen ihr auf den Hintern. Keiner der Deaths kann sagen, woher dieses rassige Poster stammt – es ist von selbst die Wand hinaufgekrochen und bedeckt eine mit Stiefmütterchen und lila Veilchen gemusterte, im Dampf erschlaffte, eingerissene Tapete, die ganz bestimmt aus der Zeit vor den Deaths stammt, denn als Audrey sehr klein war, glaubte sie fest, dass ihre kleine Schwester auf diese Tapete getauft worden ist. — Violet, mit schmutzigen Wangen, klettert gerade auf den Stuhl, von dem ihr Vater aufgestanden ist, und streckt sich, um seinen Kragenknopf zu schließen. Wenn er sich ankleidet, hat jeder seine Aufgabe. Stanley muss den allzu prächtigen Mantel aus dem Flur holen. Olive knöpft ihm die Gamaschen zu. Audrey und ihre

Mutter mischen Tee und Gin und bereiten seinen Flachmann vor. Nur Albert bleibt sitzen, sein Blick trianguliert einen Bereich reinerer Formen, die Gabel *kkkrrrratzt* nachlässig in den Umrissen der Bratensoße. Bringt mir den Regenmantel!, bellt Samuel. Ein Haarwasser, das er *ohne Sinn und Verstand* auf Vorder- und Rückseite seiner blanken Kuppel anbringt, indem er erst das eine, dann das andere Profil vor das verspiegelte, neben der Tür an einer Kette hängende Oval hält – diese Bewegung lässt das scharfe, gleichschenklige Dreieck zur Geltung kommen, dem er – neben seiner Vorliebe für Angebereien aller Art – seinen Spitznamen verdankt. Er ist ganz anders als Silver, der Vermieter, sinniert Audrey, der kommt immer schlicht und korrekt im Bowler, er trägt einen Kläppchenkragen, untadelig geputzte Stiefel mit elastischem Schaft – hat aber ein Gesicht, das brach und farblos wirkt, mit übertriebenen Zügen, *wie abgepauscht mit Kohle*. Die Deaths dagegen sind strahlendweiße Gipsabgüsse, stuckverziert mit Wein und römischen Girlanden. Sie sind eher rotwangig und blond, gebräunt und blonder, alle außer Audrey, deren flammende Haarpracht und die Plätzchenkrümel, die an ihren Backen kleben, in eine andere Richtung weisen ... *un'wie? Or-drie, Or-drie, Ordries Mama, die hat sich 'nen Braten in die Röhre schieben lassen, vonnem Kanalarbeiter!* Wer weiß, wie es zu der Verunreinigung ihres Teints gekommen ist, ein eindeutiges Merkmal ist es nicht – zumindest nicht bis rauf zur Munster Road, wo die Häuser schon etwas *runtergekommen* sind und jedes Zimmer von einer, manchmal zwei irischen Familien bewohnt wird, wo an jeder Ecke *Ingwerplätzchen* angeboten werden. Trotz dieser Vorbereitungen singt er mit Inbrunst *Kommt der Yid in deine Bude, kommt der Jude, holt sayn Gelt*, und zwar immer donnerstags, er schnappt sich eins der Mädchen, welches gerade zur Hand ist, und wippt es eine Weile auf dem Knie. Und er unterbricht sich erst, wenn er das Gartentor *quiiieeeeetschen* hört. Dann geht er an die Tür und sieht verächtlich zu, wie Silver seine Hosenklammern abnimmt, die Handschuhe auszieht und höflich den Hut zieht. Von den Horebhöhen der Schwelle drückt er ihm erst eine, dann eine zweite Blechmünze in die Hand, der – nach einer gehässigen Verzögerung – ein Sixpence folgt. Er zählt dem eleganten Mann die Münzen direkt in die Hand, *selbst für die eigene Kreuzigung musst du noch latzen*, würgt seinen Ärger herunter und zieht sich in sein Wohnzimmer-Golgatha zurück. Silver kann nun nach oben gehen, um den anderen Mietern Gleiches anzutun.

Das seltsame Hecheln und Wuchten eines großen und korpulenten Mannes, der sich in seinen langen Übermantel quält. Uff-uff. Der Kaninchenpelz glänzt verwuschelt unter der Gaslampe, der Regenmantel perlt *fauligen Mief vom Plumpsklo*, Audrey sieht ihrem Vater über die Schulter und entdeckt den lausbübigen Stanley: Ein Bediensteter, der sich bereit macht, *ihn runnerzuputzen*, als er sagt, *Pater, ich finne, das ist ein sähr, sähr extravaganter Aufzug für einen Entdeckungsreisenden, der nich gerade den Kongo rauffährt, sondern nur runter zur Buswerkstatt von Putney Bridge* – soll heißen, er würde das sagen, *wenn er total bescheuert wär*. Samuel Death schaut sich noch einmal kurz im Zimmer um, liefert dann eine letzte Zumutung väterlicher Autorität: Was'n das?! Er nimmt Violet das Daumenkino weg, das diese gerade der tranigen Olive weggenommen hat – Audrey weiß auch, welches, es kam kostenlos mit der Daily Mail, anlässlich der allerletzten Geburtstagsparade der Queen, die steifen Kärtchen sind so geheftet, dass man sie neu mischen kann wie ein Kartenspiel und *du lieber Himmel!* Da bimmeln die berittenen Truppen, die gerade erst *den Boer geklatscht* haben, schon lautlos durch die Parade der Leibgarde, ihre Pferde trotzen dem Stakkato des aufwirbelnden Staubs. Samuel wirft einen kurzen Blick darauf und lässt es auf die gestrichenen Dielen fallen, dann knöpft er *extravagant* den gerade zugeknöpften Mantel wieder auf, schiebt die Revers auseinander und greift in seine Westentasche, um die Uhr herauszuziehen. Nundenn, pschuh! – der Wind in seinen Lippensegeln – deine Kanalarbeiter kannst du haben, Mary, altes Haus – sie wimmert auf dem Sofa – wenn du meinst, dass ich nicht blendend aussehe … alle Blicke, außer Alberts, sind an Samuel Deaths fummelnde Finger geheftet, wo, an einer goldenen Kette, eine Taschenuhr baumelt, ihr rhombisches Gagatzifferblatt wirft Schatten auf die vor und hinter ihr fließende Gegenwart. Er zwickt die winzigen Knöpfe auf beiden Seiten des Gehäuses und schielt auf die rot glimmenden, aus geraden, an den Enden abgeschrägten Balken bestehenden Ziffern, 08.54. *Knastziffern … ich sitze wohl im Knast … im Armenhaus – in der Klapse, ha-ha-huuh – Hilfe, helffmir, helelelelffmir, Stan, ich werd' von Bert gefoltert! Autschautschautsch …* — Das lange, gedehnte Gummiband um ihre Mittelpartie, es zerrt in beide Richtungen, es zieht sie aus der Vergangenheit in die Zukunft, bindet sie an den Augenblick – ihr Bauch ist so *schlimm rausgedrückt*, sie fühlt sich eigenartig, *als wenn ich … ich weiß nicht*. Bevor sie zum Abendessen hinunterging, nahm sie noch ein Stück Kalico, faltete es eckig *wie Harrington Square* und schob es sich vorn ins Höschen, sie verstand nicht recht, warum *jede Dame den Komfort der größten Erfindung ihrer Zeit* kennen sollte … Stanley hat den halb aufgepumpten Schlauch losgelassen, er schnappt wie von selbst in die Felge und *Los geht's! Holpernd und hüpfend wie eine Erbse auf dem Grill ... zum rosaroten Prengel in Holywell Street ... steckt in ihm – steckt in ihr ... Den Generator schalten wir nur manchmal ein, Mrs. De'Ath, Sie sind doch sicher auch der Meinung, dass Kerzenlicht ästhetischer ist, nicht wahr?* Über die gesamte Länge der Werkstatt sind Kabel geführt, *schiiie-ung-tschang-tschang-tschang!* Das Bett ihrer Drehmaschine ratscht runter, Audrey löst das Futter, wechselt den Einsatz – ein weiterer Zünder fällt rasselnd auf den Stapel. Später strömen sie aus Tor 1 auf die Straße, *Wo stecken die Mädchen vom Arsenal? Wir schuften für Pennies, wir leiden Qual. Was hat euch nur so bleich gemacht? ...* plötzlich flattern überall rot-grüne Flaggen, auf den Bussen, die sich auf dem Beresford Square stauen. *Schultern raus! Nacken gerade! Schwingt die Arme! Wir sind die Munitionetten, die wilden Suffragetten, jetzt machen wir Revolution!*

Wie ist das zu verstehen, dieser plötzliche Wechsel von der Lähmung in die Bewegung? Busner steht wie angewurzelt, die säuerliche Fäulnis des kilometerlangen Klinikgedärms bläst ihm ins Gesicht. Es muss eine – eine bestimmbare Pathologie sein, denkt er, es ist eine Ahnung ... *bestimmbar? Der sichtbare Kontrast zwischen Akinesie einerseits und Festi- Festi- Festination, D-E-Z-I-M-A-L-I-SIERUNG, DEZIMALISIERUNK. Bald geht's rund-rund-rund mit unsrem alten Pfund.* Es ist einfacher, den Korridor in Friern als endloses Fließband zu begreifen, denkt Busner, ein Band das ewig weiterläuft, es geht rund-rund-rund und liefert ihm pari passu einen Patienten nach dem anderen, sodass er, wenn seine Konzentration nicht nachlässt, genug Zeit hat, die jeweils angemessene Diagnose zu stellen, Neurose, Dipsomanie, Dementia praecox, allgemeine Lähmungserscheinung bei geistiger Störung, Syphilis, krankhafte

Neigung zum Sozialismus, Schizophrenie, Traumatisierung – allesamt Krankheiten, die historisch synchronisiert sind, das heißt vollkommen willkürlich, der moralisch Schwachsinnige wird in der nächsten Runde zum geistig Defizienten, in der dritten zum Zurückgebliebenen, in der vierten zum geistig Behinderten. *Rund-rund-rund mit unsrem alten Pfund …* Das Gebäude, eine Phantasie über ein italienisches Thema, straft die Anstalt Lügen, deren Zweck es ist, als Menschenmuseum zu dienen, als Verwahrungsort bestimmter Präparate, *zerquetscht und zerfetzt, rund-rund-rund, Ich bin ein Affenmann, ich bin ein Affenaffen – es reicht!* Er muss etwas tun, um diese Träumerei zu durchbrechen, so wie die heruntergedrückte Platte es der alten Dame erlaubt hat, den Fuß vorzuschieben. Er findet es im *Automatismus* seines Blicks auf die Uhr, ein ziemlich aufwendiger Prozess, seit ihm seine Frau – als Überreaktion auf das Interesse an technischem Spielzeug, das Busner eine Zeitlang vorgetäuscht hat – zum einunddreißigsten Geburtstag ein neues Quarzmodell geschenkt hat. Also: Er dreht das schwere, vergoldete Armband, um es unter Ärmel und Jackett hervorzuholen, dann führt er das kleine schwarze Mondgesicht ganz nah an sein eigenes und zwickt zwei winzige Knöpfe auf beiden Seiten des Gehäuses, die Ziffern glimmen rötlich, *futuristisch: 08.54 … spät dran für die Abteilungsru- ru-ru* plötzlich sieht er sich, und fühlt er sich, als kolossale weiße Tonne, die sich langsam um die eigene Achse dreht, grell leuchtend vor der schwarzen Unendlichkeit … *Bin spät dran … schon, muss zwicken … fester … Ich kann sie nicht sehen … die Zeit!*

Als er aufwacht und mit den rheumatisch prickelnden Fingern seiner Rechten das lose Fleisch am linken Armgelenk zwickt, muss er feststellen, dass er ein alter Mann ist.

Er wacht auf und *es ist ein Elend*, denn *ich bin doch gerade erst* … mühsam dreht er sich auf die andere Seite, dort, auf dem Nachttisch, steht der Radiowecker … *vor einer Dreiviertelstunde*, als er in der klammen Toilette stand und die Stirn an die schimmelnde Wand presste, *wassersüchtig – Hydrocephalus, Spättyp?* und wie blödsinnig auf das *nicht enden wollende Geplätscher* starrt – *hier ein Plitsch und da ein Platsch* … dann auf das Kirchhoffenster mit der Durchlässigkeit *eines wurmigen Abstrichs* – dort draußen *bricht ein neuer, unbeschriebener Tag an* – dann auf die trockene, vormals feuchte Klopapierrolle, deren klumpige Lagen ihn an *epidermale Verwüstungen* erinnern, die er in seinen Studentenzeiten zuletzt gesehen hat – *Keratitis, Rhagaden, die Stigmata der angeborenen Syphilis* – und das nur als Illustrationen in seinen Büchern. Auf dem Linoleum, neben dem El Greco seiner alten Füße, liegt alte Fachliteratur, *pinkelfeucht, beim Stuhlgang zu lesen*, wie Folien zieht er die Überlagerungen des Gedächtnisses ab und fördert eben diese Vignetten zutage – die Wand, die Klopapierrolle, die medizinischen Zeitschriften –, und jetzt weiß Busner *ich bin wieder da!* Er sieht gleich ein, dass sein Triumphgefühl unangemessen ist, er ist ja nur ein wenig müde herumgeschlurft, auch wenn er jetzt zum Fenster sieht und von irgendwoher eine *wurmstichig verzierte Mauerecke* kommt – *woher nur?* Er macht sich nicht die Mühe abzuziehen, kehrt um und schlurft zum Bett zurück, da fällt ihm ein, dass er sich damals sogar die Mühe gemacht hat, jemanden, der sich dort auskannte, zu fragen, warum die wurmigstichigen Torsäulen der Anstalt derart hässlich waren. *Nur welcher Anstalt?* Es waren ja so viele – *zwanzig? dreißig?* – bis zu seiner Pensionierung im vorangegangenen Jahr, nachdem er *viel länger in Heath geblieben bin als mir gut getan hat ... und warum eigentlich?* Mit ziemlicher Sicherheit, weil er es hinausschieben wollte, in das Leben, das er nun führt, einzutreten, ein Leben, das eins seiner Kinder als pathologisch bezeichnet, als eine einzige Altersdepression – möglicher Vorbote von Demenz – die er durch seine Beschäftigung, seine eigensinnig reduzierte Einstellung zur Arbeit – er wurde beinahe nur von Kollegen konsultiert – im Griff behalten hatte. Busner weiß, dass es so nicht stimmt: Es ist eher die Wiederkehr einer Eigenessenz, die, vor langer Zeit vergraben, *längst verwurmt ist* ... Sein Schlafzimmer erreicht er über einen schmalen Flur, der um einen Winkel des benachbarten, modernen Bürogebäudes geführt ist, dem Sitz einer Versicherung, der es in der Bauphase irgendwie gelungen ist, seinem unauffälligen viktorianischen Endterrassenhaus einige Kubikmeter abzunehmen, eine gemauerte *Zelle wie jede andere auch* — Ein plötzliches Tastaturgeklacker von Maklern, die wenige Zentimeter neben seiner abfallenden Schulter Risikofaktoren berechnen, bringt ihn beinahe aus dem Konzept! John!, hört er jemanden recht deutlich rufen: John! Weiblich, dreiundfünfzig, seit zehn Jahren schadensfrei – eine für John bei Aviva? *Die heißen alle John*, während *hier bin ich, ein Prophet in der Wüste* ... Anders als in der Redington Road kitzelt hier kein weicher Perserläufer seine Sohlen, er steht auf groben, farblosen Teppichresten, die er selbst aus einem Wühlkorb im hinteren Teil eines Möbelverramschers in Cricklewood, *Slumberland!*, gezogen hat, wo er die wenigen Stücke besorgt hat, die nötig sind, um eine häusliche Umgebung vorzutäuschen, diese *Großpapawohnung. Opa! Opa! Wie lieb du bist, Opa! Opa! Wir haben dich liiiiieb!* All das ist Fluch und Segen zugleich, während er ins Zimmer tritt und im Sonnenschein des Aprilmorgens, der es fest umklammert, sein Bettgestell erblickt. Im Gestänge steckt der klamme Haufen seiner *Zwangsjacke*. Es wäre wohl krankhaft gewesen, sich hemmungslos all dieser lyrischen Überbleibsel zu entsinnen, der verworfenen Werbemelodien aus sieben vergangenen Jahrzehnten ... *Zeitose*, grinst er ... hätte Busner, seit er sich in seine Erdgeschosswohnung in der Fortess Road zurückgezogen hatte, nicht eingesehen, dass in den Mustern, die durch das Flimmern der Erinnerung im Pool seines Bewusstseins entstehen, weitere Bedeutungen verschlüsselt sind – er scheut sich, von Wahrheiten zu sprechen – und zwar solche, die von den Mentalkartographen, mit denen er sein gesamtes Arbeitsleben verbracht hat, nicht entdeckt, geschweige denn beschrieben worden sind, und das, obwohl diese Kollegen – von denen einige in ihrer Berufsauffassung kompromisslos waren – dafür die elegantesten – theoretischen und neurologischen – Modelle entworfen hatten. Auf die unnachgiebige Matratze reagiert er so: Erschöpft nimmt er seine eigene Schlaffheit zur Kenntnis. Spaziergänge sind fest eingeplant, finden aber nicht statt, das Essen wird aus der Dose gelöffelt und aus Plastikbehältern gegabelt, alles andere schmiert man sich – in rauen Mengen – aufs Brot. Der Busner, um den es hier geht, knetet etwas Weiches in Kissenform, legt seinen geschwollenen Kopf darauf und wirbelt mit all den gertenschlanken, flüchtigen Busners, die er nicht festhalten konnte, in diesem ... *schwindelerregenden Tanz, Opa, Opa, wir haben dich lieb!* Und er hat sie auch lieb, doch als er von Caroline getrennt war, sah er keinen Grund, alles noch einmal von vorn zu beginnen, eine vierte Frau zu finden, die eine weitere Neugestaltung der Wände verlangen würde, die ihn – mit wenigen Unterbrechungen – enthalten haben, seit er ... *zehn, elf Jahre alt?* ... war. Sein Onkel Maurice fällt ihm ein, der ihn an der Hand genommen und durch die winterkalten Zimmer des Hauses an der Redington Road geführt hatte, sein enger Mantel war so lang und schwarz, dass er einem … *Abflussrohr* glich, wenn er sich bückte … *Starre … Rigidität … Hypertonie* –. Es wäre überflüssig und *der Sache undienlich* – diesen Weg zu gehen … Er hatte *durchaus* darüber nachgedacht, es noch einmal mit Miriam zu versuchen – der er *echte Zuneigung* entgegenbrachte, wenn es bei enkelorientierten Veranstaltungen zur Begegnung kam, auch wegen Mark hatte er noch mit ihr zu tun. Und wenn daraus nichts würde – er hatte schließlich keine Ahnung, welche Gefühle Miriam ihrerseits hegte – gäbe es vielleicht die Möglichkeit, die ein oder andere Beziehung *zu reaktivieren, die er in größerer Unordnung hinterlassen hatte* … Aber nein: eigentlich ging es darum, dass … *irgendwo eine von ihnen mit einem von mir längst im Gezänk kleiner Unpässlichkeiten verbunden ist, unauflöslich verklebt im Schleim vergangener Leidenschaft* … Und deshalb hatte es Busner trotz der Sorgen seiner Kinder – zwei von ihnen sind in der Psychologie tätig und reagieren entsprechend – für das Beste befunden, einfach *fortzugehen*, er hatte ihnen das Haus überschrieben und war, ein Lebender, *beinahe ein Sannyasin, fortgegangen* … nachdenklich reibt er eine schlaffe Wange – hatte aber schließlich, nach jahrzehntelanger Abhängigkeit, versprochen, *für sich selbst zu sorgen und sich nicht gehenzulassen.* 09.01. – Als er aufhörte, Krawatten zu tragen *hörte ich verständlicherweise auch auf, an ihnen herumzufingern … was wir als Pillendrehertremor bezeichnen: Zittern im Ruhezustand, der starre Blick des Patienten ist zwanghaft nach oben gerichtet, er hält die Hände vor den Körper, Zeigefinger und Daumen reiben aneinander – und der Seelenklempner?* Er saß da und sah ihnen zu und wickelte sich die Krawatte um den Finger: *Zittern im Ruhezustand.* Von nichts kommt nichts, denkt Busner – die Ziffern auf der Leuchtanzeige kommen allerdings von diesem Zwicken. Er hatte von einem Krankenhaus geträumt und war zum Pinkeln aufgestanden, und als er wieder im Bett lag, kehrte er zu einem anderen Krankenhaus zurück – oder war es das erste, nur in einer anderen Zeit? Die verputzten Simse waren abgerissen, der Lorbeergips, der die Fenster und Türen umrankt hatte, pulverisiert. Lücken waren mit Beton ausgegossen und mit Kieselrauputz verkleidet worden. War es dieselbe Klinik– oder eine kleinere? Es gab dort einige Abteilungen für akute Fälle, ein paar Büros und eine beschäftigungstherapeutische Werkstatt – *die ihm gefallen hatte* ... Busner hatte sie alle gesehen im Lauf seiner Karriere – Hanwell, Napsbury, Claybury, Shenfield, das Bec. Er hatte sie besucht, wenn er Versuche organisierte oder Studien leitete, in den meisten hatte er selbst als Klinikarzt gearbeitet. Mit Wehmut gedachte er der langen Minuten, in denen er den messerscharfen Schatten einer Topfpflanze beobachtet hatte, der während einer nicht enden wollenden Therapiesitzung über ein geometrisches Tapetenmuster schnitt ... *Stimmt nicht!* Es war ein Besuch – ein Besuch nur, den er geträumt hatte. Ein Besuch – und *da war wieder dieser Geruch* ... von Schweiß, Largactilschweiß. Grünliche Hustensafttröpfchen standen ihm auf der Stirn, der Kragen seines Holzfällerhemds war schmutzig. Es bereitet ihm Vergnügen, das Rotholz zu betrachten, hatte er erzählt, er konnte es vom Fenster der Abteilung sehen. Es müsste doch im Bereich ihrer Möglichkeiten sein, den Mann sauberzuhalten, dachte Busner, dabei wusste er nur zu gut, dass es nicht so einfach war. Es müsste doch im Bereich des Möglichen sein, hätte er beinahe in den muffigen Gemeinschaftsraum geschrien, seine Beine so weit ruhig zu stellen, dass er nicht mehr treten muss! Es war ja schlimm genug, und am schlimmsten war, dass Henry Busner – *mein Bruder* – nun wimmerte: *Ich – ich kann sie nicht be- be- beherrschen, ich kann …*

… meine auch gerade nicht beherrschen. An Schlaf ist nicht zu denken – und eine Klinik, die ihn aufnehmen würde, gibt es nicht. Er befindet sich im Ruhestand: Dort, unter dem braunen, in der Brise aufbauschenden Vorhang, den die Sonne des Aprilmorgens auf die Probe stellt, steht ein Stapel orangefarbene Kartons mit dem Aufdruck La Cadenga, gefüllt mit Kropolithen, die er aus seinem Büro in der Heath-Klinik mitgenommen und über die Redington Road, wo sie einen kurzen Zwischenhalt einlegten, hierhin verfrachtet hatte. *Ich kann sie nicht be- be- beherrschen – die versteinerte Scheiße.* An den Kartons lehnt ein Regenschirm, er erinnert sich nicht, ihn gekauft, geliehen, mitgenommen zu haben. Aber, denkt er, so ist es nun mal mit den Regenschirmen: Man geht nie eine wirkliche Verbindung mit ihnen ein, sie finden auf geheimnisvolle Weise in unser Leben, erweisen sich kurzfristig als nützlich, stören bald, weil sie sperrig sind, und gehen verloren. Nicht einmal der Verlust bleibt in Erinnerung, weshalb am Ende nur die schirmförmige Lücke auffällt, an der er einst gestanden hat. 09 10. *Schon wieder zehn.* Als er mit den Fingern seiner Rechten die schlaffe Haut des linken Armgelenks zwickt, tröpfelt es *altmännerhaft: D— E– Z- I-M-A-L-I-SIE-RUNG,* und dann, *in einem Schwall: DEZIMALISIERUNG! Bald geht's rund mit unsrem alten Pfund, bald gehts run- run- rund mit unsrem alten Pfund!* — Das Alter ist eine Art Einweisung, denkt Busner, er liegt gestrandet auf der Seite und starrt auf seinen Radiowecker – es nimmt

dir die Identität und weist dir eine neue, schlichtere zu, es nimmt dir die Kleidung und händigt dir eine Uniform aus, die Hose schlottert dir um die Hüften, die Jacke ist fadenscheinig und die Weste mottenzerfressen, es ist Kleidung, die entweder von der Wohlfahrt kommt oder gerade dorthin unterwegs war. Man wird ausgestattet und in einen Bereich entlassen, der einerseits begrenzt und andererseits unendlich ist, einen schrumpfenden Kreislauf von Korridoren, der die zahlreichen neonbeleuchteten, überheizten Räume miteinander verbindet. Dort gehen deine Tage bei der Lektüre gestriger Zeitungen und Fachzeitschriften verschütt – allerdings nicht aus dem Fachbereich, der dich bald erwartet. Das Alter zieht dir den Teller weg und püriert dein Essen, es nimmt dir deinen Drink und unterzieht ihn einer umgekehrten Destillation, es nimmt – Stimmt nicht! *Es nimmt dir dein Pfund und ru- ru- rund!* Er weiß, dass diese Gedanken ein wenig zu früh kommen, er ist ja sozusagen ein Anfänger in der höheren Vergesslichkeit – als er neu war im Königlichen Siechenhaus, war er noch recht flink auf den Beinen gewesen, weshalb er bei dem Versuch, den eiförmigen Ball zu schnappen, die Schultern eines Mannschaftskollegen zu fassen bekam, *um mich in den tieferhängenden Himmel zu grapschen …* — irgendetwas, nur nicht den verdreckten Boden, etwas Ledriges, nur nicht *die Schutzhaut des Thorax, die mir bei der Leichensektion gerissen ist … zwei linke Hände …* Später war er verdonnert, so kam es ihm vor, *unter den Schloten zu dienen …* beziehungsweise am Fuß des glockenlosen Campanile, eines getarnten Entlüftungsschachts, durch den der widerliche Krankenhausgestank *gen Himmel stieg …*

Der langweiligste der Pfleger hatte ihm gleich bei seiner Ankunft erzählt, dass man die neuen Patienten einst mit

Sonderzügen hergebracht hatte, die im Schutz der Nacht in New Southgate entladen wurden. Die Rampe befand sich unter einem scharfen Abhang und konnte nur über eine aus mehreren Zetts bestehende Eisentreppe erreicht werden – die Patienten aber wurden durch einen langen Tunnel geführt, der sich durch kreidige Erde zum östlichsten Punkt der Klinik wand. Sie tauchten also überhaupt nicht mehr auf – ihre Einweisung war Beerdigung – sie fanden sich benommen in einem langen, teils unterirdischen Korridor wieder, in dem sie von einer Station zur nächsten geschickt wurden. In einer gekachelten Rinne stehend wurden sie entlaust, sie mussten eine Reihe von Fragen beantworten und sich einer beschämenden körperlichen Untersuchung unterziehen. Man rasierte sie, schnitt ihnen die Haare ab, steckte sie in grob gewirkte Schlafröcke und teilte sie einer Abteilung zu. Dann bekamen sie zu essen: Rinderbrühe in einer Blechtasse, ein Biskuit aus Pfeilwurz. Das Tastaturgeklacker der Makler durchbohrt die Wand — es *platzen die ersten Blasen*, jede hinterlässt einige *Tröpfchen Erinnerung* ... nur an den Torpfosten des Ostflügels, eines Erweiterungsbaus, befanden sich diese wurmstichigen Ecksteine, fällt Busner ein. 09.15. Er fragt sich: Was könnten die neuen Patienten über die Irrenanstalt gehört haben? Egal, eigentlich, die Vorstellungen, die sie in ihren Köpfen trugen, waren ohnehin viel schlimmer. Er spürt das Gewicht seines alternden Gesichts, die erschöpften Lider sacken in die Höhlen *glühendes Orange*, blinzelnd betrachtet er die weißen Stangen am Fußende und denkt, ich habe einmal durch solche Stangen geblickt, ich habe die Zeit gezwickt – diese Casio. Er spürt deutlich, dass er *bald da ist*, es geht aber nicht ohne dieses Zwischenspiel: Synthesizer-Musik, durch die offene Terrassentür des Esszimmers beobachtet er, wie Mekon im

Kunstlicht seinen Teller rundet, gegen die Anrichte prallt, gegen die Standuhr, den Teakholz-Barschrank ... *ru- ru-rund.* Ist es wahr, dass wir Drogen in Gramm abgewogen haben? – es muss wohl mehrere Wellen der Dezimalisierung gegeben haben. Hätten wir nicht eher Gran verwendet, Viertel, Achtel, Sechzehntel? Er blinzelt durch die Stangen und sieht, dass er von seinem jüngeren Selbst, einem Mann mit straffen Wangen, vollem Haar beobachtet wird. An seinem Hals hängt ein altmodisches Sphygmomanometer, dessen dicke, gummierte Manschette auf seiner Brust baumelt. Das schwere Stahlgehäuse des Messkopfs stößt gegen das Eisenbett, kling-klonk, kling-klonk. Seine Stummelfinger rollen das ausgefranste Ende der graubraunen Strickkrawatte auf und wickeln es wieder ab, bevor er einige Male gelangweilt auf den schwarzen Gummiballon des Sphygmomanometers drückt. Er spielt jetzt abwechselnd mit Krawatte und Ballon, neben dem jungen Busner taucht ein Gesicht auf, Mboya? *Ich will nich im Atomkrieg sterben, ich will übers Meer fahren bis an ein fernes Ufer, ich will tun, was der Affenmann tut, La-la-la-la-la-la-la! La-la-la-la-la-la! Blechgetrommel, Holz auf Stahl, Stahl auf Stahl, kling-klonk* ... Mboyas Gesicht ist eine gekringelte Teakscheibe, von seinen vollen, fleischig roten Lippen ziehen sich tiefe Falten in verschiedene Richtungen. Sein Augenweiß ist gelbstichig, er trägt das anthrazitfarbene Haar beinahe als Afro. Und er strahlt eine Ruhe aus, die Busner mit dem Kreuz verbindet, das er an einem Kettchen trägt. Der Psychiater kann das Kreuz nicht eigentlich sehen, er ahnt nur, dass es durch die Knopfleiste des fahlblauen Umhangs rutschen möchte. Busner erkennt, dass Quer- und Vertikalbalken von einem Kreis eingefasst sind ... *koptisch, keltisch?* Er würde Mboya gern ... *um Hilfe bitten?* Was ihn davon abhält, ist nicht etwa die Berufsehre, sondern das beschämende Bewusstsein, dass der Abteilungspfleger ihm bereits ziemlich viel geholfen hat. Ihre Augen? Busner beginnt mit einer Beobachtung. Mboya gibt sich besonnen: Mm-ja ... Also fragt Busner nach, so verdreht nach oben – macht sie das immer? Es war ein erster Versuch, weiter fällt ihm nichts Konstruktives ein. Er tritt ans Bett, zieht die Riegel heraus und öffnet das Seitengitter, nur so kann er sich der alten Frau nähern. Ihre Haltung ist ... *bizarr*, die Wirbelsäule ist starr und verkrümmt, *sie schaukelt, wenn man sie anstößt*. Ihr verspanntes, eingedrücktes Gesicht ist kein Gesicht, sondern eine Maske aus fettiger, seborrhoischer Haut, ihre Lippen, überdehnte Gummibänder, zerren an bröckligen Zahndämmen, in denen zwei, drei Zähne stecken. Busner sieht sich um, er sucht einen Nachttisch oder eine Ablage, auf der ein Becher mit ihrem Gebiss stehen könnte. Aber da ist nichts, ihr Bett steht inmitten eines Schlafsaals mit zehn, zwölf weiteren *guanobespritzten Felsen in einer See von beigebraun gesprenkeltem Linoleum*, sie stehen Kopf an Fuß, eine Maßnahme aus Zeiten, als Patienten noch Gefahr liefen, sich gegenseitig *die Tuberkulose ins Gesicht zu husten* ... Nicht alle Betten sind vergittert, klar ist: Wer hinter Gittern liegt, hat nicht den nötigen Status, um eins der Betten zu ergattern, die mit dem Kopfende zur Wand aufgestellt und mit einem abschließbaren Nachttisch versehen sind. Niemand in Abteilung 14 hat etwas, das auch nur im Entferntesten an ein Zuhause denken lässt, etwas wie eine Lampe – doch diese Betten haben wenigstens einen Blick auf die Scheibe an der Wand, auf einen Mond, der durch die langen, dunklen Nächte gleitet. Mboya, der seit den spätern Fünfzigern in der Heilanstalt arbeitet, hat Busner von Wannenbetten und Wasserbetten erzählt, von verschiedenen mittelalterlichen Fixierungen – trotzdem empfindet er *das ... diesen Käfig hier* als ziemlich schlimm. Wird sie immer ... Er hat sich zu ihr gebeugt, will ihr in die Augen sehen, es sind aber keine Augen, sondern keilförmig in eine Maske gerissene Löcher, entstanden durch *Zugringe*, die er am letzten Wochenende zum ersten Mal gesehen hatte: Zwei Dosen Cola aus dem Süßwarenladen auf Holly Hill, die er geöffnet und neben den Jungen auf die Bank gestellt hatte, gemeinsam hatten sie gelacht und in das *süßneblige* Loch gelugt ... Keinesfalls – Mboya spricht mit der Präzision kolonialer Bildung und beantwortet Busners Frage, die der längst vergessen hat – sie hat ... mit großer Regelmäßigkeit Krampfanfälle, oder Episoden, Doktor, genau alle sechzehn Tage, sie dauern ... na ja, ich würd' sagen, mindestens fünf oder sechs Stunden. Manchmal ist sie in diesem Zustand, wenn ich abends nach Hause gehe, wenn ich dann am Morgen meine Schicht beginne, liegt sie immer noch so da. Paaa-ha! Ein plötzlicher Atemschwall von entzündetem Zahnfleisch, darauf a-h'h'harrrrrr, zieht sie ihn wieder ein – doch die Maske bleibt reglos, die Augenlöcher geben nur schiefe Lederhaut frei, keine Pupillen. Es ist so – Mboya hält ein Klemmbrett mit einem kleinen Stapel Notizen, die er aus Gewohnheit, nicht aus Notwendigkeit, konsultiert – sie kann sich mehr oder weniger selbst füttern, sie schafft es sogar in den Gemeinschaftsraum, allerdings seh-her langsam. Dann gibt es Phasen, in denen sie wie aufgezogen wirkt, wie ein mechanisches Spielzeug, es gibt irgendeinen kleinen Auslöser – ich weiß nicht was – wenn der kommt, dann flitzt sie los, mit diesen Beinchen, Wahnsinn ... Der Pfleger hält inne, *warum nur? Hat er dadurch, dass er seine Sicht auf sie preisgegeben hat, eine innere, selbst gezogene Grenze überschritten?*

Busner fragt sich: Wie kommt er mit der Situation zurecht? Hält er sie für Gespenster, für Besessene? Oder für Automaten? Es hat etwas Obszönes, diese Bezeichnung *Beinchen*, die, da sie mitten in einem Torticollis erstarrt sind und eine deutliche Hypertonie aufweisen, nicht zugedeckt werden können. Ihr Flanell-Nachthemd hängt ihr um die Hüfte, keiner der beiden Männer ist bereit, seine klinische Unvoreingenommenheit zu riskieren, indem er es *über ihre Lammkeulen* zieht. — Erst, als er ihren Arm nimmt, um die Manschette anzulegen, fällt ihm ein: Ich habe sie schon einmal gesehen. Mboya hebt das Klemmbrett an. Tat … sächlich? Nein, nein, sagt Busner, nicht bei einer Visite, ich habe sie im unteren Korridor gesehen – sie war katatonisch, genau wie jetzt, völlig gelähmt, allerdings im Stehen, es gelang ihr nicht, den Fuß über den Rand einer losen Bodenplatte zu heben. Als ich sie befreit habe, erzählt er lachend, ist sie wie eine Rakete abgegangen, mit diesen Beinchen. Mboya grinst. Ja-ha, das ist typisch für Miss Dearth, sähr typisch. Sie ist in dieser Hinsicht ziemlich ungewöhnlich – die anderen sind meist entweder das eine oder das andere, entweder starr oder zittrig, gehetzt … Busner hat aufgehört, ihm zuzuhören … *Nehme ich an ihrem Zittern in irgendeiner Weise teil, werde ich unscharf, wenn ich sie berühre?* Denn er spürt in der extremen Starre ihres Unterarms, den sie in einem scharfen Winkel vor der Brust hält – ihre gekrümmten Finger liegen an einem immateriellen Hebel – einen grässlichen Druck, Tausende und Abertausende von unwillkürlichen, immergleichen Bewegungen, denen es *nicht gelingen will herauszukommen*. Es ist also nicht das, was normalerweise unter Lähmung verstanden wird, es ist eher eine extreme Form der Oszillation: Ihre Muskeln schwirren um knochige Mittelachsen, die Knochen fliegen, von einer

Tretmühle angetrieben, auf knorpligen Schienen, der Knorpel ist ein Zahnrad ... *es sieht aus, als würde es stillliegen, doch wenn du es berührst, fliegt es dir um die Ohren, es fängt dich und zerrt dich runter* ... Die alte Frau ist aber nicht auseinandergeflogen: *Ihre tragische Maske steht meiner komischen gegenüber, mit seinen Froschlippen und schlaffen Wangen wird man ihn nie ganz ernst nehmen* ... Er wendet sich ab, ringt um Fassung, er sieht kaltes Licht, das von einer Fenstersprosse auf eine *sich windende Raupe* geworfen wird. Die Raupe löst sich auf und blendet über zu einem anderen uralten Ding, das, vermutlich aufgrund einer Überdosis Largactil, in einem Bett neben der auf den Hauptgang der Abteilung führenden Doppeltür um sich schlägt. Er sieht sich um, entdeckt eine frühe Schmeißfliege – die Klinik hat ein Fliegenproblem – die um Mboyas *wolligen Globus* kreist, und hat den Spielzeugfrosch vor Augen, den einer seiner Jungs hat, *du drückst auf den kleinen Gummiballon* ... seine Finger finden den Ballon des Sphygmomanometers ... *eine obszöne Gummilasche entrollt sich* unter der Plastikamphibie und schlägt weit aus. All diese, denkt er, Erregungen – einige müssen kausal miteinander verbunden sein. Die rechte Schwingtür wird nach innen geschoben, im kleinen Fenster zeichnet sich gespensterhaft ein Gesicht ab, dessen pathologische Schwankungen *man als Kurve aufzeichnen würde* – und verschwindet wieder. All diese Erregungen – der Pfeil auf dem Schild des NOTAUSGANGS ist beweglicher als das Gesicht, das seinem gegenübersteht. Sie hat weder Augenbrauen noch etwas, das man als Wimpern bezeichnen möchte. Zwei, nein: drei Haare eines Damenbarts hängen am Kinn, einem scharfen Kinn, die Wangenknochen sind noch schärfer, die Haut ist eine rissige Glasur, unter der uralte Sommersprossen zu Altersflecken verwachsen sind. Er hat sich so tief zu ihr gebeugt, dass das Kristall des Messgeräts ihren Geflügelhals kalt berührt. Paaa-ha!, schaudert die eingesunkene Brust. *Es ist nicht das Essen – es ist fäkal. Bei den anderen ist es meistens entweder das eine oder das andere …* — In der Unterseeklinik flattern Flossen von Korridor zu Korridor zu Korridor, Schaum strömt aus Nischen und Laibungen, wirbelt an Pfeilern und Sockeln, fließt über Treppenhäuser oder Lachsstiegen, bis all diese Bewegung in einer Gischt aus Tics und Zuckungen und Grimassen vergeht. Und doch hat Busner diese anderen bemerkt, er hat sie mit einem Blick erwischt, der schon immer für flüchtige Erscheinungen reserviert war, für *Schatten im Wasser* – an schöneren Tagen hat er sie draußen gesehen, in den Lichthöfen zwischen dem ersten und dem zweiten Riegel, wo sie Wasser treten und um sich schlagen, manchmal sogar weiter draußen auf dem Gelände, wo andere Patienten höchstens einmal die Blumenbeete umschleichen. Und im Aufenthaltsraum seiner anderen chronischen Abteilung, wo man die Patienten mit Hilfe eng eingesteckter Decken auf ihren Sesseln festhält – gefesselt vor Fernsehern, in denen *geschickte Hände Lehm formen* – in dieser trostlosen Reihe hat er *einen weiteren* entdeckt. Sodann: Als er an den Türen des Hauptgangs vorübergehen wollte, dort, wo die Kuppel von einem kragenden Mezzanin verdeckt ist, wurde Busner plötzlich von diesem stockenden Gespräch aufgehalten: Nichts, mein Herr … Nichts! Nichts! … Von Nichts kommt nichts, sag's noch mal – und er fand, als er eintrat, ein *dämmriges Getümmel*, eine Bühne umgeben von schwarzen, staubigen Fetzen, Verdunklungsvorhängen, darin einen flitzenden *Narren* im schwarzen Rollkragenpullover, der ein Stück-im-Stück spielte, seine Schauspieler waren eine hyperaktive Cordelia und ein komatöser Lear, der einer gegen die Bühne schwappenden Gruppe von Patienten, die aus den umliegenden Abteilungen angeschwemmt worden waren, Unverständliches vorleierte. In all dem Rauschen, in all dem Wirbel war es eine einzige, winzige Bewegung der Wasseroberfläche, die die Aufmerksamkeit des Psychiaters in Anspruch nahm – und Busner erkannte, dass auch jener einer von jenen anderen war, die Mboya erwähnt hatte, auch wenn er nicht wusste, wie er sie klassifizieren sollte.

Diese anderen, die meistens *entweder das eine waren oder das andere*: entweder wie die alte, zu einer einzigen Krampfstarre verquirlte Frau – deren summenden Arm er hielt – oder aber gelöst und *spastisch, hypotonisch* ... diese anderen der anderen ... er hatte gesehen, wie wohlmeinende Krankenschwestern versucht hatten, sie an einer Wand aufzustellen, er hatte gesehen, wie diese Patienten zusammensackten, sobald die Schwestern ihnen den Rücken kehrten. Beiden Typen ist etwas gemeinsam, bemerkte Busner, sie besitzen die unheimliche Fähigkeit, die Umstehenden entweder überscharf oder unscharf zu machen. Die Somnolenten und Akinetischen waren so ruhig, dass es schien, als wären sie ein Teil der Heilanstalt, ein Teil ihres Materials – dürr standen sie da, reglos, verkrümmt unter den alten Lanzettbogenfenstern, und wurden von Busner fasziniert beobachtet, während die Vorübergehenden auf seiner Netzhaut nur einen Schmutzstreif von Photonen hinterließen. Die Zuckenden aber, die närrisch Verzerrten, bewegten sich schubhaft – eine Peitsche des Nervensystems trieb sie voran, sie hüpften und machten Hunderttausende von Trippelschritten. Diese waren es, dachte Busner, die nicht stillliegen konnten in den langen Sekunden, die nötig waren, um eine Platte zu belichten, die Aufzeichnung ihrer

Gegenwart war gespenstisch, weil ihre Körper ständig dabei waren, in die Zukunft abzuschlittern. Zeit, dachte er, es ist eine Frage der Zeit. Die reinen Psychotiker sind im Jetzt verwurzelt, selbst wenn sie extravagant behaupteten, *sie glitten über den langen Bogen einer glänzenden Rutsche aus der Zukunft zurück, um uns vor dem Siegeszug der Maschinen zu warnen.* Ihre theatralischen Wahnvorstellungen sind bestens ausgestattet mit den Technologien unserer Zeit: mit Transistoren, Fließbändern und Anrufbeantwortern – auch ihre wild entschlossenen Verfolger befinden sich auf dem neuesten Stand: Wenn nicht der Schwarze September den grauen März infiltriert, dann auf jeden Fall die irische Sozialarbeiterin, die in Busners akuter Abteilung für die Patienten aus Islington zuständig ist. Mindestens sechs von ihnen halten *die teuflische Bernadette* für eine IRA-Mörderin. Was die Hirngeschädigten angeht, die Spastiker, die anderweitig Betroffenen – ihre Mienen sind ausdruckslos, ihre Züge heben und senken sich mit den Körpern, die auf *zirkadiane karibische Rhythmen* reagieren. Dann sind da noch die Lobotomisierten – auch sie sind hier untergebracht, ihre Haare zerknittert, kahle Schädelhaut, wo eine Klemme angesetzt wurde, wo eine Säge geraspelt, ein Bohrer gebissen hat. Busner kennt die Präfrontalen alle. Sie sind alle im gleichen Alter – Mitte vierzig – ihre Behandlung liegt zwanzig Jahre zurück, als diese Methoden beliebt waren. Sie sind in einer ganz bestimmten Gesteinsschicht der Klinik gefangen. Trotzdem passt sich ihre Absonderlichkeit immer wieder den Gegebenheiten an, wie man an ihren leidvoll gequälten Blicken erkennen kann, die durch grobe Mechanik nach innen gedrückt werden, weil sie die Muskelbeherrschung verloren haben: Ich kann nicht anders, Doktor, hat einer auf Abteilung 20 gesagt, ich kann … Doktor, ich kann nicht, ich-ich-ich-ich-ich ... aber *diese anderen* befinden sich in dieser Zeit, auch wenn sie ständig versuchen, ihr zu entkommen, sie leben *im Jetzt und im Bald* ... Aber es ist die alte Frau, die zwischen dem einen und dem anderen Typus alterniert, sie hat ihn zu der Einsicht geführt, dass all diese Patienten *einer Gruppe* angehören – eine Klassifizierung, die Mboya, dessen Erfahrung viel umfassender ist, nun bestätigt.

Ist sie –?, fragt der Psychiater. Nein, antwortet der Pfleger, das ist nicht nötig. Nur gelegentlich ein Schlafmittel. So haben die letzten Wochen für Busner ausgesehen: Er hat Medikationspläne überprüft, eingefallene Brustkästen abgeklopft, die schwere Manschette des Sphygmomanometers auf- und wieder abgezogen, in der Stille der Klinik dem Rauschen des arteriellen Blutstroms gelauscht. Er ist in die feuchten Kuhlen ihrer Betten gestiegen und hat in entzündeten Fisteln gewühlt, die sich tief in das hohle Innere dieser Patienten gegraben haben. Er weiß, es ist unmöglich, ein Rezept wie das folgende zu schreiben: Ständige, mitfühlende Aufmunterung zu effektiver Beweglichkeit, RUND UM DIE UHR aufzutragen. Und so kritzelt er nur erschöpft Tetracyclin aufs Formular, Verabreichung nach Plan. Whitcomb hat Busner zwei chronische Abteilungen zugeteilt, die 14 und die 20, aufgrund seiner klinischen Erfahrung hat man ihm auch zugestanden, in Abteilung 11, drüben im gesonderten Hallwick-Bereich, wo die akuten Zugänge versorgt und überwacht werden, an den Beurteilungen teilzunehmen. Weshalb er ständig *promeniert* – seine Runde bedeutet jedes Mal eine gute Meile *Auslauf* ... Er fragt sich nebenbei, ob Whitcomb, *die Sau*, es absichtlich so eingerichtet hat, um seinem Junior den Bauchansatz abzutrainieren – dann fällt ihm auf dem Weg zur Verwaltung, wo er seine Schlüssel abholt, ein, dass den Klinikärzten, wie er gehört hat, die Aufsicht über die Dienstpläne entzogen worden ist, weil *die Bürokraten die ganze Klinik an sich gerissen haben*, was eigentlich ganz passend ist, bedenkt man, dass Heilung, welcher Art auch immer, überhaupt nicht angestrebt wird, dass Ärzte und Pfleger über die Jahre – oder Jahrzehnte – zu Patientenschiebern verkommen sind, die ihr tägliches Pensum stapeln, lochen und binden, um es schließlich in diesem Fach abzulegen, in jener Schublade zu versenken. In den tieferen Regionen der Klinik, glaubt Busner, muss es entsprechende Bereiche geben: für *die Melodramatischen*, *die Affenzeckigen*, die *wirkt übererregt*, die *150 mg Stelazin intramusk.*, jeweils mit Kritzelschrift auf eigens im Haus hergestellten Formularen verzeichnet, sie werden abgelegt und in Eisenregale gesteckt, wo sie feinsten Staub sammeln dürfen. Das Archiv ... *ein Plan eines Plans*, der selbst wiederum ... *ein Plan* ist, zumindest eine diagrammatische Abbildung der Klinik, die einen selbstversorgenden Bereich darstellt – *Shumacher würde es gefallen* – allein diese Metallwerkstatt, die Töpferei, die Bäckerei und der Gemüsegarten, wo *knollenköpfige Insassen ein paar Zwiebeln gezogen haben* ... Friern ist zwar kein Panoptikum – selbst einem allsehenden Auge, selbst dem schärfsten Blick würde es nicht gelingen, den gesamten teleskopischen Korridor einzusehen – doch der Plan verleibt sich jedem ein, der die wuchernde Anlage betritt, er wird ein lebendiger Teil des Plans, ein *blinkender Lichtpunkt auf seinen Schaltkreisen*. In seinen nachdenklicheren Momenten, die er mit schwarzen Kulis verbindet, erinnern die endlos reflexiven Zustände, die solche *Pläne von Plänen von Plänen* einleiten, Busner an Cantors unendliche Mengen und transfinite Zahlen – in erster Linie aber empfindet er die Vorstellung als schwindelerregend, dass die 1884 Fuß, sechs Zoll des unteren Korridors sich aufrichten und eine senkrechte Achse bilden, und die ganze bedrückende Institution *ihre eigene axonometrische Projektion vorführt* … Er ist völlig außer Atem, als er, aus der Verwaltung kommend, an den Türen der Pflegeverwaltung und der Freiwilligenabteilung vorübereilt, er hat die fünfhundert Yard von Abteilung 14 im Laufschritt zurückgelegt. Dreihundert liegen noch vor ihm – *und wozu?* Damit er an der Tür von Perkins empfangen wird, der, weil er seine Effizienz beweisen möchte, bereits aufgeschlossen hat, als Busner mit seinem eigenen Schlüssel kommt, ein Vorgehen, das seine *übergeordnete Zuständigkeit* bestätigt und gleichzeitig der Bemerkung, die Busner gern gemacht hätte, zuvorkommt: Es gibt eigentlich keinen Grund mehr, diese Türen abzuschließen, nicht wahr? Es entspricht ja nicht mehr der Hausordnung. Perkins, dessen kriegerische Haltung dem Psychiater zu verstehen gibt, *ich habe mich vom Wehrdienst* nicht *befreien lassen*, und der trotz seines weißen Nylonkittels und der braunen Anzughose als perfekter Unteroffizier durchgehen würde, Perkins mit seinem *Schuhbürstenschnauzer* und dem *regenstreifigen Kühlerhaubenmundwerk*, Perkins, dessen *eisernes Haar im Scheitel rostet*, Perkins, der genau weiß, wie ein rangniederer Offizier zu behandeln und zu handhaben ist, lässt ihn nur das sehen, was er ihn sehen lassen will. Busner ist noch nicht an dem Punkt angelangt, wo er feststellen könnte, inwieweit Perkins die Belegschaft unter Druck setzt und ob sie ihm darüber hinaus willfährig ist. Er zweifelt aber nicht, dass das eine oder das andere der Fall ist, sie sind nämlich abgerichtet, über den brüchigen Appellhof der Abteilung zu paradieren, den Medikamentenwagen in Stellung zu bringen, den holzimitatfurnierten

Deckel aufzustellen, die Gelatinegranaten abzufeuern und weiterzumarschieren. Bei den Visiten, die sie gemeinsam unternehmen, ist Perkins beflissen – immer wieder versucht er, den Anschein zu erwecken, dass der Untergebene selbst zu seiner Entscheidung gelangt, während er gleichzeitig mit rhetorischen Fragen immer weiter drängt: Denken Sie nicht auch ... Wäre es nicht am besten ... Haben Sie nicht in Fällen wie diesem auch bemerkt ... Man braucht im übrigen keine ärztliche Verfügung, um den Patienten *den Beruhigungscocktail einzuflößen*, im Schatten des Campanile gelten alle Rezepte bis auf Widerruf, ansonsten *gibt es immer noch ein weiteres Medikament, das das letzte Medikament verträglich macht ...!* Die Medikationsliste eines Patienten ist kaum mehr als eine Gedächtnisstütze, um den geschäftigen Schieber an die richtige Dosierung zu erinnern. Tatsache ist, dass diese Tabellen nicht einmal aufbewahrt werden und dass einer, der sich wichtigmachen möchte, ins Archiv hinabsteigen muss, um die vollständigen Patientenakten einzusehen und die Handschrift seines Vorgängers zu entziffern, deren Unleserlichkeit, davon ist Busner überzeugt, oftmals nicht Zufall ist, sondern Absicht.

Ganz ruhig bleiben! Dafür ist er allerdings nicht nach Friern gekommen – *ja, ja*, er wird seine hippokratische Pflicht erfüllen, er wird weder wissentlich Schaden zufügen noch zulassen, dass solcher irgendwo zugefügt wird, doch *aufmischen* kann er im Moment auch nichts. *Halt dich lieber raus!* Er hat auch keinen Bedarf nach Weiterentwicklung einer Theorie, deren verschiedenste Stränge, vom Geist gesponnen, die luftigen und doch substantiellen Modelle weiterentwickeln und verkomplizieren, *die Idioten wie ich mit den Phänomenen verwechselt haben, die sie immer nur im Groben abbilden* ... Vor allem möchte er dem Drang widerstehen, Perkins zu fragen, warum er *mit solchem Vergnü-hügen!* den weiblichen Patienten das Chlorpromazin in höheren Dosen verabreicht – dem Drang widerstehen, denn er weiß es ja längst. Sie ist so zerbrechlich, Doktor, sagt der Oberpfleger über eine Frau, die zitternd in einem Gitterbett liegt, machen Sie sich keine Sorgen, sie könnte sich etwas antun? Über eine zweite Patientin, die seit drei Tagen in einem Stilleraum – ein irreführender Euphemismus für eine Gummizelle – eingesperrt ist, behauptet der Pfleger: Wir wünschen uns wirklich, dass sie glücklich ist, Doktor, aber wenn wir sie frei rumlaufen lassen, beklaut sie die anderen, und dann beschwert sie sich, dass die anderen ihr die Sachen wegnehmen, und eh man sich's versieht, geht es hier drunter und drüber. Wenn ich sie so anschaue, würde ich nicht im Traum drauf kommen ... und in der Tat, das würde er nicht, denn was da auf dem *puddingfarbenen Sichtbeton* kauert, ist eine *runzlige Rosine* von Mensch, zitternd in einem Midi-Umhang aus Leinen, einer Uniform, denkt Busner, die einem Sklaven angemessen wäre ... aber sie hat sich 'ne Gabel geschnappt und wollte die grad in Bettanys Auge stecken, und wenn ich nicht dazwischengegangen wäre, hätte sie's bestimmt auch gemacht – also, Doktor, das geht doch nicht, oder? Der ganze Zweck dieser Rede besteht darin – wie Busner Stunden später versteht, als er selbst die Injektion gesetzt hat – die Wörter gut und Doktor unterschwellig in seinen Geist zu pflanzen. Aber wenn Busner ein guter Doktor ist, dann sollte er doch etwas gegen einen schlechten Pfleger unternehmen, der sich, wie er beobachtet hatte, mit seinen Kumpels gackernd über eine Bildstrecke in der Sun gebeugt hatte, die Feministinnen in Afghanenmänteln zeigte, die ein Kreuz in die Höhe hielten, an der eine Schneiderpuppe hing. Ich würd' die Schlampen ans Kreuz nageln, meinte er Perkins gehört zu haben – sicher konnte er nicht sein, denn das zwischen die schmutzigen Scheiben zweier verriegelter Schiebefenster gequetschte Büro war ein einziges Durcheinander von klappernden Teetassen, Qualm, schwelenden Blechaschenbechern und klappernden Aktenschränken. — Perkins und Bettany, erwischt, warfen ihm den Blick zu, der für die Neuen, die zur Demütigung freigegebenen Rekruten, reserviert war. Zwar war Bettanys Miene freundlich, wohlgenährt und voller heiterer Grübchen, doch misstraute Busner ihm, mehr noch als Perkins – er kannte diese Typen, die begriffsstutzigen, beeinflussbaren Dicken. Busner wusste, dass Bettany für die Durchführung der sogenannten Bummstherapie zuständig war, Dave Catterall, ein Anstaltsflüchtling, hatte es ihm erzählt. Als Catterall damals ins Konzepthaus in Willesden eingeliefert wurde, klagte er lauthals über die Behandlung, die er erfahren hatte, er sei von Psychiatrieangestellten geschlagen und mit durchtränkten Handtüchern, die ihm über den Mund gehalten wurden, gefoltert worden. Es waren Geschichten, die Busner, dessen eigene Erfahrung in psychiatrischen Kliniken zeitlich begrenzt und ausschnitthaft gewesen war, für übertrieben hielt, bis sie später von anderen Bewohnern bis ins kleinste Detail bestätigt wurden. *Ja und?*, lispelten die Pfleger kindlich. Busner brannte vor Entrüstung. Doch *woher sollten sie wissen?*, dass Busner längst kein Neuer mehr war, seit Jahrzehnten nicht – sondern ein *Zurückgelassener*, der hört, wie die Rileys und die Rovers die Einfahrt hinunterknirschen, wie der Fahrer noch einmal ruft, bevor er die Türen schließt und der Bus in Richtung Bahnhof davonfährt. *Zurückgelassen*, um durch leere Flure und verlassene Klassenzimmer zu stromern, immer wieder für so lange Zeit zurückgelassen und vergessen, dass er mehrmals unter schrecklichen Umständen allein in Schlafsälen übernachten musste, in denen nichts mehr war außer dem *ungewaschenen Jungengeruch und dem schniefenden, mitleiderregenden Gespenst des Zwölfjährigen, der ich war – und natürlich dem anderen Zurückgelassenen.*

Kann sie –?, fragt der Psychiater, Mboya winkt müde mit dem Klemmbrett ab. Wir können sie selbstverständlich nicht aus dem Bett holen, wenn kaum eine Chance besteht – wir haben zu viele solcher Fälle, es fehlen Pflegekräfte. Aber zum Glück ist Miss Dearth manchmal ziemlich eigenwillig … *Miss Dearth? Habe ich richtig gehört?* trägt eine dicke Windel, die von einer Plastikunterhose gehalten wird. Sie ist es, von deren Anblick sich die beiden Männer abwenden – Nacktheit wäre weniger obszön … Mboya fährt fort: Ganz sicher bin ich mir nicht, aber ich glaube, sie ist länger hier als jeder andere Patient – und, ja, sie ist durchaus recht eigenwillig. Der Pfleger, der anderthalb Köpfe größer ist als sein Kollege, tut jetzt etwas, mit dem nicht zu rechnen war, er geht in die Hocke. Busner folgt etwas wackliger seinem Beispiel. Das Phänomen, das sie nun betrachten, ist derart unerklärlich, dass Busner nicht einmal weiß, was sich vor seinen Augen abspielt. Bis Mboya es erklärt. Sie nimmt sich irgendetwas, das in Reichweite ist, sagt Mboya, zuunterst liegen alte Schuhe, die sie gefunden hat, obenauf vielleicht Seifenschalen, die sie von der Toilette mitbringt – ja, und auf diesen Schalen … ich glaube, sie hat eine Vorliebe für Schalen und Untertassen, es gab Jahre – wenn sie genug davon findet, dann verwendet sie nichts anderes. Aber dieses Jahr hat sie, wie Sie sehen können, einige Steine aus dem Garten mitgebracht, ein paar flache Steine, und hier sind Schieferstücke, die vom Dach gefallen sind, die hat sie obendrauf gelegt … Das Ergebnis hatte eine mehr oder weniger konische Form. Es war zwei Fuß hoch, der Gipfel berührte beinahe die Federn des Bettgestells. Die beiden Männer betrachten aus zwei Perspektiven – vom Fußende und von der Seite – diesen *Was denn eigentlich? Schrein? Diese Grotte?* Von Busners gespreizten Fingern führt ein gerieselter Sandpfad zu einer akkurat angelegten Öffnung, an der Wurzeln, Stängel und Köpfe von zwei oder drei zerfledderten Narzissen liegen. Selbst ein Nachtlicht ist integriert, die winzige Flamme wirft einen gemütlichen Schein auf zerknittertes Papier, das unter der bogenförmigen Aussparung gehäufelt ist. Oh, sagt er, ist das –? Ich meine ... Mboya ist versöhnlich: Es schadet ja niemandem, Doktor, dafür sorgen wir schon. Und Miss Dearth – Audrey – sie ist ja, wie gesagt, schon lange hier ... also, als ich angefangen habe, war sie schon seit vielen, vielen Jahren hier ... Busner findet die Szene unfassbar befremdlich und schweigt, was Mboya als Missbilligung seines Verhaltens interpretiert. Er beeilt sich zu sagen: Sie müssen verstehen, sie ist eine Art Institution, ihr kleiner Frühlingsschrein ist, na ja, andere Patienten – und von der Belegschaft auch – sie kommen gern und ... Er zeigt mit dem Finger, jetzt sieht Busner die Münzen, die dort auf *saftig-grünen Matten* liegen, glänzende, neue Fünf- und Zehncentstücke aus Nickellegierung, dazu einige wenige angelaufene Zehner und Threepence, *wie schnell es geht, dass sie einem anderen Zeitalter zugehören* ... Er nimmt eins der kleinen Dodekaeder und drückt es mit solcher Gewalt, dass es, als er die Finger löst, am Zeigefinger klebt. Auf dem Daumenkissen bleibt der Abdruck des Fallgatters zurück, er führt es zur Nase und wittert den Duft von altem, längst erkaltetem Blut. Zuerst hält Busner das dünne Stimmchen für etwas Erinnertes *Die Grotte nich vergessen, nur eimer im Jahr – ein Kollege?* der bei einer Fallkonferenz ewig den Mund nicht halten wollte. *Die Grotte nich vergessen, nur eimer* – dann meint er, sie kommt von dem zu stark beruhigten Patienten ganz hinten in der Abteilung – *ein Jahr, Fata fertauf See, Mutter bringt ihn wieder her …* schließlich versteht er, dass es unmittelbar in seinem Ohr ist, *und zwar mikro-phonisch*, er richtet sich auf und lehnt sich zurück, um Folgendes zu hören: die Äußerungen einer noch kleineren, noch schrumpeligeren alten Frau, die auf dem Kehlkopf dieser Frau vibriert. Er lauscht der Reibung der ausgetrockneten Lippen: ’N Penny tut nich weh, ’n halber reicht mir eh, ’n Farthing bringt dich nich ins Armenhaus … Der kalte Messkopf seines Spygomanometers liegt inzwischen an ihrem Hals und riecht noch immer *fischig* – sie hatte die Schalen unter dem Wagen des Fischhändlers gefunden, dort lagen eine ganze Menge, und in der Gosse vor dem Leg of Lamb waren auch noch welche, *ein mieser kleiner Schuppen*, so ihr Vater, *eine Spelunke für Hilfsarbeiter und Gauner*, aber Audrey fand, dass das holzverkleidete Gebäude – tatsächlich eher ein Schuppen – eine *romantische Note* hatte, auch wenn sie nicht wusste, was das bedeutete, sie wusste nur, dass Mrs. Worth, in deren Obhut die Kinder blieben, wenn die Mutter gelegentlich ausging, die Schwestern in einer Reihe aufstellte, streng um Ruhe bat, den Klavierdeckel öffnete und silbrig tönende Seifenblasen aussandte, die im stickigen Wohnzimmer aufstiegen und zum Spiegel drifteten, wo sie ihr eigenes Bild küssten und vergingen. Wenn Mrs. Worth fertig war, schloss sie den Deckel und sagte, Mädchen, was ich euch vorgespielt habe, hat eine ausgesprochen romantische Note. – Ist es also diese romantische Note, die das Leg of Lamb umschwebt, oder bezieht sich der Ausdruck nur auf die Blaumeise, die auf dem Butterfass trällert? Audrey fürchtet sich ein wenig vor dem tiefen Schatten, den ein Maulbeerbaum, von dem die Mutter erzählt hatte, auf den alten Brettern hinterlassen hatte – hat auch das vielleicht eine romantische Note? Die Austernschalen riechen fischig und haben Algenbärte, aber vor der Kneipe ist eine Tränke, dort schrubbt Audrey ihren Fang *bisser ganz wunderhübsch* aussieht, bis Bert mit Mutter vorbeikommt, die ihr gleich eins hinter die Löffel gibt. Bert lacht und sagt: Die Grotten machen wir nich vor Juli, Or-drie, und dann mit frischen Muscheln, nich mit den ollen Dingern da. Die annern Mädels sind alle im Garten, is doch Frühling, was tanzt du immer aus der Reihe? Sie muss, deshalb sammelt sie die Austern in ihrer Schürze und nimmt sie mit. Mary Jane zerrt sie nach Hause in die Waldemar Avenue, wo Audrey vorn am Zaun ihre Grotte baut. Vi und Olive müssen Kieselsteine besorgen, *so welche hier – nicht so welche*, Audrey hält sie mit Ohrfeigen auf Trab. Drei oder vier Idioten von der Heilsarmee trödeln vorüber, von marschieren kann keine Rede sein, einer schleppt eine große Basstrommel, die anderen albern mit ihren Tröten herum, sie schmatzen und furzen. Als sie die zu dieser Jahreszeit unerwartete Grotte sehen – und die völlig verheulte Vi mit dem Schmutz unter den Augen – bleiben sie stehen. Sie schenken den Mädchen einen Penny, sofort schickt Audrey Vi los, um bei Curtis an der Ecke eine Kerze zu kaufen. Am Herd besorgt sie sich unbemerkt ein Flämmchen, später genügt es ihr, einfach auf dem Bürgersteig zu sitzen und die Zehen ihrer wärmenden Stiefel *warme Hündchen* zu halten, es war aber auch ein sehr schöner Abend, der Sonnenuntergang tauchte die *Rosengirlanden* in scharfes Licht, Rosen und Girlanden, auf die Mary Jane voller Stolz aufmerksam machte, *Echter Putz, seht her* … und die Balustraden der im ersten Stock gelegenen, von plumpen, viereckig auslaufenden Säulen gehaltenen Terrassen. Langsam beginnt es zu dämmern, und Audrey singt die Zeile: *Die Grotte nich vergessen, nur eimer im Jahr*, vielleicht denkt sie es auch nur, sie hofft, mit ihrem Gesang den Struwwelpeter zu verscheuchen, dessen krause, hellrote Haarwolke über den *Schlotsteinen* steht. Wie konnte ihre Mutter nur so etwas sagen? Schließlich waren die Rosengirlanden, überhaupt die Häuser, alle gleich. Wie kann etwas schön oder edel oder romantisch sein, wenn es das Gleiche ist? Fata fertauf See, Mutter bringt ihn wieder her ... — Die hat's in sich!, ruft Arnold Collins, der mit Audreys Vater in den Bussen arbeitet – *er iss dem sein Schaffna* – und der seine Aufsichtspflicht auch nach Arbeitsende, wenn sie, ihre Taschen tragend, gemeinsam nach Hause schlendern, nicht vergisst. Denn Sam Death wirkt *ziemlich knülle*. Rothschild trägt noch seine Stulpenhandschuhe – mit seinem verschwitzten, ledrigen Pferdegeruch wuschelt er ihr im Haar, dann streicht er ihr über die eine Wange, um die andere an seinen *nassen Schrubber* zu drücken. Als er sich zu ihr bückt, schiebt sich die Weste knittrig zusammen, die Uhr flutscht aus der Tasche und liegt einen Augenblick lang *kalt* an ihrem verknautschten Gesicht. Collins steht etwas abseits, er hat die Daumen in die Westentaschen gesteckt, seine Mütze ist kess nach hinten geschoben. Der glaubt, die Frauen fliegen auf ihn, hat der Vater ihrer Mutter erzählt, als sie sich bei einem Gläschen Portwein entspannt haben, Audrey hat's gehört. – In Hammersmith hat er 'n Edelfrollein, und in Shepherd's Bush 'ne Verkäuferin. Er rülpst und lacht und wischt sich den Schnurrbart ab. Weiß nich, irgendeiner wird ihn demnächst ma'ornlich vermöbeln – bei all dem klingt Nachsicht an, beinahe schon Respekt. Aber Audrey mag es nicht, wie Arnold Collins sie ansieht, sein harter schwarzer Blick, der ihr übers Haar rollt, über Brust und Fesseln. Selbst als sich Audrey mit den kleinen Mädchen im vorderen Schlafzimmer bettfertig macht, spürt sie noch die schwarzen Murmeln auf ihrem Körper – und auch, als die Jungen dazukommen und alle fünf Death-Kinder kniend ihr Gebet herunterleiern, Globt sei die Mutter, der gottlose Vater, kann sie Collins' Blick nicht ganz abschütteln. Im Bett rückt sie nah an Violet, um sich vor ihm zu verstecken, und konzentriert sich auf die Schattenrisse hinter ihren eigenen Lidern, einen ganzen Aufmarsch finsterer Gestalten, die durch Ufernebel schweben, darunter die Verkäuferin, *das Edelfrollein*, sowie mehrere stattliche Damen mit extravaganten Hüten, mit Bommeln und Schirmchen, die zu regelrechten Elefanten werden. Auf ihren Rücken schaukeln *Houdih-Houdahs*, begleitet von einem Blechbläsersatz, *Aa-ramm-pamm-pah! Aa-ramm-pamm-pah!*, der auf magische Weise vom Musikpavillon in South Park herüberschwebt, die ganze Welt wird gurgelnd in die *flammende, goldglänzende Trompete* gesogen, dann wieder herausgestoßen, *es war doch nur, es war doch nur* … eine Kuhherde, die ein Bauernjunge durch das Gestrüpp von Barnes Common führte, an jenem *herrlichen Tag*, als Bert schwänzte und sie nach Surrey Side mit rübernahm – *Ham'wa gerad' noch erwischt!* – Küsschen, Mädel, Küsschen! Seine Uhr liegt kalt an ihrer Wange, die Lederfinger zerren an ihrem Kinn. – Küsschen! Küsschen! Sie bebt … 'N Penny tut nich weh, 'n halber reicht mir eh, 'n Farthing bringt dich nich ins Armenhaus … und Sam Death frohlockt: Sei nicht so, gib ihr was! Sie is'n süßes Gänschen, was, Arnold? Sie muss es einfach haben. Er greift nach der Tasche des anderen, erwischt den Griff und zieht den Mann zu sich, der jetzt endlich den Geldbeutel herausfischt und einige Münzen auswählt, die er einzeln vor Audreys Grotte wirft – da hast du deinen Penny, deinen Halben, deinen Farthing – und weißt du was, Kleine? Das bringt mich wirklich nicht ins Armenhaus, niemals, ich bin schließlich der Kerl, der mal 'nen Schilling – einen ganzen Schilling – rausgerückt hat, nur um drüben auf dem Markt von Leadenhall den Anwärter Tichborne zu treffen. Hab' ich dir das mal erzählt, Arnold … Nein? Schon haben die beiden Männer die Stufen genommen und sind im Haus verschwunden, und noch einmal hört Audrey die Stimme ihres Vaters, Mary Jane, ruft er spöttisch, du hast doch bestimmt 'ne leckere Sülze für unsern Mister Collins, oder?

Das Schummerlicht der kürzlich auf der Waldemar Avenue installierten Lampen wirft den Schatten des oberen Geländers auf die beiden Betten, *ein Bedlam-Gitter*, das sich im Gestänge von Olives Kinderbett verheddert. Violet hat die Decke mit den Füßen weggeschoben – ihre dünnen Beinchen *haben es in sich*, sie tritt wild um sich. *Arnold, mit federnden Fersen*, sitzt im Fensterrahmen und Audrey denkt: *Wie soll ich denn so einschlafen, wie soll ich denn so einschlafen* … sie wird vor Schlaflosigkeit den Verstand verlieren, auch weil ihr der Pissdunst vom Klo in der Nase hängt, und weil sie die beiden Pennys und den Halben und den Farthing immer wieder zusammenzählt, um die Summe durch elf Farthinge zu teilen und am Ende noch einmal zusammenzurechnen. Münzen an der Tafel, Münzen auf dem Schiefer, Finger stecken in Tintenfässchen, *zwei-mal-sechs-is-zwölf, drei-mal-sechs-is-aach-zehn, vier-mal-sechs-is-viernzwanzig*, ein ganzes Klassenzimmer voller Audreys und Stans, sie tragen trostlose Kleidung, ihre Stiefel sind brüchig, ihre hellen, flehenden Stimmen sind ein einziges Geflecht, aus dem sich nur langsam zwei Tonlagen lösen, die von JUNGEN und MÄDCHEN auf die nachmittägliche Straße getragen werden, wo sie sich erneut ineinander verwinden – schmutzige Jungenhände packen Pferdeschwänze und nehmen die Mädchen in die *Zwangsjacke*, in den *Schwitzkasten*, bis ihnen jemand zu Hilfe eilt, *Willste eins auf die Fresse? Aber mein' Schädel haste nich angefasst, na also*, die Wiggins-Jungen haben einen Kreis gebildet – sie schnappen sich den kleinen, flennenden Stan und werfen ihn zu ihr in den Ring, sein Hemd ist schon zerfetzt. — Kein Wunder, dass wir das Spiel Bedlam nennen, denkt Audrey, ein großes Mädchen, vierzehn Jahre alt, es ist Samstagnachmittag, sie kehrt aus dem Badehaus auf der Shorrold's Road zurück, als sie auf einen Haufen johlender Kinder trifft. So hieß das halt – wir wussten ja gar nicht, was Bedlam war. Im Kopf der sechsjährigen Audrey war es von St. Cyprian, dem Waisenhaus, überlagert, und von dem Isolationskrankenhaus in Gunnersbury – Orte, in die Kinder *gesteckt wurden*. Sie hinterließen schmerzhafte Lücken, die nach ein paar Tagen oder Wochen von ihren Geschwistern ausgefüllt wurden. Audrey biegt in die Fulham Street und denkt, dass Kirschblüten wie Froschlaich sind in einem tümpelgrünen Himmel, sie freut sich auf den Anblick von Anderson's Tea Room, an dem sie bei ihrem Spaziergang vorbeikommen wird, sie wird die Kuchen bewundern und die hübschen Süßigkeiten, bis sie ihren Vater entdeckt, der seinen Fuß auf die Kiste eines Schuhputzers gestellt hat, leider entdeckt — denn Audrey glaubt zu dieser Zeit noch, dass er immer *sofort* weiß, wo sie ist, wenn sie ihn sieht. Er ist inzwischen *Zauberer* geworden, in seinem Gesicht *steckt eine Siegarre, ihr hellgrüner Rauch verzieht sich und enthüllt* … Arnold Collins. *Geh, wohin du willst, du triffst sie immer wieder*, und das Schlimmste daran ist, dass Collins in dem Moment, als ihr Vater das Standbein wechselt, den Hut zieht und sagt: Sie setzt ja ornlich an, Kumpel, und nicht nur Magerfleisch, verstehste? Und warum auch nicht?, grummelt Sam, sie issja nich irgend'n dürrer Flapper! Also, Or-drie, ich hab 'nen Auftrag, den Mister Collins hier mir anvertraut hat –. Er unterbricht sich und herrscht den Schuhputzer an: Bisschen mehr Einsatz, Junge! Dann fährt er fort: Wir fahrn innen Westen rauf, du und ich, wird Zeit, dass der Vater seiner Tochter mal zeigt, wie's da draußen in der Welt so läuft – was, Arnold? Collins zuckt schmallippig, er fingert an seiner Hutkrempe und rückt die kräftig-braunen Flügel seiner pomadeglatten Haare zurecht. Audrey spürt, wie die ihr eigene Feuchtigkeit in die Kniekehlen rutscht, und seufzt. – Aber Vater, Mutter braucht doch –. Die rauchende Hand fährt wie ein Beil dazwischen: Deine Mutter braucht immer irgendwas, Audrey – und nicht nur sie. Er fummelt eine Münze aus der Tasche und wirft sie auf das Pflaster – der Schuhputzer wusste, dass das kommt, er ist schon zur Stelle, sein verschmiertes Gesicht ist von hellblonden, unter einer Cordkappe hervorquellenden Locken gerahmt. Nichts für ungut, Eure Hoheit, sagt er und schnappt sich die Münze, geben Sie mir noch zwei, und ich kauf mir'n Ticket nach Nuhjork. Deaths sarkastisches Grinsen bildet zwei Hängebacken aus, die er nun schüttelt. Leute wie dich wer'n gerade eh nich reingelassen, sagt er, besser, du bleibst hier und verdienst dir'n Halben pro Stiefel! Audrey bemerkt langsam und mit wachsendem Unbehagen, dass Collins *viel schnittiger* angezogen ist als früher, als er noch bei London General gearbeitet hat: Ein Schwalbenkragen schneidet in seinen Halsspeck, den Strohhut schmückt ein blau-violettes Streifenband, die Lackstiefel sind raffiniert mit Wildleder abgesetzt, seine Zunge flitzt, wenn er zu sprechen ansetzt, von Mundwinkel zu Mundwinkel: Und, ä-hem, die, ähh, Ware, Chef? Deaths Verachtung hebt sich langsam von dem Jungen und senkt sich auf den Mann: Ganz wie's passt, Arnold – darf ich dir ein Telegramm in die Gemächer schicken, um unser Ren-dez-vous zu arrangieren, oder hast du zufällig einen Telefonapparat in deinem ranzigen Loch am falschen Ende von Marylebone? Wir sind schließlich im neuen Jahrhundert angekommen, nicht wahr? – da braucht man nicht mehr zu warten. Zeit, Entfernung … unsere mechanischen Zaubergeräte haben all das einfach eh-lim-miniert. Das hat Collins *gedrosselt*, die Röte steigt ihm in die Wangen. Ah, sagt er, ah-ah, seine Zunge flitzt, bis Death ihn erlöst: Mach dir nichts draus, Fred, wir seh'n uns im Magpie, wie immer, und nun – auf Wiiieder-sehen! Er packt Audreys Arm und gibt ihr einen derart kräftigen Schubs, dass sie hundert Schritte lang ein verstörendes Bild abgibt, sie *hula-hoopt* mit fliegenden Röcken, und als sie stürzt, ist ihre Unterhose zu sehen. Schnell blickt sie sich um, Arnold Collins richtet gerade den Strohhut auf seinem federnden Haar, vor ihm kniet der Schuhputzer und bettelt.

Hat's dir vor Feinheit die Stimme verschlagen, Mrs. Ward? Seit wann ist eigentlich jeder zweite Satz ihres Vaters ein Rätsel, das aufzulösen sie für gefährlich hält? Seit wann bibbert sie so in seiner Gegenwart? Das Flatterhafte dieses Worts ruft etwas in ihrem Inneren hervor, ein Wohlgefühl, sie spielt ein wenig damit, *bib-ber, bbbibb-riges Bibb-ern*, es muss zu den *feineren Gefühlen* gehören, *die eine gebildete junge Dame erfährt, wenn sie im Rosengarten wandelt* –. Nun, Mrs. Ward, hat's dir die Stimme verschlagen? Seine – von der Seite betrachtet – beilförmige Nase hackt sich durch Mauern und Hecken und Ladengitter. Sie sind jetzt auf der Parsons Green Road – da geht der Rottschild mit seiner Tochter, sagt ein weißgeschürzter Metzger mit kalligraphischem Schnurrbart, er sagt's hinter ihrem Rücken, die Wörter sollen trotzdem ... *gehört werden?* Audrey schwankt zwischen Scham und Stolz, während ihr Vater – *die Persönlichkeit* – offenbar nichts mitbekommen hat, er promeniert *mit geschwellter Brust*, die beschlagene Spitze seines Regenschirms landet mit lautem Knall auf jeder vierten Steinplatte. Hier stinkt's nach faulen Eiern, grummelt er ohne Boshaftigkeit, das einzige, was er ausstrahlt, ist der Duft von Coniston's Haarwasser, das von seinem glänzenden Gesicht geblasen wird, um die Mauern der schmuddeligen Höfe und Gassen an der Eisenbahnbrücke zu tünchen. Als sie die New King's Road erreichen, hält gerade ein klappernder, beige-brauner Bus auf den Bordstein zu, ein *Magnet*, der Menschen anzieht, und auch Audrey spürt die knisternde Erregung, wie damals, als Stan ein Zelluloidlätzchen an einem Fetzen Velourssamt rieb und ihren Hals berührte, dass ihr die Härchen im Nacken *bitzelten*. – Hallo! Fentiman. Ihr Vater hebt zum Gruß den Schirm und bahnt sich den Weg durch die Menge, indem er Audrey vor sich herschiebt. Mister Death, sagt der Schaffner und tippt sich an den Hut, sie zwängen sich auf die Stufen, drängeln sich vor bis zum vordersten Sitz. *Die beste Show, die es für einen Penny zu sehen gibt*, sagt ihr Vater nicht zum ersten Mal, und er fügt hinzu: *Was für ein Fenster, was für ein weiter Blick auf unsere weite Welt!* Audrey sitzt und spürt die harten Leisten, die ihren schweißklammen Petticoat zwischen die Schenkel drücken, auf denen nutzlos ihre sommersprossigen Hände liegen – das Blässepuder von Westray fällt ihr ein, das sie lieber besäße als alles andere auf der Welt, es würde ihre Haut porzellanweiß machen wie die Haut von Miss Gabrielle

Ray … Als sich der Bus *peitschenknallend und zaumzeugklingelnd* in den Verkehr aus Karren, Hansoms und dem gelegentlichen Einspänner einreiht, spricht ihr Vater über *Berts Gönner*. – Was denkst du, Audrey, warum zeigt sich Mister Phillips unserem Albert gegenüber so großzügig? Es mag dem ein oder anderen etwas seltsam vorkommen, dass hier jemand für ein Kind aufkommt, das nicht sein eigenes ist …, eine Bemerkung, in der ausnahmsweise einmal keine verborgene Bedeutung steckt, denkt Audrey, außerdem spürt sie, dass keine Antwort von ihr erwartet wird, es genügt, den Gedanken zu bezeugen. – Fleich gipps auch Leute, die ihn aus Stolz zurückweisen würden. Der Bus weicht in weitem Bogen einer jungen Dame mit wippenden Keulchenärmeln aus, ihr beschwerter Rocksaum hat sich in der Kette ihres Niederrads verfangen. Oh!, ruft Audrey und errötet. Ihr Oh! bleibt in der plötzlichen Stille hängen, ein Holzbelag dämpft den Lärm der Räder. *Eine gutsituierte Frau aus gutem Hause*, sie trägt einen altmodisch grauen, einer Kohlenschütte nachempfundenen Hut, sitzt auf der anderen Seite des Gangs und starrt unentwegt herüber, *als hätte sie noch nie ein Mädchen gesehen*. Audrey wünscht, ihr Matrosenkleid wäre weniger schäbig, wünscht, ihr rotes Haar würde weniger buschig wachsen, wünscht, die Kabel, die Kabel, die von den zahlreichen Kreuzstreben des elektrischen Dachabnehmers – wären die Takelage eines Flottenclippers, der Anker hebt und bei Ebbe *bis runter nach Gravesend segelt, der Freiheit entgegen … Jedoch …* der Überraschungsausflug ist … *ein Vergnügen*. Früher hatte Rothschild gern das ein oder andere seiner Kinder auf seine Fahrten mitgenommen, doch seit er zum Stellvertretenden Leiter aufgestiegen war, war sie kaum mehr mit ihm Bus gefahren – letzten Sommer sind sie einmal nach Windsor

Park hinausgefahren, aber nur im Bremswagen, ansonsten wurde sie zu Fuß zur Schule und zum Markt und zur Sonntagsschule und zur Badeanstalt gebracht, manchmal ging sie auch mit, um Bert und Stan beim Kicken zuzusehen. Das Sonntagnachmittagsvergnügen besteht darin, in einem Park zu promenieren, den sie ebenfalls zu Fuß erreichen. Das tierhafte Schaukeln des Busses, das Frühlingsgeläut, der Flieder in den Vorgärten und das Flattern der Markisen – all das erfüllt Audrey mit einem *sprudeligen Bitzeln*. Der beißende Rauch vom Asphaltkocher der Kanalarbeiter vor dem St. Mark's College mischt sich mit dem Ruß aus dem Kraftwerk an der Lots Road – in diesem scharfen Dunst schuftet weiter das Gespann, die breiten, glänzenden Rücken heben und senken sich, Hufe zertreten die eigenen kastanienbraunen Pferdeäpfel. Fentiman ist gekommen, um ein bisschen mit Rothschild zu *quatschen*, der, da er die Nase von der frischen Luft schon wieder *gestrichen voll* hat, ein Streichholz an seinem Stiefel entzündet, den *harmlosen* Zigarrenqualm pafft und mühsam den bohrenden Blick der Frau mit der Kohlenschütte ignoriert. — Sie unterhalten sich über Sir David Barbour und den gewieften John Pound und den *blinzelnden Blafour*, nur vom Letzten hat Audrey mal gehört. Hin und wieder schwingt Fentiman von Bank zu Bank und gibt Fahrscheine aus, dann kehrt er zurück und beklagt sich über die Konkurrenz durch die Straßenbahn. Sam Death ist zuversichtlich. Diese reichen Muttersöhnchen, meint er, wagen es doch gar nicht, das alles hier zu zerstören. Die Elektrischen mit ihrem Kabelkram und ihren Gleisen, das ist alles viel zu umständlich für die Innenstadt. Fentiman, eselsgesichtig, schweißgetränkt in seiner schwarzen Uniform, hört unterwürfig zu, während sein Chef ausführt: Nein, nein, die Dinge ändern sich halt

– da gibt's nichts zu rütteln – und die einen ham was davon und die andern eben nich. Pass auf, wir ham die Untergrundbahn, un wir ham die Gummizelle, und wo sie jetzt auch noch ihren Schildvortrieb haben, hält sie nichts mehr davon ab, sich durch die Erde zu fräsen wie die Milben durch den Käse. Nein, die Dinge werden sich bestimmt ändern – aber es wird nicht der Bus sein, den's erwischt, darauf kannste dich verlassen ... Es sind die andern, die sich Sorgen machen sollten, nich wir.

Langsam dringt schwerfälliges Klimpern eines Pianolas herein, es ist das gleiche, das Audrey im Ausstellungsraum der Aeolian Company gehört hat, als sie das letzte Mal im Westen war, mit Mary Jane, die aus einer Laune heraus gesagt hatte: Wir sinn fleich nich die feinsten Leute, aber kucken kömmwa trotzdem. Als der Verkäufer seine Frackschöße geteilt und am Instrument Platz genommen hat, *konnte sie den Mund nicht halten und plapperte wild drauflos*, eine korpulente Nachtigall, die ihren Dialekt durch die Mangel der Unbescholtenheit drehte. – Oohjahr, ist das nich allaliebst, das feine Mahogerrny – während das Knie des jungen Mannes auf- und niederging im Trott der Melodie, Da-d'da, da-d'da, da-d'dah, da-d'-dah, in aufsteigenden, abfallenden Triolen. Audrey drückte die Brust raus, der *ungestüme* Buckel verschwand – der Vorspieler, der ein *echtes Interesse* bei ihr ausmachte, marschierte auf der Stelle und sprach von *Brarms, seim Intermetzo*, er habe hier eine sehr kostbare Rolle für einen richtigen *Konny Söhr*. Es trillerte und gurrte, und als sie das hörte, lösten sich die steifen Finger auf ihrem Rücken, löste sich ihr Kiefer. Die Bewegung seines lockeren Schenkels, die unsichtbaren Finger, die auf Elfenbeinhaut drückten, zur Decke auffliegende Triolen, die offenliegende Rolle, die sich drehte, während sich die Welt um sie herumdrehte – all das war Schönheit, *Har-mo-nieh*, wie Miss Conway in der Schule gesagt hatte –. Ein heller Schlag, ein Peitschenknall, der Schock durchfährt jeden einzelnen Passagier auf dem Oberdeck des Busses, auch die Gäule scheuen, ein Zugpferd auf dem Sloane Square bockt im Geschirr. Als sich der Vorhang aus blauem Dunst in die Mandelblüten hebt, wird dem Publikum folgende Attraktion geboten: Räder und Chassis eines neumodischen Automobils mit der schwarzen, aufrechten Karosserie eines Hansoms. A-ha! Ha-ha!, gluckst Sam Death, als der Buskutscher seine Pferde an dem Wagen vorbeizwängt, der in einem unvorteilhaften Winkel mit zwei Rädern auf dem Bordstein steht. – Ach-ach, seht euch dieses weihevolle Palaver an! Der Fahrer und sein Mechaniker, beide in Tweedjacketts, beugen sich über die offene Motorhaube, aus der Dampf aufsteigt, Sam sagt: Muss von der anderen Seite gekommen sein – *also nich' aus'm Jenseits, sondern von Vauxhall rüber* – und wenn es auch unwahrscheinlich ist, Fentiman, dass Harry Tate und seine Leute unsere lieben Rösslein verdrängen ... Wenn Audreys Vater spricht, blickt der Schaffner zu ihm auf, wie auch die anderen Passagiere, die verstanden haben, dass der dicke Mann eine gewisse Position bekleidet – nur Audrey scheut seinen *Kofferwortblick*, die bläulichen *Stilton-Venen*, die seinen *zarten Rüssel* netzartig überziehen. Während der Bus an den Gärten von Eaton Square vorüberfährt und der Stellvertretende Leiter des Busdepots über Motoren doziert, träumt sie von schrecklichen Chimären, von Männern, die statt Beinen Räder haben, von Männern, in deren Bäuchen grausame Vorrichtungen aus Kolben, Kupplungen und Schwungrädern stecken, mit Hintern aus Stahl, denen Rauch entsteigt. Sie sieht Pferde mit *Hoxtonschen Sackgreifern* statt Gesäßen, Lenksäulen stecken zwischen ihren Schultern wie Speere, mit deren Hilfe der Kutscher, auf glutroten Widerristen aufsitzend, sie packen und hierhin und dorthin steuern kann, sie wiehern, brüllen … Pferdegebrüll ist eine furchtbare Sache, Audrey wusste nicht, dass sie es bereits kannte, denn es kommt aus einem Teil ihres Geistes, von dem sie nicht wusste, dass sie ihn besaß. Es kommt von einem Ort unter der Matratze, wo sich die Dinge entzünden, wo sie eitern. Es ist der Ort, an dem Rädchenknöpfe Wanzenzähne haben. Es ist der Ort, aus dem Stans Geschichten kamen – vom Leopardenmann, vom Hundemann, deren Gebrüll durch die Nächte hallte, wenn ihr Fleisch zerschnitten und gestreckt wurde. Bestien jaulten hinter Zäunen, und Vi und Olive versteckten ihre Gesichter und zerrten an Audreys Nachthemd, bis ihre Schultern freilagen. Drei Mädchen, gefangen in ihren Betten, während ihr Bruder *mit seiner schwarzen Mundhöhle* das Nachtlicht schluckt … Das Fahrzeug, Madam, sagt Sam Death, besteht aus der Karosserie von ’nem stinknormalen Bus, die auf Fahrgestell und Räder eines Benzinmotorbusses von Daimler montiert wurde … Ihr Vater ist nun in dem Glauben, durch seine gelehrte Abhandlung die Frau mit der Kohlenschütte für sich gewonnen zu haben. Aus ihrer gehobenen Position heraus haben sie einen guten Überblick, als der Bus über die Buckingham Palace Road und schließlich auf die Bahnhofsvorfahrt rumpelt: Dort drüben, Madam, können Sie einen Bus von Thornycroft sehen, dessen Antrieb ein koksbefeuerter Dampfmotor liefert, genau wie’ne Lokomotive. Dahinter, vor dem Portikus des Apollo-Theaters, steht der Bus von Fischer, eine amerikanische Erfindung, er bedient sich eines Elektro- sowie eines Verbrennungsmotors, was zu verbesserter Betriebssicherheit führt. Das mag schon sein … fährt er fort, während sie sich, ihrer schweren Seidenschleppe folgend, über die enge Wendeltreppe hinabkämpfen … die Zweckmäßigkeit dieser Erfindung, Madam, bezweifle ich allerdings sehr, tatsächlich halte ich die Erfindung für überflüssig –. Die Frau hat das Interesse an seinem Vortrag verloren, sie unterbricht Death mit einem Ruck ihres Huts und einem leichten Dreh am Griff des Sonnenschirmchens. Und Ihnen auch einen guten Tag, Madam!, sagt er mit größtmöglichem Abscheu, bevor er wieder Fentiman entdeckt und seinen Schirm zum Abschied hebt, wobei er der beschlagenen Spitze erlaubt, die Pilaster zu umreißen und die schmiedeeisernen Balkone an der Bahnhofsfassade. Das ist die Endstation, sagt er, packt ihren Arm und schiebt sie durch das Gedränge der Fahrzeuge, die die aussteigenden Passagiere umkämpfen. Eine Werbetafel für das Desinfektionsmittel Germolene ist so gigantisch, dass seine Buchstaben die gesamte Brandmauer eines vierstöckigen Wohnblocks einnehmen, in der Schlaufe des *l* ist ein Fenster, in dem ein Dienstmädchen mit Gangstermütze lehnt und dem bunten Treiben zusieht. Straßenkinder rennen auf die Fahrbahn, um irgendwelche Zügel zu fassen, für eine hingeworfene Kupfermünze drehen sie Pirouetten, während Audreys Geist eine Verbindung herstellt zwischen den steigrohrartigen Zylinderhüten, dem Pferdemist am Boden und dem Abwasser, das in den Gossen steht. Noch deutlicher als in Fulham ist die Stadt hier von ihrer Gegensätzlichkeit befallen: die polierten, versteinerten Portland-Gesichter der Häuser an der Victoria Street zeigen Spuren schmutziger Tränen, in den Gassen, die gewaltsam in das Spiegelbild der eleganten Geschäfte drängen, stauen sich Gemüsekarren, das aufgetürmte Obst hat *bessere Zeiten gesehen*. Feuchte Fliegen klatschen ihr ins Gesicht – die Gesichter der Menschen hier sind blasser und öliger als *auf meinem Landgut … tief eingefallen … lichtscheu* … Er zeigt in Richtung St. James, wo die gelb geklinkerten Queen Anne's Mansions über die Dächer ragen, Kabelgirlanden schmücken ihre Mansarden. Er spricht über die hydraulischen Aufzüge, die betuchte Mieter in den vierzehnten Stock tragen, und über das Rohrsystem, das die unter der Straße verborgenen Pumpen versorgt. — Er beschwört vor Audreys geistigem Auge die Vision einer von unsichtbaren Kräften durchströmten Stadt: Buchstaben und Zahlen blitzen durch Telegraphenkabel, Elektrizität jagt durch Guttapercha-Hüllen – bis ihre eigene Vision *knarzend* heraufdringt und das Biberfell eines vorbeifahrenden Homburgs … *ein Auge* verdeckt, das längsgespaltene Gesicht eines hübschen Mädchens, *seitlich* … Sie würde sich so gern abwenden, um die Koffertruhen zu bewundern, die freundlich arrangierten Angeln und Tropenhelme im Schaufenster des Militärausstatters, sie hätte solche Lust, einfach *bei ihnen einzusteigen* … aber ihr Vater hält nichts von Bummelei. Zum ersten Mal bei diesem Ausflug spürt Audrey die kalten, sondierenden Finger der Angst: er wirkt so getrieben, sein Schnauzer ist spuckefeucht, auf seiner hohen Stirn steht *glänzender Schweiß* … sie gehen, und der Regenschirm gibt den Takt vor auf ihrem gemeinsamen Marsch, tapp-tapp, tapp-tapp, *tapp-tapp* … Sie lässt den unbedeckten Kopf nach hinten fallen, ihr *heilig scheinendes Haar* kitzelt zwischen den Schulterblättern. All das verschwindet für einen Augenblick unter einer großen grau-violetten Decke und einem dicht umwölkten Gewimmel von Wanzen, die im für sie vorgesehenen Gift vergehen. Die Luft wird immer dunkler: ein grellgelb suspendierter Rußsturz, unter dem die Wehranlagen des von FREIWILLIGEN ZUWENDUNGEN getragenen Westminster-Spitals schemenhaft erkennbar sind – dahinter schließlich die Abbey, deren steife Röcke als steinerne Streben senkrecht fallen.

Die Vorstellung, dass das Ziffernblatt der großen Uhr ein *angeschlagenes, hartgekochtes Ei* ist, dass die Herren auf ihren Sockeln versteinert sind – Audrey hat das Parlament vor Augen, Orgelpfeifen, sie lauscht ihrer wahnwitzigen Fuge … Sie sieht auf ihre sommersprossigen Hände, die im Schoß des fadenscheinigen Kleids liegen, *das Beben ihrer Lähmung*. Beinahe zärtlich stellt ihr Vater eine Tüte zwischen ihnen ab, das zerknitterte Papier ist *weich wie Stoff*. Sie nimmt ein nach Azeton riechendes Bonbon und presst es auf die blutleeren Lippen – die Birnenessenz *schlägt ihr die Zähne ein*. – Du hattest einen kleinen Anfall, Liebes. Seine Fürsorglichkeit ist verstörender als seine Verachtung. Sie befinden sich in einem motorisierten, Richtung Whitehall klappernden Bus – eine Lederschlaufe tapp-tappt an seinen Bowler, er tätschelt ihre Hand, seine Bewegung ist genauso unwillkürlich wie ihre. Er sagt etwas über diesen Bus, der Victoria mit Bank Station verbindet, doch sie hört ihn kaum, ihre Hände sind zu Klauen verkrampft, die über ihre aufgewölbten Schenkel scharren, vor und zurück, vor und zurück, in einem Muster, das kein Muster ist – weil es sich niemals wiederholt. Die unaufhaltsame Bewegung hin zum zentralen Magneten der Stadt beeinflusst die Aussprache ihres Vaters, wie Audrey deutlich bemerkt, er reiht streunende Konsonanten ein, wehrt Umgangssprachliches ab. – Wie ich vorhin sagte, Audrey, Mister Phillips möchte Albert noch weiter fördern, er kommt in ein Internat in Woodford. Mister Phillips hat es mit den Drapers besprochen, sie kümmern sich um alles, er bezahlt Bücher … Sportausrüstung und dergleichen. Nun –? Eine Frage ist es nicht, das weiß sie – es ähnelt eher dem hingeworfenen Satz eines Vorsitzenden, der das Wort abgibt, im Raum steht jetzt die Frage, *Und was weiter?* Sie sieht Albert, wie Mister Phillips Albert wohl zuerst gesehen hat, als er ihn bei Anderson's entdeckte, einen hochgewachsenen Jungen, dessen stark vortretende Augen über die Zahlenreihe einer Rechnung rutschen, zwei Pence hierfür, einen Halben dafür, einen Threepence für das gefüllte Teilchen – schon hat er die Summe auf den strengen Lippen. Seine Familie weiß um Alberts außergewöhnliche Rechenkünste, seine Freunde ebenfalls: sie nennen ihn Datas, nach dem berühmten Taschenspieler. Wie dem Vater der Spitzname auf der Straße hinterhergerufen wird, so hat Datas Death einen eigenen Gruß, *Hab ich recht, Sir?* Nur dass dem überkorrekten Albert, anders als dem Kollegen auf der Varieté-Bühne, jeglicher Humor abgeht. Er ist *in allem sehr steif*, einerseits verachtet er jede Art von Schlägerei, andererseits scheint er *eiskalt* zu allem fähig, wenn man ihm vorwirft *zu kneifen*, weil er eine Frage nicht beantwortet oder eine Rechenaufgabe nicht zu Ende geführt hat. Jetzt, da die Tage milder geworden sind, stellt er sich mit freiem Oberkörper in den chaotischen Garten – er hat eine Ausgabe der Zeitschrift Sandow's dabei und macht die darin beschriebenen Übungen mit Hilfe von indischen Keulen, die er aus alten Bahnschwellen hergestellt hat. – Stanleys Held ist Datas nicht, das ist *Enigmarelle, Mann aus Stahl* – er möchte nämlich ein *mechanischer Mann* werden, mit einem Motor, der in seinem Bauch *hämmert*, Rauch, der ihm aus *Muntunase* quillt … Ich bin noch nie auf einem Motorwagen gewesen, lautet Audreys Antwort im *Klirren und Klappern* des Salonwagens. Ihr Blick rutscht auf die hintere Plattform, sinkt weiter auf das Zierband zertretener Pferdeäpfel, das auf dem Asphalt entrollt ist. Was sie auch tut, es gelingt ihr nicht, den grunzenden Bus in die Höhe zu heben, hoch hinaus über die Masse der zu einem einzigen Tausendfüßler verschmolzenen Kutschen, der Zentimeter um Zentimeter von Whitehall kommend in Richtung Trafalgar Square vorrückt. Es will Audrey nicht gelingen – *aber Stan, der fliegt*, wann immer es ihm passt: gemeinsam sitzen sie vor dem neuen Kippspiegel der Mutter, Stanley tippt ihn an und schleudert sie *schlagartig, silbern, himmelwärts* … Stan meint: In zwanzig Jahren werden wir alle Luftfahrer sein, wenn Colonel Codys Militärdrache ausgereift ist und offizielle Flugverbindungen zwischen allen Städten des Empire bestehen werden. Luftschiffe werden riesige Frachten tragen, die heute auf dem Seeweg transportiert werden: Roheisen, Kohle, kanadischen Weizen. Über dem Pool of London werden sie massenhaft vor Anker gehen, ihr Tauwerk ein einziger, undurchdringlicher Vorhang – die Fließbänder der Stauer ragen auf wie Kräne. Sieh mal, Aud, wir fliegen! Noch einmal tippt er den Spiegel an, das Mädchen mit dem feuerroten Haar, der Junge mit den Fledermausohren werden hochgeschleudert, *schlagartig, silbern, himmelwärts* …

In Charing Cross steigen sie aus, Audrey lutscht noch immer ihr Birnenbonbon, sie wendet sich von der rußschwarzen Regenrinne der Nelson-Säule ab und wird von PHOSPHORIN DIE ARZNEI DER KÖNIGE und PLAYER'S NAVY CUT angefallen, bevor sie zwischen zwei Sandwich-Verkäufer gerät, freikommt und vom Getümmel der nachmittäglichen Menge aufgenommen wird – von Büro- und Kaufhausangestellten, die halbe Urlaubstage nehmen, um sich durch die Straßen treiben zu lassen. Ein *flottes Kerlchen* wagt es, unter der Deichsel einer Kutsche hindurchzurutschen, der Kutscher lässt die Peitsche knallen, drei Damen hinter *musselinverhangenen Lüstern* ignorieren es beflissentlich. Verdammter Tölpel! Der Fluch des Vaters steigt aus dem Trubel auf, er schimpft einen angetrunkenen Penner aus, der um einen Drehorgelspieler tanzt. Nach ein paar Schritten sieht Audrey sich noch einmal um, erkennt den Pillbox-Hut des Mannes, seinen zerrissenen, verdreckten roten Uniformrock – ein Soldat, der sich humpelnd, auf einen Spazierstock gestützt, weiterschleppt, mit einem leeren, flatternden Hosenbein – Sam Death achtet darauf, dass seiner Tochter nichts zustößt, er führt sie schlängelnd durch das Gedränge auf dem Strand, schwingt sie herum, sodass sie in einer Schlange von Schaulustigen zu stehen kommen, die einen Blick auf den an den Foyertüren des Old Tivoli aufgestellten Filmprojektor werfen wollen. Geduckt taucht ihr Kopf in die Commedia ein und erblickt eine hübsche Colombina, die Pirouetten um einen Kapriolen schlagenden Affen dreht – *Ob ich wohl ausbrechen könnte?* – doch der doppelt belichtete Film zeigt ihr Wirbeln nicht als fließende Bewegung, sondern als ruckliges Vor-und-Zurück, der zweifach belichtete Film wiederholt ein Zusammentreffen mit ihrer transparenten Doppelgängerin. Jetzt rutscht die Titelkarte hinein: *Miss Lottie Farquhar in »Dunklere Gefilde«, jeden Abend, begrenzte Anzahl von Parkettplätzen, 5/6d., vollständig elektrifiziert, fschhhk-schk-fschhhk-schk* … Da ist wieder seine *Pranke*. Fleich wärs dir recht, wenn wir hinten durch die Gasse gehen? Audrey fragt sich, welcher Art die Erledigungen sind, die ihr Vater für Arnold Collins, seinen Untergebenen, tätigt – er hat den Mann schließlich bisher immer mit amüsierter Geringschätzung behandelt. Die Spitze seines Regenschirms fingert die Fugen des Pflasters, an der Ecke von Covent Garden gehen sie über die Straße, wobei sie die ledergeschürzten, an leeren Kisten lehnenden Gepäckträger ignorieren, die das auf der Erde liegende faule Obst ignorieren, die zu ihren Füßen raffenden Straßenkinder. In den Winkeln wird die Dämmerung dichter, *sie pirscht sich heran, wartet* ... Klein Dublin, sagt er einfach so, sie überqueren gerade Drury Lane. Jeder dritte Laden ist mit schweren Brettern verbarrikadiert, auf denen hier und dort *Gaunerzinken* zu erkennen sind, *aber warum nur? Hier is'doch nix zu holen.* Auch die schmalen Toreinfahrten in die gottverlassenen Höfe sind verbarrikadiert, durch eine Lücke sieht Audrey das kalkmilchige Gespenst einer Behausung, vor dem einige Insassen lungern. Gesichter und Kleidung sind knittrig und verschmutzt – sie sind, das hat man ihr beigebracht, zu schwach *vor Hunger*, um eine Gefahr darzustellen. An einem Tor hockt ein Junge, ungefähr in ihrem Alter, er trägt keine Hose – *keine Hosentaschen ... nichts für Taschendiebe* – sein schlotterndes Hemd ist bis zur Hüfte eingerissen, seine *Rübe* ist gespalten von einem breiten Grinsen. Zwischen Audreys Zähnen knirscht der letzte Splitter der gekochten Süßigkeit. Sie wimmern, die *drei kleinen Fräuleins* ... Frauen der beklagenswerten Unterschicht, eine Phrase, auf der Death eine Weile kaut, bevor er sie gröber ausspuckt: Fraun ausser klahnswert'n Unterschicht, die verkaufen sich für'n Threepenny, für'n Halben, für'n Laib altes Brot ... Eine scheint ihre Wäsche zurechtzurücken: *eine versteckte Korsage*. Audrey spürt das Prickeln in ihren *Tittchen*, den schweißklammen Unterrock, der noch immer gegen ihre Schenkel drückt. *Ich brauch' keine Anstandsunterweisung, ich brauch'n Klo* – sie hat keine Worte dafür, vor einem Jahr oder so schon, aber nicht heute. Hinter der Kneipe, an deren Lukentür die Huren stehen, endet die Straße in einem weiteren Holzbollwerk – es ist zwei Stockwerke hoch und zugekleistert mit roten Bäckchen, goldenen Locken und den weißen Schaumflocken der Markenseife HUDSON'S. Rechts führt eine enge Lücke im Bauzaun auf eine lange, schmale Gasse, die Fahrbahn ist kaum breit genug für einen Karren, die Geschäfte auf beiden Seiten wirken antiquiert, ihre Schaufenster, bestehend aus zahlreichen breiten Streben und wenigen, sehr kleinen Glasscheiben, sind *mit Hudson's Dreck* bekleckert, ebenso wie die horizontalen Fensterläden, die hier und dort ausgeklappt als Verkaufstische dienen. Etwas höher entdeckt Audrey weitere, schräg von der Fassade abstehende Holzplatten – sie fällt aus dem Schritt. – Die?, fragt Death amüsiert, verwundert, dass gerade diese Vorrichtung ihre Neugier weckt. Das sind Spiegel, Audrey, die fangen ein Stückchen vom Himmel ein und hauen's rein inne Fennser. Und dann kann jeder, der von oben runterguckt, sehen, wie die Mädels in ihre Unnerbuchsen hüpfen ... *Wer ist er, dieser Vater?* Sie gehen weiter, und die einkehrende Stille, die ihr gerade erst aufgefallen ist, sinkt schwerer herab, das endlose Fauchen der Straße verliert sich in einem Bellen, das von Schnauze zu Schnauze springt – bis nur noch eine einzige Autohupe kläfft.

Die Gasse schneidet tiefer in den feuchten Lehm. Ihr Vater bleibt an einem Stand stehen und nimmt ein kleines, ledergebundenes Buch von einem Stapel – als er es zum Gesicht hebt, klappt der Buchdeckel um und gibt einen marmorierten Vorsatz frei, der sich löst und, mit einigen losen Seiten, *wischend* zu Boden fällt. Sofort schießt ein weißer Kopf hinter dem Stand hervor – *der verrückte Mullah!*, ein eher duckmäuserischer Mann mit einem aus indischem Schaltuch gewundenen Turban, der Death erst erkennt, als er seinen an einem langen schwarzen Band befestigten Kneifer umständlich hervorgeholt und *auf die Nase geklemmt hat.* Ach, Sie sind's, Rothschild, schnauft er *worttönend* –

er hat das *Harmonium* der Schwindsüchtigen verschluckt. Audreys Vater gestikuliert mit dem zerfledderten Buch. – Mister Fellows, ich werde Ihnen den Schaden selbstverständlich ersetzen. Der Duckmäuser spielt einen *klagenden Akkord*: Ach, wofür denn? Dasn hier – nun ist es an ihm zu gestikulieren – ist alles für die Katz', alles nichts mehr wert, alles nichts me— er muss *pumpen, er quatscht zu viel, da geht ihm immer die Luft aus*. Mister Fellows trägt keine Krawatte, sein Kragen steht offen, die Puterkehle *kollert*, in den dunklen Tiefen seines Ladens *flatterfiepst* ein eingesperrter Vogel. — Death äußert sich folgendermaßen: Wenn man den Zeitungen glauben schenken will, wird es für Langzeitmieter ordentliche Abfindungen geben ... selbstverständlich auch für die Eigentümer. Es ist das erste Mal, dass Audrey bemerkt, wie wichtig er sich macht, wenn er *richtig spricht*. Sie errötet – und nimmt, um ihre Verwirrung zu verstecken, ein Buch vom Stapel: die Predigten des verstorbenen Simon Le Coeur, D.D. Ist wohl 'ne kleine Freundin von Ihnen, was? Sie hat den lüsternen Blick des Buchhändlers auf sich gezogen. Jawoll, eine besondere kleine Freundin!, bellt Samuel. Er packt sie und drückt ihr die Schultern zurecht, er *spannt alles an*. Sagen Sie – sein Griff wird noch *fester* – hat Mister Beauregard sein Geschäft schon eingestellt? Der Duckmäuser mustert Audrey mit fieberroten Augen, *von Kopf bis Fuß*, und antwortet verächtlich: Beauregard, der hört erst auf, wenn die verdammte Abrissbirne seinen Dachboden zertrümmert hat – aber vorbereitet ist er trotzdem, er hat sich bei irgendwelchen Gaunern auf der Mile End Road Geschäftsräume gesichert. Death zieht seinen Hut, den Käferrücken, und fährt sich mit der Hand über die feuchte Glatze. Wenn das so ist, sagt er, dann will ich mal raufgehen – er hat nämlich, ä-hem, Ware für Bruder Collins –. Mister Fellows hustet ausgiebig, dann spuckt er spöttisch: Unn Sie hamm wohl was für ihn!, eine Tatsachenbehauptung, die vom Hervorziehen eines winzigen Wachspapierpäckchens und seiner Entfaltung begleitet wird, worauf der Schnupftabak barbarisch ins Nasenloch gestopft wird. Hm … murmelt Death … fleich. Er hängt seinen Regenschirm auf den linken Arm und wühlt tief in der Hosentasche. Audrey wartet, sie ist *ausgelaugt* und alleingelassen. Hier – *fest* drückt er ihr eine kleine Münze in die Hand – geh' ein Stück weiter, da gipps'n Café. Bestell dir'n Kaffee und 'ne Schnitte und rühr dich nich vom Fleck, ich hol' dich da ab, dauert nich lang. Das Niesen des Duckmäusers folgt ihr durch die Gasse, ha-ha-ha-tschiiie! – als sie sich kurz umsieht, ist ihr Vater bereits verschwunden.

Auf einem Blechpodest im Fenster des Cafés, das zwischen den umliegenden, abgewirtschafteten Buchhandlungen kaum auffällt, steht ein einziger Kuchen. Audrey betrachtet ihn, er ist *schwarz wie Koks* auf seiner schmutzigen Tortenspitze. Ein Schild daneben behauptet STEAK (10 UNZEN) 6 D., KOTELETT 5 D., ZWIEBELRINGE 1 D. Das ist alles. Ein Mann tritt heraus und stellt sich in den Eingang – seine Schürze ist eng gebunden, er hat *genau die gleiche* Form wie die Milchkanne in seiner Hand, die er nun absetzt. Er trägt einen dicken schwarzen Ringelbart, unterhalb der roten Wangen ruht auf seinem Gladstone-Kragen ein noch *röterer* Kropf. Barfuß kommt ein Gassenjunge angehumpelt, tief ist seine Mütze in die Stirn gezogen, hoch sind die Ärmel seines Männerjacketts aufgekrempelt – die Arme *bis zum Handgelenk vom Futter gestreift*. In der einen Hand hält er ein abgezogenes Kaninchen an den Ohren, er bleibt stehen und bietet es *wo die Eingeweide waren, ist eine blutige Höhle* wortlos dem Cafébesitzer an. Der Mann schüttelt den Kopf:

Nie im Leben. Der Junge humpelt weiter. Kommrein und iss was, bevor wir hier beide verhungern ... Es dauert eine Weile, bis Audrey versteht, dass sie gemeint ist, umgehend folgt sie der Aufforderung. Das Café ist mit nichts als vier Betstühlen und zwei wackligen Tischchen ausgestattet, auf allem liegt eine bräunliche Patina aus Tabakrauch, Fett und tiefsitzendem Dreck. Bei Gaslicht und Wasserkessel sind die Anschlüsse durcheinandergeraten – beide leuchten. Der Mann fragt Audrey, was sie haben möchte. Wie er hinten in der Küche arbeitet, springt der Kessel an und beginnt zu dampfen – Tröpfchen sammeln sich an der Decke, fallen herab, einer trifft *zischend* den Glühstrumpf. *Im Zimmer regnet es* ... Sie hält die Hand auf: der Threepence hat den Abdruck eines Fallgatters in ihrer Handfläche hinterlassen. Der Mann kehrt mit einer Tasse Tee und zwei schräg geschnittenen Brotscheiben zurück, dazu gibt es Margarine. Weißnich warum ich das so mache, sagt er und betrachtet die anschwillenden, herabfallenden Tröpfchen, ich mach's halt immer so. Er dreht das Rohr zu, mit einem Klacken schaltet sich der Kessel ab. Darf ich mal –? Gibt es hier –? Es besteht *überhaupt* kein Zweifel, woher ihre Unruhe kommt ... Das Klo ist hinten, sagt er schlicht und gibt die Richtung an. Sie tritt hinaus, sieht den Verschlag an der Küchenmauer und dahinter einen weiteren Abschnitt des zwei Stockwerke hohen Holzbollwerks. Dahinter im dämmrigen Nebel hängt *ein schwarzer Mond*, die Abrissbirne. Als sie zurückkehrt, hat er erneut den Kessel angemacht, er steht, während sie am Butterbrot mümmelt und ihren Tee schlürft, aufrecht am getäfelten Tresen, streckt das Kinn vor, massiert den Kropf und lauscht seinen heller werdenden Tönen ... *es gibt nichts zu befürchten*. Es sind nur noch einige Krümel übrig, etwas Verschmiertes, *Reste* ... und ihr Vater ist immer noch nicht da. Audrey springt von ihrem Betstuhl auf – der Mann gibt ihr einen Penny und zwei Farthing, ihr Rückgeld, das sie, als sie durch die Gasse rennt, so fest umschließt, dass die Metallscheiben den Fingerknöcheln den Platz streitig machen, *Enigmarelle, Mann aus Stahl.* Niemand da, nur ein *hochgewachsener Herr im Zylinderhut*, der sie, da er im Gitterschatten kaum zu erkennen ist, an ein Bild *des Imitators* Bransby Williams erinnert. Fellows' Laden ist geschlossen – leise und zaghaft klopft sie an die Tür, als sie aufgemacht wird, ist sie erleichtert und schlüpft hinein in den Dunst von Mäusekacke, Katzenpisse und den ammoniakhaltigen Hinterlassenschaften der Vögel. Das Innere des Hauses ist lichtlos – es herrscht Dunkelheit in verschiedenen Stärken, die *schwarze Nacht der Fledermäuse* huscht vorüber. Begleitet von vielstimmigem Knarren steigt sie die Treppen hinauf – eine Treppe, eine zweite, eine dritte und eine vierte Treppe – noch bevor sie den oberen Absatz erklommen hat, sieht sie auf Augenhöhe das helle, weiße Licht, das unter einer geschlossenen Tür durchdringt. Sie hört – dahinter – scharfes Einatmen, h'höörgh!, gefolgt von einem *Schweinegrunzen.* In ihrem Bauch wimmeln *Glühwürmchen* – letzten Monat hat ihr Mary Jane Mulleinlagen und einen kratzigen Gurt aus Saumband *beschafft.* Als Audrey ihr die Werbung auf der Rückseite eines Bibliotheksbuchs zeigte – *hygienisch, saugfähig, antiseptisch, erhältlich in jeder Drapers-Filiale* – antwortete ihre Mutter scharf, aber nicht unfreundlich: Was glaubst du eigentlich, wer wir sind? Ein gespannter Faden, der von ihrem Bauchnabel über den Treppenabsatz führt und unter der Tür verschwindet, zieht sie mit jedem h'höörgh!, mit jedem *Schweinegrunzen* näher heran. Sie stößt mit der Schulter die Tür auf und stürzt in das von klaren Glühbirnen, die unter matten Glasschirmen angebracht sind, grell erleuchtete Zimmer. Vor einem lilienverzierten, bis zum Boden reichenden Vorhang steht in einem gedengelten Bronzetopf eine Schusterpalme, daneben eine mit grünem Samt bezogene Chaiselongue, darauf das abgezogene Kaninchen des Gassenjungen, seine glänzenden, toten Beine schauen aus einem *Schlamassel von Unterröcken* hervor. Ein *nacktärschiger* Mann steht mit dem Rücken zu Audrey und macht etwas mit dem Bauch des Kaninchens – *ob er es ausnimmt?*

– Nein, nein, nein! So nicht! Ein puterroter Mann mit pomadisiertem Haar tritt hinter einem im schmaleren Teil des Dachgeschosses aufgebauten kinematographischen Apparat hervor, er ist hemdsärmelig und trägt eine reich bestickte Weste. Nein, nein, nein!, ruft er erneut – und mit vor Wahn und Falschheit verzerrter Miene – unser Mädchen hat's wieder vermasselt –! Mister Beauregard?, sagt Audrey schüchtern, doch der Mann mit dem roten Gesicht beachtet sie nicht, sein *regard* ist starr. — Noch einmal betrachtet sie die Szene. Da ist kein Kaninchen, nur ein Mädchen, kaum älter als sie selbst, das auf der Chaise sitzt und ihr Mieder über die *Tittchen* knöpft. Sie hat die Haare hochgesteckt, nur einige Strähnen fallen herunter, die unförmige Haarmasse krönt ein mit einer rosafarbenen Straußenfeder verziertes Häubchen. Da ist auch kein nacktärschiger Mann, sondern Audreys Vater, der in seinem langen Kaninchenfellmantel dasteht und Handschuhe zuknöpft, die *ich noch nie gesehen habe*. Er ignoriert seine Tochter und lüpft, Mister Beauregard grüßend, den Hut. Zu dem Mädchen sagt er Oh-re-foir, meine Liebe, bevor er seinen Regenschirm und ein in Papier eingeschlagenes Päckchen hinter den Gardinen hervorholt und Audrey kurzerhand zur Tür hinausschiebt. Sie werden von einer *Welle* elektrischen Lichts die Stufen hinabgetragen – *ihr Kamm bricht und brandet auf die blanke Straße.* Von Fellows keine Spur – nur sein Name steht verwittert über den geschlossenen Läden. – Das alles – Samuel Death sticht mit seinem Schirm gegen die verschachtelte Schmuddeligkeit der jakobinischen Häuserzeilen – wird's in ein paar Wochen nicht mehr geben ... eine Aussicht, die ihm offenbar weder Bedauern noch Freude bereitet. *Ich kenn' den nicht*, der sie durch die vom Holzbollwerk verbarrikadierten Gassen führt, der ihr nahe Waterloo Bridge den Weg zwischen abrissreifen Mietshäusern bahnt. Durch eine Lücke im Zaun können sie die Vorgänge näher beobachten: Die Arbeiter an diesem *Kalvarienberg* haben ihre Hacken umgekehrt in den Grabaushub gesteckt, neben einem von Finsternis und dem Gestank der Wasserleichen überquellenden *Verzweiflungspfuhl.* Audrey drängt es zu fragen, warum sie Werbeplakate auf die Innenseite des Bretterzauns geklebt haben. Die Arbeiter sind doch wohl nicht die geeignete Kundschaft für Beecham's Powders oder eine ÜBERFAHRT IN 7 STUNDEN GARANTIERT von Tilbury nach Cherbourg. Hier wird's, erklärt Samuel, einen großen Bullewar geben, der rauf nach 'olborn im Nor'n laufen wird, das wird die neuste Straße von ganz Lonnen, auf der sich unsre hohen Herrschaften rauf- und runnerverlustieren werden ... und einen Tunnel wird's geben, der mit der Straßenbahnbrücke verbunden sein wird, die Bahnen fahren unter einem zwanzigstöckigen Bürohaus durch, mit einer edlen Einkaufsarkade und einem Theater ... Sie spazieren gemächlich durch die Samstagabenddämmerung von Lincoln's Inn, als es Audrey dämmert, dass er ihr ein Geschenk gemacht hat: Er führt sie durch ein Viertel, das bald dem Erdboden gleichgemacht sein wird, und er vermacht ihr das Porträt einer zukünftigen, wohlgeordneten Stadt. – An der

Chancery Lane rufen junge Männer Bulgaren massakriert!, die beschwippsten Büroangestellten, die sich um einen Sandwich-Stand versammelt haben, wirken fiebrig. Endlich ist es dunkel. Die *Abrissbirne ist in Stellung gebracht, sie fällt, Staub, Nebel, Schmutz wirbeln auf, die Luft* … immer undurchdringlicher mit *dunklen Tropfen, weißnich warum ich das mache – ich mach's halt immer* … die Massen drängen aus der U-Bahn, *Pilze, betaut, sprießen* an den alten Holzfassaden von High Holborn. — Woran ich mich erinnere, sagt Audrey: Die glacierte Seide, die geölte Baumwolle, es waren unübersehbar viele – dabei tröpfelte es nur leicht … Er isch, sagt Gilbert Cook und duldet keinen Widerspruch, für das Kleinbürgertum von London, was der Fetisch für den afrikanischen Wilden isch – er biegt ihn zurecht, er spricht mit ihm, er ärgert sich, wenn er ihn vergeschen hat, denn fallsch die himmlischen Götter es für angebracht halten, ihr Mischfallen zu zeigen, isch er ohne scheinen tragbaren Schutz aufgeschmissen. Denk mal, Audrey, als Cruschoe – der Kleinbürger schlechthin – Schiffbruch erleidet, baut er sich als allererschtes einen Regenschirm! Es ist eine Rede, die nur schwer zu ertragen wäre, wäre Gilbert in diesem Moment nicht *nacktärschig* – er ist einfach vollkommen *schamlos*, was für Audrey weit befriedigender ist als alles, was sie miteinander tun: die Unbekümmertheit, mit der er dort steht und die prophylaktische Vorrichtung in einer rosengemusterten Schale ausspült, er mangelt sie durch seine stummligen Wurstfinger, bis Wasser *spritzt*. Was sie daran erinnert, dass seine Verführung in erster Linie aus Instruktionen bestand: Er beschrieb, wie vor dem Akt das Pessar einzuführen war – und wie sie, über einer breiteren Schale hockend, sich nachher mit einer Spritze ausspülen musste. Weit mehr als für seine Veröffentlichungen zum Thema hatte Audrey Gilbert Cook für seine Hingabe an die technischen Aspekte der freien Liebe bewundert. – Bewundert, deswegen – und weil er jedem *Eifersuchtsgefühl* abgeschworen hatte. Ich sag dir das, Liebstesch – sagte er bei diesem ersten Mal, während er seine Finger beugte, um ihre Vagina zu stimulieren und über die Vernichtung der *ärgerlichen Spermatozoen* zu dozieren – nischt allein, um deine Reitsche ohne, ä'hm, Komplikaschonen zu genießen – obwohl isch sie – genau auf dieser Grundlage – innigst zu genießen wünsche, ebenso ischt mir daran gelegen, dass du später in ähnlicher Weise, wahrscheinlich mit größerer Intenschität, mit einem Partner deiner Wahl die körperlichen Freuden genießen kannst. Sein lehrerhafter Zugang zur Angelegenheit ihrer Entjungferung war genau das, *was ich damals brauchte*. Am Anfang wurde sie immer wieder von Scham- und Schuldgefühlen überwältigt, doch mit seinen begleitenden Erklärungen fühlte sie sich frei, seine Demonstrationen zu genießen – sogar bei diesem ersten Mal. Doch trotz seiner kraftvoll vorgetragenen, ihr sehr eingängigen Ideen – *dass esch beim Geschlechtsverkehr, wenn auch mit einer gewissen Unschärfe, um unsch geht* und dass wir *esch weder wie Personen tun noch wie Tiere*, eher wie *Blitschableiter* – stellte Audrey bereits nach ihrer zweiten Zusammenkunft mit Abscheu fest, dass sie alle Symptome eines *verliebten Mondkalbs* aufwies, einer *diaphanen Daphne* vielleicht oder einer *wehleidigen Venetia*, die am Poetischen und Althergebrachten festhielt, statt sich dem *Neuen Aufbruch* der Weiblichkeit zu verschreiben. Er stellt sein Glas ab, tritt an ihr Bett, setzt sich zu ihr. Sag mal, fragt er, warum erzählst du mir gerade jetscht von dieser Begebenheit – vom Umgang deines Vaters mit Proschtituierten und Pornographen – hat esch damit zu tun, dass wir gerade ... gefickt haben? Audrey streicht über den grünen Damast von Venetia Stanleys Chaiselongue, fährt mit dem Finger um einen, dann um einen zweiten Knopf. Nein, antwortet sie schließlich, nein, Gilbert, damit hat es nichts zu tun ... es ist nur ... Wie sehr sie Venetia Stanley *verachtet*, obwohl sie nicht einen einzigen *Blick auf sie geworfen hat.* Trotz aller gegenteiliger Bemühungen kam Audrey nicht umhin zu fragen, ob das Verhältnis zu ihr ein rein physisches sei – er aber weist diese Idee verächtlich von sich: Venetia? Meine Liebe, sie ischt ein Baby, sie ischt in der ewigen Kindheit des Wohlstands gewickelt, sie wird von Ammen gewaschen und verhätschelt, sie nuckelt an der Bruscht der Gesellschaft ... Das mag schon sein, doch ist die Nähe zwischen der Gesellschaftsdame und dem Sozialisten *untragbar*, besonders an diesem Ort, wo sie, kostümiert als Jägerin Diana, aus einem im Regal stehenden Fotorahmen blickt ... es ist wegen der Regenschirme. Ah, die Regenschirme, die Früchte deiner Arbeit. Irgendwie *kriegt er sie doch richtig rein* – seine dritten Zähne – denn wenn er in Salons und bei öffentlichen Versammlungen seine Reden schwingt, kommt seine Stimme aus tiefer Brust, *laut wie eine Blaskapelle*, während zu diesen Anlässen, wenn er entspannt ist und seiner Kleidung entledigt, wenn sein Haar zerzaust ist, das liebenswerte Lischpeln zurückkehrt. Sie widerspricht: Ich stelle keine Regenschirme her, Gilbert, auch keine Regendächer, Gartenzelte oder tragbaren Pavillons für den verdammten Strand – ich bin eine Schreibkraft, ich mache Wörter. *Wörter dieser Art*: Sehr geehrter Herr, bezüglich Ihrer Bestellung vom 15. diesen Monats muss ich Ihnen leider mitteilen, dass wir gegenwärtig nicht in der Lage sind, die von Ihnen angeforderte Anzahl der Modelle Peerless und Paragon zu liefern, da Fox seinerseits mit der

Lieferung der patentierten Aegis-Rahmen in Verzug geraten ist. Sie wissen es sicherlich zu schätzen, dass alle Regenschirme der Firma Ince & Co. den höchsten Anforderungen entsprechen und selbstverständlich mit qualitativ hochwertigen und effizienten Aegis-Rahmen ausgestattet sind. Die Spedition hat uns vorläufig ein einziges Kontingent des Peerless zugesichert, sowie einhundert Paragon-Rahmen. Selbstverständlich sind wir bemüht, Ihren Auftrag baldmöglichst auszuführen. Bis dahin verbleibe ich, hochachtungsvoll, A. De'Ath, Abt. Auslieferung, im Auftrag von Thos. Ince. Initialen sollten genügen, Miss De'Ath – hatte Appleby, der launische und missmutige Vorgesetzte, erklärt – einige unserer Kunden sind möglicherweise nicht so tolerant, wenn es um weibliche Arbeitskräfte geht ... *aber mit Sicherheit toleranter als du!* Audrey ist Applebys einzige Untergebene, die beiden teilen sich eine Dachkammer über den Geschäftsräumen in Bishopsgate, er sitzt auf einem Hocker an einem altmodischen Hochpult unter dem Mansardenfenster, sie steckt, dicht an die *von Mäusen angeknabberte* Holzvertäfelung gedrängt, unter der Dachschräge. Ihre Sholes steht auf einem Tischchen, wann immer sie mit dem eingebauten Fußhebel den Rücklauf betätigt, muss sie daran denken, *kertschinggg!*, was Frauenarbeit ist: *schweißtreibend, anspruchslos, monoton.* In Wahrheit jedoch ist ihr Aufgabenbereich größer als seiner – Appleby, mit seinem grässlichen alten Anzug, seinem gekippten Leinenkragen, wird bei Ince nur aus Dankbarkeit für frühere Leistungen beschäftigt. Er kritzelt ein wenig in den Büchern, den Lohnlisten und Warenbestandsverzeichnissen und wankt freitags von einem kräftigen, mit einer Keule bewaffneten Jungen begleitet zur Bank. Seine Anweisungen für Audrey sind äußerst grob umrissen, es ist an ihr, diese mit der notwendigen Materialität auszustatten. Alle Briefe, der gesamte interne Schriftverkehr, selbst die Werbetexte – *Wörter dieser Art* schaffen ihre Hände, die wie verkehrte Klauen über die Tastatur der Sholes scharren, immer und immer wieder, in einem Muster, das *kein Muster sein kann, weil es sich niemals wiederholt.*

– Nein, so habe ich dasch nicht gemeint, Audrey ... Für einen Mann, der ganz dem Fortschritt der arbeitenden Klassen hingegeben ist, ist Gilberts Abneigung gegen jede Form der Arbeit *extrem*, abgesehen von der Produktion seiner eigenen Worte ... ich meinte die Worte, die du auf der zerbrechlichen Barke, der Ardent, in die Weltmeere hinausgeschickt hast. Im Schatten seines Hemdsaums *kauert* der von Hautröllchen beringte Penis *verschreckt, was er dir reingesteckt.* In der Werkstatt von Ince, auf der Old Commercial Street, schneiden Akkordarbeiter, *Juden und Jüdinnen hauptsächlich*, Seide und Gingham zurecht, sie ölen und strecken es, nähen die heiklen Schläufchen, die Hüllen, ziehen Rippen ein und befestigen den Griff – *Oar-la!* ein weiterer Peerless oder Paragon oder ein eleganter Spazierschirm für die Dame. Endlos wiederholen sie die gleichen Handgriffe, ihre fremden, fahlen Gesichter sind gleichermaßen *geölt und gestreckt* – ihre Hände sind *aufgesprungen, rissig*, im Winter aufgedunsen. Der Sommer bringt den Gestank von den Fischständen in der Black Lion Yard, der grelle Mief des *Geflügels* lässt das ganze Jahr nicht nach.

Es ist ein armseliges Ding, Gilbert, sagt sie, als sie aufsteht, um ihren Unterrock zu richten und die Strümpfe hochzuziehen. Schnapp!, macht ein Strumpfband. Es ist ein armseliges Ding, nur diejenigen nehmen es in die Hand, die seinem Inhalt ohnehin zustimmen, und selbst die werden es vermutlich nicht lesen. Schnapp! Da steht ein Silbertablett mit Kristallkaraffe und Sodasiphon. Audrey fährt mit dem Finger leicht über den gestreckten Hals, die kühlen Rillen – sie hebt eine Stecknadel auf und beginnt, Streifen um Streifen *ihrer roten Bastarbeit* zu falten. Das Fenster ist von einem schweren Vorhang verdeckt, sie weiß natürlich, dass dahinter spitzgieblige Häuser mit *kunsthandwerklichen* Drillingsfenstern zu sehen wären, hinter denen wiederum das Ufer liegt und der *giftige Ausdünstungen schwitzende* Fluss – sie hat die üblen Strudel der Gerberei-Abwässer im langsam vorbeiziehenden Strom vor Augen. – Ich muss jetzt gehen. – Muscht du das? – Ja, *ja* – zurück zu Misses Phelps in De Beauvoir Town, zurück zur scheppernden, auf dem Ölherd warmgemachten Dosensuppe, zurück zu dem luftigen Gefühl, ohne die Tonnage von *Vater, Mary Jane und den anderen* einschlafen zu können ... Sie tritt in die *respektable* Umarmung ihres Hemdblusenkleids, knöpft es zu und schiebt die Vorhänge auf. Unten an der Bordsteinkante knattert ein Motortaxi – *das kann nur* Venetia Stanley sein – sie steht da und sucht Kleingeld in der perligen Geborgenheit ihrer Handtasche. Bestimmt war sie beim Abendessen in Dorchester, denkt Audrey, oder bei einem Klavierabend in der Bechstein Hall – ihre einzige Sorge ist die *lästige Vermehrung von violettfarbenen Federn im Hutschmuck der niederen Klassen* ... Audrey dreht sich um und sagt entschlossen, am liebsten würde ich durch das Fenster ihres lieben Freundes einen Ziegelstein schleudern – durch jedes seiner verdammten Fenster! Gilbert ist in seine *nicht ganz saubere* Flanellunterwäsche gestiegen. Sie wird es nicht wagen, uns zu stören, sagt er, aber für alle Fälle ... mit der einen Hand klappt er den Arm des Victrola aus, mit der anderen zieht er das Gerät geschickt auf. Sein Gesicht schwillt *ungeheuerlich* im verbeulten Blech des

Trichters, unter Rauschen hebt die Melodie an. Jeder Gedanke ist eine Melodie, denkt Audrey, aber der Körper ist ein passiver Mechanismus aus *Zahnrädern, Federn, Ketten und Ratschen* ... Seine Hände liegen auf ihrem Nacken, ihre Finger hakeln in ihren Schnürsenkeln ... – Nein, wirklich, Gilbert, ich muss los. Er stützt sich auf die Oberschenkel. Ha! Na gut! So sollsch dann sein, sagt er, und sieht sich nach seiner *erschlafften* Hose um. Sehen wir uns auf der Versammlung – am Donnerschtag? Ich gehe davon aus, dass auch Stanley teilnehmen wird ... Er weiß von ihren *Meinungsverschiedenheiten* – ein Wort, das dem gewaltsamen Bruch ihrer Beziehung nicht gerecht wird. Diddel-di-diddel-di-diddel-di-di-di! Die hübschen Triller des Phonographen stieben in ihrer Wut, ihrer *auferstandenen* Wut, auseinander: Sie ist überzeugt, dass Stanley trotz seines Eigensinns den Tod eines Märtyrers sterben wird: Stanley, die geschmeidigen Arme gestreckt, seine Handflächen durchbohrt von den Spitzen der Stahlrippen, die Knöchel *mit Gummiringen an die Schirmstange gefesselt*. Weshalb Audrey Cook gegenüber betont: Dass Stanley nicht wegen George Lansbury kommt, auch nicht wegen der streikenden Transportarbeiter, ganz bestimmt nicht wegen irgendwelcher Prinzipien. Er ist im Bann dieser feinen Dame und ihres Zuhälters – mein Bruder ist nahezu mittellos, unser Vater hat ihn beinahe schon enterbt –. Sie hält inne, als sie das Schhh-tsching hört, mit dem im eine Etage tiefer gelegenen Wohnzimmer die Gardinen gezogen werden – der nur *zur Hälfte gespannte* Phonograph ist *ausgetrudelt*. Der Liebhaber betrachtet Audrey mit Wohlwollen, während er das missliche Geschäft des Zuknöpfens vollzieht. Den Aufzug komplettiert er mit einer Zigarette – er raucht eine Marke namens Logic, die *Fünfundzwanzigerschachtel zu einem*

Schilling! Du liebscht ihn, sagt Cook verwundert. Du liebscht ihn mehr als jeden anderen Menschen – mehr als deine suffragetten Freundinnen, mehr als unsere sozialistischen Genossen, mehr als –. Er ist ein formloser *Tweed-Beutel, mit einem Zug aus Qualm* … Plötzlich fasst sie ihn, drückt ihr heißes Gesicht an seinen nackten Hals und schiebt ihn vor sich her. Sie spürt das kühle Träufeln ihrer Liebe an den gepressten Schenkeln. Ich liebe dich, Gilbert, hechelt sie, ich liebe dich. Audrey weiß, dass hier weder *romantische Glückseligkeit* vorliegt noch *eherne Standhaftigkeit*, sondern etwas ganz und gar *Revolutionäres: Und um und um die Sklaven hausen, die Glocke ruft zur Arbeit her* … – Und du Gilbert, du liebst mich doch auch, oder? – sie schüttelt ihn – du liebst mich doch auch! Er ist mit der Schulter an der Kupferzitze des Lichtschalters hängengeblieben, sie sehen zum elektrischen Leuchter auf, der sich über ihren Köpfen kräuselt, sie sehen auf und sind *bezaubert von dem weißstrahlenden Schwengel in seiner mattglasigen Glocke*. Ein Stück weiter hängt eine zweite Lampe, und eine dritte – und so weiter, die Beleuchtung, die Audreys Blick in die Tiefe des gekrümmten Dachbodens zieht, ist verschwenderisch. Sam Death erläutert, wie die Elektrizität *jenariert* wird, weit draußen im Westen, in Wood Lane, dass entlang der Bahntrassen eine Menge *Umschallwerke* installiert sind, in welchen die seltsame Flüssigkeit in einem geheimnisvollen Prozess weiter verfeinert wird, bevor sie in Tunnel gepumpt wird und diese Lampen versorgt, sowie das im Gegensatz zu seinen flankierenden, *bösartig glänzenden Schwestern stumpf* und verwahrlost daliegende dritte Gleis zu ihren Füßen. Audrey kann nicht *bei ihm bleim* – und weiß, dass es nichts zu bedeuten hat. — Ihr Vater spricht über den Schildvortrieb von Greathead nicht zu ihr, sondern zu einem abwesenden anderen ... *Hab ich recht, Sir?* Die Luft knistert Sauerstoff, ein *Zelluloidlätzchen an einem Fetzen Velourssamt* ... zu ihren Füßen sind die Füße eines anderen: bespritzte Gamaschen, hochhackige Stiefel, *appetitlich wie Kuchenglasur*. Audrey versucht mit aller Macht, die Dame und den Herrn nicht anzustarren – sie: Fieberflecken auf gepuderten Wangen, Hände unauffindbar in einem Muff – er: zieht seine Uhr an der Kette hervor, tippt mit dem Gehstock auf den Bahnsteiggrund, schiebt den Zylinder aus der Stirn. Dann die Wiederholung: mechanisch, unachtsam. *Stan hatte nur den ein'n Zinnsoldaten*, einen Hornisten im Tropenhelm, er trug eine scharlachrote Tunika über einer engen, schottisch gemusterten Hose. Er hob seine verbeulte Tröte an die aufgesprungenen Lippen und dudelte, er *hat seine verbeulte Tröte an die aufgesprungenen Lippen gehohm unn gedudelt*. In jeder Schulter steckte ein dicker Bolzen, und dann war da noch Stans großer kleiner Finger, *wegen dem er das alles gemacht hat*. Die Bahn kommt, sie kämpft sich den Rücken hinauf, den die ihrer Relevanz beraubten Ufer des River Fleet bilden. Rothschild Death muss lauter sprechen, er brüllt jetzt seine Erklärungen über die geplanten Erweiterungen und ein unter Uxbridge Road vergrabenes Schaltwerk. Er spricht im Ton eines Eigentümers, als hätte er selbst investiert in – eine südliche Anbindung, *feine Sache*, Or-drie, bald könn'n wa uns bis nach Hause graben, das wird kuschlig –. Aus dem *Loch* knallt die Lok heraus, *eine Granate, abgefeuert von einem tief im braunen Erdenmeer kreuzenden Schlachtschiff*. Ihre Strahler sind Lichtdolche, sie sticheln die gekachelten Wände, während Audrey, die auf das vorbeischnellende Tosen hört, zwischen ihren Ohren etwas *Gedämpfteres* empfindet. Sie weiß, dass die Lok sie nicht treffen kann, und doch hält sie sich an dem Arm fest, an dem von einer Kordelschlaufe das Paket für Arnold Collins hängt. – Du bist mir vielleicht eine Kameradin! Ihr Vater frohlockt über ihre Angst und zieht sie an sich – von seinem pelzigen Arm geschützt beobachtet sie entsetzt, wie ein ganzer Bahnsteig voller Buckrams und Strohhüten und nickenden Federn hinter einer Reihe gelblich erleuchteter Fenster wegrutscht. Das Werbeplakat REDFERNS GUMMIMATTEN FÜRS BÜRO entgeht ihr, das über der rauschenden Finsternis hängt, in die der Zug nun abtaucht, bevor er am Britischen Museum erneut aufsteigt, um gleich darauf noch einmal einzutauchen. Sie hat die Hände wieder in den Schoß gelegt, sie tapp-tapp-tappen zum Klackern der Räder auf dem Stahl – doch Audrey in ihrem rüttelnden Sitz wirkt abwesend, als sie an der Tottenham Court Road auftauchen, an der Bond Street und am Marble Arch, wo sie, da ihr Kopf im *Augenglas* des Fensters zu klemmen scheint, durch ihr eigenes, durchsichtiges Selbst blicken muss, hat ihr Körper dem Schaukeln des Zuges nichts mehr entgegenzusetzen. Wieder verschwindet der Bahnsteig unter einem elektrifizierten Fssschk-tschk-fssschk-tschk, nur hat er diesmal mehr zu bieten: *Schneiderpuppen*, jeweils zwei unter einem Ulster oder Regenmantel, versteckt unter Ballonkleidern sitzt der *Kleine Tich* auf einem *Pantomimenpferd* … dazwischen stehen ohne erkennbare Ordnung ein Ölherd, eine Reisetruhe, Revolver mit Perlmuttgriffen, ausgestellt in einer offenen Vitrine, eine Auswahl von Reiseteppichen, ein Hutständer voller Turbanhüte, ein Schreibtisch, darauf ein ausgestopfter Rabe, eine Spielzeugeisenbahn, genau diese Untergrundbahn, in *ganz ganz winzig*, ein mit dem Wappen des Prince of Wales besticktes Sitzkissen, ein Pianola, eine Tafel, die anzeigt, dass *in jedem Zimmer* ein Gast einen

Wunsch hat, eine Kehlkopfsonde, eine elektroplattierte Bowlenschüssel, mehrere fächerartig auf einem Mackinaw-Mantel ausgelegte Gehstöcke aus Malacca-Rohr, ein kolonialer Tischschmuck, einen Sepoy darstellend, der einen Tiger erlegt, ein Toaster, eine elektrische Lampe, ein Fondue-Set, ein patentierter *galvanischer* Gürtel zum Abnehmen, eine elektrische Wärmedecke, ein Stereo-Kassettendeck – *was auch immer das sein soll.* Audrey kann die körperlose, verführerische Stimme hören, die all diese vor ihren Augen wirbelnden Dinge benennt, trotzdem fällt es ihr schwer, sich auf das Kinetoskop zu konzentrieren, sie ist so *beengt* … ein Grill! Bademäntel für sie und ihn, und ein Kuscheltier! Am Ende erhebt sich die triumphierende Stimme, synthetische Töne schwillen zu Musik an, die Hände des unsichtbaren Publikums machen sich zum Applaudieren bereit … *für diese Bösartigkeit ist Albert verantwortlich: eine Schraubklemme*, so eingestellt, dass sie gezwungen ist, die Decke anzustarren, die Klemme ist an beiden Schläfen *mit dem Schädelknochen verschraubt. Ja, auch für diesen … Kinema-Film ist er verantwortlich: eine Foltermethode.* Die Klemme presst Audreys Gesicht zu einem nach altem Schweiß stinkenden Maulkorb zusammen – ihre Beine stecken *in einem Bein einer schottisch gemusterten Hose*, ihre Hände müssen, ohne dass sie hinsieht, *das Spannfutter lösen, den Bohreinsatz wechseln, das Rad festziehen* – sie spürt, dass *mir die Zündkappe in den Schoß gefallen ist* … widerlich, wie sich die Fugen zwischen den Deckenkacheln vereinen, *ist aber nicht so schlimm* … sie ist aber nicht Gracie, die *zu lange* in den Werkhütten gesteckt hat – *arme Gracie*, die im Wohnheim von Plumstead eine Nische mit ihr geteilt hatte und dem *Ruf von Cristobel* gefolgt war, *die Kriegsanstrengungen zu unterstützen, um bald, wenn die Arbeiter zurückkehrten, in der Morgenröte eines neuen Tages aufzustehen. Arme Gracie, sie weiß nicht, wer ich bin, sie ist dement, ihre Haut ist gelb wie ein Kanarienvogel – ob sie ihr Essen mit Trotyl versetzt haben?* In den ersten Jahren war Audrey immer hilfsbereit gewesen – sie hatte sie gehätschelt und beruhigt wie eine Vogelmutter, bevor man sie der *Psychoätherischen Neueinstellung* zuführte und sie zwang, *nach den Bildern zu verlangen*, sogar nach dem *Ding an sich*: Eintoastereinfondueseteineelektrischewärmedecke – die Wörter verbeißen sich ineinander mit gieriger Hast, Einstereokassettendeckeingrill! Ihrunseinbademanteluneinkuscheltier –! Aus. *Aus*geschaltet. Die Zimmerantenne steht *außerirdisch* auf dem alten, warmen, nach verbranntem Staub riechenden Fernseher. Busner richtet sich auf, dreht sich um – Stöhnen und Murmeln beginnt die Stille im Gemeinschaftsraum von Abteilung 14 zu füllen – dann: Was solldenndas? Mr. Garvey – Mitte sechzig, hypomanisch, erst vor kurzem eingeliefert – protestiert: Das ist meine verdammte Lieblingssendung. Busner hebt eine beruhigende Hand und *streichelt* die Luft. Bitte, sagt er, bitte ... es dauert nicht lang, ich möchte Mrs. Dearth nur einige Fragen stellen ... In der anderen Hand hält er das Klemmbrett, mit dem er jetzt wedelt, die flatternden Blätter wirbeln *Trockenmilch* auf, *getrocknetes Urin*. Zwei Reihen von hohen Lehnsesseln, zu einer Mondsichel aufgestellt, sind anklagender als die in den Sesseln kauernden Bündel. Betreten, unangenehm berührt drängt Busner durch die Reihen, gezwungen, Knie wegzuschieben, entsetzlich nackte oder unter Wolldecken verborgene Knie: *Puh, schau dir die Prellung an ... ein wahrer Sonnenuntergang vor Waterloo.* Der Wind rüttelt an den verbauten Schiebefenstern, der Regen peitscht, was ihn daran erinnert, *es ist April.* Er sinkt neben ihr in den Sessel. Ihr armes, greises Gesicht klemmt im Winkel des Sesselohrs, ihre dürren Beine sind starr, die Drehung ihres Oberkörpers sieht schmerzhaft aus – und doch, trotz alledem, führt sie mit den Händen flüssige, methodische Bewegungen aus, sie zieht an einem Hebel, dreht mit einer Sicherheit an einem unstofflichen Schwungrad, dass der Psychiater tatsächlich *eingefetteten Stahl* vor Augen hat, *die Kaminglut von Bronze.* Miss Dearth, beginnt er, ich habe hier Ihren allerersten Fragebogen ... sowie die Protokolle, die in den ersten Jahren vom medizinischen Personal angefertigt wurden. — Über einen Monat hat er gebraucht, er hat gebettelt und gedrängt und geschmeichelt, bis das Archiv die Akte endlich herausgerückt hat, man hat dort kein Verständnis, auch Whitcomb sieht nicht ein, warum das nötig ist. – Hier gibt es genug Leute, die Flausen im Kopf haben, Busner, deshalb ist es besser, Sie halten sich an die Fakten, an die etablierten Abläufe ... Es wäre sinnlos, seinem Vorgesetzten oder Mrs. Jarvis, dem *fiesen alten Drachen*, der auf seinem Nest aus Papier und Karton hockt und bürokratisches Feuer faucht, zu erklären, dass die Akten gerade das sind: Fakten, Fakten über Abläufe. De'Ath, Audrey, aufgenommen am 26. September 1922, geboren in Fulham 1890 (Alter 32), led., 5 Fuß 2, 7 Stone 8 Pfund, wohnh. 309 Clapham Road, Wohnung G, Stockwell, London SW, wurde einer eingehenden Untersuchung unterzogen, das Ergebnis lautet folgendermaßen: Keine Anzeichen von Tuberkulose, rheumatischem Fieber, Pocken, kürzlicher Niederkunft oder früheren Schwangerschaften. De'Ath, Audrey, so stand es winzig in einem der vorgedruckten Felder, erhielt Sozialbeihilfe und zeigte Anzeichen von Katatonie, die Dr. M.H. Hood, Medizinischer Vorstand, dazu verleitete, unverzüglich die Diagnose Primäre Demenz zu stellen, *was auch immer das sein sollte*. Ein Jahr später schloss sich Dr. Ventor dieser Meinung bezüglich einer Death, Audrey, an, doch eine Notiz von Dr. Hayman, nur drei Jahre später verfasst, stellt mit gleicher Entschiedenheit fest, dass eine Deeth, Audrey, Angaben wie oben, an Dementia praecox litt. Als er die uralten Formulare und Karteikarten auf den klebrigen Tassenringen eines Tischs im Belegschaftszimmer ausbreitete, sah sich Busner veranlasst, die Evolution dieser Namen *in symbiosis* zu betrachten. Denn als 1930 durch die große Reform, den Mental Health Act, aus der Irrenanstalt Colney Hatch die Nervenklinik Colney Hatch wurde, mutierte Deeth, Audrey zu Deerth, Audrey, der man – wohl dank der Tatsache, dass Bleulers Terminologie von der englischen Psychiatrie endlich absorbiert worden war – mit größter Verbindlichkeit die Diagnose Schizophrenie geben konnte. Es wäre in einer Institution, die ihre eigenen Identitätskrisen zu bewältigen hatte, beinahe unmöglich gewesen, diese pseudonymische Patientin über die Jahrzehnte hinweg zu verfolgen, wäre Miss De'Ath, genannt Miss Death, genannt Miss Deeth, genannt Miss Deerth nicht über den gesamten Zeitraum *genau am selben Fleck* geblieben, *eine Motte – nicht tot, aber über die Jahre immer weiter austrocknend, gefangen in einem sehr langen Winterschlaf* – obwohl ganze Deckenträger absackten, obwohl wegen der Pfuscherei der ursprünglichen Baufirmen ständig renoviert werden musste, obwohl Bomben und Feuer in den Kriegsjahren schwere Zerstörungen anrichteten, obwohl Tausende von Nervenkranken aufgenommen wurden und tausend weitere der Anstalt – durch Entlassung oder Tod – wieder abhanden kamen. In den späten Dreißigerjahren, als sich die Klinik unter dem Namen Friern noch einmal neu erfand und das letzte Echo der Klapsmühle – *so hofften sie zumindest* – in die Abzählreime der Kinder verbannt wurde, wurde aus Miss Deerth, wohl durch einen weiteren Transkriptionsfehler, eine Miss Dearth. Und so blieb sie auf Abteilung 14, eine unheilbare Schizophrene, deren tiefe Katatonie das Merkmal war, das dauerhaft immer wieder Erwähnung fand, während die Jahrzehnte alle Zufälligkeiten des Geschlechts, des Alters, der Klasse und des Namens längst fortgewischt hatten. Ihre Katatonie ... und ihre Dyskinesien und allumfassenden Dystonien, ihre verpressten, verkrampften Muskeln, ihre im Griff der Krankheit schlitternden, zitternden Hände – so kam es, dass in den Sechzigerjahren, als die Klinik den modisch-unbürokratischen Rufnamen Friern erhielt und die Welle des Chlorpromazins endlich brach, die symptomatische Beständigkeit der alten Miss Dearth von einem jungen, nur vorübergehend angestellten, noch nicht dem Zynismus anheimgefallenen Neurologen bemerkt wurde — einem gewissen Dr. Mohan Ramachandra, der sich, wie Busner selbst, offenbar die Mühe gemacht hatte, wenigstens einen Teil der Akte zu lesen, und bemerkte, dass in den späten Dreißigerjahren eine Insulinkomatherapie verabreicht worden war und, zehn Jahre später, ein einziger, *experimenteller Elektrokonvulsionsschock*. In den folgenden zwei Jahrzehnten schien es, als sei sie *über die Hochspannungskabel im eigenen Gehirn gestolpert*. Es bestand die Möglichkeit, die *entfernteste* Möglichkeit, schloss er, dass ihre vierzig Jahre währende Torpidität, ihr anhaltendes Zucken, ihr stierender Blick nicht etwa eine Folge zu freizügig und hochdosiert verschriebener Beruhigungsmittel war – sie hatte nämlich bis dahin überhaupt keine erhalten – sondern eine physiologische Erklärung hatte, eine Hypothese, die dazu führte, dass er *sehr zaghaft, mit Bleistift*, auf der letzten Seite der Akte ein einziges Wort notierte, Parkinson, gefolgt von einem ?, damit garantiert niemand auf die Idee käme, der Hypothese nachzugehen

bis jetzt. *Nun, sie stört nie, hat immer ein freundliches Wort parat, welch ein Segen. Ich kann sie auch alleinlassen, ich weiß dass sie allein zurechtkommt, und sie besudelt sich auch nicht. Eine richtige Lady, whoa, whoa, she's a lady!* Habe ich richtig verstanden, dass Sie und, ähm, die anderen, also Miss Deerth, Miss Deeth, Miss Death und, ähm, Miss De'Ath, dass Sie alle … ein und dieselbe Person sind? Busner beugt sich über die Lehne, so weit, wie er sich traut, ihre Haare berühren sich schon – aber abgesehen vom *Taubengurren* der nassen Respiration gibt sie keinen Laut von sich. Er versucht es noch einmal anders: In Ihrer Akte … Miss Dearth … Sie wurden über die Jahre von verschiedenen Ärzten behandelt … erinnern Sie sich an Dr. Hood? *Nichts.* Oder vielleicht an Dr. Hayman? *Wieder nichts.* Ohne anzuecken rollt ein Handwagen vorüber, darauf Teller, gestapelt, mit Aluminiumdeckeln, der Schwefelgestank des verkochten Rosenkohls fließt in seinen Schützengraben – andere Patienten stehen auf, um ihre Tabletts zu holen, eine spärliche Kakophonie füllt den Raum. Frustriert richtet sich Busner auf. Mboya ist schon weg – nur die Küchenhilfen in ihren blau-grün karierten Nylonjacken sind noch da, um das federleichte Besteck und die bis zur Undurchsichtigkeit zerkratzten Plastikbecher zu verteilen. *Oh, welch ein Segen – hier wird nicht gesudelt* … Er macht einen weiteren Versuch: Oder wie wär's mit Dr. Cummins – oder Dr. Marcus? Dieser letzte Name ist sein Trumpf, er wird doch, er *muss* doch eine Reaktion hervorrufen? Juujuub. Bitte? Er schiebt sein Ohr noch ein Stück näher – ihre

Wange ist tief zerfurcht, sie hat auf einem *Bett versetzter Zeiten* geschlafen. Sein Ohr streift ihre schmalen Lippen, Bitte, sagt er, bitte, Miss Dearth, *oder wie zum Teufel Sie auch heißen*, versuchen Sie es bitte noch einmal ... der geteilte Kieferknochen beginnt zu artikulieren, er fördert fauligen Atem zutage und zwei Bedeutungspillen: Juden Junge. Einen Moment lang glaubt Busner, dass sie aufgewacht ist, um ihn zu beleidigen, doch schon folgen zwei weitere Verabreichungen: war ... er, dann schweigt sie wieder. *Natürlich!* Es liegt weder in Busners Natur noch in seiner Geisteshaltung, ein Wirbelwind der Aktivität zu werden, aber das, denkt er nun, ist gerade, was ich bin. Als er aufspringt, setzt er ihr Schwungrad in Bewegung – ihre Hände *legen wieder los*: die rechte dreht, die linke justiert, Busner aber packt sein Klemmbrett und stürzt durch die Reihen davon. Hui! Garvey *sterbender Pakistani* glotzt ihm nach, in seinem ansonsten zahnlosen Mund steckt ein Eckzahn aus Brei – Busner lässt rechts und links Entschuldigungen fallen, jemand hat den Fernseher wieder eingeschaltet, *der den vertikalen Halt verloren hat, genau wie ich*: schartige Fächer laufen und laufen, in jedem steckt ein Brucie. Zwei Mal ohrfeigt er die furnierte Wange des Geräts, mit voller Wucht, Danke, Doc, fliegt ihm und seiner brennenden Handfläche hinterher – aber er sieht sich nicht noch einmal um. Es ist der Samstagabend vor Ostern, er sollte zu Hause sein, *bei Frau und Kindern*, bei Miriam, Mark, Daniel und dem Baby – nicht hier, wo in der zunehmend dichten Dämmerung die Scheinwerfer des Austin über die Trompe-l'Œil-Fassade der Klinik streichen, *ist ja nicht echt*, denn, wenn auch an diesem Feiertagswochenende alles wirkt wie eine Klinik, tut in der gesamten Anstalt kein einziger Arzt Dienst. Das Einzige, was die gut dreitausend Verrückten davon abhält, den Laden zu übernehmen, ist ihre eigene, dem Institut geschuldete Trägheit. — Busner, leichte Beute seines hochfliegenden Enthusiasmus, umsteuert mühsam das große, runde Zierbeet, fährt am Pförtnerhaus vorbei und biegt links in die Friern Barnet Road. Ein weiterer Frühjahrssturm, der kaltfeuchte Geruch des Plastiks hüllt ihn ein, *mein eigenes Schaumgummi vereint mit seinem*, und nimmt Kurs auf St. John's Wood. Er hatte noch einmal von der Schwesternstation aus angerufen und bestätigt, dass er kommen würde, und Marcus' Stimme – lässig, gelangweilt, nasal – hatte gesagt: Habe ich Ihnen gestern Abend bei unserem Gespräch nicht deutlich gemacht, Doktor Busner, dass Sie kommen können, wann immer Sie wünschen? Mehr braucht es doch nicht. Und auch wenn Miriam bereits interveniert hat, ist Busner nun ebenfalls der Meinung, *dass es mehr nicht braucht* … Als sie vor einem Jahr aus dem Konzepthaus ausgezogen waren, hatte man ihnen mit Räumung gedroht: Zähmen wir also unseren Enthusiasmus – *Deine Begeisterung hat dich beinahe die Stelle gekostet!* Und nun hat es ihn doch wieder erwischt, es hat ihn so fest gepackt, wie er das *kyphotische* Lenkrad gepackt hat, um mit der stumpfen Schnauze des Austin die über die Schnellstraße driftenden Regenpailletten zu durchstoßen. Gestern Abend war Miriam mit den Kindern zu den Eltern gegangen, um Seder zu feiern – ohne ihn. Es war das erste Mal, seit sie *die Regeln aufgestellt hatte*. Er hatte sich an den kleinen Sekretär gesetzt, der in einer Ecke des Schlafzimmers stand, und über Audrey Dearths Akte gebeugt. Es war ihm nicht gelungen, Miriam zur Begeisterung anzustiften, als er ihr die Einträge des Doktor A. Marcus zeigte, der sich gleich zu Anfang, 1931, von der Schizophreniediagnose seines Kollegen distanzierte. Seine Notizen reichten bis

1941, Busner ging davon aus, dass er eingezogen worden war. Schau hier – er fasste sie am Ellenbogen – hier steht Enc. Leth. Und hier führt er aus: Ich halte es für wahrscheinlich, dass die Patientin tatsächlich an der somnolent-ophthalmologischen Form der Encephalitis lethargica leidet. Und dann hier … blätterte er … hier, hier, hier und hier! Jedes Mal, wenn er sie im Laufe dieses Jahrzehnts untersucht, macht er einige Notizen – und als sie Paraldehyd verabreicht bekommt, schreibt er quer über die Arzneimittelkarte: Nicht erforderlich. Neben die Beobachtung eines anderen Arztes, dass ihre okulogyrischen Krisen – was auch immer das sein soll – funktional sind, schreibt er: Unsinn. Siehst du? Siehst du? Miriam, die ihren eigenen Dr. psych. hatte, *sah es nicht*, sie wiederholte nur den lauthalsen Protest des Babys nebenan: Was soll ich sehen? Sie trat einen Schritt zurück, beinahe außer Reichweite, und sagte: Was soll das eigentlich sein, Encephalitis lethargica? Busner, der glaubte, sie hätte angebissen, erwischte ihren Strickjackenärmel und zupfte ihn zu einem Eintrag in der muffigen Britannica, die er von Maurice geerbt hatte: Dort – er überflog den Text – Ende des Ersten Weltkriegs … vor Ausbruch der Spanischen Grippe – ein Vorläufer der Epidemie vielleicht? Die Sache ist nämlich die, beim Parkinson erst einmal Fieber, Nachtschweiß, Gleichgewicht – aber dann, paradoxerweise: fallen die einen ins Koma und andere genau das Gegenteil, Schlaflosigkeit bis hin zur Agrypnie! Ungefähr ein Drittel von ihnen sind gestorben, ein weiteres Drittel hat sich vollständig erholt, und ein weiteres Drittel scheint auf dem Weg der Besserung, nur kriegen die nach ein, drei – manchmal sogar erst nach fünf Jahren – einen Rückfall. Sie befreite ihren Arm und sagte, Zack, hörst du nicht, das Baby schreit, sie schläft zur Zeit überhaupt nicht. Miriams frisch behauener Bob ist *poliertes Ebenholz* im scharfen Licht der Schreibtischlampe, heiliger Bimbam, dachte er und sagte: Siehst du denn nicht? Diese Patientin von mir, sie ist nur eine von vielen, die ich in Friern gefunden habe – wahrscheinlich gibt es in den großen Kliniken noch Hunderte, vielleicht sogar Tausende mehr. Verstehst du denn nicht? Psychologisch sind die überhaupt nicht beeinträchtigt – zumindest waren sie es zu Anfang nicht, heute mag das anders aussehen – aber was ihr Stammhirn angegriffen hat, war ein Virus. Miriam steht in der Tür und massiert sich *aus Mitgefühl?* den eigenen, ausrasierten Nacken, ihre *noch immer jungenhaften* Hüften schubsen einen geflochtenen Wäschekorb, aus dem eine seiner eigenen, *brennend heißen* Unterhosen *tropft*. Ich sage dir mal, was ich sehe, sagte sie. Ich sehe, dass hier derselbe armselige Reduktionismus am Werk ist, der dich damals schon gepackt hat, als du unter den Einfluss deines Ronnie geraten bist ... *diese Stimme vertreibt mir die Konzentration* ... Damals gab es psychische Störungen überhaupt nicht mehr, es gab nur noch verschiedene Arten, die Welt zu betrachten. Verschiedene – sie versprühte einzelne Silbensamen – ex-i-sten-tielle Phänom-en-olo-gien. Und jetzt gibt es wieder keine psychischen Störungen – na also! Alles weg! Alles wieder gut! Und stattdessen dieses Enzepho-Ding. Zack, ich frage mich – ich frage mich wirklich, wann du endlich kapierst ... ihr letztes Aufgebot, und er, *der blöde Hund, saß gehorsam da und wartete* ... dass man den Wahnsinn nicht einfach wegwünschen kann, dass dadurch niemand, wirklich niemand gesund wird. Kurz darauf hörte das Baby schaudrig glucksend auf zu weinen, verstöpselt von einer Flasche. Er hörte, wie Miriam die Jungen aufforderte, ihre Jacken zu holen – dann klimperten Autoschlüssel, die Haustür wurde zugeworfen, der Anlasser des Austin heulte auf, hustete und heulte wieder. Er saß da und befürchtete, sie könnte noch einmal ins Haus zurückkehren, um ihre Vorhaltung fortzusetzen, doch dann hörte er den anfahrenden Wagen – und befürchtete nun, sie könnte überhaupt nicht mehr zurückkehren. Es ist derselbe Motor, der nun an der Ampel von Henley's Corner knallt. Busner sitzt da und wartet an diesem feuchtkalten Tag, als Henry vorsichtig die Polyäthylenfolien von den frisch gereinigten Anzügen des Onkels entfernte und die Drahtbügel zu einem Gestell verbog, auf dass der dünne Film gespannt werden konnte. Große Mengen Tesa waren nötig, um seine seltsamen *Zukunftsblüten* fertigzustellen, die er im – damals noch – sterilen, wohlgeordneten Vorgarten des Hauses an der Redington Road in den Rittersporn pflanzte. *Er war immer sehr geschickt – und ist es bis heute*. Zack wusste damals schon, dass es hoffnungslos war, sich einzumischen, dabei waren erst wenige Wochen vergangen, seit Henry mitten im Semester unrasiert und ungewaschen, mit blutverkrusteten Fingerknöcheln, aus Cambridge zurückgekehrt war. Seinem erstaunten jüngeren Bruder erklärte er, die Regierung hätte unter dem Rasenplatz seines Kollegs eine Interkontinentalrakete verborgen. Nachdem die Plastikblumen gepflanzt waren, stand Henry eine Stunde da, dann noch eine, und dann eine dritte, und hielt den Gartenschlauch auf die eine Stelle, bis die Erde selbst flüssig wurde, den Pfad hinabrann, unter dem Gartentörchen hinausfloss und auf die Straße sich ergoss, mit einem öligen-geschmeidigen Rücken Ligustern, dünnen Zweigen und frisch geschnittenem Gras. Er wässerte so lange, bis der Onkel nach Hause kam und ihn mit seinem *kaleidoskopischen, auf den Marmeladenhimmel gerichteten Blick*, mit der klatschnassen, schlammbespritzten Hose entdeckte. Henry wässerte dann auch Maurice. Wenig später kam ein schallender Polizei-Rover – gefolgt von einem Krankenwagen. Onkel Maurice mit seinem Interesse am Filmgeschäft, mit seinen sorgfältig frisierten Freunden, *hatte durchaus Sinn für Dramatik* – *fairerweise* sei aber erwähnt, dass er es bis dahin oft genug mit Worten versucht hatte.

Widerwillig hatte Mrs. Jarvis, die Dame aus dem Archiv, die 1941 von Dr. Marcus hinterlassene Adresse herausgerückt. Im Telefonbuch von John's Wood war tatsächlich ein Dr. A. Marcus verzeichnet, doch Busner zweifelte, den richtigen zu haben, bis er sich für den Anruf am Karfreitagsabend entschuldigte und eine Vorkriegsstimme am anderen Ende der Leitung erklärte: Wissen Sie, wir Juden feiern ja auch den Tod von Christus – eine ungeheuerliche Aussage, die offenbar den Zweck hatte, Anrufer zu verscheuchen, in diesem speziellen Fall jedoch den umgekehrten Effekt hatte. Busner hörte die Stimme so deutlich in seinem eigenen Schädel, dass er die beängstigende Vorstellung entwickelte, er und dieser Mann seien zwei Hälften desselben Gehirns, verbunden durch das Joch einer die Stadt überspannenden Telefonleitung, eines überdehnten Corpus callosum. Das ist er, dachte Busner, schon war er verdonnert, eine Mietskaserne in der Abbey Road aufzusuchen. Die breiten, flachen Stufen sollen ihn zu einem *Juden mit militärischem Gebaren* führen – *da, das ist er, ganz sicher*. Natürlich erinnere ich mich an Miss Deerth, sagt Marcus gleich nach der Begrüßung. Er steht: eine große, gebeugte Figur *hässlich wie Strawinsky*, er hat einen Bauch und eine große, zum Ende hin abgeflachte Nase, einen *Entenschnabel*, seine Zweistärkenbrille steckt hoch auf kahler Stirn. Ich habe sie wenigstens einmal im Monat untersucht, wohl auch öfter, das ging zehn Jahre so, warum also sollte ich sie vergessen haben? Ich habe nahe Verwandte, von denen ich weniger gesehen habe, und die ich, sagen wir, als weniger umgänglich empfinde. Im *Schnabelzucken*, das einer schüchternen, im düsteren Hausflur stehenden Ehefrau gilt, ist eine bösartige Andeutung verborgen, die sogleich bestätigt wird, als Marcus Busner in die Wohnung führt, ohne ihm die Frau vorzustellen, die sich zurückzieht, vermutlich in die Küche. Sie trotzen dem scharfen Dunst von gehackter Leber und Bratkartoffeln, ihre Füße knistern auf einem Plastikschutz, der den Läufer bedeckt, bevor sie in eine *bizarre Kammer* treten. Darf ich Ihnen einen Sherry anbieten?, fragt Marcus und zeigt auf einen Clubsessel, ein Original aus den dreißiger Jahren mit einem Rahmen aus knollig gemasertem Walnussholz *wie das Armaturenbrett des Austin*. Zwischen dem Sessel und einem zweiten, baugleichen steht ein Nest von roten, ineinandergeschobenen Lacktischchen. Der Sherry ist aus Zypern – *unfassbar süß*. Marcus entnimmt ein Lacktischchen, dann ein zweites, dann ein drittes, damit Busner all die Mappen ablegen kann, die er aus seinem Aktenkoffer zieht. *Perverserweise* gibt der gezackte Rand einer Papierlampe den Blick auf eine starke Mattglasbirne frei, das gemeine weiße Licht trifft Marcus' Gesicht – ein Gesicht, das, wie *beim alternden Männchen* nicht selten zu beobachten – schlecht rasiert ist, auf beiden Wangen sowie am *resolut* geschnittenen Kinn sind stoppelige Erhebungen zu erkennen. Sie müssen verstehen, sagt er, bei der ersten Welle der Epidemie war es häufig so, dass der eine Patient die richtige Diagnose, Encephalitis lethargica, erhielt und in einer Fieberklinik behandelt wurde, während sein – sagen wir – symptomatischer Zwilling mit Dementia praecox in eine psychiatrische Anstalt gesteckt wurde. Es … *er angelt nach seinem Sherry* ... ist unzählige Male vorgekommen – auch noch in den Zwanzigern, als viele der Patienten, die man für geheilt gehalten hatte, von der zweiten Welle erfasst wurden. Man sollte die Ärzte von damals aber nicht vorschnell verurteilen –. Marcus unterbricht sich: Aber warum nicht? Warum eigentlich nicht? Sherryspucke *spritzt auf meine wertvollen Akten!* Es gab da welche, die waren einfach nur pervers – das ist eine Tatsache. Marcus schaudert. Die haben die Patientinnen betatscht, sie haben Geschlechtsverkehr mit ihnen gehabt, wenn sie gefügig beziehungsweise mit Opium, Scopolamin und gar Bilsenkraut sediert waren. Sie haben Schizophrenen Sexhormone verabreicht – vermutlich haben sie sie auch selbst geschluckt! Es gab ja Sadisten – daran hat sich wohl bis heute nichts geändert – Ärzte, die Patienten aus reinem Vergnügen fixierten beziehungsweise fixieren ließen –. Plötzlich ist das Donnerwetter vorbei: *Hat er selbst Schuld auf sich geladen? Ist er hinterhältig?* Marcus nimmt den Faden erneut auf: Natürlich, wischt er fort, natürlich waren das Ausnahmen, schwarze Schafe ... *Oder schlichtweg gerührt?* ... der größte Teil der Belegschaft handelte so verantwortlich, wie es unter den Umständen damals möglich war, wenn ihnen auch, na ja, ein bisschen die Empathie fehlte –. Sie ist durch die lautlos geöffnete Tür hereingeschlichen, steht geduckt da, *um seine Schläge abzuwehren?* Sie bringt eine längliche blaue Kunststoffplatte, auf der in einer Reihe Ritz-Cracker *Schildbuckel* arrangiert sind, jeder einzelne fein säuberlich mit Leberpastete bestrichen. Sie zieht ein noch kleineres Lacktischchen heraus, stellt die Platte ab und leitet unter dem Schutz ihrer steifen Dauerwelle *Perücke?* den Rückzug ein. Sofort geht eine Krümellawine ab und donnert auf dem Zopfmuster seiner Strickjacke zu Tal, während die Lippen des Alten den Cracker umschließen und das Gebiss in seinen Hautsäcken frickelt. Bedienen Sie sich, sagt er etwas missgünstig – und dann: Sie sind ja offenbar nicht ganz naiv und wissen also, dass die Diagnostik damals noch in den Kinderschuhen steckte. Aber Sie haben keine Vorstellung davon, wie viele Patienten auf einen Arzt kamen. Verdammt viele! Selbst in den frühen Dreißigern gab es im Hatch noch eine Menge Tuberkulosepatienten – und wöchentlich kamen neue hinzu. Sie trugen diese Warnkärtchen am Hals – gelb für TB, rot für Diphtherie, grün für ... irgendetwas anderes, hab's vergessen. Wie gesagt, bedienen Sie sich. Busner macht *mm ... knackig, cremig, salzig – und erstaunlich ... lecker.* Lungentuberkulose und Wahnsinn traten so häufig zusammen auf, wir hielten sie für Zwillinge. Zu meiner Zeit gab es noch eine Menge Kollegen, die überzeugt waren, dass eine ursächliche Verbindung bestand, auch wenn nicht einmal klar war – äch, äch! – in welche Richtung es ging. Wenn er sich so sehen könnte, denkt Busner, würde er akute Chorea feststellen: Marcus wedelt, er dirigiert mit den langen, gestreckten Fingern seiner *Schnabelhände*, sie heben und senken, heben und senken sich, Kekskrümel, Pastetenklümpchen bleiben *in der Schwebe*, sie flackern im grellen Schein der Lampe – es ist ein Meteoritenschauer, den der *alte Irrenarzt* jetzt durchstößt, um auszuspucken: Ich bezweifle, dass Sie außer in Ihren Lehrbüchern mal einen richtigen Fall von Lupus vulgaris gesehen haben ... und Busner, der sich von scharfen Schatten angenagten Nasenlöchern gegenübersieht, denkt, da sitzt vielleicht gerade einer vor mir. Da haben Sie wohl recht, bestätigt er. Noch einen Sherry?, fragt Marcus, allerdings erst, nachdem er bereits die Flasche geöffnet, eingeschenkt und den Verschluss wieder zugeschraubt hat. Als wir im vergangenen Dezember die Kerzen rausgeholt haben und das alte Windlicht, fährt Marcus fort, da musste ich an meine ersten Jahre im Hatch denken – an diese verdammten endlosen Korridore, alle dreißig Meter eine Gaslampe. Wissen Sie, es gab da einen Neurologen, der ein paar Mal von Queen Square raufkam und mit einem der ersten tragbaren Geräte Enzephalogramme machte – zu einer Zeit, als es in diesem Mausoleum nicht einmal überall elektrisches Licht gab. Es war so dunkel, dass er kaum lesen konnte, welche elektrischen Ströme sein Gerät in den Hirnen der Patienten aufzeichnete! Marcus hat sich zurückgelehnt, beugt sich aber nun noch einmal *dem Licht entgegen*. Was ich sagen will, ist, dass wir Diphteriepatienten hatten, die vorher schon Typhus hatten – dazu verdammte Diabetes und, nicht zu vergessen … *Scharfer Vorstoß des Entenschnabels* … Vergiftungen: Blei, Arsen, Alkohol. Sie hatten allesamt peripherale Neuropathien und wurden der Einfachheit halber als hysterisch eingestuft. Busner schweigt, *sei schweigsam*, denn was für den Patienten gilt, gilt auch für den Arzt: *Schweig*, wenn du willst, dass sie reden … Schauen Sie – *was denn, Ihren Schnabel, die Krümel?* – die Enzies waren nur eine weitere Gruppe von Patienten, für die weder das begriffliche Instrumentarium da war noch eine Grundlage, das Physiologische vom Psychologischen zu trennen. Was die Enzies anging, so wurde aus der Katalepsie des Neurologen schnell eine Katatonie des Psychiaters – der eigentliche Trugschluss ist, dass wir heute weiter sind. Sie, junger Mann, Sie denken vielleicht, dass der Fortschritt unaufhaltsam ist – der Wasserman-Test und so fort … Krankheitsverläufe statt psychologische Typen … das ist aber alles Quatsch, denn was Sie da jetzt haben, Ihre sogenannten Persönlichkeitsstörungen, das sind auch wieder nur Typen, und der arme Patient wird noch beleidigt, er hat ja einen schlechten Charakter. Das erinnert mich an etwas … Um der Erinnerung auf die Sprünge zu helfen, schenkt sich Marcus einen weiteren Sherry ein und vergisst, seinem Gast ein Glas aufzudrängen … es gab auf dem Gelände eine Statue von so einem viktorianischen Racker, Hatchs Version von Melancholie und Wahnsinn sozusagen – Sie wissen ja, die Statuen in Bedlam – auf seinem Sockel war eine Plakette, darauf stand: Denkmal für den Unbekannten Mittellosen Geisteskranken. Steht er noch dort, bei den Büschen vor der großen Villa an der Eastern Avenue? Busner überlegt kurz und beschließt, Marcus die hässliche Wahrheit nicht zuzumuten. Warum, weiß er nicht. Nein, sagt er, nein, ich glaube, der wurde, ähm, vor ein paar Jahren ausgemustert. Soweit ich weiß, war man in der Verwaltung der Ansicht, dass seine Botschaft für die Patienten zu negativ war … und Marcus kräht, Na also! Sie sind ihn losgeworden, weil er die Wahrheit abgebildet hat: die Patienten sind arm, und sie sind verrückt – nicht wenige sind verrückt, weil sie arm sind. Das ist die Wahrheit, die von Borderline-Quatsch und histrionischem Allerlei zugekleistert wird! Busner ist an dieser Argumentation eher nicht interessiert, auch wenn es *durchaus meinen Fall betrifft*. Stattdessen die Frage: Enzies? Die hatten einen Spitznamen? Natürlich!, schnauft Marcus. Sie gehörten einfach zur Kulisse, damals in der Nachkriegszeit – genau wie die beinlosen Veteranen und die Stagnation der Wirtschaft. Sogar im Kino, in der Wochenschau, haben sie Bilder von den Enzies gezeigt – die hyperkinetische Phase war natürlich besonders interessant, verständlicherweise, die Enzies waren physisch irgendwie genial, ihre Bewegungen waren flink – und irr und komisch, ein bisschen verspielt, wissen Sie, es war, als würden sie mit zu vielen Bällen jonglieren, sie sprangen herum und hüpften und schleuderten das Zeug in alle Richtungen. Marcus fuchtelte wild mit dem Arm, um das physische Genie zu demonstrieren, und schlug gegen den Lacktisch, der ein weiteres Tischchen freigab. Die Akten flogen in alle Richtungen, *der kann überhaupt nicht jonglieren*. Unwirsch ob seiner Ungeschicklichkeit sagt er: Weiß nicht … ich wage zu behaupten, dass man es heute überhaupt nicht mehr erkennen würde, wenn man sich diese Filme noch einmal ansähe – ich meine, damals im Film sah ohnehin jeder aus wie Chaplin oder Buster Keaton – von mir aus auch Lloyd George – das lag wohl an den Kameras, mit den Handkurbeln. Die *Leberpucks* sind alle weg – vom Sherry ist auch nicht mehr viel übrig. Und Miss Dearth – wie sie jetzt heißt –, was ist mir ihr? Marcus sieht sich eine Weile im Zimmer um und betrachtet blinzelnd den *expandierenden Hintern* seines jungen Kollegen, der die Blätter vom Teppich sammelt und die Regale ansieht, die vollgepackt sind mit Jahrzehnte alten Fachzeitschriften und mimeographierten Artikeln, die er *vermutlich nie wieder anfassen, geschweige denn lesen wird*. Also … sagt er schleppend … was ist jetzt mit ihr? Busner beharrt: Sie haben sich damals die Mühe gemacht, diese Anmerkungen zu machen, sie haben eine eigene Diagnose vorgeschlagen … Marcus zuckt mit den Achseln. – War wohl ein Witz – also, mir war halt klar, dass sie post-enzephalitisch ist, ich habe das in erster Linie aufgeschrieben, um meine Kollegen anzupieksen, vielleicht auch, weil ich einfach zeigen wollte, dass ich es wusste … vielleicht, ta-taa! für die Nachwelt … weil ich Sie aus der Zukunft angeln wollte – ich weiß es wirklich nicht mehr, es ist zu lange her. Ich kann Ihnen aber sagen … Die Papiere sind eingesammelt und sortiert, die Mappen liegen wieder auf den roten Lacktischchen, Marcus kippt nach vorn und blättert, nimmt hier und da ein Blatt und hält es vor sein Gesicht, um die Handschrift seines jüngeren Selbst durch die Linsen zu betrachten, die er auf der Stirn ertastet hat … bestimmt nicht, weil ich geglaubt habe, ich könnte ihr helfen – es war ja nicht heilbar, sie hatte, soweit wir wussten, niemanden, der sich um sie kümmerte. Es spielte überhaupt keine Rolle, in welcher Art von Anstalt sie eingesperrt war, sie war ja schwer krank – und ist es immer noch, ja? Ist sie, sagt Busner und skizziert den Zustand seiner Patientin: Ihre langen katatonischen Phasen werden von manischen Episoden unterbrochen, und von seltsamen Phasen, in denen – er verzerrt die Miene, um Audrey Dearths *Starrblick* nachzuahmen –. Ihre Aufmerksamkeit, ihr Blick sind gefesselt von einem unsichtbaren Objekt oben links. Marcus hört gefesselt zu. – Ja, genau … Sein wässriger Blick heftet sich an eine fadenscheinige Schabracke, der flockende Brokat hebt sich vom Spinnwebenschmutz kaum ab … das ist ja ganz typisch für die Post-Enzephalitischen. Ich bin – er kommt wieder zu sich – trotzdem überrascht, dass sie noch unter uns weilt, sie muss ja ziemlich in die Jahre gekommen sein. Man sollte doch meinen, die Krankheit hätte die Enzies völlig erschöpft, tatsächlich sind ja auch viele ganz normal gestorben, aber ich habe schon damals gemerkt, dass andere – wie sie – durch ihre Schlafkrankheit beinahe konserviert waren, ein bisschen wie scheintot. Manchmal … ist aber reine Spekulation! Busner ruft aus: Nein, nein! So spekulativ ist das überhaupt nicht – und wenn schon, man kann über diese erstaunlichen Patienten eigentlich gar nicht genug spekulieren. Also bitte, bitte lassen Sie Ihren Gedanken freien Lauf! Er ist, wie er nun erkennt, dem *fehlenden Charme* dieses alten Mannes verfallen, seiner abrupten, stotternden Art, die an den paradoxen Zustand *jener anderen* erinnert, an ihre *ädrige, laubtrockene Haut … die wie vom Wind geschoben durch den endlosen Korridor gehen, denn das Ende der Zeiten ist nahe … und der Campanile ist eingestürzt … Regen fällt durch das zerstörte Dach der Apotheke … Wie Vögel picken die Schizophrenen aus einer Glasschüssel, in der blau-gelbe Kapseln schwimmen, Köpfchen ins Wasser …* — Irgendwie muss es gelungen sein, einen *Schlussstrich* zu ziehen, den *maserknolligen Walnusssärgen* zu entsteigen und dem *grellweißen Licht* zu entkommen, denn nun befinden sie sich hier: der alte Mann aufrecht im Flur, Busner bereits draußen vor der schweren Haustür, er schämt sich für die Marcusse, deren *jüdischer Essensgeruch* noch eine Etage tiefer wahrnehmbar ist und der, so scheint es ihm, den hochflorigen, violettfarbenen Teppichboden der Mietskaserne verunreinigt hat, und sogar das Messingschild an der Klingel. Busners Gedanken rasen – sie fliegen auf und gesellen sich zu *Hausbesetzern, die auf Teekisten sitzen*, einer von ihnen *leckt ein Rizla-Blättchen und verbindet es mit zwei weiteren …* und *anderswo blitzen Diskokugeln, tauchen Schenkel in blutrotes Licht … das Grauen*, das Grausame ist, dass dies hier, gerade dieser Ort und diese Zeit, gewollt wirken. Marcus – Elfenbeinhand am Türpfosten, Pantoffeln mosig auf der Matte – sagt: Ich bin als Allgemeinmediziner eingezogen worden, als sie herausfanden, dass ich Psychiater war, wurde ich gleich für die Feldlazarette abgestellt, die unmittelbar nach der Landung auf den Brückenköpfen errichtet wurden. Es kam sehr plötzlich – erst die düsteren Korridore von Colney Hatch und eine Woche später diese ähnlich bedrückenden Hecken in der Normandie, gleich neben den Armeezelten … Als ich im

Hatch angefangen habe, steckte man die Patienten, die sich beschmutzten oder in die Gummizellen kamen, in Leinenjacken, das Material wie Zeltbahnen … je mehr draußen los war, desto mehr Jungs kamen zu uns, sie waren bleich wie … bleich wie …, sie hatten keine Gefechtserfahrung – das Einzige, was sie kannten, waren die Roboterdrills aus der Grundausbildung. Viele hatten sich beschmutzt – nicht wenige hatten ihre Gewehre fortgeworfen … meist ohne einen einzigen Schuss abzugeben. Die saßen schaukelnd in ihrem eigenen Dreck und wir, die Irrenärzte, machten uns über sie lustig, die Busfahrer hätten wohl heute frei, das war unser Galgenhumor. Ich kannte einen Kerl – der war vor dem Krieg in Napsbury – der ist mit den Yankees abgezogen worden, da gab es eine Studie, war alles ganz geheim. Nur einer von zehn Infanteristen, hat man später festgestellt, hat wirklich geschossen, um zu töten, das war bei denen nicht anders als bei uns. *Wo fährt er hin, der Busfahrer, an seinem Urlaubstag?* Seltsam, wenn man drüber nachdenkt, das ganze blutige Chaos, das Töten – jetzt ja auch in Pakistan – das allermeiste richtet eine kleine Handvoll von Psychopathen an, der Rest ist nur da, äch-äch, damit die Zahlen stimmen. Da sie nun schon so lange in ihren jeweiligen Stellungen verharren, wäre es nicht unangemessen, wenn er Busner noch einmal in die Wohnung bitten würde – aber Marcus betrachtet nur kritisch die Strickkrawatte mit dem dicken Knoten, an der der jüngere Mann nestelt, und sagt: Es hat mich gefreut, mit Ihnen zu sprechen – möchten Sie noch einmal wiederkommen? Busner lacht, das würde ich sehr gern – am liebsten mit Neuigkeiten … guten Nachrichten. Was ich noch sagen wollte: Wenn das Parkinson ist … nun, die Fortschritte in diesem Bereich sind ja außerordentlich, es gibt neue chemische Therapien, ich habe einen Artikel im Lancet gelesen –. Lancet!, kläfft der Alte, wie schön altmodisch!

Busner denkt: Finte, Ausfallschritt, er entwaffnet mich mit seiner Schlagfertigkeit. Er versucht es noch einmal anders: Haben Sie ... gab es Momente, wo Sie dachten – also mir scheint, wenn ich mir Miss Dearth so anschaue, dass ihre kognitiven Funktionen möglicherweise ... intakt – dass ihr durchaus bewusst ist, was um sie herum geschieht, sie kann nur nichts ... unternehmen. Er schweigt und fragt sich, wie es möglich ist, gleichzeitig mit Zuneigung und mit Hohn betrachtet zu werden. Marcus, nachdenklicher, *quackt*: Genau diese Spekulationen habe ich vor vierzig Jahren auch angestellt, wir sind uns ja durchaus bewusst – er hebt einen tadelnden Finger in Richtung einer elterlichen Stereoanlage, aus der *Hot Love strömt*, und zwar *viel zu laut!* – was um uns herum geschieht, wir können nur nichts dagegen unternehmen. Wäre es ein Genuss, fragt sich Busner, wenn meine Hände auf seinen ausgepolsterten Hüften ruhten? Bewege ich mich schon im Bereich der Psychose – im Irrsinn, wie es in den bösen alten Zeiten hieß – wenn ich mich in Marcus' altersdunkler Haut einrichte, wenn ich über die pelzige Wölbung seines Bauchs auf den Fußabstreifer aus poliertem Messing blicke, *auf meine eigenen Füße? ... der Dreck kommt mir hier nicht rein.*

Er entdeckt sich nicht auf der windigen Straße, er findet sich auch im Reim nicht wieder, *Wolken, Wolken, macht euch fort, regnet doch im nächsten Ort.* Was ihn nicht schert, ist, *dass das Lords-Stadion da drüben ist*, und auch nicht, dass bald die Kricket-Saison beginnt. Er steigt nicht in den stählernen Bauch seines Austin, um die Abbey Road hinaufzufahren — er bleibt, eingerollt in die Glückshaube des alten Mannes, er wartet, dass nun auch seine eigene Vergreisung ihre Reife erreicht, was nach lange sich hinziehenden Wehen schließlich auch geschieht, nach endlosem Pressen der Prostata, jenes Dreh- und Angelpunkts, auf dem der alternde Mann sein Gleichgewicht finden muss – zwischen dumpfem Schmerz *und Erleichterung* ... Draußen winselt es musikalisch, er hört ein beinahe rhythmisches Klirren, luftig klappern die Stangen beim Abbau des Gerüsts, während unten auf dem Bürgersteig ein Dirigent mit einer Lederschürze steht. *La Cadenga*, so der Name einer Afrikanerin, deren Hüften umfasst sind von ... *Batik?*, balanciert auf ihrem Kopf eine Kalebasse mit gemischtem Obst. Er muss sich im Schlaf gedreht haben, denn jetzt liegt Busner mit pulleriger Blase auf dem Rücken, sein Blick fällt auf diese orangefarbenen Kisten, in denen seine Bürosachen liegen. 10:22. Er hat eine volle Stunde weitergeschlafen, jetzt muss er wirklich aufstehen. Er stürzt zur Kochnische, um der Rückkehr ins Bett vorzubeugen – *Langsam, langsam! Wie ist denn das passiert? Dieser Zeitsprung?* Busner ist zwar keineswegs labil, doch gerade kleinere Vorkommnisse dieser Art haben ihn gelehrt, immer schon im Voraus alle erdenklichen Flugbahnen zu berechnen, korrigieren lassen sie sich schließlich nicht – nicht einmal im häuslichen Bereich. Bis sein Hirn neben einem Häufchen verstaubten Müslis aufsetzt, schwimmt es im Schädel und hüpft fröhlich vor seiner Ich-Kamera herum. Er sitzt an der erdfarben gekachelten Küchentheke, gießt Milch über die Frühstücksflocken, paddelt ein wenig mit dem Löffel – er paddelt bis zur Ödnis eines Bahnhofshotels, in dessen Restaurant der Schellfisch unter milchigem Film verborgen liegt. Ihm gegenüber sitzt sein Onkel Maurice, ein wenig weiter hinten, an seiner Schulter, steht *dunkel verglast* ein chinesischer Wächterlöwe aus Porzellan – ein Löwe, der, wie er später erfährt, fressen kann, so viel er will, ohne jemals zu scheißen ... genau wie die *obere Mittelschicht von England.* Maurice hat den langen, behutsam gerollten Stab der Reynolds News unter den Tellerrand gesteckt, *wo hätten wir an einem Wochenende sonst sein sollen?* Er wusste Bescheid. Und?, fragt Maurice, was hast du heute noch vor? Er tupft seinen Schnurrbart, legt die Serviette auf den Tisch und klopft sich auf den Schenkel, ein Versuch, ganz entgegen seiner taktvollen Art – *Federmäppchen in Hutschachteln in Koffern in Reisetruhen* – Heiterkeit zu verbreiten, der derart verzweifelt wirkt, dass sie beide laut auflachen. Zack muss an *James Robertson Justice* denken, und dann: Wann habe ich zuerst bemerkt, dass Maurice homosexuell ist? *Ich habe es immer gewusst.* Sein Onkel: taktvoll, vorsichtig, minutiös – vor allem aber klug, in einer Weise, die Juden seiner Generation *eher versteckten,* was Maurice aber nicht nötig hatte, denn er ging in jeder Hinsicht als Engländer durch, der vielleicht nicht heterosexuell, auf keinen Fall aber etwas anderes war. *Es gab damals viele dieser Art, es war gesellschaftlich akzeptiert, ungeschlechtlich zu wirken – beinahe sogar die Norm. Im Alter vertrocknete Jungfernhäutchen, nie zurückgeschobene Vorhäute: Respekt verdienten die Toten, nicht die ... Lebenden.* Maurice war immer zu klug gewesen, er hatte es nie nötig, etwas vorzutäuschen, was seinem Innersten nicht entsprach – dazu war er zu klug und *zu liebenswürdig.* Musikinteressiert, *aber nicht leidenschaftlich,* ein wenig Golf – und immer schwere, eindrucksvolle Autos: Bristol, Rover, Rolls-Royce. Gelegentlich Fliegenangeln – *einmal bin ich mitgefahren, nach Schottland irgendwo ... Rhododendron überall, das Meer ein umgestürzter Himmel. Auch Schießen ...* in der Redington Road gab es einen Waffenschrank –

bevor Henry krank wurde. Nichts davon hat er übertrieben – genauso bei den Aktien, er hatte Cunard, ein bisschen Trusthouse Forte – *ob er Rocco kannte?* – und Imperial Chemicals, ziemlich viel Gainsborough Studios, eine Investition, die er aktiv verfolgte, weil er Spaß daran hatte – wenn solche Regungen bei ihm überhaupt feststellbar waren. Ein Zucken seines bräunlichen Schnurrbarts, zwei wunderschön manikürte Finger, die mit dem Siegelring spielten, in den ein grüner, stumpfwinkliger Stein gesetzt war – ein Smaragd? Er war natürlich höchst sklerotisch, *sein Herz hätte jeden Augenblick platzen können – und tat es dann auch!* Das Verteidigungsministerium bestätigt … *Wenigstens blieb den Trauergästen dieser Stütze-der-Gesellschaft-Quatsch erspart* … Sergeant Brian Culcross, Zweites Bataillon der Königlichen Marineinfanterie … *Und wie hieß die Schauspielerin, die was vorgelesen hat? Minna? Minna … Standish? Es ging um Drosseln, das auf jeden Fall, und um Frühlingsregen – Browning?* … einen unkonventionellen Sprengsatz … *aber das ist reine Erfindung!* Fünfundvierzig Jahre später sind nur die Stempel in ihrem Karussell auf der Schreibtischunterlage noch greifbar, die Unterlage selbst und die Aktienzertifikate, mit farbiger Kordel zu Bündeln geschnürt wie Anwaltsakten, in den unteren Schubladen, dazu das Testament in dreifacher Ausfertigung und ein Kassenbuch für die doppelte Buchführung. Natürlich! Ein weiterer Salto rückwärts, weitere fünfundvierzig Jahre, ein vollständiges Verzeichnis von Schwänzen und Ärschen, ihre Größe, ihr Aussehen und weitere Merkmale der Männer, zu denen sie gehörten. In der breitesten Spalte hatte Maurice feinsäuberlich notiert, was getan worden war, wo und mit wem – allerdings ohne Namen zu nennen, die Männer waren durchnummeriert. Maurice'

Neffe konnte dieser mutmaßlich vollständigen Aufstellung nur wenig entnehmen, Zachary hätte vor allem nicht sagen können, ob sein Onkel ein glücklicher Mann gewesen war oder ein verfolgter, paranoider Erotomane – er erfuhr nur, dass sein Onkel in sexuellen Dingen dasselbe Prinzip der Abwechslung walten ließ wie im restlichen Leben. Dass Maurice ein Kosmopolit gewesen war, war Zachary nicht neu gewesen – aber ein Kosmopolit dieser Sorte? Der offenbar eine Schwäche *für Männer jeder Art hatte, jeden Alters, jeder Rasse, jeder Klasse* ... Und nun Jenni Murray und Die Stunde der Frau ... als er so dasaß und in den Kassenbüchern blätterte, begann Zack langsam zu verstehen, warum sie ihm – zusammen mit dem Haus und einem angenehmen, wenn auch nicht übermäßigen Einkommen – zugefallen waren: Es war sein letzter, wirkungsvollster Gegenschlag. Busner sitzt an der Frühstückstheke seiner schäbigen Mietwohnung, er ist alt genug, um *der Onkel meines Onkels* zu sein, und denkt zurück ... und weiter zurück ... er genießt beinahe die feminine Schamröte, die, so spürt er, von seinem Hals zum Gesicht aufsteigt, während ihm durch den Kopf geht, dass kein zeitlicher Abstand biologischer Art – ganze Gattungen oder Phyla dem Aussterben zugeführt – oder geologischer Art – Platten, gegeneinander verschoben, türmen Gebirge auf – ausreichen würde, um folgendes beschämendes Bild auszulöschen: Ich, aufgeblasen, bei einem anderen Frühstück, *zermürbe meinen Onkel* ... ich halte es für klug und auch liebenswert, dass ich meine *gerade erst erworbenen analytischen Fähigkeiten* anwende, auf der Grundlage, dass *Repression nichts weiter sei als die feinen Schleifspäne der Perversion, die man einfach fortpusten könne. Absurd!*, ihn über sein Verhältnis zu seiner Mutter zu verhören – und nicht locker zu lassen, weil ich *ein Nein* als Antwort nicht akzeptieren konnte. Und doch blieb er liebenswürdig, ja, spielerisch, er faltete seine Times zusammen, schob sie zurück unter den Tellerrand und gab mir mit einer kaum merklichen Bewegung seiner *wunderschön gezupften Augenbrauen* warnend zu verstehen, dass Mrs. Mac in der Nähe sei, *während er gleichzeitig trocken, aber nicht humorlos bemerkte, hast du heute Morgen Bernhard Levins Kolumne gelesen? Er sagt etwas, auf das wir beide uns wahrscheinlich einigen könnten …* — Eine Haferflocke mag aufgeflogen sein, leicht genug, um Busner inneren Halt zu geben, blindlings flatternd folgt ihr seine Hand und schaltet das Radio ein, worauf: Cameron Macintoshs neue –. Nichts. Unten auf der Straße schließt jemand die Klappe eines Pritschenwagens, es rasselt unverkennbar, dann folgt das Aufjaulen eines Dieselmotors, *eine tiefe, kehlige Fuge. Das Gerüst ist unten …* und was war denn Gedächtnispflege – in Einsamkeit, in Tagträumerei – anderes als ein Gerüst, errichtet, *um den Aufbau des gegenwärtigen Verhaltens zu befördern?* Genau das war es: ein therapeutisches Hilfsmittel, vergleichbar mit einem Tischtennisball, der gehalten und fallen gelassen wird, um Bewegung anzuregen, oder eine laut tickende, ein Tempo vorgebende Uhr, eingesetzt, um die komplexen motorischen Abläufe neu zu strukturieren, die nötig sind, um von einem Stuhl aufzustehen, Automatismen, die *von neuem erlernt werden müssen … immer wieder von neuem.*

Busner steht auf. Eine Zeitlang hat er gedacht, dass er eines Tages, wenn er mehr Zeit hätte, etwas mit Maurice' Homologbuch anfangen könnte, eine sexuelle Selbstbefragung, die es mit den breiter angelegten Studien von Havelock-Ellis und Kinsey durchaus aufnehmen könnte. Es lag wohl in einer der orangefarbenen Kisten am Fenster, oder unter dem Dach in der Redington Road – wo immer es auch war, es befand sich in unmittelbarer Nachbarschaft einiger Teekisten, in denen die Korrespondenz von Busners Eltern verschimmelte, die er nie kennengelernt hatte – Postkarten mit gezackten Rändern, fleckiges, ehemals cremefarbenes Briefpapier in schweren, extravagant frankierten Umschlägen. Oft hatte er sich vorgestellt, wie er dereinst die Kistchen öffnen, die Briefe enthüllen und betrachten würde, wie die gepressten Blumen zu Staub erblühten, während er zum ersten Mal die Briefe läse, seit ihre längst verstorbenen Empfänger Blatt für Blatt zu einer Seite gelegt hatten. Wertlos war nicht – dachte er, während er das bonbonbunte Rouleau aufzog, das den Blick auf überlebensgroße, grinsende Pizzaesser freigab, Plakatwände auf der gegenüberliegenden Straßenseite, an denen echte, im unerwarteten Sonnenschein der Fortess Road schmierig wirkende Menschen lehnten – das ungeprüfte Leben, sondern das *von einer qualifizierten Kraft nicht nachgeprüfte*. Und dann beschloss er auf einmal, *das ganze Zeug einfach wegzuwerfen*. Würde ein Vertreter der nachfolgenden Generation, oder, eine Abweichung weiter, ein nach seinen Wurzeln suchender, späterer Ahnenforscher dies alles noch einmal durchsehen, würde der Wert des Lebens seiner Eltern, seines Onkels Maurice, seines eigenen auf minus eins sinken. – Und Sergeant Culcross?, sagt Busner laut, ein zum Scheitern verurteilter Versuch, den hüfthohen Kühlschrank, den emaillierten BROTKASTEN und den Wasserkocher aus ihrer selbstzufriedenen Leblosigkeit zu erwecken. *Was soll mit ihm sein?* Busner sieht an einem trostlosen Straßenrand einen jungen Mann liegen, die Explosion hat ihm die Beine fortgerissen, er fragt sich: ob sie ihm die Splitter entfernen, bevor sie ihn mit dem Hubschrauber zum Stützpunkt bringen?

Lag er nun sediert in einem Krankenhaus und wartete darauf, dass man ihm *wie Ronald Reagan* erklären würde ... *dass da unten nichts mehr ist?* Sie werden ihm zureden, so gut sie können, sie werden ihm die Stümpfe mit Talkumpuder einreiben und Seidenstrümpfe darüberziehen und die Prothesenschäfte anpassen. Zweifellos kompetente Krankenschwestern werden ihn beidseitig stützen und in einen Gehbock heben – ein Laufband, nichts anderes, im Endeffekt sind ein oder zwei Phantombeine ein Segen, verglichen mit diesem grausamen Wachtraum vom Gehen, wenn du merkst, wie deine verbliebene Hälfte zum zweiten Mal ins Drehfutter gespannt wird ... *und wie würde sich das wohl anfühlen?* Busner hatte keinen Zweifel, dass man in der Zukunft Mikroprozessoren im Hirn implantieren würde, die mit Sensoren zwischen den relevanten Wirbeln verbunden wären – dann gäbe es einen Grund zu fragen, wie es sich anfühlt – bis dahin aber blieb es eine Enigma-r-elle est une vraie beauté, m'sieur! Der komische kleine Franzose hat das unaufhaltsame Pressen der dichtgedrängten Menge genutzt, um Audrey gegen das den Rasenplatz umgebende Geländer zu drücken. Stanley schöpft sogleich Verdacht, dass sich der Mann mit seinen Händen *vergreift*, es gelingt ihm, seine eigenen zu heben, er prustet: Ich kann auwas quatschen wie ihr, ihr, ihr Volltrottel! Daneben, denkt Audrey, Spott hört sich anders an, außerdem hat sie gar nichts gegen die Aufmerksamkeiten des Franzosen, dessen fliederfarbene Weste zum neckischen Strohhut wie eine Blüte in einem Meer von blauschwarzer, im Schatten des Empire herandrängender Serge ist. Dahf ich öhflich bitten, Mademoi–? Es gelingt ihm, seine Hand zu befreien, um den Hut zu lüpfen ... *zu spät!* Sie muss herzlich lachen, als der galante Gesell von einer fliegenden Truppe blühender Jünglinge in Football-

Trikots fortgetragen wird, sie singen Weiter noch und weiter wird man deine Grenzen zieh'n, der Herr –! und tragen alle, die ihnen zusehen, *über ein Fünftel der bewohnten Erde, bevölkert von theosophischen Hindus, fröhlichen Hottentotten, lahmen Laskaren, mürrischen Malayen und wollhaarigen Mohren, nicht weniger als vierhundert Millionen im Ganzen!* Aber wie viele ... Empires gibt es eigentlich im Empire? Das müsste Bert wissen ... platzende Kuppeln und Kreuzblumen dieses einen fallen den Versammelten auf die Köpfe, *Asche des Vesuv*. Weiter hinten, wo die Sonne scheint, ist ein mit Flaggen und Wimpeln verziertes Gerüst zu erkennen, und das Glitzern einer langsam heranmarschierenden Blaskapelle – mit Uum-p'pamm-pamm setzt ein Staccato-Marsch ein, der weiße Handschuh des Dirigenten wedelt den Frittendunst ... *direkt zu mir*. Beglückung durchzuckt die Menge, Guck mal – Stan steht neben ihr – die hamm ein' Zweizylinder-Siddeley ... Er hat es schon mehrmals gesagt, Audrey weiß aber, dass er sich nicht für das Automobil interessiert, sondern für den *Ortomohten*, der es von Shepherd's Bush Green nach Temple Bar hinauffahren wird, *sein Uhrwerk muss längs' orntlich aufgezogen sein*. Der Wagen steht hinter einem Absperrseil, und Seile säumen den Weg, der zum Empire führt, dessen Türen in den Messingangeln zaudern, bis sie aufgehen und Enig-ma-relle! freigeben, nicht einzelne Rufe begrüßen sie, sondern eine Welle, Enigmanigmanigmar'r'r'ellle, die über ihre *Marmeladengesichter* kräuselt – Audrey aber sieht's und *stört's in Verzweiflung*, der Mann aus Stahl ist zwar sichtlich bemüht, sich maschinenhaft zu bewegen, er kurbelt den rechten Arm auf und das rechte Bein, lässt sie beim Ausschreiten wieder ab, doch sie spürt selbst aus dieser Entfernung, dass in der *glänzenden Röhre* seines Anzugs Muskeln sich beugen und strecken, nicht anders als in der Zuschauermenge aus Fleisch und Blut, die gegen sie andrängt, die drückt und zerrt. Vor allem lässt sich von der Metallmaske wohl *niemand leimen*, unter die mit weißer Fettschminke ein unentschlossenes Kinn geklatscht ist. Ein Teil der Menge hat beschlossen, gegen die Kapelle anzugrölen, sie singen Alle Mädchen liebten Bert, weil er'n dicken Wagen fährt!, während Enigmarelle über die Gangway zu seinem wartenden Gefährt stöckelt. Da iss der Mann, der ihn erfunne hat!, schreit ihr Stan ins Ohr: Fred Ireland! Ireland, glattrasiert, *mit Professorenbrille*, gibt Enigmarelle einen Stoß ins Kreuz, der Mann aus Stahl entriegelt die Tür des Automobils und steigt ruckig auf den Fahrersitz. Ireland würdigt mit übertriebener Verbeugung das Hurrah! der Menge und macht es sich hinter seinem Uhrwerkchauffeur bequem. Was meinsse wie der fungsioniert, Ordree? Stan strahlt glücklich – *wie kann man nur so leichtgläubig sein?* Der Ireland-Kerl fiedelt pantomimisch zwischen den Schulterblättern des mechanischen Mannes, Enigmarelle streckt die starren Arme und fasst das Lenkrad, der Mechaniker mit der Norfolk-Jacke packt die Handkurbel und dreht *ta-ra-ra*-rund und *ta-ra-ra*-rund und *ta-ra-ra*-peng-*di-ja –!* Der scharfe Knall bringt Taschentücher zum Flattern und Verkäuferinnen in Ohnmachtswallung, ihre Liebsten *nutzen die Gelegenheit und erhaschen eine Berührung*. Der Mann aus Stahl dreht seine Hüfte, zieht einen Hebel und drückt einen zweiten herunter. Oh, ja … oh, ja! Das *junge Ding* neben ihr *erlaubt sich solche Freiheiten*, dass Audrey, die kurz zu Boden schaut, ihre schmutzige Unterwäsche sieht, *Lottie Collins hat nichts drunter, helft ihr aus und macht sie munter* … Stiefel stampfen zum Umm-pa-pah! Der Drehorgelspieler hat seine Arbeit getan, sein Instrument ist von der eigenen Musik beseelt, Zylinder trommeln, Hufe klappern ihren eisenbeschlagenen Tanz. Ordner, Wichtigtuer, entfernen mit großer Geste die Seile, während der Mechaniker zum Erfinder schreitet – das Automobil kommt ins Rollen, die Menge teilt sich, Audrey, bei all ihrer Skepsis, muss zugeben, dass die *Vorstellung richtig kracht*, selbst die Kapelle mit ihren Wimpeln und Fahnen hat eine *infernalische Verbrennung* erreicht – *Blechbläser ... rot-gelb geribbelte ... rotnackige Ochsenfrösche*. Stan, der seine ältere Schwester bereits um einen ganzen Kopf überragt, begnügt sich nicht mit seiner Position – er springt, dreht sich einmal um sich selbst, rückt ans Geländer vor, fasst die messerscharfen Pfosten, er hüpft und tänzelt, quasi schon auf dem Sprung, als Audrey sagt, Lass den Blödsinn, gleich haste so'n Ding im Arsch! Er aber ist nicht mehr er selbst, Siesiehste denn nich, der fährt's, der fährt's ganz in echt! Audrey sieht nichts dergleichen, sie sieht Ireland, der großspurig ein paar Münzen und Malzbonbons in die Menge wirft, sie sieht, dass der Automat sehr körperlich auf das Lenkrad einwirkt, während der Siddeley beschleunigt und den Rasenplatz umrundet, bevor er sich nach Osten wendet und flackernd, einen Schweif von Rauch und rennenden Burschen ziehend, hinter einem Zaun davonfährt. Fleich, denkt Audrey, brauch man bei so'ner Geschwinnigkeit gar nich zu schummeln. *Fleich* ist es Ireland völlig egal, welchen Ruf er unter Heidekrautverkäufern und Gleisarbeitern in dreckigen Latzhosen genießt, *fleich* glaubt er ja, man kann im Schatten des Empire nicht sehen, dass er in das *Blechohr von Enigma-dingsda* brüllt, *fleich* – aber, *Still jetzt! Ein Traum ist's nicht, der dir so wirklich scheint, es sei denn, du hast ihn als Traum gemeint ...* Wie der Mann aus Stahl, der in ihre eigene Drehbank gespannt war. *Es stand alles bereit* an jenem Morgen: sechs Arbeitsgänge pro Körperglied, Einkuppeln, Schneideisen heranführen, Innen- und Außengewinde schneiden, Rücksprünge schneiden. Sechs Arbeitsgänge für jedes seiner Glieder – *und alles, was ich zu sehen bekomme, ist der rechte Arm*. Andere kriegen den linken Arm, weiter hinten an einer langen Reihe von Maschinen sitzen erfahrenere Mädchen, die mit Stichflammen absondernden Sauerstoff-Azetylen-Brennern die Beine löten, weiter hinten stehen Munitionetten an Revolverdrehbänken, vorsichtig senken sie den Spindelkopf ab, bis er sich mit wildem Gejaul ins Werkstück bohrt, und wenn sie ihn wieder hochziehen, gibt die Maschine den neuen Kanister frei und spuckt ihn aus. Jetzt wartet er *leer und ölig* auf sein Hirn – *das wir nicht zu Gesicht bekommen wie die anderen Weichteile* … Audrey geht davon aus, dass sie unter Geheimhaltung in einer der bunkerartigen Werkhütten hergestellt werden – *fleich Nr. 4* – wo sich Männer, die für den Frontdienst zu alt oder zu lahm sind, der Düsenzapfen rühmen, die sie auf ihren Spindeln haben. Jeder einzelne kommt mit einem Kreiiiiiiiiiiiiiischen zur Welt, fix und fertig mit einem Schopf aus Spänen. Audrey, an ihrer eigenen Maschine, misst jeden fünften rechten Arm nach und dreht ihn um, *damit er untersucht werden kann* – wie auch sie an ihrem ersten Tag untersucht wurde: die Arbeitsvermittlung in Plumstead schickte sie, sie hatte sich *auf drei Jahre* verpflichtet oder *bis es vorbei war*. Am Beresford Square stieg sie um, sie kämpfte sich durch den ganzen *Sack und Pack* dort, *die Mohrn un' die Kanaken, die aufm Boden hocken und Schals un' so verkaufen un' Kakadus in Käfichen un' alle möglichen Teigtaschen, Schnecken zum Essen un' so'n Kram*, während draußen *die Busse vorfahr'n*, an deren Tritten *Trauben von Männern hängen*. — Am ersten Tag gehen

Audrey und Gracie gleich mal durch Tor 1, die Kanoniere aus Eisenguss blicken gleichgültig auf sie herab – ein Wachtmeister ... *er wollte nur meine grüne Karte sehen und hat sogar salutiert! Das war vielleicht ein Wahnsinn, ein beschissener Zweibeiner, der mir Männchen macht!* Die Lady Superintendentin dagegen war *eine Vesta Victoria, gelinde gesagt* – mit einem *Gewerkschafterblitzen* in den *Was-nu?-Augen*, auch in ihrem Körper steckte vermutlich ein Mann aus Stahl. Die missmutigen Wände ihres Büros in der Pförtnerloge sind mit Photos von kräftig gebauten Munitionsarbeiterinnen geschmückt, *wie sie uns am liebsten hätte*, in der Ecke sitzt eine *klappernde* Schreibkraft, verschüchtert in ihrem entsetzlichen, himmelblauen, *pockigen* Popelin. Die LS hängt die Hörmuschel in den Halter und bellt: Alter? Bisherige Beschäftigung? Ich sage Ince's, und sie sagt, ich hab' nichts, nur in den Werkhütten, und ich sage, oh, aber ich hab' Erfahrung mit Drehen – ich hab' an der Drehmaschine gearbeitet, der Stock für die Schirme – Peerless, Paragon – Sie haben da einen in der Ecke stehen, Madam, kann sein, dass ich den gemacht habe ... *Das stimmt zwar nicht ganz, aber ich habe lange genug zugeschaut, und meine Auffassungsgabe* –. Die arme Gracie dagegen – sieht völlig erschöpft aus, Pickel auf der Nase, wahrscheinlich hat sie ihre Tage – ihr hochgestecktes Binsenhaar befindet sich in Auflösung. Sie erschrickt, als die LS noch einmal bellt: Ich hab' nichts, nur in den Hütten, dann nickt sie kleinlaut und tupft sich mit zittriger Hand die Schläfen ab. – Sind Sie bereit, mit Quecksilber zu arbeiten?, sagt die LS. Sind Sie bereit, mit Bärlappsporen und Tri-nitro-toluol zu arbeiten? Die arme Gracie sitzt da und scheint ein schlechtes Gewissen zu haben – für wen hält sie diesen Körper denn, für Melchior, den Hellseher? Die LS kümmert's einen Dreck, ob wir zu Asquith, dem Schwein, halten oder Fawcett gut finden oder den Verräter Dacre Fox, Hauptsache sie kann ihre Granaten liefern, so viele wie möglich. Nun?, sagt die LS. Gracie nickt ängstlich. Die Schreibkraft steht auf und reicht uns Laufkarten, sofort schickt uns die LS zu den anderen sechzehn, die sich mit uns gemeldet haben. An einer Kabinenreihe – rumpeln wir hinein. Alles ist sehr schlicht, Astlöcher überall, wie in einem Klohäuschen. Eine andere Körperschaft befiehlt: Ausziehen, vollständig! Kittel und Schuhe anziehen, in einer Reihe aufstellen, bereitmachen für die medizinische Untersuchung! Sie ist ein Blaustrumpf, das ist eine Tatsache, die sie unter Khakikostüm und Hosenrock – nein, Hose! – erfolgreich verbirgt. Schlicht, mit splitternden Astlöchern ... *wer kann da schon widerstehen?* Eine *tollende, rollende Brust*, schwer, mit *üppiger, weit ausschlagender Zitze* ... Wollen Sie den ganzen Tag da drin bleiben?, sagt Blaustrumpf, ich antworte laut: Nein, nein ... es fällt aber schwer, nicht *ühnbekühmert* zu sein, wie Gilbert sagen würde: Sei *ühnbekühmert*, meine Liebe, es ist das Einzige, was du gegen Heuchelei und Hässlichkeit tun kannst – und genau das tue ich auch, als ich meine Strümpfe ausziehe, die Unterhose runterlasse, das Harz im Holz rieche, den Kohlenrauch vom Arsenal. Auf den Kriek, der alle Krieke beenden wird, sagte Gilbert, das elektrische Licht stürzte durch den perlenden Champagnerkelch und sprudelte auf seinen Handrücken, wir saßen unten im Criterion in einem Séparée und ließen es uns gutgehen, bevor er dann den Rückzug nach Woking antrat ... – noch einmal: Wollen Sie den ganzen Tag da drin bleiben? Trete blinzelnd heraus, *schamlos* am helllichten Tag – ich trete, da die anderen längst fertig und zerstreut sind, durch einen weißen Musselinvorhang und bleibe erst stehen, als ich einen Waschtisch mit emaillierter Nierenschale erreicht habe, *ein Babykörbchen, welch dunkle Nachgeburt erwartend* ... Gewichte klackern, ich stehe barfuß auf einer kippeligen Platte. Sieben Stone acht, sagt sie. Sie sind schmal ... und trotzdem, ein sehr athletischer Körperbau ... Erst jetzt untersucht Audrey die haselnussbraunen Augen, die sie durch eine dickrandige Brille untersuchen. Sie sind allein – es ist still bis auf das Klappern von Metallbesteck hinter den Musselinvorhängen. Sie lügt, denkt Audrey – ich habe O-Beine – ich habe nicht genug Hafer bekommen, als ich ein Pony war, der größere, bessere Teil ging immer an meine Brüder ... an meinen Vater. Dann fragt sie sich: Die hat schon fünfzehn Mädchen untersucht, wie kommt es, dass ihre Hände noch immer kalt sind? Auch das Stethoskop auf ihrer einen Brust ist kalt. Die Ärztin lauscht, setzt es auf die andere Brust, Husten, sagt sie und Audrey *wirbelt die kalte Luft auf*, die zwischen ihnen ist. Die Ärztin steht jetzt hinter ihr, ihre eisigen Finger *klopfen mich ab*. Einatmen, befiehlt sie – und ... ausatmen, langsam. Gut. Jetzt hockt sie vor Audrey, ihr *viriles* Gesicht *ganz nah dran*, jetzt ein *Schieben und Drängen* dieser gleichen Finger, seien Sie unbesorgt, sagt sie und ihr Atem *rührt meine Muschi an*, ich muss nur untersuchen, ob es irgendeinen Befall gibt, oder ... fährt sie sotto voce fort ... eine Geschlechtskrankheit. Audrey würde der Ärztin gern sagen, dass sie keineswegs verärgert ist – weil sie sich *die Zukunft* der Frau genau so immer vorgestellt hat: diese *unpersönliche* Zärtlichkeit, die *wissenschaftliche* Sorgfalt, sie muss sich zurückhalten, um nicht *loszuplappern*, und konzentriert sich auf die an ihrer Hüfte liegende, kalte Hand und den Kaninchenfellscheitel auf dem unbedeckten Kopf der Ärztin. Scheint alles in bester Ordnung zu sein, sagt sie, steht auf und setzt sich an den Klapptisch, der ihr als Schreibtisch dient. Sie nimmt eine Feder, tunkt und fragt: Masern? Keuchhusten? Diphterie? Pocken? Tuberkulose – Sie selbst, oder ein Familienmitglied? Sie kritzelt die Antworten in eine Mappe, *nach dem Miesepeter fragt sie nicht*. Audrey fragt sich: Ob sie's erkennen kann? Als sie und Gilbert sich zum ersten Mal geliebt hatten, konnte Audrey sich nicht enthalten, mal *da unten zu gucken*, wenn es einen Teil von mir gibt, dachte sie, der uns beiden so viel Freude bereitet, dann ist er bestimmt aus *rosa Taft und Narzissenblättern, ein Grubenschmelz* von Nervenenden, eingebrannt ins Innerste – nicht dieser *gespaltene, ginstergelbe Stups*, der so anders ist als Gilberts *Handpuppe*. Deine Tröte, hat sie einmal gesagt. Boxernase in Seidenhandschuh, sie richtet sich auf! Nein, lachte er, es braucht keinen Namen, es ischt, was es ischt, das Ding an sisch ... Nein, denkt Audrey jetzt, das Ding in mir, das *Ding in mir selbst* ... Aha, ruft die Ärztin aus, Miss ... Miss – sie betrachtet den Laufzettel von der Arbeitsvermittlung – Death, ja? Ungewöhnlicher Name, ja-wohl ... nun gut, Sie haben offenbar großes Glück gehabt – es ist schon eine Leistung, in einem der, wenn ich so sagen darf, weniger zuträglichen Viertel von London zu einer jungen Frau heranzuwachsen, ohne sich eine der Menschheitsgeißeln zuzuziehen, die im übrigen längst hätten ausgerottet werden können, wenn nur die allgemeinen Hygienemaß –. Sie steht auf, tritt an die emaillierte Waschschüssel, gießt Wasser aus einem Krug hinein und wringt die kompetenten Hände im Teerseifenschaum. Über die geschäftige Schulter ruft sie: Entschuldigen Sie, Sie dürfen natürlich den Kittel wieder anziehen – die Schuhe. Audrey aber ist recht vergnügt über ihre Nacktheit – die vorgeschobene Hüfte, den nach Halt tastenden Fuß – sie freut sich über die Einschätzung dieser Frau. – Miss Death … Audrey zieht den Kittel an und bewundert die entspannt, ein wenig breitbeinig dasitzende Ärztin, sie trägt einen schlichten braunen Wollrock, die weißgeschürzten Arme liegen im Schoß, der V-Ausschnitt des Kittels gibt – ein Überraschungsauftritt an der Kehle – das gestärkte Karo einer Batistbluse frei … – Ich weiß nicht recht, wie ich … – sie steht auf, geht auf Audrey zu und streckt ihr *mannhaft* die Hand entgegen – ich heiße Doktor – also Hilda – Doktor Hilda Trevelyan. Ich glaube, wir haben uns vielleicht einmal bei einer WSPU-Versammlung gesehen, nicht wahr? Und bestimmt auch letzten September in der Oper, als Miss Pankhurst ihre, ach ja, Bombe hat platzen lassen … *Sie kann es nicht genau sagen, kann oder darf nicht* … Audrey sucht weder Widerspruch noch Einverständnis – auch wenn der müde Blick, die fülligen Lippen von Doktor Trevelyan, genau Letzteres verraten. — Ich bin außerdem sehr erschöpft, wie kann ich es also erklären: Samuel Death war vierzehn Stunden unterwegs gewesen, per Regionalbahn von Devon nach Andover, er hatte in einem Gasthof übernachtet – ein Umstand, der ihm *noch nie etwas ausgemacht hat*. Das ganze Gebrassel hatte nur einen Zweck, er wollte seinem jüngeren Sohn vor allen Kameraden eine runterhauen, bevor er ihn mit seinem sämischen Mantel und dem merkwürdigen Käppchen, *einer Art türkischem Kepi*, in der Stadt herumzeigte. *Er trug noch seine zivile Hose: eine Reithose* – so hatte Vater zumindest geschrieben – dazu *Gamaschen*, die, so glaubt Audrey, wohl von Feydeau stammten oder von dem gehörnten Ehemann, sie waren das einzig Nützliche, was *meinem armen kleinen Bruder* je vermacht worden war. Armer Stanley! Gezwungen, mit Rothschild im Schneckentempo über die Hauptstraße zu flanieren und im Kasino ein Pint Bier zu trinken, das zwar *scheußlich* schmeckte, aber nur *einen Halfpenny* kostete. Rothschild musste ja nicht im ersten Morgengrauen Klimmzüge machen, er wurde nicht zum Matschrobben über das durchweichte Feld gescheucht — er war es nicht, der in den Krieg ziehen musste, *der alle Kriege beenden* –, auch nicht Gilbert Cook, und bestimmt nicht Doktor Trevelyan ... – weißnich, Madam – ihr brackig-gebrochener Dialekt bricht durch, ich war nonnie bei einer Versammlung, nur vonner Caritas, weil's da was zu essen gab ... Doktor Trevelyan betrachtet Audrey länger, als ziemlich wäre *für ein normales Gespräch – hab ich's schon vermurkst?* Audrey hört das Säuseln der Atemluft in ihren Nasenlöchern, sie riecht die Teerseife an den Händen der älteren Frau – die nicht Audreys Gesicht betrachtet, *sondern mein Haar – das markante Leuchten* von Phillips' Luzifer, als er auf dem feinen burgunderroten Treppenläufer steht, sein Haar glänzt *wie Schellack* am runden Kopf, doch in der gigantischen Spiegelfläche, die ihnen entgegentritt, sieht Albert, wie krank das Gesicht seines Gönners wirkt, krank *vor Müdigkeit ... oder schlimmer?* Immer noch nicht?, fragt Phillips und schöpft grünlich-frischen Rauch aus der fraglichen Zigarre. Danke nein, seufzt Albert, es wird auch nie dazu kommen ... Aus Sorge, dass ihm die Röte ins Gesicht steigt und er, wörtlich, ein Rothschild werden könnte – er versteht ein bisschen Deutsch, er versteht *eine Menge* ... da er aber zur Seezunge aus Dover ein Glas Hock getrunken hat, beklagt er nun die geringfügige Beeinträchtigung seiner Fähigkeiten, die er überprüft, als sie die Stufen hinabschreiten, indem er die Anzahl der Bodenplatten im Saal überschlägt und mit der Anzahl der Kristalle in den Kronleuchtern multipliziert. Phillips ... schreitet mit blitzenden Gamaschen, bis er *übertrieben groß* auf dem

Schachbrettmuster des Saals steht *und zuhört*. Ein Clubdiener tritt durch eine *lautlos schwingende* Tür, er hält einen Papierstreifen in der Hand, den er neben ein Bündel ähnlicher Streifen an einer mit grünem Stoff bezogenen Tafel befestigt. An beiden Enden des riesigen, dämmrig sich verlierenden Saals flackern Feuer: Seekohle, so sorgfältig geschichtet, dass zwei glühende Pyramiden entstanden sind, darüber befinden sich *viertausenddreihundertachtzehn im Augenblick der Sprengung verharrende Scherben*. Nicht viele da heute Abend, Fulton, sagt Phillips, worauf der Diener zwitschert, sie hängen alle ihren Christdorn auf, Sir. Phillips grinst. Das, sagt er entschieden, wage ich zu bezweifeln – würdest du, Death? – er hält eine Strähne Papier – ich habe meine Augengläser im Zimmer vergessen. Albert nimmt das Bündel, ohne es von der Tafel zu lösen, und schiebt es vorsichtig auseinander. Er weiß, dass sein Gönner die Vorführung als Beweis seiner Weitsicht und seines Scharfsinns genießen wird. Beim Abendessen hatte er matt an seinem Kotelett gesägt, während Phillips darüber sprach, wie *vollkommen ausgelaugt* er sei von der Arbeit im Ausschuss, dass er drauf und dran sei, *das Ganze hinzuschmeißen und den Emporkömmlingen zu überlassen*. Albert überfliegt sechs Streifen gleichzeitig und vermeldet: Baumwolle drei Prozent teurer an der Bourse als in Berlin, nochmals vier Prozent teurer an der London Exchange … Es ist bereits eine Weile her, dass Albert das fleischfarbene Mal an Phillips' Unterlippe in Augenschein genommen und sein wässriges Glas Rheinwein genippt hat, und der Frage nachgegangen ist: Was bin ich ihm eigentlich schuldig? Phillips sagt: Ist es denn zu ertragen … er hat die Art Stimme, die *Gefallen an der eigenen Aussprache findet* … dass sie … dass sie, was? Ich meine, was haben sie denn eigentlich in der Hand? Albert räuspert sich, ä-hem, und fährt fort: Sie – das heißt die Mühlenbesitzer, Sir – könnten glauben, dass ihnen besser damit gedient ist, die gesamte Produktion einzustellen, mit dem Argument, dass mit einer solchen Demonstration ihres weitreichenden Einflusses die Weber zur Vernunft gebracht werden. *Er hat, das stimmt, anfangs für mich bezahlt* ... aber als Albert in die Bancroft's School kam, erhielt er bald eine Beihilfe – schließlich sogar ein Stipendium. Komm mit, sagt Phillips – schon sind sie in der Bibliothek und sinken derart tief in die Sessel, dass sich eher *Intimität* einstellen müsste als *Großspurigkeit*. Phillips kennt mich seit meiner Kindheit, denkt Albert – wird er immer das faulige Fulham in meiner Kleidung riechen? Wird er immer Wäscheleinen sehen, Schornsteine, Weckchen zu zwei Pennys? Alberts Mantel ist, so sieht es aus, comme il faut für das Zweite Bataillon – gute Schneiderarbeit von der Swallow Street – der Hosensaum aber ist *weit, weit entfernt* auf dem Teppich, *und auch noch ausgefranst*, was den Granden, die *auf ihre Auslösung wartend* von den Bibliothekswänden blicken, vermutlich längst aufgefallen ist. Die Granden stehen, auf marmorierte Säulen gestützt, sie ignorieren die aufgeschlagenen Folianten und verlachen den *Emporkömmling* mit harrovianischem Gelächter, *A-ho-ho! A-ho-ho!* Phillips hat, so scheint es, geläutet, ein weiterer Diener tritt ein und huscht von einer Kerzenlichtpfütze zur anderen – in der Bibliothek gibt es kein Gas, das Zischen würde die Lesenden genauso stören wie die Schlafenden – sein Uniformbesatz blitzt golden, dann nicht mehr, in seinen gealterten Händen zittert ein Tablett mit Karaffe und Portweingläsern. Ja, ja, stellen Sie es dort ab ... sagt Phillips brüsk und gibt ihm einen Florin, um dem Satz *die Spitze zu nehmen*. Sie trinken ein Glas, dann noch eins, dann ein drittes, Albert würde am liebsten *den verdammten Knoten lockern* ... und überhaupt die alten Bindungen lösen. Diese Demarche ... Phillips' affektierter Jargon verlangt nach der richtigen Entgegnung ... – Meinst du denn, es könnte –? Es ist das vierte im jährlichen Quartett ihrer Clubessen, die Tradition will es, dass ein Blick *auf das zurückliegende Jahr geworfen* wird, das ist Alberts Aufgabe, abwechselnd liefert er markige Berichte über Agadir, Stolypin, Pu Yi und Tripolis, die er aus Gerüchten, Zeitungsberichten und seiner eigenen systematischen Analyse zusammengefügt hat. Aber – Phillips *teet mich auf* – was sagst du zum déjeuner sur l'Afrique? Albert lässt sich auf das Spiel ein: Ihre panische Angst ist einigermaßen amüsant, wenn man bedenkt, dass sie qui vive im Dschungel, eines Tages ... Dies vergnügt Phillips außerordentlich: Er lacht schallend, *Hü-hü-hott* – er hat *ganz schön einen im Tee*. Albert, eher phlegmatisch und nicht zur Introspektion neigend, hat trotzdem etwas verstanden: dass ihre Empfindsamkeiten mit der Zeit verwoben sind, er ist lang genug auf der Spindel seines Gönners gedreht worden, einer Maschine, die zum Zeitpunkt *des Rückzugs aus Kabul* bereits ausgereift war. Phillips, ein aufrechter Viktorianer, bleibt für mich, wie für jeden anderen, undurchschaubar, seine Persönlichkeit, eine Mischung aus Verstohlenheit und Forschheit, ist über die Jahre unverändert geblieben. Tagein, tagaus sitzt er in der hintersten Ecke von Anderson's und sieht alles. Er tauscht den Morning Leader gegen den Daily Telegraph – auf jeden Fall hat er immer eine Zeitung in der Hand – die er als schmal gefalteten Regenschirm ins Café trägt. Genau an dem Punkt, als Albert beginnt, die Aufgesetztheit seines Vaters – Sams Bierschweiß, seine wiehernde Schnapslaune – als abstoßend zu empfinden, wird er in die *Umlaufbahn* von Mister Phillips gezogen, was ihn, da sie *vorhersehbar* ist, ermuntert, seine außergewöhnlichen Rechenkünste einzusetzen – Rechnungen überprüft er mit einem einzigen Blick seiner grauen, vorstehenden Augen, Aufträge vergisst er nie, er führt zwei, drei ... bis zu sechs Aufgaben gleichzeitig aus. Alberts eiserner Wille zum Detail garantiert: einen kometenhaften Aufstieg im Ministerium, wo die hohen Ideale der Lorbeergirlanden in den hohen Stucksälen von Kohleöfen Lügen gestraft werden ... *schmutziger noch*, schmutziger als der Mief eines Klassenzimmers, Buchhalter und Rechner bewerfen sich mit alten Schreibfedern, mit ausgetrockneten Tintenfässern und Kreideschwämmchen – kurz gesagt, mit allem, was sie zu fassen bekommen. In den Räumen des Staatssekretärs, in die er sich gehorsamst verfügt, kommt Albert ein wenig zur Ruhe, er tritt ans Fenster und betrachtet ausgiebig die seit der Hitzewelle ruhenden Ulmenleiber, die Eisgrütze, die sich auf den Zierteichen bildet, und den neu verkleideten Palast in der Ferne. Dann nimmt er Haltung an, man reicht ihm neue Akten: Jute-Statistiken aus Bengalen, die Anmerkungen von White Rajah, diesem *Esel*, die Grenzkommission von Nyasaland – mit den entsprechenden Protokollen. Das Empire ist – für jemanden, der mit seinen kleinsten Vorgängen befasst ist – *ein paradoxer Fall, seine äußeren Glieder sind kraftvoll, sie treten und schlagen aus, während das Herz so schwach ist wie das des alten Königs*, die Häfen sind besetzt und auf dem Mersey fahren Kanonenboote ... und die Iren, *immer diese Iren –!* Wir hatten hier auch welche ... sagt Phillips plötzlich, seine Zigarrenasche ist abgefallen und *ruht hübsch* in einer Falte seiner Weste. Und das hier in der Bibliothek! Da will mich eine abgewrackte Schlampe provozieren, sie stößt mich – trifft mich mit einem Holzschwert.

Scheiße, sage ich, scheiße, wer willst du denn sein? Boadicea, sagt sie, und du bist der römische Unterdrücker! Ich sage, du bist nichts dergleichen – du bist Cecily Gutteridge, ich kenne deine Mutter! Verdammt lustig, hat eine Weile gedauert, bis die Bullen sie da rausgeholt haben! Was ich damit sagen will ... Phillips beugt sich vor, Albert befürchtet, dass er *nicht mehr er selbst* ist und gleich *zudringlich* wird. Und wenn es so wäre? Ist jetzt *alles im Eimer?* Denn Albert spricht eigentlich nicht über seine Familie, ebenso wenig wie Phillips. — Einmal sind sie nach Mortlake gefahren und haben in einer Villa am Fluss eine Aufwartung gemacht, und Albert, damals sechzehn, hat ausführlich deklamiert: Weder Macht noch Täuschung werden uns entzwei'n! Oh ihr, zum edlen Laut geboren, in Nord und Süd, im Osten wie im Westen ... er hatte kein offenes *Stoffohr* für die Tatsache, dass Mrs. Phillips jeden kleinsten Laut als äußerst störend empfand, weshalb sie in ihrer Fensternische saß und sich in stillem Schmerz wand. Sie trug lange weiße Handschuhe und streichelte ununterbrochen eine ihrer Russisch-Blau-Katzen – was Phillips Jahre später als vollkommen absurd darstellte, da diese Kreaturen sie *böse übertölpelt haben.* Beide Seiten kamen stillschweigend überein, dass der Besuch eher kein Erfolg gewesen war. Doch diese Angelegenheit, dass die Alten mit Olive nach Cheriton Bishop ziehen wollen, ist Phillips bekannt, und er hat sie gutgeheißen. *Über die anderen* aber schweigt Albert sich aus – und so hat es auch Phillips immer gehalten, zumindest *bis jetzt?* — Damit hat es aber überhaupt nichts zu tun.

... ist, dass der Zeitpunkt – jetzt, wo Churchill im Kriegsministerium ist – vielleicht ein günstiger wäre, eine Versetzung in Betracht zu ziehen, auch wenn ich selbstverständlich nicht in der Position bin zu sagen, ob eine solche unmittelbar bewerkstelligt werden könnte ... allerdings kenne ich Sir Clemens, den Mann der Stunde ... all das. Er hat, soviel ich weiß, großen Einfluss bei der Admiralität .... Albert schluckt schwer, er spürt seinen Adamsapfel am Kragen raspeln, *So*, und, euklidisch ausgedrückt, *genau so*. Er sieht schon die *exakten Parabeln*, er kann jederzeit *ins Sprachrohr hinabrufen* und den Befehl geben, die *dicken Kanonen* auf Phillips' Geschäftsziel zu richten. Genauere Angaben zu erfragen – Details zu Flagge und Besatzung – hätte *krass und impertinent* geklungen. Albert weiß immerhin schon: Dass Phillips' Versuche bei der Mercers' Company ziemlich genau dies sind: *Blindgänger*. Er hatte von seinem eigenen Pater einen Großhandel geerbt – den er mehr oder weniger *zugrunde gerichtet* hatte. Er hat hier und da investiert – er lässt durchblicken, dass er Armstrong bei Jesmond Dene gesehen hat, und dass man sich auf ihn verlässt, wenn es darum geht, den ausländischen Käufern Zahlen vorzulegen – ohne jede exekutive Funktion. Es gibt ein Jagdhaus, weiter draußen im Wald ... ein höchst angenehmer Ort, große Fenster, mit Ausblick auf eine Waldschlucht ... *Lohengrins wehmutsvoll klingendes Horn* im *Zwielicht: tuh-tuh-tuhraa-bumm-di-dai! Freizügige* junge Damen in *großartigen Kleidern*, schleudern die Beine, *zeigen den Jungs mehr, als sie je gesehen haben ... Cliquot! Cliquot!*, ruft Sir William, sein *Möwenschwingenschnauzbart* schwebt über der umgestülpten Schüssel des elektrischen Leuchters, eine bessere Werbung für seine Produkte als diesen Saal gibt es nicht. *Die fremden Wallah* bewundern die gußeiserne, aus der Hülse eines Zweiundzwanzigpfünders hergestellte Tischdekoration, die Gewürzfläschchen aus Gewehrpatronen – ein experimentelles Maschinengewehr feuert Brotpillen ab, während am Serviertisch stille Kellner stehen und *Suppe dekantieren.* Weißt du, sagt Phillips, gerade empfindet Albert das *jämmerlich Peinliche* ihrer rechtwinklig zueinander stehenden Stühle, als er sich mühsam aufraffen will, um den Gönner nach seinem Hexenschuss zu fragen – als Phillips ihm zuvorkommt: Ich bin sehr glücklich über dein zügiges Vorankommen, du hast das Vertrauen, das ich in dich gesetzt habe, vielfach gerechtfertigt ... Seine Hand hat den Rubin des Portweins abgesetzt, sie gestikuliert in arithmetischen Höhen ... zehnfach – zwanzigfach! Albert, der das viele Trinken nicht gewohnt ist, fragt sich, ob Rutherfords Elementarteilchen aus Licht an Geschwindigkeit verloren haben, er sieht nämlich *zehn oder zwanzig* verschiedene Hände – vielleicht auch die Gespenster längst vergangener Hände? Er hebt sein Knie bis zu der Stelle, an der es sein müsste, sollte die Führhand dort landen wollen – falls auch nur die entfernteste Aussicht besteht, dass es *überhaupt jemals* zu einer Berührung kommt, statt immer nur *zu kreisen, und zu kreisen, und zu kreisen ...*, ein regelrechtes *Gepuppel*, das ist aber nicht taktvoll, denkt er, was ist es überhaupt, Dialekt? Aber Negerpuppen sind ja auch verletzend, und die gibt's zuhauf – eine liegt auf Daniels Bett, *das wollig-schwarze Gesicht erdrückt unter einem weißen Kissen ...* – Komm. *Komm?!!* – Mboya ... so geht das nicht weiter. Wir arbeiten so eng zusammen, wir – ich. Er hält inne, der Lärm in der Kantine ist schrecklich, das Klappern so vieler Messer auf Teller, Gabeln auf Messer, das Mahlen so vieler Roboterkiefer, sie hängen aufgereiht an einer Kette, die unter der niedrigen Decke montiert ist, und verarbeiten Würstchen, Fritten und Bohnen im Akkord. Aus dem schmalen, in Busners weißem Kittel steckenden Taschenbuch flattert dieser rätselhafte Satz herauf: *Ich respektiere Jack, weil er mich nicht respektiert* … und er seufzt, ahhh, und denkt, Was ist das für ein Schwachsinn? Ronnie … – Scheiße, Ronnie, du bist ja total auf den Hund gekommen! In einer weit geöffneten Klappe stehen Küchendamen und sind schwer beschäftigt, das *Mundwerk* mit Nachschub zu versorgen, aber warum, warum nur müssen sie so mit ihren Kellen kla-kla-klackern? Warum, warum sind wir alle so ausgehungert, auch die Patienten? Whitcomb hat erzählt, dass er einen Zwangsneurotiker hat, der nie einen Pieps gesagt hat. Als er ihm in die Hamsterbacken geschaut hat, hat er Büroklammern, Schrauben, Klemmen gefunden … Hat ihn in die Gower Street geschickt, wo sie ihn geröntgt und aufgeschnitten haben, sie haben Münzen gefunden, ganze Spritzen – inklusive Nadeln! – mehrere Teelöffel, Fonduegabeln, einen knappen Meter Gartenschlauch – mitsamt dem Spritzding am Ende … und warum? Trostbedürftig, keine Frage – dazu eine schizophrene Inkorporation, die eine Unfähigkeit verriet, das Objekt als … das Andere zu sehen. Und wir? Busner betrachtet die gierig schlingenden Münder ringsum … Wir würden das Hatch am liebsten *aufessen. Nimm dir eine Klapse vom Servierwagen, wenn du fertig bist, stellst du sie in die Klappe* … Mboya kann nicht erkennen, ob sein Grinsen ihm gilt oder dem mit einem Kieselweg aus Bohnen garnierten Kartoffelbrei auf seiner Gabel. Doktor Busner?, sagt er. Und Busner ruft aus: Das ist es! Das war es, was ich sagen wollte! Mboya, wollen wir uns nicht duzen? Ich heiße … Er legt das Besteck hin … Zachary, die meisten nennen mich Zack. Mboya nimmt die Hand, seine eigene ist *trocken, ganz erstaunlich trocken* im Verhältnis zu seinem Gesicht, das heute *breiig* wirkt, *das ist ein wirklich fieser Rasurbrand*. Busner schüttelt Mboyas *Hartholzhand* und denkt, es müsste doch wohl umgekehrt sein? Wir hätten uns mit Nachnamen und einem Handschlag vorstellen sollen, diese nächste Stufe der Vertrautheit verlangt nach ... was denn, einem Kuss? Mboya lächelt. Enoch, sagt er, Busner lacht. Genau, sagt Mboya und nickt reumütig, wie Enoch Powell. Nein, entgegnet Busner, mir ist nur aufgefallen, dass wir beide biblische Propheten sind. Mboya beendet die Verhakung und hebt an: In jenen Tagen, da werden zehn Männer aus Nationen mit unterschiedlichsten Sprachen zugreifen, ja, sie werden den Rockzipfel eines jüdischen Mannes fassen und sagen: Wir wollen mit euch gehen, denn wir haben gehört, dass Gott mit euch ist. Der psychiatrische Pfleger und der Psychiater schweigen einen Moment lang, dann: Sacharja, Kapitel 8, Vers 23. Busner findet das alles abgeschmackt, er kann den Blick nicht lassen von dem Koptenkreuz? das Mboya am Hals trägt, aber Mboya lacht auf eine Weise, *die ich so nicht kenne*, er ist *warm, umgänglich*, er sagt: Keine Sorge, Zack, mit der Kirche, das hat sich bei mir erledigt, ich trage das Kreuz, weil Hendrix es auf einem seiner Plattencover getragen hat. Trotzdem: Was man einmal gelernt hat. Er beißt in sein Sandwich und stopft das Cliché, Busner schweigt erstaunt ob des *pinkfarbenen Betonmischers*, in dem Ei und Kresse purzeln, dann wüsste er es gern genauer: Willst du mir sagen, dass du das verdammte Ding auswendig kannst? Mboya zuckt die Achseln, Nein, das natürlich nicht – aber große Teile, ich bin mit einem nahezu fotografischen Gedächtnis gesegnet. Busner würde Mboya gern *vollständig ausfragen*, er ist in vielerlei Hinsicht interessant: da ist sein beinahe akzentfreies Englisch, da ist die *Zufriedenheit*, die er ausstrahlt, die ihm vertraut ist, *weil sie mir eigen ist.* Außerdem ist er schon seit über zehn Jahren in Friern, er kennt sich bestimmt gut aus ... Busner sagt aber nur: Ich möchte die post-enzephalitischen

Patienten filmen, würdest du mir dabei helfen? Ein schweres Lid senkt sich über Mboyas ädriges Augenweiß. Er ist müde, denkt Busner, wir alle sind müde – genau, wie wir alle ausgehungert sind. Mboya saugt etwas aus den Zähnen, schk-schk, *Auslösерglucken.* – Was, Zack, du willst, dass ich mein fotografisches Gedächtnis anwerfe? Ich hab sie fast alle im Kopf –. Nein, nein, beginnt Busner ernsthaft, ich habe eine 35-Millimeter-Kamera und eine professionelle Bolex … dann erst merkt er: Du machst dich über mich lustig! Und das ist die im erfreulichen Sinn intimste Sache, die ihm seit langer Zeit passiert ist: dass sich jemand über ihn lustig macht. Miriam hat ihn geneckt, damals, als sie gerade ein Paar geworden waren, ihr zärtlicher Spott hat die massiveren Beleidigungen neutralisiert, denen er im Internat ausgesetzt war, die antisemitischen Schmähungen, die Unterhose, die sie ihm in der Umkleide herunterrissen, Henry war machtlos, er konnte nichts tun … Heute neckt sie ihn nicht mehr – ihr kritischer Ansatz geht jetzt eher in Richtung *Demütigung.* Busner schiebt den Teller zur Seite und beginnt, die Spitze seiner Krawatte, die einst Maurice gehörte, auf- und abzuwickeln, sie ist aus schwerer, gestrickter Seide, er hat *nur noch wenige.*

Zack, sagt Mboya, wenn du sie filmen willst, wäre es sinnvoll, sie alle an einem Ort – auf derselben Abteilung – zu versammeln. Busner nickt. – Ja, ja, habe ich auch schon gedacht – es hält uns auch nichts mehr davon ab … – denn im Bereich der psychiatrischen Anstalten hat eine *kulturelle Revolution stattgefunden:* Gemischte Abteilungen, dazu diese *soixante-neufards!* Er hatte auf der akuten Abteilung in Halliwick zwei *muntere junge Dinger* entdeckt, die eine ganz bestimmte Position eingenommen und sich von den Blicken der Insassen nicht hatten stören lassen, meine besten

Wünsche, ging es ihm damals durch den Kopf, am liebsten hätte er sie nach Hause geschickt, allein auf der Grundlage ihrer gesundeten Sexualfunktion, nur war es leider so, dass der Kopf, der sich aus der Beengung des Lakens schälte, *selbst für einen Psychotiker* extrem erweiterte Pupillen aufwies – und mit zahnfleischlosem Mund sagte: Ich hamm mein Ohr reingesteckt untz hatmer gesagt dassu mit dein' Diamantaung komms DU HAST DIE KOSMONAUTEN UMGEBRACHT! Schon kamen die Schwestern angelaufen und *das war es*. Busner vermutete, dass die Belegschaft auf der Akuten ihn längst als diagnostischen Taschenspieler entlarvt hatte, es gelang ihm einfach nicht, der Fadenscheinigkeit der Terminologie etwas entgegenzusetzen. Da er nun einmal mit hysterischem Elend konfrontiert war, stülpte er ihm einfach sein eigenes, ganz normales Unglück über: Wenn Busner morgens schlecht gelaunt war, diagnostizierte er Depression, wenn er außerdem noch zu viel Kaffee getrunken hatte, manische Depression. Und wenn er sich am Morgen auf sein Waschbecken stützte und im Spiegel einen verwuschelten Alten Seemann entdeckte, der seinem Blick auswich, weil hinter seinen Schläfen eine gereimte Endlosschleife surrealistischer Reisebilder nachklang, dann rasierte er sich, zog sich an und fuhr mit dem Austin nach Friern Barnet, um den ersten Patienten, den er untersuchte, je nach Lust und Laune entweder als schizophren einzustufen oder als hypomanisch, er vertraute darauf, dass ... *es am Ende alles aufs selbe rauskommt.* — Mboya sagt, zwei sind auf der 45, drei auf der 34, ein sehr kranker Greis auf der 31 ... Er zählt sie an seinen Teakfingern ab. Busner staunt, er möchte diese Aufzählung keinesfalls unterbrechen, weshalb er ein billiges Notizheft von Woolworth aus der Innentasche zieht und die Zahlen und Patienten mit einem roten Kuli notiert, auch den einen, den er auf der 14 entdeckt hat und die vier, die sie – *zuckend im Rhythmus* einer in der Therapeutischen Fertigung installierten und in der 26 deutlich zu hörenden Spritzgussanlage – gesehen hatten. Mboya ist ihm schon davongeeilt, er hat nicht nur die gesamte Hanglage der Klinik abgesucht – von der Gemeinschaftlichen Resozialisierungseinheit im Osten bis hin zur Sicherheitsverwahrung im Westen – er hat mit dem *Scharfblick des Jägers* auch sonst jeden Fall aus dem menschlichen Morast gefischt, wobei er nicht einen Fehler gemacht hat. Als er fertig ist, ist der Verbleib von zweiundzwanzig Enzies geklärt. – Zweiundzwanzig haben wir auf jeden Fall, Zack, es gibt noch vier oder fünf, bei denen ich nicht ganz sicher bin ... Busner muss innerlich an sich halten *empfindlicher Stolz des Isolierten*, weil Mboya den gerade erst freigegebenen Vornamen so oft benutzt, *ein neues Spielzeug* ... weshalb er Zweifel anmeldet, Woher willst du das wissen, Enoch? Wie kannst du sie unterscheiden? Der Pfleger spricht forensisch: Nicht anders als bei den Tourette-Leuten kann man auch bei den post-enzephalitischen Patienten die verschiedensten hyperkinetischen Verhaltensweisen beobachten. Du hast es ja selbst gesehen: Sie gähnen, sie schniefen, sie schnappen nach Luft und hecheln wie erschöpfte Hunde, dann halten sie den Atem an, bis sie fast platzen ... Busner stockt nun ebenfalls der Atem, er starrt sein *Wunderkind* an, der jetzt bemerkt, Genau, starren tun sie natürlich auch gern – ich hätte mir denken können, dass ein Psychiater, der etwas auf sich hält, selbstverständlich bemerkt, dass ihr Starrblick ein ganz anderer ist und nichts mit dem schwabbligen Blick der Schizophrenen zu tun hat. Und dann haben wir noch das Gebrüll und das Geschimpfe – dieses Geschimpfe! Zack, ich schwöre dir, aus den Mündern dieser kleinen alten Ladies kommt ein unfassbarer Dreck – deine Miss Dearth ist da keine Ausnahme. Busner drängt es zu unterbrechen – A-a-a-B-b-b- – was durch Mboyas Verkehrspolizistenhand verhindert wird, und – Genau, sie stehen ständig unter Druck, ihnen fehlt jegliche Beherrschung. Weißt du, als ich in der Zeitungsbibliothek in Colindale war, um die Originalberichte über die Epidemie zu finden *Das hast du gemacht?* da habe ich gelesen, dass man sie als moralisch defizient, *McConochies arme Schattengestalten*, eingestuft hat, sogar als jugendliche Psychopathen. Auch hier bei uns gab es eine Abteilung, in denen diese Patienten weggeschlossen wurden – die Armen! Stell dir vor, Zack, die wussten selbst nicht, warum diese … Obszönitäten aus ihnen herauskamen, warum sie bestimmte Dinge anfassen oder streicheln mussten, ich kann mir aber gut vorstellen, wie in den Zwanzigern gegen solches Verhalten vorgegangen wurde … Busner, der vor dieser Faktenwelle *zu Boden gegangen ist*, *rappelt sich auf* und versucht, sich zu behaupten. Erethismen, sagt er, also unkontrollierbare sexuelle Erregung – er hofft, *dass ich nicht herablassend klinge*. Aber Mboya pflichtet dem nur bei, indem er sich wegduckt, und fährt fort: Es ist doch erstaunlich, Zack, je länger du dir das anschaust, desto klarer wird, dass die Post-Enzephalitischen die Hauptleidtragenden jeder nachfolgenden psychiatrischen Mode waren. Nur ein Beispiel, du hast ja sicher gesehen, wie Mr. Ostereich auf der 14 jedem, der sich nähert, die Zunge rausstreckt. Aber in den Dreißigern, als Bleulers Ideen hier im schwange waren, schloss man, dass sich der Patient willentlich so verhielt – die Geste galt dem Psychiater! Sie sind jetzt in der Kantine allein, abgesehen von einem pickligen Mädchen mit Haarnetz, das die Teepfütze unter der inkontinenten Urne aufwischt. Aus den tiefsten Eingeweiden der Klinik dringen

Schreie und Pfiffe, gebrochen vom Wischklack der Schwingtüren. Busner drückt die Knöpfe seiner *pfiffigen* Uhr – es geht nicht darum, dass er zu tun hat, er ist nur *überwältigt: auf dem Leicester Square, wo ein Haufen schwarzer, fliegenumschwirrter Säcke liegt, stecke ich meine Zunge zwischen nachlässig geknotete Hasenohren und suche nach den Umrissen der Teile meiner Eltern, die von der deutschen Luftwaffe in Stücke gerissen, dann weggeworfen wurden …* – Ich halte dich hoffentlich nicht auf, Zack? – Nein, nein, bitte … Enoch, ich bin nur etwas überwältigt von – ich weiß nicht, wie ich es sagen soll – deinem Eifer? Enthusiasmus? Mboya hat eine Banane in der Hand, mit der er die moralisch Defizienten und deren Negativismus angezeigt hat, die versucht er nun zu schälen, doch die überreife Schale will nicht. Er schneidet sie geschickt mit dem Daumennagel auf und sagt, ich bin kein Prophet, Zack. Busner ist sprachlos. – Was? *Hier nimmt die Handlung eine unheimliche Wendung …* Mboya aber kaut weiter. – Ich bin kein Prophet, Zack – du hast gesagt, wir sind beide Propheten, aber in der Bibel war Enoch kein Prophet, er hat keine Ströme von Blut prophezeit, er ist auch nicht mit der Trompete über unsere Klinik gekreist, um sie in Schutt und Asche zu legen … *die Finger an der Bananenschale …* Er war der Sohn von Jared und der Urgroßvater von Noah und der Vater von Methusalem – der Name bedeutet eingeweiht, diszipliniert … passioniert im Hebräischen. *Das, mein Freund, bist du, aber warum nur?* Mboya beugt sich über den Tisch, Busner zuckt betreten zurück. — Miss Down macht Dienstagnachmittags die Musiktherapie in einem Raum über der Kapelle – ich habe Mister Ostereich und Miss Yudkin, aus der 20, zu ihr gebracht. Sie spielt die ganze Zeit den Scott Joplin-Rag – den aus dem Film – die beiden reagieren gar nicht gut darauf, die Zuckungen werden viel, viel schlimmer – die Musik zerrt regelrecht an ihnen, da-da-da-dadda-da-dumm-da-dumm! Noch schlimmer ist es, wenn Miss Down einen Militärmarsch spielt – aber vor ein paar Tagen hat sie etwas anderes gespielt, es war sehr langsam, getragen, würde ich sagen, da haben die beiden auf einmal angefangen, sich zu bewegen, erst war es nur ein sanftes, flüssiges Wiegen – dann haben diese vollständig katatonischen Patienten getanzt … Das hat mich so erstaunt, dass ich Miss Down, als sie fertig war, gefragt habe, was für ein Stück das war, es war Brahms, hat sie gesagt, eines von den Sechs Klavierstücken, opus Soundso, ich bin gleich los und habe mir die Platte gekauft, Da-d'da, da d'da, da d'daaah, da d'da … singt Mboya in der Belegschaftskantine, Busner findet es unfassbar, dass er so vollständig unbefangen ist … also, du weißt schon, mein Ding ist das nicht, aber ich habe irgendwie verstanden, worauf sie bei dieser Musik reagieren, es ist die Langsamkeit, dieses sanfte Schwingen … Wenn du möchtest, kann ich es aufnehmen und die Kassette mitbringen – ich wette, das funktioniert, wenn du es anderen Post-Enzephalitischen vorspielst. — Es war eine lange Rede, und nun, da sie vorbei war, schien Mboya doch etwas peinlich berührt, nachvollziehbar, fand Busner, denn neben dem beruflichen Eifer war eine Menge Leidenschaft im Spiel, Leidenschaft, die der *stattliche Kikuyu* mit sich fortträgt, als er durch die Kantinentür hinaustritt und nach Westen abbiegt, er ist zur Abteilung 14 unterwegs, sein *Beinahe-Afro ist drallig im gezogenen Lauf des Korridors* — Westen, weil es in Friern nicht sinnvoll ist, von links und rechts zu sprechen, *genauso wenig wie in der Politik*, genau die Art Bemerkung, die Whitcomb bei einem Wein-und-Käse-Empfang in Hampstead Garden Suburb machen würde, wenn er mit einem *Becher voll Weinhändlerverachtung* dasteht und *lüsterne Blicke auf eine Schale Erdnüsse wirft*, während sein Gesprächspartner ihn unter den Zuckungen und Krämpfen mittelständischer Heiterkeit fragt, *Und, Doktor Whitcomb, wie sehen Sie das – glauben Sie, dass man Lord Longford doch recht geben sollte?* Es ist eine Befragung, die nichts damit zu tun hat, dass er ein Psychiater ist, von dem etwa zu erwarten wäre, dass er eine Meinung zum Thema Wahnsinn und kriminelles Verhalten hat, sondern nur mit der Tatsache, dass er eine starke Ähnlichkeit *Heckenschnittfrisur, Feld- und Wiesenhaut* mit *Packenham* hat, *Vorname Frank*. So ist das mit Whitcomb, denkt Busner verächtlich. Sie sitzen niedrig, mehr oder weniger einander gegenüber, auf dänischen, armlehnenlosen Designersesseln: weichen, stumpfwinklig aneinandergefügten länglichen Klötzen. Auf Whitcombs Schulter turnt ein Therapiesofa in schwarzem Plastik, in der Kerbe hinter seinem sorgfältig rasierten Unterkiefer befindet sich ein *brauner Knopf*. Als Busner sich abwendet, weil er den dringenden Wunsch niederkämpft, ihn zu drücken, kann er sich plötzlich nicht einmal mehr erinnern, *wie Whitcomb aussieht*. Der Oberarzt fragt überraschend unumwunden: Warum? Und Busner antwortet, Mir scheint, dass sich hier eine echte Möglichkeit bietet, die wir ergreifen müssen – sowohl in therapeutischer wie möglicherweise in wissenschaftlicher Hinsicht. Eine echte Möglichkeit, grummelt Whitcomb. *Er wiederholt deine Worte zwanghaft, es muss ein Tic sein!* Busner entdeckt in letzter Zeit überall Tics ... also, ich kann das nachvollziehen, Busner, aber überrascht bin ich doch, Sie sind erst seit – was? – sechs Monaten bei uns, und Sie haben ja deutlich erklärt, dass Sie Ihre wissenschaftlichen Bemühungen nach dem, ähm, Debakel Ihrer experimentellen Gemeinschaft nicht fortsetzen wollten. Whitcomb ist durchaus nicht engstirnig, er leitet sogar eigene Therapiegruppen – Busner hat einmal einem solchen Milieu, so die Bezeichnung des Oberarztes, beigewohnt, er fand das alles äußerst abgeschmackt, die Patienten wurden gezwungen, Details ihrer Beziehungen und anderer – vermutlich nie gemachter – Fehler zu beichten, bevor sie von ihren widerstandslosen Leidensgenossen mit aller nur erdenklichen Kritik überschüttet wurden. Whitcomb saß da und ließ rotgardistische Strenge walten, sein Kragen wurde immer runder und schien in die Höhe zu wachsen: *ein Kader, verantwortlich für dieses Vorort-Erewhon, wo die Kranken bestraft und ihre kriminellen Ankläger bemitleidet werden …* Ich will damit nicht sagen, dass der Vorstand Ihnen die Stelle nur unter der Bedingung angeboten hat, dass Sie die wissenschaftliche Arbeit zurückstellen, ich denke aber, wir wissen beide, dass davon ausgegangen wurde *… benötige eine Luftaufnahme zur Erkundung*. Die an Whitcombs Wand hängende zeigt die Klinik *aus etwa fünftausend Fuß?*, die Fassade gut sichtbar im grellen Licht eines Sommertags, die Eichen und Platanen, die massigen Maulbeerbäume an Außenmauer und Einfahrt, *der gestreifte Rasen …* Es gehörte wohl zum Büro, vielleicht war es von einem Therapeuten und Helden der Lüfte fotografiert worden, der sich nach dem Krieg mit einer Kamera bewaffnete und seine Kumpels von der Royal Air Force überredete, von Hendon aus das Gelände zu überfliegen. Aber wer braucht so etwas?, überlegt Busner. Die einzige Art, mit Friern umzugehen, ist, sich darin zu verlieren, damit die Klinik eine eigene Welt wird – auch wenn die tröstende Vorstellung von einem gigantischen Ferienhaus an den Steilhängen von Nord-London der Wirklichkeit in keiner Weise entspricht.

Die Wahrheit benötigt keine Überfliegerphantasien – es genügt ein Diagramm: der Flugzeugrumpf des mittleren Blocks, die breiten Flügel – der Bomber dröhnt über der Stadt, bereit, *seine psychotische Munition abzuwerfen …* — Der Krieg, so Marcus, *war der tiefste in einer ganzen Reihe von Tiefpunkten* – die Patienten bekamen keine Rationen, nur Reste – was gerade da war. Hatte es eine Lieferung Maismehl gegeben, gab man ihnen: Maisbrot, dreimal am Tag, bis ihre dürren Beine offene Wunden hatten und ihnen die Haare von den geschwollenen Köpfen fielen, bis endlich ein Schlaumeier auf die Idee kam, sie könnten Pellagra haben!, eine Mangelkrankheit, die in der Fachliteratur mit *Bildern armer schwarzer Südstaaten-Bewohner* illustriert wird. Ärzte und Krankenschwestern waren eingezogen worden – die Einzigen, die zurückblieben, um *am Fuße des Campanile zu dienen*, waren die Patienten selbst, Juden hauptsächlich, denn das Hatch war zum Lager geworden für all die Juden im Großraum London, die irgendwelche Anzeichen von geistiger Störung zeigten – etwa tausend waren in viktorianischen Gebäuden zusammengepfercht, die aus der Luft hübsch anzusehen waren und den Schimmel aus der feuchten Erde sogen. Die Toiletten waren von ihrem dysenterischen Durchfall verstopft, die Speckräucherei wurde zweifach überflüssig, die Schuh- und Polsterwerkstätten verwaisten, ebenso Brauerei und Bäckerei – als der Krieg die Anstalt erreichte, büßte diese die moralische Überlegenheit ein, sie verkam, bis nur noch Hilflosigkeit übrig war, während Irrläufer drei Villen völlig zerstörten, in denen tuberkulöse Patienten isoliert waren. Eine weitere Bombe zertrümmerte die rückwärtigen Fenster im zweiten Frauenriegel. Als der Krieg die Klinik erreichte, begannen die Patienten zu fliehen. Busner glaubt nicht an massenhafte, spontane Genesung in Zeiten des Krieges – er hält es für wahrscheinlicher, dass das Kreischen der Bomben *die Stimmen einfach übertönte*, sie retteten sich in die tieferen Zonen der U-Bahn-Haltestellen, wo ihre elenden Gesichter unter denen der abgemagerten Heimatlosen nicht auffielen. Sie flohen – doch es kamen genug andere, die sie ersetzten: die Zerschlagenen, die Traumatisierten und Hinterbliebenen, die so verletzlich waren, dass das Gebäude selbst sie zur Beute machte, sie versackten in seinem jahrhundertealten Sumpf, mit Barbituraten und Paraldehyd – auch die waren nicht rationiert – stopfte man ihnen die Mäuler. Draußen im Nieselregen stand der Unbekannte Mittellose Geisteskranke *mit Grünspan in den Augen, was konnte er da schon sehen?* Bestimmt nicht die Welt-in-einem-Tropfen am Ende einer Nadel, die von oben herabsauste und Glukose unter die graue Haut der Klinik spritzte, worauf sie mitten im taghellen Albtraum des Jetzt erwachte – dem man sich nicht … *entziehen kann.* Busner lässt *mich nicht aus der Ruhe bringen.* — Also, wie gesagt, die wissenschaftliche Beschäftigung ist nur eine Möglichkeit – die Position des Vorstands kann ich sehr gut nachvollziehen. Es ist eher so, dass ich denke, dass ich für diese Post-Enzephalitischen etwas tun kann, wenn ich sie nur erst einmal an einem Ort habe. Im Moment ist es so, sagte er süßlich, dass ich eine Menge Zeit damit verbringe, von einem Ende der Klinik zum anderen zu laufen –. Sobald diese Worte raus sind, wünscht er schon, er könnte sie *wieder reinschlabbern.* Whitcomb riecht … *Brutal – er macht bestimmt viel Sport, er klatscht sich das Zeug drauf, um den Schweiß zu übertünchen, den er sich hinterm Maschendraht aneignet … Tschock! Oh, ein guter Zug –!* Der Oberarzt sagt nur: Andere Kollegen scheinen damit kein Problem zu haben, die Klinik ist nun einmal ausgesprochen weitläufig, das wussten Sie ja, als Sie zu uns kamen … Busner wartet, ob das alles ist, was Whitcomb dazu zu sagen hat, er ist verrückt genug, *Ungehorsam zu erwägen*, macht dann aber einen klügeren Schachzug: Die Kosten sind zu bedenken. Ich meine, ich kann zwar nichts garantieren, aber ich glaube, es wird leichter – und somit billiger – sein, für die Post-Enzephalitischen zu sorgen, wenn man sie beisammen hat, wir können dann auch darüber nachdenken, den ein oder anderen zu entlassen –. Entlassen! Whitcomb reißt die Arme hoch und sagt, dann mal viel Glück! Busner, der ein *Vorteil Busner* ausgemacht hat, setzt druckvoll nach: Einer ist diese Woche schon gestorben, auf der 20, um einen zweiten Patienten steht es gar nicht gut. Ich erwarte gar nicht, dass alles auf einmal gemacht wird, sondern Schritt für Schritt … Wieder fliegen die Arme hoch, Whitcomb, versteht Busner, spielt einen mittelalterlichen Barden – Du liebe Güte, sagt der *Ménestrel*, ich strecke die Waffen, aber eins sage ich Ihnen, mit der Verwaltung müssen Sie sich selbst auseinandersetzen, Busner, und auch mit der Belegschaft – das ist Ihr Ding, kümmern Sie sich selbst drum.

Ein zuckendes Baby, ein sabberndes Baby, ein kastriertes und enthirntes … Es hockt auf dem Boden und *stiert ins Nichts*. Das Pflegepersonal der Abteilung interessiert sich nicht dafür, *auch ich störe sie offenbar nicht, un farfelu* – von denen gibt es in Friern *mehr als genug*, man darf nicht vergessen: im Irrenhaus stecken nicht nur die Verrückten fest. Es – sie – hat jede Kontrolle verloren, im Besonderen die über ihre Darmaktivität. Weshalb sie auf einem Scheißepolster sitzt, umgeben von einer glänzenden Scheibe Urin und Bleichmittel, die Putzfrau hat sie umwischt. So, denkt er nicht zum ersten Mal, muss es in der Kloake stinken:

diese Mischung aus Putzmittel und Extrementen, das Heilige und das Profane gemeinsam in einem luftlosen Tunnel. *Akinesie, Apathie, autonome Funktionsstörungen* – sie schwitzt, sie speichelt, Busner spürt, wie die Säure in ihrer geschwollenen Milz *verbuttert*, er hat *Geschwürbildungen* vor Augen. Um diesen krassen Tatsachen entgegenzuwirken, *habe ich den Fachjargon* – er hat sich schließlich damit beschäftigt. Es fällt ihm leichter, ihr ins *Unbekannte Mittellose Geisteskrankengesicht* zu sehen, wenn er einen Begriff dafür hat: *äußerste Maskenhaftigkeit des Ausdrucks*. Bezeichnet er den halbgeschlossenen, leeren Blick als *Lidklonus*, ist er weit weniger unheimlich. Ihr Gesicht ist das eines Kindes, mit klaren Zügen und sauberer Haut, steckt aber tief in einer *pickligen Fleischkrause*. Ob es – sie – *aphonisch ist?* Mrs. Gross? Mrs. Gross? Mrs. Gross? Was er auch sagt, wie er es auch sagt, *es gelinkt unss nicht sie zum Reden bringen*. Busner bittet eine zögerliche Krankenschwester, mit anzupacken, gemeinsam hieven sie den Frauenberg, bis er aufrecht steht. Der Oberkörper der Frau ist vollkommen starr, dazu ist sie gefährlich fettleibig, doch als ihre Beine sortiert sind, leistet sie keinen Widerstand mehr und hilft sogar ein wenig mit. Das Problem ist, dass sie sich nicht halten kann – selbst in ihrem rechteckig gemusterten Plastikumhang ist *kein Schwerpunkt vorhanden*: sie hat Schlagseite – und würde sofort zu Boden stürzen, wenn nicht gerade zwei medizinische Kräfte auf eine Patientin kämen, ein nie da gewesenes Verhältnis. Ich kann nicht den ganzen Nachmittag hier stehen, sagt die Schwester missmutig. Tatsache ist, dass sie Busner noch keine fünf Minuten assistiert. Ich muss noch die Medigabe machen, Doktor, heult sie, hier gibt's noch andere, die mich brauchen. Das ist eine Lüge: *Dich braucht niemand*. Also macht Busner sie allein sauber.

In den mit Scheiße verklebten Nischen ihrer *Michelin-Schenkel* entdeckt er nicht etwa die eigene medizinische Abgebrühtheit, sondern ein erstarkendes Engagement, letztendlich tut er nichts anderes, als *eine Windel zu wechseln*, was er nicht oft, aber doch schon einige Male getan hat, um seine feministische Glaubwürdigkeit zu stärken. Die Patientin, gestrandet auf ihrem besonders verstärkten, katafalkartigen Bett, ächzt laut, A'hrrrah!, als er ihre Schamgegend mit einem Schwämmchen säubert, sie knirscht mit den Zähnen, ihre nackten Füßen trappeln auf seinen Schultern – völlig ungestört haben sich einige Fliegen in unmittelbarer Nähe ihrer Punze niedergelassen. *Sie gehört jetzt mir, meine Twiggy ... Rotholz, gewachsen.* Nachdem er einen Dekubitus an der Hüfte versorgt hat und der Verband unter einer Unterhose verschwunden ist, die Busner einer unwilligen Krankenschwester abschwatzen musste, geht er, um Stativ und Bolex zu holen. Eine genaue Vorstellung hat er nicht – er folgt ganz seiner Eingebung. In Willesden, auch früher schon, hat er Photos verwendet, um den Umnachteten objektive Darstellungen vorzuführen, mit denen er ihren verwirrten Vorstellungen entgegenwirken wollte. Mit demselben Ziel hat er seinen Patienten Kassetten vorgespielt, nachdem er ihnen Thiopental gespritzt hat. Manchmal hat er sie auf LSD-Trips begleitet – alles Versuche, die, das gibt er gern zu, nur uneinheitliche Ergebnisse gezeitigt haben. Dies hier ist etwas anderes: Leticia Gross liegt regungslos da, versunken in ihrer Fettmasse, bewegliche Bilder ihrer kolossalen Entkräftung würden ihren Zweck wohl verfehlen. *Und doch ... Und doch ...* er hat da eine Idee. Wie bei Audrey Death spürt er, dass in ihrem Inneren eine verrückte Polyphonie übertriebener Tics spielt, ein Aufhebenundaufhebenundaufheben, ein Strähnenschiebensträhnenschiebensträhnenschieben, ein Kratzen und Strecken, endlose Wiederholung. Er baut die Kamera auf, findet sie im Sucher: ein Matterhorn, der arretierte Blick, die Wangen wie Eisscharten. Das Licht ist trüb, trotzdem drückt er die Aufnahmetaste *und wartet ... und wartet ...* — Schließlich, erzählt Busner Jonathan Lesley, habe ich eine Schwester überredet, mir eine Heftklemme und Gummibänder zu bringen, so ist es mir gelungen, eine kontinuierliche Aufnahme zu machen. Diese Rollen hier sind nur zwanzig Minuten lang, ich habe aber noch andere mit jeweils einer Stunde. Lesley trägt Lederstirnband, Ledermanschetten, Lederhose – und sonst nichts. Er hat Pickel auf den Schultern ... *haargenau* wie sie. Er beugt sich über den Steenbeck, dreht an schweren Bakelitknöpfen – heiß ist es in dieser Hütte, dem hölzernen Überbau eines alten Bahndepots an der Hauptstrecke nach Euston. Ein staubiger Lichtstrahl dringt durch den Verdunklungsvorhang, die Spule surrt und surrt immer schneller, während auf dem Bildschirm der Schneidemaschine Leticia Gross' Unergründlichkeit zittert *Wind auf einem See von Fleisch*, der äußerste Rand ihrer Babylippen grinst kaum merklich, während links unten im Bild etwas Weißliches anschwillt – Ratatatatat!, der Streifen wedelt mit dem Schwanz. La Gioconda, verdammt, sagt Lesley, das waren schon die ersten zwanzig Minuten ihrer Probeaufnahme. Man sieht, dass er Übung hat, als er den nächsten Film einfädelt – womöglich, denkt Busner, ist es das Einzige, worin er Übung hat. Im Konzepthaus in Willesden, wo Lesley seinen grandiosen Titel Multimedia-Koordinator heraushängen ließ, *fädelte er sich selbst* in die Patienten ein, die aber nicht so hießen. Mehr noch als die mit Kacke verschmierten Wände, die kaputten Fenster und die zahlreichen Notrufe war es dieser Missbrauch, der dazu führte, dass Busner sich von dem ganzen verunglückten Experiment der Gemeinschaftstherapie abwandte. Surrrr! Da grinst sie wieder, die Lippe von Leticia, das weißliche Ding blüht auf und bildet eine Hand, die sich auf halber Strecke zu ihrem Gesicht befindet, als ratatatatat. Schneller kann ich das nicht abspielen bei sechzehn Mill, sagt Lesley, und Busner, auf die Lehne des Bürostuhls gestützt, in dem der selbsternannte Guerilla-Regisseur lauert, fragt sich, ob es an Lesleys *aus jeder Pore* strömenden sexuellen Inkontinenz liegt, dass er den Impuls verspürt, von der Schulter bis hinab zu seinen Brustwarzen *zu streichen* und ihm zeitgleich *einen Kuss hinter das schmutzige Ohr* zu geben? Zu Hause stehen die Dinge nicht gut – die Atmosphäre ist angespannt, *je näher der Sommer rückt, desto kälter wird Miriams Blick* – surrrr, die Hand *fliegt dem Mond entgegen*, der Mund knittert, Schatten ziehen über das *verkraterte Gesicht*, Schatten, die, so begreift Busner nun, von Personal und Patienten geworfen werden, die zwischen Leticia Gross und dem Fenster hindurchgehen. Wenn man, denkt er, wenn … alte Fotos so langsam belichtet wären, dass man ganze Minuten der Vergangenheit in ihnen entdecken könnte, eingefangene, kontingente, verwischte Spuren von Passanten, das Grinsen der in Pose Sitzenden, ins Korsett gezwängt, gezwickt von den glasigen Zellen des mit Silbernitrat beschichteten Zelluloids, was würde das für solche Filme bedeuten? Vermutlich: Dass sie die Stunden sammeln, die wir so unbekümmert verlieren, um sie in einem dauerhaften, beständigen Jetzt zu bündeln. Ratatatatat! Doch vorher noch eine Vision, die beide Männer hatten: ein einfältig lächelnder Schmollmund auf dem Gesicht der Leticia Gross, deren Finger mit ihrem strähnigen Haar spielen. Verdammt, sagt Lesley, ich glaube, sie hat gerade mit dir geflirtet, Zack. Ja, denkt Busner, mit einer Handbewegung, für die sie zwei Stunden und zwanzig Minuten gebraucht hat, in denen ich – hier spricht er laut – nicht einmal da war. Lesley ist das egal, und Busner denkt: er wird immer in solchen Gemeinschaftshäusern bleiben, was grundfalsch ist, in dem Mann steckt nämlich nicht eine einzige Faser Gemeinsinn, er holt raus, was er kann. Selbst diese Sitzungen am Steenbeck musste Busner mit einem Dauerrezept Valium erkaufen ... *dem abzuraten ist.* Lesleys gegenwärtige Kooperative gehört zu London Film, Busner kann sich aber auch vorstellen, dass er Makkabäer in den Selbstmord treibt oder Kommunarden auf die Barrikaden – *Enoch könnte sagen, welcher der Jünger er wäre ...* — Die neue Währung *aus Alufolie* klingelt dumpf in Busners Hosentasche. Hier oben gibt es weder den Schmirgelbeton noch den pompösen Stuckputz des unteren Korridors, auch von der geschmacklosen Sanierung ist nichts zu sehen, die sich, beginnend im zentralen Block, im ersten Riegel ausgebreitet hat, *ein Sperrholzvirus*, das sich in Form von Neonröhren, farbigen, sicherheitsverglasten Trenntüren, kastenartigen Sitzgelegenheiten und aggressiv-neutralem Linoleum fortlaufend selbst kopiert. Auf einer der gepolsterten Bänke, gleich vor dem Büro der Patientengeschäftsstelle, beoachtet Busner im Vorübergehen drei Männer mittleren Alters, die, würden sie nicht von inneren Stimmen tyrannisiert, vermutlich als *chronische Nörgler* gälten. In ihren billigen und abgetragenen Anzügen – blau, braun und brauner – sehen sie aus, als wären sie erst kürzlich aus einer Armee entlassen worden, um sich in einer anderen wiederzufinden: die, statt zu marschieren, mit hängenden Schultern watschelt. Ihre Nylonkrawatten sind unbarmherzig gebunden, die Westen knopfreich ... *aus den Fugen geraten* – während die Zukunft *mit offenem Kragen schwungvoll* heranschreitet. Sehen kann man sie von hier oben jedoch nicht: der Korridor der ersten Etage, über den Busner eilt, würde in jeder anderen Anstalt als schmerzhaft lang gelten, hier ist er ein einfacher Verbindungsgang … *zwischen Geistesstörung und Melancholie*. Er kommt an den Türen der Abteilungen 24, 25 und 26 sowie, verwirrenderweise, 54 vorüber. Am Ende des Korridors wendet er sich nach rechts. Hier fällt der Blick auf eine zylindrische Voliere, in der eine kleine Schar von Wellensittichen sitzt und den Maschendraht anschlägt. *Welch grausame Gefangenschaft!*, wenn alle Instinkte bezwungen und auf ein *Pick-pick-pick* reduziert werden müssen, *auf Flügelschlagen ohne Flug, das Festkrallen, kopfüber, am Dach der Welt* … Er muss weiter, weiter in dem Bewusstsein, dass er erst jetzt, wo er den Grundriss der Klinik verinnerlicht hat, die innere Struktur des Gebäudes ganz erfassen kann: die taktartige Anordnung der Lanzettbogenfenster, die in gebrochenem Salzsee-Weiß gehaltenen Stützen und Laibungen. Er fragt sich, was schlimmer ist: Die gelangweilte Üppigkeit, mit der die Farbe aufgetragen wurde, oder der Ennui ihres Verfalls. Weiter geht's, schlapp-schlapp-schlapp *die Sappe entlang* bis ans Tor der Sicherungsverwahrung. Durch Stahltüren dringen matte Schreie und ausgelassenes Johlen: Je-hesu Blut und Wun-den …! Und er fragt sich, ob hier *vom Geist erfüllte* junge Männer am Werk sind, oder ob es doch nur das übliche Plärren und Wänderammen ist – *eine Hitparade von ganz unten*. Und doch ist es, verglichen mit den chronischen Abteilungen, wo eine *totalitäre Abwesenheit von Phantasie* herrscht, da sie nichts anderes sind als *Rechtecke in Rechtecken in Rechtecken*, möglicherweise besser, die Insassen die ganze Gradlinigkeit der Bestrafung spüren zu lassen und ihnen Zigarettenpäckchen und Streichholzschachteln wegzunehmen. Bevor Busner ein letztes Mal abbiegt, um die vierzig Meter zur Abteilung 20 zurückzulegen, bleibt er an einem Fenster stehen und betrachtet das *Bambusgeflecht* und die geteerte Dachpappe der Gärtnerei. Weiter hinten ist eine Obstwiese mit zwergwüchsigen Apfelbäumen – vor einem Monat ist er dort gewesen, er wollte ein wenig im Schatten der Bäume spazieren, musste aber feststellen, dass die größten ihm nur bis an die Schulter reichten. An der Straße neben der Obstwiese steht ein Lastwagen, der zahlreicher Limonade-Kästen entbürdet wird, weiter hinten befinden sich nur noch wenige Nebengebäude und Schuppen an der Mauer, die das Klinikgelände von der *Unterwelt der Güllefarmen und bekackten kleinen Felder* trennt, einem Flickenteppich, der bis zum Autobahnring reicht. Dahinter führt *das Stapfen durch Exkrement* über einen Golfplatz und über Straßen, die beidseitig von Tiefladern zugeparkt sind, bis hin zum nächsten Hang, auf dem der *Ally-Pally thront: ein schauerromantischer Haufen Scheiße, der Zwilling von Schloss Weltschmerz* … Vielleicht sollte man mit den Patienten einmal einen Ausflug dorthin machen, denkt er, und sieht seine neue Kohorte bereits, sieht, wie sie *im Takt ticken* und den leergepumpten Bootsteich umrunden, die zum Vorschein gekommenen Flack-Podeste aus bröckelndem Beton. Was würden sie finden, wenn sie in den riesigen Palast selbst eindrängen? Nichts: Goldfarbene Stühle, die nach dem Hochzeitsempfang zu schwankenden Stapeln zusammengestellt wurden, im Tonnengewölbe heult noch das Gespenst der allerersten Fernsehübertragung. Unter Busners Arm stecken gelblich-braune Mappen voller Fotos, die er von den Post-Enzephalitischen gemacht hat – die mit viel gutem Zureden verbundene Verlegung ist bereits im Gang, Audrey Dearth wird die Erste sein, die umzieht. In den vielen Internaten, die er besucht hat, hat er zumindest dieses eine gelernt: dass man durch gutes Zureden weiterkommt, dass man Abkürzungen finden und Rechnungen überschlagen muss, und als er gerade ein letztes Mal abbiegt und die Abteilung betritt, sieht er all diese Schulen vor sich, sie verschmilzen zu einem einzigen Multinat, die Turnhalle von St. Cuthbert ist mit dem naturwissenschaftlichen Flügel von Highdown vermörtelt, der wiederum mit dem rosaroten Granit der Kapelle von Clermont verkittet ist, deren Traufen über die fünf Höfe von Charterhouse ragen, einer Reihe von deckellosen, in der Flucht kleiner werdenden Kisten, an die sich *die tief in die Winde der alten Stadt geworfenen Fahrradschuppen von Heriot-Watt anschließen* … — Er hätte diesen Tagtraum fortgeführt, hätte sich nicht die Schwingtür auf ein spuckendes, beißendes, kreischendes *Chaos* hin geöffnet, eine *Kneipenkeilerei unter Kadavern*. Als erstes denkt Busner: Scheiße!, Enoch hat heute frei – keine weitere Information ist nötig, um zu verstehen, warum zwei ältere Damen direkt neben der verglasten Schwesternstation raufen, die eine hat sich in der unter dem Kinn der anderen hängenden Fleischfalte festgebissen, was der Letzteren offenbar *Sorgen bereitet*, das Parkett ist bereits blutverschmiert. Ein Berg *aus Leichensack*, eine Frau mit heufarbenem Haar und erschlafftem Gesicht, nun erkennt er die erst kürzlich ins Gehege gebrachte, *wertvolle Enzie*! Der *krachende Kiefer* ist so tief ins Fleisch gesunken, dass die andere Patientin ihren Spitzkopf nur noch von Seite zu Seite zerren kann –. Busners zweite Überlegung: meine Akten! Denn er hat unwillkürlich die Arme ausgebreitet, Fotos liegen verstreut auf dem Boden, Papiere und Vergrößerungen einzelner Filmbilder. So ein Mist! Einen Monat hat er gebraucht, um all die notwendigen Bewegungen und Verlegungen zustande zu bringen, er hat hier Platz geschaffen und dort Patienten verschoben, einige ins klinikeigene Krematorium und andere in die Außenwelt, wieder andere haben einfach die Plätze getauscht, in jedem Fall aber hat er *einen guten Spielzug gemacht* – genauso sieht Busner die Sache nämlich: Er spielt Dame auf den achtzig mal achtzig Meter großen Feldern der verschiedenen Abteilungen. Jeder Patient ist ein Spielstein, auch jeder Arzt und Pfleger. Mboya hat Perkins übersprungen, um zu den Enzies auf der 20 zu stoßen … *wenn man Perkins nur ins Krematorium schaffen könnte.* Was ist hier los?!, brüllt er eine Schwester namens Inglis an, die sich ins Gemenge gestürzt hat, Was hier los ist?!, brüllt sie zurück. Das sehen Sie doch, Doktor! Er zögert, bevor er die *Ally-Pally*-Schultern von Leticia Gross umfasst – er zögert, weil er sieht, dass es trotz Blut und Spucke, trotz des *Geschreiquietsches* der beiden Frauen erst dann gelingen wird, sie zu befreien, wenn er den Kiefer der anderen lösen kann. Holen Sie den Schirm, Doktor!, schnappt Inglis, Holen Sie den Regenschirm! Er kann diesen Euphemismus, der unter der Belegschaft weitverbreitet ist, nicht ausstehen. – Iiiiierarrr'rrra'rrra –! – Doktor, bitte! Busner spürt, dass Inglis von Mboya nicht besonders gemocht wird, obwohl er selbst ihre Kompetenz durchaus schätzt – und, was noch wichtiger ist, ihr Interesse an der Sache, die er vorantreibt. Er kann nur mutmaßen, dass die Ursache in gewissen westindisch-afrikanischen Antipathien liegt, deren Wurzeln er nicht kennt – er wünscht, es wäre anders, schließlich sucht er dringend Verbündete. Er ist auf durchweichten Papieren ausgerutscht, *zu langsam* erhebt er sich – inzwischen ist eine weitere Schwester angekommen, mit dem Regenschirm in der Hand, eine Beruhigungsperle schwillt aus ihrer …

beschlagenen Spitze. Diese Schwester, sie heißt Vail, ihr weißes Gesicht ist rot angelaufen, sagt, Doktor – würden Sie? Er aber übertönt das ganze Rarrr'rrra'rrra –! und brüllt Nein, nein, bitte sehr, machen Sie! bevor er sich abwendet von *stampfenden, beklemmend aufgesprungenen Füßen, während Nadel in dürres Bein fährt*, um seine Bilder der anderen aufzusammeln, *ich bin sowieso dran*, wenn es an der Zeit ist, Leticias Wunde zu nähen und zu verbinden – was *mein Eigentum* angeht, traut er dem Pflegepersonal nämlich noch nicht – abgesehen von Mboya. Später sieht Busner durch den Türspion einer Haltezelle und beobachtet die Angreiferin – ein Häufchen Elend, extrem eingefallen, benommen hockt sie auf ihrem Plastiktöpfchen, sie scheint zu meditieren. Sie ist nicht größer als ein Kind, ihre Wangen sind eingesunken: *Sie haben ihr das Gebiss entfernt.* Unter den Stoppeln – *Läuse?* – auf ihrem kleinen, spitzen Kopf erkennt er die unverwechselbaren Narben einer präfrontalen Lobotomie. Inglis hat *dir längst die Wahrheit aufgetischt:* Was erwarten Sie denn, Doktor, wenn Sie uns neue Patienten auf die Abteilung schicken? Sie kenn'n diese Kandidaten doch – die komm' mit Veränderung nich zurecht, für die gips nix Schlimmeres. Die hier, die is' ganz durcheinander, seit die Fette aus 24 gekomm' is, die hat sie schon die ganze Zeit auf dem Kieker, lässt sie nicht in Ruhe … All das ist nachvollziehbar, Leticia Gross ist so fett, dass sich ein Angriff allein deshalb lohnt, *weil es sie gibt.* Zwar gibt es unter den übrigen andere, die den Durchschnittsinsassen von Abteilung 20 vielleicht noch ärgerlicher erscheinen – die schusseligen Schizoiden, die einstmals rebellischen Mädchen, die von ihren unehelichen Babys, die in ein besseres Leben aufgebrochen sind, im Irrenhaus abgeladen wurden. Es ist, denkt Busner, nicht anders als in jeder anderen Kriegszone auch, die erhöhte Sterblichkeit der Männer – jedes Jahr sterben zwanzig Prozent der Mittvierziger – während das Weibsvolk, deren Menstruation durch Medikamente unterdrückt ist, zurückbleibt und *zu geriatrischen Embolismen anschwillt* … Busners noch unvollständige Kohorte, von ihren unsinnigen – nicht selten auch kontraindizierten – Medikamenten entwöhnt, hat sich in der Abteilung breitgemacht. Während die somnolenten Post-Enzephalitischen – wie Leticia Gross – durch den Entzug des Amphetamins in eine noch tiefere Starre gefallen sind, sind die Hyperkinetischen, denen der Schutzschirm des Chlorpromazins genommen wurde, in einen Sturzregen aus Tics, Krämpfen und Zuckungen getreten, es ist, als würden ihre Körper die blitzartigen, kraftvollen Bewegungen praktisch unverzögert ausführen. Für die schlafenden Enzies haben die Pfleger verschiedene Strategien entwickelt – um sie einfach nur *in Bewegung zu bringen*. Es gibt die Musikstunden mit Miss Down und weitere, noch mechanistischere Maßnahmen: Tischtennisbälle werden gehalten und fallen gelassen, Patienten werden mit laut tickenden Weckern ausgestattet, deren Taktvorgabe helfen soll, eine komplexe Serie von Bewegungen zu kalibrieren, die sie jedes Mal neu erlernen müssen, wenn sie nur … aufstehen möchten. Die wachenden Enzies aber – *dunkle Sternchen* – muss Busner filmen, und er muss das Material sehr langsam abspielen, um zu verstehen, aus welchen Teilbewegungen ihr akathistisches Surren besteht, wobei er – um nur das Beispiel von Helene Yudkin zu erwähnen – nicht weniger als siebenundachtzig verschiedene Tics identifiziert hat, darunter: Haartasten, Nasenzwicken, Halsdehnen, Büstenhalterschnappen, Fußfesselwenden, Fußtippen, Knieschlagen, Kupferarmreifdrehen, Zungerausstrecken, Ohrläppchenziehen, Ausschnittrücken, Beine-Über- und Entkreuzen, Wangeninnenseitekauen, Speichelschlucken, Stirnrunzeln, Buckeln, Atemanhalten, Atemstoßen, Fingerwackeln, Rocksaumzerren und so weiter. Also nichts von dem, was die Kamera nicht einfängt: ihre Verbi-Verbi-Verbigeration, das endlose Wiederholen der Wörter und Wörter und Wörter, der Phrasen und Phrasen und Phrasen, das sich immer wieder kontrapunktisch zu ihren anderen Tics gesellt, *das eine schlägt dem anderen den Takt.* Yudkin, eine zierliche, dunkle, beinahe perfekte sephardische Prinzessin, deren Gesicht so glatt ist, als wäre es im Mädchenalter zum Stillstand gekommen, als hätte der Monsun der Bewegungen, die immer wieder darüber hinwegfegen, ihr wundersamerweise nichts antun können, ist Busners überzeugendstes fotografisches Objekt. Die Filmaufnahmen, die er von ihr gemacht hat, sind, wenn sie mit sechzehn Bildern pro Sekunde in Lesleys Steenbeck abgespielt werden, ein unverständliches Gewirr von Bewegung, wenn aber die Geschwindigkeit gedrosselt wird, auf acht, dann vier, dann zwei Bilder pro Sekunde, hat er eine Nouvelle Vague vor sich: es ist nur die Orchestrierung, die ihre Handlungen befremdlich erscheinen lassen, einzeln betrachtet gehört jede einem normalen Repertoire von Gesten und Bewegungen an – es ist ihre Orchestrierung, ihre Synkopierung — denn Busner, der immer mehr Zeit darauf verwendet, die Filme zu untersuchen, ist dabei, die komplexe Beziehung zwischen den in Phasen verlaufenden Tics einerseits – winziges, virtuosenhaftes Nagelhautschnippen im Wechsel mit Haarspleißbewegungen – und dem *opernhaft grandiosen* Seelöwengähnen, Gorillabrusttrommeln andererseits aufzudecken. Die Umsprünge sind so abrupt, dass er Wochen gebraucht hat, um einen einzigen mit seiner Kamera einzufangen, nun, da er ihn einmal in Zeitlupe gesehen hat, kann er ähnlich rapide Wechsel *von una corda nach sostenuto* in der Live-Aufführung erkennen, wie er auch die herandrohenden Ausbrüche, die brechende Arrythmie in Yudkins Tics erkennt, die oft genug – wenn auch nicht immer – als Vorspiel einen ebenso abrupten Wechsel von hyper zu aki einleitet, von himmelhoch bis gaaanz tief unten, von Jacques Tati-Slapstick bis Standfoto, in dem sie verweilt, bis ihre ganze barocke Musikalität reduziert ist *auf eine einzige, monoton gehaltene Note* ... Obwohl Helen Yudkin Busner das Syndrom in seiner extremsten Form zeigt, bleibt seine Verbindung zu Audrey Death die stärkere – als erster Fall, denkt Busner, wird ihr Vorrang auf immer gesichert sein. Und es sind Momente wie dieser, als er im Männerschlafsaal eine Nische sieht, die von *drei Studien für Figuren am Fuß einer Kreuzigungsszene* besetzt ist, nämlich von den Herren Ostereich, Voss und McNeil, die, körperlich so verschieden, in derselben hypotonischen Haltungslosigkeit verzerrt daliegen, in denen er sich fragt: Habe ich sie unter die Zecher des Nepenthes geführt, während sie in ständigem psychischem Schmerz verharrt? Das Bett, auf dem sie sitzt, wirkt eng und schmal, zumindest ist es nicht vergittert, sie hat zudem einen eigenen Spind. Ihre Haltung erinnert ihn an die Prafrontale in der Haltezelle: der schmale, gekrümmte Körper *streikt*, die Hirnrinde befindet sich *im Ausstand*, das Gesicht ist zutiefst maskenhaft – ein *tragischer Rictus*, so unbeweglich, dass eine Fliege aufsetzen und einen *gemütlichen Spaziergang* über die Oberlippe machen kann. *Was geht wohl in ihr vor?* Denn er weiß sicher: sie denkt. Winzige Andeutungen – Schnipsel vokalisierten Denkens – die den Mündern der Enzies entflattert sind, haben Busner überzeugt, dass diese verfallenen Gehirne trotz ihres

Verfalls, trotz des Schadens an Zwischenhirnen, Hypothalami und Substantiae nigrae noch bewohnt sind. In den oberen Etagen dieser baufälligen Hirne verbirgt sich echtes, durch jahrzehntelange Haft in *einem Gefängnis in einem Gefängnis* allerdings grausam zerstörtes Denkvermögen. Er legt seine wiederhergestellten Akten auf Audreys Bett und entnimmt einer Mappe ein Bündel Schwarzweißfotos, die er auf der anstaltsgrauen Bettdecke auffächert. Schauen Sie, sagt er absichtslos, als ich Sie neulich gefilmt habe, Miss Dearth – Audrey – hat mich etwas, ähm, erstaunt ... Sie lässt nicht erkennen, dass sie ihn bemerkt hat – warum auch? Es ist nicht sinnvoll, die Anwesenheit *eines Gespenstes* anzuerkennen, das fortfährt: Genau wie davor, Sie haben diese Bewegung gemacht, die ich schon so oft bei Ihnen beobachtet habe ... Seine zarten Hände machen Backe-backe-Kuchen in der Luft, sie drehen an unsichtbaren Rädern und betätigen immaterielle Hebel. Seine Nachahmung ist, darüber ist er sich im Klaren, unzulänglich. Wenn sie es macht, ist es präzise und gleichmäßig. Offenbar bedient sie eine Maschine, deren Stabilität, Antrieb, Motorentaktung sich auf ihre Bewegungen überträgt, obwohl die Maschine überhaupt nicht vorhanden ist! Einundachtzig Jahre alt, und noch immer diese kraftvolle Emsigkeit, nur – was tut sie? ... etwa so, ich frage mich, ob Sie mir vielleicht selbst sagen könnten, was Sie da tun. Busners Frage ist flügellahm, er glaubt ja die Antwort längst zu kennen. Als sie in der Film-Kooperative die 16-Millimeter-Negative zerschnipselt und entwickelt haben, ist irgendein Armleuchter durch die Dunkelkammer gedriftet, um sich von Lesley ein Kügelchen Hasch zu schnorren, er hat die zum Trocknen aufgehängten Streifen im Höllenschein betrachtet und gesagt, voll unheimlich, da sitzt die Alte und bedient eine unsichtbare

Revolver-Drehbank – bevor er erläuterte: Guck hier, mit der Hand bewegt sie das Schwungrad, ganz klar – so wird der Schlitten angetrieben – und hier zieht sie den Hebel, mit dem der Revolverkopf hoch- und runtergefahren wird ... und hier, guck, mit diesem Hebel löst sie das Spannfutter, das fertige Werkstück fällt raus. Jawoll ... der Armleuchter fand sich unfassbar toll ... klaro, das ist 'ne Revolverdrehbank. Busner fragte: Aber was stellt sie her? Sofort fiel der Kiffer in die Trotzphase zurück: Scheiße, Mann, wie soll ich das wissen? Ich mein, ich hab halt 'n Sommer inner Blechstanzerei in Wolverhampton gearbeitet – diese Drehbänke werden für alles Mögliche verwendet, für jedes Metallstück, das gedreht werden muss. Ich mein, außerdem, schnaufte *das selbstgefällige Gespenst, gewandet in stinkendes Käsetuch*, iss ja wohl auch unsichtbar, oder? Busner beugt sich herab und nähert sich dem *Bovril*-Mund, er hört Mirsin'hierweilmirsin'hier weil mirhier weil wirhier, es ist die Palilalie, die er von vielen anderen der anderen her kennt. Eine Vergrößerung nach der anderen hält er ihr vors Gesicht – aber was auch immer es ist, das ihren Blick fesselt, es ist nicht das, was sie vor Augen hat. Sie brabbelt weiter, weilmirhierweilmirhier, er ist wütend – einen Augenblick lang spielt er mit dem Gedanken zuzuschlagen. Sie ist Miriam, sie steht für alle Frauen, die sich ihm widersetzt haben ... Vom letzten Foto löst sich ein glatter Streifen und kreiselt zu Boden, *Was ist das?* ein zweites Negativ des Films *Lesley hat wohl zwei gemacht* den er gedankenlos zwischen Daumen und Zeigefinger nimmt, um ihn ans Fenster zu halten ... *Was gibt's wohl heute als Stammessen –?* Zwei der Bilder sind *verstolpert:* im ersten zieht die rechte Hand den unsichtbaren Hebel, während ihre linke das transparente Schwungrad dreht, im zweiten ist es die linke Hand, die den

Hebel *das Spannfutter?* betätigt, während die rechte untätig ist. Busner betrachtet das dritte Bild, das nahtlos zum ersten passt! Die Vorderreifen des beschissenen und kackbraunen Austins haben auf der Winnington Road den Rand eines riesigen Schlaglochs gerammt, der ganze Wagen *hebt von der Achse ab, die im Inneren des Fahrwerks einen Salto rückwärts macht: Ich fahre auf dem Mond, was kann das bedeuten?* Die Tics der Enzies laufen in rasantem Tempo ab – deshalb die Filme, deshalb die Analyse der Einzelbilder: er hat bereits beobachtet, wie einzelne Tics aus den scheinbar hemmungslosen, zerstobenen Bewegungen heraustreten – doch das hier ... dieses Verschneiden der Zeit, sprengt jede Vorstellung. Sein Blick, ein Laser, tastet den restlichen Streifen ab, *bin ich Transkriptase?, am Beginn der Sequenz* entdeckt er fünf Bilder, zu denen dieses eine, verirrte gehört, nur: was soll das bedeuten? Es fällt ihm nicht schwer zu glauben, dass es ihr auf der neuronalen Ebene gelungen ist, von einer Sequenz zur anderen zu springen und wieder zurück – aber auf der zerebralen Ebene verwirrt es ihn: *ihr Gehirn ... befindet sich außerhalb der Zeit ... so weit entfernt ... an einem anderen Ort ... in einer anderen* Entwicklungsphase, sagte Willis, als sie sich an jenem Morgen versammelt hatten, die Sportler, ein oder zwei vom Debattierclub und Stanley, dem sie alle *eine merkwürdige Art von Respekt zollten*, besonders nachdem Cod Drummond mit einer Schubkarre voller Hacken und Schaufeln kam, mit allem, was für das Bestattungsunternehmen notwendig war. Stanley, der in keiner Weise *zu protzen* wünschte, nahm trotzdem eine Hacke und probierte einige Schwünge, offenbar war ihm daran gelegen zu zeigen, dass er keine Scheu vor derartiger Arbeit hatte, wie er auch keine Scheu vor einer weiteren Entwicklungsphase hatte, eine

Phrase, die ihm gefiel und die er in Gedanken ständig wiederholte, während die Arbeit voranschritt und die Sonne immer höher über ihren heißen Köpfen brannte. Eine weitere Entwicklungsphase hörte sich an wie eins von Willis' Pamphleten zur politischen Ökonomie – die zu lesen Stanley sich alle erdenkliche Mühe gegeben hatte, doch nun galt es zu befürchten, dass er *schrecklich dumm* war, denn wann immer er zu lesen begann, und wie sehr er sich auch bemühte, trat immer gleich die nächstfolgende Entwicklungsphase – der Schlaf – ein. Die Sportsfreunde sahen *vollkommen beknackt* aus – mit ihren Sporttaschen, Hemden, Kricketpullovern. Schwer arbeiten bedeutete für diese Jungs, die eigenen Gamaschen anzulegen, die sie trugen, wenn sie auf dem Landgut *ihre Flinten schulterten*. In den ersten ein, zwei Stunden, während die Truppe das Kopfsteinpflaster des von der Hauptstraße heraufführenden Wegs bearbeitete, verbesserte sich ihre Laune zusehends – doch bald schon machte sich die fehlende Erfahrung bemerkbar. Tatsächlich war Stanley mit körperlicher Arbeit genauso wenig vertraut wie die bulligen – inzwischen teils flammrot erhitzten – Sportsfreunde, immerhin hatte er ein Gespür dafür, dass alle Arbeit einem bestimmten, der Dauer des gesamten Werks angemessenen Rhythmus folgt, der die Arbeiter im besten Fall *in Schwung hält*. Die Sportler palaverten ohne Unterlass – egal wie sie zu dem von Willis verkündeten Sozialismus standen, es wurde schnell deutlich, dass sie die Sache in erster Linie für einen *kolossalen Jux* hielten: und, da sie nie im Leben auch nur eine Sekunde gearbeitet hatten, war diese Arbeit ihr *Ausflug ins Leben*. Sie legten sich Kieselsteine zurecht und übten mit ihren Hacken Croquet. Drummond trieb sie an, so gut er konnte, er marschierte die Straße auf und ab, gab allerlei Anweisungen, der erste musste die Erde feststampfen, der zweite den Schutt fortkarren, der dritte zum Gasthaus runtergehen, um Ingwerbier zu holen – Ingwer, hörst du? Er war ein Mann wie ein Affe, dieser Drummond, sein Schädel war *dick wie zwei Rugbybälle*, doch obwohl er sich mächtig produzierte und donnernde Befehle gab, grinsten die Sportsfreunde nur, und wenn er ihnen zu beharrlich war, machten sie sich über ihn lustig, was nicht schwer war. – Du, Cod, sag mal, bist du in letzter Zeit mal im Zoo gewesen? Nein – und warum nicht? Weißt du, die Affendame aus dem schwärzesten Afrika wollte dich unbedingt sehen, da haben sie sie raufgeholt, du könntest ihr ruhig mal den Gefallen tun – komm schon, hab' etwas Mitgefühl mit deinen Artgenossen! Genau, Cod, ein bisschen Mitgefühl – sie haben sie richtig rausgeputzt für dich, oder hast du es nicht so mit den afrikanischen Damen deines – 'tschuldige, ich meine, dieser Gattung? Drummond stapfte auf und ab, die weiß eingestaubte Moleskin-Hose stand – im Kontrast zu seinem tiefvioletten Gesicht. Unter den Hutsaum hatte er ein Taschentuch gesteckt, unter dem Schleier zeichneten sich die Falten seines Stiernackens deutlich ab, *eins-zwei-drei, ene-mene-muh, und ich bin du:* nie wohl gefühlt, wird auch nicht mehr werden, mit solchen Typen, trotz meiner … Verbindung zu Adeline, die aus Stanley im wahrsten Sinn des Wortes einen Mann gemacht hat, nicht wie diese unerfahrenen … *waren ja allesamt Jungfrauen*, es sei denn, man rechnete ihnen die bestialischen Vorgänge in Schulen und Hochschulen an, von denen sie berichtet hatte. Stan, der selbst *Dreck am Stecken* hatte, glaubte ihr sofort, er hatte einige exquisite Exemplare lustwandelnd am Piccadilly beobachtet, sowie gewisse zwielichtige Gestalten, die eine Vorliebe für Gardisten hatten und die Pubs von Scots Gate frequentierten … Hände,

Rücken … Nacken – diese martialische Haltung bis runter … *bestialisch.* Es war ein langer, heißer Augustmorgen, und die Arbeit schritt voran – sie lösten die alten Pflastersteine, trugen sie fort und planierten die Straße, immerhin hatte Willis dafür gesorgt, dass ein richtiges Bauunternehmen anrückte, um die neue Schotterdecke zu installieren, denn das war wahrhaftig keine Arbeit für eine *zusammengewürfelte Truppe von Jungs, die mal Arbeiter spielen wollten.* Die Pullis lagen in einem Haufen am Straßenrand, die Sportler hänselten Drummond, der das Pech hatte, einen im Verhältnis zum Mund viel zu großen *Fischschwanz* zu besitzen, der schaumig befleckt auf seiner Unterlippe *schlug und schlabberte* – was ihm wohl, so dachte Stanley, den Namen Cod – Kabeljau – eingebracht hatte. Die beiden aus dem Debattierclub – Addison, Poole – arbeiteten mit größerem Einsatz, aber ebenso ineffektiv, während Willis, der die Chose leiten sollte, die Aufgabe übernahm, die Vorgänge an der Straße den Passanten zu erklären, erst den Herrschaften, die stadteinwärts zur U-Bahn Hampstead gingen, dann Händlern, Metzgerjungen und dergleichen, schließlich einer kleinen Busladung von Damen, die mit aufgespannten Sonnenschirmen und einem Tross von Kinderwagen und Kindermädchen vorüberbummelten, sie hatten sich, jeweils nach den Möglichkeiten ihres gesellschaftlichen Rangs, mit Decken und Körben gerüstet und mit allem, was für einen Gesundheitsspaziergang samt Picknick vonnöten war. Ihr Ziel war ein Ort namens Vale of Health, von dem Stanley noch nie gehört hatte – bis Willis ihm ahnungsvoll erklärte, dass der Ort von *Dichtern und dergleichen* bevorzugt wurde, *von Typen wie Johnnie Keats.* Willis, dies sei anerkennend erwähnt, bewies seine eigene sozialistische Gesinnung, indem er alle gleich behandelte – jeder, der vorüberkam, egal wie seriös er wirkte, wurde von ihm angefallen. Einen patzigen Telegrammjungen versuchte er, mit einem Vortrag über die Würde der Arbeit zu beglücken, und einen schmunzelnden Kutscher – der gern etwas zu tun gehabt hätte – bedachte er mit einer Predigt über die Hässlichkeit von Motoren. Er beschwichtigte zornige Hausbesitzer und erklärte ihnen, dass die schmale Straßenkurve, sowie beidseitig die Böschungen, juristisch gesehen Privateigentum seien – und zwar seins – und dass er seine Absichten durch die im Rathaus von Belsize Park öffentlich ausgehängten, ausführlichen Pläne in der Tat bekanntgemacht habe, trotzdem eine Zustimmung zu dem Bauvorhaben seitens der Gemeinde nicht erforderlich gewesen sei. — Da steht er nun, dieser Willis, sein Bart scheint an der Brust zu kleben, sein Radfahreranzug, eine Sonderanfertigung von Jaeger, sitzt ausgesprochen eng, nicht anders die hohen Strümpfe – ein *Comic-Spion*, ein durch und durch brillanter Mann, sagte Adeline, allein schon diese Pamphlete, und die Vorträge in den öffentlichen Foren. – Du hast ja keine Vorstellung ... sie hatte sich klein gemacht, lag säuselnd auf Stanley, sie hatte ein Bein zwischen seine Schenkel geschoben, das andere querschiffs darüber gelegt, ihr Gesicht ruhte auf seinem Bauch, ihr *Atem streift meinen Willi* ... Immer wieder tauschten sie die Rollen, *sie war ich* und *ich war sie*, niemand, glaubte er aufrichtig, wäre je in der Lage, Adeline zu verstehen, die im grünen Chenille lag und ihn beweinte ... *Mein kleiner Pierrot!* Und Stanley stolperte, gleichermaßen in Tränen aufgelöst, über die Gleise von Norr nach Carshalton, wo er Rose und Grace und den Diener Tully sah, die vom Bahnhof kamen, sie hatten den Nachmittag freigehabt und stiegen den Hügel hinan, ohne sich nur ein einziges Mal nach dem hübschen jungen Mann umzusehen – denn sie wussten nicht, wer er war, während er sie alle längst vom Boudoir ihrer Herrin und einem von Lindenhecken gesäumten Gartenweg aus heimlich beobachtet hatte – drinnen wie draußen, beobachtete er diese anderen … *er selbst vielleicht auch ein Diener?* Zweifellos *diente* er, er huschte über Hintertreppen, geheime Gänge, die seiner und seiner Geliebten Phantasie entsprangen. Auch Cod Drummond, denkt Stanley und lässt mit dumpfem Klingen einen Pflasterstein fallen, wird immer einer von den Dienenden bleiben: *Omdurman, Krugersdorp, Lhasa … Hampstead, Hauptstraße* … die heiße Luft trägt seifig-scharfen Geruch herauf, da unten muss eine Wäscherei sein … Stanley steht in der schwülen Mittagshitze und legt den Kopf in den Nacken, ein einziges *Wolkenpolsterkissen* liegt auf dem Himmelsdiwan – er stellt sich vor, er stünde voller Staunen im Inneren eines Zeppelins und sähe durch seinen Bauchnabel hinab. Da fällt ihm Colonel Codys *Sturz des Ahornsamens* ein – Adeline hatte ihm versprochen, zwei Vergnügungen miteinander zu verbinden – er sollte in Hendon den Achterkurs fliegen, danach würden sie gemeinsam im Hippodrom von Golders Green den Luftkrieg sehen: spinnenartige Flugzeugmodelle, die, entlang unsichtbaren Drähten, über die Köpfe des Publikums krochen. Er würde Willis nichts davon erzählen, obwohl der auf seltsame Weise ein Eingeweihter war: Er wusste um ihre Beziehung, erkannte aber nicht ihren fleischlichen Wesenskern, es war seine besondere Art, die seinen Blick dafür verstellte – denn er selbst war ein in die Jahre gekommener Junggeselle von fast vierzig Jahren, der an den Bühneneingängen des West End mit Blumensträußen aufwartete, mit dem einzigen Hintergedanken, dass er eines Tages eine Hauptdarstellerin unbewacht in ihrer Ankleide entdecken würde, die er auf den leuchtenden Pfad des Sozialismus führen könnte, *der jedem zum Vorteil, niemandem zum Nachteil* ist ... Es ist wegen meiner Parodontitis, erklärte er Stanley mit der Direktheit, die er als Neuer Mensch für vorbildlich hielt. Stanley lachte: Wie bitte? Meine Parodontitis, wiederholte Willis und entblößte sein entzündetes, rot geädertes Zahnfleisch. Es ist mir damit beinahe unmöglich ... ähm, ein intimes Verhältnis mit einer Frau ... Ganz nahm Stanley ihm das nicht ab, er hielt es für wahrscheinlicher, dass das brutale Leder des Fahrradsattels – das zwischen weiblichen Schenkeln sogar Leidenschaft erregen konnte – das wenige erdrückte, was dieser Apostel der freien Liebe an Männlichkeit besaß.

Willis Arbeitstruppe lag ausgestreckt auf der abschüssigen Wiese, Batey's Ingwerbier wurde getrunken, die kühlen Tonkrüge an brennende Wangen gedrückt. Ihr egalitärer Vorsteher mochte behaupten, was er wollte, sie konnten sich bald nicht mehr der Schlussfolgerung erwehren, dass sie versklavt worden waren – wenn auch auf ungewöhnliche Weise. Willis hatte, obschon er der Zweitgeborene war, etwas von einem Snob – und dort auf der Anhöhe stand sein landsitzartiges Eigentum – von allerdings bescheidenem Ausmaß, auf jeden Fall ein recht hübsches Häuschen mit einer flachen, honiggelb verkleideten Fassade, mit *perfekt* gesetzten Schornsteinen und einem *perfekten* Kolophon von Türklopfer. Der Garten fiel derart steil zur Hauptstraße ab, dass die zur Stützung von Feuerbohnen, Tomaten und Erbsen gepflanzten Stangen wie ein *mit essbarer Kordel verzurrter Palisadenzaun* aussahen. Willis war Vegetarier: Meinen Garten grase ich selbst, erklärte er eines Tages, als er Stanley zu einer Gartenparty in Norr mitnahm — es war der Tag, an dem Stanley Adeline kennenlernte, der Tag, an dem unter dem wohlwollenden, wölfisch-gelben Blick ihres Ehemanns alles begann. *Ich treibe, ich schwebe, ich purzle* – und doch bin ich – wie Pegoud bei seinem Stunt in Brooklands – so frei von jeder Sorge, als säße ich auf einem Bänkchen und stocherte ein gemütliches Kaminfeuer. Die Tatsache, dass er von Aeronauten und ihren Maschinen hingerissen war, wurde allseits vergnügt zur Kenntnis genommen – einmal kam ein alter Bauerntrampel vorbei, blieb stehen und stellte seine Holzkiste ab, um ihn herzlich mit den versammelten Freunden auszulachen. Stanley fand, dass diese fliegenden Menschen, wie hoch sie auch in die Lüfte stiegen, doch niemals an die Blaustrümpfe und ihre geckenhaften, aristokratischen Freunde heranreichen würden. Willis hatte ihm Jackett und Strohhut geborgt, er hatte sogar mit den eigenen, seltsamen Händen ein Knopfloch geschnitten. Am Bahnhof von Carshalton wartete bereits der Einspänner – erst hier, unter dem vernichtenden Blick eines in schlichtester Baumwolle gekleideten Försterjungen verstand er, dass sein Aufzug überzeugte – selbst wenn der Junge ihn durchschaute, *kann ich mich sehen lassen*. Die jungen Damen, die sich bald zu ihm gesellten und ihm mit ihren hübschen Kleidern den Blick auf die Hügel verstellten, fragten ihn nach seiner Verwandtschaft, und so leicht und natürlich, wie sich die gehauchten Anlaute der feinen Gesellschaft vom kurzgeschorenen Rasen erhoben, um seine achtsam gewählten Ausdrücke zu durchwirken, gingen ihm die Lügen über die Lippen: Sie hatten in Dulwich Halt gemacht, sein Vater sei in der Stadt. Die jungen Damen lachten, und Stanley lachte mit, er begriff in diesem Augenblick, wie giftig das Quecksilber ihrer Vorurteile war: dass dies weit, weit unter ihrem Stand war, irgendwo tief unten, wo Aeronauten lebten und andere sublunare Kreaturen – Menschen mit Berufen und ähnliches.

Flieder, Hortensien und Grüner Germer blühten in klinkergefassten Hochbeeten, dazwischen waren türkische Teppiche ausgelegt und goldbestickte, troddelige Kissen sorgfältig arrangiert, während Diener in verschiedenen Gartenpavillons, die, wie er gleich sah, von Ince waren, das Büfett aufbauten: Rhabarbersyllabub in riesigen Schüsseln, in Aspik schwabbelndes Fleisch, nackter Lachs auf *Gürkchen-Petticoats*. Ein Glas Champagner wurde angeboten – er hütete sich es anzunehmen. Ersatzweise brachte man ihm Sarsaparille mit Nelkengeschmack, woran er Gefallen fand, wie auch an den knäuelartigen Hündchen, die den Damen unter die Röcke krochen, um japsend wiedergeboren zu werden. Er sah sich um und lauschte dem staunenden Getuschel, mit dem die Skandale von West County besprochen wurden – einige der jungen Damen verrieten verhaltene Sympathien und erwähnten Davisons Martyrium. Wäre Stanley ganz er selbst gewesen, was er nicht war, hätte er etwas beitragen können, was er nicht tat. Er ließ sich treiben, erfreute sich an den frisch gestärkten Hauben der Dienstmädchen und den scharfen Falten ihrer schneeweißen Schürzen. – Später durchschlich er *ein listiger Puma* das Haus, um die Toilette aufzusuchen, und fand sich in einer der oberen Etagen wieder, wo er hinter einer halbgeöffneten Tür eine Lade voller geflochtener Körbe entdeckte, in denen rüschige frische Wäsche lag – reinweißes Leinen, Unterwäsche mit *weißen, weißen* Bändchen, Petticoats, Hemdchen, Unterkleider, Blusen und viele, noch hauchdünnere Dinge. Lavendelduft lag auf den weißen Wiesen, und dem Verlangen, auf ihnen herumzutollen, das sonnenverbrannte Gesicht in den süßen, blumigen Furchen zu begraben, wurde … widerstanden. Er fand das WC und entleerte sich – plätschernd wie ein Pferd, der Wasserkasten klackerte, rauschte, seufzte, pfiff. Adeline befragte ihn nach seiner Anstellung – Willis hatte sie als Mrs. Adeline Cameron, Member of Parliament, vorgestellt, worauf sie lachend abgewehrt hatte, so weit sind wir noch nicht, Fey!, was, wie Stanley wusste, für Feydeau, Willis' unsinnigen Spitznamen, stand. Stanley lachte und sagte: Ich habe keine. Hätte er damals bemerkt, dass seine unbeholfen vorgetragene Nachahmung einer charmanten Bemerkung sie unmittelbar einnahm, dass sie sich ihm mit langem weißem Hals förmlich entgegenstreckte, mit ihrem von dunklen, tiefdunklen Locken gerahmten Gesicht, das ... *manche Männer vielleicht zu markant gefunden hätten.* Kommen Sie, sagte sie – nicht unfreundlich, aber bestimmt – wollen wir offen zueinander sein. Was sie gleich in die Tat umsetzten. Sie fragte ihn nach den Umständen seiner Entlassung bei Ince, davor bei der Post. – Mein alter Herr ... er zögerte ... war bei den Verkehrsbetrieben, London General, Ein Arzt?, hakte sie nach, dabei wusste sie genau, was er meinte. Stanley hatte keinen Grund, ihr etwas vorzumachen: Nein, bei den Bussen – er hat dann aufgehört, iss weg aus Lonnen, mein Bruder hat ihm in Devon was gefunnen, wo meine Mutter herkommt. Die Ernsthaftigkeit kratzte an der Fassade seiner Täuschung – was sie beflissentlich ignorierte. Irgendwie war es ihnen gelungen, sich von den anderen Gästen abzusetzen. Noch einmal sah er sich nach den Grüppchen auf den von weit ausragenden Dachtraufen geschützten, hübsch gepflasterten Terrassen des neuen Hauses um. Die Gäste – es waren gar nicht viele – standen, irgendeiner Anwendung des *Bewegungsgesetzes* folgend, locker *in zwei Umlaufbahnen* beieinander. Im Zentrum der einen befand sich ein ziemlich alter Körper in einem Rollstuhl, im Zentrum der anderen ein kleiner Junge, der den Gästen die Details seines Modellflugzeugs vorführte. Willis tippte an einen Flügel – Stanley wandte sich wieder seiner Gastgeberin zu und ging mit ihr, wohin ihr Blick gerichtet war: über die jäh abfallende Wiese zu einem *schmilzenden Schachbrett*, Kühe, emailliert, inmitten eines Feldes, ihre Schwänze verscheuchten Fliegen, Regenwolken betupften die seitlich gelegenen Hänge, an den Gipfeln trennte der Regen Himmel und Erde *mit einer deutlichen Schraffur*. Stiefel stapften über Stanleys erst kürzlich zugeschüttetes Grab – ihn schauderte, und *in einer Schachtel auf der Fensterbank lag etwas Füllung, dazu zwei kalte, gekochte Kartoffeln … längst verdorben*. Er war mit seiner Miete mehr als im Rückstand, sie wussten, dass er nichts mehr hatte, was er zum Pfandhaus bringen konnte – möglich, dass sie die Schulden an *die Jungs* verkauften … noch einmal schauderte ihn, Haare piekšten die Schenkel im Inneren seiner *viel zu heißen Flanellhose* – und doch fror er. Die Gedanken an Arnold Collins und die vielfältigen Abhängigkeiten, in die er sich begeben würde, wenn er ihn um einen kleinen Zuschuss bitten würde, schob er fort. Über dem langen Gras nickte der Klatschmohn, im Schatten der Hecke warfen große Ampferblätter tiefere Schatten, Stanley spürte, wie von allen Dingen die Substanz abfiel – zwei Hänflinge saßen auf einer Hecke, der ein Brombeerzweig entkommen war, *Eichen standen in inniger Umarmung* … Und wovon leben Sie?, fragte sie. Er erwähnte eine bescheidene Summe, die er für die Protokollführung im Debattierclub erhielt – seine Schwester und wie sie ihm die Stelle verschafft hatte, erwähnte er nicht. Allein schon ihr Name, Or-drie, hätte genügt, um ihre ganze Energie heraufzubeschwören und damit seine eigene düstere Erschöpfung bestätigt zu finden. Stanley sah auf seine polierten, auf dem Rasen sich breitenden Stiefel *Kuhtatzen*, und sagte: Außerdem … mache ich Sachen – ich stelle Dinge her. Sie betrachtete ihn – ihr *ebenierter Blick* fiel auf einen gutgebauten jungen Mann, der trotz seiner eingestandenen schwierigen Umstände – es gelang ihr nicht, das Wort Armut zu denken – *sauber* wirkte, er hatte *ein helles, reines Gesicht und einen durchaus männlichen, keineswegs zwielichtigen Ausdruck* … Oh, sagte sie, Sie erfinden Dinge, was denn zum Beispiel? Er raffte sein anderes Selbst auf und sagte: Ich stelle Dinge her. Es wäre schwierig, Ihnen den gesamten Vorgang zu erklären, ich kann Ihnen aber verraten, welche Materialien ich verwende – heutzutage eher Metallstifte und Reispapier und Wachspapier, weil man nichts anderes kriegt … Als ich in der Schirmfabrik gearbeitet habe, lagen immer eine Menge beschädigter Rahmen herum, und genügend Stoffreste – geölte Baumwolle, bedruckte Kunstseide und so weiter – oh, und Fischleim, den bekommt man aber noch … Niemand machte sich die Mühe, sie zu holen, nur einzelne Gäste riefen herüber, bevor sie im Haus verschwanden. Die Dienstmädchen und Diener sammelten eilig die Kissen ein und rollten Teppiche auf. Adeline war mit ihrer Befragung noch nicht fertig. Handelt sich dann wohl um Zauberkästchen oder Glücksbringer, Mister De'Ath?, fragte sie, wodurch ihm klarwurde, dass sie trotz ihrer Klugheit und Gelassenheit beinahe gleich alt war wie er, denn auch sie hatte sich offenbar nach diesen Spielzeugen gesehnt. Er lachte. – Nein, viel größer – Kindern erlaube ich nicht, mit ihnen zu spielen, auch wenn sie es sehr gern täten. Was ich baue, ist zerbrechlich, luftig, Streben könnten brechen, die Abdeckung kann reißen … deshalb … erlaube ich es nicht … Sie war hutlos. Als der Regen sie erwischte, wollte er seinem ersten Instinkt folgen und ihr den geliehenen Strohhut geben – doch bevor es dazu schon kam, war er zu eingenommen von dem Hochgefühl, das sie umgab, von ihren markanten Zügen, die sich unter den warmen Tropfen zu lösen schienen. Keine Worte wurden gesprochen, als der sorgfältig arrangierte Faltenwurf ihres weißen Musselinkragens bis zur Durchsichtigkeit ergraute und sich am Schlüsselbein die seichte Kuhle *ein Liebestrank* füllte. In einer Tränke hinter ihrer durchnässten Schulter brodelte Wasser, perfekte Bläschen stiegen auf – sie rührten sich nicht. Wir haben, sagte sie inmitten des Tumults, eine Suite im Albany. Ich fahre hin und wieder – eigentlich sogar recht oft – in die Stadt, nicht nur, um zu Selfridge's zu gehen und in die anderen Kaufhäuser, ich besuche auch Vorträge und Versammlungen. Vielleicht empfinden Sie all das als unernst – als Zeitvergeudung einer unbeschäftigten Frau –. Stanley, bemüht, sich in der richtigen Tonlage dagegen zu verwahren, brachte nur ein Quäken hervor. Was sie nicht weiter beachtete: Ich würde mich sehr freuen, wenn Sie mich dort besuchen würden – sagen wir, nächsten Dienstag ... Ihr Kleid war völlig durchnässt, der Stoff klebte an ihren Brüsten, am Bauch ... *an den Schenkeln.* Stanley konnte nicht umhin zu bemerken, dass dort *weder Bänder noch Netze noch sonstige Hindernisse* waren ... zum Tee, und damit meine ich halb fünf. Erst jetzt spannte sie den Sonnenschirm auf. Er reichte ihr den Arm, und *unter der Hochglanzschale* machten sie sich schlitternd auf nassem Rasen zum Haus auf. In Camerons, des Abgeordneten, persönlicher Ankleide versteckte Stanley sich und sein feuchtkaltes Hemd hinter einem Wandschirm. Als er vorsichtig nachsah, entdeckte er eine vollständige, für ihn bereitgelegte Ausstattung: auf einer Art Ständer hingen Hose und Jacke, schneeweiße Wäsche, die er erst kürzlich bewundert hatte, war, einen Mann umreißend, auf einer Chaiselongue ausgelegt. Er zog sich aus, trocknete sich mit einem Handtuch ab und malte sich aus, dass sie zwischen ihren Beinen gerade dasselbe tat, bei dem Gedanken an *ihr Fötzchen* durchfuhr ihn ein mächtiges Zucken – es gab keinen Grund für Verlegenheit, nicht zwischen ihnen: sie war seine eigene kleine Schwester, die beim Spielen vom Regen überrascht worden war, er hatte sie nur *an den Ofen gestellt und trockengerubbelt.* Als er sich anzog, entdeckte Stanley auf einer Kommode ein Paar weiche beigefarbene Lederhandschuhe, ein mit Schnitzereien verziertes Kästchen voller goldener und silberner Manschettenknöpfe, einige Golf-Tees und zwei miteinander im Clinch liegende Bürsten, Boxer mit silbernen Rücken. In einem Wandspiegel betrachtete Stanley argwöhnisch sein eigenes Gesicht, das voller Habgier war, denn verstreut um das Kästchen, an die Tees gekippt, in den aufgehaltenen Kalbslederhänden lagen verschiedene Goldmünzen – *für einen ausgehungerten Burschen genug wertvolles Blech*, um einen Monat oder länger *die Beine hochzulegen* – mit Steaks und Kidney Pie, mit Koteletts und weißen Sesambrötchen. Ihm liefen die Säfte im Mund zusammen, die *schiere Gewalt* seines anderen Hungers reute ihn: es hatte bisher nur Häppchen gegeben. Von unten drang Klaviermusik herauf, und das weiche Trommeln der Tropfen auf kunstvoll bleiverglasten Fensterscheiben. Der dumpfe Geruch von Mottenpulver hing im schweren Tweed seines Anzugs, der ihm im übrigen ausgezeichnet passte, da er offenbar einem jüngeren, schlankeren Abgeordneten gehört hatte. Im Salon, wo eine der Damen *ohne Gnade* ihr Klavierspiel fortsetzte, während sich die Herren lautstark über verfrühte Auszeichnungen und die fünf Millionen Soldaten des Kaisers erregten, war Stanley verärgert, obwohl er *selbstverständlich* wusste, warum

Adeline in Auftreten und Kleidung so verändert war – sie trug eine strahlend violettfarbene Abendrobe mit einem modisch runden, beinahe züchtigen Kragen, und saß mit Willis und dem alten, an den Rollstuhl gefesselten Mann, der, so sah er nun, unter *Schüttellähmung* litt und allem Anschein nach – er hatte allerdings keine Beweise – ihr Vater war, wie abgeschottet in einer Ecke. Stanley war noch niemandem vorgestellt worden – ihm fehlte das Handwerkszeug, sich in ein bestehendes Gerüst zu fügen – er hatte also Zeit, sich umzusehen, er würdigte die Sussex-Eckstühle und die langen Refektoriumstische, auf denen zahreiche überquellende Blumenvasen standen. Freudig verachtete er, was er erblickte: die bis auf Dreiviertel der Zimmerhöhe reichenden Vertäfelungen, deren quadratische Tafeln jeweils das Abbild einer Heldin oder eines Helden trugen, die in glänzende Rüstungen geschnallt und mit kraftvoll vorgereckten Kinnladen ausgestattet waren. Auf dem Rauputz im oberen Viertel prangten *Blumen und Blüten im Überfluss*. Da er nicht *Mauer, Mauer, Mauerblümchen* sein und *einsam sterben* wollte, trat er zum Fenster, wo man sich über Bulgarien und gewisse Allianzen unterhielt, und die Iren – immer, schoss es ihm durch den Kopf, diese verdammten Iren. — Gepanzerte Landschiffe rumpelten auf riesigen Rädern durch das saubere Vau eines abschüssigen Tals, das den dem Anwesen gegenüberliegenden Hang zerteilte. Aus den Luken der Fahrzeuge staken Gewehrläufe, die in Position gebracht wurden, abtauchten, wieder in Position gebracht wurden, feuerten. Die Bugkanone donnerte fröhlich, Kugeln pfiffen und schlugen *keck* ein. Zusätzliche mechanisierte Kavallerie rückte über den Hügelkamm heran, vorneweg Autos, die auf dem schlammigen Grund ins Schleudern gerieten, Einschlaglöcher im

Kreideboden trafen und zeitweilig ganz die Bodenhaftung verloren. Neben den Fahrern mit ihren insektenhaften Masken saßen weißgekleidete technische Assistenten mit elektrisch prasselndem Mündungsfeuer, ein Blitz krachte quer über den Rasen, über Zypressenallee und Kräutergarten, bevor er mit flammenden Tentakeln das von einer Eiterbeule am Kinn verunstaltete Dienstmädchen umarmte. Sie klappte zu wie ein Taschenmesser und brach tot zusammen, ihre Röcke, hochgeschoben, gaben den Blick frei *auf ihre ganze Pracht* –. — Eines Tages, sagte Stan zu Willis, als sie den Einspänner bestiegen, wird es so etwas wie einen Luftwagen geben, der ebenso leicht zu steuern sein wird wie dieses Pferd hier – und vielleicht genauso schlau ist. Der Försterjunge kicherte, was Willis in ungewohnter Schärfe so quittierte: Und, Pegasus, weißt du, wer dann in der Deichsel steckt? Das auferstandene Dienstmädchen mit der Eiterbeule kam die breite Steintreppe herab, am Finger eine Kordel, an der ein Päckchen baumelte. Ihre Sachen, Herr, sagte sie widerwillig. Stanley dankte, wobei er sie an Höflichkeit noch unterbot. Der Junge schrie Unsinniges: Huidiklepperlos!, worauf die Kutsche auf die Zufahrt schwenkte. Stanley schaukelte im Takt seiner Vorhersagen: *Es wird menschengemachte Seuchen geben ... Und wir werden zu anderen Planeten reisen – Wissenschaftler werden die Kraft des Atoms freisetzen ...* Die Räder des Einspänners rutschten und platschten in die Spurrillen, mit der einen Hand hielten sie sich fest, mit der anderen ihre Hüte ... *ein Kanal verbindet Europa mit Asien, warum haben wir keinen Tunnel, der England mit Frankreich verbindet?* Wie auf Kommando duckten sich die drei, um dem unteren Geäst der triefenden, geneigten Eichen zu entkommen – die Sonne war kraftvoll genug, um aus der Blumenwiese, an der sie vorüberklapperten, Irrlichter hervorzulocken. Weiter äußerte sich Willis nicht, Stanley aber sah bereits die menschlichen Manufakturen, wie die Autofabrik in Philadelphia: ein vulkanisiertes Förderband von enormer Länge, Arbeiter auf beiden Seiten, Arbeiterbienen, die aus riesigen Zinkwannen Teile entnahmen, ein Bein, einen Arm, ein zweites Bein, eine Brust, eine zweite Brust, eine Muschi, so entsteht eine weitere Adeline, dann noch eine, die weiblichen Teile zappeln in fühllosen Händen. Stanley hatte drei Pence in der Tasche seiner geborgten Hose *und was noch?* Was muss denn geschehen, sagte er zu Willis, es fiel ihm schwer, dem schrillen Ton seines Zorns den Mantel der Harmonie umzulegen, dass diese Leute sich mit wenigem zufriedengeben werden? Dass sie aus freiem Willen ihr Land, ihre Häuser aufgeben werden ... selbst ihre Diener? Der Försterjunge ließ den ledernen Schlangenkopf der Peitsche über den Widerrist des Pferdes schnellen, der Einspänner erklomm erst mit einem, dann mit dem anderen Rad die höher gelegene Landstraße. Willis, der mit dem Ende seiner Krawatte gespielt hatte – er empfand diese Form der Halsbekleidung als störend und bevorzugte nach Art der Arbeiter ein Tuch – ließ die Knopfaugen auf seinem Schützling ruhen und schwieg. Sie klapperten gerade hinter einem Anhänger her, der an einer dröhnenden Zugmaschine hing, und wurden von Strohpfeilen beschossen. Als das brabbelnde Gespann in ein Feld einbog, sagte Willis: Schon bald, diese Angelegenheit mit den Lords, all die Reformen dieser und der letzten Regierung – auch wenn sie bedauerlicherweise nicht weit genug gehen, zeigen doch eine allgemeine Tendenz an – eine weitere Entwicklungsphase, könnte man sagen. Diese Enteignungen werden nicht ... nun, ähm, so offensichtlich sein, man erzielt denselben Effekt mit gestaffelten Steuersätzen, beinahe unmerklich, sie werden ihnen die teuren Gemälde nehmen, ihre japanischen Kaminschirme, bis sie am Ende in ausgeräumten Architektenhäusern sitzen. Du hast hnf'-h' – Du hast hmn-h' – Willis wieherte die Tonleiter rauf und näherte sich einer nie da gewesenen, zweiten geistreichen Bemerkung, sodass Stanley sich fragen musste, ob er noch *dicht* sei – Du hast einen guten Anfang gemacht, als du diesen Tweed-Anzug auf deinen eigenen proletarischen Körper umverteilt hast! Was Stanley scharf zurückwies: Ich werde ihn bei der allernächsten Gelegenheit zurückgeben! Wie konnte Willis vor dem *Plapperjungen* nur so sprechen? Na gut, na gut, sagte Willis und tätschelte Stanley die Hand, beruhig dich, Junge, ich bin halt gut aufgelegt. Das Beste an Willis ist, dass er nichts Böses oder Betrügerisches an sich hat, dachte Stanley, als die Kutsche über die gepflasterte Zufahrt zum Bahnhof hinauffuhr – er mochte kindlich sein in seinen Überzeugungen, doch auch die ernste Leidenschaft, mit der er seine Überzeugungen vertrat, hatte ja etwas Kindliches. Der Zug, den sie gewählt hatten, stand bereits am Bahnsteig und hupte ihnen unter dampfendem Bart zu. Sobald sie das reservierte Abteil zweiter Klasse in Beschlag genommen hatten, zog Willis einige lange Blätter aus der Mappe, die er immer bei sich trug, und erklärte, es ist nicht zu ändern, ich muss diese verdammten Fahnen korrigieren ... Auch das schläfrig machende Abteil war nicht zu ändern – niemand stieg zu, und einen Verbindungsgang gab es auch nicht. Sie waren so allein miteinander, wie sie nie zuvor gewesen waren. Erst als sie über die lange Gerade zwischen East Croydon und Balham blitzten, wurden die in Stanleys juckendem Schoß liegenden Hände ihrer selbst gewahr, *die Stadt ist meine Wiese, der Vater ist ein Riese, die Stadt ist meine Wiese, der Vater ist ein Riese* ... sie zitterten und tippten den Rhythmus der Achsen in die Luft, *ka-tschang, ka-tschang*, bis sich eine davonmachte und in die Tasche seiner geborgten Hose kroch, wo der längliche Umriss einer Visitenkarte deutlich auszumachen war. Der Lampenschirm über Willis' nickendem Kopf war auf der Innenseite von einer Kruste toter Insekten eingefasst. Mit detektivischem Blick untersuchte Stanley die Spuren auf dem Antimakassar – es handelte sich um *Cranialabdrücke*, die jeweils auf ein bestimmtes Haarwasser oder eine bestimmte Pomade verwiesen. Wenn man sie entziffern und erschnüffeln könnte, wäre der Schuldige schnell gefasst: Rothschild! sein Arm *Bill Sikes* zu einem anderen Hund erhoben – oder ein Hund *mit einem Kind verschnitten*, das jault und hustet, weil ihm die *Coniston's* im Halse stecken. Schließlich rennt er durch eine Gasse davon, vorbei an einem stinkenden Chaos aus aufgeschlagenen Fässern, einem Schuppen auf Stelzen, unter dem Pferdeschädel – vollständig geschunden bis auf die *zuckenden Ohren* – zu einer Pyramide gestapelt sind. Das Hund-Kind jauuuuuuuuuuuuult ein letztes Mal verzweifelt und verschwindet in der Stille des Augustabends, in der Stille der Stadt, die unter dem schmutzigen Orange ihres alternden Himmels ausgebreitet liegt.

In Balham erwacht Stanley unter der stotternden Salve zuschlagender Waggontüren, *die Spatzen auf dem Zugsteig gleichen den Krümeln, die sie picken, sie wurden vom Himmel gewischt.* Willis schnarcht unregelmäßig – er ist eine Lokomotive, die nicht mit der Gegenwart verkuppelt ist, es wird ihm nicht gelingen, sie in die Zukunft zu ziehen. Mit einem Rucken setzt sich der Zug in Bewegung, beim zweiten Rucken bemerkt er, dass er die Karte in Camerons Hose die ganze Zeit fest in der Hand gehalten hat, jetzt endlich zieht er sie heraus, um in den warmen Wellen des Lichts, das gegen die verschmutzten Scheiben brandet, zu lesen, was dort steht. Winzige Spritzer, wo die Feder an der Reliefschrift von Name und Adresse hängengeblieben ist, ihr Muster verrät Adelines ganze *Liderlichkeit* – die in der Nachricht selbst bestätigt ist: nächsten Dienstag, halb fünf – vergiss nicht deine Pillen, ein äußerst gebräuchlicher Schwiegertochtersatz, das in ihm enthaltene überhebliche Grinsen verrät die Stärke der mittleren Generation, die auf Junge und Alte gleichermaßen herabsieht. Busner genießt das kleine Vergnügen, absichtlich ihren Namen zu vergessen: wie auch immer, es war dieselbe Schwiegertochter, die ihm eine in Wochentage unterteilte Pillendose gebracht hat, die nun – das immerhin hat er nicht vergessen – neben der Eieruhr liegt, auf dem Regal über dem BROTKASTEN. Busner windet die Jogginghose auf und lässt das elastische Band auf seinen Bauchansatz flitschen. Er meditiert über Pillen und Vergesslichkeit. Er könnte eigentlich eine noch größere Pillendose gebrauchen, groß genug, um die vier wöchentlichen Dosen zu fassen. Jeweils zwölf der größeren Dosen könnten dann in Jahresdosen gesteckt werden, von denen man einige in einer Kiste unterbringen würde. Wenn man optimistisch wäre, würde man für die Jahre 2011 bis, sagen wir, 2025 eine Unterteilung einrichten und das Ganze mit einem Aufkleber versehen: *Rest meines Lebens*. Dieses *Abmurksen, der Rückstand* fällt ihm ein, während er sich seiner eigenen Hände vergewissern muss, die den Deckel aufzuschrauben versuchen, um eine kleine weiße Pille für den erhöhten Cholesterinspiegel herauszutippen, sowie eine gesprenkelte für den Bluthochdruck und das große orangefarbene Smartie für irgendeine Mangelerscheinung, die zu erfragen er sich nicht aufraffen kann, er meint, es könnte etwas mit der Gallenblase zu tun haben. Auch wenn er für größere und kleinere Ironien des Lebens durchaus noch etwas übrig hat: dies sind nicht die Süßigkeiten der Alten, und die Apotheker sind nicht ihre Zuckerbäcker – schließlich stehen wir nicht erwartungsvoll auf dunklen Dielen und drücken nicht die Münzen so fest, dass sie rosafarbene Stempel auf unseren Handflächen hinterlassen, wir zeigen nicht auf dieses oder jenes Glas und bitten nicht um ein Viertel Zitronenbonbons, wir hüpfen nicht vor Freude, wenn sie das große Glas ankippt und die in süßem Pulver aufstaubenden Bonbons in die Waagschale purzeln lässt. Nein, die Molekularstruktur von HMG-CoA-Reduktase-Hemmern liefert das Gerüst, das wir verwenden, um über gähnendem Abgrund unsere Gotteshäuser zu bauen, weit hinter dem länglichen Rasenstück, das für uns selbst vorgesehen ist – *wir brauchen sie zum Überleben, sie aber kommen vermutlich ohne uns zurecht … Da hast du es!* Er hat sie mit einem Schluck lauwarmen Wassers heruntergespült, aus einem Becher, der mit den diagonalen Spuren anderer Pillenreste verziert ist. Er hält sich mit beiden Händen am Spülbecken fest: mit geschwollenen, von Melanomen und winzigen Haarbüscheln übersäten Altmännerhänden … *merkwürdig, was dem kleinen Jungen da passiert ist …* Busner öffnet und schließt den Deckel des Abteils, das Donnerstag ist. Wie viele Pillen habe ich eigentlich verschrieben?, fragt er sich, in einem Arbeitsleben hinter meiner Zuckerbäckertheke, wie oft habe ich das Glas angekippt und die Barbiturate herauskullern lassen, die Beruhigungsmittel, Hypnotika, Sedativa, Antipsychotika, Antidepressiva, die ganze restliche Harlekinade? Er war stolz auf seine Sorgfalt gewesen, natürlich – er verabscheute Kollegen, die *die Bezeichnung Arzt nicht verdienten und weit mehr verschrieben als nötig …* Es hatte auch Jahre gegeben, in denen er weit außerhalb des Systems gestanden hatte und all das *grundsätzlich ablehnte* ... Doch letztendlich habe ich *das Glas angekippt ... das Glas angekippt* ... Ob sein altes Büro in der Heath-Klinik wohl groß genug wäre, um den ganzen giftigen Haufen zu fassen? *Nein! Und auch nicht die Abteilung!* Es gab Zeiten, da bestellte er eine Menge Pulver, das er in Kapseln füllen ließ oder im Messbecher anmischte, um es den Patienten direkt in die Rachen zu schütten oder mit sehr großen Spritzen ins Muskelgewebe zu pumpen – *Das tut weh ... Doktor, es tut so weh* ... Noch einmal findet er sich im Schlafzimmer wieder, ein Bein, so entdeckt er, liegt locker über dem Knie des anderen. Eine seiner Socken ist hochgezogen, *der alte gelbe Hund kratzt an der Tür* – aber wohin, wohin könnte er denn gehen? Mein ganzes Arbeitsleben lang, denkt Busner, hatte ich eine Aussicht auf Wald, oder auf eine Wiese. Es gehörte zum Heilverfahren, hatte aber immer auch wirtschaftliche Gründe, dass die dunklen Raumschiffe der Heilanstalten in den klaustrophobischen Landstrichen von Südengland gelandet waren. Auch die letzten dreißig Jahre *meines beruflichen Strebens* waren von statischen Phasen unterbrochen gewesen, in denen er durch die insektenverschmierten Fenster seines Büros in die Landschaft gestarrt hatte, die, Eiche um Eiche, mächtig hinter dem Anstaltsgelände aufstieg – hier der fette Klecks einer Maulbeere, dort das *toskanische Spötteln einer lombardischen Pappel* ... Und wenn auch seine Fensterblicke immer eingeschränkt gewesen waren – schmale Lichtungen in dichter werdendem Backsteinwald – hatte er sich doch immer gesehnt, hinauszulaufen und die normalen Abläufe, die ihn *wie eine Hose* beengten, zu durchbrechen, wie gern wäre er in farnreiche Täler fortgetrappelt, ein Satyr, mit dem niemand gerechnet hat, *sucht im Ententeich Najaden, ihr mit blaugrünen Algen geschmücktes Haar …* Und nun? Er versteht, dass er damals falsch gelegen hat, zumindest im Ansatz. Dass außerhalb der Begrenzung wenig zu entdecken ist: *Körper … Geist … alles zerbricht. Plötzlich entsteht die Möglichkeit, das neuentdeckte Land zu besiedeln: man bettet sich auf eine Kartonpappe, gleich dort auf dem feuchtkalten Mittelstreifen, mitten im vermüllten Gebüsch – die Gemeinde bekommt ihren eigenen Ben Gunn*, um den die Welt sich dreht und immer weiter dreht. Na und? Er hatte die alten Klamotten angezogen, die seine Kinder so hassen: Die locker sitzende Jogginghose, ein Sweatshirt, auf dessen ausgebeulter Brust Santa Fe 1997 International Experimental Psychology Conference steht, ein müffelndes altes Jackett aus Donegal Tweed, dazu billige Sportschuhe, neben denen *jeder andere Schmutz … erblasst.* Er war angezogen, also muss er aus dem Haus gehen. Doch zuerst streift er unruhig durch die Wohnung, er geht von Zimmer zu Zimmer, sucht Flächen und Ablagen nach Schlüsseln, Portemonnaie und dem mit köstlicher Präzision bezeichneten Freedom Pass ab – und einem beigefarbenen breitkrempigen Hut aus Synthetikmaterial, das nicht steif genug ist, um ein Knittern zu verhindern. Er weiß nicht, woher dieser hässliche Kopfschutz stammt, er weiß nur, dass er an ihm hängt: der Kranz aus seinem eigenen alten Schweiß drückt ihm angemessen fest in die Schläfen. Er beschließt, kein Buch mitzunehmen: es ermüdet ihn, die energischen Handlungen von Figuren, die weit jünger sind als er selbst, mit angestrengter Ungläubigkeit zu verfolgen – der wissenschaftlichen Literatur aber hatte er längst abgeschworen und mit Philosophie war er ohnehin ständig befasst. Ich werde mir eine Zeitung kaufen, dachte er, worauf er sein hippieartiges Äußeres im Spiegel entdeckt und verwundert die Rückschrittlichkeit seiner Kleidung zur Kenntnis nimmt, *eine Inversion fötaler Ontogenese*, der Phänotyp durchläuft verschiedene Moden – in umgekehrter Richtung? *Bald wird es wieder Gamaschen und Handschuhe geben* ... Wahrscheinlich, denkt er, werde ich Felle und Tierhaut tragen, wenn ich sterbe. *Haarzotteln* hängen in den großen Schlaufen des Läufers, der die Treppenstufen bedeckt und die *staubige Schlucht* des unteren Flurs, bis er von der *rechteckigen Sonne* des Oberlichts getroffen wird. Der Briefkasten *kotzt Werbezettel*. Zu spät, er sieht mit unnötiger Schärfe den Teleskopschirm, der unter dem Schlafzimmerfenster auf einem Stapel Kartons liegt: die schwarze Nylonhülle und den schwarzen Kunstledergriff. Wann ... er stockt, nachsinnend ... wurde der Regenschirm zu einem Objekt, das man überlicherweise vergisst, statt sich seiner gewissenhaft zu erinnern? Sie müssen teuer gewesen sein, es entstand eine festere Bindung, man ließ sie nicht einfach zurück ... wie heutzutage, da sie so billig und allgegenwärtig sind – Busner wird auf seine Verdauung aufmerksam, er hat noch keinen Stuhlgang gehabt, gleich macht er sich Vorhaltungen: *sei ohne Furcht*, schon ist er auf der Straße, er wartet an der wenige Meter von seiner Haustür entfernten Bushaltestelle, weil man an Bushaltestellen eben wartet, die Ziellosigkeit seines Handelns gefällt ihm – die fehlende Planung, die sich traurigerweise schnell in ihr Gegenteil verkehrt, nämlich dann, wenn sie beobachtet wird. Ein zweiter Mann mit einer grauen Jogginghose – allerdings mit weiterem Schlag und silbrig glänzenden Längsstreifen –, ein Alkoholiker, gibt sich *größte Mühe*, seinen Selbstbetrug aufrechtzuerhalten. Wenn der Bus kommt, wird er sich an der hinteren Tür herumdrücken, er und seine Dose *tsk, tsk* ... Tyskie, offenbar ein polnisches

Bier. Der Trinker trägt eine dicke Daunenjacke, seine Nase ist vom Spinnennetz einer einzigen geplatzten Ader bedeckt. Hin und wieder versucht er, die alte *vermutlich mein Alter* Frau, die *eingetütet* neben ihm sitzt, mit Konversationsstacheln zu pieksen, Wunnerschöner Tag fürn April, wie lang warten Se denn schon? Der Yorkshire-Terrier an ihrer Brust streckt ein Bein und kratzt. *La puce à l'oreille*. Der Alkoholiker, denkt Busner, hat nicht genug getrunken, seine Ungehemmtheit beruht auf einer anderen Diagnose … nur welcher? Vor wenigen Jahren noch hätte er den Mann ohne weiteres als Schizophrenen abgehakt, der sich seine eigene Medizin verordnet hat, das Bier, mit dem er seine Stimmen ertränkt. Aber heute? Heute ist das Leergewicht jener Pathologie zerfallen – es liegt eine Psychose vor, keine Frage, aber ebenso eine Persönlichkeitsstörung, tief verwurzelt in der Entwicklung, die dem Mann die Fähigkeit nimmt, zu verstehen, wie unangemessen seine Vorstöße sind, Ah, was fürn süßeskleines Hündchen, darf ich ma' halten?, geschweige denn die Angst zu bemerken, die sein Gesicht grässlich verzerrt. Tatsächlich ist der Tag wunderschön – einen Regenschirm braucht heute niemand, genauso wenig wie eine neue Ära epithetischer Psychiatrie, *kommt nämlich alles aufs selbe raus: eine Persönlichkeitsstörung ist ein Hysteriker oder Melancholiker, er heißt nur anders* … Die Spinne ist jetzt nah genug, um zuzuschnappen. Wie heisser denn? und nun spürt Busner endlich, dass er eingreifen und seiner zwanghaften Seelenklempnerei Einhalt gebieten sollte, er wendet sich von dem Einakter ab, zögert aber noch, die Bushaltestelle zu verlassen, noch immer ist er eingenommen von der Idee, mit dem Bus zu fahren: ein onkelhafter Schaffner, der die Fahrkarte aus seinem Blechbauch zieht, das gedeckte Karo des Moketts, *die Welt, die in sicherer*

Entfernung, hinter einer dreckbespritzten Scheibe, daliegt in sanftem Atmen ... Wie gern hätte er eine von einer anderen Welt bedruckte Zeitung, *in die er die hier einschlagen könnte* – er könnte die Straße überqueren und zum Kiosk gehen, möchte aber den Bus nicht verpassen. Doch der Verkehr Richtung Archway ist ohnehin sehr dicht, eine Verstopfung aus Lastwagen, Lieferwagen, Autos einer Größe, *Maurice hätte sich geschämt, in so etwas gesehen zu werden ... Der Verkehr knirscht so ... er faucht Abgase ... ich bin verletzlich!* Sein Gang ist unstet – ein alter Mann, der übelriechend aufstößt – am Pfosten der Haltestelle richtet er sich auf, seine Fingerspitzen ertasten *groben Schmirgel.* Der Schwindel verfliegt, hier ist es: *das Schild, das ich gesucht habe*, ein Knappe hält es fest in seinen Armen, unter dem Gurt des schweren Lederbeutels hat sich sein Waffenrock verschoben und verdreht ... *immer diese Taschen.* Busner gräbt Erinnerungen an Taschen aus, die ihm längst abhanden gekommen sind: Gasmaskentaschen aus dem Armeeladen, zottelig gesäumte Ethno-Wollbeutel, Leinenrucksäcke mit Ledergurten. So weit ist er noch nicht weggetreten, dass er nicht erkennen würde, was er gerade betrachtet – doch es dauert einige Sekunden, in denen er beobachtet, wie ein geisterhafter Flaschenverschluss aufgedreht wird, der auf ein schillerndes, expandierendes, gierendes, schließlich ins Nichts ausrollendes Feld deutet. Er sieht nur dies – und die schnippenden, auf den Bildschirm patschenden Fingerspitzen, er sieht, wie Zeigefinger und Daumen aneinanderrühren, wie sie sich lösen, kneifen, wieder lösen. Was ist das nur für ein Tic?, fragt sich Busner, denn wenn er das Lichtschild außer Acht lässt, mit dem der Junge den rieselnden Stuck von der gegenüberliegenden Terrasse abwehrt, sieht er nur dies: einen Arm und die Hand, die von ihm abhängt, steif gestreckt, der andere Arm ist gekrümmt, die zu ihm gehörende Hand rutscht flink – wie haben wir das immer genannt? Er muss nicht darum ringen, das Wort *Pillendrehen* kommt von selbst. Pillendrehen, und ist die Fixierung des Jungen auf seinen Tablet-Computer – sein auf einen Punkt gebündelter, dabei vollkommen leerer Blick – nicht so etwas wie eine *okulogyre Krise?* Eine, der Busner sich anschließen könnte: genau das hat er gesucht, eine Welt, in die er die Welt einschlagen kann wie in Papier, ein Bild, das aus dem Nichts hereinrutscht, ein Schirm gleitet über den anderen, es ist ein Drunter und Drüber, *Der entscheidende Aspekt einer wie auch immer gearteten neuen Regierungsmaßnahme wird sein, ob sie den Arbeitskampf abwenden kann, mit dem zu rechnen ist, falls die Kürzungen im öffentlichen Sektor so deutlich ausfallen wie erwartet* wird im Bruchteil einer Sekunde von einem *grinsenden Osborne* verdrängt, den wiederum das *Röschen* eines Virions auslöscht, das in einem einerseits unendlichen, andererseits in Mikronen messbaren Raum treibt. Das Virus H2N5 ist weit weniger ansteckend als ursprünglich angenommen, eine Studie der Weltgesundheitsorganisation WHO kommt zu dem Ergebnis, dass Übertragungsraten – Weg, fortgeschoben von der *bösartig drängenden Ziehharmonika* der Bustür. Der Knappe hat das Schild in die Hülle gesteckt und steigt vor Busner ein, der unter dem gleichgültigen Ohr des Fahrers seinen Freedom Pass *durchziept*: Einen lustigen Schaffner gibt es hier nicht, nur den mürrischen Fahrer, dessen Blick fest auf den fernen Horizont der Endstation geheftet ist. Der Junge ist mit einem Sprung auf der Treppe, Busner, weniger beweglich, folgt auch hier. Die obere Etage wird vom elektrischen Blau der Sitze beschallt und von der Dulzura des Formkunststoffs. Der Bus fügt sich ruckelnd in den langsamen Verkehrsstrom, der Junge lässt sich Uff! in seinen Sitz fallen, der pensionierte Psychiater Uff! in den Sitz gleich hinter ihm. Bummelstreik, denkt Busner, so hieß das damals – das Wort Öffentlicher Dienst gab es noch nicht, sie hießen Gemeindearbeiter, Müllmänner, Krankenhauspförtner – und andere Hilfskräfte, schließlich wuchs der öffentliche Sektor damals noch, er schluckte Werften und Elektrofirmen – und den *zum Teufel noch mal britischen Leyland!* Der *lispelnde Snob mit der Pferdelippe* – die Leute dachten ja, wir würden *als gute kleine Sowjets enden. Ziemliches Arschloch, er und Wilson genauso. Alle Pfeifenraucher sind Arschlöcher!* Er bellt, der Junge reißt den Pony herum, und mit ihm die wimpernlosen Augen *Baby Blue* … Das Schild ist gegen die Welt gerichtet und hält sie auf Distanz, das Grippevirion, ein Sinnbild, strebt danach, *sich irgendwo zu binden* … Busner hält die Hand vor den Mund und überführt das Bellen in ein simuliertes Husten, während der Junge das Virion mit einem einzigen Pillendreher in eine Mercator-Projektion verwandelt, mit einem Ausschlag von größeren und kleineren Flecken, neben denen mit doppeltem Zahlensatz Infizierte und Verstorbene – einmal TATSÄCHLICH und einmal BERECHNET – verzeichnet sind. Busner, der sich nie als Epidemiologe verstanden hat, fällt auf, dass hier eine bemerkenswerte Umkehrung vonstatten geht, und zwar: die Kommunikation der Statistiken ist viel schneller als die Krankheit selbst. Wie weit muss man wohl zurückgehen, um eine Epidemie zu finden, die ihre eigene Verkündung überrollt hat. Sicher nicht die Asiatische Grippe in den Siebzigern, möglicherweise die pandemische Grippe kurz nach dem Ersten Weltkrieg und ihr eigentümlicher Vorläufer? Er betrachtet die Karte, die Virionen, … und betrachtet, wie der Tic des Jungen Makro- und Mikroquanten miteinander verzahnt … Ich– wir – interessierten uns dafür, wie diese winzigen repetitiven Bewegungen plötzlich zu ausladenden, opernhaften Gesten vergrößert wurden, *Com-mend-a-tore!* Auf welcher Bühne? Es muss Covent Garden gewesen sein, bestimmt – mit welcher Frau? Welche auch immer es gewesen war, schmallippig saß sie da, während ein Commendatore – zwei Stockwerke groß, mit einem Umhang, der sich von der Bühnenrückwand nicht abhob, den Don forttrug. Die Bühnenkunst rührte sie nicht an, *ihr einziger Wunsch war, dass auch er fortgetragen würde*. Er grinst: Es braucht schon ein beherztes Aussetzen der Ungläubigkeit, um ein Libretto persönlich zu nehmen –! Was er gleich relativiert: Ich kann mich nicht einmal an die Frau erinnern, mit der … was ihn zu dem Eingeständnis zwingt: was er da denkt, hat nicht nur etwas Ungehöriges, es ist auch Zeichen *einer grundsätzlichen Gefühlskälte*. An der Kreuzung neben dem U-Bahnhof Tufnell treibt der Bus einige Radfahrer vor sich her, bevor er an der Bande abprallt und die Junction Road hinunterrollt. Kioske und Immobilienhändler säumen die Straße, die Stadt verdaut sich selbst und schafft *beschissene neue Werte*, wo einst solide Mittelstandshäuser standen, mit Vorgärten voller Stockrosen, die in der Brise eines vorüberfahrenden, *von Pferden gezogenen Omnibusses* schwankten … *da hätten wir auch gleich den nötigen Dünger*. Diese Gärten sind jetzt *alle weg*, alles ist rausgerissen, verdrängt von einer einstöckigen, an der dahinter gelegenen Terrasse klebenden Reihe von Verkaufsställen. Was gab es damals nicht alles? Fahrradparaden, Alexandra Day-Paraden, *Jubiläumsparaden* … Und was haben sie uns vererbt? *Shoppingparaden*. Der Bus hat Archway erreicht und den *schäbig-schwarzen Turm*, in dem sich die Sozialamtsstellen stapeln, die ihre Klienten, *die Betrunkenen, die Verrückten, die Armen …* immer wieder *in ihren Strudel zerren und verschlucken*. Und so verwundert es Busner nicht, dass der Mann mit dem Tyskie hier aussteigt. Von einem kleinen, im Fallwind des Towers entstandenen Wirbel aus Laub und Plastiktüten begleitet, überquert der Mann drei Asphaltbahnen und walzt zum Whittington-Krankenhaus. Busner konzentriert seinen ganzen Willen darauf, dass der Bus ein anderes Ziel hat – an diesem leuchtenden Vorfrühlingstag, an diesem Tag der Freiheit gibt es nichts, was er weniger wünscht, als eine jener geheimen Abteilungen zu besuchen, in denen die Verrückten *schwappen*. Wenn er in jenen Tagen Vertretung machte oder nach Patienten suchte, die im Strudel des Systems untergegangen waren, hatte er nicht die Zeit, die nötig gewesen wäre, um diese Szenen zu bestaunen: den *gekachelten Pool* der geschlossenen Abteilung in Whittington, die Mauer der Psychose, die einem ins Gesicht schlug, wenn die Türen geöffnet wurden – der Geschmack, der ganz hinten in der Kehle stecken blieb, *Urin in Karbolsäure*, das endlose, leise Wispern der Verzweiflung, dem vereinzelt ein Schrei offener Qual entstieg. *Und dann … dann* … Unbestreitbar bestand die Notwendigkeit zu kategorisieren, zu verallgemeinern – die diagnostische Systematik war *ein Rettungsring*. Er sieht sich, wie er damals war: wie er sich über Wasser hielt – treibend zwischen Ertrunkenen und Geretteten, auch wenn die Unterscheidung zwischen den einen und den anderen so sinnlos war, als gälte es, *den Wellen Namen zu geben* … Eine bricht nun doch über seinem Kopf: Ein junger Mann, dessen gerade erst entfalteter Einwegmantel bis zur Hüfte offen ist, seine entblößte *Gesäßspalte* – Busner hatte mehr als genug dieser Fälle gesehen, *ihre Höhen und Tiefen*, wie sie fortliefen und sich übergaben unter dem Neon eines künstlichen Horizonts – nur war dieser hier so vollgepumpt mit Haloperidol, dass er sich verflüssigte und aus der Stuhlschale auf den versifften Boden tropfte. Dochtor, schwappte er, können Sie mir vielleicht helfen? Und so ist es diese eine Erinnerung, die für all die anderen, vergessenen steht, *für all die anderen, denen ich auch nicht helfen konnte ...* Busner betet inbrünstig, dass der Bus nicht nach Highgate Hill fährt, er verneigt sich, drückt die Stirn an die Kante der Sitzlehne und gibt schweren Herzens zu: Nur der Einzelne hätte zählen müssen, niemals die Kategorie, war ich denn nicht *meines Bruders Hüter?* Der Junge mit der Ponyfrisur und dem iPad ist längst weg, er hat die ganze Etage für sich, der Bus fährt krängend in die Kurve und nimmt Anlauf für die kräftige Steigung der Archway Road. Die Sonne fällt durch die großen Fenster und *kocht einen Eintopf aus Gummi und Plastik* – trotzdem, das Fleisch bleibt kalt und alt, der Geist, der *ohne jeden Nachweis* glaubt, dass er sich in einem Kopf befindet, sinkt der Vergangenheit in die Arme, *die alles ist, was ich noch habe ... so tattrig, wie ich bin*, in der Hoffnung, ein bisschen Wärme zu erspüren. Zuerst denkt Busner an Teenagerküsse – ihre Bedeutsamkeit damals, *an einen Wadenmuskel, der über einer weißen Fessel anschwillt* – dann an den ganzen Rest: das herbstliche, schaurigschöne Gefummel, das nur durch eine Handvoll Jahre von Mamas Killekille getrennt war, an das er sich nicht erinnern konnte, weshalb – für ihn mehr als für andere – das eine ein Ersatz für das andere war. Schamvoll erinnert er sich an seinen *Penisumbilicus*, schamvoller noch, wenn er sich seines gegenwärtigen, knittrigen Zustands bewusst wird, *die Zellen platzen wie Luftpolsterfolie ...* des langsamen Rückzugs aus dem Berühren und Berührtwerden, heute wäre ein Kuss wirklich bedeutsam, die Lippen eines anderen Menschen, *die sich immer weiter zurückziehen – bis zum Totenkopfgrinsen.* Es waren noch keine – fünf Monate vergangen seit – einem demütigend gescheiterten

Geschlechtsverkehr bei einer Tagung über Gemütsstörungen. Er musste sie aus ihrer Wellpappe lösen – daran *lag es aber nicht.* Tagungen, *ach!* waren ihm immer die liebsten Arenen, wenn es um Verführung ging: Lag nicht etwas unbestreitbar Erregendes in dem Kontrast aus Teppichfliesen in Konferenzräumen einer ehemaligen polytechnischen Hochschule und dem Wogen des Fleischs? Aus der überquellenden Langeweile einer Plenarsitzung und dem ersten, hastig gestürzten Lambrusco wenige Minuten später? Aus der steifen Förmlichkeit des Kennenlernens und dem Dort-wird-sie-Liegen auf der blau-und-blauer gestreiften Tagesdecke eines Studentenzimmers? Fröhlich sah sie seiner Schlaffheit ins Auge und sagte, Wie wär's mal mit Viagra? Mühsam leint er den *alten gelben Hund* in der Unterhose an und antwortet bedrückt: Nein, lieber nicht. Denn was wäre das für ein Gefühl? Seine chemisch gestopfte Rakete hebt ab und steigt mit der Fracht des matten Körpers über Stevenage oder Solihull auf? Nein. Besser, die Dinge so zu nehmen, wie sie sind: Impotenz als *rhythmische Introjektionen des Verlangens*: eine stetig wachsende Kolonne der Unzulänglichkeiten, die in ihm aufsteigt und kleine *Taubheitskitzel* verursacht. Nein, lieber akzeptiere ich, dass ein Möwenpulk über die frischgeweißten Linien des Spielfelds drängelt, und wenn jemand fragt: *Wo sind eigentlich all die Spatzen geblieben?* antworte ich einfach, *Die Möwen haben sie gefressen.* Außerdem waren es längst nicht nur die schlichten, erinnerten Tatsachen, die er zum Leben erweckte – es gelang ihm sogar, wiederzuberühren, wiederzuriechen, wiederzuhören – sein vollständiges Sensorium war darauf ausgerichtet, noch einmal *die ganze Fickerei von damals* aufzusuchen, die erlaubte wie die andere, längst *der Schuld enthobene.* — Als er damals in der Disko am Werk war, löschte jedes Mädchen, das er abschleppte, die Erinnerung an die Vorgängerin aus und mahnte heftig das nächste an – *so war Sex damals.* Und wenn man einmal in seine glitschigen Fänge geraten war, regten die ständig wiederholten Handlungen Phantasien an, die ebenfalls auf Wiederholung beruhten: wie viele Arten es auch gab, die Hüften zu stoßen, Lippen zu schlürfen und Hälse zu streicheln, man griff eine einzige heraus und kehrte zwecks Selbststimulation immer wieder zu ihr zurück. Der Bus hält und hängt über dem erhöhten Bordstein hinter dem Gemeindezentrum Jackson's Lane, der keuchende Motor bedampft das Fenster einer Imbissstube, Busners Stirn vibriert an der gehärteten Scheibe: er entdeckt verspiegelte, mit winzigen Spiegelromben verkleidete Pfeiler, er sieht die in ihnen reflektierte *Mandelbrot-Menge* des Resopals, er sieht sich selbst, seine Hose hängt *auf Halbmast*, das Hemd flattert auf strafferem Hintern, er galoppiert durch Nord-London, von Ort zu Ort des psychotherapeutischen Interesses – von der Heath-Klinik zum Whittington, von dort nach St. Mungo, ein Schutthaufen, dann nach Tavistock und weiter ins Bowlby Center im Osten, in dessen näherer Umgebung er stolpert und *kopfüber hinfällt!* Als er das Bewusstsein wiedererlangt, *wühlt er in einem weichen Beet in der fruchtbaren Erde* – einer Ernährungsberaterin oder einer Beschäftigungstherapeutin, einer Schwester oder Kollegin. Das waren keine Affären im eigentlichen, ausgeklügelten Sinn, denkt er jetzt – es waren eher koitale Scherzbilder, Schnappschüsse von weißgesichtigen Clowns, von dick mit der Theaterschminke der

Lust beschmierten Mündern. Es war klar, dass bei einem derart choreographierten Reinfall *niemand zu Schaden kommen würde* – dachte er damals. Doch seit seiner Freilassung hatte er genug Gelegenheit, seine libidinöse Versklavung aus den verschiedensten Winkeln zu betrachten – körperlich, emotional ... *schluck! moralisch* – und er musste zugeben *Last night I saw my mama singin' a song* dass Sex unter dem ersten Aspekt generell weiteren Sex nach sich zieht, weshalb *Woke up this morning and my mama was gone* schlechtes Benehmen eine Art Goldstandard ist für weiteres schlechtes Benehmen: *Untreue zu festen Zinssätzen*. Der Bus muht erbärmlich, als er am Bald Faced Stag in East Finchley vorüberfährt, und ein bußwilliger Busner setzt die Peitsche an: Ich hatte immer schon eine Schwäche für diejenigen, die eine Neigung zum Seitensprung hatten – aber was ist denn das? In einer Welt, die derart von eingängigen Melodien geplagt ist, dass nur mehr ein Surren übriggeblieben ist, war keine eingängiger als diese: *Last night I heard my mama singin' a song, Uhh ...* Als sie es zum ersten Mal taten, waren sie zweifellos *ein wenig angeschickert* gewesen, dabei war es mitten am Tag. Er hatte sich vorgenommen, zum Mittagessen nicht in den Pub zu gehen – und dann war da, was?, sie stießen auf einen Kollegen an? Wie auch immer ... sie war auch da, und als er mit ihr zurückging, um einen Blick auf die Petrischale zu werfen, schloss sie entschieden die Tür hinter ihm ab. *Was ist denn hier los?, dachte ich. Da gebe ich ihr ein paar Radler aus und krieg gleich die Palme gerüttelt?* Die Apotheke war in einem Gewirr von Räumen versteckt, die um die eigentlichen Lagerräume herum gruppiert waren – viele waren längst nicht mehr in Gebrauch, sie waren *vollgestopft mit dem unmöglichsten Zeug:* mit alten Schulpulten,

Garderobenständern, zurückgelassenen Instrumentenkoffern der aufgelösten Klinik-Kapelle. Ältere Damen und Psychiater kamen, um Medikamente abzuholen, die *aus einer Art Kantinenluke* gereicht wurden, am Ende eines blinden Korridors, huuu-iii, wir hatten schon vorher in ihrem kleinen, weiter hinten gelegenen Labor *unsere Geheimnisse gehabt*, huuu-iii piepsi-piepsi fiep-fiep – Das war es! Es war einfach überall in jenem Sommer, die Wolke von dopaminergem Pulver, das unter der grünen Schüssel des Lampenschirms mehlig aufstaubte. Er steht da und sieht Mimi Hanson zu, die das Gerät bedient, und denkt an Fräulein Fitz, die Köchin seines Onkels, die am Fleischwolf dreht, *dass sich die Fleischwürmer wanden*. Mimi ist jetzt fertig, sie hat das letzte Pulver in den Trichter geklopft, sie stellt den Messbecher auf den Labortisch zurück, und als sie *durch weißlich kräuselnde Schlieren blickend* die leere Kapsel an die Rinne klemmt und kraftvoll den Hebel drückt, um das winzige Gefäß mit der Trichterspitze zu *vermählen*, bemerkt er den Solitär an ihrem Finger. *Mahle nur weiter, befeuchte und mische die Paste, zerstoße dein Pulver – in Eile bin ich nicht!* Ihre *rotlackierten, abgeplatzten Fingernägel* lösen ein federgespanntes Schiffchen, eine Patene dreht sich, die verschlossene Kapsel rutscht auf ein kleines Tablett, Mimi nimmt sie in die Hand und dreht sich zu ihm um, wobei sie unter ihrer neuropharmakologischen Last kaum merklich schwankt. Zwei Gramm, sagt sie durch den Mundschutz, *ein hübscher Kazoo-Ton*. Ich kann eins und drei draus machen, nur halbe Gramm sind schwier–. Er ist über ihr, er hat den Winkel so sauber kalkuliert, dass sein Becken ihren Hintern in die Taschen seiner Hände drückt, während sich sein Schenkel zwischen ihre schiebt und sein Mund *an ihrem Filter teilhat*, ihre Zungen schnabeln beiderseits der

Maske, die sie mit den Zähnen Stück für Stück zur Seite zerren. Sie schluckt gerade ein Radlerrülpsen, als sie, schlecht abgestimmt, das *Dreibeinerrennen* auf dem Boden beginnen. Busners Hand reißt ihren Laborkittel auf, zerrt den Kleidsaum herauf, schiebt das ärgerlich mit der Strumpfhose verstrickte Höschen herunter – sie riecht leicht säuerlich – *Sorbet-Zitronen?* Ihr krauses Haar ist so hellblond, dass es praktisch weiß ist – *ein Wollpelz*. Sie müssen auf dem Weg nach unten ein Glasgefäß umgestoßen haben, er hört es leise knirschen, es schaukelt und kommt, als sie mit seiner Gürtelschnalle und dem Reißverschluss kämpft, zur Ruhe. Vergebens – sie ist ein *nacktes, gegabeltes Ding*, nicht aufzuhalten – hofft er, dass es nicht die achtzig Unzen L-Dihydroxyphenylalanin waren, die *zum Preis von zweitausend Pfund!* erst am Morgen von der Schweizer Firma Sandoz geliefert worden sind. Nüchtern drückt das Linoleum gegen Knie und Handballen – es bleibt an seinen Zehnägeln hängen, während er sich *zum heiligen Pomp des Eindringens* verbiegt, und Mimi, die Kopf und Brust in Armen hält, *tot umfallen müsste!* Es sind diese der Leidenschaft vorbehaltenen Momente, in denen Busner sich besonders professionell verhält, haaaa-haaaa-ha, stöhnt sie, und damit ist sie demaskiert: als Geisel, die, so scheint es ihm, nichts sehnlicher wünscht, als von ihrem Geiselnehmer vergewaltigt zu werden. Denn sie krallt und zerrt ihn *mit diesen Nägeln* in sich hinein, dass ihm einige Sekunden lang nichts gewärtig ist als der Geruch der *Sorbet-Zitronen*, der sich zu einem *koitalgipfeligen Schweißausbruch* verdichtet … Er befreit ihre Brust – die Aureole ist viel größer und fahler, als er erwartet hat, der Nippel ist eingesunken, er kauert, um sich an ihm zu laben. Ha'ha'hnnn! Sie beißt ihm ins Ohr, er diagnostiziert ihren *Bewegungsspasmus* als

Athetose, ihre *Zuckungen* als *myoklonisch*. Er sieht sie an, um sich diese medizinischen Fachausdrücke runterzuholen, und muss feststellen, dass ihr strahlend blauer Blick von etwas festgehalten wird, das links hinter ihr liegt – eine *okulogyrische Krise!* Zufällig entdeckt er in Mimis offenem Mund das *feuchte Blitzen* ihrer Füllungen – ihre zittrigen Locken kehren den teuren Staub zusammen. Um der Detumeszenz vorzubeugen, deren erste Anfänge er spürt, versteift er sich auf *Miriam, deren Gesicht seitlich auf das vertraute Kissen gewischt ist:* das Bild des ehelichen Vorrechts wirkt Wunder bei der beruflichen Verwicklung, und während die Enzephalitische auf dem Boden *den Rücken durchkrümmt und meine Hüften packt*, fragt er sich: Ob sie es genauso macht? Bin ich ihr Ver-ver-ver-lohp-ter?! Jäh zieht er heraus, die Samenspritzer auf Haut, Kleidung und Linoleum machen ihnen unmittelbar deutlich, *wie irr sie sich verhalten haben*. Die Intimität, denkt er, die ich erzwinge, indem ich das hier aufwische, übersteigt die der ursächlichen Handlung – das erste Mal hat immer auch eine gesellschaftliche Komponente, es ist *genitale Konversation* … der er entnommen hat, im Pub und bereits davor, als er ihr die äußerst experimentelle Anordnung des Laborversuchs erläuterte, dass Mimi, der Mädchenhaftigkeit ihrer weißgerippten Strümpfe, ihres buntgeblümten Sommerkleids zum Trotz, vollkommen ernsthaft war. *Eine Infantin war sie, die aus dem Pub zurückkehrte* … in der Sänfte eines transparenten Plastikschirms. Er hatte sie im frühlingshaften Regenguss ausgelacht, sie antwortete: *Ich will aber nicht, dass meine Haare nass werden* … seine eigene Kleidung behindert ihn, hilflos kniet er – in der dem Labortisch einverleibten Spüle muss ein Lappen sein. Ihr Gesicht ist ausdruckslos im Moschusester – ihre Wamme durchsehnt –

schaudernd erwacht sie, greift nach seinem *Holzkopf* und drückt ihn noch einmal auf ihren Bauch. Im ausgeschalten Graben weit unter der schützenden Dachluke *nehmen die erhitzten Körper den Kampf wieder auf* – die Maske hängt an einer einzigen dünnen Schlaufe an einem ihrer angewachsenen Ohren, von wo aus sich *ein Strudel* der Erregung ausbreitet, der bald schmutzige Flure erfasst, Schwingtüren aufstößt und die Hitzestaus der Innenhöfe quert, der ins Jammertal der Stationen stößt und dort das Fleisch der Menschen erfasst, ihr hysterisches Elend, das sich zu nervenkitzligem Vergnügen steigert – im Fleisch wie im gesamten schwankenden, pulsierenden Gemäuer. Die Wände durchdringt er in *elektrostatischen Ringen*, die den gesamten, 1884 Fuß und sechs Zoll langen Hauptkorridor hinablaufen und den kalten, alten Putz im Wechsel weiten und verdichten. Die Patienten werden rissig – *zerspringen vor Freude*, Ärzte und Schwestern kommen gelaufen, um ihre bereits aufgepflanzten *Beruhigungsbajonette hineinzustoßen* … aber es gelingt nicht, die Patienten davon abzuhalten, die Köpfe in den Boden zu rammen *bumm-bumm-bumm!* oder die Verwehungen des verschütteten L-DOPAs aufzuwischen – Busner müht sich ab, Schweiß quillt aus dem Pflasterstreifen, den er um den Schlägergriff gewunden hat, ein Siebener-Eisen, das er an einem Stand in Beresford Square gekauft hat, wo er nur kurz vorbeischauen wollte. Albert lächelt und betrachtet die eigenen, in Wollsocken steckenden Füße, die er klobig auf den Dielenboden der Umkleide gestemmt hat. Er lächelt und sinnt über die Tatsache nach, dass ein Splitter immer nur a posteriori ins Bewusstsein dringt – hinter ihm rascheln Mayhew und Arbuthnot, verhüllt von einem Vorhang aus Jacken, die an Haken über Bänken hängen. Der unverwechselbar scharfe Geruch von tief eingetrocknetem Schweiß steht in der Luft – einem Schweiß, der, ebenfalls identifizierbar, aus unnötiger Anstrengung entstanden ist – vermischt mit *Franzbranntwein, Leinöl und Guttapercha* … er hört das scharfe Kratzen eines Stollenstiefels, das weiche Flatschen beim Gürten der Hose – er selbst besitzt keine Ausrüstung, die er anziehen oder anlegen könnte, er trägt die Hose seines drittbesten Büroanzugs, dazu ein leichtes Flanellhemd und den alten Kricket-Pullover aus der Schule. Wieder lächelt Albert: er sollte, fällt ihm ein, die Hosenbeine in die Strümpfe stecken – es wird ihm mehr Bewegungsfreiheit beim Abschlag geben und außerdem einer Kniebundhose nicht ganz unähnlich sein. — Als man ihn in das Büro des Oberaufsehers vorließ, konnte der Mann nicht wissen, zu welchem Zweck Albert den Golfschläger unter den Arm geklemmt hatte – vielleicht hatte er ihn nicht einmal bemerkt. So oder so unterließ Albert es, den Schläger zu erwähnen, er nahm ihn einfach mit, als man ihm die Hütten zeigte, die Gießereien und Werkstätten. Einmal setzte er den damals schon verschlissenen – aber noch ungeflickten – offenporigen Ledergriff ein – um in die Bronzekappe einer auf einer Werkbank liegenden Kartusche zu stoßen, diese aufzuspießen und ihre Politur im *seidigen* Sonnenlicht zu betrachten, das aus den hohen Fenstern *prangte*. Was hatte der Oberaufseher wohl gedacht? Vermutlich, dass es sich hier um einen neuartigen Korporalsstock handelte, denn er war zwar ebenfalls Zivilist, schien aber fürchterlich aufgeregt, dass er es mit einem ebensolchen zu tun hatte – der, nicht auszudenken – ranghöher war als er selbst. Ein oder zwei Mal hatte er Albert mit Sir angesprochen und einen Salut angedeutet. Der Oberaufseher war wesentlich älter, er trug einen spitzen Stehkragen und einen Mantel im Schnitt der Neunziger, seinem sonst wohl eher geröteten Gesicht fehlte die Farbe, die Nerven hatten es leergesogen wie Blutegel. Vielleicht war es Alberts stocksteife Haltung, die den Mann verwirrte – die allerdings keineswegs gekünstelt war, sondern das Ergebnis von einer Menge *Fußball und Kricket*, und seit neuestem, da Mister Wilton sich durchgesetzt hatte, *den langen, erschlichenen Abenden auf dem Golfplatz*. Ihm war bewusst, dass seine Bewegungen die unbewusste Eleganz des Sportlers hatten – und wenn es auch eher seine überragende Denkkraft war, seine mit einem hervorragenden Gedächtnis gepaarte Vernunft, derenthalber sich seine Vorgesetzten auf ihn verließen, sowie, *ihre Entschlossenheit in dieser Sache noch festigend*, seine *unzweifelhafte Redlichkeit*, verließ er sich lieber auf seinen Körper … *langstämmiger Rhabarber … von zartestem Grün und nicht von dieser Welt*, der in den Gemüsegärten von Surrey auf Komposthaufen gedieh. Der Rhabarber in dem gedeckten Kuchen, den Ms. Hedges gestern Abend ihren Gästen serviert hat, mit einem Klicken ihrer billigen Strumpfhalter, mit bulligem, freudig geschwollenem Gesicht. Würde *die schöne Rosalind ihn zu sich nehmen … ihr Volk …* hätte es mit dieser häuslichen Schlichtheit ein Ende, stattdessen: neue Möbel, Accouchier-Instrumente – all der Wirbel um Babywäsche und die *von ihr verursachten Kosten*. Sie könnte, dachte er, *sieben- oder achthundert jährlich* mitbringen … doch das war *reine Träumerei*, er war noch längst nicht bereit, um ihre Hand anzuhalten, er hatte sie erst ein, zwei Mal gesehen und den Hut gezogen, als sie ihm mit ihrem illustren Onkel auf der Treppe des Ministeriums begegnete. Es war *Aberwitz*, überhaupt daran zu denken. Doch hatte er sie nicht verdient, oder eine wie sie? Hatte er sich nicht *saubergehalten*, hatte er nicht den Nagel fest im

Auge behalten, der durch unseres Heilands Hand ging, statt sich einen Seitenblick auf *lockere Korsetts* zu gönnen? Sonntag für Sonntag hatte er dagesessen und in seiner Tasche nach Münzen für den Samtbeutel gekramt, der in die Bankreihen gestochen wurde, er hatte mit dem Ohr des Connaisseurs dem *bronchialen Seufzen* der unrenovierten Orgel von St. Judas gelauscht, er, Albert, der den Katechismus im selben Licht betrachtete wie die Statistiken, die alljährlich vom Stationary Office Seiner Majestät veröffentlicht wurden: er kann sie beide auswendig, und beide gewährleisten seinen Glauben an die Dreifaltigkeit von König, Kitchener und walisischen Ballzauberern –.

De'Ath – De'Ath? Diesen Ausfall hört Albert nicht, erst als – hören Sie, De'Ath, wenn wir uns nicht ranhalten, stecken wir hinter dem Vierer da – mit dem Satz eine nie da gewesene Hand auf seiner Schulter landet, versteht er, dass die beiden Silben ihn betreffen, und zwar nicht im juristischen Sinn, sondern persönlich. Mayhew, seitlich krängend unter der Last seiner vollen Tasche, lächelt Albert an, Grübchen knabbern an den gepflegten Spitzen des korkgeschwärzten Schnurrbarts. Als sie die Umkleide verlassen und vor dem Clubhaus, das den Namen nicht verdient hat, zum ersten Abschlag gehen, unterzieht Albert Mayhews *Schlingergang* einer genaueren Betrachtung – möglich, dass er zu mager ist, um seine eigene Tasche zu tragen, aber was macht das schon: aus den zerfetzten Schatten der Bruchweiden am Bach kommen Gassenjungen angetrottet, die nichts lieber täten, als sie für einen Threepence oder weniger auf ihre Schultern zu nehmen. Zudem gestand Mayhew im Zug nach Hanwell, dass sein Handicap einstellig war. Ist nicht mein Verdienst, säuselte er – offenbar grenzte der Familiensitz der Mayhews an einen Golfplatz. Es hatte Sommerfrischen am Meer gegeben, sie hatten sich in den Dünen und auf einem Platz nahe Rustington ausgetobt – auch an der Universität hatte er es zu sportlichen Ehren gebracht. Während der Bummelzug über die Great-Western-Strecke durch Royal Oak, Acton und Ealing puffte, führte Alberts unmittelbarer Vorgesetzter seine eigene Bescheidenheit vor. Albert war dankbar für Arbuthnot, den Mayhew mit den Worten *der macht irgendwas Stinklangweiliges bei der Bank* vorgestellt hatte, der aber *aufgedonnert war wie ein jüdischer Börsenspekulant*, mit lavendelfarbenen Gamaschen, einem Hutband aus Seide und einer Blume im Knopfloch, *an der eine Hummel ihre Freude gehabt hätte*. Arbuthnot hatte wohl nur gewartet, dass der Zug in Paddington lostuckerte, um seinen Flachmann aus der Tasche zu ziehen, er hielt ihn in die Runde und sagte: Seiner Majestät zum Trotz ist es mir eine liebe Angewohnheit geworden. Und zu Mayhews *Mumpitz* nahm er ebenfalls kein Blatt vor den Mund: Mach mal halblang, alter Junge, wenn man dich hört, könnte man glauben, du nimmst – rein physisch jetzt – nicht einmal den Schläger in die Hand, du tust, als würde der Heilige Geist das alles für dich erledigen! Arbuthnot, dessen Gesichtsfarbe zwischen Blau und Rot changierte *wie schlecht gewordenes Lammfleisch*, lachte am lautesten – und längsten. Nun, da er die vollen, hämischen Lippen mit einem schneeweißen Schnupftuch abgetupft und seine ebenfalls gut gefüllte Tasche einem Caddie gereicht hat, fällt ihm erst auf, dass Albert nichts dabei hat als die beiden Schläger, die er schon im Zug hatte – das Siebener-Eisen und einen ebenso uralten Spoon aus Holz. Er betrachtet die Sache genauer, nimmt nun auch die Unordnung in der Kleidung des jungen Mannes wahr, die im klaren Licht dieses Maitags einen brutalen Kontrast zu seiner eigenen, flotten Golfausstattung darstellt, bestehend aus: elastischen Strümpfen, Schottenmuster, einer mintgrünen, seine kräftigen Schenkel elegant verhüllenden Kniebundhose und einer passenden, mit verschiedenen Gurten und Laschen versehenen Windjacke. Haben Sie denn sonst keine Schläger?, sagt er. Und als Albert dies eingesteht, fährt der Banker fort: Nun, dann bedienen Sie sich bitte bei mir, nehmen Sie, was Sie brauchen – verdammt, lassen Sie die beiden doch einfach hier, wir teilen uns die Ausrüstung. In den Institutionen gelingt der steile Aufstieg nur, wenn man Beleidigungen nicht zur Kenntnis nimmt – und die Fähigkeit nicht einbüßt, Äußerungen zu erkennen, die solche, beabsichtigt oder nicht, hervorrufen – doch der Banker meint es, wie er es gesagt hat, was seiner ganzen Art entspricht, seinem leichten, ungezwungenen Egalitarismus, ganz im Gegensatz zu Mayhew, der sich nun, da er das Gespräch gehört hat, beeilt zu sagen: Aber De'Ath, ich hätte schon längst anbieten – bedienen Sie sich, selbstverständlich. Und bleibt beharrlich, als Albert zögert, ich danke Ihnen, Sir, und ich danke Ihnen, Mister Arbuthnot, ich komme mit diesen hier gut zurecht, ich kenne ihre … sagen wir, Schrägheiten und freue mich, ehrlich gesagt, auf die zusätzliche Herausforderung. Mayhew sagt: Kommen Sie schon, De'Ath, lassen Sie doch diese Förmlichkeiten hier auf dem Platz, wir sind doch in erster Linie Golfspieler, und erst … hier stockt er, weil er sich nicht traut, Herrschaften zu sagen. Albert hat durchaus Mitgefühl, da er die Brillanz seiner eigenen Inszenierung zu würdigen weiß: Unter keinen Umständen gibt er sich als jemand aus, der er nicht ist, wobei sein schlichter, neutraler Akzent, sein perfekter Ausdruck keinen Hinweis darauf geben, dass er einst ein Junge aus dem fauligen Fulham gewesen ist. *Gippkeine mehr, Misses Moore, gippkeine mehr, Misses Moore …* Stimmt nicht: es wird Tausende seiner Art geben, *die der weißäugige Kaffer in den Theatern rekrutiert …* Albert versteht viel besser als seine Begleiter, dass der Krieg immer auch eine Gelegenheit ist. Endlich würgt Mayhew den Rest des Satzes heraus: … erst in zweiter Linie Beamte, er bückt sich, teet auf, geht in Stellung, schwänzelt, heftet den Blick auf die Stelle, an der das Fairway hinter stattlichen Eichen wegknickt, und beugt, als der Schlägerkopf steigt, hübsch das Knie. Er schwingt und schlägt ab. Der Ball springt ein, zwei Mal auf und verschwindet im Rough – worauf auch immer Mayhews Handicap beruht, denkt Albert, der Abschlag ist es nicht. — Als sie die schläfrige Straße vom Bahnhof Hanwell herabspaziert waren, vorbei an zwei neuen Villen und einem alten Pfarrhaus, das mit einer uralten Eibe und einigen ölig-glänzenden Krähen ein perfektes Ensemble bildete, hatten sich Arbuthnot und Mayhew über die Einlagerung der nationalen Geldvorräte unterhalten, die Säcke um Säcke voller Goldmünzen, die bei der Bank abgeladen worden waren – es waren so viele, hatte Arbuthnot behauptet, dass die Polizei die King William Street für den Verkehr sperren musste, nur so war es möglich, all die Lieferwagen und Autos – selbst Bierkutschen, die einige der größeren Ortsbanken gemietet hatten – ordentlich hintereinander aufzureihen. Ein Hausmädchen, das im Vorgarten einer der Villen einen Teppich strafte, errötete herzig und verschwand, als die drei Männer angeschlendert kamen. Albert entdeckte hinter der Bahntrasse das schwarze Kapellentürmchen, die backsteinroten Schornsteine und die umbrabraunen Mauertürme der Irrenanstalt. Offenbar wurden die Verrückten über Schienen und Straßen herangeschafft – warum eigentlich nicht per Schiff über den Grand-Junction-Kanal? Die Schreie der *geisteskranken Frauen … brandeten an die*

Kohlekais ... längst hatte man begonnen, die Bevölkerung nach ihrer Nützlichkeit bei den Kriegsanstrengungen zu klassifizieren – warum eigentlich nicht die Kinder, warum nicht auch die Schwachsinnigen? Man könnte sie doch ganz gut als *Maschinengewehrfutter* einsetzen. Was ein einziges Jahr ausmachte – wo würden sie wohl in drei Jahren sein? *Hey, ho, er hat ihr einen Schubs gegeben, die alte Frau ist noch am Leben, hurzeldi-purzeldi* ... Arbuthnot, der lang genug das Grasbüschel angesehen hat, hinter dem Mayhews Ball versteckt liegt, bückt sich und piekst sein eigenes Tee hinein, genau der richtige Augenblick, um eine Wette vorzuschlagen, sagt er. Die beiden Caddies, die sie engagiert haben, kichern – und die vier, die sie nicht engagiert haben und die mit gekreuzten Füßen in der Nähe sitzen, kichern ebenfalls ... sie sind *die Schmeichler der Schmeichler*. Arbuthnots Hinterteil ist breit und bauschig ... *flussabwärts kreuzende Lastensegler, unter vollen Segeln*, doch als er sich aufrichtet, präsentiert er, straff gebläht in seinen Händen, einen der neuen Zehn-Schilling-Scheine, schon entschwebt er mit Bradburys Unterschrift zum Himmel, umflort von *hohem Zirrusflaum* ... Ich belohne damit die beste Runde, die meine Begleiter zustande bringen, erklärt er, sonst wandert der Schein zurück in meine Tasche. Schon wieder stolpert Mayhew ... *er stürzt, die Lusitania reißt ihn in die Tiefe* ... – Find'st du nicht, dass das ein bisschen viel ist, alter Junge?, und sein Schläger nickt in Alberts Richtung, was die Sache nur schlimmer macht. Albert reagiert sofort: Überhaupt nicht, im Gegenteil, falls es Ihnen recht ist, Mister Arbuthnot, würde ich gern verdoppeln. Worauf er eine Pfundnote aus der Brieftasche zieht. – Sehen Sie, ich besitze nämlich ebenfalls eins dieser neuen Zahlungsmittel und habe es *schlauerweise, weil die Situation vorhersehbar war, schon in der Hand* ... Arbuthnot stimmt eifrig zu – und Mayhew ist gezwungen, selbst ein Pfund in die Kasse zu geben. Arbuthnot macht sich bereit, sein Stand ist *brutal kompakt*. Er meistert die für einen Mann seines Körpermaßes schwierige Übung, die Arme bis in die Lotrechte zu strecken. Albert glaubt, dass in dem Drive zu viel Kraft steckt, doch Schläger trifft auf Ball mit einem sauberen Klack! und leise pfeifend steigt der Ball und beschreibt eine steile *Minniewerfer Parabolkurve*, die, so errechnet Albert, bevor der Ball noch den Zenit erreicht hat, über das Ziel hinausschießen wird. Ein Par-4 bei zweihundertsechzig Yard, an der Taille eingeschnürt von einigen Eichen, wer da zu weit schoss, riskierte, *dass der Einschlag in einem Minenkrater hinter Fosse 8 erfolgte* – genau, wie mit Arbuthnots Ball geschehen. Der sicherere Plan besteht darin, im *Niemandsland* vor den Bäumen *Unterstützungsfeuer zu geben*, dann mit Hilfe eines mittleren Eisens das Grün *ins Visier zu nehmen* – genau, wie Albert es jetzt macht, obwohl er weder einen Driver besitzt noch das passende Eisen. Dafür ist er mit jedem Kratzer, jeder Delle seines Spoons vertraut, den Winkel der Schlagfläche kann er bis auf mehrere Stellen hinterm Komma aufsagen: ist der Schwung einmal *kalibriert*, muss es gelingen, den Schlag ohne jede Anstrengung auszuführen, *Schlagbolzen* trifft *Kartusche*, ungehindert, der Ball *hurzeldipurzelt* bis auf zwanzig Meter an die Bäume heran und bleibt liegen. Mayhew benötigt zwei Schläge, um aus dem Rough zu kommen, Arbuthnot braucht drei, um sich aus dem Bunker zu befreien, Sand spritzt aus *gieriger Höhlung*. Albert wechselt den Schläger, als er seine perfekte Lage erreicht, er dreht sich aus dem Durchschwung und hebt den Ball über den bestickten Eichensaum. Ein sauber herausgeschlagenes Rasenstück kehrt zur Erde zurück, er nimmt sich die Zeit, es ein wenig festzutreten, bevor er sein siegreiches Siebener-Eisen über dem Kopf wedelt und zum Grün aufbricht, das tut mir aber leid, ruft er ... Die beiden älteren Männer sehen schweigend zu, als Albert mit der flachen Seite des abgegriffenen Spoons über sieben Yard einlocht. So hat bereits das erste Loch genügend Beweise für die Schwächen seiner Begleiter geliefert, und Albert, der den Platz nur insoweit kennt, als er die im Clubhaus angeschlagenen Bahnlängen und Pars gelesen hat – berechnet, dass er am Ende aller Wahrscheinlichkeit nach mit dreizehn Schlägen vorn liegen wird – vierzehn, falls radikal unvorhergesehene Umstände eintreten sollten. Auf dem Weg zum zweiten Abschlag bleibt Arbuthnot stehen, um seine Pfeife anzustecken, und gibt mit einem Wink des Streichholzes zu verstehen, dass sich Albert zu ihm *zurückfallen lassen möge*. Sind Sie, fragt er, aus seinem *Karpfenmund blubbern Rauchblasen*, einer von Sam Montagues Leuten, oder von Lloyd George? Seine schweren Lider haben den Glanz der Ausgelassenheit eingebüßt, der ihm im Zug noch eigen war – sein Blick ist taxierend, aber nicht kalt. Ich bezweifle sehr, dass meine Person von hinreichendem Gewicht ist, um von einer der beiden Herrschaften bemerkt zu werden ... Sein eigener Blick wandert zum Tee, wo Mayhew seltsame Kniebeugen vollführt. Ich für meinen Teil glaube, sagt Arbuthnot sarkastisch, dass Mister Mayhew nicht gewichtig genug wäre, um von den Herrschaften bemerkt zu werden, würde er nicht über eine derart begabte Nummer Zwei verfügen. Ein Ahrensmeyer oder Datas, jemand mit bemerkenswertem Scharfsinn muss im Inneren dieser *Tonne von einem Mann* sitzen, der gerade mit seiner Streichholzschachtel zwischen *zwei Dauben* pult. Mister Arbuthnot, sagt Albert, wenn ich fragen darf, welche Stellung bekleiden Sie genau bei Ihrer Bank? – Oh, p-puh-puhh, Mister De'Ath, das hätten Sie auch eleganter machen können, aber da Sie nun schon fragen ... *über ihren Köpfen strömen Rauchwimpel, unten wird der Kopf eines Löwenzahns zerquetscht* ... ich sorge dafür, dass genügend Mittel zur Verfügung stehen, damit Ihr Ministerium jederzeit in der Lage ist, seine Anleihen bei Vorlage auszuzahlen – wann fangen Sie denn im Arsenal an? Er wendet sich dem *weißen Sternennebel* des zweiten Tees zu. Das Loch, das als über vierhundert Yard langes, räkelndes *s* bis zur Uxbridge Road hinabführt und einem offensichtlich gefährlichen Mühlteich ausweicht, begünstigt all jene, die in der Lage sind, *ihre gesamten Truppen für einen Sturmangriff zusammenzutrommeln.* Mayhews Caddie bückt sich, um das Tee zu setzen, Mayhew bückt sich, um den Ball zu legen – er schüttelt Schläger und Schultern aus, federt in den Stand, *schüttelt und federt* noch einmal, *schüttelt und federt* ein letztes Mal. Vor lauter Mitleid zucken bereits Alberts eigene Schultern – nichts wäre schlimmer für ihn, als wenn sein Chef das *Gesicht verliert!* Der Abschlag ist ausreichend, auch wenn Arbuthnot ihn um mindestens fünfzig Yards übertrifft. Beide Männer erreichen mit einiger Effizienz das Grün, während sich Albert in angemessenem Abstand hält, bevor er kaltblütig das Siebener-Eisen schwingt und einen Chip-and-Run über fünfundzwanzig Yard einlocht. So haben sich die drei bei diesem Loch nichts geschenkt, jeder hat seine drei Schläge gebraucht, eins über Par. Die nächsten vier Löcher sind *klare Sicht voraus* – breite Fairways, behagliche Bunker, banale Hügelchen – sie führen die Golfspieler zum Dorf Southall, bevor die Flanke durch eine Landstraße abgedrängt und zum Rückzug am Brent-Ufer im Osten gezwungen wird. Es fällt Albert nicht schwer, Mayhew davon zu überzeugen, dass sein golferisches Können *im Aufschwung* ist. Arbuthnot jedoch sieht Albert immer wieder prüfend in die Augen. Wir hätten auch, sagt er, während sie Mayhew beobachten, der prustend weitere Kniebeugen vollführt, den Brent Valley spielen können, da bin ich ebenfalls Mitglied. So auch mehrere Juden, wirft Mayhew ein, apropos unser neues Kabinett, ich habe mir sagen lassen, dass die einen Motor-Charabank brauchen, um das neunte Loch zu runden, so faul sind sie –. Und geizig!, fügt Arbuthnot hinzu, und alle drei lachen auf – er selbst lacht am längsten. Am neunten Abschlag spürt Albert, wie viel Kraft es ihn bereits gekostet hat, seinen Schwung im Zaum zu halten: Die Anspannung, die mit scharfen *Stacheln* seine Arme *umrankt*, die *zerrend und stechend* Nerven und Bänder angreift – hat nun auch seinen Rücken *galvanisiert*. Das Loch ist interessanter als die vorangegangenen: es geht leicht bergab, hundertdreißig Yard zu einem Erlenstand, der die Stelle abschirmt, an der das Fairway abknickt. Hinter dem *Zittergrün* des Laubs, hoch über dem jenseitigen Ufer, entdeckt Albert die Nadel, die in der Niere des gewalzten Rasens steckt – es gehört für ihn zur Fairness, seine Begleiter darauf hinzuweisen, dass der Fluss *ein blinder Fleck* ist. Meinen Sie, ja?, sagt Mayhew, während er mit der Schuhspitze den Rasen andrückt *oder Minen sucht*. Die versteckten Anweisungen seines Untergebenen haben ihn aufgebaut, er hat sich in die Rolle des *großzügigen Siegers* gefunden. Albert sagt, ich denke, dass der Golfarchitekt dieser Stelle seine ganze Erfindungskraft, die den bisherigen Löchern nicht zugutegekommen ist, gewidmet hat – ich wette also, dass sich hinter diesen Bäumen, gleich am Fluss, ein Wasserhindernis befindet. Wieder blökt Mayhew: Meinen Sie, ja? Es ist genau *diese Maske der Süffisanz, die Mayhew gern aufsetzt*, wenn er von ungeduldigen Telegrammen von der Front schikaniert wird – Albert aber durchschaut sie, er erkennt seine wahren Züge und die durch *ausgeschnittene Löcher* sichtbaren *feuchten, unmännlichen Augen*, die die Halbdistanz absuchen. *Dummkopf! Dein Land braucht nicht dich …* Denn Mayhew hat nach einem Dreier-Eisen gegriffen, wo, abgesehen von einigen wenigen Spezialisten, jeder kurz spielen und für ein sicheres Par 3 zwei Schläge bis zum Green in Kauf nehmen würde. Albert hat keine Möglichkeit, ihn noch zu retten – auch nicht *die milchgesichtigen jüngeren Brüder im Fieberschub des Schreckens*, die bei diesem *Verzweiflungsmanöver* verschwendet werden. Die fremde Schmach hat ihn derart gepackt, dass er den mädchenhaften Knicks in Mayhews Beinen übersieht – er sieht nur die abscheuliche Langsamkeit des Balls, den *pfeifend ins Wolkenkonstantinopel steigende Dampfpinassen* durch täuschend irenische Luft ziehen. Das Sirren der Maschinengewehrkugeln – wie Albert den Bemerkungen urlaubender Offiziere entnommen hat: sie sirren, wenn sie weiches Material durchriffeln – *Fleisch, Kleidung, Hirn …* Ein Schicksal, das nun auch Mayhews Ball ereilt, der, da er nicht hoch genug gestiegen ist, kurz anhält und von einem sirrenden, seitlich einfallenden Wind erfasst wird, worauf er runterplumpst. Es ist eigentlich nicht seine Art, aber Albert malt sich Folgendes aus: den Riss im galligen Schleim, das dellige Mondgesicht, das im blutigen, abgestandenen Wasser treibt. Er geht davon aus, dass man den Caddie überreden wird, hineinzuwaten und den Ball zu bergen – nicht willentlich, sondern aus *dumpfer, hungriger Folgebereitschaft*. Plötzlich leckt er die Stahlfeder seines Zorns an *Ich habe ihm doch jede Chance gegeben!* Es ist eine Wendung, die der *schlauen Kröte* nicht entgeht, obwohl er *halb be-*

soffen ist und Albert sich ganz bestimmt nichts hat anmerken lassen, abgesehen davon, dass er Arbuthnot mit einer übertrieben beflissenen Geste beim Abschlag den Vortritt gelassen hat. Der Banker wählt den sichereren Schlag, sein Ball *hurzeldipurzelt* den Hang hinunter und bleibt genau an der richtigen Stelle liegen, um mit einem langen Chip zum Grün befördert zu werden. Albert ist überzeugt, dass der Spieler beim Aufbau eines Golfschlags einen Geisteszustand erreichen kann, den schon die Heiligen des Hinduismus beschrieben haben: mit der yogischen Einnahme der Grundstellung – Arme ausgestreckt, Torso der Länge nach *genau über dem Zweibein gedreht* – ist Kraftausübung bei der meditativen Berechnung der Winkel nur hinderlich: der Winkel des Bogens, den der Schlägerkopf beschreiben wird und des einmal geschlagenen Balls. *Es ist alles entschieden* – der eigentliche Schlag ist ein geisterhafter Abschluss, *umrisslos und leer.* Er steht zudem überhaupt nicht im Wettkampf mit seinen augenscheinlichen Gegnern – schwache Geschöpfe, ihre Züge *aus weichem, billigem Bleiguss* – sondern mit dem Platz, einem völlig beliebigen Streifen Land, dessen Wust aus Senken und ungegrasten Weiden mit schrecklicher und nichtiger Bedeutsamkeit versehen wurde. Der Platz ist nicht schuldlos – er hat *das Feuer* gerade wegen seiner Randlage angezogen. Seine manifesten Bestandteile, die Bäche und Feldgehölze, die freistehenden, ehrwürdigen Ulmen, haben keine Bedeutung mehr, ihr einziger Zweck besteht darin, den Kämpfenden, die ihre Schusswinkel berechnen, zur Peilung zu dienen. Alberts langer Körper entwindet sich und spannt sich wieder auf, als er sich ein weiteres Mal entwindet, spürt er die Perfektion des Schlags in jeder Faser – das Siebener-Eisen, und er selbst, sind geschaffen für diesen einen Augenblick. Prima, nuschelt

Mayhew – die drei Herren samt Caddies und deren Tross schweben mit dem hohen Ball davon, der weiter und immer weiter die pneumatische Säule besteigt und nach kurzem Innehalten abstürzt. Alle rechnen mit *Hurzeldipurzel* auf dem Grün, an der weißen Blume des unsichtbaren *Kaninchens* – doch nichts dergleichen geschieht. Offenbar, sagt Mayhew, als sie weitergehen, sind auch Sie baden gegangen. Arbuthnot grinst sein lippenloses Krötengrinsen – *meine Wut amüsiert ihn!* Nun nimmt alles den Gang, den Albert vorhergesehen hat: der Caddie watet in den verschlammten, dem Bach abgezweigten Teich, während Mayhew zunehmend unbeherrscht am Ufer auf- und abschreitet und japsend Befehle erteilt. Erst als Arbuthnot eine gewichtige Hand auf seine Schulter legt, beruhigt er sich und akzeptiert zwei Strafpunkte und einen neuen Ball. Die beiden schlagen zum Grün hinauf, als Albert noch durchs Hinterland stapft *Lage um Lage das Gras durchkämmt*, und immer entdeckt er nur, was er ohnehin erwartet hat: den Schweif eines Buchenmasts, ein Weidenkatzchen, verstreuter, ein wenig *eingetrockneter Schafsschrot* … Albert verachtet seine Selbstzweifel, es ist aber wichtig, dass einer der anderen – nicht notwendigerweise Mayhew – derjenige sein wird, der den Flaggenstock zieht, um seinen Ball herauszunehmen, und verwundert Na hör mal! sagt, bevor er sich bückt, um den zweiten, im Becher kuschelnden Ball zu entnehmen und Albert zuzurufen: Erinnern Sie sich, Ihren Ball markiert zu haben? Drei Herzen!, antwortet Albert heiser. Er hört weder Arbuthnots knappen noch Mayhews geheuchelten Glückwunsch – und ignoriert den wilden Jubel der Caddies und ihrer Bewunderer. Er zieht einfach weiter zum nächsten Abschlag, *löst die Sperre, bringt mit einem Schwung das Zweibein vor, setzt die Sperre fest*, findet seinen Stand, fasst nach, *wirft einen kurzen Blick zum Horizont, stellt mit einem Klicken des Spannrädchens die Entfernung ein, legt die Kurbel um und gibt Unterstützungsfeuer*, in dessen Schutz er seinen Ruf festigen kann. Zwei Birdies hintereinander – und am zwölften Loch ein Eagle. Wenn durch die fürchterliche Stasis, die ihnen Albert aufgebürdet hat, die erste Hälfte der Runde ohne Vorkommnis war, ist das Trio nun, da es auf dem Platz immer und immer wieder Quartier schlägt, in den Rausch der offenen Kriegsführung geraten. Am siebzehnten Loch hängen Tauben im Weißdorn, sie wälzen ihre *ziemlich fiesen, molligen* Körper im stacheligen Geäst. *Stillgestanden*, heißt es, im Westen sickert die Sonne durch eine wässrige Wolke, im Osten, in den Villen von Castlebar Hill und Drayton Green, stochern zahllose Mary Annes und Mays vorsichtig die letzte Herdglut: Kohle schaffen sie auf Kinderwagen herbei, jeweils einen halben Zentner. Längst ist der Fluss der Arbeiter, die vom Bahnhof kommen, versiegt, es ist der Tod, der ihm den Hahn abgedreht hat – Schon quillt aus den Kaminen Rauch, Bächlein sprudeln krappbraun der Dämmerung entgegen. Ein Frühlingsschauer versilbert den Schiefer – am achtzehnten Abschlag lehnt Mayhew den Regenschirm ab, den sein Caddie aus der Tasche gezogen und aufgespannt hat. – Nein, Junge, da drunter sehe ich nichts. Da *zerrt und zerrt es* an Alberts Stiefelsohlen, als sie zurück zum Clubhaus gehen, er spürt, wie die Zornklumpen abfallen, und *neigt jetzt zur Milde*. Während sie warten, dass der Stiefelkratzer frei wird, bezahlen Mayhew und Arbuthnot mit Kleingeld, das sie aus ihren Westentaschen fingern, die Caddies. Erst dann ziehen sie ihre Brieftaschen aus tierfeuchtem Tweed hervor. Erstaunlich, sagt Mayhew, als er die Pfundnote reicht, wie viel waren es denn am Ende – sechs, sieben Schläge? Albert antwortet bündig: Vierzehn. Und das mit nur zwei Schlägern, flötet Mayhew kleinlaut, ohne Driver und ohne Putter … Na ja – er tupft seinen Pantomimenschnauzer – man könnte argumentieren, dass es mit zwei Schlägern einfacher ist, dass die Wahl des richtigen Eisens ein Teil der Herausforderung … des Spiels … ist … Er schweigt. Albert nimmt Arbuthnots Pfundnote entgegen und die ausgestreckten Hände seiner Mitspieler – und als der Flachmann die Runde macht, stützt er sich auf seine Schläger *ein Norweger am Pol*, bevor er mit dem Siebener eine matschige Patronenhülse herauslöst, die im rechten Winkel zwischen Sohle und Absatz steckt. Ich werde die Stelle in Woolwhich annehmen, sagt er, jedes Wort ist ein *milder Streich* auf Mayhews regennasse Wangen. Wir müssen uns dringend um den Granatenengpass kümmern. Mayhews Gesicht ist eine *offene, blutende Wunde der Entrüstung:* Und Sie … meinen … dass Sie dafür der richtige Mann sind? Ja, sagt Albert, genau das meine ich. — Er lässt sie stehen, holt sein Jackett aus der Umkleide und geht zum Bahnhof, die Schlägergriffe zermahlen die Blasen auf seinen Handflächen. In Paddington bemerkt er, dass sich der Himmel bedrohlich zugezogen hat, bereits auf dem Perron muss er sich rechts und links ducken, um den *gezielten Angriffen* der Schirmspitzen – dem Feind des hochgewachsenen Mannes in diesem *überfüllten Steingraben* – auszuweichen. An der Fahrkartenkontrolle stehen drei Damen – die jüngste tritt vor und wirft ihm aus der schwarzen Strohgrotte ihres Huts einen frechen Blick zu. Albert nimmt ihren modisch kurzen Rock zur Kenntnis, ihre schmalen Fesseln – *les attaches fines, wie die Franzosen sagen*, Shirker, sagt sie, was er beflissentlich überhört. Shirker, sagt sie noch einmal und ringt um Beherrschung, da sie der Hand der Rechtschaffenheit entglitten ist und von der Hand der Schicklichkeit *nicht aufgefangen wird* … Ihre Fäuste, in Handschuhen, trommeln auf seine Brust. Aber, aber! Ihre ältere Begleiterin *kinnlose Schlampe* fasst ihre Hüften *und glücklicherweise*. Gib es ihm einfach, Lucy. Die dritte im Bunde, *vielleicht beschämt?*, tippt mit der Spitze ihres Schirms, der, so erkennt Albert, von der Firma hergestellt wurde, für die seine Schwester arbeitet, rechts und links neben ihren Stiefeln auf den Bahnsteig. Dieser robuste Körper ist hutlos – oder besser gesagt, ihr Haarnest dient als Hut. Was ist das? Und das hier?, ruft die Angreiferin, doch Albert, der genau weiß, was hier vor sich geht, ist unfähig einzugreifen: er steckt an einer anderen Stelle fest, er blickt zurück auf einen hochgewachsenen, biegsameren jungen Mann, der seine Golfschläger in einer Hand hält, unter dem Jackenaufschlag schaut der Rand eines Kricket-Pullovers hervor, seine Hose, die noch in den Socken steckt, ist schlammbespritzt. Sehen Sie sich überhaupt, guter Mann?, sehen Sie sich nur an! Unsere Männer sterben heldenhaft in Ypres, und Sie – Sie … Albert findet die Bewegungen der dritten Frau geheimnisvoll, fast wie einen Ritus: wie ihr Hosenrock schwingt, während sie erst hier, dann dort auf den Bahnsteig tippt. In Friedenszeiten hätte nun vermutlich jemand eingegriffen, heute dagegen, denkt er, ist es wohl so, dass die Passanten – die mit abgewandtem Blick und kalten, grauen Gabardineschultern vorübereilen – derartige Aufgaben anderen überlassen, da sie selbst dringlichere zu erledigen haben: Bier muss im Rinnstein der Charlottenstraße vergossen werden, Kuckucksuhren werden von Kaffeehauswänden gerissen und kurzerhand abgehaspelt, irgendwie gelingt es ihnen, das komplizierte Filigran einer Beethoven-Sonate *auseinanderzunehmen* … Miss … beginnt Albert, er spürt den scharfkantigen Ministerbrief in seiner Innentasche – und verwirft gleich die Idee, ihn mit schwungvoller Geste hervorzuziehen. Er, dem normalerweise nichts entgeht, hat *unter dem schlechten Omen einiger Gaslampen*, im Dampf und im schmutzigen, über ihren Köpfen wabernden Rauch die Orientierung verloren – von oben stürzt Regenwasser auf das gewölbte Glasdach, wenige Schritte daneben *heiraten Waggonpuffer unter fleischfressendem Scheppern*. Irgendwie ist eine lange weiße Feder in seiner Handfläche gelandet. Albert lehnt seine Schläger an den Bauch und untersucht sie eingehend, er fährt mit der Fingerspitze über die seidig-raspelnden Strahlen. Miss … beginnt er erneut, doch als er dies sieht: wild aufgerissene Augen, triumphierende Miene, hält er inne, wendet auf dem Absatz und hebt Siebener-Eisen und Spoon zu einem stolzen Salut. Wobei er lauthals auflacht, denn dem Blick der dritten Frau nach zu urteilen hat sie – möglicherweise der Einflüsterung ihrer Frisur folgend – geschlossen, dass Albert der Scharfrichter aus Gilbert and Sullivans Mikado ist. Misses Hedges wird vermutlich Ochsenzunge zum Abendessen haben, *die über den Schüsselrand leckt*, selbst vom Wasserturm, dem Campanile des ersten Anstaltsriegels, sind ihre Papillen zu erkennen. Den zweiten Riegel, der, wenn er sich recht erinnert, einstöckig ist – sieht er nicht, er weiß nicht, ob das Gebäude niedergerissen wurde oder ob es von seiner Position aus hinter dem ersten verborgen ist. — In Muswell Hill stieg er aus dem Bus, lange Zeit stand er vor einem Internet-Café, er sah hinein und versuchte, das alles zu verstehen: die von innen an der Scheibe haftenden Aufkleber, die mit übertrieben freudigen, afrikanischen Gesichtern für LEBARA warben, eine Firma, die, so schloss er aus einer Liste von Nationalflaggen und Gebühren, Telefonanrufe nach Swasiland, Ruanda und Gabon für ein paar Pennies pro Minute anbot. Wer waren diese glücklichen, Stunde um Stunde verplappernden Exilanten, fragte er sich, deren *Verbigeration* die ganze Welt durchbebte? Die Frage *hätte er sich sparen können*, gerade trat ein Mann heraus, der aus den Reißverschlusstaschen seiner *schicken* weinroten Lederjacke erst ein, dann ein zweites, schließlich ein drittes Handy zog – Instrumente der Kommunikation, die er ohne Unterlass von einer Hand in die andere gleiten ließ, was Busner störte, er empfand es als verschwenderisch, wie der Mann diese kunstvoll gestalteten *Juwelen der Mikroschaltkreistechnologie* als *Betperlen* behandelte und nur kurz innehielt, um *Knötchen zu zählen*, bevor er sein Schk-Schk, Klack-Klack fortsetzte, immer hin und her. Aus seiner gegenwärtigen Stellung überblickt er weite Teile des Londoner Nordens – vom *Totteridge-Parnass* bis ins *Elysium von Epping Forest* – kann aber längst nicht alle dazwischenliegenden Viertel benennen, aber dort, wo sich drei hohe, trostlose Wohnblöcke *zusammengerottet* haben, könnte Edmonton sein. Es wäre Klischee und Lüge zugleich, wenn er behaupten würde, er wäre seiner Nase gefolgt, oder seine Füße hätten ihn getragen – Füße, die so angeschwollen sind, so voller Beschwerden, dass sie ihn unsanft gedrängt haben, die Sportschuhe auszuziehen. — Nein, er sitzt auf einer Bank und lässt den Blick über das Autobahntal zur ehemaligen Heilanstalt Friern schweifen, und er denkt mit einiger Befriedigung an seinen ersten Morgen als Büßenden zurück. Er war aus Kentish Town aufgebrochen, ohne Ziel und ohne Plan, und wo immer sich der Pfad teilte, half ihm das Gedächtnis, seine treue Gefährtin, den rechten Weg einzuschlagen. *Wenn ich ehrlich sein soll*, egal wie wahllos Busners Streifzüge waren, *hätte mich mein Gewissen immer einholen können – so fern verstreut liegen meine Samen, meine Koprolithen, mein im Inneren gewundenes Chaos.* Zu spät versteht er: Delikte werden dadurch schlimmer, dass der Täter nachher nicht saubermacht – dass er sich davonstiehlt und nicht wiederkehrt. Er spürt das höhlenartige Innere des Gebäudes in seinem Rücken, die endlosen Weiten seiner modrigen Dielen, die von *hohen Decken* flockenden Platten ... Deutlich spürt Busner, dass dies hier ein ungeliebtes, ein unliebsames Ding ist: Paris hat sein Sacré-Cœur, Rio hat seinen in Wolken gehüllten Erlöser, und *was überragte London? Ally Pally.* Zweifellos war auch diese Einweihung mit Bootstouren gefeiert worden, mit Achterbahnen, dem frommen Getute einer rekordverdächtigen Orgel, dem Umpa-Umpa eines massigen Blechbläserstaus – mit all den geschäftigen Ablenkungen des imperialen Zeitalters also. Trotzdem war Busner bei jedem seiner Besuche, egal in welchem Jahrzehnt sie stattgefunden hatten, auf dieselben stümperhaften Pantographien von Bürgerstolz gestoßen: ein Bambusvorhang in einem fürchterlich hallenden Saal, freistehende Sichtblenden aus neonblauem Nylon, hinter denen goldfarbene Stühle, zu dreifacher Mannshöhe aufgestapelt, unzureichend versteckt waren, schmutzige, düstere, in *Küchenmausoleen* hinabführende Schäfte ... Betja–, Betje–? Undenkbar, dass jemand seine Existenz rechtfertigen könnte – und doch stand das Gebäude da. *Es hatte gebrannt – wann?* Mindestens zwei Mal, und im Krieg hatte es bestimmt *die ein oder andere Bombe abgekriegt*, aber um es zu zerstören, war es schlicht zu groß. Busner runzelte die Stirn: Feuer war eine landwirtschaftliche Technik, es fegte bloß das tote Unterholz nutzloser Küchentrolleys fort, *damit die alte Gebrechlichkeit neu aufsprießen kann.* Sie haben aber drollige Füße, sagt ein Kind, das an seine Bank getreten ist und verächtlich hinabschaut. Busner riecht salzigen Atem und registriert ein Kauen, das ihm unaufhörlich erscheint, obwohl er ihm erst in diesem Augenblick seine Aufmerksamkeit widmet. Das Kind – *ein Junge?* – trägt eine Art Kittel mit einem Comic-Gesicht, das ebenfalls eine Grimasse schneidet. Das Kind mahlt ein, zwei, drei Mal mit dem Kiefer, dann *schnellt die Schleuderzunge vor: ein Tic-artiges Rollen*. Ich bin ... versucht es Busner, und sein Einfall verfestigt sich zu einer Überzeugung ... ein Troll. Das Kind reißt die Augen auf – schon kommt die Mutter angelaufen, ihren Armen entflieht kreuzend ein regattagestreifter Kinderwagen. Sie ist, wie nicht anders zu erwarten, *anorexisch – die nicht seltene Folge einer unbehandelten Wochenbett-Depression*. Er ist froh, als sie das Kind fortzerrt und in den Wagen schnallt, auch wenn sie den Gurt so festzurrt, dass der Kittel gerafft ist. Doppelbogeys *drehschlittern* über den ebenen Weg, sie hinterlassen keinerlei Spuren, außer: das kleine Gesicht, das ihn fest im Blick hat, das Kiefermahlen, der Zungen-Tic, es versucht immer noch, *den Troll zu schlucken*. Sekunden später sind sie unten auf der Terrasse *habe ich Hunger?*, dann verschwunden. Irgendein epochemachender Impuls wurde vom Dach des Vergnügungspalasts ausgestrahlt, so viel wusste er: eine Holzpuppe, zerlegt in die Wellenenergie seiner Materie, die *ein schlauer Schotte ein oder zwei Meilen entfernt wieder zusammensetzte*. — Busner kratzt sich den Fuß mit dem leicht verpilzten Zehnagel des anderen – was hatte er zu Mimi gesagt? Schmerzenspalast und Vergnügungspalast stehen einander am Schlammtümpel der Vororttristesse gegenüber. Und wie hatte sie geantwortet? Gar nicht. Ein, zwei, drei ... einige Jahre später, als er *dem ganzen Scheiß den Rücken gekehrt* hatte, kam Busner der Gedanke, dass ihr paradoxerweise all die Stunden zugesetzt hatten, die sie in einer dopaminergen Wolke stehend damit verbracht hatte, das L-DOPA für ihn zu verkapseln. Anders als der Skulpturengarten, den er auf Abteilung 20 kuratiert hatte, schien sie bei jeder folgenden Begegnung die Macht über ihre Bewegungen weiter einzubüßen: gedankenverloren stand sie am Labortisch, schmal in ihrem weißen Kittel, die blonden Locken quollen unter dem Haarnetz hervor, ihre Maske war ein Affenmaulkorb, auf ihrer Stirn stand Schweiß – Weiter so, Giftmischerin! Er hätte gern ihre Feder gespannt, das war aber nicht nötig, ihr Blick war auf die eigenen Hände geheftet, die, *Tic für Tic*, die Apparaturen bedienten, sie goss und wog und tappte und kurbelte und wendete und spielte das *sehr reale Pillendrehen durch, das – so glaubte ich damals – nötig sei, um die Parkinsonische Mimikry in den Griff zu bekommen.* Als wir uns berührten, löste sich ihre Starre, ihre Gelenke wurden geschmiert, die Muskeln wurden locker und zerflossen bis zur Spastizität. Langsam tanzten wir durch das Labor, ihr Gesicht an meiner Schulter, *Bay-bie, Bay-bie sugar me*, sie, nuschelnd, dies oder jenes, zunehmend harsche Palilalie, Namen von Kollegen, ihre Pfuschereien, die unfassbare, bleierne Trägheit der Verwaltung, *angerichtet zu einem großen Wortsalat.* Meine Lippen an ihrem Hals, ich spürte deutlich, wie sich ihr Puls beschleunigte: eins-zwanzig, eins-dreißig, eins-vierzig, *gotta get my candy free, w'hey-hey –!* Ein kleiner, federnder Jig, *eine am Rahmen geschlagene Snare-Drum, ein Peitschenknall im Milchreis.* Verlobten oder Ehefrau erwähnten wir nicht – so funktioniert der schwarze Spiegel des Ehebruchs, bei dem sich beide Parteien darauf einigen, nichts zu sehen, stattdessen war alles erlaubt, weil sie einen Termin bei der Familienberatung hatte sausen lassen – so vergingen Wochen und Monate, in denen unsere Liebesspiele immer bizarrere Formen annahmen: ein im Flur stehender Rollstuhl wurde requiriert, um den Koitus zu mechanisieren, einmal entwendeten wir die mobile Vorrichtung, mit der querschnittsgelähmte Patienten in die Wanne gehievt wurden. Wir verschränkten uns in Zimmerecken und unter Regalen. *Dyspnoe* ... Sie keucht, dieses ... – *ihr Daumen? – im Ganzen in meinen Anus gestoßen, eine Laune* ... ihre Zunge fährt in meinem Ohr herum ... *zwanghaft und unaufhörlich*. Sie sitzt auf, rittlings, streckt sich weit zurück, wird von subhumanen Manien aller Art geritten, ihr Puls wird immer schneller: eins-vierzig, eins-fünfzig – wenn sie meine Patientin wäre, *würde ich ihr eine mächtige Dosis parenteraler Schlafmittel verabreichen*. Lider schlagen, Zähne knirschen, ihre Schultern zittern in fürchterlicher Lähmung, während ihr Schamhaar wie rasend an meinem reibt, *Eins für mich und eins für mich, und das dritte, das krieg' ich!* Das Gleichgewicht, in dem wir uns befinden, ist nicht zu halten – eine Nadel, die auf der Spitze steht – hier der Abgrund der Ekstase, dort der Abgrund der Benommenheit, dann, ohne jede Warnung, *ein leviathanisches Einatmen!* hält sie die Luft an, zehn ... zwanzig Sekunden lang ... eine quälende halbe Minute, während er die rembrandtsche Lichtführung bewundert: das Heben und Senken ihrer aus der Kleidung geschälten Brüste, ihr schmutziges Engelsgesicht, der Goldglanz ihres ungelösten Haars. Und weiter: Gestank von Chlorbleiche im rissigen Linoleum, durch Türknallen unterbrochener Protest eines verzweifelten Patienten, in die Nase rieselnder Arzneistaub, schließlich: Paaaaaaaaahhh! Kraftvoll ausgestoßener Erdnussatem, er wird fortgefegt und landet in einer Salzkugel der Trübungen: Staubpartikel, spiralförmige, mikroskopische Tierchen, Fischöl, Kleister, Herren... –würze. Es wird nicht mehr lange dauern, *bis er erneut die komplexen Bewegungsabläufe erlernen muss, die zum Aufstehen nötig sind …* Was ist mit Mary Quant geschehen? Max Factor. — Das ist nichts für mich, sagt Enoch Mboya, ich finde es einfach nicht lustig. Also, tadelt Busner, dann bist du nicht nur prüde, sondern auch noch schwer von Begriff – bist du die neue Mary Whitehouse? Mboya zwickt ein Stück furnierbraune Haut, betrachtet sie eingehend und antwortet: Wohl kaum. Sie lachen angespannt – sie sind jetzt *tief verwickelt*, diese beiden, tatsächlich sind sie *Verschworene*. Whitcomb hat dem Kauf des L-DOPA zugestimmt und einen wissenschaftlichen Artikel kurz überflogen, den Busner ihm auf den Schreibtisch gepfeffert hat, ansonsten hat er an der Studie kaum Interesse gezeigt – gut so, denn eine Studie wird es ohnehin nicht, er hat nämlich keine Kontrollgruppe! Er kichert, Mboya, der frische Kapseln in die Abteile einer Medikamentenlade sortiert, wirft ihm einen tadelnden Blick zu. Busner hat seit einiger Zeit den Eindruck, dass der Oberpfleger *meine Gedanken liest*, so verwachsen sind sie miteinander. Busner stellt die nächste Frage – Welchen Zweck hätte denn eine Kontrollgruppe? – dabei wiederholt er nur, was sie oft genug diskutiert haben, nicht nur in den Wochen, bevor die ersten Patienten auf das Medikament gesetzt wurden, sondern auch seither. Ein Placebo, sagt Mboya, hätte auch wirklich keinen Sinn: Sie wissen eh nicht, was wir ihnen geben, und wir ja eigentlich auch nicht. Zwei kühne Psychonauten mit Bedenken: die Einwilligung der nächsten Verwandten wurde unsystematisch und lückenhaft eingeholt: Die Verwltg. hat ein von Busner entworfenes Formular mimeographiert, in dem das Experiment nur grob umrissen ist. Mboya, Inglis, Vail und die anderen, die mit der Pflege der post-enzephalitischen Patienten befasst sind, haben es den wenigen Verwandten, die noch Besuche machen, unter die Nasen gehalten, Busner hat sich bereit erklärt, bei Bedarf Fragen zu beantworten. Bei diesen Begegnungen wendet er einen Arzttrick an, der ihm verhasst ist: Er hält die Sache klein in der Hoffnung, dass ihn niemand herausfordern wird. Einigen wenigen der wenigen – es sind nur ein oder zwei – gesteht er: Wir wissen selbst nicht viel, L-DOPA hat bei normalen Parkinson-Patienten therapeutische Wirkung gezeigt, wir haben es hier aber mit einer ganz anderen Form der Krankheit zu tun – wenn man überhaupt von derselben Krankheit sprechen kann. Er unterließ es hinzuzufügen: Aber was haben die – und was haben Sie – dabei zu verlieren? Er wies auch nicht darauf hin, *dass diese pickenden, schaukelnden, ausgestopften Körper kaum noch menschliche Wesen waren*, dass sie im Grunde *völlig schutzlos* nur darauf warten, bis der Staat die Beihilfen einstellt, was er schon vor Jahren oder Jahrzehnten nachvollziehbar hätte tun können. Warum also nicht etwas versuchen, statt sie weiter *Scheiße bauen zu lassen?* Die Kinder der Enzies leiden offenbar selbst unter den Folgen der Krankheit – durchweg früh gealtert, schleppten sie sich auf die Abteilung. Vor Busners geistigem Auge trugen sie allesamt graue Vorkriegsregenmäntel und stützten sich auf billige Schirme, ihre Nylonhemden waren klamm und schimmlig – sie waren Harold Steptoes, verwaiste Kinder lebender Eltern – biologisch erwachsen, wehrten sie sich *mit Händen und Füßen gegen die Umtriebe des Lebens – die finanziellen, emotionalen und sexuellen*. Natürlich war ihm klar, dass die Gruppe der Kinder und Ehepartner, die überhaupt noch zu Besuch kamen, selbstselektiert war, und zwar genau bezüglich dieser Merkmale. *Wie langweilig muss ein Leben eigentlich sein, dass man es einer solch undankba-*

ren – und, offen gesagt, zwecklosen – Aufgabe widmet? Wollen wir?, sagt Mboya, *der koptische Bischof mit der Hostienschale* – und so beginnen sie ihre Visite, denn beide trauen dem restlichen Personal nicht zu, das wertvolle Sakrament zu spenden, besonders, da sie beschlossen haben, die Dosierung massiv zu erhöhen – eine klinische Entscheidung, an der Mboya beteiligt war. Hundert, zweihundert – bis fünfhundert Milligramm durften per Depotinjektion verabreicht werden, doch nie das ganze Gramm. Sie hatten die Dosis erhöht, dafür den Kreis der Probanden auf sechs beschränkt: vier der Somnolent-Opthalmologischen, die völlig erloschen waren und in der tiefsten Katatonie steckten – die Herren Ostereich, Voss und McNeil, sowie die außerordentliche Leticia Gross – und zwei, die zwar schon Anzeichen von Starre hatten, aber noch die typischen Zuckungen, Krämpfe und gelegentlichen hyperkinetischen Wallungen aufwiesen – Helene Yudkin und Audrey Dearth. *Audrey Dearth* ... Obwohl Busner sie so offensichtlich bevorzugt, plagt ihn kein schlechtes Gewissen, denn der Wechsel zwischen der schrecklichen Trance der okulogyren Krise einerseits und der flinken Bedienung ihrer unsichtbaren Drehmaschine andererseits ist selbst im Rahmen dieser äußerst paradoxen Krankheit überaus bemerkenswert. Wie sie im Aufenthaltsraum in einem Sessel sitzt, der wie eine Hülle ihren winzigen Körper umschmiegt, spürt er, dass sie eine lebendige Vergangenheit verkörpert, die selbst den schärfsten, eindringlichsten Denkern nicht zugänglich ist – was sie verhüllt, ist nicht etwa der Schleier des Unwissens oder eines anderen, von der Theorie gewobenen Vorhangs, sondern eine tatsächliche Grenze, die er – *Ich! – durchstoßen werde, wenn wir erst einmal Kontakt aufgenommen haben*, denn noch scheint es ihm, als würden sie sich auf dem 1884 Fuß langen Korridor – *noch immer sehr langsam annähern, als hätten sie sich noch nicht berührt* ... Sind wir soweit?, fragt Mboya. Busner nickt – sie sind in Stellung, Mboya drückt ihre Kiefer auf, Busner wirft die beiden Kapseln ein, die jeweils ein ganzes Gramm des *Brightoner Aquariums enthalten – fischige Belohnungen für akrobatische Delphine*. Audrey rührt sich nicht, sie ist ganz von der saturnischen Schwerkraft und der fremdartigen Oberfläche einer losen Styroporplatte eingenommen, die irgendwo über ihrem Kopf hängt. Busner setzt den Trinkbecher an und spült das L-DOPA mit einem Schwall Wasser herunter, dann beginnt er ihren Hals zu kraulen *nicht an der Hühnerhaut hängenbleiben*, während Busner die Zusammenführung ihrer Gaumen zustande bringt. Audreys Dritte versinken im Restwasser *der Spielzeugtaucher, wenn Mark in die Wanne musste*, das Plexiglas verzerrt die *Bugs Bunny*-Schneidezähne. Ob sie ihr die überhaupt jemals reinstecken?, überlegt Busner laut. Mboya zuckt die Achseln. Nur ihr sanftes Schlucken ist zu hören, sonst ist es still im Tagesraum. Busner betrachtet die nach Westen ausgerichteten, von der hochstehenden Sonne gefüllten Fenster, er ist entsetzt von dem fremdartigen weißen Planeten, den sie alle bewohnen, und den grauslich ausgezehrten Formen, die über ihre glatte Oberfläche wandeln, *oh, so langsam* ...

Miss Dearth ... Miss Dearth? Sie zeigt keine Reaktion, aber *sie hört, jawohl, sie hört*. Sie ziehen weiter und wiederholen die Prozedur an den drei männlichen Versuchskaninchen, die sie ruhiggestellt im Hinterland ihres Schlafsaals vorgefunden haben. Busner hat Inglis beauftragt, dafür zu sorgen, dass sie jeden Morgen geweckt, gewaschen, rasiert und angezogen werden. Sie war *ganz Sarkasmus*: Oh, verstehe, Doktor, ich soll also tu-hen, als würden sie auf eine Reise gehen? Hände in die Hüften gestemmt, Brüste stolz präsentiert, Anflug von Rot auf den Wangen. Ob sie ihren Bummelstreik je beendet hat?, fragte sich Busner verbittert und konterte mit absoluter Ernsthaftigkeit: Ja, ja, genau das möchte ich – sie gehen nämlich auf eine ganz außerordentliche Reise, das wird aber nicht gelingen, wenn sie nach Urin riechen – oder aufgescheuert sind. Wir befinden uns nämlich in einer Klinik, Schwester, nicht in einem Konzentrationslager! Wovon er im Innersten nicht überzeugt ist: mit Zwang operierende Institutionen, das weiß er, verstärken die Krankheiten der Insassen. Wie hatte Marcus gesagt? Die Zeit im Hatch war weiter nichts als ein *Grabenkrieg gegen die Geisteskrankheit* ... Busner überlegt, er weiß, dass Inglis die Art Schwester ist, *die ihn durchschaut ... es hat also keinen Sinn, es zu versuchen* ... und doch: Sex zieht Sex nach sich, und er steckt bis zum Hals drin, es könnte sich also *lohnen* ... Ihr Geschlecht *klafft finster vor meinen Augen ... ein Tunnel – ein Korridor* –. Sind wir hier fertig?, fragt Mboya. Sie ziehen weiter. Busner hat Kopfschmerzen vor Erschöpfung, er hat Mühe, *die alte Klapse* in ihrer ganzen Blüte zu unterdrücken, die Erinnerung an sechs Meilen Flur und die strenge Trennung der Geschlechter, die angebliche Selbstversorgung, eine Gemeinschaft mit eigener Landwirtschaft, einem Obstgarten, Wasser, Kläranlage, Gasanlage – *Gas!* – Friedhof, Brauerei, Wäscherei, Schneiderei, Schusterei, Polsterei und – *unabdingbar für die Endlösung – einer Bahntrasse* ... Als er Helene Yudkins dicken Nacken streichelt *wie damals bei dem Labrador, den wir in Willesden entwurmen mussten*, kommt er wieder zu sich. Mboya weiß, wie er ihren Kiefer aufklemmen muss, trotzdem gelingt es Yudkin, die mindestens siebzig Jahr alt ist, beim Spannen des Kehldeckels kraftvoll mit den

Zähnen zu knirschen. Das Geräusch zieht ihn hinab *zu … Miriam* und das lächerliche Gerät zum Polieren der am Strand gesammelten Kieselsteine, das *kratzgurgelnd* an der Hintertür steht. Busner stellt staunend fest, dass sie sich über das Fehlen einer Waschmaschine beklagt, gleichzeitig beglückt diese Trommel bedient, deren glänzender Auswurf am Ende in der ganzen Wohnung verstreut liegt – auf Tischen und hinter Sitzkissen, selbst über den alten Sekretär, den Maurice ihm zur Hochzeit geschenkt hat, mäandert ein schmaler Kieselstrand. Als Busner sie wegen der Bastelflut zur Rede stellte, sagte Miriam: Die Jungs finden es toll, stimmt's, Jungs? Mark und Daniel antworteten gehorsam im Chor: Ja, Mama, das hatte schon etwas von einem Ritual – wie sie zu verstehen gab, *eins für mich und eins für mich, und das dritte, das krieg ich!* Mrs. Yudkins *Schaumgummi fühlt sich fleischig an*, auf dem Resopaltisch steht eine eiskalte Schüssel *yin* Rhabarberkompott und *yang* Vanillepudding, niemand hat sich die Mühe gemacht, sie zu füttern. Ihre verkrümmte Hand tanzt *Fingertrott* auf gepolsterter Armlehne, *Handango* und *Daumba*, die Finger sind *anzüglich verschlungen, rittlings, die Nägel schnipsen am verschlissenen Velours*. Er hat keinen Zweifel, dass er diese Choreographie in einzelne Abläufe zerlegen könnte, wenn er nur Zeit hätte, sie zu analysieren, und dass er diese Abläufe auf verschiedene Handlungsteile reduzieren könnte. Aber was für welche? Spielte Helene Yudkin die immer gleichen Bewegungen ihres Arbeitsalltags nach – als Schneiderin, als Bäckereigehilfin? Beides Berufe, die sie, so hatte er herausgefunden, ausgeübt hatte … Oder waren es häusliche Fingerübungen: Ein- und Ausschalten, Kehren und Wischen? Oder waren es – wenn sie nicht ohnehin längst viel zu tief in ihre parkinsonsche Unterwelt abgestiegen war –

doch eher nur Divertimenti? Es half nicht, den Gedanken zurückzudrängen: dass die Anstalt in der Vorkriegszeit alle jüdischen Patienten aus dem Großraum London zugewiesen bekam, *weil …?* Vielleicht, weil es einfach war, dachte er, es musste für koscheres Essen gesorgt werden, für den Zugang zu den *bärtigen Spinnern*, dem zweifelhaften geistigen Gewinn, ihrem *legalistischen Gebrabbel* … Harcheraaaaachrrerrr, ihre Nase – wenn es denn gelänge, sie unabhängig von der restlichen Erscheinung zu betrachten – war attraktiv, die Flügel gepudert, die Nasenlöcher *zart wie Porzellan* … Vielleicht stand die Umverlegung im Zusammenhang mit dem allgemeinen Exodus vom East End in die nordwestlichen Vororte – und also quer durch die Wüste. Was auch immer der Grund gewesen war, das Ergebnis sah so aus: über tausend von ihnen waren hier zusammengepfercht, als die Luftwaffe ihre Bomben über Poplar, White Chapel, den Docks und *meinem eigenen, willkürlich auserwählten Volk* abwarf … Und was lässt sich über die jüdischen Enzies im Verhältnis zu den anderen sagen? Weisen sie dieselben Divergenzen auf wie die englischen Juden im Verhältnis zur Gesamtbevölkerung – die letztendlich *haargenau gleich sind, nur so viel mehr?* Harrrarrr'charrr –. Miss Yudkin zögert, ihre Kehle hüpft, das L-DOPA tritt seine hoffentlich phantastische Reise an, sie fährt fort Harcharaaaaich'rrarrr, und Mboya sagt, wollen wir? Mit großer Beklommenheit schleichen sie in die nächste Bucht des Schlafsaals, wo auf einem eisernen Katafalk eine *Seekuh mit menschlichem Antlitz* liegt. Du machst dir Sorgen, sagt Mboya, als sie Leticia Gross betrachten, deren breite Flanken sich von der Bettdecke freigeschüttelt haben. Klar, antwortet Busner, sieh sie dir an, sie ist völlig unverändert: ohrenbetäubend reglos. Mboya weiß, wie das gemeint ist, obwohl er ebenso nervös und mindestens so erschöpft ist wie Busner, er versteht, dass die Masse, die in diesem Frauenberg steckt, noch viel größer ist, als es den Anschein hat, eine heftige Verdichtung hat stattgefunden – sie besteht aus einer brutal gestopften Hülle, einer Füllung, die jederzeit genauso heftig explodieren kann – *schwere, tranige Körperstücke fliegen uns um die Ohren, Blut spritzt wie aus Düsen und bekleckert unsere weißen Kittel*, dann folgt *ein Lärmtsunami, eine H-Bombe ist nichts dagegen* … So geht das nicht weiter, sagt Busner. Ich glaube nicht, dass das L-DOPA toxisch ist, nicht einmal in dieser Dosierung – er sagt das nur, um sich und Mboya zu beruhigen, er hat dafür keinerlei Beweise – aber wenn Whitcomb doch mal auf die Idee kommen sollte, seine fette Nase reinzustecken, dann kann ich ohne Ergebnisse die Kosten nicht rechtfertigen. Mboya seufzt und sagt, und dann diese Inglis … Busners Kinn sinkt und landet *gepolstert, ich werde pummligt* … Du kriegst heute die Leute nicht mehr, sagt er lachend … dabei weiß er, dass es genau umgekehrt ist: das Pflegepersonal, das sie haben, kriegt die Patienten nicht mehr – sie haben mit den völlig hilflosen Post-Enzephalitischen mehr Arbeit, das ärgert sie, sie bevorzugen die folgsameren Neurotiker, die eingeschüchterten Depressiven und die unterwürfigen Psychotiker. Auch die Veränderungen, die durch die erhöhte Zahl der männlichen Patienten nötig geworden sind, mögen sie nicht, die ganze Abteilung musste neu organisiert werden. Am meisten aber ärgern sie sich über Busner selbst, der sich im Gegensatz zu seinen Vorgängern nicht einfach auf das Pflegepersonal verlässt, das die Patienten seit langem kennt, sondern eine neue Pflegeroutine durchsetzt, mit strikten Anweisungen zu Essenszeiten, Bade- und Toilettengängen. Was unter den gegebenen Bedingungen sehr viel verlangt ist: Die Gehälter des Pflegepersonals sind eingefroren, ihre Kinder bekommen keine Schulmilch mehr, das Bier ist so teuer geworden, *dass sie sich schon genötigt fühlen, es selbst zu brauen* ... außerdem gibt es nicht genügend Schwestern: es fehlen die Möglichkeiten, schwere und störrische Patienten zum einzigen WC der Station zu transportieren, wenn sie nur schweben könnten – er stürzt in jugendliche Tagträume

... ein Glücksmoment: das Schwebespiel, Finger, in die kitzligen Achseln und Kniekehlen des Auserwählten gestemmt, wir Übrigen skandierten *quiekend entweichender Atem aus einem Ballon* ... und hoben ihn achtsam und mühelos in die Höhe des Klassenzimmers, bis unsere Arme ganz ausgestreckt waren und die Lampe – Reisbauernstrohhut aus grünem Blech – in der Finsternis hinter seiner grauen Wollhose verschwand ... Sie treten an das Bett von Leticia Gross, Mboya tzü-tzüt die Schwarten, die durch das Eisengitter drücken. Ich weiß nicht, wie sie das macht, sagt er – und tatsächlich ist es ein Rätsel: sie ist nicht in der Lage, auch nur einen Löffel an ihre Knospenlippen zu führen, und wenn man den Schwestern etwas vorwerfen kann, dann ist es wohl eher Unterversorgung als Überfütterung, doch da liegt sie in voller Pracht, sie bringt den *zweifachen Henry Cooper auf die Waage* ... Busner hat sich schon den komischen kleinen Ehemann vorgeknöpft, der beinahe täglich durch die Abteilung trippelt, mit hochgeklappter Krempe und grellem Paisleyhutband – er hat immer das letzte Wort, egal, ob er mit Patienten oder mit dem Personal redet, seine widerspenstige Art und seine schlüpfrigen Andeutungen passen kaum zu dem unschuldigen Äußeren, tatsächlich zweifelt Busner, dass er überhaupt versteht, was er manchmal sagt ... *Lebensbeichte eines Pflegers aus Leidenschaft*

... weil er sich dann beruhigt und beginnt, seine Bienenkönigin zu versorgen, er holt und bringt und richtet und wäscht – doch als Busner ihn zur Rede stellte, reagierte er heftig: Ich geb' ihr nur das Essen, das sie hier kriegt, Doktor, da sinn bestimmt alle Sachen drin, die sie braucht – die Vitamine unn so. Sie war immer so ein hübsches zartes Ding gewesen, seufzte er, pät-tieh, wenn Sie wissen, was ich meine, und jetzt, sehnse doch nur, 'n Haufen Fleisch! Busner fragte sich, ob seine Zweideutigkeiten ebenfalls zwanghaft waren, *ein Humor-Tic statt eines Sinns für ebensolchen*, er sagte aber nichts weiter zu Simon Gross, er unterließ es auch, ihn daran zu erinnern, dass seine Frau seit über vierzig Jahren keine Regung mehr hatte erkennen lassen – und wenn sie nun plötzlich zurückkehrte? Wenn diese angeschwollene Larve plötzlich aufreißen würde – was bräche dann aus ihrem Inneren hervor? Ein zierlicher Flapper, mit schlanken, eng anliegenden Armen, *im Charleston fliegender Füße?* Wohl kaum. Nein, Enoch, ich verstehe es auch nicht, aber es gehört zu den Dingen, die mich überzeugt haben, dass das Paradox die Essenz dieser Krankheit ist. Mboya runzelt die Stirn: er kennt ja auch die Enzies, die von ihrer Krankheit quasi aufgefressen werden – sie leiden unter krankhafter Kachexie, nicht anders als die Hungeropfer im Fernsehen, deren schiefe Köpfe aufgereiht im Stacheldraht hängen, ein Abakus des nahenden Todes. *Ihre eigene Bahntrasse.* Doch während einige die brutalste Nazipathologie zu spüren bekommen, werden andere, darunter Leticia, bis zum Missbrauch verwöhnt, sie werden so vollgestopft, dass man sie *einer Delegation des Roten Kreuzes vorführen könnte – wenn man überhaupt jemandem etwas zeigen will!* Sie haben das Gitter heruntergelassen, Brust quillt ihnen entgegen, ihr Fleisch gerät ins Rutschen, aus einer freigelegten Lufttasche entkommt frisches Darmgas, eine weitere entlässt alten in seiner Intensität verheerenden Schweißgeruch … *Mann, was für ein Duft*, und das, obwohl ihr Ehemann, wie Busner beobachtet hat, ihre tiefsten Falten abgetupft hat, mit einer Andacht, die jeder andere Mann auf *sein geliebtes Auto verwenden würde*. Einen Hals hat sie nicht, den Busner kraulen könnte, um den Schluckreflex auszulösen, nur Knetmasse aus Fett, einen Ring über dem anderen, *von der Farbe einer fünf Tage alten Ochsenbrust – da könnten Maden drin sein* … er streicht eine Fliege fort. Ursprünglich hatten sie vorgehabt, Leticia das L-DOPA direkt ins Fleisch zu spritzen – sie hatte schließlich mehr als genug davon – eine vorschnelle Entscheidung, wie sich bald herausstellte, jeder Quadratzentimeter ihrer Haut hatte seine eigene Anfälligkeit: sie heulte auf, wenn die Spritze gesetzt wurde, ihre Haut entzündete sich um die Einstichstelle, ihre geplatzten Venen drangen an die Oberfläche … *Würmer*, so ging das nicht weiter. Oben in Mundnähe ist der Gestank noch schlimmer, eine Komposition aus Speiseresten und faulen Zähnen, ihr Kopf steckt tief in den Halswülsten, ihr noch immer hübsches Gesicht steckt tief in den Wülsten des Kopfs. Die Schärfe ihrer Züge passt nicht zur Unberechenbarkeit des mikrophonischen Monologs, den sie lispelt, fick dief, fick daff, Fickloch, fick Arfloch, fick daff … fick daff … eine oberflächlich betrachtet chaotische Reihe, die, davon ist Busner überzeugt, bei einer Analyse der Tiefenstruktur dieselben komplexen Regelmäßigkeiten aufweisen würde – arithmetische Progressionen, basale Rhythmen, komplizierte Kontrapunktik – wie alle anderen Oszillationen seiner Enzies, besonders, da er ihnen allen das Phenothiazin entzogen hat, das Butyrophenon, das Amantadin und den ganzen Dreck, der nur den Zweck hat, dass sie *den Viervierteltakt halten, piep-piep, tschiep-tschiep –. Es reicht!* Während Mboya untätig dasteht, versucht der Psychiater unter schwerer Bedrängnis, in den Blütenkelch ihres stinkenden Munds einzudringen, er denkt dabei an die Schwesternstation, in der ein ganzes Depot von Blechaschenbechern und Rauchwaren lagert, darunter Guards, No. 6, Kensitas und Peter Stuyvesant … zur großzügigen Verabreichung von stechendem Qualm, der, so scheint es ihm manchmal, genussvoll eingesogen und wieder ausgestoßen wird, allein *um die Patienten heißzumachen*, schließlich nehmen die Schwestern den Patienten die Zigaretten weg, es ist ihre effektivste Disziplinierungsmaßnahme. *Ich brauche eine.* Er hatte mit dem Rauchen aufgehört, als er aus Willesden fortging – nicht wegen Doll. Nein, er verband *die Vereinigung des Rauchs* mit all den anderen *Verruchtheiten: mit Bohnenmatsch, der aus einem gemeinsamen Topf gekratzt wurde, den jazzigen Übergängen der im Treppenhaus aufwirbelnden Tapete, dem langen, geschlungenen Haar junger, auf Besuch weilender Psychiater, die mit den Insassen und ihren fettigen Pferdeschwänzen gemeinsame Sache machten, mit Ringelschals, die mit anderen Ringelschals Ringelreihen spielten* … und mit weit verdächtigeren Verkupplungen – darunter ihrer Weigerung, die von ihnen behandelten Männer und Frauen jemals mit dem Wort verrückt in Verbindung zu bringen oder mit einem seiner Synonyme – geisteskrank, wahnsinnig, bekloppt – erlaubt war nur eine einzige Worthülse: verstört. Die verstörten Männer und Frauen kopulierten, und sie *verdrehten den Psychotherapeuten die Köpfe*, wodurch diese *zu gestopften Looby Loo-Puppen wurden, deren Bäuche aufplatzten und eine Menge passiv-aggressiver Unterpersönlichkeiten entließen* … Ich werde mir von Inglis eine Zigarette schnorren, wenn wir hier fertig sind, sagt Busner, und Mboya antwortet, in Ordnung, aber wie kriegen wir das hin, ich glaube nicht, dass wir sie irgendwie dazu bringen werden, die Kapseln freiwillig zu schlucken, und du? Und Busner sagt, ich geh mal einen Trichter suchen und einen passenden Schlauch, und du machst die Kapseln auf und löst das Pulver in etwas Wasser, es geht eben nicht anders. Das ist ja wie Zwangsernährung, sagt Mboya bedrückt. Nein, gibt Busner zurück, das ist Zwangsernährung, genau das machen wir. Schon macht er sich auf den Weg, sucht an zerkratzten Wänden, auf zerschlissenen Böden nach den nötigen Utensilien. Er kommt an Yudkin vorbei, die in ihrem Sessel sitzt – er kommt *an Miss Dearth vorbei, die in ihrem* … Er bleibt stehen, wendet, tritt in die kleine Nische, die er ihr beschafft hat, mit einem halbabgeschnittenen Fenster und einem halbabgeschnittenen Ausblick. Sie sitzt aufrecht, mit geradem Kopf und geraden Schultern, ihr Gesicht – *diese knittrige Leere* – hat *Kodachrome* und *Kontur*, die Unschärfe der Lähmung ist verschwunden, die so viele Post-Enzephalitische zu ruhelosen Objekten faszinierender Langzeitbelichtungen gemacht hat. Sie sieht ihn direkt an, mit klaren blauen Augen – *blau!* – und spricht, deutlich und erkennbar trotz der Zahnprothese, die sie offenbar selbst eingesetzt hat, Ah, Doktor Busner, sagt sie, schön, dass Sie vorbeikommen, könnten Sie wohl Schwester Inglis bitten, mir eine Tasse Tee zu bringen? Stanley hat es nicht gehört, er hat dem Dienstmädchen den Rücken gekehrt, er ist ganz hingerissen von all dem Kommen und Gehen im Taubenschlag, einem Zylinder aus massivem, gespaltenem Flint, der auf einer Steinkonsole hoch oben in einer *Traverse* der Gemüsegartenmauer steht. Oder vielleicht ein Glas Ale? In der Küche steht ein Krug –. Er hat es sehr wohl gehört, spielt aber noch eine Weile mit der Vorstellung, dass es eine der kleinen, rührigen Tauben ist, die dort oben spricht, die ihr Perlmuttköpfchen aus der Nische steckt, *zerzaust und voller Kuu-kuukummer* … Unter seinen gestiefelten Füßen, auf dem geklinkerten Weg treiben grau-braune Matschklümpchen in weißem Schaum, das Ammoniak vermischt sich mit dem frischen Duft der Heckenrosen, Stanley hört das träge B'bumm-B'bumm-B'bumm seines Herzens, eine einzelne Feder dreht sich um sich selbst und fällt, *weiß, weniger weiß, weiß, weniger weiß*. Endlich sieht er sie an: sie ist nicht hübsch, ihr Gesicht ist flach und breit, das Haar unter ihrer Morgenhaube *khakifarben*, ihre Zähne stehen schief in einem verhältnismäßig kleinen Mund. Aber sie ist *jung – und frisch*, und, so spürt er, *willig*, denn sie sieht mich aufrecht dastehen, ein Held mit Unteroffiziersstreifen auf der Schulter, appetitliche Waden in geliehenen Gamaschen, das Abzeichen glänzt an der Mütze, den Gurt habe ich am Morgen erst poliert, im Albany, Adeline sah schmollend zu und sagte, Zum Teufel, warum machst du das jetzt? Und Stanley, der bis auf die Mütze nackt war, nahm seinen Schwanz, zog die Vorhaut zurück und legte den *rosafarbenen Schirm* frei, den er ihr entgegenwedelte, er rief: Bitte, mein Püppelchen, sei mir nicht bös', bin ich nicht dein Lieblingsfrontschwein? Worauf Adeline gelacht hatte – eher nicht in freundlicher Absicht.

– Sir? Ihre ganze Koketterie, wenn man es so nennen kann, liegt in ihrer etwas nuscheligen Aussprache, die sie aus Oxfordshire mitgebracht hat, und in der Hüfte, die sie mit der eigenen Hand vorschiebt. Sie sind allein in diesem entlegenen Sektor des weitläufigen Gartens – die anderen sitzen auf der abgewandten Seite des Hauses unter Obstbäumen, sie essen und unterhalten sich. Allein in einer *Ka-*

kophonie von Gurkenstangen, einer *Salve* von Himbeerstöcken ... drüben gibt es *eine Menge zu essen, ein klaffender Schinken neben einem vernarbten Brotlaib, ein Mus aus Beerenhirn*. Über allem thront der Kahlkopf, laut Adeline ein echter Earl. Das Dienstmädchen ist nicht hübsch, und auf der Hand, die die Hüfte vorschiebt, sind Brombeerflecken, *Mauer, Mauer, Mauerblümchen, wirst du größer, musst du sterben*, aber sie ist jung und frisch, zum ersten Mal tut er etwas, einfach weil er es tun kann, und weil er sich über Adeline geärgert hat — kühn macht er sich über sie her, sein Mund erstickt ihren Aufschrei. Einen Augenblick leistet sie Widerstand – lang genug, um *das Säuerliche* ihrer Zähne zu schmecken und *die entwendete Pond's-Creme auf ihrer talgigen Wange zu riechen* – schon gibt sie nach, *Wir werden dich vermissen, wir werden auch mit Hand und Herz, dich preisen und dich küssen, wenn du zu uns nach Hause kehrst* ... Das, denkt Stanley, werde ich bewahren: ihr furchtsam flitzendes Taubenzünglein, ihre schmale, wählerische Hand, gefangen in meiner, ihr an meinen Unterarm geschmiegter Hohlrücken, als sie sich *weit, weit zurücklehnt* ..., Stoffschichten, heimlich an heimliche Stellen gleitend. Das Dienstmädchen passt ihren Körper seinem an, sie *schmiegt sich ein, entspannt sich, bis sie ... plötzlich ganz erschlafft. Jack Johnson ist erst in der sechsundzwanzigsten Runde k.o. gegangen* – ihre Glieder sind komplett gelöst, alle Sehnen durchgeschnitten. Ihre Zunge schlappt auf seine Unterlippe, er schmeckt, verschluckt sich an ihrem spritzenden Blut, er hört das unverkennbare Geräusch einer *auf Talg knallenden Peitsche: ein Kopfschuss, der im flintsteinigen Schützengraben hallt*. Ihre Stirn ist weg, ein Auge ist weg, auf den Erdklümpchen zwischen dornigen Rosen liegt die Haube, in deren kröseligen Rüschen Büschel von khakifarbenem Haar kleben, darunter das gekochte Mus des Hirns. Stanley legt sie sanft auf den Boden, sie ist – *in Tod – gewickelt.* — Ich schlage vor, sagt der nackte Schädel, den alle Bertie nennen, dass man alle Jungen, die das Alter von achtzehn Jahren erreichen, in drei Kategorien einteilen soll – und zwar völlig willkürlich … Er spricht so: die Sätze *stehen in Reih und Glied*, die *Wörter marschieren im Gänsemarsch aus seinem Knochenloch* … – Die in der ersten Kategorie werden in den Tod geschickt, schmerzlos in einer mit tödlichen Gasen gefüllten Kammer, den Jungen in der zweiten Kategorie entfernt man einen Arm oder ein Bein – vielleicht auch ein Auge –, die Unglücklichen der dritten Kategorie aber werden Tag und Nacht mit dem schlimmsten Lärm beschallt, den man sich vorstellen kann. Es ist wichtig, das Donnern und Blitzen der Granaten, den mechanischen Krawall der Maschinengewehre so lange fortzusetzen, bis alle einer nervösen Krankheit zum Opfer gefallen sind – Taubheit, Geistesblindheit, Stummheit, bis hin zum Wahnsinn … Bertie hält inne, was Willis nutzt, um auch mal was zu sagen: Und dann? Die Augenhöhlen des Schädels schwenken auf ihn ein, sie sind finster vor Verständnis – trotzdem lässt er einige Zeit verstreichen, bevor er antwortet, er salbt eine dreieckige Toastscheibe mit Butter und Brombeermarmelade und schiebt sie sich hinter die obere Zahnreihe. – Und dann – er mampft genüsslich das Brot der Ironie – befreit man sie und formt daraus den zukünftigen Nationalbund viriler britischer Männlichkeit. Ich bin überzeugt, dass die große Mehrheit den Plan gutheißen wird, denn er ist menschlicher – und kostengünstiger – als die Methode des Kriegs, die wir derzeit verfolgen. Sie sitzen Stanley gegenüber, aufgereiht auf einer unbequem wirkenden, hochlehnigen, mit Affodill beschnitzten Holzbank, Bertie neben Adeline, Adeline neben Willis. Ihre Köpfe verfangen sich beinahe in den an einem Gitter aufrankenden Rosen. Die Gastgeberin – deren Namen Stanley nur kurz aufgeschnappt und gleich wieder vergessen hat – hatte sich schon vor einiger Zeit verabschiedet, *Ich muss los und diese deutschen Kadaver mit Draht zusammenbinden, damit die Stallburschen sie wegschleppen und den Talg ausschmelzen können* … Sie war ihm einigermaßen überheblich vorgekommen, obwohl sie an der breiten Oberlippe einen Leberfleck übermalt hatte. Überheblich und in viele Meter altweißen Chiffon gehüllt – belustigt fragte er sich, inwiefern die beiden seltsamen Jagdhunde an ihrer Seite ihre Kriegsanstrengungen unterstützten. Ihre Köpfe und Rücken waren kurzgeschoren, die Hintern zottelig, so sprengten sie vor, als die Dame durch den Obstgarten davonrauschte und hinter der gerundeten Ecke einer doppelstöckigen Eibenhecke verschwand.

– Mister … Korporal De'Ath? Stanley hört die steigende Intonation von Berties Fragesatz und sieht ihn an, kann aber nicht mit Sicherheit sagen, dass er der Angesprochene ist. Er hat sich als Death gemeldet, damals in den Barracken auf der Mitcham Road, vor ihm war ein Junge dran, den der Schlägertyp hinterm Tresen mit den Worten wegschickte: Verschwinde – komm morgen wieder, falls du dann neunzehn bist. Unter dem Namen Death steckte er seinen Schilling ein und sein Essensgeld, und als Death schwor er, für den König zu kämpfen und für das Land. Als Death wurde er gedrillt, als Death trug er sein Holzgewehr und mimte fünfzehn Runden Schnellfeuer – was niemand befremdlich fand. Und wenn er in der Nacht im Rundzelt lag und ihm die Pisse der anderen ins Gesicht tropfte, dann hörte er niemals: Ich pisse auf Death, ich pisse auf den Tod.

Als Death, 5665, Gefreiter, Royal West Surreys, marschierte er hinter Aldershot – neben ihm ritten Offiziere, sie trugen strahlendweiße, gestärkte Kragen und lohfarbene Reitstiefel, nur hin und wieder saßen sie ab, um mit ihren Sporen Staub aufzuwirbeln und mit blitzendem Monokel die frischen Rekruten zu begutachten. Der Vater des Gefreiten Death kam aus Devon rauf, um ihn zu sehen, er hatte sich auf dem üblichen Weg einen Pass besorgt – er löste einige Verwirrung und Belustigung aus, als er sich beim Oberstabsfeldwebel als Samuel Deer – das Reh – präsentierte, was aber bald mit vielen, vielen Blechbechern Bier zu zwei Pence fortgeschwemmt wurde – ein grandioses Besäufnis, das die ganze Nacht andauerte, sie soffen sich die Hauptstraße rauf und runter, seine neuen Kumpanen brüllten: Du bist ein liebes Rehkitz!, denn Rothschild hatte seinen alten Charme nicht eingebüßt. Als er aber am Morgen spät erwachte, war er wieder Death!, er war verkatert und musste sich seine Dummdreistigkeit vorhalten lassen. Und so drehte er seine Strafrunden und ging mit dem Napf nach oben, um eine Kelle Pampe zu holen und runterzuwürgen – und gleich wieder auszukotzen. In den Schlafsälen von Sanding, in Kent, lag er auf seinem Bett und hasste die schmalen Risse in den Holzläden und wartete auf den Befehl: *Achtung Stillgestanden! Volles Zeug, Jungs, und anstellen! Nach Rang und dann nachgedacht, wie lange ihr braucht, wer ihn rauszieht, steckt ihn auch wieder rein …* Sein Schwanz in der rauen Hand, er pumpt: sie legt eine Kissenrolle aufs Bett, ein hohes Himmelbett, und präsentiert darauf ihren Hintern, sie bittet *schlag mich und wenn's recht ist mit etwas Ausdauer … so poliert man am Morgen sein Bajonett!* Als er ihr aber erklären wollte, was er getan hatte, stürzte sie sich auf ihn, schlug ihm die Krallen in den Hals und schrie:

Du bist für mich gestorben! Würstchen und Kartoffelbrei, Leber und Speck, alles zu fünf Pence. In den Baracken lebten sie wie Kampfhähne, wenn sie aber in Formation waren und der Oberkommandierende Aldershot kam, der mit Kitchener die Inspektion machte, stand er da als Death, Augen geradeaus, und er sah, wie die ergrauten, schlottrigen Männer die Reihe abschritten, er erhaschte flüchtige Blicke auf ihre Friedhofsgesichter. Als Death grinste er höhnisch, wenn der Sanitätsoffizier der Truppe die Schrecken von Gon und Syph vor Augen führte, als Death polierte er mit Säure seine Rockknöpfe stumpf, als Death meldete er sich beim Quartiermeister, der ihn und sechs weitere Soldaten mit ihrer neuen Liebe bekannt machte – *Vicky*. Death und sein Trupp lernten, beim Pfiff loszustürmen, den Feststellhebel zu lösen und die Beine weit auseinanderzuschieben, die mit demselben Hebel arretiert wurden. Als Death saß Stanley da und *zog ihr die Klammern aus dem rabenschwarzen Haar*, und Nummer Zwei kam angerannt und setzte ihren Körper auf die Beine, ihren Körper, ihren todbringenden, achtundzwanzig Pfund schweren Körper. Als Maschinengewehrschütze Death wartete er, bis Nummer Zwei den ersten Gurt in den Patronenträger gefüttert hatte, als Death entsicherte er, als Death *fasste er ihre Hüften, blickte ihr ins stahlblaue Auge und drückte vorsichtig ab.*

– Ja – Ja … Bertie? Stanley hat zu laut gesprochen, der Porzellankiefer des Schädels zerspringt, Tee schwappt und schlabbert über den Tassenrand auf die Untertasse – eine Fliege schlingert erschrocken und setzt zur Landung zwischen Schinken und Marmelade an. – Korporal De'Ath – seine *Skelettfinger* bilden ein Kirchturmdach – ich habe kein Interesse daran, Sie zu beleidigen oder in irgendeiner Weise Ihren Patriotismus in Zweifel zu ziehen, oder gar

Ihren freiwilligen Einsatz zu rügen – doch erlauben Sie mir, aus Ihrer schlichten Anwesenheit hier zu folgern, dass Sie einige unserer Bedenken teilen? Ein schmaler Riss wird spürbar in der Verbundenheit der Menschen hier, *das alte Haus pfeift müde* – Stanley findet es auf seine Art ganz hübsch, er mag die bemoosten Fugen, den Schlafzimmerblick der dunklen Fenster, den Negerchor der Eibenhecke, *Und ziehst du in die Fe-her-ne, dann bleib uns immer treu* … Ja, sagt Stanley schließlich, ich teile Ihre Bedenken – die Sache mit den Türken hat vielen von uns zu denken gegeben. *Der Riss ist geschlossen, die Flasche ist verkorkt, der Draht ist aufgespannt, die Lattenroste liegen, die Sandsäcke sind gestapelt – fünf Fuß fest gepackte Erde braucht es, um eine Maschinengewehrkugel zu stoppen. Die Laterna Magica klackt, der Schädel knackt* … – Nun, Feydeau, falls es uns gelingt, ein paar Tausend Getreue wie deinen Jungen hier auf unsere Seite zu ziehen, haben wir eine Chance, wenn Derbys Rekrutierungsplan scheitert und der Große Finstere Zauberer seine Verordnung verkündet. Willis zerrt beidhändig an seinem Bart und setzt ein breites Grinsen auf, er sagt, das sehe ich auch so, Bertie, und deshalb bittet dich die Gemeinschaft, möglichst schnell ein dementsprechendes Pamphlet zu veröffentlichen. Es wird bestimmt einige Aufmerksamkeit erregen, auf deren Grundlage wir – wenn es dir recht ist – Ende dieses oder zu Beginn des nächsten Jahres eine Vortragsreise organisieren würden. Adelines kräftige weiße Hand marschiert um das Zuckerdöschen und legt sich auf die von Stanley, der erst jetzt merkt, wie unruhig seine eigene gezuckt hat. Es ist nicht der Druck, der ihn beruhigt, sondern die Unverfrorenheit ihres nackten Griffs, sie streicht ihm über die vom Schwarzpulver verbrannten Finger, ihr Daumen gleitet über seinen angeschwollenen …

— Stanley wird sich nie daran gewöhnen, wie scheinbar unbekümmert ihre Affäre hier akzeptiert wird – nicht nur von Willis und Bertie und der Frau mit dem Leberfleck, sondern auch von ihrer Familie. In Norr, wohin sie ihn gelockt hatte, nachdem er einen einzigen Tag zu Hause verbracht hatte, hatte ihr Mann sich lobend über Stanleys Opferbereitschaft geäußert und ihm einen Anzug aus gutem amerikanischem Stoff geschenkt, den er nicht ablehnen durfte. Er hatte nicht nur weggesehen, er hatte ihre Verbindung beinahe gefördert. Als die Amme die beiden Arm in Arm im Garten entdeckte und vor Empörung *Sicherheitsnadeln lutschte*, wurde sie von Cameron erwischt, der ihr sofort mit Kündigung drohte – er hätte sie tatsächlich gefeuert, wenn Adeline nicht eingeschritten wäre. Stanley durchschaute Cameron trotz seines geschliffenen Äußeren – hinter dem freimütigen Ausdruck verbarg sich *bitter-salziges Klassenbewusstsein*, das er mit den *Gröbsten und Anstößigsten seiner Art* gemeinsam hatte. Der Sergeant der Buffs – des Dritten Regiments von East Kent –, stieß einfach weiter in den schlaffen, über eine Holzbank gestreckten Körper, als er hereinplatzte. Irgendeinem Witzbold war es gelungen, Stanley zu überzeugen, dass die im Treppenhaus anstehenden Männer auf ein riesiges Abendessen warteten, und dass die Männer, die frisch aus England angekommen waren, als erste bedient würden. Da stand er nun, stotternd zwischen dem Grunzen im Kerzenschein und dem höhnischen Geläster der Tommys hinter der Tür. Der Sergeant ließ sich Zeit, er rülpste zufrieden *ihren Mösensaft* und zog sich mit den Trägern die Stiefelhose über den *befellten* Hintern. Dann trat er zur Seite, um den Blick auf *klaffende, nasse Lippen* freizugeben, auf *Hexenhaar und braunäugige Zitzen* – und das Portrait einer alten Frau, das nichts mit dem jungen Mädchen zu tun hatte, deren Körper dort lag. Der Sergeant kam mit zittrig schwabbelndem Bauch langsam zu Atem. Jetzt erst sah er Stanley an – die Störung hatte ihn offensichtlich weder geärgert, noch hatte sie ihm Unbehagen bereitet – und seine Hand sagte, *du bist dran*. Drei Wochen später musste Stanley seine Leiche im Niemandsland der Hohenzollernschanze ansehen – *der Sergeant war mit einem Salto mortale im Stacheldraht gelandet, hing einfach da, aufgeschwollene Ware, gärend und unverkäuflich – ein Festmahl für die Maden ...* — Stanley zieht die Hand weg und angelt mit den Fingern ein Zuckerstück aus der Dose. Fünf Pence das Pfund, es heißt, dass er schon knapp geworden ist. Nachdenklich legt er das Stück auf die Zunge.

... sie ist wirklich süß, Adeline, in ihrem aschfarbenen Samtkostüm mit dem seidenbestickten russischen Eichhörnchen. Auf ihrer wohlgeformten Brust liegt eine Redingote aus weinroter Duvetine und Stinktier. Als sie sich im Albany zum Ausgehen fertig machten, musste sie die Wörter einige Male für ihn wiederholen: Re-ding-ote, Du-ve-line – so entzückt war er von den süßen Lauten. Jetzt nuckelt der kleine Kopf des Stinktiers an ihrem Kragenknopf, er *soll sich eine Amme suchen ...* Vor Stanleys Augen steigt Dampf auf – *Sie haben wieder vergessen aufzufüllen, das Wasser kocht in Vickys Redingote! Der Dampf verrät unsere verdammte Stellung!* Darf ich Ihnen noch eine Tasse einschenken, Sir?, fragt das Dienstmädchen, das er im Garten geküsst hat – sie ist auferstanden und hält eine Teekanne in der Hand. Oh, ja ... danke, sagt er. Sie schenkt ein und geht, sie verschwindet hinter der Omnibusstoßstange der Eibenhecke, so wie kurz zuvor ihre Herrin verschwunden ist. Adeline und die anderen sind tief im Gespräch über irgendeinen *Saftsack, der in Griechenland an einem Mückenstich gestorben ist …* — sie bemerken nichts, sie sehen auch nicht den B-Typen der London Omnibus Company, der sogar einer von Rothschilds eigenen hätte sein können, der von quarante-deux hommes – den glücklichen, gerade erst in Boulogne von Bord des Paketschiffs Invicta gegangenen – bestiegen wurde, welcher sie vorsichtig nach Ypres brachte. Die weichen Reifen schienen die vor ihnen liegenden Schlaglöcher zu ahnen. Der Bus, wie auch sein Fahrer, wussten, dass Death unter den Passagieren war. In Poperinghe kommt ein neuer Befehl, der Maschinengewehr-Trupp muss absitzen. Ein Stabsoffizier kommt angetänzelt, sein Rucksack ist leicht, eine Mogelpackung. Hinter ihm ächzt sein Bursche unter einem schweren Reisekoffer. Stanleys Trupp wird nach Süden beordert, vierzig Meilen Marsch nach Givenchy, sie sollen zum sechsten Bataillon der Royal East Kents in Hohenzollern stoßen. Es ist das erste Mal, dass er das krachende Pfeifen eines deutschen Minenwerfers hört, zum ersten Mal erwähnt jemand den Namen Minnie. Die mit Schwarzpulver und Traubenhagel gestopfte Kartätsche ist groß wie eine Tonne und unermesslich schwer, eine *Standseilbahn, die sich langsam, mühsam aufkämpft* in den Frühsommerhimmel, sie taucht zwischen zwei mächtigen Kaminen auf und steht dort so lange, dass sich ein Saatkrähenpärchen flügelschlagend auf ihr niederlässt … Wenn ihm danach gewesen wäre, hätte Stanley seinen Kameraden vorschlagen können, Lose zu ziehen, um zu entscheiden, auf welcher Seite sie Deckung suchen sollten. Er sagt nichts, sieht nur leicht belustigt zu, wie die Minnie *ächzend niedergeht* … Willste 'ne Zigarette, Stanley? Gern, Willis, sehr gern … *verhungert* und im Steingarten explodiert, die kunstvoll arrangierten Felsen, die Zwergsträucher, die reizenden Alpenblümchen erreichen beinahe die Höhe der be-

schriebenen Parabel. Der gesamte Steingarten steht in der Luft: eine irdene Wolke, gefolgt von schmutziger Asche, die sich träge zu einer flatternden Schmutzgardine formiert und ihre Gesichter peitscht und das Rankgitter hinter ihnen. Stanley sieht über die Glut seiner Zigarette und betrachtet den tiefen, trichterförmigen Krater – der Steingarten ist ausgelöscht, das Dienstmädchen ebenfalls, sie hat die Bekanntschaft der Minnie genau am Einschlagsort gemacht, nachdem sie den gepflasterten, zwischen zwei Steinsoubretten führenden Weg genommen hat. Das Tablett, das sie trug, kracht verbogen und verkohlt auf den Tisch, von dem sie es eben erst geräumt hat, ein dunkler Fleck aus Tee, Milch, Wasser breitet sich im Damast aus – Geschirr zerspringt, verschmiert mit Marmelade, die Häute gestampfter Trauben *klitschen* auf Adelines blutende Hände. Vom Dienstmädchen ist nichts übrig – Stanley stellt sich vor, wie ihre Leiche der zurückweichenden Kraterwand einverleibt wurde, sie ruht in einer eigenen, säuberlich verschlossenen Kammer, Tod und Beerdigung wurden simultan vollzogen.
– Dürfte ich mal den Aschenbecher haben, Bertie? Weitere vampirartige Krähen humpeln aus der Traufe des Hauses — und damit nicht genug der bestialischen Nachwirkungen, denn nun kommen auch die übrigen Mitglieder des Trupps angelaufen, zwei Caddies, die im Leopardenfellschatten einer Silberbirke gehockt und im Schutz hohler Hände eine hin- und hergereichte Zigarette geraucht haben – gemeinsam schleppen sie die schwere Munitionskiste. Tisch und Tischgestell, Decke, Servietten und Silberringe – alles fortgefegt. Mit einer Lendenkraft, die Stanley bei Willis nicht vermutet hätte, öffnet dieser die Beine, worauf Bertie mit demselben erstaunlichen Eifer die Vickers befestigt. Verglichen mit den unerschütterlichen Kriegsdienstver-

weigerern haben die Maschinengewehr-Schützen eindeutig Schiss – kein Wunder, dass sie mit den Nerven am Ende sind. Während sich die anderen prächtig unterhalten und einige Snacks zum Tee zu sich genommen haben, mussten sie dem Trommelfeuer standhalten: *Bumm-bumm! Bumm-bumm!* Die Paukenschläge, immer vierfach, eines blutrünstigen Giganten: *Fieh-fi-fo-fumm!* Die Fünf-Neuner fliegen im hohen Bogen übers Haus, *Fosse 8*, mit rauchenden Schleiern. Jack Johnson!, ruft Stanley, um seine Kameraden zu ermuntern, Wir wissen ja, wo der überall gewesen is! Er wirft sich auf die Erde und packt die Vickers, Willis füttert den Gurt in den Patronenträger, Stanley legt den Ladehebel um. Die schwarzen Bastarde geben keine Ruhe, die Angriffswellen werden immer stärker und erbarmungsloser, schließlich treffen sie in einem einzigen, grausamen Schlag einen Gartenschuppen, ein Hoftor, die dahinterliegende saftige Wiese und *dahinter* den Ententeich. Ich wette zwei Francs, brüllt Bertie, dass wir die Schweine am Mörser erwischen!, und zieht die zerfledderten Scheine aus der Brusttasche. Ich leg noch zwei drauf!, ruft Willis, während Stanley rechnet und die Entfernung auf hundertdreißig Yard einstellt. Er drückt ab, der Rückstoß des Gewehrs ist hart und monoton bei zehn Schuss pro Sekunde, Arme rütteln, Finger zucken, Zähne klappern. Langsam schwenkt er das Feuer über einen Winkel von dreißig Grad, er blinzelt durchs Visier, die Hausecke zerbröselt im Beschuss, die Eibenhecke wird bis zur Unkenntlichkeit gestutzt. Stanley ist sich der gefährlichen Harmonie zwischen ihm und seinem Maschinengewehr bewusst – er ist mit jeder Macke, mit jeder Delle seiner Holzgriffe zutiefst vertraut, selbst im Einschlagdonner hört er seinen *Ragtime aus Ratt-a-tatt-tatt* heraus. Das nützt aber nichts – sein Gewehr ist zu kurz eingestellt, die Schüsse zerfetzen einen Eichenstand. Stellung ändern!, befiehlt er nach einer langen Salve — Adeline verlässt die Deckung an der niedrigen Mauer und rückt zur Erkundung auf. *Guckt euch die an!*, ihre Röcke schleifen durch den Matsch, da geht sie, hutlos und erhobenen Hauptes, sie ist vollkommen angstfrei – weil der eigenartigen, unergründlichen Überzeugung erlegen, dass *Wenn der Parthen Pfeile fliegen, im zarten Himmelsrot die Schwalbenbeere liegen*, wird sie das gesamte rauschende Fest ohne einen Kratzer überleben – nur ihre dunkle Lockenpracht wird aufgelöst noch freier sein. Als eine weitere Minnie angerast kommt, bleibt sie stehen, zieht eine Pistole von der hübschen Hüfte und beschießt sie mit ihrem Leuchtfeuer. Ein einziger Gewehrschuss durchschneidet den Lärm – sie *macht eine Drehung, taumelt und stürzt kopfüber* in den Stacheldraht, der sie empfängt und in ein Nest von verzinkten Dornen bettet, bis von Dornröschen nur mehr *die blutenden Grübchen eines Mondgesichts* zu erkennen sind – *ihr Aal in Aspik* steht noch auf dem Mäuerchen. Stanley erhebt sich und kehrt leichtfüßig zum Wahnsinn des Nachmittagstees zurück … Bertie sitzt da – aufrecht und doch erschüttert – mit einem gefalteten, von seiner eigenen Pisse durchtränkten Stück Musselin ist die Stelle bandagiert, die bis vor kurzem seine Nase eingenommen hatte. Willis ignoriert die Senfzungen, die an Tassen und Untertellern lecken, und verwaltet eine verstopfte Teekanne. Joghurt?, fragt er und beginnt, ohne Stanleys Antwort abzuwarten, den dünnen braunen Brei auszuschütten, der sich über die Tischplatte ausbreitet und *Lammfetttupfer* davonträgt … Dein Land braucht dich nicht an der Front, weißt du, sagt Bertie, es – sie – braucht dich hier. Stanley sieht ihn scharf an: Sein Atemschutz ist abgerissen, Bertie hält seine Zigarette, *wie der Linkshänder einen Stift hält.* Ich muss zum Morgenappell beim kommandierenden General in Aldershot vorstellig werden, sagt Stanley barsch. Wenn ich mich nicht rechtzeitig melde, wird man mich verhaften, der Fahnenflucht anklagen und am Ende erschießen. Willis entnimmt mit einstudierter Beiläufigkeit seine *falschen Zähne* – beide Reihen – und legt sie vorsichtig auf den schmalen Rand *einer prächtigen Bienenwabe.* Dann nimmt er ein Plätzchen und *taucht es in eine Tasse Joghurt.* Bertie lässt nicht locker: Wir brauchen hier jemanden, sagt er, der bereit ist, der Obrigkeit die Stirn zu bieten, jemanden, der in die Rolle des frühchristlichen Helden schlüpfen kann. Uns ist klar, dass solche Gesten an der Front eher, sagen wir, hm, unzweckmäßig sind – aber hier müssen wir auf die Unterstützung der Kriegsverweigerer zählen, und unter dem gezielt eingesetzten Druck der öffentlichen Meinung sollte es möglich sein, allzu blutrünstige Konsequenzen zu verhindern – sie sind ja keine Bestien, sondern immer noch Männer. Willis lutscht und schlabbert an seinem Plätzchen, Stanley beugt sich vor, um die unvertrauten Gamaschen zu lösen. – Dürfte ich, alter Kumpel? Stanley nickt in die Richtung einer Dose Tranöl, Willis reicht ihm das Walrat. Stanley schnürt die Stiefel auf, zieht sie aus, zieht dann auch die Strümpfe aus und beginnt seine fauligen Füße zu salben, sie haben *die Farbe fünf Tage alter Rinderbrust.* — Audrey schlüpft hinter Adelines Gesicht, doch ihre Augen liegen nicht exakt übereinander, und doch: den Bruchteil einer Sekunde lang kann sie aus dem Augenwinkel heraus den Rand von Adelines Gesichtsfeld erkennen, was ihr nur noch deutlicher bewusst macht, dass die Übereinstimmung niemals vollkommen sein wird – *es wird immer diesen Schlupf geben.* Adeline liebt Stanley, Audrey hat daran keinen Zweifel, ihre

Gewissheit kommt aus dem tiefsten Inneren, sie hat ja gesehen, wie oft Adeline versucht, einen Blick von ihm zu erhaschen. Und wenn Willis oder Bertie etwas sagen, was sie als Drohung gegen *ihren Mowgli* auffasst, *schießt sie Pfeile.* Adeline liebt Audreys Bruder mehr, als ihr selbst bewusst ist, in diesem Sinn ist Audreys Beziehung zu ihr noch tiefer als: ihre matte Brust, die sich im prächtigen Busen der jungen Frau hebt und senkt, ihre schlaffe Haut, die sich an Adelines straffer nährt. Audrey hat Stanley immer mehr geliebt, *als ich wusste* – was hatte Gilbert noch gesagt? *Ein Brot, ein irdner Krug voll Wein, und du an meiner Seit' auf wilder Flur …* Es ist Stanley, der ihr auf wilder Flur nicht von der Seite weicht, mein *Bumsfalara, mein blaugefleckter Junge.* Wie liebend gern Audrey ihm die Gamaschen lösen, Stiefel und Strümpfe abziehen würde, wie sehr sie sich danach sehnt, seine geschundenen Füße mit Tranöl – soll helfen, hat sie gehört – einzureiben. Da sitzt er eingesunken am Tisch, er ist in fürchterlicher Verfassung, überwältigt von der Unfähigkeit des Teegeschirrs, sich aus eigenem Antrieb zu bewegen: der Dundee-Kuchen hat sich ins Weidenmuster der Kuchenplatte gefressen, die Buttermesser haben das Revier der Tischdecke abgesteckt, die feinen Teetassen stehen stramm – schnellstmöglich sind sie herbeigeeilt, sogar überholt haben sie einander, sich gegenseitig den Weg abgeschnitten: Teelöffel gegen Untertasse, Salatteller blockt Butterschale. Von Nieuport über Ypres und Aubers bis Arras, in Schlangenlinie durch die Picardie und über die Somme, in einer großen Schleife um Soisson bis Verdun, wo allen Versammelten in einem epochalen Augenblick schlagartig klar wurde, dass dies der Zustand war, der von *nun an bis in Ewigkeit* gelten würde: ein unerbittliches *gegenseitiges Zermürben* feldgrauen, blauen und braunen Menschengeschlitters? Was der bösen Ahnung Vorschub leistete, dass ihnen dieses Schicksal blüht: ein nie enden wollendes Abendessen, endloses Geplänkel der Stottertanten, ewiges Streichen der Heldenbutter, dann das Aufrücken zum reservierten Stuhl an der Tafel, wo einige Tage ins Land ziehen, bevor der *ganze beschissene, endlose Nachmittag von vorn losgeht* ... Auf der Partie Réservée à la Correspondence der Karte, die er vor seiner Abreise aus Amiens geschickt hatte – eine fotografische Postkarte, die den Jardin Anglais de la Place Montplaisir zeigte, das mächtige Anbranden der Pappeln, die versteinerten Springbrunnen aus Weidenwedel – hatte er ich liebe Tickler's Marmelade gekritzelt, ich liebe Tickler's Pflaumenmus, schickt mir einfach tonnenweise, große Gläser ohne Gruß. *Wenn ich mich abends schlafen lege, dann träume ich, dass ich mir den Weg durch die Dardanellen bahne, mit einem Glas Tickler's Marmelade* ... Zur Zeit ist es so, dass ein praller und eifriger Jude mit erdbeerrotem Haar Feydeaus Platz am Tisch eingenommen hat, während anstelle von Berties weißem rissigem Gesicht das eines Negers zu sehen ist – beziehungsweise eines schwarz geschminkten Dieners, der Audrey, wie ihr durchaus bewusst ist, pflegt.

Noch ein Tässchen, Miss Dearth?, fragt Busner. Die alte Frau – *Dame?* – sitzt aufrecht und stocksteif in ihrem Bett. Sie spricht mit einem merkwürdigen Akzent – einem *grausam zugerichteten* Cockney? Nein, sagt sie, lieber nicht, Doktor Busner, aber dürfte ich Sie fragen – sie hängen an jedem ihrer verschluckten Vokale, braunes Wildleder, schwarzes Leder, treten nervös die stickige Sommerluft der Station – wie kommt es, dass Sie mich Miss Dearth nennen, wo mein Name doch eindeutig Death ist, D-e-a-t-h, um genau zu sein. Ich kann allerdings nachvollziehen, dass ein derart entmutigender Name in einer Klinik nicht angemessen ist … Ich will gestehen, dass es Zeiten gegeben hat, in denen ich dem allgemeinen Vorurteil nachgegeben und mich als De'Ath ausgegeben habe, doch soweit ich weiß, bin ich an allen offiziellen Stellen – beim Arbeitsamt und so fort, auf Volkszählungsbögen und dergleichen – als Death, Audrey gemeldet. Busner und Mboya werfen sich bedeutungsvolle Blicke zu – sie verstehen, was sie sagt, und staunen über die Art, wie sie es tut: ihr schmales, scharfes Kinn drückt nicht mehr gegen das Brustbein, ihre Augen sind weder starr, noch bewegen sie sich unmäßig in einer maskenhaften Miene – tatsächlich sind Gesicht und Augen bestens synchronisiert im subtilen Zusammenspiel eines normalen Ausdrucksspektrums. Verschwunden ist der verzogene, gespitzte Schmollmund, der für Parkinson-Patienten so typisch ist, das zwanghafte Grimassieren, das ständige Kauen. Ihre Dritten Zähne verleihen dem Kiefer eine klare Linie, ihre Wangen wirken höher und voller, und wenn sie lächeln – was sie tut – ist ihr Zahnersatz *ausgesprochen charmant.* All das reicht aber nicht aus, denkt Busner, um die Bedeutung ihrer Resipiszens – der wundersamen Rückkehr in einen gesunden Zustand – zum Ausdruck zu bringen. Ich – Ich denke mal, Miss, hm, Death, dass zumindest zu Anfang – das heißt, als man Sie eingeliefert hat … er spürt das Verlangen, ihre Handrücken zu streicheln, er möchte ihre Hände halten und mit den Daumen *Venen, Knochen und Sehnen* anschlagen … Ihre persönlichen Angaben korrekt eingetragen wurden, das ist aber nun eine sehr lange Zeit her, Sie sind hier in der Heilanstalt Friern schon … Busner intoniert flach und zögerlich, die extrem merkwürdige Situation droht *mich zu verkleistern* … seine Gedanken haben *etwas Marmeladiges* … sein Blick haftet an einer Stelle unter dem Bett, wo ein babyblauer Nachttopf *widerwärtig lauert: das Dienstmädchen hat sich längst verabschiedet – es bleibt* … sehr, sehr lange fort. Audreys Gesicht, *von einer Unzahl lang abspielender Rillen zerkratzt* … – Das ist mir klar, Doktor Busner, ich bin ja nicht dumm, ich bin auch in all den Jahren nicht völlig weggetreten gewesen. Wenn Sie sich eine Meinung bilden möchten über meinen Geisteszustand, dann wäre es vielleicht hilfreich, wenn Sie mich wie einen Soldaten sähen, der kürzlich erst von der Front zurückgekehrt ist und unter einer seltenen Form des Traumas leidet. Busner ist, wie er gerade bemerkt, vom selenischen Gleichmut ihrer Züge gefangen, er kann sich nicht losreißen. Er ist schockiert: Sie ist eine wunderschöne Frau, sie ist es offenbar immer gewesen. Nun, da sie aus der Dunkelheit herausgetreten ist, strahlt sie *ein beherrschtes Bewusstsein ihres eigenen Sex-Appeals* aus. – Dürfte ich Sie also fragen, Miss Death – und bitte, ich hoffe, dass es Sie nicht beleidigt – in welchem Jahr wir uns befinden? Eine kosmische Angst unterbricht das Gesicht der Greisin – ihre Finger fahren über Kehle und Gesicht. – Ich … ich … Nun, Sie können nicht von mir erwarten – ihre falsche Vornehmheit hat eine ironische Note – dass ich mich mit solchen Kleinigkeiten abgebe. Busner möchte sie nicht quälen, und so zieht er das Sphygmomanometer aus der Kitteltasche, Mboya steht auf, um zu helfen – aber Audrey hat längst den Ärmel ihres Nachthemds hochgeschoben, ein Automatismus, ein *konditionierter Reflex*. Während sie die üblichen Werte messen – Puls hundertzwanzig, Blutdruck hundertsiebzig zu hundert… eins-dreißig zu fünfundsiebzig – hat sie selbst auch begonnen zu rechnen: Ist es neunzehn–zwan—, nein, neunzehnhundertdreiß—? Es fällt ihr schwer, die Jahrzehnte zu nennen, die sie nie zuvor ausgesprochen hat, erst als ihr Arzt, der verzweifelt seinem Impuls folgt, die Situation für sie so erträglich wie möglich zu machen, eine Daily Mail entdeckt, die auf einem Bett in der Nähe liegt, sagt er, Enoch, gibst du mir bitte mal die Zeitung da? Enoch reicht sie Audrey, die sie sogleich knisternd entschürzen möchte. Da sieht sie ihre alten Hände und stottert, W-wem gehören ... diese alten Hände, ist das – ist das meine Todeskrankheit? Doch dann entdeckt sie auf der Titelseite ein Foto des Mondfahrzeugs. – Was für ein fremdartiges Automobil, sagt sie, der Fahrer scheint eine Taucherausrüstung zu tragen – und das Regendach hinter dem Kutschbock ist ... falsch herum! Sie lacht, eine fröhlich aufsteigende Lerche, deren Schädel, so befürchtet der Psychiater, an der Glashärte des Jetzt zerschmettern wird – doch Audrey fasst sich schnell und richtet ihre Aufmerksamkeit auf den Titelkopf, lautlos bildet sie die Silben des Datums nach. Sie faltet langsam die Zeitung, reicht sie Mboya und sagt zu Busner: Würden Sie den Schwarzen bitten, meinen Morgenmantel zu holen? Er schaut nach, wie Mboya damit zurechtkommt, doch der Stationspfleger, dessen lange Beine wie meistens übereinandergeschlagen sind, lächelt nur sarkastisch und wippt mit dem Fuß, dessen *weit geschnittene Kapuze* immer wieder nach hinten fällt. Verstehen Sie nun, fragt Busner, in welcher Situation Sie sich befinden – welches Jahr wir haben, wie lange Sie schon hier sind? Sie sammelt sich, bevor sie antwortet, sie schiebt die Finger ineinander, ihre geschnürten Hände sinken auf die umgefaltete Decke. Er beobachtet sie genau, spürt beinahe ihr Zittern – wird es stärker, wird es schneller? Sie *legt die bügelfreie Kehle zusammen* und sagt, H–hm, die Situation, wie Sie es nennen, Doktor Busner, ist in der Tat außergewöhnlich, vergessen Sie aber nicht, dass sie für mich schon seit sehr, sehr langer Zeit so außergewöhnlich ist. Falls dieses Spezifikum, oder Schmerzmittel, oder was Sie mir da gegeben haben – wie heißt es im übrigen? L-DOPA, antwortet er. Sie sagt, Eldopa, hm, – nun, wenn dieses Eldopazeug eine Weile wirkt, dann findet sich vielleicht bald Gelegenheit, dass ich Ihnen von meinen eigenen, außerordentlichen Erlebnissen berichte. Dies ist aber nicht der Zeitpunkt, wir können auch nicht den ganzen Tag hier sitzen und Däumchen drehen … Die Post-Enzephalitische tut aber genau das, ihre Daumen wirbeln rasant und geschmeidig. Busner schluckt, gefesselt vom Gewirbel, schließlich kehrt Enoch zurück und präsentiert, höflich wie immer, einen limettengrünen Polyestermorgenmantel, dessen Unförmigkeit von seinem demutsvollen Herantreten noch betont wird. Er ist überaus hässlich und viel zu groß, der Kragen aus Kunstspitze ist grauenhaft – er erwartet beinahe, dass sie das Kleidungsstück zurückweisen, dass ihre unerklärliche Auferstehung ein abruptes Ende nehmen wird, *abgewürgt von zahllosen winzigen Schlaufen*. Aber nein: Audrey nimmt den Morgenmantel, hält ihn hoch, schlägt die Bettdecke auf, schiebt die Beine vor, steht auf und *wirft sich wirbelnd den Kasack um die Schultern*. Im Profil: *eine Neubearbeitung von Annigonis Königin*, für die der schiefe Nachttisch, der Wasserkrug aus poliertem Plastik, die blätternde Wandfarbe einem Hintergrund einverleibt werden, *einer fernen blaulinierten Hügellandschaft*. Hände halten den Morgenmantel geschlossen, sicher schreitet sie voran, – Entschuldigen Sie, Busner springt auf und räumt den Stuhl aus ihrer Bahn – die beiden Männer treten zur Seite, verfangen sich in den haftenden Nylonvorhängen und sehen zu, wie sie den Schlafsaal durchschreitet und beginnt, den Rest der Station zu erkunden. Stattlich, jawohl, und legato, ihre bedeckten

Beine geben den Takt vor, der die Melodie ihrer Bewegungen trägt, *Da-d'da, da d'da, da-d'-dah, da-d'-dah!* Arzt und Pfleger erstarren in der Akinesie der anderen Anderen, an denen sie vorüberzieht – sie nickt und würdigt die gefrorenen Objekte ihrer eisigen Welt. *Da-d'da, da d'da, da-d'-dah, da-d'-dah!* trällert sie durch ihre Unterwelt – durch das flackernde Tunnelsystem ihres Gebrechens. Audrey hat ein Wort, um ihren Zustand zu beschreiben: Ich bin unmusiech, hat sie gelegentlich geflüstert – un-mu-siech, aber jetzt ist sie *wieder musiech.* Eine andere Patientin, nicht postenzephalitisch, sitzt an einem Tisch und hält einen Bleistift, dessen Spitze in einer gezahnten, wirbelnden Acrylscheibe steckt, wobei Graphitringe auf das gespendete Papier fallen. Draußen vor den Fenstern ist früher Nachmittag, ein schweres Sommergewitter zeichnet Spirographenmuster in die größer werdenden Pfützen auf dem Dach der Beschäftigungstherapie. — Was, überlegt Audrey, hat Gilbert noch gesagt – genau! Ein Universum entsteht, wenn du den Spiegel schüttelst ... und von dem befreist, was auf den ersten – flüchtigen – Blick der geringste Geist ist. *Da-d'da, da d'da, da-d'-dah, da-d'-dah ... Ich bin das Piano – die Rolle ist mein Gedächtnis, meine Erinnerungen Da-d'da, da d'da, da-d'-dah, da-d'-dah ...* Die Scheibe, an die sie ihre Stirn drückt, ist hart und kühl – aus der Tatsache, dass sie durchsichtig ist, folgt nicht notwendig, dass es sie nicht gibt. Er hatte diese Sache gesagt, und sie war außer sich gewesen – außer sich! – dass sie nach ihrer Zwölf-Stunden-Schicht nach Woolwich gekommen war, dass sie sich durch das Gedränge am Beresford Square gekämpft hatte, dass sie unter großen Gefahren über das Lenkgehäuse geklettert war, sich am Geländer nach oben gezogen hatte, wo sie zusätzlich zu den zwei Pennys, die die U-Bahn ab London Bridge gekostet hatte, einen weiteren Halfpenny bezahlen musste – *so war sie dem Flackern und Blitzen entkommen, gemeinsam mit Tausenden, die in Haufen auf den Bahnsteigen lagen, im Schutz des Untergrunds* – nur um sich von ihm in ein Zimmer über dem Farbengeschäft auf der Gray's Inn Road schmuggeln zu lassen, wo der *aufgeplusterte kleine Geck* ihr *dies!* erzählte und ihr seine Zeilen vortrug, eine weitere infantile Phantasie, die im grünlichen Licht der Schreibtischlampe auf sie gewartet hatte. Zeile um Zeile seiner mädchenhaften Handschrift hatten in einem Manuskript-Quarto aus grünem Marokkoleder gewartet, das auf einer mit ähnlichem Material gerahmten Schreibunterlage gelegen hatte, eine Handschrift, die – so fasste er zusammen – die Würdigung seiner eigenen Schriften zum Inhalt hatte, und die ihn für die Entbehrungen ihrer Arbeit blind gemacht hatte. Es ging um eine Gesellschaft in nicht allzu ferner Zukunft, in der die immer weiter wachsenden Städte miteinander verschmelzen und mit Hilfe von Glas, Stahl und Beton in die Höhe hinaufgetrieben würden, es entstünde eine Zinnenlandschaft, die der gerade auf Manhattan Island entstandenen nicht unähnlich wäre. Das Umland aber könnte anderweitig genutzt werden, nicht nur für die Landwirtschaft – denn die Chemie des Herrn Haber würde dafür sorgen, dass nur noch ein Bruchteil der gegenwärtig bebauten Äcker benötigt würde – sondern vor allem, um ein Xanadu der Lustgärten zu bauen. Es wäre sogar denkbar, ganze Landstriche in ihren autochthonen Zustand zurückfallen zu lassen, den Wald könnte man jungen Männern überlassen, die ansonsten allzu empfindlich, allzu verweichlicht würden – schließlich würden allein durch den Zustand des allgemeinen Überflusses alle Kriege ein für alle Mal beendet werden – sie könnten sich in den alten Ritterkünsten üben, *der Gralssuche, dem Tjosten und so fort* … Audrey war außer sich gewesen, wütend, dass sie dieser Märchenstunde nicht nur ihr Ohr, sondern auch ihren Verstand geliehen hatte, einer Luftnummer, die seinem pompösen Gehabe den Boden entzog und, damit unvereinbar, seine Überzeugung stärkte, dass es seine Prinzipien – nicht aber die schwachen Lungen – gewesen waren, die ihn im obersten Stockwerk seiner eigenen moralischen Glaszinne abgesetzt hatten, hoch oben über den Schützengräben, in denen die Tommys an Gas und Blut erstickten, hoch oben über den Munitionsfabriken, in denen den quecksilbervergifteten Landsmänninnen Zähne und Haare ausfielen, und noch hoch über den Bewohnern eines bescheidenen Einfamilienhauses in der Nähe von Woking – drei Lümmel, eine arme, verkommene Ehefrau – die sich glücklich schätzen konnten – so Feydeau, dessen Überzeugung, dass die Lossagung seines Genossen von jeglicher Konvention ihr Gutes habe, hier an eine Grenze stieß – *wenn sie ihren Vater und Ehemann mehr als zweimal im Jahr zu Gesicht bekamen*. Draußen war es kalt gewesen, vor der Royal Mail lag überfrorener Schneematsch, in dem der ganze, nie versiegende *Dreck* der Stadt enthalten war. Ein Wachtmeister im Sondereinsatz *dengelte den Reif von seiner Blechmütze*. Im Wohnheim würde es noch kälter sein. Audrey war voller Selbsthass auf die Chaiselongue gesunken, die Venetia Stanley ihm geschenkt hatte. Voller Selbsthass hatte sie ihm erlaubt, ihr Kleid zu öffnen und sie im beißenden Dunst seiner Logic auszuziehen – schließlich gesellte sich Hass zu ihrem Selbsthass, als sie nämlich unter ihm lag, zuckend, nicht vor Lust durch seine Berührungen, sondern weil die Drehmaschine immer wieder von neuem betätigt werden musste, weil das monotone Wirbeln, Kuppeln, Spannen im Lauf der Zwölf-

Stunden-Schicht in jede ihrer Nervenfasern lärmend eingefräst worden war. Erschöpft lag sie da und dachte, dass Gilbert zumindest in dieser Hinsicht einen gewissen Charme hatte: seine vollkommene Gleichgültigkeit in Bezug auf seine Taubenbrust, auf seinen schuppigen Schädel, der im stetigen, von den weißglühenden, korallenartigen Elementen des großen Gasofens abstrahlenden Licht unter dem verbliebenen Flaum sichtbar war. Er lag nun rücklings in ihren Armen und benutzte das Korkende seiner Logic, um die Kapitulation bei Kut, die Schlacht von Dublin, die Vertreibung von Villas Desperados und Smuts' Kilimandscharo-Eskapade durch Rauchschleier miteinander zu verbinden, die er an eine unsichtbare, *den großen Gesamtzusammenhang* zeigende Karte heftete, und er erklärte, wie es möglich war, dass – allen gegenteiligen Hinweisen zum Trotz – die *harmonische Versöhnung* von Kapital und Arbeit unter der Führung der wissenschaftlich Aufgeklärten und philosophisch Beschlagenen *in greifbarer Nähe* sei … Audrey entzog ihm die Zigarette und rauchte bis zum *bitteren Ende … Sein Traum*, steht auf der Postkarte, die Fotografie ist eine Montage: ein Tommy steht an einem von Leimkraut und Margeriten umsäumten Zäunchen, an seiner Schulter hängt ein Gewehr, *tödlich wie ein Schmetterlingskescher*, er hat die Mütze in den Nacken geschoben wie ein Freizeitkapitän, in seiner Hand steckt eine kurze Pfeife. Mehr noch als die lächerlichen Requisiten und der gemalte, leicht umwölkte Sonnenuntergang im Hintergrund sind es der dünne Schnurrbart und ein seltsamer Gesichtsausdruck, die nahelegen, dass der Krieg bei Epsom ausgefochten wird. Noch seltsamer in diesem Zusammenhang ist die eigenartige Gebärmutter, die knapp über und hinter seinem Kopf schwebt: *Ist das Babygesicht in der Gebär-*

mutter Sein Traum? Oder hat sein Liebling faktisch gesehen keine Ähnlichkeit mit diesem *einnehmenden Ding – hochgestecktes Haar, gestochen rote Lippen* – ist sie vielleicht eher eine *fette Fischhändlerin mit Hängebrüsten, ein maulendes Weibsstück mit zerstörten Zähnen?* Gilbert kuschelt sich noch enger an Audrey, sein Gefieder poliert die Seite ihrer Brust *ist sie meine Kopfgeburt?* Er roch nach altem Flanell und frischem Tabak – sie konnte sich kaum zu dem elenden Geschäft des Aufstehens, des Auswaschens ihres Geschlechts aufraffen, zum vierten Mal an diesem Tag zog sie sich an: Noch im Dunklen hatte sie sich in Plumstead fertiggemacht, im Arsenal war sie in einen grobgewirkten Leinen-Overall gestiegen, den sie bei Schichtende wieder auszog, in eine Hülle steckte und in der Umkleide an ihren Haken hängte, bevor sie ihr entzündliches Haar aus dem hässlichen Netz befreite. Die Umkleide ... Gilberts Zimmer waren nichts anderes, hier zog sie sich um – genau wie er, nur dass die Haut, in die er schlüpfte, immer entweder zu groß oder zu klein für ihn war: manchmal überragte er die ganze Stadt, dann waren seine Worte riesig wie Schlagzeilen und seine Vorträge zogen aufgeregte Massen an und sein pausbäckiges Gesicht mit dem *Spüllappenschnauzer* gab ihm eine seltsame Würde: eine *gewichtige Harmlosigkeit.* Obwohl er für einen Sozialisten relativ wohlhabend war, zeugte der Mantel, der auf einer Stuhllehne hing, von den Entbehrungen der Kriegszeit, Kragen und Ärmel waren bereits gewendet, die Knopflöcher nachgenäht. Im grünlichen Schein des Schreibtischs stand eine Dose Eisen-Lutschbonbons, ein Beweis, wenn ein solcher nötig gewesen wäre, für die Blutarmut ihres Liebhabers. — Für Gilbert Cook waren sechs Eingriffe vorgesehen – *sechs Operationen, um ihm die Fäden zu ziehen, die inneren wie die äußeren, und seine*

Aussackungen herauszuschneiden. Audreys Arme sind in Bewegung, ihre Fingerkuppen drücken *hier* und *da* – Ah! Nein! Nein – Nein! Er buckelte und wand sich, und seine Fersen trommelten auf die Chaiselongue – doch Audrey, der gleich die rußschwarzen Werkhallen in den Sinn kamen und das monströse *Schlapperti-Schlapperti-Peng!* der über den Köpfen laufenden Bänder, mit denen die Drehbänke angetrieben wurden, schwenkte ihren Spindelkopf über ihn und setzte die automatischen Eingriffe fort, sie küsste ihn hinterm Ohr, auf den breiten Nacken – sie war müde, doch ihr Verlangen drehte sich jetzt ohne Übersetzung, und aufhören durfte sie erst, wenn der Schlosser kam, um das Schneideisen nachzuschleifen. Sie wischte zärtlich über die Späne auf seinem Bauch und fasste das fünfte Werkstück, um es zu justieren und *umzudrehen* ... Gilbert keuchte Oh!, in den finsteren Hallen der neuen Zünderfabrik bekommen sie die Granathülsen überhaupt nie zu Gesicht, sie sehen nur die Zündkapseln, und von den Zündkapseln sieht Audrey nicht mehr als die Bolzen. – Aha-h'n-ha-ha! Audrey rückte ein wenig, um seine linke Hinterbacke an ihren Schneidkopf zu führen, und spürte die verwickelte Glacéseide, die von oben und unten an ihr rieb. – Ha-ha-h'n-ha! Sein Atem in ihrer Nase, der Eisengeruch – sie bekommen die Hülsen nicht zu Gesicht, sie können sich nur vorstellen, wie Vesta Tilley im Reformkleid die glattpolierten Messingzapfen in die Ladekammern steckt. *Die Hülsen bekommen sie nie zu Gesicht* ... Gilbert Cook hat seine Hand hinter ihren Rücken geschoben, er spielt auf ihr, während sie ihn bearbeitet, bis er mit einem plumpen Uff! aufsitzt, sich hinauslehnt und die Latexprophylaxe aus dem Fach neben der Chaiselongue zieht, er rollt sie auf und steckt sie in sie hinein, ohne sich mit der Dose Gleitmittel abzugeben. Der Geruch des kalten

Gummis dringt ihr ins Gedächtnis, sie wiederholt die sechs diffizilen Eingriffe, der Bolzen fällt auf die Ablage, *die Drehbank verspritzt Vaseline*. Sie bekommen die Hülsen nie zu Gesicht, und doch bleiben sie ohne ihren Einsatz immer nur das: Hülsen, leblose, mit Nichts gestopfte Hülsen. *Da-d'da, da d'da, da-d'-dah, da-d'-dah*, die kleine Melodie, von der der Verkäufer des Pianoautomaten behauptet hat, sie sei von Johannes Brahms, dringt nicht als Melodie in Audrey ein, sondern als der nachlassende Takt des *Koitus* – ein Wort, das sie einem Büchlein entnommen hat, das ihr Hilda Peabody zugesteckt hat und das sie im letzten Kerzenschein in der holzvertäfelten Wohnheimnische von Plumstead gelesen hat. Das Öl – das Gleitöl. Die Arbeiterinnen an den Drehbänken tragen Schürzen, aber ihre Hände sind ungeschützt – das Öl verursacht Ausschläge, fahlrot aufgebrochene Haut, die Audrey mit Angst erfüllt, einer Angst, die sie dazu verleitet, sich weiteren Gefahren auszusetzen, was sie an den Werkstätten vorbeiführt, wo fehlerhafte Zünder und Sprengkapseln aussortiert werden, hinab zu der gepflasterten, mit Planken gesäumten Straße an den Neubauten, deren heller Klinker noch unbeschmutzt ist, vorbei an frisch eingesätem Rasen, auf dem im zartgrünen Tüll des Juni frischgepflanzte Bäume protzig stehen. Dahinter liegt das Ufer mit seinem Schilf und seinem Ried und seinen Malvenspannern, mit weißen, *leicht vom Wind durchwirbelten Köpfchen*. Wenn sie ihren Kopf geradehält, spürt Audrey die letzten Tropfen des Gesichtswassers, das an ihren unteren Lidern zusammengelaufen ist. Alle sechzehn Tage wäscht man den Kanarien die Augen aus, fünf, sechs Stunden lang ist die Welt ein Kaleidoskop, besonders, wenn Audrey den Ölfilm in den Gräben betrachtet, die die Werkhütten umschließen und mit einem größeren Kanal verbinden, der sich in den Fluss ergießt, wo die schillernden Wirbel größer werden und in die seltsamen Formen der Futuristen übergehen, deren Ölgemälde sie mit Gilbert Cook vor dem Krieg in der Galerie von Manor House bewundert hatte. Waren es diese Muster, die sie einzufangen versuchten – diese *Austritte in die Vergangenheit?* Die Werkhütten haben ihre eigenen, schmutzseitigen Kantinen, an warmen Tagen wie diesem bleiben die Türen geöffnet, und die Spatzen kommen aus der weiteren Welt hereingeflitzt und picken die Krümel, die aus den gelben Händen der Kanarien fallen. Audrey sitzt an einer der langen Tafeln und starrt hinaus, ihr Mund ist klebrig vom Dosenfleisch. Die ständigen Störungen verwirren sie: der hässliche Lärm einer Marschkapelle, die an den Britischen Grenadieren vorüberziehen, unterbrochen von diesem einen Ruf: *Acht-fünf-sieben-neun!* Was auch *Or-drie!* bedeutet. Denn *diese alte Matratze*, die Stellvertretende Oberaufseherin, kennt keine Namen. Ein Automobil, gelenkt von einer Chauffeuse, hechelt vorüber, blitzartig sieht Audrey im Rahmen der Tür eine kinematographische Einstellung, in der ein vertrautes rechtwinkliges Dreieck die süßlich-stickigen Abgase durchschneidet.

– 8579, Death? Die Stellvertretende steht gleich neben ihr und betrachtet, was von der Ration der Munitionette übriggeblieben ist – Brotkruste, zerknülltes Wachspapier, Blechbecher – mit amtlicher Würde: trotz ihrer beträchtlichen Größe *ist sie nicht von der ausgehöhlt-mageren Sorte*. – Sie sind Death, ja? Sie genießt es, den Namen auszusprechen, sie freut sich, dass sie die Regeln verletzen darf. Ja, Miss, das bin ich. *Viril*, das Wort, das ihr zur Stellvertretenden einfällt – *sie sollte eine Hosenrolle spielen*, statt sich mit Schlüsselbund und Uhrkette aufzudonnern. Mister

De'Ath, der Inspekteur der Artillerieproduktion, ist hier und wird eine Überprüfung der Werkhütten durchführen – er ist doch nicht etwa durch irgendeine Laune des Jupiter Ihr Verwandter? Audrey antwortet mit Nachdruck: Nein, Miss, kein Verwandter, nicht dass ich wüsste. Die Stellvertretende hängt die Daumen in den breiten Ledergürtel. Prima!, sagt sie, dann können Sie Mister Harris helfen, ihm alles zu zeigen – kommen Sie, kommen Sie nur. Sie führt Audrey aus der Kantine und läuft durch die Umkleide nach draußen. Audrey, die noch ihren khakifarbenen Arbeitsanzug trägt, ihre Mütze und Sicherheitsschuhe, ruft, Miss, ich hab ja noch meine schmutzigen Klamotten an, doch die Stellvertretende schreitet unbeirrt voran und ruft zurück: Nun, junge Dame, es wird schwer sein, ihm einen genauen Eindruck von der Arbeit zu verschaffen, die wir hier leisten, wenn Sie in Ballkleid und Perlenketten auftauchen! Albert steht in der Sonne neben seinem Dienstwagen und wartet: Er wirkt so schlank, so jugendlich, der Zylinder, der enggeschnittene Frack, der feine, gestreifte Mantel machen ihn größer, als er ist. Die einzigen Hinweise auf die schwere Verantwortung, die er trägt, sind zwei lustige Schmutzspuren unter seinen vorstehenden Augen, *möglicherweise Theaterschminke*. Als er ihr und Mister Harris vorgestellt wird, lässt er nicht erkennen, dass er weiß, wen er vor sich hat – genau, wie sie erwartet hatte. Der Premier, so hört man, hat eine Suffragette als Fahrerin eingestellt – Audrey fragte sich, ob Bert zu einer ähnlichen Geste gezwungen worden ist, aber die junge Frau – eigentlich ein Mädchen – am Steuer hat es mit der Schminke übertrieben wie eine Debütantin, und die Lässigkeit, mit der sie Schirmmütze und Handschuhe trägt, passt eher zu einem Promenadenkonzert. Sie durchschreiten das aus hohen Fenstern trostlos strömende Licht der Umkleide, Audrey kann die Erklärungen zu den Sicherheitsvorkehrungen nicht hören, aber *lieber keine mehr kriegen, Mrs. Moore, je mehr sie kriegen, je mehr wolln'se haben, wenn's für den Hunger reicht, ist's allemal ein Fest!* Sie hat vor Augen, wie Rothschild seine Barttasse schwenkt, der Tee schwappt über und spritzt auf das Wachstuch, an seine *käsige Wange* gedrückt ist Olive, die mit ihrem stumpfen Blick, ihrer Idiotenmiene aussieht wie ein *Kälbchen auf dem Weg zur Schlachtbank*. Tantchen, die für die Umkleide zuständig ist, zeigt dem Inspekteur die feuerfesten Umhänge der Stopferinnen und erklärt, dass sie anfangs weich und biegsam sind. Erst durch die Imprägnierung mit Quecksilber und Pulver werden sie steif. Wenn es Ihnen recht ist, Mister De'Ath, würde ich sagen, dass wir weitergehen, sagt die Stellvertretende, es gibt hier noch einiges zu sehen, und Ihre Zeit ist sicher kostbar. Was Audrey in ihrem Ton ausmacht, ist nicht Herablassung, sondern der unbeugsame Widerstand einer sozial Höherstehenden, die gezwungen ist, sich einem Mann von niederem Stand unterzuordnen. Bert hat die *Misstöne* sicher längst bemerkt, lässt sich aber nichts anmerken, als die Stellvertretende von oben herab und von unten herauf den Schichtbetrieb erläutert und auf die Regeln weist, die zusammen mit verschiedenen mahnenden Plakaten an der Wand hangen: SEIN LEBEN LIEGT IN DEINER HAND, ARBEITSPLATZ UNBEDINGT SAUBERHALTEN. Hin und wieder wendet er sich seinem Sekretär zu – Frettchengesicht, Klumpfußschleppen – und stellt sicher, dass *der Form halber* alles notiert wird. – Und hier, Mister De'Ath … sie stehen vor den Erste-Hilfe-Körben, die Stellvertretende reicht ihm das Verzeichnis, das er mit seinem Datas-Blick erfasst und unverzüglich seinem Gedächtnis anvertraut, nämlich Mullverbände 20 St., Desinfektionsmittel 20 Tuben, Hydroperoxidsalbe 20 St., und so weiter und so fort … Mit einem Klingeln ihres aus Schlüsseln und Uhrkette bestehenden Brustbehangs verabschiedet sich die Stellvertretende: Wenn Sie mich erübrigen können, Mister De'Ath, gehe ich jetzt zu Direktor Foreman und bringe ihm die Ausfallliste der laufenden Schicht … — Mister Harris schiebt die Schwingtür zur Stopfwerkstatt auf, ihre Gummischürzen schleppen den ganzen Tumult herein, das Kettengeklapper, das Schlappen der Antriebsgurte, weiter hinten die Salven der Holzhämmer, die in Reihen zu zwanzig niedersausen und ihren bleiernen Takt in das Lied schlagen, das hier gesungen wird: Honeysuckle Rose. Als sie zu den Kanarien kommen, spürt Audrey diese anderen Körper, die zwischen Berts Gestalt und ihrer eigenen getragen wurden: Abgüsse, weiß wie Gips und leicht wie Gips, von Vi und Olive … und Stan … *Mrs. Moore von nebenan, die hundert Kinder kriegen kann, ist eine gute Seel'*. Audrey weiß, dass Bert regelmäßig kleinere Beträge nach Cheriton Bishop schickt, genug, damit die Eltern Olive zu Hause betreuen können, statt sie *in die Klapse zu geben*. Vi hat eine gute Stelle bei der Hauptpost, als Fräulein vom Amt, ihr *Hohlkopf* steckt voller Begrüßungsformeln, Nummern, Abschiedsworte, *immer wieder von vorn*. Mary Jane hat geschrieben, *sie geht mit einem —*. – Miss Death? Sie haben eine der Werkbänke erreicht, wo Fünfzigpfünder schichtweise mit Trotyl und Pulverwolle gestopft werden. Offenbar wünscht Mister Harris, dass Audrey den Vorgang demonstriert, denn er bittet den Singvogel, zur Seite zu treten – was sie, mit gelbsüchtigen Händen am Stoff ihres Kasacks nestelnd, tut. Das Trotyl riecht eindringlich nach süßen, faulenden Birnen, die Pulverwolle ist durch und durch metallisch und ölig, trotz der zahlreichen Ventilatoren liegt der Geruch in der Luft wie die Schaumfaserklumpen auf der Werkbank, von denen er jetzt mit pyramidischem Ich-komm-aus-dem-Staunen-nicht-raus eines in die Hand nimmt, *ohne auf seine Maniküre zu achten!* Merkwürdig, die Vorstellung, dass er *mit der Pulverwolle im langen Gesicht beim Friseur sitzt und sich entspannt zurücklehnt, während der Friseur die Klinge abzieht* ... Merkwürdig, die Vorstellung, sagt der Inspekteur, und obwohl er laut spricht, ist es offensichtlich, dass er mehr mit sich selbst redet als mit den anderen – dass dieses Material nach weiterer Verarbeitung zu einem Bestandteil von Silbernitrat wird, das beim kinematographischen Film Verwendung findet. Audrey denkt, wenigstens haben die Tommys jetzt Stahlhelme: jeder hat ja die Kinematographien gesehen, hat die Schirme gesehen, *dichtgedrängt im schlammigen Graben, dann über den Köpfen im sirrenden Regen* ... Die Pulverwolle in der Werkstatt, denkt Audrey, ist getränkt von diesen Quecksilberszenen: Sie ist stark genug, um Erde aufzuschleudern, die Glieder eines Kanonenwagens zu zerschmettern, Pferdefesseln, Männerschädel – und sie macht es möglich, dass wir *den Wirbelsturm ernten, für die Lieben zu Hause den Traum* ... Albert, der Inspekteur, wünscht eine genauere Erläuterung des Ablaufs, Mr. Harris setzt zu längeren Ausführungen an: die Zahlen pro Schicht, die Arbeitsteilung, die Maschinen zum Formen, Pressen und Stopfen, die Aufteilung der Geschlechter, den männlichen Schlossern ist die Einberufung ... *bis auf weiteres* ... erspart geblieben. Als der Meister Miss Death die Details überlassen möchte, Wir hätten diese junge Dame, sagt er, lieber in der Zünderwerkstatt behalten, sie ist selbst eine erfahrene Dreherin, unterbricht Audrey, Entschuldigen Sie, Mr. Harris, ich kenne mich mit den Stopfmaschinen besser aus, aber wenn Mr. Simmonds es wünscht, arbeite ich auch an der Werkbank, wir meinen, dass alle etwas davon haben, wenn die Arbeit etwas gerechter verteilt wird … Alle verstehen, worauf sie hinaus will, nämlich, dass das Trotyl etwas *gerechter verteilt wird.* Die Kanarien, die zwölf Stunden am Tag Pulverwolle in Hülsen stopfen und mit Trotyl besprenkeln und diesen Stoff, in dem die Kraft des Berstens steckt, mit Holzhämmern feststampfen, dann noch einmal nachstopfen, weiteres Trotyl sprenkeln, bis … *bis sich niemand, der sie noch alle beisammenhat, das Chaos vorstellen kann*, das in den glatten Messingzapfen *mit ihren gerafften Taillen und bezaubernden Hütchen* steckt. Die Kanarien, die einen Zuschlag erhalten, den sie darauf verwenden, hübsche, fröhliche Schnürbänder für ihre Stiefel zu kaufen, eine Form der Auflehnung gegen die trüben Uniformen, die Kanarien, deren Hände und Hälse und Gesichter den kranken Teint der Sprengstoffe tragen, mit denen sie Tag für Tag zu tun haben, die Kanarien, die mit brennenden Augen *Tschiep-tschiep-tschiep trällern*, damit zu Hause das Feuer nicht ausgeht, die Kanarien, die kleinen Schwestern, denkt Audrey, jener Akkordarbeiterinnen, die das Arsen auftragen und gut an ihrem blauen Zahnfleisch zu erkennen sind – ein vergifteter Schwesternbund, jawohl!, die Wangen weiß gebleicht mit Westray's, kaum überraschend also, dass sie *lieber keine mehr kriegen* … Sie ist fertig, sie drückt sich mit der Hüfte an die Werkbank, an ihrer Hand baumelt der Holzhammer, im Arm wiegt sie einen gestopften Fünfzigpfünder und drückt die Wange ans kalte Messing. Der Inspekteur sagt, Danke und steckt die Uhr zurück in die Westentasche, schon wendet er sich wieder Mister Harris zu, und dem Aufseher Mister Simmonds, der eilends hinzugekommen ist, *seine Maul-*

wurfnase drängt auf Bevorzugung. – Vier Stopferinnen pro Bank, und achtundvierzig Bänke pro Halle, und angenommen, dass diese Munitionette ausgewählt wurde, weil sie schneller ist, sagen wir eine Minute schneller als der Durchschnitt, dann sind das nur dreizehntausendachthundertvierundzwanzig gefüllte Hülsen am Tag, das genügt nicht für die Anzahl der Hülsen, die hier gegossen, der Kapseln, die hier gedreht werden. Mister Harris, dann zeigen Sie mir mal, wo Sie die unverarbeiteten Hülsen lagern, für die Sie den Dank unserer Männer an der Front nicht erwarten können.

Alle Wangen glühen, nur Audreys nicht – die seit frühester Kindheit Alberts kühne Rechenkünste kennt ... *Hab ich recht, Sir?* Seine Hautfarbe, denkt Stan, wirkt kränklich, sein Körper *ist bis zur Anstößigkeit verkrümmt.* Ein seltsamer Typ, *ein brabbelndes Wrack, zugleich auch ein Tartar.* Er hat sich eine Art Erdloch gegraben, hinter einem Kuhstall aus dem in dieser Gegend üblichen rotglänzenden Klinker. — Hab ich recht, Sir, fragt Stan noch einmal, Sie kommen nicht weiter? Der Offizier kauert – er hat seine Mütze verloren, man sieht ihm also nicht an, wo er hingehört, falls er überhaupt irgendwo hingehört, er könnte ein Spion sein – auch davon hat man schon gehört: seine Stiefel sind perfekt poliert, er trägt eine Offiziersuniform, aber keinerlei Regimentsabzeichen, vielleicht kämpft er für *die internationale Armee höherer Ordnung.* Die anderen in Stans Trupp kochen Tee auf dem Feldkocher und stellen offene Eintopfdosen in die Glut. Weil dieser Offizier so groß ist, wirkt er besonders erbärmlich, wenn er bei jeder Salve aus den Vier-Siebenern, von denen sie umstellt sind, wie ein Baby zuckt. In jeder Feuerpause muss seine Stimme von neuem hervorkrabbeln, nur langsam gewinnt sie an

Kraft, erhält das satte Timbre zurück, bis er mit der Autorität des Exerziermeisters sprechen kann: Sie dürfen nicht denken, sagt er, dass ich immer so ausgesehen habe – ich bin ein einfacher Soldat, ich war am Anfang der Sause beim Britischen Expeditionskorps – verstehen Sie, Korporal? Ich bin zur Französischen Fünften Armee abgestellt worden, aber nicht als Liaison – ich gehöre JA NICHT ZUM PERSONAL! – japst er über eine Salve hinweg, die auf einen heiter-gelassenen Horizont zurollt. Noch im letzten Grollen sagt Lufty: Steak, Kutteln und Zwiebeln, und Feldman hält dagegen: Backfisch und Bratkartoffeln … Wir standen bei Châlons an der Marne, Sir, fährt der Offizier fort, an einem Sommerabend, so schön wie dieser – ansonsten aber, schnauft er, ganz anders, denn es war wunderbar ruhig, KENNEN SIE BESTIMMT, SO ABENDE, KORPORAL, wenn im Westen die Dämmerung einsetzt, und irgendwie die Stille sich mit dem Licht vereint, EINE WEINENDE LERCHE ODER EIN HUND, der auf einem Scheunenhof bellt, ist so friedlich wie das Atmen eines schlafenden Babys … Nun, da die Waffen etwas länger schweigen, geht Stanley in die Hocke und unterzieht den Offizier einer eingehenden Betrachtung. Der Mann, denkt er, muss mindestens vierzig Jahre alt sein, er hat das in ständiger Bewegung befindliche, unentschlossene Gesicht eines Kaninchens, nicht einmal die Schneidezähne fehlen. Für Stanley, der ihn mitleidig ansieht, ist sein Wahn nur: ein schmutziger, schlechtsitzender Anzug, den er über der Uniform trägt. *Bringt tatsächlich alle Wahnsinnigen um? Ja, aus Gnade und einer Gerechtigkeit, die sie selbst einfordern …* fällt ihm ein, ein Gespräch aus einem zerfledderten Buch, das er nach einem Volltreffer in einem Erdloch gefunden hat, ein dünner, in ferner Zukunft spielender Roman über ein perfektes Neu-Amazonien, wo stattliche Hermionen und Beryls die Schwachsinnigen *mit Hilfe des schwarzen Tropfens* auslöschen. Der Geruch des warmen Eintopfs mischt sich mit dem elementaren Kordit, weshalb Stanley folgende Überlegung anstellt: Ob es möglich wäre, ein Feldgeschütz zu essen? – Wir saßen da und betrachteten den Sonnenuntergang – der Offizier sitzt mit eingezogenem Kopf in seinem verrückten Lager, sein Schnauzbart *kratzt an seinen maßgeschneiderten Knien* – der Franzmann und ich beide mit unseren Pfeifen, die Dämmerung war genau wie, hören Sie, genau wie die Chiffonärmel, die meine süße junge Frau zur Sommerausstellung der Royal Academy getragen hat, was ...? Einen Monat vor der Invasion der Boches vielleicht, als ohne jede Warnung der GESAMTE HORIZONT IN FLAMMEN STAND ... Stanley ist überzeugt, dass alle Szenen dieser Art Todesszenen sind. Stockende, leidenschaftliche Reden wie diese werden immer auf dem Sterbebett gehalten, es sind Abschiedsreden, die *unmittelbare Trauer* fordern. Er hat *mehr als mir lieb ist* an der Front gehört, er ist überzeugt, dass sie *die Kugeln, den Mörser, die Granate anziehen* ... Verdammte Witwe Twankey, sagt Lufty, der mit seinem dampfenden Becher an den zerschossenen Stall getreten ist und auf sie runtersieht. In seiner Nase steckt ein blutiges, von einem Pflaster gehaltenes Stück Watte, sein kastanienbraunes Haar ist fürchterlich zerzaust, die braunen Augen *zwinkern unaufhörlich* ... Verdammte Witwe Twankey, sagt er noch einmal und tritt mit der Fußspitze in die ausgetrocknete Erde, die auf den feigen Offizier rieselt. Stanley lässt sich in die tönende Erde zurückfallen, NEIN, ruft er, BRING MIR MEINEN RÜBER – ich will hören, was er zu sagen hat. Reden Sie weiter, sagt er zu dem Offizier, den er jetzt, da es ausgesprochen ist, eher *für eine Theatertranse hält als für ein Kaninchen*, REDEN SIE WEITER! Es war … fährt der Offizier in der schmerzhaften Stille nach einem Einschlag fort … ein breites Artilleriefeuer – wir hatten so etwas alle noch nie gesehen. Bis zu diesem Zeitpunkt – August ’14 – hatte so etwas überhaupt noch nie jemand gesehen, verstehen Sie? Stanley nickt und lässt sich seinen Blechnapf reichen, von Bobby, der Nummer Fünf, der beinahe so stark zittert wie der Offizier. Der Mann reagiert nicht mehr auf Essensgeruch, ein Hinweis, dass er gänzlich weggetreten ist – er hat die Nahrung hinter sich gelassen, weit draußen im Schattenland, *das er erobert hat und ganz allein verteidigt*. Mich packte der Schrecken, sagt er, wie ein beschissener Schüttelfrost – Sie müssen verstehen, Korporal, der Franzmann und ich, wir waren einfache Soldaten, wir hatten schon was vom Krieg gesehen, harte, direkte Kampfhandlungen, nicht diese krummen Sachen – aber als wir den brennenden Vorhang sahen, wussten wir, dass alles anders war, dass uns dieses … Ding – was es auch sein mochte – das uns gepackt hatte, nicht mehr loslassen würde, es hatte uns so fest im Griff DASS ES BEBTE und würde uns nie mehr freigeben. Versteh’n Sie? Die ganzen Granaten und die Minen und der Artilleriebeschuss – und dazu der Kugelhagel von den Maschinengewehren – das ist alles nur sein Beben, versteh’n Sie? Das Beben dieser MONSTRÖSEN HAND DIE sich nie regt, die sich niemals regen darf.

Der Offizier hat die geballte Faust gereckt: sie zittert knapp über Stanleys Napf, trotzdem schwingt er weiter seinen Löffel, fischt schwärzliche Kartoffelklumpen heraus, um sie fortzuschnippen. Bei jeder Salve der nahen Batterie zuckt das Handgelenk des Offiziers *dramatisch, Wer da will, nehme das Wasser des Lebens umsonst* … Stanley führt den Blechnapf klappernd an die Zähne, die dünne

Brühe blutet aus seinen Mundwinkeln. Er steht aus der Hocke auf, zu schnell, er taumelt unter fuchsienfarbenem Himmel, streckt sich im weißen Kanonenrauch, läuft, Staub aufwirbelnd, von Furche zu Furche über das brachliegende Feld, der Napf baumelt am Ende seines Arms, Rübenreste ... *klumpen im Dreck*. Corbett und Feldman sitzen an der gurtgetriebenen Stopfmaschine gegenüber. Sie zieht Feldman Stück für Stück mit dem getaschten Leinenstoff heran, und ihre Handkurbel dreht Corbetts Arme. Sie ähnelt einem riesigen Apfelausstecher, denkt Stanley, nur dass statt der Schale die knubbelige Zunge der MG-Patronen, Kaliber fünfzig, heraushängen. *Ziehen, Drehen, Ziehen, Drehen* ... damit der Riemenstopfer seine tierischen Glieder zum Einsatz bringen kann: *Ziehen, Drehen ... Ziehen, Drehen* ... Hinter dem umgekippten Zaun hebt und senkt sich lautlos eine Qualle von Tarnnetzen ... *in diesem Meer von Lärm* – die Kanoniere haben ihre Hemden ausgezogen und trampeln auf dem atmenden Wesen herum, ihre Hosenträger baumeln wie Teufelsschwänze. Ein Flugzeug kehrt heulend hinter die Linien zurück – eine Blériot Experimental – Stanley erkennt aus einer Entfernung von fünfhundert Metern die schwarzen, ans Cockpit geklammerten Kamerakisten, *das zarte Fräulein* setzt ihn bei den Modellen ab, die er vor dem Krieg gebaut hat – als er sich *jäh in silbrige Höhen* schleuderte ... um auf das breite grüne Feld hinabzublicken, über das seine Husaren flogen, in blauen keilförmigen Mänteln, Helme und Kürassiere funkelten, diese Schlacht war elegant und wurde schweigend geschlagen, *mit Klavierbegleitung* ... — Als sie an der Redoute in die Gräben sprangen, zogen gerade die London Pals ab und hinterließen: ihre notdürftig verscharrten Toten – verwesende Hände und Füße staken, weiterschlagend, weitertretend, aus Verbindungsgräben – ihren Müll: Blechdosen klapperten in der Nacht, wenn Ratten unter sirrendem Draht ihre Runden drehten, und ihre *idiotischen Schilder: Leicester Square, Piccadilly – sogar Fulham Road* – die sie aus Bretterresten und Schuhwichse hergestellt und in den Schlamm gesteckt hatten. Sie hatten, dachte Stanley, offenbar versucht, aus den Leichenhaufen, den Gräbern und Kratern eine Landschaft herzustellen, die sie an die Heimat erinnerte – am Horizont machten sie die Kanäle von Hampstead und Harrow und Crystal Palace aus, vor den Fritzen und ihren Gräben lagen die Hochwasserpolder der Themse. — Er hatte es immer umgekehrt gesehen: London, die Werkstatt der Welt mit ihren Messerschmieden, Schweißern, Kutschenbauern, Drehern, Pianola-Konstrukteuren und Schustern, die nach Stückzahl bezahlt wurden und auf Nagelstiften kauten, *bis sie Blut spuckten* – London, sein fieberhaftes Biegen und Formen und Dieses-zu-jenem-Verbauen hatte *das hier* vorweggenommen. Es ist Juli, Stanley Death steht mit dem Schwanz in der Hand auf einem Feld, seine Pisse ist *dick wie Suppe*, er sprenkelt die Erde zwischen seinen Stiefeln, bis sie zu schwimmen beginnt, er tastet sich in eine Zukunft vor, in der er sich längst eingerichtet hat, eine Zukunft, in der die Vernichtung *Stück um Stück* zusammengesetzt wird – hier ein Bajonettstich, dort ein Mörserkrachen, dort drüben, wo die Eindecker die Gräben bombardieren, fliegt im hohen Bogen eine Granate – all dies soll unter einem Dach stattfinden, Teil eines großen Ganzen werden: Leichtgewichte und Kraftprotze, wimmernde Studenten und Bauerntölpel, alle werden in Ledermäntel und in die Reservegräben gesteckt, bis man sie der Reihe nach an die Front befördert, wo sie fein säuberlich zerlegt werden. Genau wie Bertie gesagt hatte: da sie der dritten Kategorie angehörten, hatte man sie in den Lärm geschickt, der allem bisher Gehörten spottete, ihre Knochen zitterten im Fleisch und das Fleisch in der Haut, bis nichts übrigblieb als Eintopf und ein paar *Flaggenstreifen im ollen Stacheldrahtzaun.* Nur die Maschinengewehre hatte der *Herr über meinen Schädel* falsch eingeschätzt: das unaufhörliche Hämmern war nicht Chaos, sondern *ein perfektes System*, das ihn fasziniert, weshalb er noch immer seinen Schwanz in der Hand hält. Die meisten Tommies – darunter auch die Mehrheit von Stanleys Einheit – sind fest davon überzeugt, dass der Krieg ewig weitergehen wird, dass er, da der Punkt der absoluten Stasis erreicht ist – gleichstarke Armeen, deren Angriff und Verteidigung sich gegenseitig wegkürzen – *niemals aufhören kann* … zumindest nicht, bis die letzten beiden Männer sich bereit machen, mit angelegten Gewehren und geschärften Bajonetten aufeinander loszugehen, um sich gegenseitig auszuweiden. Endlich steckt er ihn ein und kehrt zu den anderen zurück, der Schock ihres Fraßes hat sie niedergestreckt, der Dauerbeschuss und die Flasche Vino, die herumgereicht wird. Stanley sieht es anders: Es ist eine Frage der Zeit, denkt er, es hängt davon ab, wie man die Zeit versteht: *Nisi agit non est.* Der wissenschaftliche Abenteurer drückt die Zeit als Kristallstange durch seine Apparatur, die Tage zoetropieren vorüber, das Hausmädchen eilt immer wieder ins flackernde Labor, und jedes Mal, wenn er die Stange herausdrückt, schiebt sie sie wieder hinein. Vorhänge bauschen sich raschelnd, Wind kommt auf und schläft wieder ein, dann heult er, bis die Wände bröckeln und man in seinem komplizierten Gerät feststeckt, in einem Käfig, an dessen Sockeln, Pfeilern, Rippen Unkraut rankt … Stanley ist immer noch da – immer noch und immer wieder ölt Feldman *liebevoll* die Vicky, druckvoll massiert er mit dem Lappen den Wasserkühler, geschickt fährt er über ihre Rillen. Die anderen – Lufty, Bobby, Corbett und der Sergeant – zocken, sie legen die mottenweichen Karten zärtlich auf der Munitionskiste ab und behandeln einander mit abergläubischer, umständlicher Sorgfalt. Möglich, dass Luff, der jüngste des Trupps, Lampenfieber hat, die anderen kennen sich aus mit dem Theater, weshalb es ihnen schwerfällt zu glauben, dass alle das angekündigte Spektakel überleben werden. Aber warum eigentlich nicht? *Das Jetzt ist ewig, die Qualle tanzt in diesem Meer von Lärm*, der Offizier liegt im Schock, von einem Krampf geschüttelt, auf der Seite, seine Hände und Füße zeichnen Flugschneisen in den Dreck, sie folgen einem Plan oder einer Karte, die vor langer Zeit in seinem wirren Geist verschlüsselt worden sind, Marcus wird durch das Haupttor hereingekommen sein, am Kreisverkehr ist er rechts abgebogen, er ist den Weg mit der absurden Bezeichnung Western Avenue heraufgetuckert und am Blythe House vorbeigefahren, an der Villa Nr. 3 und an der Polsterei, er hat sich zwischen Abstellgleis und Beschäftigungstherapie hindurchmanövriert und einen Parkplatz gefunden. Busner beobachtet ihn von oben, als er seine Gestängebeine und Gestängearme aus dem Wagen klappt – *dass es ein Morris Traveller ist, hätte ich mir denken können*, tatsächlich hat der junge Psychiater eine solche Vorhersage aber nicht gewagt. Was durchaus vorhersehbar war, denkt er, war die Tatsache, dass diese Tragen früher oder später im Kohlfeld landen und zu Kompost verfaulen würden, die Konstruktion – halb Holz, halb Rollblech – verrät den Alten Kontinent. Marcus steht breitbeinig da und gebückt, um umständlich den Wagen abzuschließen, dann verschwindet er aus dem Blickfeld. Er muss irgendeinen *geheimen Tunnel kennen, der in den Wohn-*

turm des Schlosses führt, denkt Busner … Aber er wird doch wohl seit – was? – dreißig Jahren? nicht mehr hier gewesen sein, sagt Busner laut, als er Marcus an der Stationstür begrüßt. Der alte Mann antwortet nicht, betrachtet ihn aber eingehend – er wirkt aufmerksamer und konzentrierter, als Busner ihn aus dem Frühjahr in Erinnerung hat. Den weißen Kittel … *würde er mir am liebsten vom Leib reißen*. Im Gegenteil, sagt Marcus endlich, Veränderungen im Hatch sind immer schon sehr langsam vonstatten gegangen, dieser endlose Sabbat endet nie – vielleicht ist das der Grund, warum ich mich vor allem an die Abende erinnere. Ich war natürlich nicht verpflichtet, abends zu bleiben, aber diese furchtbare … Trägheit war in der Dunkelheit viel besser zu ertragen. Eine Gruppe von Schwestern patrouillierte gleich auf mehreren Abteilungen – wir nannten sie die Wanderer – die übrigen saßen einfach an den Nachtlichtern, sie lasen nicht … sie saßen einfach da, auch eine Form der Katatonie, wenn Sie mich fragen. Busner und Marcus verlassen die Schwesternstation, sie durchqueren den Tagesraum und gelangen in die Schlafsäle. Er ist dankbar für das *Getummel*, auch wenn es wenig ist: eine Putzfrau wischt etwas Glänzendbraunes vom graubraunen Boden, Hephzibah Inglis klappert auf hohen Absätzen vorüber und gewährt ein Lächeln, Vail füttert den senilen Mister Hedges *mit unsanftem Drängen* … Warum liegt mir daran, dass sich dieser widerliche, beschissene Ort von seiner besten Seite zeigt?, fragt sich Busner. Das war schon immer so: Seine dürren Beine waren zerschunden, wenn er in die Redington Road zurückkehrte, er zog den Schwabbelbauch ein, an seinem Körper klebte Wäsche, die oft genug von seiner eigenen Angstpisse getränkt war, doch sobald er Onkel Maurice gegenüberstand, pries er die Schule, ihre Vorteile und Einrichtungen, Zack, der immer auf der Ersatzbank saß, brüstete sich mit seinen Erfolgen beim Rugby, und Zack, der für einen Auftritt nicht in Frage kam, berichtete von einem superben Wie es euch gefällt, insofern war er doch auch Schauspieler. Auf keinen Fall durfte der Glanz des Gründerpokals verlorengehen. Und wie damals sehnt sich Busner jetzt danach, weglaufen, verschwinden zu können ... Enoch tritt *präfektenhaft* aus dem Vorhang eines Untersuchungszimmers, Busner stellt ihn vor und erwartet eine brüske Zurückweisung von Marcus – *dem ist aber ganz und gar nicht so*, er *liebt seinen Nächsten* und reicht freundlich die Hand zum Gruß, während Busner erklärt: Mboya ist meine rechte Hand, worauf er zu einer kurzen Rede ansetzt: Ich bin zutiefst überzeugt, dass uns hier ein erstaunlicher Druchbruch gelungen ist, Doktor Marcus. Als ich Sie besucht habe, haben Sie mir erzählt, dass Sie in den Dreißigern, als Sie hier waren, nicht mit Heilung befasst waren, sondern mit Kriegsführung – Sie haben Krieg gegen den Wahnsinn geführt – und heute sagen Sie mir, dass Veränderungen hier immer sehr langsam vonstatten gegangen sind, nun, ich glaube, dass L-DOPA unser ... unser ... Panzer – es hat uns erlaubt, aus dem Schützengraben zu steigen, wir beenden den zermürbenden Stellungskrieg und stürmen voraus! Es ist zu spät, Busner kann den Ton des *blödsinnigen Triumphs* nicht mehr zurücknehmen oder den Schatten des Zweifels ignorieren, der über Marcus' Miene huscht. Sie haben den ersten post-enzephalitischen Patienten erreicht, Reginald *nennt mich einfach Reggie* Voss. Er ist letzte Woche zu uns zurückgekehrt, sagt Busner – Montag, nicht wahr, Enoch? Ja, sagt Mboya, Montag, mit einer relativ niedrigen Dosis des Medikaments. Marcus bückt sich, er bückt die drei Teile seines Anzugs *trotz der Hitze*, bis sein

Entenschnabel vor Reggies weichem, arglosem Gesicht erscheint. Sie müssten ziemlich genau gleich alt sein, denkt Busner: der eine groß, der andere klein – Welten trennen die beiden! Auf Marcus' eingebildete Leiden – und auf die Leiden, die er beobachtet – fällt das Licht der Ironie – Voss dagegen ist gerade von einem Schläfchen erwacht, das weder von Napalm noch von Calley belastet war, weder von Spionageflugzeugen noch von Apollo, *welcher Art wohl seine Träume sind?* Darf ich Sie fragen, sagt Marcus, was Sie da tun? Reggie, *ausgestattet von Oxfam*, sitzt auf einem Stuhl an seinem Bett, er balanciert ein Tablett, auf dem ein Stapel von Zertifikaten liegt. Jede der dicken Karten ist mit dem grüngeprägten Umriss eines Baums versehen, er fährt, als er antwortet, mit seiner Beschäftigung fort, die darin besteht, Karte um Karte mit einem schwungvollen Parker-Schriftzug zu unterzeichnen, trockenzuwedeln und auf einem Stapel bereits unterschriebener Karten abzulegen. Das sind Bäume in Israel, erklärt Voss, ich meine – jetzt lacht er – natürlich nicht die Bäume selbst, nur die P-p-p- – Busner ist drauf und dran einzugreifen, so sehr wünscht er, dass sein Versuchskaninchen pariert, aber Voss hat sich schon wieder gefasst und leckt Speichel: schlapp-app-p-Papiere dafür. Sie müssen wissen – sagt er und hört nicht auf zu signieren – ich bin Zionist, wenn Sie wissen, was das ist, und als ich damals krank wurde, wurde all dieses Land verteilt und verkauft, ich hatte Pläne, nach Jaffa zu gehen, wissen Sie, ja ja … und nun habe ich herausgefunden, dass unsere Träume von damals samt und sonders in Erfüllung gegangen sind! Dann … er stockt … habe ich gehört, dass meine Eltern beide gestorben sind – ein schrecklicher Verlust, ja, aber als Cyril – sein Neffe, flüstert Busner – mir gesagt hat, dass in der Genossenschaftsbank dieses Geld lag, das mir gehörte, also, da wusste ich gleich, was zu tun war ... und zwar für sie ein Denkmal zu schaffen – zu pflanzen ... in unserer Heimat. Cyril – ein wahrer Schatz – hat alles eingefädelt ... die ganze geschäftliche Seite ... Busner bemerkt besorgt, dass Voss' linke Hand zu flattern beginnt, sein Atem geht flach und hastig – die Hand, so hofft er, drückt vielleicht etwas aus, der Atem vielleicht keine Tachypnoe im parkinsonschen Sinn, sondern gesunde Begeisterung ... sie werden also ihren eigenen Wald bekommen! Den Charles-und-Hester-Voss-Wald, jawohl! Auf der Anhöhe über Hebron werden libanesische Zedern wachsen, jawohl, und Eichen und alles Mögliche – jawohl! Voss' Pantoffeln trommeln auf dem Linoleum, Tintenflecken spritzen auf die bestickte Bettdecke. Marcus bedeckt die wurstige Hand mit seiner größeren, knochigen, Wundervoll, sagt er – doch als sie den Förster verlassen, kann er sich einen höhnischen Kommentar nicht verkneifen: Von Burnham Wood bis Golders Green, was ... Busner reagiert nicht darauf, er ringt mit dem Wiederaufflammen seiner eigenen *palilalischen Verbigeration*, während er Marcus den wundersamen Verlauf dieser ... ja, Renaissancen, Wiedergeburten ... nahezubringen sucht. Sie müssen sich das vor Augen führen, Reggie Voss dort – er hat einen extremen Opisthotonus gezeigt – er war die ganze Zeit rückwärts überbeugt und litt unter ständigem Zucken. Er konnte kaum sprechen – nur grunzen – und essen oder zur Toilette gehen war außerhalb jeder Möglichkeit. Und nun – sehen Sie doch nur, Marcus, sehen Sie –. – Ja, ja. Auf Busners Unterarm liegt dieselbe *gefürchtete Hand*. Das sehe ich, Busner, und ich bin mit dem postenzephalitischen Zustand bestens vertraut ... die Fühllosigkeit dieser Patienten, ihre Regungen ... *Erinnert er sich denn überhaupt daran?* Busner, den die Vorstellung quält, dass Marcus ihn *für einen Scharlatan halten* könnte, zügelt seine Begeisterung und bemüht sich im Verlauf der außergewöhnlichen Gastvisite, ein ruhigeres klinisches Bild der Wiedergeborenen zu zeichnen. Was nicht ganz leicht ist, als sie zum Beispiel Andrew McNeil sehen, der von dem L-DOPA derart hypotonisch war, dass man ihn im Bett nicht aufsetzen konnte, geschweige denn in einer sitzenden Haltung alleinlassen konnte, seine Stimme war ein schwaches Flüstern, sein *Gesicht* zu einer mal gepeinigten, mal entsetzten Grimasse verzerrt, kaum zu erkennen, ob er Albträume hatte oder träumend wachte. Als er aus dem abgestandenen Tümpel kroch, in dem er über vierzig Jahre mit dem Gesicht nach oben getrieben hatte, erzählte er seinem Psychiater, dass er eine kontinuierliche Gegenwart erlebt hatte, *ein schreckliches, unveränderliches Jetzt?* Mir scheint, sagt Busner vorsichtig, als sie McNeil betrachten – rotnasig und rotwangig, *ein Gartenzwerg*, der glücklich mit einem Kreuzworträtsel befasst ist – dass Bewegung für die Bildung von Erinnerungen essenziell ist – dass das Gedächtnis ein somatisches Phänomen ist. Wenn also der Geist nicht mehr in der Lage ist, den Körper zu manipulieren, verliert er auch die Fähigkeit, sich in der Zeit zu orientieren … Er zuppelt an seiner Krawatte, ein Tic, er hätte längst nach seinem Kuli gegriffen, um diese Einsicht zu notieren, hätte Marcus ihn nicht so *hoffnungslos skeptisch* angesehen … Es ist heiß auf der Station, bei den halb angestellten Fensterläden gelingt es nicht, den Geruch des Natriumhypochlorits und der urinösen Wischwasserpfützen zu vertreiben, dafür saugen sie das ferne Pschht des Verkehrs auf dem Nordring an. — Schreckliche Zweifel packen Busner. Ist das alles nur ein Traum? Mein Traum? Bin ich derjenige, der erwachen müsste? Die Patienten, allesamt fortgeschrittenen Alters, zeigen zum ersten Mal in Jahrzehnten eine Regung … sie nehmen einander wahr und unterhalten sich lebhaft, nicht über ihr Schicksal, sondern über das Universum der Alltagsdinge, das sie wiedergefunden haben: Kugelschreiber und Brot von Nimble … ist es möglich, dass sie besser dran wären –? Er drängt weiter: Darf ich Mister Ostereich vorstellen … *der unbeugsame De Gaulle*, er hat den Besuchern den Rücken zugewandt und hält ein Foto in der Hand, das er mit einem Flanell … Er ist, ähem, der gesprächigste unter den Patienten, die wir mit L-DOPA behandelt haben. Ostereich wischt noch immer – und Busner betreibt sein eigenes flauschiges Wischen: Er hat mir anschaulich beschrieben, wie es ist, an Nichts zu denken – genau, an Nichts zu denken, sagt er, ist etwas anderes, als nicht zu denken, es ist also kein Zen-Zustand der Erleuchtung … sondern ein Schulheft, vollgeschrieben mit einer grausamen Gleichung, zwei-ist-zwei-ist-zwei, so in etwa, immer weiter. Oder ich bin was ich bin was ich bin – ungefähr so, wobei das keine existenzielle Frage ist, sondern … nur ei-ei-eine Wie – … Wiederholung der Identität, eine Tatsachenfeststellung, mehr nicht, zwei-ist-zwei, ich-bin, verstehen Sie, was ich meine? Marcus blickt etwas verkümmert – und Mboya besorgt, und Busner wird von *Peter Cushing* gerettet, der *aus dem Labor seiner Vergangenheit heraustritt* und sie alle starr anblickt, anklagend und mitleidig zugleich. Er sagt, ich habe jetzt verstanden, dass ich die ganze Zeit eine Art Bilderrahmen war, glauben Sie mir – wie dieser hier … Die Klips drohen ihm aus der Hand zu fallen, Mboya macht einen Schritt, um ihm zu helfen, doch Ostereich gebietet Einhalt … Nein, nein, nein, ich brauche Sie nicht – ich hab's gleich, hier, sehen Sie, alles prima … Ostereich hat das Foto befreit, das einige uniformierte

Blechbläser zeigt, die in steifen Posen um die blecherne Kakophonie ihrer Instrumente gruppiert sind … Das bin ich … er hält sich den leeren Rahmen vors Gesicht … der Rahmen des Nichts, ich hatte vergessen, wie es ist, einen … allgemeinen Gedanken zu fassen! Seine Zunge kommt zum Vorschein und will die Lippen befeuchten, Busner drängt sie unter Einsatz seines Willens *zurück! nein danke, heute fangen wir keine Fliegen* … Im frühen zwanzigsten Jahrhundert, auf einem Spielplatz in Wien, wurde Ostereichs Nase gebrochen, stellt sich Busner vor – mit diesem Namen wird er nicht gedient haben, zumindest nicht bei den Briten. Zum Glück zeigt Marcus Interesse, sich mit Ostereich zu beschäftigen: Und jetzt? Wie geht es Ihnen jetzt? Der Adamsapfel des Wiedergeborenen hüpft, in seinen milchigen Augen sammeln sich Tränen. – Es ist … es ist … er wählt ein Wort aus seinem Kinderwortschatz … ganz wunder-barrr, wirklich fann-tastisch! Die germanischen *R's* sind in seine Sprachwendungen eingebügelt … Mir ist, als hätte mich Doktor Busner in einer großen Transfusion komplett ausgetauscht … Winken mit Flanell und Foto … als hätte er mein krankes Blut entnommen und durch Champagner ersetzt! Als sie den Wiener sich selbst überlassen, sagt Marcus, Sie halten sich also für einen Christian Barnard des Geistes, ja? Und dass es stimmt, was dieser verwirrte alte Mann sagt: Sie haben ihre Hirne transplantiert – oder ist es vielleicht doch nur eine Apherese? Nein, hören Sie, so etwas schafft kein Medikament – egal, wie revolutionär es ist. Sie kennen ja wohl die Ergebnisse aus der Pathologie, sie verstehen die Histopathologie, ja? Sie haben die Läsionen in den Stammhirnen der Patienten gesehen, ja? Der organische Schaden ist ja nicht zu übersehen, er ist wirklich, Busner – Sie verstehen mich, ja? Rührei … Was Busner durchaus versteht, ist das *Picken*, das Mrs. Marcus offenbar endlos über sich ergehen ließ, auf den Plastikschonern der Wohnung in St. Johns liegend, geschunden auf kalten Kissen, am knochigen Leib eines alten Gaskamins, der Geruch von gehackter Leber ... *übergegangen* ... Die Verzweiflung liegt ihm *auf der Zunge*. Marcus, glaubt er verstanden zu haben, gehört zu der Art Männer, die allein sein wollen, wenn ihnen Kultur und Zivilisation unbehaglich geworden sind, und doch darauf bestehen, dass jemand diesem Alleinsein beiwohnt: eine Geisel, ein Geoffrey Jackson seiner Tupamaros-Guerillas. Immerhin zeigt er Interesse – echten Schaden kann er so nicht anrichten. Vor allem anderen sehnt sich Busner nach der Anerkennung dieses seinem Onkel beinahe homonymen Arztes, weshalb er den Atem anhält und *eins, zwei, drei* zählt ... nun, da fünf der post-enzephalitischen Patienten begonnen haben, sich selbst zu pflegen, sind Schwestern und Pfleger entlastet – und *ihre bittere Galle ist zurückgeflossen*. Vielleicht, Doktor Marcus ... sagt er hastig, unterschätzen Sie die Fähigkeit des Gehirns, sich funktional zu reorganisieren. Mir scheint, dass die Wissenschaft noch einen weiten Weg zu gehen hat, bevor wir die Wirkung eines globalen Dopamindefizits auswerten können – Sie müssen verstehen ... diese Patienten, sie waren lebendige Statuen, nun sehen Sie sie an: wie sie Kreuzworträtsel lösen und Zertifikate unterschreiben – wie Mister Ostereich Auskunft über seinen Zustand gibt, wie er darüber spricht, das beweist doch, dass Gesundheit nicht nur die Abwesenheit einiger Krankheiten ist? Mboya tummelt sich noch immer in Hörweite – Busner spürt, wie sein Geist in tieferen Schichten arbeitet, auf der breiten, glatten Schürze des Augenblicks, während in der Ferne *Meeresgischt tobt* und derb geformte *Frachter auf dem Ärmelkanal* ... Wo wohnt er noch? In Tooting – und zwar allein: eine ungespülte Teetasse steht auf einem *alten, laminierten Radio* ... ein Teppichkehrer, seine Bürste ist *pelzig vor Staub* ... jeden Tag die lange Fahrt nach Arnos Grove, sein schwarzes, durch das rußige Abzugsrohr gezogene Bürstenhaar – es macht ihm nichts, sagt er – er liest. Was Busner weiß, weil sein Oberpfleger *im Gegensatz zu mir auf dem neuesten Stand ist*, beim Mittagessen in der Kantine spricht er über Schleier, und die Herr–

Knechtbeziehung im lacanschen Sinn. Ich werde ihm vorschlagen, sich analytisch fortzubilden, denkt Busner – er könnte ihn einigen Leuten am Tavistock-Institut vorstellen, *jetzt ... reicht es aber*. Sagt Miriam immer, jetzt reicht es aber. Eine Mrs. Marcus ist sie nicht, außerdem hat sie eine Linie in den Sand gezogen, die er nicht überschreiten darf: Entweder wir machen jetzt richtig Urlaub zusammen, oder ich fahre mit den Kindern in der festen Erwartung *wirklich ganz die Miriam*, dass du nicht mehr hier sein wirst, wenn wir zurückkehren. Nicht mehr hier ... bei den Tonkacheln und den handgedrehten tönernen Lampenschirmen, nicht mehr hier ... bei dem Tischset aus Bast ... und dem Buch mit diesem kopflosen, *beinlosen Frauenkostüm auf dem Umschlag, den Griffen an der Hüfte* ... Das wäre zweifellos ein Bild ... *aber undenkbar*, dass er zugibt, nicht einmal sich selbst gegenüber, *wie ... erregend* er es findet. Seine post-enzephalitischen Patienten, weiß er, empfinden ein seltsames *Laaaaaaaangsaaamerwerden des Geistes ... der Plattenspieler zerrt die Höhen in die Basstiefe ... etwas Klebriges, wenn eingedankeversuchtsichabzusondern ... vom nächsten. Ein Leben im Tag* – und auch das genaue Gegenteil: ein wirrer Ansturm von Bewusstseinsstrom, der es unmöglich macht, auch nur den Umriss eines Gedankens zu fassen, bevor er ... *zerfetzt wird.* Jetzt, wo er neben Marcus steht, kann er nicht sagen, von welchem der beiden Leiden er betroffen ist. Stehen sie seit einigen Sekunden da ... oder seit Stunden? *Tom, Tom, kehr zurück, sei nicht so stur, wie kannst du nur, die eigene Frau verlassen* ... und der *Kohldunst*, als er zuletzt *dort unten* war – Was ich am bemerkenswertesten finde, Busner, sagt Marcus im Konversationston, ist nicht, dass Ihre Enzies ins Leben zurückgekehrt sind, sondern dass Sie die Geschlechtertrennung aufgegeben haben – ich habe zwar von diesen gemischten Abteilungen gehört, selbstverständlich, es ist trotzdem eine Offenbarung, männliche und weibliche Patienten zusammen zu sehen. So könnte es tatsächlich gelingen, der Institutionalisierung entgegenzuwirken – zumindest, bis Mister Powell die Irrenanstalten ganz abgeschafft hat. Marcus streicht den Bierbauch unter seinem indianischen Tragetuch – sein Ausdruck ist freundlich, als er sich seinem jüngeren Kollegen nähert und etwas sagt, das dazu nicht passt: Es geht nämlich alles den Bach runter, Busner, glauben Sie mir – was raufgeht ... Nun, ich merke, dass Sie den Wunsch haben, mit einer spektakulären Sache groß rauszukommen, Sie wollen der große Ich-bin sein. Ich habe mich erkundigt und gehört, dass Sie mit diesem aufgeblasenen Affen Laing zu tun haben – dieses L-DOPA soll wohl noch so ein Allheilmittel werden, und weil es Ihnen nicht gelungen ist, die Schizophrenie zu beseitigen, stürzen Sie sich auf eine andere Krankheit ... Ein Aphorismus von G. C. Cook lautet, nicht wahr: Ein Universum wird lebendig, wenn wir den Spiegel des geringsten Geistes zum Erzittern bringen – und genauso können wir sagen, dass der Spiegel brechen und zersplittern kann ... Nun, ähem, ich habe mich vielleicht etwas zu forsch ausgedrückt –. Nein, sagt Busner, das ist Ihr gutes

Recht, sagen Sie, was Sie denken ... *Und machen Sie mich fertig* ... ich bitte Sie nur, Ihr Urteil zurückzuhalten, bis Sie einige der anderen Patienten gesehen beziehungsweise mit ihnen gesprochen haben. Marcus räuspert sich, her-herg-h'herm, ein langgezogenes, selbstzufriedenes Gurgeln. Ich bin ja vor allem gekommen, sagt er klebrig, um mir Miss Deerth anzusehen, könnten wir das nun tun? *Denn was wir seh'n und was wir möchten, woran wir uns halten und was wir verlier'n.* Manchmal, denkt Busner, sagen es die Sänger am treffendsten, Marcus gegenüber gibt er sich gallig: Death – jetzt, da sie wieder unter den Lebenden weilt, bevorzugt sie ihren richtigen Namen ... *Es ist noch nicht zu spät, uns eine neue Welt zu bau'n, Sie – darf – nicht – sterben ... sie darf nicht ste-herben* ... Warum, fragt sich Busner, werde ich von diesen Bandwürmern geplagt, die in meinem Kopf herumspulen? Hat mein Unterbewusstsein einen Bauchredner bekommen? Ohne Blitz kein Donner ... — Ist diese Person tot? Männlich – so weit eindeutig – er liegt auf dem Rücken, Arme und Beine weit von sich gestreckt und leicht angehoben, Hals und Kopf ebenfalls angehoben. Vielleicht, denkt er, gibt es Todesarten, die nur dem vormals stärkeren Geschlecht zugemutet werden – zumindest aus der Sicht der Graphiker. Trägt er etwas um den Hals? Er greift voller Mitgefühl nach seiner eigenen, unbeschlauften Kehle. Der schwarze Umriss liegt auf der Grundlinie eines schwarzumrandeten, orangefarbenen Dreiecks, darüber – vermutlich verantwortlich für seinen schrecklichen Anfall – befindet sich ein einziger, kräftiger Blitz. TODESGEFAHR steht gleich unter dem Schild – zu lakonisch für eine Warnung, findet Busner, ihr fehlt die Wucht des Befehls: Alter Kumpel, falls du den angefressenen Betonpfeiler raufklettern willst, falls du es schaffst, mit dem einen Fuß auf diesem Bolzen da zu landen und den anderen über den Stacheldrahtknäuel zu schwingen, könntest du das Porzellan streicheln und das knisternde Brummen berühren ... Ob man sie wohl spüren könnte, überlegt er, im letzten Stromstoß der Zeit, unmittelbar vor dem Kurzschluss des Herzens, wenn man baumelt und zuckt und aus den Ohren stinkender Rauch quillt, ob man, wenn die Fingerspitzen zum letzten Mal nach Leben tasten, wohl die stählerne Faser fühlen könnte, die in diesen Hochspannungsstrang eingeflochten ist? Busner, der hastig vom Alexandrapalast durch die grüne Nichtigkeit des Parks abgestiegen ist, ist völlig außer Atem, was er unter einem Seufzen, Aaaaaah ... zu verbergen sucht, dabei ist hier niemand, der Zeuge seiner Gebrechlichkeit werden könnte. Wie auch immer, denkt er, mein Alter, mein Gewicht sind unerheblich ... die Turnschuhe werden mich schon erden. Zwischen ihnen, auf den *altbackenen Streuseln* des Wegs, liegt eine einzige, dick geschnittene Fritte – *abscheulich, dass ich diese Nahrungsbezeichnungen parat habe!* Busner befragt sie, indem er mit eindringlichem Blick die gebräunte, fein changierende Hautlasur abtastet. Alles – eine Fugue, oder Trance, oder sonst eine blinde Unterwerfung unter die Macht des subkortikalen Kerns – wäre besser als dies: die begehbare Garderobe namens BEHANDLUNGSZIMMER, das Köpfe-Zusammenstecken weißer Kittel und grauer, routiniert freundlicher Nylonumhänge, Entschuldigen Sie, dürfte ich? Als man den Gurt festzurrt, den Puls misst, intravenös fünf Milliliter Curare gibt und den trockenen Speichel des letzten Opfers vom Gummi des Bissschutzes wischt. Aaaaaah ... niemand, glaubt er, würde mich erkennen: einen Flaneur an einem staubigen Platz in São Paolo, hängende Schultern, krumme Beine, *keine Beweise in meinem Einkaufsnetz, dass ich einst ein Naziarzt gewesen bin …* Mitten am Nachmittag ist hier keine Seele, die beobachtet, wie er zwischen den kitschig-historisierenden Müllcontainerhütten und dem gärtnerisch gestalteten Parkplatz einer, Zitat, repräsentativen Wohnanlage, Zitat Ende, *Wir haben nur den Befehlen gehorcht … man konnte sich dem nicht entziehen …* Das sind Rechtfertigungen, die Busner nur als armselig bezeichnen kann, die Wahrheit war nämlich: Es war nicht so geplant, wir haben improvisiert … es lag einfach nahe … Vor Einführung der Elektrokonvulsionstherapie wurden die Patienten erst mit Insulin ins künstliche Koma geschickt und dann mit Glukose zu neuem Leben erweckt *das süße Leben im Wechsel der Gezeiten …* Man infizierte sie mit Malaria, um mit hohem Fieber und Halluzinationen die Psychose auszutreiben – eine Therapie der verbrannten Erde, Pyrotherapie, unter dem Deckmantel der Medizin. Kann sogar sein, dass diese bizarren – und vollständig unwissenschaftlichen – Verfahren etwas genützt haben, das läge dann aber an dem Wirbel, der um Patienten gemacht wurde, die ansonsten in geschlossenen Abteilungen gelandet wären, *eingesperrt in den Zellen ihrer eigenen, kreischenden Köpfe …* Eigentlich ging es bei dem Wirbel um die Psychiater und ihre Helfer, die im Hirngewebe Löcher gruben, um sie gleich wieder zuzuschütten – eine Arbeitsbeschaffungsmaßnahme, vor allem aber ein Aspekt der Guten Alten Zeit: Das Pflaster auf der Wunde klebt so sheyn, alle, die damit zu tun haben, sind Verwandlungskünstler, sie eilen von Zimmer zu Zimmer, um *ihr Ding zu machen …* Er hatte – was denn eigentlich – geglaubt? Er hoffte, ehrlicher gewesen zu sein als seine älteren Kollegen, die das, was sie taten, immer als Operationen bezeichneten, mit dem Skalpell gegen die wahnsinnigen Gedanken, gegen die verrückten Hirnregionen, in denen sie entstanden sind – wohingegen sich Zack durchaus bewusst war, dass Geisteskrankheiten erschaffen, nicht nur erlitten wurden – als Welten, die krasser und einfacher, aber nicht weniger allumfassend waren als die der Gesunden. Das müsste in den *Siebzigern gewesen sein, das weißumrandete Jahrzehnt ... an Straßen ... auf Sportplätzen, Abschlaghügeln, weiße Paspel, die bei Stromausfall den Umriss deines Sacks beschreiben ... Koteletten, dick wie Schafsfell, mussten geschoren werden – auch meine. George Best ... das verkommene und versoffene Gesicht von Reggie ... Maudsley – Maudlin – Maudling ... Jede Ära ... neu und alt überlagert ... überpinselt mit den vertrautesten Farben ... Dann ... im Lauf der Jahre kommt die alte Farbe wieder durch ... und wirkt vollkommen fremd. Wie konnten wir nur / konnten wir nur glauben dass / so was tragen das / so was sagen das / so was lesen / an solchen Happenings teilnehmen, Al-ter? Wir haben es nicht kapiert: Von Nichts kommt nichts.* Busner steht an einem zugetüllten Erkerfenster, hinter dem die Gespenster fremder Häuslichkeit wehen, kann er sich nun nicht mehr fragen, Wohin gehe ich? Er weiß es ja – und er hat bestimmt auch längst verstanden, dass es genauso unsinnig ist, die Privatsphäre hinter Gardinen zu schützen, wie es unsinnig ist, die Zeiten mit Hilfe von Tempora zu unterteilen. Er sieht ein Lasttier mit Stahlrohrbeinen, er riecht Karbolsäure und hört das erbärmliche Betteln der Cordelia, die vergessen hat, ihren Text zu lernen und sich vorstellt – *Ich würde jetzt gern zur Station zurückgehen, Ich – bitte ...* – sie hätte sich freiwillig in die Rolle begeben. *Von Nichts kommt nämlich nichts ...* Wie hieß er noch ... der Schwarze? Mugabe? Nein, Mboya, genau. Er war viel pragmatischer gewesen. Es funktioniert, sagte er, wir wissen nicht, warum es so ist, aber es funktioniert – und er bestand darauf, immer das ganze Wort auszusprechen, Elektro-kon-vul-si-ons-the-ra-pie, nicht die harmlosen Initialen, an die wir uns alle hielten, um die Grenze zu ihrem harmlosen diagnostischen Cousin zu verwischen. Zack, sagte Enoch, ich habe Männer und Frauen zurückkehren sehen, die längst nicht mehr von dieser Welt waren, nachdem ... – nach *dem*. Aprilstrahlung in seinem Nacken, er geht die Straße hinab, *Grotesk! So ist das nicht gedacht, die Sonne scheint in der Vergangenheit und sonst nur im Hochsommer, sie beleuchtet flachsblonde Kinder, die Hand in schaukelnder Hand über frischgedroschene Wiesen fliegen*, sie verbrennt das riesige, kreisrunde Beet, das im Vorjahr, zum Jubiläum der Luftschlacht, mit Ringen von blauem Männertreu, weißer Klapse und roter Begonie bepflanzt worden ist. Busner, der das Ziel nun fest vor Augen hat, kann keine Ziellosigkeit mehr vortäuschen – die bepflanzte Verkehrsinsel *schleudert den ganzen Rest in alle Himmelsrichtungen:* die verschiedenen Straßen, an denen hier und da ein Ford Anglia parkt, ein Hillman Hunter. Er sieht die wachsig-glänzende Rhododendronhecke, die den Willow Shop vor Blicken schützt, den Personalclub, Blythe House und Villa Nr. 3 – und entdeckt frischgrüne Rasenstellen, wo Gießkannen schwingende Gärtner unaufmerksame Schlenker gemacht haben. Der übrige Rasen ist gelbbraun verbrannt, grau an den Stellen, wo von Dämonen gejagte Patienten Runden unter freiem Himmel drehen. Er kann nicht mehr leugnen, wohin er geht, er kann nur zu Bedenken geben, dass er zwar hin und wieder die Elektroden angeklebt hat, *ich hab den Schalter gedrückt, ich hab den Schalter gedrückt, ich hab den Schalter ... aber nicht in Friern, in Friern habe ich es nie gemacht ...* Und deshalb hat er sich bei Fallbesprechungen immer zurückgehalten, *ich habe mich kleingemacht* … er hat sich vor einem Vorgang gescheut, den er einfach für eine weitere Demonstration gehalten hat: der Stromschlag als Schauspiel, Humphry Davy an der Royal Academy, vor einem Publikum bewundernder Damen, drückt den Schalter, Schwestern und Ärzte ignorieren demonstrativ die Verrenkungen auf dem Sofa, das Buckeln und Beißen und Zerren, den *Ozongeruch und den Gestank von verbranntem Haar* … Der Sonnenschein sollte sich auf die Kindheit ergießen – auf seine eigene wie auf die seiner Kinder. Er hat sie vor Augen – alle, nur nicht Mark, der in einem Schattenland am Rand des Rasens steht, *schon mit sieben … acht? trägt er die Lebensmaske seines Onkels* –. An der Alexandra Park Road parken Autos dicht an dicht, nur wenige Zentimeter trennen ihre gummierten Neoplasmen voneinander. Sie wirken so knollig, diese Autos: Fahrzeuge in utero, sie haben so viel gemeinsam mit anderen Dingen in unserer furchtsamen, ältlichen Zeit, sie sind so glatt geformt, dass von ihren Thalidomid-Außenspiegeln und den krankhaft übergewichtigen Kotflügeln keine TODESGEFAHR mehr ausgeht. Im Inneren der stählernen Glückshauben betätigen verkümmerte Arme Hebel und Schalter, treten verkümmerte Füße auf Pedale, nur das *Fruchtwasser des Neuwagengeruchs* dämpft die monoton sich wiederholenden Zwangshandlungen … Sie wurden hochgeschleudert, wenn sie in den Strom eintraten – ein Detail, das er noch niemals erwähnt gehört hatte: dass ihre Körper einige lange Sekunden vulkanisiert wurden. Wenn er sich in einem solchen Augenblick im Behandlungszimmer umsah – egal ob im 'Bec oder in Napsbury – entdeckte Busner die immergleichen, betont ausdruckslosen Gesichter, die nur über diesen Gurt und über jenen Schalter gebeugt waren, oder eine *pro forma versöhnliche* Hand auf dem festgeschnallten Arm des vor ihnen ausgestreckten schwarzen Umrisses, Aaaaaah ... Er ist an eine Ausfallstraße geraten – im Hintergrund elektrische Schilder auf Säulen, sandfarbene Leiplanken, wachsroter Backstein – der ganze zu einer frischrestaurierten Haltestelle gehörende *Krempel*. Oder ist es ein Krankenhaus – eine Frage, der er nachgeht, weil es scheint, als wäre die ganze Stadt von Krankenhäusern belagert: es gibt kleine, hüttenartige in freistehenden Eigenheimen und Reihenhäusern, große Betonklätze aus den sechziger, siebziger Jahren, die inzwischen von generationenübergreifenden Sippen wirtschaftlicher Lähmungsopfer bewohnt werden – dann wären da noch die neueren, glas- und holzverkleideten Bauwerke – Lichtfallen für das gesundende Bürgertum. *Nicht zu vergessen* ... die privaten, um Innenhöfe angelegten Einrichtungen, deren falsche Regency-Fassaden das Seufzen der Oxycodonsüchtigen bedecken. Im fließenden Stoff seiner Trainingshose tastet er nach dem Talisman seines kostenlosen Seniorenpasses, dessen Name Freiheit verspricht, aber *welcher Art eigentlich?* Nur in Bezug auf das Geld, denn er kann natürlich *nicht einfach tun, wozu ich Lust habe, das scharfkantige Ding ist nur der Sporn, der mich antreibt* ... zum Zug, zum Bus, zur U-Bahn, wo er sich setzen muss: bei Bewusstsein, aber machtlos, die Route zu beeinflussen, die das Fahrzeug nehmen wird – *machtlos wie der Fahrer selbst*. Heißes Fett fleckt seine Kehle, als er zum Takt des P'Pop-pop-pop-p-p-p-p'poppens die Straße überquert. Er huscht hinter Ligusterhecken durch eine Gasse, erklimmt die Brücke, klonkt über die Gleise und steigt zur Station Road ab, wo er hinter einer Sammeltaxi-Madrasa und einem vergitterten Taj Mahal ein winziges Café entdeckt. Das Schild an der Fenstertür hat eine Menge

Zahnlücken, es gibt 2 ER, PE K, B ATWUR , B OT, KAR OFFELN & OHNEN. Neben dem Café befindet sich ein Zeitungskiosk – er könnte also sitzen, mit dem zu einer schmalen Spalte gefalteten, unter den Tellerrand gesteckten Guardian, *wie es die Männer meines Alters immer schon getan haben*, seine Brille beschlägt im Eierdampf, es ist nicht möglich, den Artikel über die Strickjacken zu lesen, mit denen der Wahlkampf bestritten wird. Er hat Hunger – das Gegengift der Hungersnot ist bestens bekannt: mit den Worten UN F D A D P O AM bedruckte Säcke. Und das Gegengift für Chlorpromazin? Kemadrin? Kema-droll ...? Chemodoll? Als er sich seiner Freiheit entsinnt und die Schranke aufgeht, erkennt Busner: Jeder Widerstand ist unmöglich geworden, keine ER und keine ATWUR, weder Procyclidin noch Orphenadrin, erst recht kein Diazepam kann den vorbeirasenden Zug besänftigen, der seine schmutzigen Schockwellen auf ihn niederrieseln lässt ... *Hier kommt Zachary* mit seinem flatternden Band der Schuld und überlegt: Wenn die Zeit, der Märzhase, vor ihm angehoppelt ist – und gelbe Zahnpasta aus seinem Hinterteil drückt, damit auf den so gespurten Straßen niemals mehr etwas halten wird: nicht der Verkehr, der immer weiter fließen muss, nicht die staatliche Stromversorgung, die in Leitungen und Hirnen blitzt ... *Hier kommt ein Bummelzug*, er steht so, dass er hinter dem Plexiglas einer Vitrine diese Merkwürdigkeiten sieht: Wasser mit Beerengeschmack, Smarties, *Mars macht mobil, bei Arbeit, Sport und* ... Einige Fahrgäste stehen an den Türen, ihre Körper schwingen, sie sind kaum geeignet, die mächtige Trägheit des Zuges auszugleichen. Gracie hat erzählt: dass sie einmal, als sie ihre Familie in Reading besucht hat, in Windsor umsteigen musste, und die Leute noch immer davon reden hörte – wie nachts die russischen Truppentransporte durchgefahren waren. Einmal hat ein Zug eine Weile gestanden, und sie sind ausgestiegen und – lautlos in pelzgefütterten Stiefeln – paarweise untergehakt auf dem Bahnsteig spazieren gegangen, um den Schlossturm zu bewundern. Am nächsten Morgen steckten Rubel in allen Automaten, sie waren nicht mehr zu gebrauchen. Stellt euch mal vor! Diese beknackten Russkis versuchen, die Schokoriegel rauszukriegen, und verlieren dabei ihr ganzes Blech – wahrscheinlich waren sie auch noch sauer. Ein Rubel ist in Russland bestimmt 'ne Menge Geld ... Audrey hatte nur eine Frage: Stimmt es denn, dass am Bahnhof von Windsor so viele Automaten stehen? Doch dann lacht sie die *liebe Gracie* herzlich aus, die sich so bemüht hat, das winzige Büroabteil, das sie teilen, erträglich zu machen – sie hat sogar das kleine Fenster mit grauem schlesischem Tuch verhängt, was ein wenig freundlicher aussieht als der schwarze Verdunkelungsstoff. Es sind diese kleinen Aufhübschungen, die einem den Zorn der Oberaufseherin einbringen, Miss Varley, die, halb wahnsinnig von dieser oder jener Tinktur in ihrem Zimmer, oder vom Fehlen eben dieser Tinktur, die Mädchen reihenweise fertigmacht, ohrfeigt und zu Geldstrafen verdonnert. Gracie beißt sich mit schiefen Zähnen auf die Unterlippe, unterbricht die Umsortierung der Andenken, die in einer Reihe auf dem Regalbrett über ihrem schwarzen Feldbett stehen: Worüber lachs'n du, Ordrie? und geht rüber zu Audrey, die auf ihrem eigenen Feldbett sitzt, und streicht ihr über den Arm: Ooch! Du lachs' ja gar nich, du heuls' ja. Oder? Sie ist verunsichert, denn Audrey Death gilt unter den Kanarien als *knallhart*. — Audrey betrachtet die Schwefelhand auf dem bestickten Ärmel ihrer besten Bluse und sagt, Nein, keine Sorge, Liebes, ich weine nicht – ich lache auch nicht über dich – ich will nur, dass es aufhört … Den Rest ergänzen die Hände, die ihr über den Schoß flitzen: *flüchtige, von meinen Armen gehaltene Geschöpfe, sie kommen nicht weg.* Am Anfang wirkt es, als hätte sie eine linkische Willkür gepackt, nur Audrey, die diese huschenden, grabenden Bewegungen aus ihrem Inneren herausspürt, weiß, dass ihre Hände nicht dem Zufall gehorchen – sie schmücken die monotonen Bewegungen, die sie den ganzen Tag über vollzogen haben, auf eigenartige Weise aus – Hebel müssen umgelegt und die Kurbeln der Stopfmaschinen gedreht werden, mit dem Holzhammer in der Hand verdichtet sie die letzten Becher Trotyl mit der letzten Pulverwolle in der Hülse. Ja, es ist eine seltsame, eine feinsinnige Ausschmückung, denn ihre Hände tun noch mehr: Wenn sie Daumen und Zeigefinger zu einem Ring zusammenführt und diesen Ring aufsprengt, erkennt sie die Revolverdrehbank, an der sie sechs Monate in der neuen Zünderfabrik gestanden hat, und wenn sie den kleinen Finger ihrer Linken abspreizt, ist es die Fossilienspur der Abertausend *P*'s, die sie in den drei Jahren als Sekretärin bei Thomas Ince & Coy, Regenschirmfabrikation, Feine Damenschirmchen, Gartenzelte und Strandpavillons et cetera getippt hat. Es wird noch schlimmer: Das unkontrollierbare Einhaken des Daumens derselben Hand reicht noch weiter zurück, nämlich zu den Fingerhutübungen in der National School von Fulham, es ist ein Tic wie das Zusammenpressen von Daumen und Zeigefinger, der, wie Audrey bald feststellt, genau mit jedem siebten Zug am Hebel des unsichtbaren Spindelstocks stattfindet und eine bis zu dem Nähkurs, aus dem er einst entstand, reichende Spannung durch ihre Nervenstränge schickt. – Komm schon – komm schon! Gracie fasst ihre verrückten Hände, *potzblitz* durchzuckt der Strom ihre Arme. *Meine liebe Gracie*, die inzwischen Haar auf Haut abgestimmt hat, das sie hochsteckt, um sich vor dem Spiegel ihr Ausgehgesicht für den Konzertabend aufzulegen, wirkt auf Audrey, als würde sie ihre hängende Unterlippe neu erschaffen, ihre kleinen, eifrigen, geröteten Augen und ihre kaum merklich eingefallenen Wangen … und zwar zum allerersten Mal. *Meine liebe Gracie*, die in einer Blechdose das vertrocknete Sträußchen verwahrt, das er ihr auf der Kirmes gekauft hat, zusammen mit den Feldpostkarten – zwei oder drei in der Woche – die ihr der Kanonier John Smith von der Front geschickt hat. Das Päckchen war so dick wie breit. Als Gracie ihr ein einziges Mal erlaubte, es zu halten, konnte Audrey es nicht lassen, sie wie ein Kartenspiel zu mischen, wodurch sie trotz der gewissenhaften Ausstreichung des Absenders zu einer einzigen – ernster zu nehmenden – Unbegreiflichkeit verschmolzen. *Bimmel … Bimmel … Nationalgefimmel …* Die Karten, die ihr eigener Liebster von der Front geschickt hat, hat Audrey ihrer Freundin nicht gezeigt, es sind Nachrichten, die die Schönfärbereien des Kriegsministeriums bestens ergänzen. Ich bin fertig, sagt sie und bläst die Kerze aus. Gracie hat die Tür aufgemacht, die Gaslampen im Flur werfen *Elfenbeinlicht auf meinen eigenen Liebsten auf meiner eigenen Ablage:* Stanley Death, Korporal, Maschinengewehr-Corps, sein Bildnis schwebt im mittleren Teil eines ledergebundenen Dreifachrahmens, flankiert auf der linken Seite von den Deers aus Cheriton Bishop und auf der rechten von Violet, dem Fräulein vom Amt, das in der Schwesterntracht des Freiwilligendienstes an einer dorischen Säule posiert, auf deren Kapitell ein Feldtelefon steht. Stanley räkelt sich im Oval vergangener Zeiten, sein Haar ist streng nach hinten gekämmt, die feinen Brauen, das Gesicht: unversehrt vom Krieg und von anderen fleischlichen

Verhängnissen, sein Blick ist stolz und herausfordernd, zwischen den beigefarbenen Flanellbeinen steckt eine seiner eigenen Flugmaschinen, ein federleichtes, seidenbespanntes Parallelogramm, gehalten von Holzdreiecken und winzigen Drahtringen. Albert hat nur das halbe Bild, denkt Audrey, als sie Gracie durch den Flur des Wohnheims folgt – eines einstöckigen Käfigs, der nur zur Unterbringung der Kanarien aufgestellt worden ist – und was kann Datas schon tun, wenn ihm die Daten fehlen? ... *Sie haben also unrecht, mein Herr!* Audrey kennt nicht die Statistiken und Aufstellungen des Arsenals, aber sie hat ein feines Gespür für die Produktion. Von den dreizehntausendachthundertvierundzwanzig Hülsen für die Fünfzigpfünder, die täglich in den Werkhütten gestopft werden, sind nach ihrer Schätzung bis zu fünfzig Prozent Blindgänger – zu lockere Füllung, falsches Verhältnis von Trotyl und Pulverwolle. Zudem, weiß Audrey, haben viele der Tausende Hülsen, die ungestopft unter Planen, in Hütten und Anbauten liegen, Löt- und Schweißfehler – *durch die gerissenen Nähte tropft das Regenelixier* ... Es gibt keinen Grund, Gracie – oder den anderen Mädchen, deren Stiefel über die rauen Dielen klapper-di-dappern, die Schuld zuzuschieben – sie sollte mit ihrem jungen Freund an einem kichernden Bächlein wandeln, in weißen Röcken, die nickenden Köpfchen von Iriden und patenten Primeln tätscheln, statt unter dem Peitschenauge von Mrs. Varley, die sie an diesem Sommerabend widerwillig abzählt, als Leibeigene zu dienen. Die Oberaufseherin des Wohnheims stiehlt mindestens drei Schillinge von den zehn, die die Munitionetten ihr Woche für Woche geben. Sie unterschlägt – und verschwendet noch dazu Geld, indem sie Gaslampen brennen lässt, weil sie einen Vorwand braucht, um unangekündigt in die Schlafnischen zu stürzen.

Sie sucht die kleinen Fläschchen Sanatogen, mit denen sich viele der Mädchen versorgen. Sie zieht sie ein – und trinkt sie selbst. *Meine liebe Gracie* hakt sich bei Audrey unter, gemeinsam stolpern sie los und zerstreuen sich wie alle anderen auch auf rissigem, buckligem Grund, schnatternde Gänse, lohfarben gefiedert. Hier draußen an den Rändern der Stadt gibt es noch verlassene Koppeln, auf denen zerzauste Pferde stehen, Zäune müssten umkippen, wenn sie nicht von Brennnesseln gehalten würden – eine nie fertiggestellte Reihe von winzigen, längst wieder baufälligen Häusern endet in den Überresten von Kaninchen- und Schweineställen. Weiter unten bei Greenford recken einige Fabriken ihre gedrungenen Schornsteinfinger in die Höhe und beschmieren die Himmelsglut mit Ruß, während vom unsichtbaren Fluss das vernichtende T't't'tuuuuuuuuuut! eines Schleppers heraufkommt. Schon lange vor Krieg und Verdunklung war diese Gegend umnachtet, denkt Audrey. Die Mädchen durchwaten Wildwiesen, das Hoftor einer schimmelnden Kirche ist umgekippt und liegt betrunken auf seinen eingesunkenen Angeln – *Brombeerstacheldraht versperrt den Friedhofseingang*. Wo sollen denn Gilberts glänzende Türme herkommen, seine Autobahnen?, denkt Audrey entsetzt. Welche Maschine kann Wohlstand und Reichtum aus diesem Häcksel dreschen? Licht streicht unter Vorhängen und Türen hindurch, Licht umreißt den Gemeindesaal, Gertie, ein *Prachtkerl*, hochhüftig und männlicher als jeder Mann, schreitet voran zur Kirche, die Mädchen folgen. Sie durchleben genau den Moment der Erdrotation, wenn die Farben vergehen und Wiesen und Kieselsteine vor dem Gemeindesaal im Silbernitrat aufglitzern, wenn sie *sich in Wehen an den Schützengräben sammelt – gelöst in dunklen Schatten, malerischen Silhouetten*

... Wir hams doch richtig gemacht, oder, Ordrie?, sagt Gracie aus heiterem Himmel – und obwohl die Bemerkung so unerwartet ist, weiß Audrey sofort, worum es geht. Sie zieht Gracie fester an sich, so fest, dass sie das exzentrische Schlagen ihres vergifteten Herzens spürt, und antwortet: Ja, das haben wir, wir mussten ja unsern Beitrag leisten, egal, wie aberwitzig wir's am Ende fanden, wie dumm und eitel, wir mussten unsere eigenen Ziele hintanstellen – wir konnten sie ja nicht einfach im Stich lassen. *Meine liebe Gracie* wimmert, un... und mit mir is' aber alles in Ornung, oder, Ordrie? Audrey fällt das *schicke junge Ding* von damals ein, sie trug die Farben der Suffragetten, als sie sich beim WSPU-Treffen am Arnold Circus zum ersten Mal begegneten, jetzt ist sie dankbar für den letzten Abendschimmer, der Gracies Haut besänftigt, sodass sie mit Überzeugung sagen kann –. Muss sagen, sagt ein einbeiniger Junge, der Offizierskrönchen am Kragen trägt und auf dem Kopf einen komischen Fes, er steht an die Saalwand gelehnt, ihr Mädels habt ja hübsch verlegene Bäckchen! Die anderen sind schon reingepoltert, Rosen und Jelängerjelieber blühen jetzt von innen. – Es ist aufgetischt, wir haben ein richtig tolles Essen für euch, was steht ihr da draußen und quakt? Die schwungvolle Art des Jungen, das Blitzen des Monokels auf seiner Brust, als er sich auf seiner Krücke dreht, um sie hereinzubitten, sind – schiefe Noten von den Saiten eines gerissenen Instruments. In seinem gespenstischen Gesicht starren Pupillen, kalt und mündungsschwarz ... *Tschu, Tschinn, Tschau*. Das Essen ist tatsächlich richtig toll: Es gibt Bier und Ingwerbrause, Fleischpasteten, vier große Weißbrote und eine ganze Blechwanne voller Éclairs. Die hammwa von einem Bäcker in Sidcup geschnorrt, erklärt der Junge, während er seine Krücke und eine lächerliche Pfeife jongliert, *'ne Babyrassel würd' ihm besser stehen* ... Chappie hat gesagt, wir nehm' ihm das letzte Hemd, aber was sollte er machen, als wir mit dem ganzen Trupp bei ihm aufmarschiert sind – Opferbereitschaft und das ganze Gesabber ... Der Gesang schläft ein, die kurzlebige Harmonie macht dem monotonen Flakfeuer am Eltham Palace Platz. Audrey sieht die Farben im Saal: die verdunkelten Fenster sind mit rot-weiß-blauen Schleifen geschmückt, auch das gerahmte Foto von Königin Alexandra und die ebenfalls gerahmte Tafel mit dem Vaterunser, an den Stuhllehnen sind kleine Sommersträuße mit Bändern befestigt – es ist *ich könnt' schreien so süß*, abgesehen von den *Pergamentgesichtern der armen Kühe* und den geschundenen, bandagierten Körpern der Britischen Bulldoggen – deren Haarschöpfe aus engen Crêpeverbänden hervorschauen, ein Material, das auch die Gesichter bedeckt und angewinkelte Arme in Stellung hält. Audrey macht ihre Runde, schreitet die Verletzungen ab, dann beginnen die Tommys ihr elendiges Rondeau: Wir sind hier weil wir hier sind weil wir hier sind!, begleitet von Judenharfen – aus Kämmen und Klopapier improvisierten Mundorgeln – und dem erbärmlichen Dröhnen eines geprügelten Klaviers: Regen, Regen, Regen, immer der verdammte Regen, Regen am Morgen und Regen in der Nacht ... geht nahtlos über in Wo sind uns're Uniformen? Weit-oh-weit von hier. Wann kommen die Gewehre? Bald-o-bald zu mir –. Warum, fragt Gertie der Prachtjunge, singen sie eigentlich noch immer diese Lieder? Sie sind doch jetzt zu Hause ... Ein pausbäckiger Feldwebel hört ihr aufmerksam zu, bleibt die Antwort aber schuldig – er hat den Orangestich ihrer Haare noch nicht bemerkt, er hat sich noch nicht gefragt, warum sie mit weißen Baumwollhandschuhen nach dem Éclair greift. Er schwitzt bedenklich, schnappt nach Luft, H'harrrrm, h'harrrm, jetzt hat er grünlichen, blutfleckigen Speichel in den Mundwinkeln, h'harrr, kriegt er noch heraus, b'harrr – bevor er sich würgend durch dichten Tabakqualm ins Freie kämpft und in der kalten Nachtluft verschwindet. Audrey ignoriert Gerties Frage – es ist ohnehin klar: sie singen diese Lieder, weil sie von nun an bis in alle Ewigkeit *dort bleiben werden – eine Wende ist nicht in Sicht, der Vorsitzende wird sie nie entlassen. Sie kommen hier nicht weg – liegen in einem vollgelaufenen Bombenkrater, in einem blutigen Graben, wer jetzt einschläft, der wacht nicht wieder auf! Jeder schwache Furz kann ihr letzter sein – aber hier kommt noch ein h'harrr, kein Gas – sie sind verrückt nach Gas ...* Der Glühstrumpf in seinem Drahtkäfig brennt heller als die Sonne, Mrs. Varley, deren Gesicht vom Bier – *Bass! Lassen Sie sich das Etikett zeigen!* – verzerrt ist, stiert durch die Scheibe aufgesetzter Fröhlichkeit, was Audrey veranlasst, in einen von der Vorsehung bereitgestellten Sessel zu rutschen, bis sie sich auf Augenhöhe mit den Lenden des einbeinigen Jungen befindet. Er, oder der Lehrling eines Tuchhändlers, hat das Hosenbein unter den Saum des Uniformrocks gesteckt, so wirkt es, als hätte er nur das halbe Bein verloren, doch jetzt liegt der Stoff flach, Audrey kann sehen, dass da nichts mehr ist. Hinter den Wirren seiner Hosenknöpfe liegt, auch das kann sie mit Bestimmtheit sagen, Folgendes: *das ziellose Ziel des Angriffs, traumatisiertes Fleisch, ein abgesägter Knochen, sein kleiner Bommel bommelt unten in der Finsternis, entbeint und unfähig, ihn zu tragen ...* Sie beugt sich vor, hält sich die Brust vor Übelkeit, sieht weitere, mit falschen Beinen behängte Amputierte: ihre gespalteten Glieder verschwinden unter den zahllosen Falten unreformierter Kleidung. Ihr stockt der Atem, es gerinnt ihr die

Kehle – die Hände, die Gracie unter Kontrolle gebracht hat, nehmen ihre Arbeit wieder auf, sie finden ein Plastikrädchen, das sie *verdrehen*, sie suchen einen gußeisernen Hebel, den sie *reißen können*. Vom Tisch tropft Wasser auf einen Schoß, den es nicht mehr gibt – denn sie liegt flach auf dem Rücken, und der junge Offizier fragt, Haben Sie sich verletzt, Miss Death? Sie denkt: Woher weiß er, wie ich heiße? Sie denkt: Da war sein Pfeifenqualm und der Zigarettenqualm von den anderen, Qualm, der *eingefangen, übergekämmt und durchgesogen wurde*, durch die Desinfektionsfilter der Station kommt diese Litanei: Guards, No. 6, No. 10, Peter Stuyvesant, Kensitas, Senior … Senior … und noch einmal von vorn: Guards, No. 6, No. 10, Peter Stuyvesant, Kensitas, Senior … Senior … Busner ist drauf und dran, den Gefallen zu tun, es wird schon nicht schaden, oder? Es rührt ihn, das Betteln und Sehnen vom Nebenbett zu hören, während er sich bückt, um dieses hier in die Sitzposition zu kurbeln. Seit Busner mit dem Rauchen wieder angefangen hat, sieht er *überall* Qualm – obwohl die Patienten in den Schlafsälen nicht dürfen, entdeckt er ihn auch hier, von weißen Bettengittern blaugrau durchkämmt, bräunlich heraufkringelnd, um sich über die feuerfesten Platten unter der scheinheiligen Decke zu *mokieren* – und darüber ist *was*? Viktorianischer Putz, Stuck, Schmuck und Kyma … *Qualm, versteinert*. Ihre Pergamentlider knittern, öffnen sich aber nicht. Marcus thront auf einem Sessel, der aus dem benachbarten Tagesraum hereingeschleift wurde, Busner bückt sich und sagt, Sie sehen, ja, sie ist sehr alt und gebrechlich. Marcus hält eine Tasse – auf der der junge Gockel der Tottenham Hotspurs tanzt. *Er lässt sich herab*, Ja, nun … nicht zu übersehen. Sie war ja vor dem Krieg schon im mittleren Alter. War aber gut erhalten, ihr Haar war noch voll … und leuchtend rot. Man wird sie trösten müssen über diesen Verlust. Busner ist dankbar, dass der ältere Mann überhaupt mit ihm spricht, *man muss mich trösten bei meinem Verlust.* Fügsame Patienten werden von den Schwestern mit Zigaretten belohnt – seit einiger Zeit müssen sie auch ihn belohnen. Benommen beginnt Busner die Untersuchung: Blutdruck, Puls, statt des zudringlichen Thermometers nur die feuchte Hand an ihrer trockenen Stirn. Audrey hat die Augen geschlossen und hört ihn schnaufen – sein Atem ist *säuerlich und verraucht.* Für seine Wichtigtuerei hat sie keine Geduld – sie weiß bereits, dass er eine Menge von ihr erwartet, und wenn sie sich die Mühe macht, diese fremde neue Welt zu verstehen, dann wohl nur, um ihm … *alles* … zu verweigern. Ich glaube, sie ist aufgewacht, Busner, sagt der andere … *Marcus? Noch so ein Judenschlingel*, sie erinnert sich an ihn, er war *hochgewachsen, hübsch, korrekt … adrett*, und außerdem *immer bereit, mit mir zu reden, als wär' ich eine gescheite Person*, dabei *konnte ich nicht antworten.* Und jetzt. Marcus stellt den Hahn ab, und zwar auf dem verstellbaren Tischchen, das Busner für ihn ausgeklappt hat, und beugt sich vor. Es ist nicht das Gesicht, das ich gern vor mir hätte, wenn ich nach einem halben Jahrhundert aufwache – dieser Entenschnabel und die höhlenartigen Nasenlöcher wären kaum ein Trost für den Verlust der Haare, der Jahre, der Welt-die-nicht-mehr-ist und *allem … was östlich von Aden liegt.* Marcus kann allerdings diesen Seniorendienst leisten: er ist die Zeitkammer, in der Audrey eine Zeitlang verweilen kann, bis er sie schnäbelnd befreit hat – von *dem ganzen viktorianischen Krempel auf den schmutzigen Zierdeckchen ihres Geistes, von ausgestopften Dodos in bleiverglasten Glocken, die von hohen Kommoden auf sie herab-*

sehen. Den ganzen Tand darf Marcus aussortieren, und an seiner Stelle *erzählt er ihr … vom … Styropor – ja genau, das. Und vom PVC. Er kann ihr die ausgeklügelte Leere aufblasbarer Plastiksitze nahebringen und der Lampenschirme von Habitat – und der Glaskugeln in den Fischernetzen, mit denen trendige Bistros dekoriert werden. Er kann ihr vorsichtig beibringen, dass Konsumenten von selbstgebrautem Bier zu Flatulenz neigen* –. Aber Himmel noch mal!, ruft Audrey mit weit aufgerissenen Augen, wer ist denn dieser alte Mann! Busner hat Angst vor einem Lachkrampf und erliegt seiner Sucht: Ich lasse Sie beide mal ein bisschen allein, damit Sie … sich wieder … *miteinander vertraut machen können.* Er verlässt den Schlafsaal, geht langsam über den Flur. Rechts in einer Abstellkammer entdeckt er *einen Rodin, bedeckt mit einem weißen Laken:* Mrs. Gross. Busner ist voller Mitgefühl, sein Personal überlastet, enttäuscht stellt er fest, dass ihr *Häppchen von Ehemann* heute nicht da ist — seit sie erwacht ist, sprengt ihre Gefräßigkeit jedes Maß: sie tyrannisiert die Schwestern, bis sie ihr etwas, irgendetwas zu essen besorgen, die Schwestern, aus Angst, *dass sie … vielleicht aus dem Bett kippen und sie unter sich begraben könnte*, tun, was sie verlangt: *Arbeiterinnen im Dienst einer tyrannischen Termitenkönigin.* Große Teller Pommes Frites aus der Personalkantine, Blechwannen voller ungenießbarer Éclairs und Bottiche voller Wackelpudding, ihrem Lieblingsessen – das sie laut schlürfend und schmatzend ihrer eigenen Wackelpackung einverleibt. Als Arzt ist Busner enttäuscht, *dass sich hier keine Kuhhaut gefunden hat*, um seinem Personal die monströse Last zu nehmen – aber als verantwortungsvoller Bürger ist er doch froh: *so was* kann man einfach niemandem zumuten. Guten Tag, Leticia, sagt er mit größtmöglicher, lebendiger Neutralität. Sie blickt über ihre Puderdose, der winzige Spiegel hat ihr Stück um Stück ihres Gesichts gezeigt. Ich bin froh, fährt er fort, *engelsglücklich* dass Sie sich um ihr Äußeres kümmern – das haben sie lange vernachlässigt ... Die Unbestimmtheit seiner Angabe ist beabsichtigt, obwohl Leticia Gross diejenige unter den Post-Enzephalitischen ist, die von ihrer Zeitreise am wenigsten beeindruckt ist – sie tanzt noch immer Hot Jazz und Teeny Bop, die Geschwindigkeit ihres inneren Metronoms ist unmittelbar ersichtlich: Die Puderdose fällt in einen Schlamassel aus gezwirbelten Bonbonpapieren und angekauten Lutscherstielen, das sich, wie Busner erst jetzt entdeckt, zwischen Laken und Schenkelschwarte angesammelt hat. Zwei Fliegen kreisen unsicher, während sie ihren verstörend himmelblauen Blick auf ihn richtet und die Babyschmolle öffnet, um eine Rede zu surren, Dazukannichnichtssagen-DoktorBusnerichweißnurwaswirgeradejetzmachenwenn-wirsozusammenredenundichandenKriegdenkesiehabenjake ineVorstellungwiedaswaresgabüberhauptnichtszuessen-überhauptgarnichtsdiehabenunsnichtmaldieRationengege-bendieunszugestandenhabendasgibtsnichwaswennCharlie-nichtfastjedenTaggekommenwärdannwärichverhungerter-hatmirunrationiertesBrotgegebenerzähltermirjetztdamals-hatteichkeineAhnungichwarjahalbweggetreteneinpaaran-derenhabensieirgendeinenDreckgegebendiesindallekrankge-wordendieHaaresindihnenausgefallenundallesglauben-semirichschwörgenausowars ... was er nur deshalb – wenn auch mit Mühe – versteht, weil er sich viel Zeit genommen hat, er hat sich hingesetzt und konzentriert zugehört, und er hat die außerordentliche Geschwindigkeit ihrer Diktion mit einer Stoppuhr und einem Kassettenrekorder eingefangen, wodurch er entdeckt hat, dass sie bis zu fünfhundert Wörter pro Minute erreicht, ohne nur eine einzige Silbe zu verschlucken. Tief aus dem Innern der Leticia Gross – ichwüsstegernwassiedenarmenSeelendamalszuessengegebenhabenirgendeinenBreisowaswieHaferbreidachteichhatteichnochniegegessenabermeinVaterhatteimWeltkrieggedientunderhaterzähltdasssiedasoeinenSchleimausWeizenschrotgekriegthabennurwardaskeinWeizensondernMaismeintCharliedensievondenYanksgekriegthaben – dringen diese kräftigen Strahlungswellen der Gesundheit, sie durchbrechen die Isolierschicht ihres Fettgewebes. Seit das L-DOPA vor zehn Tagen begonnen hat, diesen Koloss auf die Beine zu hieven, hat er viele Stunden an ihrer Seite verbracht, um ihrem absolut verlässlichen Erinnerungsstrom zu lauschen, *wenn ich nur Marcus überreden könnte, sich das anzuhören:* ErististzurCarswellStreetruntergegangenwosieeinRekrutierungsbüroaufgemachthattenabersiehabenihnwiederheimgeschicktdiehabendamalskeineverheiratetenMännergenommenunddieArbeitdieerdamalsgemachthatalsFeuerwehrmannaufeinemkleinenLeichterderHafenbehördewarjasowaswiekriegswichtiggenauerhatauchgutverdientwirhattenimmerhinalleSchuheundhübscheSachen, *vielleicht würde er dann nicht so reden – der organische Schaden konnte so groß nicht sein, wenn bei ihr noch so vieles intakt war, oder?* Außerdem war sich Leticia Gross der Zwanghaftigkeit ihrer Erinnerungen durchaus bewusst: DagehtsschonwiederlosDoktorichbrabbelhierlos, wenn man also den Faden aufnahm, den seine allzeit wachsame Penelope gelegt hatte, war es möglich, in das Labyrinth der endlosen Umnachtung vor dem L-DOPA zu gelangen und mit ihr die Narkolepsien zu durchleben, die Schlaflähmungen und die Wachträume, in denen sie lebendig begraben war. Leticia zeigte ihm die sackende Unterwelt der Post-Enzephalitischen, wo unzählige Tics, Zuckungen und Krämpfe zusammenwirkten, um für eine Horde von Unterpersönlichkeiten – teils ins Primitive zurückgefallene, teils hochkomplexe Einheiten des Selbst – Tunnel zu bohren und Erdhöhlen auszuheben. Die abstoßenden Zwänge des aggressiven Frauenbergs – das Sammeln von zerknittertem Müll, von Brotkrusten, den eigenen Fäkalien! war in seinen Augen nur das Kompensationsverhalten für ihren erstaunlich klaren Überblick – Leticia war es auch, die Busner erzählte, dass sie – entweder in der sichtbaren Welt oder in der Welt der Vorstellungen – zu jedem Ding ein Gegenstück finden müsse, zu jedem Teelöffel gehörte ein zweiter, zwei Haarklammern verlangten nach zwei weiteren, denn, erklärte sie, alles, was sie sehe, sehe sie auch gespiegelt, zu jedem Joghurtbecher gebe es einen weiteren Joghurtbecher, zu jedem Schmerz einen weiteren Schmerz. Der derart aufmerksam gemachte Busner fand Hinweise auf diese Tendenz zur Symmetrisierung bei allen seinen Patienten – und gab gern zu, dass Leticias eigener Begriff, Arithomanie, treffender war, rief es doch eine Vergangenheit wach, aus der sie herausgerissen worden war, einzelne Figuren, die sie aus Wochenschau-Programmen kannte, drängten als *chaplinesk beschleunigte Masse* heran und bildeten eine *stille, menschliche Schar* ... Am dritten Tag hatte Busner Leticia einen Kuli in die Hand gedrückt, dazu eine große, steifgebundene Schreibmappe, die sie an ihren Zuckerhutbauch lehnen konnte. Jetzt musste er zugeben, dass er es in Erwartung einer Art Entschlackung getan hatte, er hatte gehofft, sie würde sich durch die Klarheit ihres Ausdrucks, durch ihre Beredsamkeit *und den ganzen Mist* erleichtern und entleeren. Als er nun die marmorierte Mappe aufschlägt, stellt er erschlagen fest, dass das Ungestüm ihres Denkens auch in ihrer Handschrift abgebildet ist. Die ersten Seiten sind von einer dichtgedrängten Keilschrift bedeckt, die brailleartig auf das Verso, das folgende Recto und mehrere weitere Seiten durchdrückt – doch von Blatt zu Blatt *schießt ihr Convolvulus wilde Triebe*, zuerst in die unmittelbar benachbarten Zeilen, dann weiter über die ganze Seite. Zehn mit dem gestrigen Datum versehene Seiten bestehen aus nur vier Wörtern, die eine ganze Seite einnehmen: IchbraucheinenEinla— – das Fehlen der Zwischenräume auf dem Papier entspricht ihrer *Plapperitis*. Es folgt, so stellt er fest, als er in Erwartung einer Bestätigung ihrer Paranoia umblättert, ein über die ganze Seite bis an die Ränder geführter Buchstabe *a*, *Giottos Kreis* … Völlig überrascht ist er nicht, denn die bizarre – und schamlose – Analfixierung, die im Tagebuch der Leticia Gross zum Vorschein kommt, ist ihm vom entsetzten Pflegepersonal bereits zugetragen worden, sie wird zudem in eben diesem Augenblick von einem heiser gebrüllten IchbraucheinenEinlauf! IchbraucheinenEinlauf! IchbraucheinenEinlauf! bestätigt. Der Fluch verfolgt ihn noch, als er – schamvoll errötend – einen schnellen Rückzug antritt, sich umdreht und zum Schwesternbüro hastet. Als Busner versucht, eine Filterspitze aus der Folie eines Päckchens zu fummeln, werden seine Gedankenblitze in zwei Gruppen eingeteilt. 1. Ich könnte, überlegt er, die Dosis des L-DOPA verändern und ihr versuchsweise Amantadin geben, vielleicht dämmt es diese … diese … Nebenwirkungen ein. 2. Die Perfektion jenes *a* ist mit Sicherheit, so seine Hypothese, ein weiterer Aspekt des Symmetrisierens – es steht in diagrammatischem Verhältnis zu einem kleineren *a* – und natürlich zu einem größeren. Mister Ostereich – *wäre er in Wien geblieben, hätte er der Schule angehört* … hatte Busner erzählt, dass er zeitweise jedes Symbol – ein Wort, eine

Zahl, ein Bild – als Landkarte gesehen hatte, und wenn er sich auf diese Karte konzentrierte, entdeckte er, dass es eine Karte einer Karte war, die wiederum eine Karte einer anderen Karte war. Der Psychiater – einatmen, tief, anhalten, in den Augen bitzelt schon die Erleichterung – kann nicht umhin, darin das phänomenologische Korrelat des postenzephalitischen Geistes zu sehen, der die mannigfaltigen Über- und Unterlagerungen seiner eigenen teuflischen Pathologie kartographiert. Eingemauert in Glas, Paaaah!, gibt die stoffliche, graubraune Rauchwolke Folgendes frei: Ein rundliches Gespenst, Anfang dreißig, im weißen zerknitterten Kittel, es hält sich – tief im Inneren einer Nord-Londoner Nervenheilanstalt – an der Ecke eines im Behörden-Graugrün lackierten Stahlschreibtischs fest, als Evonne Goolagong die Zuschauermenge auf dem Centre Court begeistert, weil ihre *gerüschte Unterbuchse* zu sehen ist –. Hephzibah Inglis stößt die Tür auf und kommt mit einem Anflug von Verärgerung hereingepoltert. – Wer hat Ihn' erlaupt, meine Zichten zu nehm', Doktor, kauf'nse sich Ihre eignen. Sie verdien' doch bestimmt, was? vier-, fünfmal so viel wie ich – Sie sollten sich schämen, womit sie das Päckchen schnappt und in seine Kitteltasche steckt, Verdammt, verdammte Scheiße, was woll'n se denn noch, Pippi machen oder was? Ein letzter Hauch von Rosa küsst den Horizont, Stanley sieht eine Spur Lippenstift, Zeichen der Entbehrung, in Bobbys weißem Gesicht. Sie stapfen durch den unheimlichen Wald und steigen über zersplitterte Stämme und abgebrochene Zweige, und Stanley versucht ihn aufzuheitern, indem er die hohe Nase von Grahame-White aufsetzt und sagt, Na, mein alter Freund, wenn das nicht ein Spektakel ist! Aber außer Feldman, der die Vicky schleppt, lacht niemand. Stanley kennt den Grund: Manchmal ist Lachen nichts als das *Gackern am großen Teufelskessel* – der Rauch von Reizgaseinschlägen hängt im geschredderten Blätterwald, auf Wipfelhöhe explodieren *Kuschelbären* mit üblem, eindeutigem Knattern, Granatsplitter fliegen und *schwarz verdrecktes Fell.* — Die Einheit kam durch Naours und Saint-Gratien, hin und wieder blieben sie stehen, um die Feldkarten zu konsultieren, die, dachte Stanley, eher Karten von Karten waren, die wiederum nichts anderes zeigten als … *dieses beschissene Chaos.* Sie waren zügig die kreidige Straße nach Albert hinaufmarschiert, wo man ihnen Stahlhelme und Handwaffen gegeben hatte. Jetzt stolpert Stanley unter dem Totgewicht des Rucksacks übers Wurzelwerk und erwehrt sich dorniger Umarmungen, er trägt Vickys Ersatzrohre und einen Fünfundvierziger-Colt, und er staunt über die sentimentalen Gefühle, die er jetzt schon für ihre Redoute hegt – aus den Schuppen, die beinahe entspannt an der Mauer lehnten, drang das heimelige Piepsen von Babyratten, die Dosen im Stacheldraht klapperten lustig in lauer Brise, nur selten peitschte dumpf die Kugel eines deutschen Heckenschützen. Am Wegkreuz, wo der Großteil der Infanterie links in Richtung Thiepval gekarrt wurde, hatte sich die Einheit rechts gehalten und war auf dem Weg nach Fricourt langsamer geworden, da sie sich einen Weg bahnen mussten durch *menschliche Heuschreckenschwärme, die über das Land herfielen* … Das Trommelfeuer muss jeden Augenblick vorüber sein, doch obwohl die Schützen die Maschinengewehre ruhen lassen, dreht ihnen die schiere Angst die Mägen um, Stanleys Kameraden treten der Reihe nach ab, kotzen schleimigen Brei und den *süßen Geist* ihrer Rumration. Nur Stanley wird von der Übelkeit verschont – spürt aber ihren ständigen Begleiter, den Finger, der ihn äußerst einfühlsam in der Kehle kitzelt, weshalb er in der Lage ist, die unterschiedlichen Granaten zu wittern, die über ihre Köpfe auf die deutschen Linien jaulen. Kundig erschnüffelt er die Pech-und-Tannen-Note, die nach jedem zweiten oder dritten Einschlag herüberweht, er weiß, es handelt sich um … *Blindgängerparfüm*. Letztendlich ist es *schnuppe, wir wissen ja, sie alle wissen, selbst die verdammte Heeresführung weiß ja längst, dass man mit Artilleriefeuer, wie zielgenau es auch sein mag, keinen Stacheldraht durchbrechen kann*. Die Geschosse schlagen ein und lupfen nur die Stacheldrahtbordüre, die einen ausgedehnten, aufreizenden Moment lang den Blick auf *ihr schlammbespritztes Höschen* freigibt, bevor sie gemächlich in die Ausgangsposition zurückfällt, die Gewalt des Angriffs hat sie nur ein wenig durchgerüttelt. Er hat Angst – *Ich bin keine Enigmarelle, ich bin kein Automat*. Er hat Angst, und in dem Getöse, das seine Mechanik durcheinanderwirbelt – die Zahnräder, Gänge und Federn, die ihn am Laufen halten – wühlt er nach den Gewissheiten der Kindheit: *Wenn Sie noch mehr Kleine kriegen, Mrs. Moore –, weiß ich nich', wie's weitergehen soll! Der Acker Gottes ist so klein, da passen längst nicht alle rein! Also machen'se mal halblang, Mrs. Moore –!* Die kilometerweit hinter der Linie stehenden Feldhaubitzen schweigen. Der zerbrechliche Lichtbogen, eine Eierschale, splittert im Riediepiiie! der Offizierstriller. Sie werfen sich in einen Hohlweg, die Munitionskiste geht von Mann zu Mann. *Einer, den wir gekriegt haben:* Ein Stabsoffizier liegt auf der Böschung, sein totes Gesicht wirkt gefasst, Farnkrautwedel verzieren die lächerliche Kokarde. *Überall nur Tickler's Marmelade, Tickler's Marmelade!, wo seine untere Hälfte sein sollte* – ganz in der Nähe liegt sein gigantisches Percheron, still, aber ohne sichtbare Verletzung – eine gewisse Erleichterung, denn sie hören jetzt, da das Trommelfeuer ruht, eine Menge schreiender Pferde und Esel, die von den vorzeitigen Explosionen *dieser verdammten Irrläufer* getroffen wurden. Stanley hat Angst, als er umsichtig über klobige Hufe trippelt – er hat den Alten vor sich, der mit flatterndem Kaninchenfellmantel vorausmarschiert, der freundliche Qualm seiner Ziehgarre wirft lustige kleine Wölkchen über seine Schultern, die stolz im stetig zunehmenden Sonnenlicht stehen. Corbett, der am besten mit dem Kartenmaterial zurechtkommt, konsultiert das kleine *Wo-wir-sind*-Quadrat, sie klettern auf die Böschung und tauchen in den Gestank von faulen Eiern – in diesem Waldstück wabert Gas. Stanley hat Angst – er kennt die Angst: den atemlosen Schrecken, wenn sie mit tauben Fingern ihre Flanellhauben überziehen, wenn sich der Schleier des Chemiegestanks auf sie senkt und das *Wo-wir-waren* nicht mehr ist als ein winziges Quadrat aus Mikanit, in dessen Rahmen aufgerissene Augen, Münder starren, während das eigene Zwerchfell pumpt und die Brust zu schlottern beginnt, *im Kopf der Schwindel ... versuche ... nicht ... zu ... atmen –! Paaaaah!* und die Welt in ihrem eigenen Dunst vergeht. Stanley hat Angst – vor allem aber hat er Hunger. Er schleppt sich weiter in Richtung Licht, die unermüdlich klappernden feindlichen Maxims, und denkt, das Schlimmste an dem ganzen verdammten Krieg ist die beschissene Armut – die elf miesen Schillinge Wochensold, der stahlharte, verwanzte Zwieback, der pissgrüne Tee, die langen, braungeschissenen Unterhosen mit den verlausten Nähten, das Dosenfleisch – und die Ratten, die schlauer waren als die Menschen, sie stiegen ihnen im Schlaf auf die Köpfe, um an die aufgehängten Provianttaschen heranzukommen. Hatte er das geträumt oder hatte er es tatsächlich erlebt, als er kurz als Offiziersbursche gedient hatte? *Der pissgelbe Champagner schäumte in echten Glaskelchen, es gab Rhabarber und Aufschnitt, aufgefächert auf großen Platten oder zittrig in Aspik. Ein Grammophon wurde aufgestellt, Klaviertriolen d'da-dadahten aus dem weiten Trichter. Ein ganzer Lachs – nackt und entgrätet, auf einem Petticoat aus Gurkensalat –!* Ha! Er lacht laut über sein idiotisches Gefasel – denn keinem Offizier, wie gut er mit Zigarren von Fox versorgt war, mit Kokain-Aufputschpillen von Harrods und dem neuesten Rudyard Kipling oder G. C. Cook von Hatchard's – konnte es gelingen, einen ganzen Lachs in die lilienweißen Hände zu kriegen! Nein, sie hatten sich bestimmt an Hammelrippchen gelabt, an neuen Kartoffeln und Erbsen und beschissenen Schnippelbohnen … – Darf's noch etwas sein, mein Herr? Während er – der in ihren Augen am geringsten bemittelte Mann – mit einem Löffelpaar hantierte, *Spaghettifresser kellnert im Simpson's, also wirklich …* hatte er inbrünstig gebetet, dass ein Jack Johnson auftreten und sie alle auf der Stelle *k. o. schlagen würde, um das verkratzte Lied aus dem Grammophon und ihr idiotisches Geplapper zu beenden.* Er war zu Höherem geboren, und doch stand er hier und musste diesen *glänzenden, glattrasierten Birnen Essen auftischen. – Noch ein paar Bohnen, du olle Bohnenstange? Ha-ha! – unter der Erde vielleicht, in einer hübsch angerichteten Gruft.* Stanleys Rucksack zieht auf einer Seite, tief unten zwischen beschissenen Unterhosen und geschnorrtem Dosenfleisch liegen zwei in einen deutschen Offiziersrock geschlagene, in eine Pickelhaube gestopfte Luger-Pistolen. Als er verschnaufen will und stehenbleibt, tastet seine Hand zärtlich nach einer tiefen, boshaft schartigen Wunde, *die in dir ist, du zartblättrige Buche*, Stanley spürt den stumpfen Pickel des Helms, der in seine

Niere sticht, *zu drei Pence, gebraten in eigenem Blut und eigener Pisse* … Seine Kameraden schleppen solche Sachen als Souvenirs – aber diese hier sind keine: es sind *Waffen für einen kommenden Aufstand.* So sieht er sich: mit seiner alten Uniform und einer Pickelhaube – er bleibt an der Tür stehen, während das von seiner Aufmachung erschrockene Stubenmädchen losstolpert, um den Hausherrn zu benachrichtigen, der auch bald heraustritt. Er hält einen Stapel amtlicher Papiere in der einen und eine Fliegenklatsche in der anderen Hand. Nun, was kann ich für Sie tun, junger Mann?, fragt Albert De'Ath, als würde er seinen Bruder nicht erkennen. Stan zieht die Luger und richtet sie auf Berts *rohe Auster*. Vier Millionen Gewehre, sagt Stan nüchtern, zweihundertfünfzigtausend Maschinengewehre, zweiundfünfzigtausend Flugzeuge, fünfundzwanzigtausend Artilleriegeschütze und hundertsiebzig Millionen Granaten, *Hab ich recht, Sir?* Albert nimmt dieses eine Mal keinen Anstoß, widerstandslos beugt er sich dem Unausweichlichen. Stan steigt über seine erstaunlich korpulente Leiche und tritt ins Haus, im Frühstückszimmer stehen auf einem Treppensockel Topfpalmen, auf dem Mahagonioval des Esstischs dampft frischer Toast in einem Ständer. Stan nimmt ein Stück und bestreicht es mit Butter, der Griff des Messers ist aus Elfenbein, er stopft sich das ganze Stück *in meinen trockenen Mund – die Kanten reißen mir von innen die Wangen auf* … Schmeckt nach Stiefelwichse – und Kordit, kein Zweifel hat er Angst – der Schrecken ist *der wankende Grund unter meinen Sohlen*, der Grund, der hundert Meter vor der in Deckung liegenden Einheit anschwillt, *die Kuchenkruste dehnt sich, Erdsaftspritzer blitzen schmackhaft* in den kakophonen Vierertakt b'-b'-b'-bumm! den er wohl verpasst hat. Stanley hat Angst – und diese Angst ist auch ein Hungerschrei: er könnte *die Hainbuche da als Braten futtern*, die *wuchernden Sträucher an ihrer Wurzel als Salat*. Er könnte Vickys drei Ersatzrohre in ihrem Transportnetz *zerkrümeln* – und *als Nachtisch eine Kiste Munition verschlingen*. Er könnte immer weiter essen – er möchte wetten, dass noch nie vorher ein Mensch solch *schamlose Gefräßigkeit* verspürt hat. Er wird die toten Frontschweine verdrücken, genauso wie die schottische Nachhut, er wird sich an den Ruinen einer Bauernhütte samt zerschmetterter Nebengebäude *laben*, obwohl die Hunnenartillerie sich bereits den Bauch an ihnen vollgeschlagen hat. Er wird sich durch das breite, aufgewühlte Tal fressen, er wird die Kreidehügel hinaufknabbern und die Leichen der Gefallenen stibitzen, mit ihren Bajonetten wird er sich in den Zähnen stochern, bis er den Stacheldraht erreicht, sich *hineinwälzt und den schweren Schlaf der Satten schläft. Dann … später … wenn alle Feinde weg sind, nur noch der süße … süße Einlauf der Fäulnis: Ein Segen!* Ah, gut gemacht!, ruft Corbett Sekunden nach dem Trommelfeuer. Wir sollten vorrücken und den ollen Schirm aufmachen! Und genau das tun sie, zentimeterweise, wie Schnecken zwischen riesigen Erdklumpen und frischen Furchen, bis sie die Deckung erreichen, einen Mauerrest – *ein liebliches Plätzchen für unsere Vicky*, da liegen sogar ein paar glatte Kacheln, auf die sie ihre Beine legen kann, und ein halbierter Fensterrahmen, in den sie ihre Mündung stecken darf. Zerschlagene helle Dachziegel, burgunderrot betüpfelt, ein Geschmeiß von Fliegen umschwirrt etwas vor zwei Tagen Gestorbenes – und in alledem wundersam unversehrte Zwetschgen an dem einzig verbliebenen Ast eines niedergemähten Obstgartens, Vicky *rat-a-tat-tat-trillt* vergnügt in seinen Händen und frisst den Gurt, den ein gespreizter, Kopf an Fuß liegender Feldman füttert. Das Ganze wäre recht gemütlich, würde sich Stanley, der längst den Rucksack abgelegt hat, nicht genötigt fühlen, immer wieder den Kopf herauszustecken und nach links zu sehen, wo ihn ein unsichtbares Objekt in Bann zu halten scheint. Jedes Mal, wenn sie mit einem Gurt fertig sind, zieht seine Schulter nach hinten, der Kopf schwingt herum und schaut oben heraus. Pass auf, Stan, sagt Corbett, halt weiter drauf – und robbt sich heran, um sie zu überprüfen. Stanley versteht plötzlich, woher die Zwangshandlung kommt. Seit Stunden und Tagen, *Wochen, ins getaschte Leinenband der Monate gesteckt* – damit sie seine anderthalb Jahre über dieses Schlachtfeld zerren konnten – liegt er schon im Dreck und lauscht den hereinkommenden, zum Trommeln des Maschinengewehrs singenden Granaten, und seine spasmodischen Einschätzungen, ob er – und zu welcher Seite er – in Deckung gehen sollte, haben ihm diese permanente Verrenkung eingebracht – außerdem seine *überragenden Kundschafterfähigkeiten*: Der Aberglaube der Tommies deckt sich mit Stanleys Sucht, in Dreiern zu rechnen – drei Zichten, drei Granaten, drei Rationen, drei Nächte, drei Tage, drei Bullen, drei Ratten, drei Tassen schlechter Wein, drei Schlückchen Rum, *wenn es von irgendeinem blöden Ding drei Stück gibt, ist es immer das dritte*, das einem zum Verhängnis wird, man muss also aufpassen, *nicht vergessen zu zählen*, immer weiterzählen. Sie feuern unablässig, Stunde um Stunde, Kugeln spritzen in flachem Bogen durch das Tal. Jeder vierte Schuss ist eine Leuchtspurpatrone, damit sie die Entfernung halten – sie sehen aber kaum etwas, der Tag ist viel zu hell. Sie wechseln das Rohr, wechseln es ein zweites Mal – gegen halb elf haben sie kein Wasser mehr für Vickys *Redingote*, da es weit und breit keine

Pumpe gibt, pissen sie abwechselnd in den Tank. Der Geruch des heißen Urins verstärkt den *Teufelsfurz* des Kordits, das faulig süße *Frucht- und Menschenfleisch*. Der Schrecken *sammelt sich* in den Geschützgriffen und durchzittert ihn beim Rückstoß – möglicherweise wäre es weniger gefährlich, mit Luftie durch den Wald zu flitzen und die Munition zu holen – aber die Wahrheit ist auch, dass es TODESGEFAHR, diesen dunklen Fleck auf weißem Kachelboden, für ihn nicht geben kann. Sein idiotischer Spitzname hat es ein für alle Mal geklärt – jeder, der zu ihrer Todesschwadron stößt, bekommt es eingeflüstert: Der Gefreite hier is'ne verdammte Hasenpfote, 'ne gute Fee – kannst ihn ruhig anfassen, mach schon, das stört den nich ... Wo soll die TODESGEFAHR herkommen, wenn DEATH IN GEFAHR IST? – eine Transposition, die Stanley zu einem weiteren überflüssigen Gedanken verleitet: Woher dieser unbändige Drang, die Dinge anzupassen und auszugleichen, eine Streichholzschachtel in die eine Tasche zu stecken, wenn er in der anderen eine hat, sicherzustellen, dass sich die gleiche Anzahl von Gewehrpatronen in jedem seiner Beutel befindet, dass die Gamaschen mit der gleichen Anzahl von Windungen geschnürt sind? Und es geht nicht nur um Dinge – auch Ideen, flüchtige Vorstellungen, die Gespenster vergangenen Feinsinns, die über das öde Land seiner Schrecken flitzen, all das muss genau sortiert und gepaart sein: *zwei ist zwei ist zwei*, eine ewige Wiederholung der Gleichung, die, daran glaubt er inbrünstig, am Ende die tödlichen Dreier wegkürzen wird. Vicky kichert nur darüber: Rat-a-tat-tat, rat-a-tat-tat, und singt: *Wir sind hier weil wir hier sind weil wir hier sind*, während sie mit dem Abzugbügel Stanleys Handrücken kitzelt. Und auch wenn die Panzerschiffe abwesend sind und im Westen ein träge sich windender Fluss anwesend ist, befindet sich in den Kreidefelsen ein ähnliches, säuberlich ausgeschnittenes Vau, dem das Maschinengewehr entgegenkreischt, sodass ihm der notwendige Abgleich zwischen *Norr und hier* gelingt. Drei Jahre ist es her, seit er auf dem Landsitz des Abgeordneten am Fenster gestanden hat und *Mauer, Mauer, Mauerblümchen, wirst du größer, musst du sterben* … Die Männer in ihren beigefarbenen Leinenuniformen sprachen, so erinnert er sich, über *Bulgarien und bestimmte Allianzen und die Iren – sie sprachen immer nur von den armen verdammten Iren, die für ein Postamt in den Tod gingen, für ein Dorfgericht* – und jetzt ist er hier, Death, Stanley, *der todbringende*, er zerlegt gerade einen Daimler, den er nicht sehen kann, dennoch trennen seine Kugeln erst den einen, dann den anderen Kotflügel ab, sie bohren die Speichenräder auf und lösen sie von den Achsen, zertrümmern das Chassis und zerlegen den Motor in seine Einzelteile, pulverisieren ihn.

Sie sind seit beinahe vier Stunden zugange, als um Punkt zwölf die deutschen Maxims schweigen. Schon kehrt Luftie mit dem Befehl zurück, ebenfalls das Feuer einzustellen – die Hand im Blick, den *schmal-streichenden* Schmetterlingsfühler, *hassvolles* Schweigen. Wie viele Schüsse haben sie abgefeuert? Zweihundertfünfzig pro Kiste, acht Kisten pro Lauf, alle Viertelstunde ein Lauf zum Depot, das sind zweiunddreißig Tausend … *Stimmt das, Sir?* Hassvolles Schweigen: Vicky hängt mit der Nase auf dem Boden – den Männern wird schwindlig, als sich der Rauch auf das Schlachtfeld senkt und schließlich abfließt, sie lauschen dem dumpfen Pochen ihrer jungen Herzen, sie hören ihre Einzelteile. Sie *lecken* … *küssen* ihre angelaufenen Medaillen und lassen *zischend* eigenen Dampf ab, während ihnen das Blut in den geprügelten Ohren *rau-rau-rauscht.* Die Vorhut der Niederlage ist längst bei ihnen einmarschiert, *zerschossene Francs-tireurs, Vorwegzügler, die humpelnd, kriechend versuchen, noch einmal in den Lebenskampf zu ziehen …* Ein kleiner schottischer Kampfhahn ist zwei Stunden damit beschäftigt, von Krater zu Graben zu Baumstumpf zu wippflitzhuschen, bis er mit zerrissenem Kilt an ihrer Stellung zusammensackt. Er bleibt an den Überresten der Küchenwand liegen, wo er immer wieder die verbliebene Hand an seine verkohlten Lippen führt, um … *was eigentlich … anzuzeigen?* Ist es eine Bitte um Wasser, die sie nicht gewähren können – oder der kühne Wunsch, *ins Horn zu blasen?* Unter Einsatz übermenschlicher Kräfte war es ihm gelungen, den Stumpf seiner zerfetzten Hand abzubinden, *sonst wär' er längst nicht mehr …* Feldman, erschrocken über den verbrannten Blick des Schotten, über seine Totenklage, ein ManniseinManniseinMann …, würde ihn am liebsten: erlösen – aber Corbett sagt: Wer es bis hierher geschafft hat, hat das Recht, sein Schicksal noch einmal herauszufordern. Diese Meinungsverschiedenheit nagt an ihnen, während die Schmeißfliegen vor dem anderen Ding kapitulieren und sich über die Nasenlöcher des Schotten hermachen, über Mund und Augen ausschwärmen … — Eine lange Weile geht es so, bis Feldman das Fernglas ansetzt und auf halber Höhe des Kamms zwei oder drei zuckende Union Jacks entdeckt, er sagt: Leute, wir haben ihre Linie durchbrochen, vielleicht ist die Unterstützung … er verstummt, das Fernglas sinkt ins Trageband. Doch er setzt es gleich noch einmal an, schüttelt den Kopf, fassungslos – und lässt es wieder sinken. Und wieder setzt er –. Verdammte Scheiße!, ruft Corbett, jetzt seid ihr beide – sie bewegen sich nämlich im Takt, der Schotte und er. Corbett schnappt sich das Fernglas, das

Halsband zerrt an Feldmans Rock – *Er sieht aus wie ein besoffener Schuljunge. Mit seinen blonden Locken, immergrünen Augen, kein Mensch kommt auf die Idee, dass er ein Judenjunge ist* – er hat immer wieder *erstaunlichen Mut* bewiesen … Ältester Sohn eines Schneiders von der Mile End Road – *kommt auch erst mal keiner drauf:* konnte gut reden und brachte es zum Kohle- und Ölhändler in Shadwell, *Direktverkauf – aber der Kerl nahm's persönlich, wenn der Verächtliche mit altem, weißbehandschuhtem Finger auf ihn zeigte, und ließ sich lieber einziehen … Sein Papa? Hat einen Mortimer aus sich gemacht, oy-oy-oy! Schaukelt auf seinem fetten Hintern, vergisst den Fingerhut.* Und wem passt er nun, *der Handschuh? Mit dieser blutigen Maniküre kannste Fische füttern* – und da ist Solly, der macht ein Gesicht, dass Luftie, der gerade Vicky mit dem Pisspott kühlt, innehält und hell auflacht. Corbett hat nix zu lachen, Oh meine beschissene, heiliggesprochene Tante, die ein beschissenes Kruzifix zwischen die Beine nimmt, sagt er *zum Trost – so ist er nun mal* … Vorsichtig hebt er das Halsband über Feldmans Knöpfe und nimmt ihm das Fernglas ab, der Trupp schweigt, während es von Hand zu Hand geht. Später erinnert sich Stanley nur noch an einen *MannisteinMannisteinMann* der für alle … *einManndcrfüralle* … und die Pfiffe der Sanitäter, die mit den Tragen aus dem Wald traben. Es ist ganz unmöglich, das alles auf einmal zu würdigen – vielleicht ganz gut so. Die Gucklöcher gehören zu einem handgehaltenen Stereoskop: Es sollte daher möglich sein, die Karte zu wechseln, das Bild aus den vom Schießpulver brennenden Augen zu entfernen, vielleicht durch eine Ansicht des Wohnzimmers in der Waldemar Avenue zu ersetzen, mit Gladstones Gipseimer, der mit Prismen behängten Tischlaterne, dem Klavier und den

Spielesammlungen seiner Schwestern – alles müsste möglich sein, nur das nicht: dicht gedrängte kniende Figuren, Ellbogen an Ellbogen, möglich, dass sie den vor ihnen liegenden *weiblichen Brustbügel* anbeten. Die Jungs in ihren Khakisäcken stecken im Zieharmonikaeffekt fest, das Ende eines *famosen Truppenausflugs – ob's am Ende Preise gibt? Fünfzig Franc und eine Silberschüssel für den Volltreffer?* Das Fernglas drückt auf Stanleys angegriffene Augen, die Geländesporne streifen, und wo er hinsieht, liegen Leichen, immer mehr Leichen, sie hängen nicht im Stacheldraht, sie scheinen dort zu lehnen, so dicht haben die methodischen Teutonen ihn gewickelt. Einmannistaußerdemeinmann ... Einmannistaußerdemeinmann ... raspelt der sterbende Schotte, Einmannistaußerdemeinmann ... als Luftie dran ist, fängt er an zu weinen, und Stanley sagt: Sie haben das hier angerichtet, um den Druck von einem einzigen Franzmann zu nehmen, der auf der Linie stand, aber der Franzmann – gar nicht dumm: knallt seine eigenen, beschissenen Vorgesetzten ab, als sie ihn in den Graben zurückbeordern – und Corbett sagt, Also, also ... es hätte ungemütlich werden können, wenn in diesem Augenblick nicht die erste Trage gekommen wäre, begleitet von einem Leutnant – eine *Seele von Mensch* – der meinte, Fritz hätte ja nun netterweise den Beschuss eingestellt, sie dürften also jetzt die Verwundeten einholen – so kommt es, dass Stanley einen Lattenrost herausreißt, auf den sie, so hofft er, einen rundlichen Soldaten der Second Royal Welsh rollen können, der zwei Kugeln mit dem Schenkel abgefangen hat – ohne Knochenbruch und geplatzte Arterien, mit ein bisschen Glück kommt er durch, wenn es ihnen nur gelingt, ihn reinzuholen. Möglich immerhin, wenn nur Feldman aufhören würde, herumzublödeln – nicht zum Vergnügen, sondern eher, weil ihm der deutsche Graben den Rest gegeben hat. Sehen Sie nur, Gefreiter!, ruft er. Und hier – und da auch! Stanley soll sich die fein säuberlich von Porzellan zu Porzellan geführte Stromleitung im feindlichen Graben ansehen. Wissen wir längst, du Volltrottel!, ruft Stanley. Hast du den tiefen Unterstand vergessen? — Der tiefe Unterstand, wunderbar trocken, nur ein Hauch von Mäuseköttel. Stanley hatte einen echten Porzellanteller gefunden, und Schwarzbrot und weiße Zwiebeln, daneben eine klare Glasflasche – auf dem Etikett prangten Kirschen, *lustvoll* im pulsierenden Licht, das weiterhin von einem unsichtbaren, surrenden Generator gefüttert wurde. Stanley, der noch nicht bemerkt hatte, dass Feldman den Verstand verloren hat, setzte sich an den Tisch, würgte seinen eigenen mitgebrachten Fraß hinunter und spülte mit ein paar Schlückchen Kirschbrand nach ... *kleine deutsche Soldatensau auf meiner Zunge, mit einem Flammenwerferchen* ... Solly konnte gar nicht genug kriegen, hüpfte von Loch zu Loch und wühlte in den Betten. – Federbetten!, kreischte er. Kopfkissen! Er fand ein Zeitungsblatt – und behauptete, es lesen zu können, das Deutsche hat 'ne Menge Ähnlichkeit mit der yiddisher shprakhen, *Ja, ja, und so erfuhr er von – Pärchen unter Lindenbäumen, ein brüllend heißer Sommer ... frisch gebrautes Nelkenbier, Erhaschtes aus den Seelen jener schlichten Jungen, die aus Bayern und Franken gekommen waren, um hier in diese Erde gepflanzt zu werden, dieselbe Erde, die an den Wurzeln pikardischer Rosen klebt* ... Sie fanden sogar Pistolen und Gewehre in dem Unterstand – selbst brandneue Stahlhelme, so panisch war der Rückzug gewesen. Die Sachen interessierten Stanley nicht, nur zwei Kartoffelstampfer nahm er mit, deren überragende Qualität ... *allseits bekannt ist*. Er war derart angespannt, dass – unter dem zusätzlichen Druck der dichten, kühlen Luft – sein Gedärm in Wallung geriet und als trotz des Waffenstillstands eine Granate mit weichem Donner! angeflogen kam, beschlich ihn wieder Angst ... *eine schmutzige Feder.* Er hatte sich mit einem Stück Zeitungspapier und pechschwarzem Tabak eine Zigarette gedreht und *mich der sanitären Einrichtungen bedient*, die unverschämterweise angeschlossen waren, sodass er sich, als er den bequemen Sitz verließ, am *flieg, mein braunes Vögelein, flieg* erfreuen konnte, während er sich mit einem weiteren Stück Fraktur ausführlich den Hintern abwischte und entdeckte, wie unerwartet freundlich es zu seinen Hämorrhoiden war. — Oben hat Solly den Waliser reingeholt – der jault, als Stan mit Tritten das Brett unter ihn keilt. Komm her, du verdammter Trottel, jetzt hilf mir mal!, ruft Stan, er weiß, wie sinnlos das ist, Solly ist schon weit weg, hat sich *getrollt, knurrend ... so schnell, dass seine Pfoten wie verschwommen sind, er flitzt* durch Gräben, hüpft von Traverse zu Traverse und springt auf eine fein gezimmerte Feuerleiter, um über die saubere Arbeit zu japsen: der D-d-deutsche, jault er, holt immer das b-b-beste raus mit den verf-f-f-ügbaren Mitteln. Stanleys Hände zucken unwillkürlich – zum Drahtschneider, zum Granatengürtel – gerade, als er beschließt, den Waliser aufzugeben und an seiner Stelle Solly auf die Trage zu nehmen – die einzige Möglichkeit, ihn zurückzubringen, ... *zu spät!* denn Solly ist die Feuerleiter raufgeklettert, zieht sich hoch bis zu den Knien, brabbelt unaufhörlich und richtet sich auf, als ihn die flache Nachmittagssonne trifft, dazu etwa zwanzig 7,92-Millimeter-Kugeln aus einer deutschen MG 08, die offenbar in einem Rückzugsgraben gelauert hat, diese gewissenhaften Handwerker haben sich Zeit gelassen, sie haben *mit den verfüg-*

baren Mitteln das Beste rausgeholt. Ganz in Ruhe – Solly Feldmans Tod, *so ausgesprochen langsam* ... Während Stanley nicht zu den Schützen gehört, denen es Vergnügen bereitet, die Vorzüge der Vickers .303 mit ihrem *Lieblingscousin* zu vergleichen, führt ihn doch das Flankenfeuer, das jetzt über den Graben sirrt und unmittelbar zurücksurrt, um Solly zu fangen und in kinetischer Umarmung zu halten, zu dem Schluss – und das, während ihm sein durchgedrehter Kamerad windmühlenartig zuwinkt – dass die Waffe der Jerrys überlegen ist. *Siehst du, siehst du!* wie sie ihn an ihren bleiernen Busen drückt, wie sie zögert, ihn loszulassen, obwohl von ihm nicht mehr geblieben ist als ein *zerfetzter roter Feudel.* In den gedehnten Augenblicken, als Solomon Feldman seiner Auslöschung entgegenflattert, geht Stanley Folgendes durch den Kopf: dass er in den endlosen neunzehn Monaten seines Frontdienstes nicht einmal wirklich gesehen hat, was ein Maschinengewehr anrichtet. Sein Finger krampft am Abzug, *Vicky zittert unter meinen Händen, spuckt und keucht Zentimeter vor meinem Gesicht* – aber ein Paar sind sie nie geworden, es gab immer diese *anderen,* mit denen sie *im Kugelhagel liegen.* Solomon Feldman *hat seinen Heimatschuss gekriegt, jetzt ist er unterwegs nach Westen.* Es hat keinen Sinn, den Waliser noch reinzuholen – Stanley hat genug gesehen, um zu wissen ... *dass seine Zeit gekommen ist.* Stattdessen nimmt er die Beine in die Hand und rennt durch den Graben und hofft, dass nur das eine Maschinengewehr den Abschnitt deckt. Wo der Graben eine scharfe Rechtskurve macht, führt eine Sappe zu den britischen Linien, hier biegt er ab, um den Weg nach Hause anzutreten, an seiner Hüfte schlagen Kartoffelstampfer – der Gewehrkolben auf einer Seite, der Colt auf der anderen, *Sporen in meinen Flanken, ich bin Rothschilds Gespann, ich trotte die Brook Green Road hinaus und biege auf den Broadway ab …* Er sieht die sauber gearbeitete Treppe, die zu den Brombeersträuchern führt, er sieht das alte Rathaus von Hammersmith, die nüchtern-rote Sandsteinfassade, die Gaslaternen auf gerillten Stahlpfählen, die beiderseits des gedrungenen Portikos brennen. Die erste Salve des wiedererwachten Sperrfeuers hört er erst, als er längst das Pfeifen der Granate wahrgenommen hat, und er weiß nicht: Ist der Lärm im rechten Ohr schärfer oder im linken? Er twistet durch die Sappe, er hat keine Wahl, als vor, zurück und links zu schreiten, vor, zurück und rechts – auch wenn es sinnlos ist, denn während sie näher kommt und ihr kreischendes Iiiiiiiiiee! in den innersten Kern seines Hirns *eine Pusteblume mit glühenden Sporen* bohrt, versteht er, dass er aus dem Graben klettern muss, um der Granate auszuweichen, die in seinem starren Blick *gefesselt ist … Regenschirme, vor Ort neu bespannt und repariert, Regenschirme, neu bespannt in einer Stunde, 2/6 King Street, gegenüber vom Temperance Hotel …* Hätte er diese Dienstleistung nur in Anspruch genommen, denn *so sieht es aus, verlassen Sie nie ohne Schirm das Haus.* Trotzdem nimmt er hin, dass die Granate *eine von unseren* zwischen ihm und Jerrys Maxim einschlagen wird — *Gefasel* und völlig uninteressant – entscheidend ist vielmehr, dass Stanley nun das Innere der Messinghülse des Fünfzigpfünders betrachten kann, er erkennt nicht nur die Schichten aus Trotyl, Pulverwolle, und Tri-nitro-toluol, er kennt auch die gelben Hände, die sie gesprenkelt, wattiert und verdichtet haben. Er sieht diese Hände *flatternde Perlmuttfalter* auf schäbigen Werkbänken, er hört das *verdrossene Heulen* der Drehmaschine, die *zischende Verachtung* des Gasschweißbrenners, das *rheumatische Klagen* der Deckenwinde, er lauscht den lustvollen Stimmen, die zum Lied anheben, *Wo stecken die Mädchen vom Arsenal? Wir schuften für Pennies, wir leiden Qual. Was hat euch nur so bleich gemacht? Wir stopfen Hülsen Tag und Nacht. Wir arbeiten hart wie unsere Jungs, wo wär'n die Truppen ohne uns?* Die gestoppte Granate singt *in einer Wolke von Groschenheften* hundert Fuß über dem Schützengraben, er hat alles deutlich vor dem exophthalmischen Auge, die Drehung von Kapsel und Zünder, die Lötstellen an ihrem verführerisch glatten Hintern – die zahllosen, immergleichen Bewegungsabläufe, die ihre triumphale kurzlebige Inkarnation möglich gemacht hat. Die Pause ist vorbei, die Engelsfüße treten erneut in die Pedale, Ebenholzwirbel greifen in Perforationen, das Pianola setzt seinen Sturz fort *Da-d'da, da d'da, da-d'-daaaaaaaaaah …* und Stanley Death versteht, dass beim Einschlag all ihre Saiten und Hämmerchen, ihre Hebel, Rädchen und Schrauben in endlosen Wellen aus Tics, Zuckungen, Gähnen, Spasmen, Zwinkern, Schütteln, Lippenpressen, Schaukeln, Schmollen, Kauen, Knirschen, Lähmungen, Beben und Zupfen über das zerfurchte Gelände jagen werden, tänzelnd von Kopf zu Kopf, Leichen, wiederbelebt, führen eine Choreographie auf, die ungeprobt die Zivilisation ersetzen kann, sie füllen die Säle der Matinee, bald auch die Abendvorstellung – *ein fröhlicher Tanz …* Zu weiteren Gedanken reicht es nicht, der Augenblick ist vorbei, die Granate explodiert und wirft eine schamlos buckelnde Erdwelle auf, die über der Sappe – und dem im süßlich duftenden Lehm klammernden Stanley bricht. Dunkelrot bis dunkelbraunschwarz presst der Lehm seine Augäpfel zurück in die Höhlen, treibt die Stille in seine pochenden Ohren, umpackt ihn fest an Armen, Beinen, Rumpf, Hals, Kopf – und hämmert in jedes Gelenk, in jede Falte eine daunige Lähmung – falls sie nachgibt, Stanley spürt nämlich nichts mehr seit seinem letzten, extrem myoklonischen Krampf: die Arme sind nach hinten geflogen, die Wirbelsäule ist von der Stoßwelle verbogen. Er hat keine Information, er spürt keine Strömung, keinen Widerstand, es gibt weder oben noch unten, weder vorn noch hinten – nur etwas, das ihn wurmt, einen Gedanken, der an seinem eigenen Schwanz saugt, während er gerade wiedergeboren wird, er schlüpft in ein Loch und kriecht aus einem anderen wieder heraus, er wiederholt nur diese eine, alptraumhaft symmetrische Gleichung: *Ich-bin ich-bin ich-bin ich*, und zeitgleich ihren numerischen Ausdruck, *eins-ist-eins-ist-eins-ist-eins*, immer wieder, eine wahnsinnig machende Äquivalenz, die keinerlei Halt bietet, nichts, das er greifen könnte, damit das *Ich*, das *bin*, eine Möglichkeit findet, sich wenigstens im Sitzen aufzurichten – wie Gracie, und obwohl Audrey den Arm ihrer Freundin im Rücken spürt, und die Brühe riecht, und sieht, wie *der mehlige Dampf mein Haar durchstreift*, und wie ihre eigene obere Hälfte aussieht, die von einer Nackenrolle, zwei Polstern und einem weiteren Kissen gestützt wird, während über ihrem zerzausten Kopf ein kleines, hübsches Aquarell hängt, eine Windmühle vor Wolkenhimmel, das Gracie in einem Trödelladen auf der Coldharbour Lane entdeckt hat – *bin noch immer nicht in Apartment G, 309 Clapham Road, sondern befinde mich* an einem anderen Ort, wo sie ihren blanken Hintern rausstreckt und die Beine hochwirft und *gottlos* über Bühnenbretter paradiert, vor einem Publikum, das sie nur schemenhaft erkennen kann, auch wenn sie – ihren Nasen, ihren breiten Kiefern nach zu urteilen – ziemlich sicher ist, dass es zu hundert Prozent aus lächelnden Doktor Trevelyans besteht, die auf den Rückendeckeln der Aufklärungsbüchlein, die sie in den Händen halten, mit ihren Klappbrillen den Takt schlagen. Immer wieder von vorn singt sie *Gippkeine mehr, Misses Moore, gippkeine mehr, Misses Moore, gippkeine mehr, Misses Moore* – ein vergeblich sperriges Liedchen, denn woher soll das Mehr kommen, wenn man Misses Moore heißt, sodass die Forderung sich selbst vereitelt, denn je öfter Audreys im Gefängnis darbende Figur *Gippkeine mehr, Misses Moore* singt, desto mehr Moores gibt es – mehr Moores und mehr Trevelyans, deren Hornbrillengestelle auf den Büchern rat-a-tattern und ein *widerwärtiges Schachern* übertönen – wenn es ihr nur gelänge, diesen hinderlichen Bausch loszuwerden! Und weiter: *Trinkt das Mädel zu viel Gin, kriegt's ganz schnell ein Doppelkinn, Trinkt das Mädel zu viel Gin, kriegt's ganz schnell ein Doppelkinn* – so viel Gin und so ein Kinn, es wuchert regelrecht, es wächst sich aus und dient nebenher dem Gähnen, in das immer mehr Gin gekippt wird, vereinzelte Zähne verlieren sich im hellroten Wacholderdunst, Mieder, zerrissen – *Nein!* Nicht dort, es geht weiter: *Kein Platz mehr für einen, auf dem Friedhof, dem kleinen. Kein Platz mehr für einen, auf dem Friedhof, dem kleinen – nein!* Auch dort nicht, weshalb das Bett der Drehbank *also ich* zurückratscht zu *Gippkeine mehr, Misses Moore*, während Gracie ihre Schultern umfasst, um all das mit der sanften Beschwörung zu übertönen, Kannst du nicht wenigstens ein bisschen Brühe nehmen, Aud'? Es gibt auch noch Pökelfleisch, wenn dir das lieber ist – ich geh's schnell holen ... Zwei Wochen dauert Audreys Ohnmachtsanfall nun schon an, zwei Wochen, in denen Gracie sie zum Essen und Waschen nur notdürftig wachrüttelt. Aus Gracies ungeübter Sicht ist das Leiden ihrer Freundin keineswegs geheimnisvoll. Die Krankheit wohnt ohnehin in den langen, niedrigen Häuserblöcken, sie lauert in finsteren

Treppenhäusern und steigt in die oberen Stockwerke, und sie ist abgestiegen in das eine tiefergelegene, wo es im schlechtbeleuchteten Flur lungert wie eine böse Krankenschwester, die Krüge von Mikroben anschleppt und Schüsseln, bis zum Rand gefüllt mit Bakterien, sodass der Ort ein Hort des Todes wird. Das Gebäude ist schon zwei Jahre alt, und noch immer perlt der üble Geruch des Widerwillens von den Wänden, und in den winzigen, kantigen Erkern rieseln Sägespäne. Die Krankheit ist überall – sie zupft am Zitz und stößt das Oberlicht auf, und Gracie hört Audrey murmeln, Armer Mann, sie hamm ihn gehenkt, und von draußen dringen die Rufe der Gassenkinder, die im Vorgarten spielen: Am Abend fliegt durchs offene Fensta, die böse Hexe Influenza. In der Wohnung drüber wohnt ein heimgekehrter Soldat, der hat seit sieben Tagen vierzig Fieber. Audrey ist es gelungen, eine Anschrift zu flüstern – Gracie steckte einen wertvollen Sixpence ein, trug ihn zur Post und setzte das schmerzhaft präzise Telegramm auf: FRAU DEATH KRANK STOPP ERBITTE DRINGEND HILFE STOPP, sie weiß nicht, was sie mit den *übrigen fünf Wörtern* machen soll. Der Arzt, der schließlich aus Kennington kommt – Gracie geht davon aus, dass Audreys Liebhaber ihn bezahlt hat – spricht von dieser armen Seele und von vielen anderen. Die Isolationsabteilungen und Infektionsspitäler sind alle voll, sagt er und flüstert, da er entschieden an den Fortschritt glaubt und an die heilsame Wirkung der Wahrheit: Auch die Totenhallen und die Friedhöfe, ich war in Mortlake und habe so viele Leichen gesehen, aufgebahrt in einem Gewächshaus … *Kein Platz mehr für einen, auf dem Friedhof, dem kleinen, Kein Platz mehr für einen* –. Er untersucht Audrey mit der nötigen Aufmerksamkeit, er muss einige Kraft aufwenden, um sie mit dem Arm aufzurichten und an der Schulter zu stützen, damit er sie mit dem *kalten Häppchen* seines Stethoskops abhören kann, *zittrig fröstelnder Aspik in meinem Mandelpudding, im Nacken ein Scheibchen Fisch … in meiner Nase kitzelt Dill …* Gracie ist er gleich zugetan. Als sie ihm eine Schüssel warmes Wasser bringt, damit er seine Hände waschen kann, fasst er ihre, untersucht die Handrücken und fragt, Schwefelsäure? Was sie mit einem demütig auf ihre braunen Brandnarben gesenkten Blick bestätigt. Der Arzt hat die dreißig kaum überschritten, er ist ernst und rötlich blond, sein Schädel ist schmal, die Augen sind braun. Er steckt das Stethoskop ins Hutband, es liegt am schütteren Haar wie *schwarzes Crêpe-Papier in einem Fotorahmen.* Ich habe schon viele Thomasinen untersucht, die mit Tri-nitro-toluol, Kordit und Trotyl gearbeitet haben und die ernsthaft krank geworden sind – wie fühlen Sie sich denn? Gracie wendet den Blick ab, betrachtet ihre alte Arbeitskleidung, Jacke und Hose hängen an einem Haken an der Tür, die Steifigkeit des Materials gibt ihnen … *Körper*. Ich vermisse … sie zögert … ehrlich gesagt vermiss' ich den Lohn, Sir, und die anderen Mädchen. Es gippsonst keine Arbeit, egal wie lang man hier durch die Gegend trapst. Und seit sie uns aus der Sozialwohnung geschmissen haben – die Miete hier frisst unser Erspartes auf, und Ordrie kann ja nich arbeiten … Sie schweigt, überlegt hinzuzufugen, dass sie ihrer Freundin keine Vorwürfe macht – aber für die moralische Hygiene interessiert sich der Arzt wohl ohnehin nicht. Kopfschmerzen?, fragt er. Haben Sie hysterische, also, Anfälle – Krämpfe? Der Äther im Kordit, versteh'nse – kann zu Epilepsie führen. *Ganz ungeschminkt* wirft er einen kritischen Blick auf ihr Gesicht. Wie Sie sehen, Doktor, ich war drei Jahre drin und hab' nur die Gelbsucht – und die wird schon besser. Gracie würde lieber über Audrey reden, deren Kopf ins Kissen gesunken ist, während ihre Knie *Mother Brown!* in einer unnatürlichen Stellung verharren, sie murmelt *Happkeinemehr, happkeinemehr* – Gracie spürt, sie ist den Tränen nah, sie wird laut klagen, sie wird sich schütteln, die Trauer wird sie überwältigen. Es gibt weiß Gott genug Gründe, warum sie so traurig ist – der Verlust ihres jüngeren Bruders, die Entfremdung von der Familie, die beinahe vollständige Abkehr von dem *schnöseligen Mr. Cook, dem Drecksack ... gut so*, in Audreys ausgemergeltem Körper steckt mehr Trauer, als er halten kann: *eine ganze Welt der Trauer*. Der Arzt – er heißt Vowles – seufzt. – Nu-hun ... Ich habe eine Warnung der Ärztevereinigung gelesen, dass ein merkwürdiges Hirnfieber umgeht – es greift Leute an, die ansonsten in bester Verfassung sind, und streckt sie augenblicklich nieder. Ihre Freundin ... nun, ihre Symptome scheinen darauf hinzuweisen, dass sie es hat ... diese Schlafkrankheit, dieses Leiden ist, äh, so seltsam, dass ich es nicht mit Gewissheit diagnostizieren kann ... Er schweigt – die schmale Wohnung im Untergeschoss, diese Grabenstellung zwingt die Bewohner, einen Bildraum zu betrachten, *in dem selbst stark verkürzte Gegenstände in die ... Länge gezogen werden*. Ein Telegrammjunge bleibt vor dem Oberlicht des beschnittenen Erkerfensters stehen und bückt sich, um die Socken hochzuziehen – Doktor Vowles fällt der Schädel von Holbeins Gesandten ein, *seine verstörende Anamorphose* ... Ich habe zwei oder drei weitere Patienten, die ähnlich schwer zu bewegen sind, die überhaupt nicht für sich sorgen können ... Die bedrückende Atmosphäre des halb vergrabenen Zimmers, die beiden jungen, leidenden Frauen, seine eigene Erschöpfung – überwältigen ihn, er tritt ans Fenster und holt tief Luft. Gracie wartet, ihre gelben Hände ringen in den Taschen ihrer blassergelben Schürze. Vowles fasst sich: ... und die, wenn sie überhaupt fähig sind zu sprechen, von seltsamen Halluzinationen und überwältigenden Kopfschmerzen berichten, bis sie ... der Kampfer des Krankenzimmers und der Gestank des durchgeschwitzten Bettzeugs bereiten ihm größere Übelkeit als *Wilsons Behauptung, dass der Krieg sich nahezu selbst gerechtfertigt hätte* ... Bei einer meiner Patientinnen, einer Dame in Pimlico, die von denselben grundlosen Ängsten, von Hitzewallungen und Schweißausbrüchen gepackt wird, kommt es überhaupt nicht zur Ermattung, sie ruht nicht – seit fünf Tagen geht sie im Zimmer auf und ab und schimpft, so was habe ich noch nie gesehen: die stärksten Mittel zeigen keinerlei Wirkung bei ihr, mit den Salzen der Salicylsäure ist ihrem Fieber überhaupt nicht beizukommen, befürchte ich –. Er hält inne, sieht sich um und entdeckt seinen Arztkoffer – woraufhin er in zwei großen Schritten das Zimmer durchquert, ein Notizheft entnimmt, einen Füllhalter aus der Innentasche zieht, etwas daraufkritzelt, die Schultern hochzieht, um das Blatt zu lösen, das er Gracie reicht. Er fragt: Haben Sie genügend Geld dafür?, und weiß nicht, was er tun wird, wenn sie es verneint – denn Cook hat ihm zwar telegraphiert, dass er seine Rechnung begleichen wird, *von weiteren Zuwendungen war aber nicht die Rede.* — Als er fort ist und seine Stiefel auf den blanken Stufen verhallen, liest Gracie die Anweisung an den Apotheker: Salicyclische Präp. Aspirin x 20 Gran. Es sind jetzt zwei Wochen, Besserung ist nicht in Sicht: Audrey brüllt, die Knie fallen, ihr *Rücken biegt sich ... biegt sich durch* ... die Kissen und die Nackenrolle rutschen, liegen unter der Brücke, die sie schlägt, ihre Augen sind blutunterlaufene Sclerae, die Lider zittern. Was sieht sie nur, fragt sich Gracie, was geht da vor in ihrem Kopf? Audrey biegt den Rücken weiter durch, der Rumpf löst sich vom Bettzeug – sie schleudert die Arme zurück, kratzt mit den Nägeln die Tapete auf, die Finger scharren, bis sie den Fotorahmen ertastet, *ich-bin ich-bin ich-bin* … und plötzlich ist da ein Gefühl – der Gegendruck von Fingern, die seinen eigenen die Existenz versichern, und wenn sie sind, dann sind auch seine Handgelenke, die Unterarme, Ellenbogen, *überhaupt die Knochen* … Es ist Berührung, denkt Stanley, die Bewegung der Berührung, die uns in der Zeit verankert – denn auch die Zeit hat mich im Stich gelassen. *Nisi agit non est* … denkt er, während seine Arme, erst der eine, dann der andere, aus dem Grab befreit werden, aus der Zitadelle, die genau den Umriss seines Körpers hat. Jetzt wird weitere, dichtgepackte Erde gelöst – die ihn, als er im Augenblick der Stoßwelle seinen letzten Rückwärtssalto absolvierte, der noch *Stunden … Tage?* später nicht beendet war, erst angepresst und dann herausgestoßen hat, um eine schlüpfrige zweite Geburt zu ermöglichen. Klümpchen, angerührt, *krümeln kitzlig*, sein Gesicht wird freigelegt – und in welche Gesichter wird er blicken? *Deutsche? Franzosen? Unsere eigenen? Werden es Soldaten sein, oder Sanitäter?* Er horcht nach Stimmen – hört nur Hecheln, h-h-h-hah, ein dumpfes Klopfen, die fortbrechende Erde selbst. Stanley wartet geduldig, dass das Rot in Orange übergeht, wenn Tageslicht auf seine Lider fällt – vergeblich. Seine Retter müssen eine Höhlung unter seinem durchgebogenen Rücken geschaufelt haben, denn plötzlich stürzt er schmerzhaft auf den Blocklehm, sieht blitzende Degen, irrlichternd, Laternenschein, der hier ein schmutziges Bein hervorzaubert, dort einen schmutzigeren Hemdfetzen. Als er herausgeschält ist, feiert man in verschiedenen Zungen: Haltet ihn fest! Tirez-le libre! C'mon now, men –!

Man schleppt seinen Körper durch eine russische Sappe, die immer tiefer wird, die Beilschläge, mit denen der Graben in die kreidige Erde gehackt wurde, haben an den Wänden ein wunderschönes Rillenmuster hinterlassen – in den Nischen glimmen Lämpchen aus Sardinenbüchsen. Stanley, noch benommen vor Freude, überlebt zu haben, stört sich anfangs nicht am Stoßen und Schürfen – doch bald beginnt er, unruhig zu werden, er tritt in die Luft, stützt sich auf, springt aus der Trage ... die Sanitäter bleiben stehen. Stanleys unbedeckter Kopf ist an die Tunneldecke gestoßen – sein Stahlhelm ist weg. Er fasst an seine Koppel – er hat den Colt verloren, und Kampfgeschirr, Munitionsbeutel, Gürtel, Kartoffelstampfer, Habersack ... die ganze Feldausrüstung ist *einfach weg*. Das scharfe Keuchen der Rettungsmannschaft, *Rinderpastete* weht ihn an. Wa-wasch ... eid ihr?, nuschelt er. Horschposchtn? Hoch über ihren Köpfen fällt das Trommelfeuer in den Zustand der Unschuld zurück, *im Garten wird ein Teppich geprügelt*. Einer der Retter – dessen breites, in der Sonne gelbgekämmtes Gesicht von einem dichtgewirkten Bart bedeckt ist, wie Stanley erstaunt feststellt – greift nach dem Abzeichen an seinem Kragen und hält es zwischen geschwärzten Nägeln. Death, Gefreiter, 32. Maschinengewehrkompanie, 5665, sagt Stanley, strammstehen kann er nicht, aber er versucht es mit einem Salut, der ... *einklappt*. Der Bartträger lacht, erst jetzt bemerkt Stanley, dass er, wie auch die anderen, nackt ist bis auf ein Hemd – nicht das graue Armeehemd, sondern ein teures Batistding, *eine Art Damenbluse* mit gefaltetem Leibchen, bauschigen Ärmeln und einem Stickmuster aus *in Erde gepflanzten* Blumen. Der Bärtige lacht noch einmal laut, lässt Stanleys gekreuzte Miniatur-MGs los, fasst sanft die schlaffe Hand und hält sie, *wie Kinder* ... stehen sie in dem unterirdischen Gang und halten Händchen. Still, Kerlchen, sagt der Bärtige leise, so brauchst du hier unten nicht reden. Er dehnt die Vokale, ein nördlicher Dialekt, und ist sonderbar höflich. Der Einschlag haaat dich aber ornentlich umgehauen – guckma, von deiner Hose ist nich viel übrig. Stanley sieht im rehbraunen Licht an sich herab – tatsächlich, die Hose ist zerfetzt, die Unterhose auch. Seine Stiefel *haben Fahnenflucht begangen*, sein Uniformrock hängt in dreckigen Fetzen. Selbst neben dieser befremdlichen Truppe sieht er noch *bemitleidenswert zerlumpt* aus. Der bärtige Mann setzt seine Rede fort, Iech bien Michael, und das hier – er zeigt auf eine schmale, gelockte Gestalt mit verfilztem Bart und Nickelbrille – ist Winfried, den wir ah-ber Winnie nennen, ist einfacher. Undassis Jean-François – ein bleichgesichtiger Gigant, niedergedrückt von der Last eines schweren, Schwalbenschwanzschnurrbarts – wir nenn' ihn Johnnie, underhier heißt Mohan. Der Hindu ist vergleichsweise glattrasiert, nur ein dünnes schwarzes Haargeflecht liegt auf den vollen braunen Wangen. So, also, sagt Michael, nachdem er sich und seine Kameraden derart denkwürdig eingeführt hat, jetzt versuch' noch mah, dein' Nahm zu sagen. Stanley sagt, Stan, ich heiße Stan. Michael drückt seine Hand. Gut, sagt er, das machst du schon ganz hübsch, Stan. Michael lässt die Hand nicht los und zieht ihn mit. Achtung Kopf, sagt er, 'n langer Lulatsch iss hier unten nich besser aufgehohm als ohm –. Er lacht und bessert nach: Wenn's stiemt, dass ei'm hier nichts Schliemeres passiert als'n eingedötschtes Hirn. Der Abstieg wird immer steiler, der Tunnel bohrt sich in scharfen Kurven in die Tiefe, ein Korkenzieher, die Ecken sind von Schultern glattpoliert … Stanley hat inzwischen verstanden, dass er sich nicht in einer russischen Sappe befindet: so tief gehen die nicht – diese Männer sind auch kein Geheimkommando, vorgeschickt, um vor dem Großangriff ein paar Truppen zu liquidieren, und wenn sie Sappeure wären – müssten sie doch Werkzeug haben. *Merkwürdig, sehr merkwürdig …* Die Gruppe schlurft an einem schmalen, von einer an einem Draht baumelnden Birne hell erleuchteten Gang vorbei, in dem Verwundete versorgt werden. Stanley lässt sich zurückfallen, er sieht, wie Behelfsverband abgerissen und Jodampullen auf Wunden geleert, wie Morphia in *talgiges* Fleisch injiziert werden. Die behalten wir nich, erklärt Michael. Wenn's mehr als'n Kratzer ist. Wir schleppen sie wieder rauf, hör'n wie hoch es ohm hergeht, und wemm'wa glaum, dass wir's riskieren können, krabbeln wir durchs Geröll in irgendein' Trichter oder Grahm und lassense liegen, damit sie von den Sanitätern ohm gefunden werden. Stanley versteht kein Wort – und spürt, dass der Nordländer es weiß und dass er nur redet, um ihn zu beruhigen wie ein Pferd, das in der Kakophonie des Krieges scheut. Der lange Schacht endet in einer etwa zwanzig Fuß breiten Kreidegrotte, die hohe Decke erlaubt es ihnen – auch Stanley und Jean-François – sich aufzurichten. Unser tiefster Punkt in diesem Frontabschnitt, sagt Michael, Winfried lässt seinen Lampenstrahl über die verzinkten, *durchsickert braunen* Eisenwände gleiten, er überschreibt mit seinem Licht die üblichen, spöttischen Straßenschilder und macht sie lesbar. Michael zeigt auf Unter den Linden und sagt, drüben zu den Jerries … dann zu den Champs-Élysées, Südwest zu den Franzosen … und schließlich in die Tottenham Court Road: Von dort wieder zurück an die britischen Linien, versteh'nse, wir müssen uhns besser auskenn' als die Kriegspartein – für die sind's nur'n paar Schritte, 'n bisschen Hin und Her, aber wir glietschen hier ewig rum. Stanley sieht sich um und entdeckt überall in dem trüben Karussell die schwachen Ringe der Laternen, die *wie eine Art … Puls, würde man wohl sagen*, durch diese menschengemachten Rinnen flackern. Also dann, Freundchen, sagt Michael, du hast dir dein' Fraß verdient, kommamit, und damit legt er dem größeren Mann den Arm um die Schulter und schiebt ihn aufmunternd unter einem niedrigen Sturz hindurch, durch einen Vorhang aus Jute und Leinen, in einen Raum, der von einem kräftigen, gemütlichen Feuer erhellt wird und einer *katholischen Kerzenfeuersbrunst*. Der kühle Mief des Tunnels weicht brutzelndem Fett – Speichel schießt in Stanleys trockenen Mund. Die Männer sitzen dicht an dicht in der erleuchteten Kammer: Briten jeder Fasson, jeder Größe und Klasse – ebensolche Deutsche und Franzosen, einige tapfere kleine Belgier, hier und da ein Coolie, weitere Hindus, ein paar Schwarze aus den Kolonien – viele von ihnen sind komplett nackt, einige tragen zerfetzte Uniformreste, andere zivile, zusammengewürfelte Lumpen, darunter Damenmäntel, Baigneusen, hier und da ein mit Messer und Draht angepasstes Korsett. Die Männer lagern auf Diwans, in Höhlenwände gehauen und mit Decken ausgestattet – sie scheinen alle auf einmal Pfeife zu rauchen, mit Schwarzbrotbrocken das Fett von den Tellern zu wischen und zu lesen. Die bedachte Stille ihrer Konzentration wird gestört, als Michael mit seiner Gruppe eintritt, die sich sogleich zerstreut, hier, dort – *wo wir … mit lachenden Kameraden … glücklich beisammen sind*. Stanley findet sich eingeklemmt zwischen einem *hakennasigen Levantiner und einem plattgesichtigen Finnen* wieder, zu seinen Füßen liegt eine ausgezehrte, matt wirkende Figur, *nur Haut und Knochen*, mit *einzigartig abstehenden* Ohren, der zerstreut seine Genitalien sortiert, er befreit den Hodensack, der eingeklemmt zwischen unbehaarten

Schenkeln gesteckt hat, legt seine Everyman-Ausgabe von Paters Betrachtungen zur Seite und ruft nach dem dicken Mohren, der an einem bierbäuchigen Herd steht und kocht. Kumpel, Alter, haste noch ’n Paar Würstchen für mich? Der Schwarze ruft zurück, kommt sofort, zwei Zeppeline und ’ne Wolke! Und tatsächlich wird bald ein Teller von Hand zu Hand gereicht, zwei Würstchen und ein Klumpen Stampfkartoffeln. Stanley empfindet die lang kultivierte Häuslichkeit, die ihm hier mit Macht entgegenschlägt, als unendlich traurig: *Wo steckt das Trottelchen Olive, die muntere Vi? Wir sitzen nicht mehr beisammen, am heimatlichen Tisch ...* Er schüttelt sich und weint, nicht weil sein gezerrter Rücken schmerzt, die Prellungen an Armen und Beinen, sondern ungeniert, weil seine Empfindungen erwachen. — Das Trommelfeuer ist nur sehr gedämpft zu hören, Nachhall eines *Sommerregens, der auf das Pavillondach tropft ...* Michael schiebt sich neben Stan, nimmt dessen Hand, die in seine eigenen schwieligen Hände schlüpft, und sagt, unser größtes Problem hier, weißte, ist der Rauch. Wir könn’ähmlich den dollsten Abzug bauen – er zeigt auf eine Vorrichtung aus gelötetem Zinn, die sich vom Ofenrohr aufschlängelt und über die unebene Höhlendecke mäandert – aber irgenzwo musses halt hin. Und darum kömmwa nur nachts kochen un’ essen ... Im Moment geht’s noch, aber wenn der Wiener kommt, wird’s hier unten friesch. Jau, scheißkalt, grummelt der nackte Offizier zu ihren Füßen, ohne den Blick von seinem wieder aufgenommenen Pater zu heben. Alle Neuankömmlinge haben inzwischen einen Platz gefunden, das Essen kommt – da alle Teller in Gebrauch sind, reicht man ihnen aus den Deckeln von Munitionskisten und anderem Schrott hergestellte Platten. Stanley liegt auf seinem Schoß und verbrennt ihm die

Schenkel, sie enthält eine dicke grünliche Sauce, einen Klecks Kartoffeln, die ... *Gischt von England*, ein einziges Würstchen, dessen verkohlte, aufgeplatzte Seite eine zwielichtige Flüssigkeit entlässt, daneben ein paar *fleischwurstartige* Scheiben. Jemand drückt ihm einen Becher Tee in die freie Hand – der erste Schluck ist *stark, süß* ... Das ist gut, sagt er, es sind die ersten Worte, die er, abgesehen von Name, Rang und PK seit seiner Rettung gesprochen hat. Ein dünner Ire, der nur mit einer violettfarbenen Federboa bekleidet ist, sagt, wenn Mboya Tey macht, macht er Tey ... Als Stanley die Wurst nimmt, kommen auf seinem improvisierten Teller die Buchstaben MARMEL zum Vorschein – MARMEL, was kann das bedeuten? Doch wohl nur Marmelade ohne ihre ADE. Und warum drängen sich ihr dann all die anderen Möglichkeiten auf und nehmen ihre schmerzende Aufmerksamkeit in Beschlag? RAGTIME-FLIEGER ÜBER DEM MARMELKANAL, MARMESCHIEREN DURCHS MUNTERE BELGIEN EINE SIEGES-REVUE, DIE KNACKIS IM PARAGON IN STEPNEY UND IHRE SCHWARZE MARMERIA – was nicht stimmen kann, denn auf dieser Plakatwand wäre überhaupt kein Platz, sie ist nicht mehr als ein Brett vor einem einzigen Fenster des Hotels. Das Alexandra steht zum Verkauf, eine Tatsache, die auf einer weiteren Tafel durch die Namen der Immobilienmakler – Knight, Frank & Rutley – bestätigt wird. Sie sind es, die durchhalten werden, denkt sie – vielleicht sogar länger als das Gebäude, das sie verkaufen möchten, was in Anbetracht seiner Mameluken-Größe lächerlich scheint: vier Etagen – alle Fensterläden geschlossen, eisern verschmiedet, die Kuppel, ein Sarazenenhelm, gedeckt mit bleiernen Schürzen, überragt von einer Gitterkrone. Zaudernd denkt sie, so bin ich: *zaudernd* ... und reißt sich von der Plakatwand und dem geheimnisvollen

MARMEL los, von der Zeitlosigkeit des alten Plakats – es donnert Rowntree's Elect Kakao – das unter dem neuen zum Vorschein kommt, und betrachtet lieber den kleineren Sarazenenhelm, der den U-Bahn-Eingang krönt — als ihr plötzlich, gerade in diesem Augenblick, einfällt, *woher ich gekommen bin.* Sie hatte in dem schlecht beleuchteten Tunnel gestanden, der grollende Blitz rollte heran und sie versuchte verzweifelt zu erraten, wo er einschlagen würde, sie war so panisch, dass sie von der Bahnsteigkante rückwärts taumelte und unter dem gekachelten Gewölbe des Verbindungstunnels kauernd Schutz suchte, am liebsten hätte sie laut geschrien, um das Donnern zu übertönen und all die anderen Sekretärinnen, Büroangestellten und Verkäuferinnen zu warnen, *dass es ein Volltreffer wird!* Wie ferngesteuert stieg sie ein, dankbar, dass die Bahn nicht explodiert war, erst zwei Haltestellen später fiel ihr auf, dass sie in die falsche Richtung fuhr – nicht nach Old Street und zum rußigen Marsch durchs Weberviertel bis an die Zinnen von Bishopsgate, sondern nach Süden. Entsetzt von dem Gewicht der Erde über *oder in ihrem geschwätzig gluckernden, von Pissrohren durchlöcherten* Kopf – entriegelte sie in Clapham Common die Waggontür, *rannte über die Tretmühle der Rolltreppe* und trat, unbändig gähnend, ins windige Tageslicht zu den rührseligen Rufen zweier Heidesträußchen-Verkäufer, die beiderseits des Ausgangs standen und jeden, der vorüberkam, mit ihren bösen kleinen Zweigen attackierten. — Oben angekommen war sie gleich mit einem Dilemma konfrontiert. Die Rippen und Streben ihres Damenschirms von Ince's, den ihr Mister Thomas geschenkt hatte, als sie die Arbeit in der Firma wiederaufgenommen hatte – bogen sich verstörend lebendig, als der brausende Wind an der Bespannung aus Seidenglacé zerrte. Sollte sie versuchen, ihn mit dem Knopf zu schließen? Sie spürte, dass sie sich nicht auf die Lebendigkeit ihrer Finger verlassen konnte, um das Stoffbändchen herumzuführen und den Kopf in die Öse zu manövrieren – *diese Fingerübung ist nichts für mich*. Die Alternative – den Schirm aufzuspannen und den Stock locker an die Schulter zu legen – schien ihr ebenso unmöglich. Ihre Finger waren weit weg – *ihre Hände erst recht, vermisst und verschollen*. Papier- und Heideblütenschnipsel rutschten über den Asphalt, über den Dächern flogen Stare rückwärts – Audrey hatte kein Gespür für Windstärke und verstand nicht, warum er mal aus dieser Richtung, mal aus jener kam und *ununterbrochen* pfiff, er flötete in ihrem Mund, in ihren Nasenlöchern, ihren Ohren, ihrer Vagina. — Als Audrey an jenem Morgen aufgewacht war, hatte sie das Gefühl gehabt, aus der Welt *ausgeschlossen* zu sein: Gracie war schon auf und wurstelte herum, sie klopfte! den alten Teesatz aus dem Syphon und öffnete die Teedose mit unwiderstehlichem Kniiiiiirschen. Audrey hatte die schreckliche Ahnung, dass *etwas geschehen würde, ein bedeutsames – nein, ein verhängnisvolles Ereignis* ... an ihrer Oberlippe zwei Pickel, groß unter der vorsichtig tastenden Zunge, eine Revolution war das nicht – zweihunderttausend Streikende, die aufstehen und dem Beispiel der Spartakus-Liga folgen – sondern eine bedrückende Änderung der grundlegenden Vereinbarung, auf der ihre Existenz beruhte: wie sie sieht und wie sie atmet, wie sie träumt und sich bewegt. Sie fasste die Bettstange, hielt sich fest, der Stahl schmerzte in ihren klammernden Händen, ihr Rücken krampfte, sie bog rücklings ins Aquarell aus dem Trödelladen, stand unter Windmühlensegeln, die sich ... *drehten*. Sie stöhnte, sofort war Gracie da, deren kühle Berührung den Zauber von Audreys Fieberschub brach. Sie führte die Tasse an Audreys Lippen ... *stark und süß* ... Das ist gut, sagte sie. Gracie half ihr beim Aufstehen und Ankleiden. – Audrey war erst vor drei Wochen zu Ince's zurückgekehrt und litt bereits unter dem gnadenlosen Stumpfsinn ihrer Aufgabe: Applebys markige Sprüche – die vor dem Krieg, wenn auch nicht erfreulich, so doch zumindest erträglich gewesen waren – entbehrten jetzt jeder Rechtfertigung. Die gefallenen Jungs waren noch nicht im Schlamm verwest – ihre Kameraden, die den Jerry in seine Ecke zurückgeschickt hatten, waren *Khakipickel auf nackter, herbstlicher Erde* ... Applebys böses Beckmessern, sein Jammern über die Traditionen der Firma – *die schweineborstige Speckrolle in seinem Nacken ... warum ist er eigentlich nicht tot?* Als sie noch im Arsenal war, hatte er einen übergroßen Schirmständer entwickelt – sein einziger Versuch, mit der Zeit zu gehen, und er wurde nicht müde, sie auf seine Neuerung hinzuweisen – denn die Laufjungen hatten längst *genug davon* – er zog erst dieses, dann jenes Modell heraus, öffnete wohl auch einen Original-Paragon, damit sie die stabilen und doch biegsamen Fischbein-Rippen bewunderte – *widerlich, dieses kauende Walmaul: ein Leviathan, der am verfaulten Stadtkern nagt und auf den Trümmern des Hoch- und Niedrigfinanzsektors wild mit dem Schwanz schlägt.* Appleby zog einen schiefen Prototypen heraus, mit schräg angesetztem Stock, der Schirm brauchte nicht senkrecht gehalten werden, um vollständigen Schutz zu gewähren. Während er eine auffallend stockende Runde auf dem Dachboden drehte und sich unter jedem Dachbalken duckte, starrte Audrey ausgesprochen unbeweglich auf den uralten, axtbehauenen Träger über ihrer nagelneuen Underwood – nur ihre Augen bewegten sich Zentimeter um Zentimeter entlang der kleinen Kerben, liefen zurück und begannen von vorn, um *die kleinen Kerben neu zu ritzen …* Der Rest ihres Körpers war unerträglich schwer, *so schwer* … sie verstand kaum, warum der Boden unter ihr nicht nachgab, sie wäre auf den gestapelten Kartons im Vorratsraum der Treadwell Stiefelproduktion gelandet, die *die Schritte des Lebens leichter macht …* Gracie hatte gesagt, am besten bleibst du zu Hause, aber Audrey war fest entschlossen: Das können wir uns nicht leisten. Appleby zog weitere Prototypen hervor – einen Schirm mit einem milchig-transparenten Einsatz, durch den ein kleiner, eckiger Ausschnitt der betrunkenen Welt erkennbar sein würde. Der Paragon Optimus mit seinem patentierten Automatikrahmen – eine Teleskopstange, durch einen Hebel zu lösen, befördert das enggewundene Seidenbündel. Kompakt, bemerkte Appleby und entwirrte von Hand die Rippen, nur leider sehr unpraktisch. Als nächstes stellte er den quadratischen Schirm aufrecht auf den Boden und verbreitete sich über seine architektonischen Qualitäten, seine Angemessenheit in der modernen Stadt, denn der Schirm sei letztlich nur die kleinere, tragbare Variante eines schützenden Dachs. Es gab verschiedenste Abtropfmechanismen, eine schwammartige Rinne am Rand der Bespannung etwa, die mit einem am Stock geführten Fallrohr verbunden war, Kapillare, die das Wasser erst hochtransportieren und dann ausspucken sollten … *was JEDE DAME WISSEN SOLLTE, die Kompressen sind nur wenige Zentimeter lang und erhältlich in silbernen Packungen, die so winzig sind, dass man sie in die Schutzschürzen von Southall stecken und abfeuern könnte! Es ging schließlich um Blut, Blut … nichts als Blut!* — In der vorhergehenden Woche war Audrey zu erschöpft gewesen, um aufzustehen, zu lethargisch sogar, um an der Gedenkfeier teilzunehmen, die in St. Paul für die

Munitionetten abgehalten wurde – seitdem war ihr Leiden immer stärker geworden, es brach in stetig wachsenden, *schweren Erdwellen* über sie herein, bis zu diesem Morgen hatte sie gefürchtet, dass es ihr nicht mehr gelingen würde, *mich eigenhändig freizuschaufeln.* Jetzt steht sie auf der Hauptstraße in Clapham und ihr Blick gleitet über die orientalische Dachkante zu einem *Serail von Bäckern, wo die schweren Laibe der Eunuchen von Huris mit Gangstermützen geknetet werden.* Inmitten ihrer *beschleunigten Hirnaktivität* stellt Audrey fest: dass es nicht der Damenschirm ist, der sich nicht schließen und zubinden lässt – *sondern ich, ich bin umgeschlagen.* Audreys eigene Arme flattern ohne ihr Zutun auf, sie fliegen in alle Richtungen, die Streben knicken zuckend vom Stock, klappen über, bis die genieteten Gelenke *biegen und brechen* – ihre Röcke fliegen auf, der Baldachin aus Stoff, unter den der stärker werdende Wind gefahren ist, zerrt sie nach hinten, die Strümpfe an ihren Stöcken sind bis zu den Knien gerutscht, der Griff ihrer abgenutzten Stiefel rasselt über Kellergitter. Durch das milchige Sichtfenster ihres Rocks sieht sie in einer Juwelierauslage EHERINGE, DIE GARANTIERT GLÜCK BRINGEN – der Stoff bleibt an ihren Mantelknöpfen hängen und reißt schon – sie stolpert auf die Fahrbahn, wird gezerrt und geschubst, nur knapp gelingt es ihr, einem Straßenbahnbug auszuweichen, einem Ruderboot, dem Dreirad eines Handelslehrlings … Audrey erreicht die andere Seite, sie spürt, wie durcheinandergewirbelt das Skelett ihrer Extremitäten ist, als sie *hurzeldi-purzelnd* vom Temperance-Brunnen zu den Kastanien geblasen wird, die als Sichtschutz an der Reling der Dreifaltigkeitskirche stehen — im Auge des Scharmützels wird das Gedächtnis des weiblichen Apparats angeschubst: *Sim'wa mal an Weihnachten mit Mary*

Jane hier raufgekomm', um Gus Elen zu seh'n, der aus dem Fenster von sei'm funkelnagelneuen Automobil Geschenke verteilt, zusamm' mit seiner Alten. Audreys Mutter ging nicht davon aus, dass sie selbst eins kriegen würde, sie sehnte sich nur nach der fröhlichen Stimmung: die weihnachtlich geschmückte Marschkapelle im Pavillon, die süßen gerösteten Mandeln im Papiertrichter. Mary Jane steht draußen auf einer Wiese, schmelzender, dreckiger Schnee schlägt ihr entgegen, ihr Bombasinbug teilt den Eiswind, ihre Miene ist Ausdruck hochgradigster, tiefschürfendster Konzentration, ein Hauch von … *Dampf und altem Kohlwasser, als sie in Stellung geht … Der Wirbel rupft* – erst jetzt, als ihr eigener Rock auffliegt und *alles zeigt, was ich habe*, versteht Audrey, was gerade mit ihrer Mutter geschieht. *Sie hat von Unterhosen nie viel gehalten …* noch so eine Geschichte, die sie ihrer Tochter anvertraut hat. — *Und so passiert's:* Der Schirm ist umgeschlagen, er liegt am Zaun im Gras, ein wirrer Haufen von umgeknickten Eisenstangen, Seidenfetzen – ein unbrauchbarer Gegenstand, ungeeignet für Einsätze jeglicher Art, kriegerische und sonstige. Dort bleibt er liegen, der Gegenstand, den man so leicht aus der Hand gibt, dort liegt er lange schon habe ich gewartet, ich wusste, dass du mich eines Tages aufsuchen würdest. Adeline bleibt auf dem Treppenabsatz stehen – Situation wie Pose, denkt Audrey, sind eingeübt, um einen bestimmten Effekt zu erzielen. Die Herrin von Norr House hatte sie warten lassen – die Haushälterin behandelte Audrey mit Herablassung und hatte ihr im Flur einen unbequemen Eichenstuhl angewiesen, auf dem sie gefälligst sitzen bleiben sollte. Sobald die Frau mit großem Getue verschwunden war, stand Audrey auf und spazierte umher, sie kratzte ihre scharf kribbelnden Frostbeulen und warf einen Blick in ein merkwürdig kahles Wohnzimmer, das Holz, Holz und noch mehr auf Hochglanz poliertes Holz, das vom Handschweiß der Schreiner blitzte. Im Kamin lag ein sterbender Scheit, über dem Sims hing ein Teppich, der ein mittelalterliches Fräulein an einer Spindel zeigte – auf einer langen Ruhebank war ein Kinderbrettspiel aufgebaut, Willie geht zu Großmama. Ein Stück weiter entdeckte Audrey die gedruckte Anleitung. Verstreut dazwischen lagen bunte Spielsteine, die sich über die auf Leinen gezogene Pappe schlängelten, an einer Bilderschlucht lag ein gekippter Kreisel. Audrey fragte sich: Ob Adelines kleiner Junge Willie hieß? Sie hatte Stan nie gefragt, und er – der die Missbilligung seiner älteren Schwester sehr wohl gespürt hatte – hatte sich zu den häuslichen Umständen von Misses Cameron nie geäußert. Es war ein langer, eisiger Marsch vom Bahnhof Carshalton – um die fünf Meilen, schätzte Audrey. Was sie nicht schlimm fand – viel schlimmer, Selbstmord, wäre es gewesen, hätte sie Adeline in ihrem kurzen Brief bitten müssen, sie abzuholen. Außerdem konnte Audrey, wenn sie einmal einen halben Tag freibekam, die frische Luft gut gebrauchen – einfach nur um der Munitionsfabrik zu entkommen und *den Senfgeruch loszuwerden, den Gestank von verbranntem Knoblauch, geriebenem Meerrettich* ... kaum mehr als eine Umschreibung, der Geruch war undefinierbar — ganz anders als hier, wo einem Papierblumen in der Nase kitzeln und wo Adeline: hoch auf dem frischen weißen Birkenholz ihres Treppenabsatzes steht, ihr Saum hoch genug, um einen frischen weißen Seidenstrumpf bloßzulegen, der Ausschnitt tief genug, um zu zeigen, wie weiß ihr Busen ist. Inmitten von all diesem Weiß fließt ein japanischer Kimono, ein blaues und magentarotes Muster von schweren, *nickenden* Lotusblüten ... Zumindest hat sie

Anstand genug, nicht die Trauernde zu spielen – das einzige Schwarz, das Adeline trägt, ist ein *ausgebranntes?* Samtband, das kreuzweise in den auf viel zu blassem Nacken ruhenden Biberschwanz aus dunklem Haar geflochten ist. Sie setzt den Abstieg fort und ihre Rede: Ich, ich war mir nicht sicher, ob ich Verbindung mit Ihnen aufnehmen sollte, Miss De'Ath ... und wusste nicht, wo ich sie finden würde ... Audrey kann sich gut vorstellen, dass ein anderer in Adelines zögerlichem Verhalten die Ernsthaftigkeit erkennen würde, die sie genau an dieser Stelle platziert hat – Audrey aber lässt sich nicht beeindrucken. Death, sagt sie schlicht, als Adeline von ihrer eigenen ausgestreckten Hand durch den Empfang geführt wird. Death, sagt sie noch einmal und erhebt sich von dem absurden Stuhl. Audrey ist insofern frei von persönlicher Eitelkeit, als sie sie längst freiwillig abgelegt hat. Trotzdem kann sie nicht umhin, ihre eigene schwebende Erscheinung in Adelines kajalumrandetem Blick zu suchen ... *ein Albtraum*, der geflochtene Gürtel ihres grauen Alpacarocks ist schon mehrfach angepasst worden, die Farbe ihres Strohhuts ist mit billiger Farbe von Woolworth nachgebessert, die ausgebleichten Bordüren, die hübsch verspielten Rosen ihres Jackenkragens sind vom Regen zerdrückt, die immer wieder sonntags reparierten Stiefel – der einzige religiöse Ritus, der im Hause Deaths begangen wurde. Um jeglicher Mitleidsregung zuvorzukommen und die Aufmerksamkeit dieser stinkreichen Sinnlichkeitsfanatikerin auf die wahre Natur der Dinge zu lenken, zieht Audrey den Handschuh aus. Sie begegnen sich Haut an Haut, Audreys gerissene Nägel gleiten über ihre manikürten. Audreys gesprenkelter Handrücken liegt obenauf, was die feine Dame in der Hand hält, ist granatrot und von Schwefelsäure verkratert. Adelines Handfläche ist leidenschaftlich heiß, unter ihrer brüchigen Daumenbeere spürt Audrey einen kräftigen, rasenden Puls. Ah, ja, Death, sagt Adeline. Ich wusste natürlich, dass sich Stanley unter diesem Namen gemeldet hat. Audrey, die ihr Mitgefühl so weit im Zaum halten möchte, wie es der Anstand erlaubt, sagt, das ist unser Name – und es ist der Name, den ich angeben musste, als ich in die Fabrik gegangen bin. Sie hält es für unerlässlich, dass die kühle Distanz zwischen ihnen gewahrt – und die gesellschaftliche Stellung der Chatelaine von Norr deutlich erkennbar bleibt. Adeline wirkt dem entgegen, indem sie sich weigert, ihre Hand freizugeben, stattdessen zieht sie Audrey durch eine weitere Tür in eine gemütliche Kammer – helltapezierte Wände, weitverzweigte Armleuchter an den äußersten Punkten des Kaminsimses, unter dem *Honigwaben glühen* … Kiefernzapfen, sagt Adeline, albern und ein wenig geziert, gebe ich zu, immerhin gehe ich jedes Jahr selbst hinaus, um sie zu sammeln – auch das Kerzenlicht mag eine solche Geziertheit sein, aber es ist ästhetischer als das elektrische, wir sind außerdem bemüht, Öl zu sparen für … sie schafft es nicht … für die Anstrengungen, deshalb läuft der Generator nur, wenn wir am Wochenende gelegentlich Besuch bekommen. Adeline hat sie zu einem kleinen Sofa geführt, wo sie sehr lauschig und eng beinandersitzen, sie haben sich immer noch nicht voneinander gelöst – sie muss geläutet haben, denn in diesem Augenblick tritt ein blutjunges Mädchen ein, das keine Uniform trägt, sondern ein schlichtes blaues, an der Hüfte zusammengenommenes Baumwollkleid, ihr aschblondes Haar fällt offen über die Schultern. Eine weitere Geziertheit?, sagt Audrey bissig, als Adeline Tee, Gebäck und ein wenig Fruitcake bestellt, wenn Cook noch etwas hat? Ja, möglicherweise, sagt sie entspannt, ich sehe einfach nicht ein, warum sie immer in

Schwarz herumlaufen sollen. Sie bekommen von mir ein Taschengeld – ein großzügiges, wie ich finde – und dürfen sich damit angemessene Kleider kaufen. Meine eigene Schneiderin erledigt das – auf die Art, sie verdient kaum etwas daran. An den Wochenenden, seufzt Adeline, muss es natürlich anders sein – mein Ehemann hat, was die Hausangestellten angeht, eher traditionelle Vorstellungen. Audrey ließ sich von *Marie Antoinette, die mit ihren Dienerinnen spielt*, nicht beeindrucken – wohl aber von der Beiläufigkeit, mit der sie den gehörnten Ehemann erwähnt. Sie würde sich gern über Adeline erheben – was die Gastgeberin verhindert, indem sie *mich nicht loslässt:* Sie sind sich noch immer sehr nah in der komplexen Anordnung ihrer Knochen und der Hautdecken, die sie gespannt umfassen.

Adeline nimmt sich, was von Audreys Gesicht geblieben ist – zeichnet die Augen größer, die Wangen frischer und leichter, die Lippen voller – und sie betrachtet die schnippische Nase, das geglättete Kinn, das flammend rotbraune Haar, eine Ophelia, denkt sie, von der prä-raphaelitischen Sorte: Nicht im Wasser liegend – sondern in einer Fertigungsflüssigkeit, ihrem Wahnsinn – ihre seltsame Lähmung … kaum auszumachen in der trüben Brühe. Sie sagt, ich muss gestehen, Liebes, ich sehe Stanley nicht in Ihnen – auch nicht Ihren älteren Bruder. Audreys Bestürzung ist die Reagenz, die einen Großteil ihres Zorns blitzschnell in brennende Neugier verwandelt, schäumend fragt sie: Sie haben ihn kennengelernt? Adeline lächelt und antwortet, Nein, aber ich habe in der Zeitung genug über das Phänomen Albert De'Ath gelesen, um es mir einzubilden –. Das Mädchen kommt mit einem Klapptischchen, das sie mit einem Tritt öffnet und neben ihnen aufstellt. Sie geht und kehrt mit einem Tablett voller Süßigkeiten herein, das sie abstellt. Chinesisch oder indisch, Miss?, fragt sie, und Adeline sagt: Das ist nicht nötig, Flossie, wir kommen schon zurecht. Audrey reibt die befreite Hand mit der behandschuhten. Als das Mädchen fort ist, sagt sie ätzend, es wäre wohl auch keine Geziertheit, Misses Cameron, wenn Sie Flossie einladen würden, den Tee mit uns zu nehmen – ihre gesellschaftliche Position ist wohl kaum niedriger als meine. Adeline lacht ungeziert – und hütet sich davor, auch nur ein Wort über den Vorschlag zu verlieren. Audrey lehnt sich zurück, ihr Unterrock scheuert an den Waden. Adeline fragt, wie sie es gern hätte: Milch, Zitrone, Zucker? Der Tee schmeckt parfümiert und ein wenig brackig: Oolong, weiß Audrey, Gilbert hat ihn vor dem Krieg immer getrunken. Jetzt macht er die kaiserlichen U-Boote dafür verantwortlich, dass er sich umstellen musste. Adeline, forschend, zieht eine perfekt gezupfte Braue hoch: Und sonst macht er sie für nichts verantwortlich? Die Frage ist Beleg für die Zuneigung, die nun zwischen den beiden aufflammt, hier, neben einer Standvase mit spätblühenden Hortensien, hier, wo ein Buch wie zufällig auf einem Stuhl am Fenster liegt, Die Forsyte Saga, steht auf dem Rücken, hier, wo Rautenscheiben im Oktobersturm klappern. — Es ist, wie zu erwarten war, Abend geworden, Adeline steht auf, um die Vorhänge zu schließen – Leinenstoff, ein Rautenmuster aus winziggelben Blüten, passend zur gelbgekörnten Tapete. Ich könnte meine Feuchtigkeit abtupfen, ich könnte einen Abdruck hinterlassen – das Muster meines Ichs: Ich-bin ich-bin ich-bin. Adeline sagt, ich dachte, mir würde das Haus viel mehr Freude machen, als es der Fall ist. Ich bin schuld an all der Holzvertäfelung, den Fensterläden und den ziemlich ... dämlichen Möbeln. Ich dachte, also, was? Ich dachte, wenn wir den mittelalterlichen Neigungen unseres Architekten freien Lauf ließen, würde er uns eine paradiesische Bühne bauen, auf der eine alte, ehrenhafte Ordnung wiedererstehen könnte … die Grenzen zwischen Mann und Frau, Herrin und Dienerschaft, könnten … aufgelöst werden –. Sie unterbricht sich mit einem Lachen: Völliger Unsinn natürlich – und schlimmer noch, eine Heuchelei. Vor zwei Jahren habe ich einen Schreiner aus dem Ort kommen lassen, er hat die Täfelung verdeckt, ich habe, wie Sie sehen, diese Tapete anbringen lassen. In diesem Zimmer verbringe ich die meiste Zeit – es ist recht angenehm, fröhlich und hell, doch als Ihr Bruder nach Frankreich ging, war es wie eine … Gruft für mich. Umgeben von einem hübschen Wintergarten – sie sticht mit ihrem Keks erst rechts, dann links in die Luft – durchaus, und dennoch eine Gruft, zudem in diesem Haus, einer weiteren Gruft, die sich wiederum in einer Art Grab befindet. Bitte – bitte, ich habe Ihr Mitgefühl nicht verdient, M-Miss D-Death – Audrey? *Und doch bekommt sie es: Wie sie sich auf dem Sofa windet, wie sie das kleine Kissen nimmt und in den kräftigen Händen knetet – hat mit Eleganz sehr wenig zu tun, es ist überhaupt nicht hübsch.* Die Tannenzapfen spucken einen harzigen Duft, der gemütlich wirken soll – besonders in Verbindung mit den frischen Blumen und der Butter, die auf Audreys getoastetem Rosinenbrötchen schmilzt. Es ist bedeutsam, versteht Audrey, dass Adeline, die versucht, sie unterschwellig zu beeinflussen, selbst von den allumfassenden, unpersönlichen Kräften beeinflusst wird, die alle Kleinmütigen in Bann halten. Sie erhält nicht nur Audreys Mitgefühl, sondern auch ihr Mitleid – *das sie vermutlich tiefer in den verdammten Schlamm stoßen wird. Armes, armes Privileg, das sich deiner nicht angenommen hat … Derart gute Zwecke …*

deren Gezeter wohl einst deine widerhallende Zeit gefüllt haben, sollen nun die Kräfte stützen, die dir deinen Geliebten genommen haben – ein Verlust, der dich, wenn so etwas möglich ist, weiter von deinem katzbuckligen Ehemann entfernt hat, der im widerhallenden Parlament sitzt und seinen Zylinder zieht, wenn ihn der Instinkt bewegt, weitere Platitüden von sich zu blaaa – während du … wie Gilman bist, dir rinnt die Zeit durch zarte Hände, du lässt dich von Tapeten quälen … Adeline krümmt sich unter den Fingern des Giganten, der ihre Brüste, ihre Flanken drückt, ihren weichen, verletzlichen Kern – ein fühlloses Stochern – sie ist, denkt Audrey, nicht mehr als ein Instrument, an dem die Trivialität menschlicher Gefühlslagen abzulesen ist, eine Telegraphentaste, die immer wieder angetippt wird, Punkt-Punkt-Punkt, Strich-Strich-Strich, sie ist das Schaltbrett eines Fräuleins vom Amt, in das die harten Verbindungsstecker gestoßen werden, wenn der Gigant nichts anderes sagen will als *Wieder-Wieder-Wiedersehen* … Bitte verzeihen Sie mir, schluchzt Adeline, er fehlt mir so schrecklich … Sie zupft ein Taschentuch aus dem Ärmel und stillt ihre Überflüssigkeit und Passivität, indem sie erst das eine, dann das andere Waschbärauge tupft. Audrey, deren eigene Hände von Abermillionen winziger, ihrer Arbeit geschuldeter Erschütterungen abgenutzt sind, hat immerhin diesen Trost: dass sie selbst ein Teil des Giganten ist – ein winzig kleiner Teil, *ein Härchen vielleicht, das sich auf dem muskulösen Gelände seines Rückens krümmt*, aber immerhin ein Teil – während *diese feine Dame gar nichts ist*. Audrey beißt in ihr Rosinenbrötchen, genießt die Wärme, den milden Geschmack – das Brot kostet inzwischen zehn Pence, der Preis steigt und steigt, die Blockade von kanadischem Weizen ist die Hefe, die ihn treibt. Ihre Gastgeberin müsste draußen sein, bei Wind und Wetter und in Finsternis, *die Wintersaat auszubringen, als Travestie: gewandet in ein altmodisches Schürzenkleid, mit einem Hüftgurt von geflochtenem Sisal.* Dort – nicht hier in ihrer *fröhlichen Gruft*, wo sie den Tagen nachweint, als die Ereignisse um die SPR-Miliz und die Tierversuchsgegner genügten, *um ihr schales Leben mit Bedeutung zu füllen* … Hat er sich bei Ihnen gemeldet, fragt Adeline wehmütig, hat er – Briefe geschrieben? Audrey, verärgert, antwortet klagend – aber nicht unehrlich. Nein, sagt sie, Stan hat nur ungern geschrieben – dafür umso mehr gelesen, wir Kinder haben alle gern gelesen, aber er ist damals, lange, bevor wir überhaupt lesen konnte, in die Bibliothek gegangen und hat die neuesten Wissenschaftsromane gelesen, die er uns, mir und unseren Schwestern, nacherzählt hat –. Sie schweigt, beginnt von neuem: Aber Schreiben, nein, nicht einmal, als er in den Bann Ihres Freundes Willis geriet, nein … da erst recht nicht. Und, Adeline, hat er Ihnen geschrieben?

Sie sitzen da und sehen zu, wie der frische Schub Tannenzapfen in Flammen aufgeht, Audrey überlegt, haben wir beide teil an ein und derselben, verstörenden Vision? Ein Zeppelin, getroffen, sackt ab, die Kathedrale seiner Streben und Bögen und Träger brennt lichterloh am Nachthimmel – dann: der öde, aschene Leichnam, weit verstreut in den Furchen eines Ackers in Essex, zugrunde gerichtet – im Flug, *Ikarus, vergewaltigt und geschändet für die Leser der stark verminderten Illustrierten* … Ich besitze ein oder zwei der Modelle … Flugmaschinen, die er gebaut hat. Willie ist ganz versessen darauf, mit ihnen zu spielen, das werde ich aber nicht zulassen. Und das hier habe ich auch. Sie steht abrupt auf, durchquert ihre Kerzengruft, öffnet einen Sekretär und entnimmt einen Stapel Postkarten, der von denselben schwarzen Bändern gehalten wird *wie ihr Haar, das er gelöst hat*. Audrey weiß, was das ist – sie bemüht sich nicht, Interesse vorzutäuschen, als Adeline das Bündel öffnet und ihr die Karten reicht, blättert sie darin wie in einem wertlosen Daumenkino, aber es entsteht keine Bewegung, sondern Stasis: Ich-bin, ich-bin, ich-bin — denn was Stanley Death mit diesen Feldpostkarten gemacht hatte, war genau das, was er mit den Karten an seine Schwester gemacht hatte, bestimmt auch mit denen an Samuel und Mary Jane Deer. Während die Vorgesetzten den Verfasser dringend gemahnt hatten, den ein oder anderen Satz zu streichen, um den Anschein echter Mitteilung zu erwecken, hatte Stanley, abgesehen von einer einzigen, essenziellen Mitteilung alles gestrichen: Ich bin ~~im Lazarett krank / verwundet, es geht mir den Umständen entsprechend gut, man wird mich wohl bald entlassen und zum Stützpunkt schicken, ich bin dir sehr dankbar für den Brief vom / das Telegramm / das Päckchen, ausführlicher Brief folgt bei nächster Gelegenheit, ich habe seit einiger / langer Zeit keinen Brief mehr von Dir erhalten~~. Der Befehl ~~Nur Unterschrift war ebenfalls ausgestrichen, sowie das überlaute Sollte diese Karte irgendeinen Nachtrag enthalten, wird sie zerstört~~. Als Audrey die erste von einer langen Serie solcher Karten erhielt, fragte sie sich, wie der Militärzensor reagiert hatte, als er die wutentbrannte Auslöschung ihres Bruders sah, eine Tilgung, die nur die pure Existenz verschonte. Man stopfte diese Männer in Pakete und schickte sie über den Kanal, in endlosen Angriffswellen stürmten sie aus den Schützengräben, sackweise landeten diese erbärmlichen Karten, Ausdruck ein und derselben Engstirnigkeit, in Engelland: Stanleys Karten kamen durch, weil kein Befehl missachtet worden war. Vielleicht hatte auch der Zensor – der in Audreys Vorstellung in einem sicheren Büro saß, Meilen hinter der Front, an einem warmen Ofen, er hält ein Glas Was-weiß-ich in der Hand und eine fesche Französin auf dem Schoß – seine Freude daran, sein Kürzel unter diese verrückten, synkopierten Mitteilungen zu setzen, er – es war immer derselbe Mann – kritzelte PFL und lachte sich tot. Ich-bin, ich-bin, ich-bin, – zwei Ich-bins pro Karte, eine Menge Karten an sie, an Adeline – und sonst kein Wort in den zehn unendlich gedehnten Monaten, seit er nach Frankreich zurückgekehrt war. Ich-bin, ich-bin, ich-bin – eine Beschwörungsformel, gesummt von einem zutiefst verschreckten Kind, im erschöpften Nichts des frühen Morgens, ich-bin, ich-bin – Audrey seufzt mutlos, weil ihr ihre eigene schwach flimmernde Existenz bewusst wird, ihre tödliche Müdigkeit. Beiden ist klar, dass diese formelhaften Sätze nur einen Schluss zulassen: dass er … *nicht ist*. – Sie haben keine Vorstellung –. Adeline gelingt die Fortsetzung nicht. Sie versucht es noch einmal: Sie sagen vermisst und mutmaßlich … damit man nicht denkt –. Wieder gelingt es ihr nicht. Sie glauben beide nicht – an Jesus oder Pan. *Alle Hoffnung aufgegeben – der Lebenssaft ist abgeflossen* … der Regen, der an die Scheiben prasselt, ist nichts als … *Verdunstung, Kondensation, verursacht durch Temperaturschwankung, Luftdruck … alles durchaus und mühsamst herauszufinden* … kein Geheimnis: *er ist nicht*. Adeline verbindet die Wunde und legt sie zurück in den Sekretär. Sie zieht an der geflochtenen Sisalkordel und bitte Flossie, als sie hereinkommt, um Whiskey, Soda und das Zigarettenkästchen. Als es gebracht ist, nippt Audrey Feuer und Rauch, dann steht sie auf, schnippt Schwefel in die Flammen und hebt den Rock, um ihren Unterrock zu trocknen. Adeline sagt, seien Sie mir nicht böse, ich hätte Ihnen gleich bei Ihrer Ankunft ein heißes Bad und ein trockenes Kleid anbieten sollen, ein Versäumnis –. – Schonnin Ornung, Addieline – sie verfällt absichtsvoll in ihren lallenden Dialekt – Sie ham's mir ja jetz angebietet, das nehm ich dankbar an. — Die Wanne ist beinahe zwei Meter lang und an den Seiten so hoch, dass ihr Kopf vom emaillierten Rand, der gähnenden Öffnung dieser Gruft, überragt wird, sie liegt in einer heißen Pfütze und fühlt sich, *als läg sie in 'ner Kiste Eier, auf den Schenkeln Eigeseier, das Eiweiß zieht ihr unters Hemd, was sitzt da nur im Ei und flennt* ... Sie und Adeline haben es sich im bernsteinfarbenen Gesprudel des Whiskey-Soda bequem gemacht. Audrey sitzt hinter dampfenden Zephyrschleiern und betrachtet den Abdruck grüner Weidenblätter auf den cremefarbenen Vorhängen, sie summt, wirbeln die Blätter oder welken sie? Bist du ein Sie und ich ein Er, sind Sie ein du und ich Ihr Hehr? Laut hatten sie gelacht über den blödsinnigen Mummenschanz der Sozialistengilde, sie und Gilbert, über ihre *Schprottenfeschte, mit denen sie Geld für ihre winzigen, handgedruckten Auflagen schammelten* – sie, Cook und Death, waren überzeugt, dass die Zukunft allein jenen gehörte, die nicht nur bereits existierende Produktionskräfte unter ihre Kontrolle brachten, sondern auch neue erfanden. Und hier lag sie nun, *ein schlaffer Lappen* in der Wanne einer reichen Frau, und las das Motto, das *irgendein ästhetisch gesinnter, mit einer triefenden Krawatte angetaner Handwerker* in die Holzvertäfelung gemetzt hatte: Als Eva spann, war Adam, wissbegierig, schon ein feiner Mann. Nebenan in der Garderobe hört sie Adeline, *die mein Hausmädchen spielt* – und zweifelsohne *etwas Praktisches auswählt, das, bei Liberty's von der Stange gekauft, einmal zu einer Landpartie getragen und eingemottet wurde und sich nun anschickt, nach langem Win-*

terschlaf ein weiteres Mal zu schlüpfen. Doch als Audrey Adelines feine Leinenunterwäsche am Leib spürt und darüber ihren eigenen, bereits getrockneten Alpaca, als sie in Adelines Gruft abgestiegen ist und ein weiteres Glas Whiskey-Soda aus den Beständen des Ehemanns genießt, eine weitere seiner Zigaretten raucht, als sie schließlich das Automobil hört, das knurrend aus dem Stall geholt und im Sturm vor das Haus gefahren wird, ist es ihr angesichts von Adelines überwältigender Trauer nicht mehr möglich, ihren Missmut aufrechtzuerhalten: sie schluchzt, sie lacht hysterisch, sie ist drauf und dran, ihre Kleider zu zerreißen – und da ihr jeder andere Weg versperrt ist, nimmt sie die neben ihr sitzende Frau in den Arm, streicht ihr übers Haar *wie er* ... — Im Sturm, unter der rasend gewordenen Lampe, steht Flossie, sie hält ein Netz mit mehreren Päckchen. Bitte nehmen Sie es an, sagt Adeline, es sind nur einige Kleinigkeiten – ein wenig Brandy, ein Früchtebrot, eine Schachtel Zigaretten ... Mein Stolz, sagt Audrey, ist ein unterirdischer Fluss: tiefer, kälter und steter als jeder Akt der Gunst. Sie nimmt das Netz von Flossie, die sagt, entschuldigen Sie, Miss, Madam hat gesagt, dass Sie im Arsenal sind – stimmt es, dass Sie eine Munitionette sind? Das offene Gesicht des Mädchens, *gelbstichig allein vom Schein der Lampe*, weicht dem der Herrin, das *verdorben und fleckig* ist. Sie stellen nicht ein, sagt Audrey bündig – und erlaubt dem Chauffeur, ihr in den Wagen zu helfen. Alles weicht jetzt: das eigenartige, alt-neue Herrenhaus, der Abschied der weinenden Hausherrin, die süße Stille ihrer Blütengruft. Sobald das Automobil angefahren ist, setzen Audreys Tics wieder ein, zu Anfang ist es nur ein unruhiges Zupfen am Rockstoff, doch es dauert nicht lange, da tippt sie im Schoß bereits unsichtbare Bestellungen, und als sie, geleitet von der

Hand des Fahrers, auf die regennasse Bahnhofsvorfahrt tritt, muss Audrey ihre ganze Kraft zusammennehmen, um nicht *am Schwungrad zu drehen, den Hebel umzulegen, den Spindelstock anzuschieben* ... Sie erlaubt dem Chauffeur, ihr hineinzuhelfen, und rutscht in den Sitz unmittelbar hinter dem, der dem Fahrer vorbehalten ist – es ist ein halbes Jahrhundert her, seit sie zuletzt in ein Fahrzeug – egal welcher Art – gestiegen ist, und doch erkennt sie die wichtigsten Bedienelemente, Schalthebel, Handbremse, Lenkrad. Sie fragt sich, ob man ihr bei fortschreitender Genesung erlauben wird zu fahren, zumindest in ihrer Vorstellung, *eine rostige alte Enigmarelle, die man in den Rücken stoßen muss, damit sie den Londoner Arbeitern ihre Tricks zeigt* ... Es sind ja nicht viele, nur *zwei fragwürdige Doktoren, Langnasen, hässlich wie die Nacht ... und ihre beiden Lieblingsneger, und noch vier oder fünf dösige Mitpatienten.* Die Dicke ist oben geblieben, gestrandet, *ihr kleiner Ehemann krebst an ihr herum* ... Helene, von Audrey bereits *ins Herz geschlossen*, ist hier, sowie drei alte *Affenmänner*, die *in den Charabanc* gezerrt und geschoben werden müssen ... Busner steht neben Doktor Marcus und beobachtet Mboya und Inglis, die den Enzies zureden, um sie in den Ford Strachan zu bekommen, einen hinter der Polsterei geparkten Kleinbus. Schön, dass Sie mitkommen, sagt er. Marcus lacht: Wenn die Sonne lacht, bin ich für jeden Spaß zu haben! Für einen Ausflug auf jeden Fall – das lasse ich mir um nichts in der Welt entgehen! Busner sieht den pensionierten Kollegen misstrauisch an. Marcus trägt ein unerwartet flottes, kurzärmeliges Hemd mit vertikalen Streifen in Schoko und Ultramarin. *Opa geht auf Reise* ... nur *Suppenflecken?* stören den modischen Auftritt. Er fragt sich, ob die Kurzsichtigkeit Marcus hindert, den Fleck in seinem ganzen Ausmaß wahrzunehmen – die Ironie des gebügelten Hemds, eine geschleifte Zitadelle, *rostend in einer Wüstenei der Trockenheit.* Ich musste enorm Druck machen, sagt Busner, bevor mir Whitcomb erlaubt hat, mit ihnen das Gelände zu verlassen –. Ah, Whitcomb, schnaubt Marcus, Ihr bête noire – der Professor Moriarty Ihres Sherlock Holmes. Und? Was wird er tun, Busner, um Ihre Untersuchungen zu sabotieren, wo Sie nicht einmal wissen, was Sie untersuchen? Busner würde jetzt gern etwas über die mikro- und makroquantale Natur post-enzephalitischer Tics sagen, über die Analysen ihrer metronomischen Zustände, über seine Idee, dass die Auflösung – und nun Reintegration – ihrer physischen Ganzheit eine Ordnung in ihrem Chaos verrät, all das würde er gern vorbringen, fürchtet sich aber vor Marcus' verächtlicher Reaktion – und außerdem *kann ich das immer noch später machen.* Um sich zu behaupten, ruft er Dunphy – den schwerfälligen Pförtner, der als Einziger die Erlaubnis hat, den Kleinbus zu fahren – Alle an Bord? Dunphy zieht die Mütze vom *Milo O'Shea*-Kopf, verneigt sich spielerisch und wirbelt mit der freien Hand, um sie *in die Geisterbahn zu locken* … Schenk mir dein strahlendes Lächeln, säuselt Dunphy im Unterton, Schenk mir dein strah… Der Kleinbus ist nicht klein genug, die winzige Gemeinde von Station 20 wirkt in den schrägen Kirchenbänken verloren – Ostereich sitzt stramm links in der mittleren Reihe, dahinter dichtgedrängt Voss und McNeil, *verschreckte Karnickel.* Ganz hinten sitzen Mboya und Inglis, getrennt nur durch eine Wand aus Lärm, als Busner an Bord ufft, sagt Helene Yudkin in ihrer ununterdrückbaren Redseligkeit. Sehen Sie sich die an, wie würd' man die nennen? So Düsendinger – aber was für Düsen, da wird doch wohl kein Wasser rauskommen, oder –? Von all den erweckten Enzies ist sie diejenige, die am wenigsten schockiert wirkt – auf der Station steht sie manchmal stundenlang da und schaltet das Licht an und aus, die Freude über die Entladung der Photonen lässt nicht nach. Zauberei!, kräht sie, ich bin überzeugt, es ist Zauberei! Wo immer sie hinkommt, ist sie von neuen Entdeckungen gebannt – gerade jetzt fährt sie mit der Hand über die Neonkaros der Sitzbespannung, Wunderschön, gurrt sie, welch wundervoller Stoff … Busner nimmt neben Miss Death Platz, die hinter dem Fahrersitz sitzt, zu ihnen gesellt sich Marcus, indem er seinen Körper, einen Ausziehtisch, seltsam herunterklappt und hinter ihnen einrastet. Nun, grüßt er, guten Morgen, Madam, wie geht es Ihnen heu–. Bestens, sagt sie unwirsch, ihr Gesicht bleibt dem Fenster zugewandt. Busner denkt: Was sieht sie dort, dort oben links? Ist es etwa der Beginn einer okulogyren Krise? Seit ihrer Wiedererweckung sind eins-zwei-drei … zehn Tage vergangen, aber – er zählt weiter – sechzehn seit ihrer letzten, sie ist also fällig! Und als sie über ein Schlagloch poltern, wird ihm plötzlich klar: Wir bewegen uns, und sie sieht etwas, das sie nie zuvor gesehen hat – die lange Fassade der Anstalt, die in der Ferne kleiner wird, den Klinker unter trüben Fenstern, *Streifen getrockneter Tränen, der Abschied* … Audrey Death ist Busners Star-Patientin, er verlangt von ihr entsprechend viel – unter anderem, *dass sie ihren ehemaligen Arzt zum Teufel jagt, indem sie ihm ruhig und zusammenhängend sagt, wie gut sie sich fühlt mit ihren täglichen zwei Gramm El-dopa, auch dafür reicht auf jeden Fall die Zeit* … – Und – Marcus schiebt seine vernarbte Nase zwischen die Lehnen – wo geht denn unser kleiner Ausflug hin, etwa ins Britische Museum? Busner ist perplex: Wie bitte? Marcus iaht *ein Esel?* und entblößt gewaltige, elfenbeinfarbene Stoßzähne

– *Er ist ein Walross* – dann bringt er *ein Prusten hervor, das er bestimmt übt, seit er St. John's Wood verlassen hat:* Busner, da Sie nun all diese Mumien ausgegraben haben, wäre es das Mindeste, ihnen einige ihrer ausgestopften Kollegen zu zeigen. Audrey murmelt, Howard Carter ... Marcus ist erschüttert, weil er gesprochen hat, als wäre sie nicht da, eine unverzeihliche Grobheit. Busner ist erschüttert wegen dieser Zeitbombe. – Was haben Sie gesagt, Miss Death? Er spricht sehr laut – Dunphy schaltet mit Zwischengas, der Motor jault, als der Kleinbus die beiden Pförtnerhäuser passiert und auf die Friern Barnet Road biegt. – Ich habe Howard Carter gesagt, das war der Kerl, der die angeblich verfluchte Gruft ausgegraben hat – das weiß ich noch, die Pfleger haben alle darüber gesprochen. Größte Aufregung seit den Badewannenmorden, sie sind 'ne Menge Extrablätter losgeworden, als er damals gestorben ist – natürlich alles Aberglaube ... pouce à l'oreille ... Ich frage mich, was aus *mit wem redet sie eigentlich?* diesem Dussel Feydeau geworden ist – bestimmt schon lange tot ... längst unter der Erde ... Audrey ignoriert die Bestürzung, die sie hervorgerufen hat, und sinkt in ihren Sitz und in ihr Schweigen zurück, der Kleinbus kriecht an den Markisen der Pension Rosemount vorüber. Oder Kew Gardens, wurstelt Marcus weiter, im Park ist's auch immer sehr hübsch. Busner korrigiert: Nein, für den ersten Ausflug wär' Kew zu weit, ich habe mich für etwas hier in der Gegend entschieden – den Alexandra-Palast. Ally-Pally!, blökt Marcus. Was zum Teufel machen wir da oben? Ist doch bestimmt ganz runtergekommen. Busner zieht sein rotes Notizbuch hervor, wählt aus der Reihe in seiner Brusttasche einen roten Kuli, notiert umständlich einen Gedanken, der zwar schon seit einiger Zeit Form annimmt, sich aber erst im Augenblick der Niederschrift vollständig kristallisiert. – Nicht machen – sehen, seit Jahren – seit Jahrzehnten sehen sie nur diesen Palast. Er ist – der Horizont ihrer Welt, er markiert die äußerste Grenze. Wir fahren rauf und sehen von dort auf Friern hinab, und so werden wir den Bann brechen – und ihnen die Freiheit schenken. Das sind die Worte, die er gekritzelt und zwei Mal krakelig unterstrichen hat: *Freiheit schenken.* Marcus nimmt sie schweigend zur Kenntnis, nur der *Geruch der gehackten Leber*, der seinen schmalen Lippen entweicht, weist darauf hin, dass in seinem Inneren ein *Ballon voll galligem Zynismus bläht.* Als er schließlich zu längerer Rede anhebt, spricht er als Autorität: Sie sind sich aber darüber im Klaren, dass die funktionale Integrität der Hirnrinde eine absolute – verstehen Sie mich recht – absolute Voraussetzung für alles ist, was auch nur annäherungsweise nach Homöostase aussieht ... Busner weiß, *worauf er hinauswill ... dass dies hier nicht von Dauer sein kann ... denn in meinem tiefsten Inneren weiß ich, dass es keine Wundermittel geben kann.* Zu diesem Ergebnis ist Busner schon vor drei Jahren gekommen, als er im Keller des Konzepthauses in Willesdon erschrocken in eine Spiegelscherbe über dem Waschbecken des winzigen Badezimmers gesehen hat, was er damals entdeckte, war, dass sich seine Nase oberhalb der Lippe ablöste und ruckelnd – und trotz alledem unbezweifelbar real – um sein Gesicht kreiste. Und überhaupt, *plärrt* Marcus, was kostet das Zeug eigentlich? Als Busner gesteht, dass es vierhundert Pfund pro Pfund kostet, lacht er herzlich und knurrt, Nun, das wird auf jeden Fall der verdammten Betriebsbilanz nicht helfen! *Und doch ... und doch ...* findet Busner, als Dunphy mit dem Getriebe knirscht und der Kleinbus über den Nordring hüpft-und-hoppelt-und-stolpert, *dass ihn das überhaupt nicht anficht*, denn: Sehen Sie, sagt er zu Marcus, sehen Sie doch nur – sehen Sie, wie sie sich aneinander freuen. Der alte Irrenarzt dreht sich um und betrachtet die drei älteren Herren: Voss, Ostereich, McNeil, die seit so vielen Jahren nicht nur durch die Werkstatt, sondern auch durch den Werkwahn – von Irren gepolsterte Stühle, von Hebephrenen krummgedrehte Besenstiele – beschränkt waren, und die ihre ersten Minuten im Bus damit zubrachten, der Zunge der wogenden Fahrbahn auszuweichen, die, so fürchteten sie, durch die Windschutzscheibe brechen und sie aus ihren Sitzen schlürfen könnte. Jetzt zumindest sind sie entspannt und genießen den Anblick der sommerlichen Gärten. Sie erinnern sich sehr wohl an die von tiefroten schweren Blüten gebogenen Rosenzweige, an die erhabenen Feuerkronen der Sonnenblumen, die züngelnden Zinnen der eingetopften Geranien – sehen Sie, an diese fröhlichen Bastionen des Englischseins erinnern sie sich wohl. Der Anblick unseres landwirtschaftlichen Miniaturparks, der Gemüsegärten und Schuppen, lullt sie ein, aber einige Pflanzen und Blumen, die sie nie gesehen haben, wecken sie wieder auf – der krause Schopf des Pampasgrases erfreut sie, die Buddleia, die ihnen vom Pfeiler einer Eisenbahnbrücke entgegenschießt, *bringt sie richtig in Fahrt*, und so beginnen sie *fröhlich durcheinanderzuquatschen.* — Als mein Papa alt war, hatte er einen Stand an der Promenade von Dover, sagt McNeil, er hat Wellhornschnecken verkauft, dabei konnte er die Dinger nicht ausstehen! Fischiges Gummi, hat er immer gesagt, da ess' ich lieber 'ne Handvoll Frühlingszwiebeln, Alf – Augen zu und durch, so kannste vielleicht Mutter ertragen, aber Schnecken? Nach kurzem, heftigem Gelächter gesteht Ostereich, dass, Also, wisst ihr, damals in Wien, als ich klein war, hatten wir eine Wohnung – aber mein Onkel, der hatte einen Schrebergarten, bei ihm wuchsen die besten Johannisbeeren, ich liebe ja Johannisbeeren! Oh, sagt er plötzlich, wie kommt es eigentlich, dass es mir heute so fabelhaft geht? Voss pflichtet ihm bei: Ich weiß genau, was du meinst – ich hab' mich nicht so gut gefühlt, seit ich letztes Mal beim Zahnarzt war, da hat er mir so eine Lachmedizin gegeben –! Du kannst dich glücklich schätzen, unterbricht McNeil, wir haben immer nur die sechs Pence für den Zahnklempner gehabt – und der hatte kein Gas! Die drei alten Männer lachen wieder, und Marcus sagt zu Busner, finden Sie nicht, dass in dieser, ähm, Überschwänglichkeit eine gewisse Morbidität liegt? Busner legt den Arm enger um Audreys Lehne und sagt, Doktor Marcus, wie wär's, wenn Sie die Dinge einfach mal so nehmen, wie sie sind? Verstehen Sie denn nicht? Die machen Urlaub – den besten Urlaub ihres Lebens? – Genau das wünscht sich auch Miriam, fällt ihm elendig ein, nicht irgendeine Bucht in Cornwall, wo die Jungs Sandkuchen bauen und das Baby sie dann essen kann. Es wird auch nicht reichen, mit dem Austin eine Weile durch die Britannie zu tuckern – sie ist erst zufrieden, wenn sie in zwei Wochen nach Heathrow fahren und in einen Langstreckenflieger steigen. Ich kümmere mich um alles, hatte sie gesagt und den Drehaufsatz betätigt, um an das süß-saure Schweinefleisch zu kommen, *nicht gerade koscher*. Mit schwankender Laune hatte er der boingenden und kjauenden chinesischen Hintergrundmusik gelauscht, betrübt musterte er die Fischfutterflocken, die aus derselben Hand ins Aquarium taumelten, mit der der Kellner ihnen eben die Teller hingestellt hatte – wusste aber nicht, warum das jetzt noch eine Bedeutung haben sollte. Die Jungs – grün-golden karierte Krawatten, graue Baumwollhemden – hatten bedrückt dagesessen, und zwar weil es so seltsam war, dieses Auswärtsessen en famille, dessen erklärter Zweck darin bestand, eine weitere Seltsamkeit zu planen: einen Familienurlaub, der, falls er sich entscheiden sollte, nicht daran teilzunehmen, der Beginn einer *dauerhaften Beurlaubung von mir* sein würde. Zack hatte irgendwo gelesen, dass Weiß die chinesische Farbe der Trauer war, warum waren die Tischdecken im Jade Garden also nicht rosa, oder violett – oder schwarz, genau, schwarz wäre am angemessensten, war ihm durch den Kopf gegangen, denn indem er sich der vollkommen verständlichen Bitte fügte – *ich sterbe* … Ja, natürlich, hatte er gesagt – und: Die Alhambra, das ist ja phantastisch, da wollte ich immer schon mal hin. Ehrlich?, sagte Miriam. Ehrlich, antwortete ihr doppelzüngiger Ehemann. Er nahm ihre Hand und rieb mit dem Daumen über die Laubsägearbeit aus Knochen, Sehnen und Arterien … *ich bin gestorben*. Er wurde in ein Grab gelegt, *das denselben Umriss hat wie ich*, bis hin zu den zusätzlichen Halbschalen an seinen Ohrmuscheln, der kleinen Schwimmhaut zwischen dem dritten und vierten Zeh seines rechten Fußes, dem vorstehenden Nabel, der einzigen Verbindung, die er zu seiner Mutter, an *die ich mich nicht erinnere*, hatte – auch wenn er nicht zweifelte, dass ihr Blick – wachend, wie es sich für eine Tote gehört – ihn durch Miriams Augen traf, deren Lider zu diesem besonderen Anlass mit weißem Mascara gesalbt waren, was ihre Person *wie Chi Chi den Pandabär* dem Aussterben gebührlich nahebrachte. Zack hatte modernd dagesessen, und ihm dämmerte, dass die Erde, die so fest um seinen Körper gepackt war, eine besondere Zusammensetzung hatte, wie sonst würde sie ihm so ausgezeichnet passen? Der Hauptbestandteil war die durchsichtige Atmosphäre des Jade Garden, dazu ein wenig Flanell und Wolle, die er am Leib trug – aber der Zauberlehm, den seine Frau in der lebendigen Hand knetete, bestand aus mehr. Ihre Hand pochte warm und drückte *meine eigene, erkaltete, tote*, und im Echo von Miriams Stimme ... *die Grotte nich vergessen, nur eimer im Jahr* ... Er betrachtet Audrey Death und sagt, Dieses Jahr ... das ... normalerweise ... Dann dreht er sich zu Mboya um, der *komplizierterweise hinten im Bus sitzt, sein Beinahe-Afro blitzt filigran im Gegenlicht*. – Enoch – Sie, du ... Wie hast du dieses kleine Ding genannt, das Miss Death unter ihrem Bett gebaut hat? Mboya schüttelt sich hündchenhaft. Ihr Schrein, ruft er zurück, wir nennen es den Schrein ... Hephzibah Inglis runzelt die Stirn, *wittert Gotteslästerung?* und Busner sagt, genau, Ihr Schrein, Miss Death – seit Mister Mboya Sie pflegt, bauen Sie jedes Jahr diesen merkwürdigen kleinen Schrein, diese Grotte unter Ihrem Bett, erinnern Sie sich daran? Audrey lächelt, fasst sich mit den dürren Zweigen ihrer Finger an die Schläfe und raschelt im weißen ausgetrockneten Haarnest, bis sie blutet, eine grausige Angewohnheit, an der sich Busners ärztliches Mitgefühl entzündet, es ist erbärmlich, welches Ungeziefer der Mensch abwirft und ins Gas schickt – er wünscht, sie trüge ... was? Eine Kombination – einen langen Tweed-Rock, eine Bluse mit Spitzenkragen, geschlossen von einem Camée? Alles besser als dieser braune Veloursssack, ein viel zu großes Kleid, über das sie eine viel zu kleine rotkehlchenrote Reißverschlussjacke gezogen hat. Das Pflegepersonal lästert über ihre hässlich karamellfarbenen schnürlosen Schuhe, die verdammte Hacke einer dicken Wollsocke schwillt furunkelartig an ihrer ausgezehrten Wade ... Und doch teilt ein Spötteln ihre Oberlippe, schlitzt schmissig ihre Wange, *und dafür liebe ich sie, denn sie beweist, dass sie noch immer über allem steht*. Sie sagt, Wir bezeichnen sie als Grotten, Doktor Busner - viele Kinder haben sie gebaut, als ich damals in Fulham aufgewachsen bin. Wenn ich mich recht entsinne, hat niemals jemand gewagt, eine Erklärung zu verlangen – wir haben das einfach gemacht, es war ein Brauch … vielleicht hatte es mit den Jahreszeiten zu tun, wir hamm sie immer mit Frühlingsblumen geschmückt – mit Löwenzahn und Butterblumen, mit Veilchen, die wir aus den Gärten im Viertel geklaut haben … Sie lacht, ein trockenes Räuspern. – Das war der Grund, warum alle, die sich für was Besseres hielten, unsere Grotten verachtet haben, auch wenn sie uns die ein oder andere Kupfermünze zugesteckt haben – wahrscheinlich aus Aberglauben … Der Kleinbus verordnet Schweigen, er heult hysterisch, als sie im Stau den Muswell Hill Broadway hinaufschlingern. Ihr Puritanerblick fällt auf eine Gruppe von Schuljungen vor einem Kiosk, die das Haar kragen-, manche sogar schulterlang tragen … *Und wann haben Sie Ihren Vater zuletzt gesehen?* und hebt sich über die Parade, wo ziegelrote Dächer bis an den Scheitel der Anhöhe *pagodieren* – sie kann es kaum fassen: dass das Hautgefängnis, in das sie all die Jahre eingenäht war, *wie sie behaupten …* sich als derart fadenscheinig erwiesen hat. In den Tiefen ihres Sopors hat sie nämlich geträumt: dass die Klinik aus ihrer sterblichen Hülle herauswächst, dass sich ihre kahlen, getünchten Wände *dehnen … zu Perlmutt verfalten.* Sie ist immer *auf der Innenseite gewesen … in der Falle*, schwere Brückenbalken bogen ihren Rücken durch, *meine Wirbel sind Nieten …* Ein Schnitt durch ihren rauverputzten Schädel, schmutzige Dachfenster, erleuchtet … *nichts*. Die Böden – Holzpflaster, Asphalt, Kopfstein – wogten, wenn Audrey darüberging, *so fest waren sie mit meinen Füßen verkittet*, und wenn sie durch lange Flure schlurfte, über noch längere Korridore torkelte, ewig um die Lichthöfe kreiste, wenn sie in der reformierten Gummizelle heulte und ihren eigenen knochigen Käfig gegen das Heizungsgitter stürzte, spuckte sie den phthisischen Kameraden – ihren anderen, aufmüpfigen Ichs, ihren Hunderten, Hunderttausenden Ichs in grobleinernen, ganz auf die Klinik abgestimmten Overalls, *deren Aufribbeln – vorläufig – durch eine grimmige Webkante gebannt* war, in die Gesichter. *Gegenwärtig* … ist da eine Hand, die gegen heißes Glas drückt, durch diese Hand dringt Sonnenlicht und bringt eine *Schulkarte der imperialen Besitztümer zum Leuchten* – Sommersprossen aus Kindertagen sind mit den Schwefelnarben aus dem Arsenal zu größeren Territorien verschmolzen, zu altersfleckigen *Protektoraten und Herrschaftsgebieten. Jetzt* … ist da eine Hand, die engelsgleich und unbemerkt über die gutbürgerlichen – *gerade erst errichteten, bereits erschreckend gealterten* – Häuser wischt, zu denen jeweils ein ungepflegter Garten und ein abscheuliches rotes, blaues oder grünes Automobil gehört. Leise sagt Audrey zu ihren vereinzelten Fingern, da haben wir es doch noch nach Muswell Hill geschafft – wir sollten unbedingt Onkel Henry besuchen, wir müssen herausfinden, ob es stimmt, dass er General ist. Sie flüstert: Bewegt euch – was sie tun, sie zeichnen kraftlos die Silhouette *eines großen, monströsen, absurden Gebäudes* nach, das am nahen Horizont aufragt – eines *burlesken, von zwei gigantischen, gestutzten Pyramiden gerahmten Kastens* … Der Kleinbus nimmt die letzte Kehre und verlässt die Duke's Avenue, Dunphy reagiert auf die schäbige Pracht des Alexandra-Palasts – so scheint es Busner – indem er besonders schwungvoll am bombastischen Portal vorfährt und scharf bremst. Zu scharf: die Patienten und ihre Pflegekräfte rocken und rollen in den Sitzen und ernten den hohlen Blick seines zyklopischen *oculi*, die Herablassung seines grundlosen Ziergiebels. Passen Sie doch auf!, ruft Busner, Dunphy zupft sich parodistisch an der Stirnlocke. Tut mir leid, tut mir ... immer diese verdammten Iren, denkt Busner. Weiter kommt er mit dem Gedanken nicht – er ist schon aufgesprungen und hilft seinen Edel-Enzies aus dem Fahrzeug, dann betrachtet er sie eine Weile, seine lebenden Toten, die erst kürzlich ihren Gräbern entstiegen sind. Menschenfleisch schaffen die mit ihren dritten Zähnen nicht ... *es sei denn, man püriert es ihnen.* Marcus hatte recht

nichts los in Ally-Pally, unter dem kolossalen Keksdosengewölbe des Dachs ist das Gebäude praktisch entkernt, leer bis auf ein Café und eine Rollschuhbahn aus versiegelten Kieferdielen, wo Teenager-Mädchen in kunterbunten Einteilern kreisen. Die Ausflügler aus Friern machen ein paar Schritte, sehen sich um, riechen den Muff einer anderen Art von Anstalt. Vor der gigantischen Orgel bleiben sie stehen und bewundern die drei Stockwerke hohen Pfeifen – Busner macht das alles nichts, er will seinem zweifelnden Marcus nur zeigen, wie normal seine Enzies sind – ohne Tics und unwillkürliche Bewegungen. Ihre Schritte mögen zögerlich und unsicher sein, aber andere, in Heimen alt gewordene Menschen bewegen sich nicht anders. Marcus, unbeeindruckt, nimmt sich der Herren Voss, Ostereich und McNeil an, einen nach dem anderen führt er am Arm sanft durch die Echosäle, und er erzählt ihnen von den gewaltigen Veränderungen, die seit ihrer Einmauerung über die Welt gekommen sind. Dabei vergisst er nie, die einschneidenden äußeren Ereignisse mit den kleinen Veränderungen in ihrer eigenen Versorgung zu verbinden, die in ihr tief vergrabenes Bewusstsein getröpfelt sein könnten. Ob sie sich zum Beispiel erinnern, fragt er, dass einige ihrer Mitinsassen in den Londoner Gemeindegärten gearbeitet haben? Das muss in den späten Zwanzigern gewesen sein, erklärt er McNeil, nach der großen Umwälzung des Generalstreiks, als man glaubte – draußen in der weiten Welt wie in der begrenzteren von Colney Hatch – dass eine energische Arbeitstätigkeit den erkrankten Geist hindern könne, sich seinen – schlüpfrigen oder sozialistischen – Phantasien hinzugeben. Und wie ist's mit den roten und gelben Karten, die einige Ihrer Kollegen um den Hals tragen mussten – erinnern Sie sich an diese Maßnahme? Ist Ihnen aufgefallen, dass es irgendwann damit vorbei war? Vielleicht freut es Sie zu hören, dass dies nur der bürokratische Ausdruck einer Revolution im Bereich der Hygiene und der Bekämpfung bestimmter Krankheiten war, denen so viele Ihrer Leidensgenossen erlegen waren. — Während er Marcus beobachtet, der, so tölpelhaft er im Umgang mit sozialisierten Mitmenschen ist, die Fähigkeit besitzt, diesen Post-Enzephalitischen mit ausgesprochenem Feingefühl und großer Sorgfalt zu assistieren, kommt Busner wieder der Gedanke, dass die Psychoberufe selbst *geistesgestört sind*. Er denkt an die neurotischen Psychoanalytiker, die er kennt, denen Analfixierung nicht als Ausnahme, sondern als Regel gilt. Diese Leute sind kaum in der Lage, sich außerhalb ihrer Behandlungszimmer, Horte der Stasis über Jahre hinweg, zurechtzufinden, die einzigen menschlichen Kontakte, denen sie nicht ausweichen, sind neutrale Gespräche mit Therapeutenhinterköpfen. *Warum habe ich meinen für diese verpfuschte Hinrichtung hingehalten, les quatre cents coups of Mmm ... Und wie fühlen Sie sich dabei? und immer – immer! – Mutti*. Auch die Laborpsychologen beschäftigen ihn wieder, die mit Klemmbrettern anrücken und ihre Galvanometer auf Gänsehaut drücken, die sie durch die blutleere Reduktion unberechenbarer Möglichkeiten auf ihre alles erstickenden Statistiken gerade erst zum Kribbeln gebracht haben. Was Psychiater wie Marcus angeht, die ein ganzes Arbeitsleben lang bemüht waren, oftmals ernsthaft bemüht waren, gefühlvoll mit Patienten umzugehen, wohl *von einem anderen Stern* – ihr Erfolg, wenn sie denn welchen haben, kann nur darauf beruhen, dass sie nur *Fremde sind in dieser Welt, Ich bin ein Fremder in dieser Welt …* — Mit der Unwucht ihrer verrosteten, verkraterten Kugellager eiern sie von einer Teerpappenrampe zur nächsten, um aus dieser babylonischen Bagatelle den Weg ins Freie zu finden. Mboya und Inglis lenken Audrey Death und Helene Yudkin zu einer Bank, die die Akropolis im Rücken hat und einen ungehinderten Ausblick auf die Stadt bietet. Busner und Marcus helfen den männlichen Patienten, neben ihnen Platz zu nehmen, und Dunphy macht sich – mit bürokratischen Bedenken – auf den Weg zum Café, um Tee und Sandwiches zu holen. *Ausnahmezustand ist das grundlegend falsche Wort, um die Situation hier zu beschreiben* – nirgends tost ein Krankenwagen, nirgends klirren Scherben, hübsche Häuser stehen in Reih und Glied, bereit, die Anhöhe zu erklimmen, Wolkenflotten segeln in perfekter Formation darüber, und bei Eltham schlagen die Pferde ihre Schweife gegen das Hügelland von Kent. Nein, kein Ausnahmezustand – nur das Pathos eines aufgelassenen Kinderzoos, eines leeren Bootsteichs, eines in Ketten geschlagenen Minigolf-Platzes – *den Rip Van Winkles bleibt nichts übrig, als die Stadt zu betrachten, die ihnen so fremd ist wie Peking oder Padua …* Sie lassen ihre Blicke schweifen, und wenn es machbar ist, gibt's *später leckere Fish-and-Chips, wie früher, eingewickelt in geheime Pentagon-Ak-*

ten. Helene Yudkin erkennt Flakstellungen, Betonplattformen, die wie Pilze aus dem trockengelegten Bootsteich schießen, und sagt, Was zum Teufel?, worauf Marcus' Abnehmspiel integrativer Gestalt in sich zusammenfällt. Das … sagt er erschöpft, und was Busner in den Augen des alten Psychiaters sieht, ist Chamberlain, wiederbewaffnet mit einem unbrauchbaren Regenschirm, Panzerdivisionen zerfurchen seine hohe Stirn, in einem haarigen Ohr brodelt Pearl Harbor, im anderen Nagasaki, die Gleise enden in der Region um seinen Bauchnabel, er hechelt asthmatisch, unfähig, die *gute Nachricht* herauszubringen, *dass sie den Holocaust verschlafen hat* … Audrey *bläst in eine Plastikmuschel*, gefüllt mit dem warmen Tee des Lebens, sie denkt an Gilbert und seine Zinnen aus Glas und Stahl – Türme, die nun aus dem Zentrum von London aufragen und von komischen Öllampen, Kohleschütten und Hutschachteln noch überragt werden! Gilbert hatte prophezeit, dass seine Phalansterien grünen Wiesen und lauschigen Wäldchen Platz bieten würden, doch Audrey sieht nur: dass die Stadt, die sie aus ihrer Jugend kennt, eine Kreuzstickerei aus Straßenraster und Radialen, zerknittert und zerrissen ist … schlimmer, sie wurde *feucht in den Schrank geräumt, es ist alles verschimmelt* … Sie will sich dem Ärger über diese Verlotterung des Gemeinguts nicht aussetzen und lässt den Kopf in den Nacken sinken, damit der mächtige Vorhang aus himmelblauem Chiffon über sie fällt. Dort oben zieht eine weiße Nadel – scharf, unbeirrt – einen fransigen Faden durch den Himmel, *eine göttliche Nähübung*, die in einem *unseligen Rumms gipfelt!* gefolgt vom Rieseln des Lehms, der im Dachstuhl freigerüttelt wurde und auf Zinkblech prasselt, ein Geräusch, das Stanley engstens mit seiner neuen Existenz als Morlock assoziiert. Die gespannte Angst vor

Granaten ist von ihnen gewichen, es ist nicht mehr nötig, in panischer Angst die Einschlagsstellen zu berechnen, denn der finale Einschlag hat längst stattgefunden: *Alle sind tot – alle sind unter der Erde.* Die Gruppe bleibt im Tunnel stehen, die Lampen – in diesem Abschnitt, der unter deutschen Linien liegt, sind sie elektrisch – haben ein letztes Mal geflackert und sind gestorben ... *Warum hast du keine Angst?* Eine Frage, die sie wohl alle *in der Finsternis berührt, sie flattert mit ledrigen Flügeln.* Neben Stan hockt Michael, der wohltuend nach Heu und Pferden riecht – selbst sein Schweiß ist offen und direkt. Bei den anderen ist sich Stan weniger sicher: bevor die Männer aus ihren Löchern gekrabbelt sind, um die Oberfläche zu erstürmen, hat jeder seinen Adrianhelm aufgesetzt – angepasste Modelle aus Verdun, deren Masken und Nasenschützer von dünnen Stahlbändern gehalten wurden. Sie hatten außerdem Fellstücke angeklebt und Messingmünzen angelötet, bis die Helme aussahen wie der Hauptschmuck der wildesten Stammeshäuptlinge. Noch wilder waren die Patronengurte, die die Männer um die freien Schultern trugen, sowie das Schanzzeug und die gezahnten Bajonette an den tief auf nackter Hüfte liegenden Ledergürteln. Bis hierher war Stanley in dem tiefen Erdbau herangewachsen – genau das war es: herangewachsen – wie er auch vorher wohl in der Erde gewachsen war: *eine Knolle ... oder ein menschlicher Embryo?* Er hatte in der Höhle geschlafen, er war erwacht – hatte gegessen und war wieder eingenickt. Wie viele Male, vermochte er nicht zu sagen: Männer kamen und gingen in dieser der Finsternis abgerungenen Höhle, ein Muster war in ihren Bewegungen nicht zu erkennen, keine Ordnung, die man auf einen Befehl hätte zurückführen können. Der schamlose Bücherwurm wurde von einem jungen, ebenfalls nackten Preußen begleitet, dessen Schädel rasiert war bis auf einen wildledernen Flecken auf seinem Scheitel. Auf seinen hohlen Wangen prangten duellierende Narben, an seinem nackten Arm ein Armreif mit Totenschädel. Wenn ihm jemand mit der Grillgabel ein aufgespießtes Würstchen reichte, bedankte er sich auf Deutsch. Das einzig Beständige in diesem flackernden Loch war *der fette Neger, der das Essen kochte, Jack Johnson – jetzt wissen wir also, wo er die ganze Zeit gesteckt hat* ... Er hatte das Kreuz eines Boxers, eine ernste, eifrige Miene und dünne Lippen. Sein Haar war zum *Wollballon* seiner Vorfahren ausgewachsen ... Er war immer an seinem Platz – im Gegensatz zu den anderen, die kamen und gingen und nur in dem Sinn beständig waren, als sie sich ständig irgendwie berührten, denn die Unterirdischen waren so unanständig wie unbescheiden, Haut an Haut lagen sie da, sie rieben und begrapschten einander, sie drückten und küssten sich – selbst zwicken war erlaubt, *ein Wurf Hündchen im Jutesack* ... Die sinn alle kaputt, sagt Michael über seine Kollegen, dassiss halt so wie sie versuchen, sich wieder zusamm' zu kloppen, die Pantomime hier. Aber allesiss ja Pantomime, stimmt's, Stan – die Generäle, die Angeber, mit ihr'n Bommeln un' ihr'n Gehstöcken, die Minister mit glänzenden Zylindern, der Könich un' alle ... — Jetzt, im lichtlosen Tunnel, in der Erschütterung des letzten Einschlags, beantwortet Michael seine Frage: Angst, ja, die Angst, das iss 'ne ulkige Sache. Ich bin durch ein' von den Riesenkratern in der Redoute gegangen, bei der zweiten Schlacht von Ypres – eine ganze Menge sind über Messines gekommen – so isses: je dicker die Bombe, desto mehr komm' unter die Erde –. Noch ein schweres Donnern! diesmal erwachen die Lampen zu neuem Leben, die Gruppe kann den Gänsemarsch nach oben fortsetzen. Man kann auch sagen, fährt Michael fort und seine Worte verwirbeln im Staub, dass die ganze Zeit da ohm nur 'ne Übung war – 'ne Übung für hier unnen. Da ohm hat uns der Herrgott immer im Blick gehabt – un' die Generäle auch, un' die Bomben sollten uns 'n Kopf kürzer machen. Da ohm hamm die Tunnels keine Dächer, der Tod prasselt runner wie Regen. Hier unten hammwa den Deckel wieder draufgemacht, verstehste, hier muss keine Seele aus'm Graben stürmen. Wir geh'n freiwillig rauf, Stan – als freie Männer. Das Trommelfeuer iss unser Donner, un' der Waffenrauch iss unsere Wolken – siehste, Wolken … nich' Männer, vielleich Engel, jawoll, Engel, Stan – die ohm im Himmel schweben … Aufgepasst: *Trompeten steigen aus britischen Gräben, fliegen auf, schießen wie Schwalben …* Was hatte der Bauernjunge Luftie noch gesagt: Die saugen an dei'm Pimmel, wenn du ihnen nicht 'ne Zitze besorgst … Die Truppe hockt zwanzig Fuß von der Stelle, wo der ungestützte Tunnel *zum feuchten Blick des Abendhimmels* abfällt … *Wir können nicht kämpfen, wir können nicht marschieren, was zum Teufel machen wir dann hier?* Wie würde das Willis gefallen, oder seinem Freund Bertie, fragt sich Stanley, es ist doch genau das, wovon sie immer geträumt haben, eine freie Versammlung von Männern aller Klassen, Farben, Zungen, *dreist in ihrer Schamlosigkeit … ruhen sie aus*, stützen einander, berühren einander, *Glimmstängel wandern … Hand zu Hand*, sie unterhalten sich leise in ihrer merkwürdigen Sprache – *In süßen Streuselzungen …* Der Beschuss hat sich gelegt, die Nacht kriecht aus den Granatlöchern, schlängelt, schleicht unterm Stacheldraht … Heute Abend gibt's kein Sommerfeuerwerk, keine sprühenden Feuertonnen: *die Hundertachtziger sind still geworden …* sie blinzeln nur gelegentlich, wenn Warnfeuer wild die Nacht durchzuckt und *mit brennendem Schweif* zu Boden geht. Sind draußen und machen sich an die Arbeit: die Nacht hat ihnen den Weg gebahnt, sie gehen von Schlammloch zu Schlammloch, von Graben zu Graben, sie nehmen den Feldverband aus dem Beutel eines Toten, um die Wunden eines Lebenden zu verbinden. Stan scheint ein Talent für die Triage zu haben, und hat er nicht vor Monaten bereits begonnen, Entscheidungen über Leben und Tod zu fällen? Der Waliser Feldman, der Offizier, der zwei Tage vor der Offensive in der Trage gewinselt hat … selbst damals bei Aldershot, als der Epileptiker aus dem improvisierten Ring gesprungen ist und *Seifenblasen gemacht* hat, bevor er vor den Füßen des Regimentsfeldwebels tot zusammensackte. Stan hatte ein halbes Pfund auf ihn gesetzt – hier kühlte selbst das leidenschaftlichste Wettfieber, das Einzige, worauf man hier setzen konnte, war die niemals endende Schlacht. Sie navigieren nicht nach den Sternen, sondern nach auskühlendem Stahl und trocknendem Blut. Sie operieren auf beiden Seiten, egal welches Soldbuch sie tragen – *Nur dem Leben lohnt es, Treue zu schwören* – und ziehen die Schwerstverwundeten so dicht an den Draht, wie sie sich trauen. Andere werden nach unten geschickt – sie wissen noch nicht von ihrem Glück, aber sie haben endlich Heimaturlaub bekommen … *in Frankreich*. Die Troglodyten sind mit Morphiaten ausgestattet, wenn einer nicht zu retten ist, geben sie ihm eine Dosis, die bis zum Ende hält. Michael – *ein Erzengel, das letzte Wesen, das ihnen vor Augen tritt … Wärmer, wirklicher als Mons: kein Phantomort um eine Kirche, aus Hunger, Schmerz, Durst, Angst heraufbeschworen – sondern ein lebendiger Mensch, der die zerrissene Hand nimmt, den blutgetränkten Ärmel aufrollt und vorsichtig die Spritze setzt* ... Während sie in den kurzen, mondlosen Nächten ihrer Arbeit nachgehen, fällt Stan ein oder zwei Mal seine Einheit ein, zwei Männer fehlten – vielleicht mehr – sie hatten sich in einen Reservegraben zurückgezogen und ihren Schirm ordentlich gefaltet, sie lagen da und leckten sich die Wunden, *geschwollene Zungen, feucht auf ihrem Dosenfleisch* ... Komm nicht ins Grübeln – die Unterirdischen in diesem Schattenreich der Qualen dürfen nicht weniger wachsam sein als die Überfallkommandos – auf die sie immer wieder treffen, sie flüstern: Seid ihr vom Frauen-Freiwilligenkorps? Die Oberirdischen wirken zögerlich, abgestumpft, geschlagen, zerfleischt, und trotzdem sind sie hellwach, ihre Finger zucken am Abzug. War ich auch so unberechenbar, fragt sich Stanley, dass lähmende Angst mit einem Wimpernzucken in wütende Erregung umschlug? Er beobachtet, wie sie sich über das aufgewühlte Schlachtfeld vortasten, ganz von dieser einen Idee gefangen, der Idee ihres eigenen Todes, unter dessen Schutzschirm sie den Stacheldraht reparieren und einen ihrer Verwundeten zum Graben ziehen: einen jungen Offizier in einer Dunstglocke von Whiskey, ein grausiger Hauch dessen, was ihn noch erwartete – Gasbrand am Verbandsplatz, der Gestank von nekrotischem Fleisch. Die Oberirdischen besitzen nur eine Sprache: das zornentbrannte Murren der Zwangsverpflichteten – die Troglodyten dagegen radebrechen ihre Zungen ganz nach Belieben: sie beschwichtigen winselnde deutsche Frontsoldaten, dass sie nicht ernsthaft verletzt sind, beruhigen Tommys mit fröhlichem Cockney-Geschimpfe und *beschissenen Schwüren* ... Die Troglodyten schlüpfen von Seite zu Seite, von den deutschen Landzungen auf dem Kamm bis zu den vorderen Gräben der Briten – sie entdecken Pistolen und Gewehre, ziehen Kartoffelstampfer aus Koppeln und Blindgänger aus den Mündungen brandneuer Stokes-Mörser: all das verschwindet klammheimlich im Höhlenspeicher der Unterwelt. Wenn die Unterflanken mächtiger Wolken im Osten in der ersten Morgendämmerung erröten, haben sie sich längst zurückgezogen, die Soldaten in den Gräben merken nichts. Der Tunnel führt aus dem Chaos hinab in ein wohlgeordnetes Inneres aus Zinkstahl, Grubenholz und geschickt verkabelten Lampen – als sie verschlungen werden, bleibt Michael kurz im irdenen Schlund stecken: Die dürfen nich wissen, dasses uns gibt – jetz' nich unn später auch nich. Überleg ma, Stan, die wür'n ihre Waffen auf uns richten, die wür'n uns aufspür'n unn rauszerren, alle bis auf'n letz'n Mann. Dann schlachten die uns bestimmt ab, ein' nach'm annern. Nein ... er geht voran, weiter, erst als sie den Untergrundzirkus zurückerobert haben und in ihre Höhlen geschlüpft sind, fährt er fort: Nein ..., es gipp nur eine Möglichkeit, hier runner zu komm', unn das ist durch scheißpur'n Zufall, so wie du ... Der Mohr erwartet sie bereits mit heißem Tee, die meisten der Unterirdischen legen ihre gesamte zusammengewürfelte Kleidung ab: der ehemals Untergebene mit dem breiten Akzent befindet sich schon wieder im Pomp seiner Nacktheit, auf der Chaiselongue seiner dünnen Decke, unter den Tröstungen seines Paters. Ich habe mal –. Hier hält Stanley inne, denn der junge Mann zu seinen Füßen schaut durch seinen *Schnauzkrampf* zu ihm auf und sieht zugleich auf ihn herab. Oben setzt das Trommelfeuer wieder ein – acht Kilometer lange Stahlkappenstiefel trampeln über ehemalige Äcker. Die Stromversorgung schwillt, fällt ab, schwillt erneut, versiegt. Es dauert eine Weile, bis der Koch die Streichhölzer gefunden und eine Laterne entzündet hat – die totale Finsternis verstärkt jedes Geräusch, das Rieseln des Sandes, das Knarren der Hölzer, das Ticken des Metalls – das Flüstern und Stöhnen der lebendig Begrabenen. Stanley befürchtet, seine Kaltblütigkeit zu verlieren, die anderen plaudern einfach weiter: Hab mal bei einem Lebensmittelhändler gearbeitet, der hat mich gefeuert ... *Si vous soulevez un jupon vous ne devez jamais exprimer la surprise à ce que vous trouverez sous ce* ... Bin von Saint-Denis zum Hotel de Ville raufgegangen, da hat sie schon auf mich gewartet ... die aaaaalte Schachtel ... Stanleys durchgerüttelte, von endlosen Explosionen überdehnte Trommelfelle haben eine traumatisierte Empfindsamkeit entwickelt, Stimmen streichen darüber wie Borsten über nackte Haut, er dreht den Kopf nach rechts, nach links, die Disharmonien einer *Huu-ieee-Umm-pah-umm-pah* Marschkapelle mischen sich hinein, eine mal mehr, mal weniger verständliche Rede, als die Nadel über den Bogen der Skala zieht, Luxemburg, Hilversum und Bremen überfliegt, schwarze Balken am Himmel *schlitzen rotbraune Wolken auf, aus denen düster-violetter Regen blutet*. Der Ästhet am Höhlengrund hat Uhr und Siegel aufbewahrt, er legt sie achtlos auf den nackten Bauch, eine Seilschaft plumper Alpinisten *bei der Erstbesteigung des Mount Cock*. Das müßige und systematische Spiel seiner Finger ist *überaus attraktiv*, denkt sie, während ihre eigenen am Radio drehen und ihr Ohr an das Bastgeflecht des Lautsprechers gedrückt ist. Ä-hem! Busner räuspert sich und löst Onkel Maurice' rote Seidenkrawatte, die sich an die Kurve seines Bauchs schmiegt. – Ä-hem, Miss Death, wiederholt er, kommen Sie mit dem Radio zurecht? Ich könnte ... Ihnen einen Sender suchen? Er würde sie am liebsten endlos aushorchen: Was hält sie davon? Hat sie von Marconis Experimenten drahtloser Telegraphie gewusst? Und wenn ja, konnte sie sich mit ihrem Arts-and-Crafts-Horizont so etwas vorstellen: eine ganze Welt, ins Bastgeflecht von Stimme und Musik gewoben? Er würde gern – traut sich aber nicht, denn er fürchtet ihren Spott. Außerdem hat sie gerade ihren Besuch entdeckt, der neben Busner steht und plappert, Wildlederstiefel und rehbraune Cordhose sind angesichts seiner oberen, an Wilfrid Hyde-White gemahnenden Hälfte wohl eher gekünstelte Lässigkeit: das schwarze Jackett und *ein Keil von schwärzerem – was? Wie nennt man dieses Kleidungsstück, das sie tragen, eine Weste ... einen Einteiler ... einen ärmellosen Pullover? Die haben immer nach Polyester ausgesehen, nur nicht beim obersten Herrn vom beknackten Barchester.* Aber entscheidend ist ja etwas ganz anderes, denkt Busner: nämlich das Hundehalsband, der Priesterkragen, der zwar nur aus einer schlichten weißen Zelluloidschlaufe besteht, aber mit einer Leine verbunden ist, an der wir alle bis heute zerren. Der Anstaltskaplan ist jung genug, um als trendiger Vikar durchzugehen – *und ohne Lauterkeit vor Gott.* Seiner Größe nach zu urteilen, hat er sich *trotz Rationierung Fleisch beschafft*, seine lange, schmale Nase, die sanft-braunen Augen, die noch immer milchigen Locken verraten, dass er beim betulichen Ausplaudern von anglikanischen Platitüden eine Menge stark verdünnten Nescafé genießt – seine Hände derweil klammern krampfhaft am Jackettrevers, er will es *runterreißen ...* und die Flocken toter weißer Kopfhaut auf seinen Schultern lassen auf den *fürchterlichen Zustand seiner Unterwäsche schließen* –. Wer ist dieser Kerl? verlangt Audrey zu wissen und widerruft sogleich: Soll er vortreten und es sagen. Busner bewundert sie, als der Kaplan angeschlichen kommt, eine Stuhllehne fasst und sagt: Darf ich? Selbstverständlich, sagt Audrey. Sie hat sich halb von ihrem Stuhl erhoben und streckt ihm die Hand entgegen – eine starke Geste, die von der Gebrechlichkeit des Gesamteindrucks brutal unterwandert wird: das wirre, drahtige Haar, das Totengesicht, die ausrangierte Rotkäppchenweste, eine Beleidigung ihrer Ideale. Trotz ihrer Gebrechlichkeit, trotz ihrer Asymmetrie ist es ihr offenbar gelungen, das alte Radio auf den Tisch zu stellen – *sie will wissen, was draußen, vielleicht sogar was über ihr vorgeht.* Auf dem Plastiklaminat stehen bereit: ein Wasserkrug, aus Plastik, ein Becher, aus Plastik, ein Wasserkessel, aus Aluminium. Das Radio pfeift, Busner stellt es aus. Danke, krächzt eine ausgelöschte Gestalt, die in einem dem Fernseher zugewandten Sessel verborgen sitzt, sie hören gerade den lauten Gesang aus dem Nachbau des Moulin Rouge, der auf dem Studiogelände von Warner Brothers steht, und zwar in einer Halle – was Busner undeutlich aufheitert: Nostalgie, denkt er, wir werden immer mehr davon benötigen, um die kollektive Psychose einer alternden Bevölkerung zu behandeln. Er hätte den passenden Kuli gezogen, hätte er nicht *so einen schlechten Tag*. Ein Loch *so groß, dass ich die Zunge reinlegen kann*, hat sich über Nacht aufgetan, dem der unvermeidliche Zahnschmerz auf dem Fuß gefolgt ist – einer Notiz, die Whitcomb in sein Postfach gesteckt hat, mit der dringenden Einladung *zu einem Gespräch, um ein paar Dinge zu besprechen …*, das ist es, was er vom Kaplan erwartet: Vielleicht schafft er, was der Rest der Belegschaft nicht zuwege gebracht hat: mehr über Audreys Familie herauszufinden. Busner hält es für unwahrscheinlich, dass sie an Gott glaubt, trotzdem, denkt er, wird eine Frau ihres Zeitalters einen gewissen Respekt vor einem *Nylon-Mann* aufbringen. Miss Death trägt noch immer das sackartige Kleid, ohne weitere finanzielle Zusagen kann Busner ihr keine neue Kleidung kaufen, aber wo Verwandte sind, da ist auch Geld – ein Notgroschen vielleicht, der durch Zins und Zinseszins zu einem Vermögen arabischen Ausmaßes angewachsen ist. Was nützen Kirchenleute, denkt Busner, wenn es ihnen nicht gelingt, lauen Behörden-Tee in Blut zu verwandeln? Dabei war er es überhaupt nicht, der spirituellen Beistand angefordert hatte, er wusste kaum, dass die Klinik einen eigenen Kaplan hatte. Nur, dass jeden zweiten Samstag ein Rabbi kam: *Grossman*. Busner hatte gesehen, wie *die große, bleiche Pfeffernuss* den zuckenden Gebetsriemen angelegt – wie er ihre Lähmungen mit Leder gebändigt hatte. Er hatte das Gebet gehört, das der Mann über einen Schizoiden gesprochen hatte, sulziges Wiederkäuen des Hebräischen – *Hühnersuppe mit Shtickchen* – vermischt mit psychotischem Gebrabbel. Nein: Der Kaplan hatte *sich selbst übertroffen* – er hatte, sagte er, gewisse Gerüchte gehört, über außerordentliche Erweckungen unter den von Busner behandelten katatonischen Patienten, da Wiederauferstehung – sozusagen – zu seinem Geschäftsbereich gehöre, sei er gekommen, um dem Gethsemane von Station 20 einen Besuch abzustatten. — Der Psychiater lässt sie also im Tagesraum allein, unter schmutzigen Blumenvorhängen, im Dickicht von Sesseln, am Fuß eines *Heizungsfelsens*, den kein christlicher Superheld – wie allmächtig er auch sein mag – zur Seite rollen kann, *weil er in einem verdammten Käfig steckt!* Er kümmert sich nicht weiter um das ungleiche Paar, das beiderseits des ausgeschalteten Radios sitzt *und nichtige Nachrichten hört*, er sieht, als er *ein dicklicher Chay Blyth* zwischen den Riffen der Tische und den Meerengen der Stahlpfeiler kreuzt, nur dieses: die Ascheschmiere, die zurückbleibt, wenn Körper – durch einen Blitz getroffen, der *heller ist als tausend Sonnen* – verdampfen …

Mein ganzes Leben ... unter Schulpulte geduckt ... nur auf das Heulen der Sirene war Verlass ... Ihm ist bitterlich bewusst, dass sie es nicht in den Griff bekommen werden, egal wie gewissenhaft er und seinesgleichen den New Left Review lesen: *Nichts, was geschieht, wird verhindern, dass es ... dereinst geschieht.* Die Klinik dem Erdboden gleichgemacht – umgeben von einer Brandspur, die sich bis in die Hügel von Middlesex erstreckt, in frischgerodete Täler, verbrannte Ländereien, durch Wohnviertel, über Alleen und Gassen, die von glühenden Gartenwegen gesäumt sind, auf ihren akkuraten Ascheplätzen liegt jeweils eine Doppelhaushälfte in Schutt *und was wird davon bleiben?* Helene Yudkin hält einen Fön in der zitternden Hand, das Kabel krakelt aus einer Steckdose – er beobachtet sie *ich sehne mich noch mehr als sie nach damals, als alles einfacher war* ... als sie das Gerät immer wieder ein- und ausschaltet, sie genießt das warme Schwirren, das sie, indem sie den geschrumpften Mädchenkopf erst hierhin, dann dorthin wendet, über die Skischanze ihrer Nase schickt. Sehr angenehm, sagt sie, und dann, phantastisch – finden Sie nicht, Doktor, es ist phantastisch – so wiegenwarm ... es hüllt mich ein ... wie eine Mütze – eine Tamtammütze, weg ist's, das Phantom der Tamtammütze, der Phantamtam ... Sie kichert – Busner, der es auf die Zigaretten der Krankenschwestern abgesehen hat *wo haben sie sie nur versteckt?* – und auf die Aussicht, die sie bieten, weil ihre Rauchkringel den Knäuel seines Gefühlslebens ansehnlicher machen – Mimi hat inzwischen ihre eigene Bombe platzen lassen – bleibt wie angewurzelt stehen: ein Phantam! Die klug tickende Yudkin bekommt jetzt seit drei Wochen zwei Gramm L-DOPA täglich – ihr Gesundheitszustand hat sich, wie er erhofft hat, mustergültig verbessert, sie hat Kraft und Energie, ihre Stimme ist fester, ihre Bewegungen fließender, selbst im Gehen ist sie sicher, sie braucht keine Hilfe und ist nur selten blockiert. Es geht ihr *phantastisch*. Dass sie stundenlang die Schalter von Lampen, Wasserkochern, Föhnen – von jedem Gerät, das sie *in ihre warmen Händchen kriegt* – betätigt, hält er für eine *nachvollziehbare Reaktion* auf das Elektro-Zeitalter, das um sie zischt und blitzt. Er beschließt, die zwanghaften Erinnerungen zu ignorieren, von denen sie berichtet – die Vergangenheit ist eine Kutsche, sie donnert durch die Gegenwart. Helene meint, *Lumpenhändler dringen immer wieder in die Station ein, sie galoppieren über die Flure, knallen mit den Peitschen und tränken ihre Klepper im Klo* ... Und immer sind sie *schrecklich besoffen vom Gin zu viereinhalb Pence* ... Sie hat den vollständigen Einzelhandelspreisindex von zirka 1919 im Kopf – na und? Bestimmt kompensiert sie damit etwas – ihr Geist versucht, die verlorene Zeit zu assimilieren, indem er mit aller Macht festhält an dem, was sie erlebt hat? Womit er sich nicht auseinandersetzen will, ist, dass sie wieder zu kauen begonnen hat, das Grübchen drückt in den Mundraum, sie *isst sich von innen auf* ... Und was spielt sich heute hinter dem Millimeterpapier des Fensters ab? Genau wie gestern: ein fülliger Seelenklempner ringt mit einer kaum bekleideten blonden Apothekerin, die *tief in ihrem Rachen eine erogene Zone hat* ... er stößt sie fort, dopaminergischer Staub wirbelt auf – und zwingt sein eigenes Kurzzeitgedächtnis zur Erinnerung: Mimis zitternde Meldung *sie scheppert unter mir* dass sie die Verlobung mit ihrem Soldaten gelöst hat – ein beschissener Soldat, auch das noch! Busner weiß, was jetzt kommt: Ein brutaler Faustkampf im Hof, *zur Belustigung von Mister Kite*, ausgehungerte Patienten in gespendeter Kleidung haben einen Kreis gebildet, sie klatschen und feuern den Mann an – *einen edwardisch Bärtigen mit weißen Kniehosen, der mich gerade zu Brei schlägt*. In der Menge der Fans befinden sich auch Miriam und Mimi, sie reißen rhapsodisch die Arme hoch, überglücklich, das *Concert for Banglabusnerdesh* erleben zu dürfen ... Auch dies stößt er fort: die Klinik ist eine verdorbene Stadt, der Jargon der Belegschaft – unsere Diagnosen, pathologischen Begriffe und schwindlerischen Behandlungen – kaschieren: die Wirklichkeit des Geredes, die Sprache der Gosse ... die entwendete Zigarette ruht in der Aussparung eines Blechaschenbechers, aus ihrem Zellulosefilter *dringt Senfgas* ...

— Am Samstag war er mit Mark im ABC-Kino in Muswell Hill. Zack hatte nur flüchtig den luftig-gekünstelten Monumentalismus des Zeppelins bewundert, die erstickende Gischt des nächtlichen Gasangriffs, die aufrechte Haltung eines Hunnen mit Fliegerbrille, auf dessen Lederjacke ein aufgedrucktes Eisernes Kreuz prangte. Nein, was dem medizinisch versierten Betrachter ins Auge fiel – und was ihn nicht losließ – war die *knirschende* Faszination des Jungen, sein unverwandter Blick auf die vor ihnen schwebende, von langen, eingelassenen Messingstäben und stilisierten Lorbeeren umrankte Leinwand, ein Deko-Relikt der Kinogeschichte, die das *A* ... *B* ... *C* ... ins Zeitalter der Rationalisierung *mitgeschleppt hat*. Dies, dachte Busner, ist unser ganzes bisheriges zwanzigstes Jahrhundert: ein weißes Laken, das über unsere verwegenen Hoffnungen geworfen wurde, unsere verstörten Träume, unser fleischliches Verlangen – wir können sie nicht riechen und *berühren nur die zarteste Haut*, *wir massieren sie, wir gurgeln tief in unseren Rachen das schleimige Speiseeis, es macht uns keine Freude* ... Das ist die Krise unseres Starrblicks: Immer wieder von neuem kehrt der Zeppelin krachend zur Erde zurück, eine Kathedrale aus zerknickten Streben, brennenden Bögen, in Flammen stehenden Trägern. Blinzelnd kehren sie ins entsetzliche Tageslicht zurück und entdecken Seifenkisten, die um den Kreisverkehr rasen und die steile Straße nach Crouch End hinunterstürzen – seine Hand in Marks Hand *hat sich unvertraut angefühlt*. Dies, hatte Zack gedacht, ist meine Erweckung, und so ist es immer gewesen. Als ich in seinem Alter war und aus dem mittelalterlichen Jedermann kam, habe ich genau diesen Verlust der Vertrautheit erlebt, mit meinen Schuhen, *Kuh, gefaltet und vernäht*. Und seine Vorahnung hatte so ausgesehen: Alles wird sich stetig beschleunigen, mein Weg aus der Finsternis ans Licht wird immer und immer schneller werden, ich schieße heraus wie ein schneller purzelnder, lauter polternder stummer Komödiant, der zweifache, dreifache, siebenfache Türen aufstößt, Fensterläden, die kosmische Albernheit des Stils –. Papa, du tust mir weh, hatte Mark gesagt, denn es war natürlich die Hand des Kindes, die er in der seinen drückte – und was für eines schönen Kindes, *mit einer Elfenbeinhaut ... der Vernachlässigung?* Die Faszinationsstarre des Jungen schien anzuhalten – er wirkte entfremdet von der Wimpy Bar, der Buslinie 104A, dem Steingesicht von Old London, in den Umschlägen seiner Latzhose, dachte Zack, lauert eine böse Zukunft, die im Esso-Oval seines T-Shirts, eines Werbegeschenks, ihren Aufstieg verkündet.

Busner hat noch einen *abgestandenen* Abschiedszug gemacht, jetzt tritt er die Zigarette aus und begegnet dem Kaplan, der die Station gerade verlassen will. Was?, sagt er, das ging aber schnell. Busner stichelt weiter: Wissen Sie, Hochwürden, hier sind noch 'ne Menge andere, die ein wenig, ähm, christliche Tröstung vertragen könnten. Der Mann lässt sich nicht anrempeln, er rechtfertigt sich auch nicht: Ich komme wieder, sagt er, jetzt muss ich erst einmal die Besucher von der Heilsarmee herumführen – die kommen jede Woche und suchen in den akuten Abteilungen nach Vermissten, aber das wussten sie ja bestimmt, Doktor. *Touché.* Die braunen Augen des Kaplans mögen Milde ausstrahlen – aber sein Blick ist verbohrt und unnachgiebig, *lieber ersaufe ich in ihrem lauen Tee, als auf diesen bekackten faulen Zahn zu beißen, den giftigen Rauch zu schlucken, dem eigenen Nürnberg-Prozess entgegenzusehen.* Es dürfte Sie vielleicht interessieren, sagt der Kaplan noch, dass Miss Death sehr redselig war heute – eine bemerkenswerte Dame, ohne jede Verbitterung, ohne Groll, wenn es nicht so ein verdammtes Cliché wäre, könnte man sogar von Heiligkeit sprechen. Busner rafft sich auf, kommt auf die Beine: Familie – hat sie da was erwähnt? Der Kaplan fährt selbstzufrieden fort: Sie hat zwei Brüder erwähnt, einer von ihnen, glaubt sie, hat den, ähm, ungewöhnlichen Familiennamen beibehalten – der andere, Albert, meint sie, hat ihm einen französischen Touch gegeben – ihr Ausdruck – er nannte sich De'Ath. Busner ist von diesem pastoralen – und giftigen – Gewissenston so entsetzt, dass er mit offenem Spott antwortet: Tatsache ist, Hochwürden, dass der Name Death gar nicht so selten ist –. Patrick, bitte, sagt der Kaplan, und fährt unbeirrt fort: Miss Death hat mir erzählt, dass Stanley 1916 an der Somme vermisst gemeldet wurde, es hat wohl wenig Sinn, nach ihm zu suchen, und wenn Albert, der andere Bruder, am Leben wäre, dann müsste er jetzt Mitte achtzig sein … *Das Loch im Zahn ist so groß, dass der Kaplan darin verschwinden würde, er könnte den freiliegenden Nerven predigen, Fels des Heils, geöffnet mir*, allerdings war er ein hoher Regierungsbeamter, er war verheiratet und hatte mindestens ein Kind. Es sollte nicht so schwierig sein, diese Familie ausfindig zu machen, wer weiß – der Kaplan lächelt und giebelt die Finger *in Andeutung eines Gebets?* – vielleicht sind sie zu christlichen Tröstungen fähig und freuen sich über die Gelegenheit, ihrer armen alten Tante behilflich zu sein –. – Okay, gut. Danke. Busner hofft, dass seine Abruptheit seine eigenen spirituellen Neigungen zum Ausdruck bringt: *Heilige Flitzkacke, in mens sana* … – Okay, gut. Danke, sagt er noch einmal und entweicht rückwärts in den Tagesraum. — Bei der kurzfristig anberaumten Pressekonferenz gibt man Mimi und Miriam die mittleren Plätze, sie tragen Männerklamotten, graue Anzüge, Koteletten zum Anklipsen – Whitcomb ist dabei, *der überschlaue Professor trägt eine explosive Weste mit Reißleine.* Phallische Mikrophone versuchen, sie in die Münder zu stoßen, die geben nicht nach und kündigen das kontinentale Bombardement an, aber *der eigentliche Obermacker, das teuflische Superhirn, sitzt mit einer viel zu großen Donkeyjacke im Hintergrund, sein ohnehin kleiner Kopf ist unter dem Eisbeutel einer Tweed-Mütze weiter geschrumpft.* Busner kennt diesen Blick, er hat diesen argwöhnischen Blick schon oft gesehen, *er fürchtet diesen Blick* –. Er hat ein Haus im Paragon, ruft der Kaplan hinterher. Kennen Sie die Anlage – in Blackheath? So hübsch, dass es schon wieder unheimlich ist – ist natürlich sehr lange her – vor ihrer Krankheit. Busner ruft zurück: Okay, gut. Danke – ich sehe mal, wie weit ich damit komme, dann gelingt es ihm plötzlich, sich loszureißen, er dreht sich und entkommt dem *harmlosen Stahldraht* des Kaplans. — Jeden Mittwoch liegt mit dem Guardian ein Comic-Heft für Mark im Zeitungsfach: Die Nase. Miriam zerstampft ein weichgekochtes Ei in einer Teetasse und füttert das Baby – Zack erträgt das Eirige nicht: *das Durch-*

einander von Hühnereiern und Eisprung und … Eier essenden Küken das hast du davon, Arrrgh! Wupp! Jauchz! Boing! Der Siebenjährige überfliegt die Geschichten mit einer ungeheuren Ernsthaftigkeit, sein Blick ist gefangen, genau wie im Kino, als der Film zu Ende war … Ho-ho! Flitz! Dumm-di-dumm! TOLLE PREISE! FÜLLER UND BLEISTIFT IN EINEM – TENNISSCHLÄGER – ROLLSCHUHE – KRICKET-AUSRÜSTUNG – SCHALLPLATTENGUTSCHEIN – EIN FLUGZEUGMODELL, DAS FLIEGT! Der Gewinner des Hauptpreises – ein Schallplattengutschein und eine Postanweisung von 50 Pence – ist Mark Busner, South Grove, Highgate N6, und zwar für: Mann (beim Psychiater) – Bitte helfen Sie mir, ich glaube, ich bin eine Reisetasche. Psychiater: Dann reißen Sie sich mal am Riemen. In der Schattenschraffur des Uuhaarh!-Hinterns, des Hui!-Schädels findet man einige schwarze Striche, die Bewegung andeuten sollen – Bewegung und also Zeit, eine Zeitspanne, in der ein kleiner Junge *Furcht, Glück, Angst, Freude?* erleben kann. In der toastig-warmen Atmosphäre, die das kleine Gesicht seines ältesten Sohns umgibt, finden sich weder schwarz Gestricheltes noch irgendwelche erklärenden Worte. Freust du dich denn nicht?, fragt sein Vater, der Junge zuckt mit den Schultern, und Busner denkt bitter, ich bin Colonel Blink, der kurzsichtige Gink, ich habe nicht bemerkt, dass hier etwas sehr im Argen liegt – ich bin die Knalltüte im Heer der Bekloppten, mit einem hastig angemalten Schnurrbart, ich bin auf die Deutschen reingefallen, die mindestens so schlecht verkleidet waren. Trotzdem kann es noch gelingen, den Spieß umzudrehen, wenn ich mich nur beeile und das Pulverfass in ihr Lager rolle und rufe: DER BOMB, DER BOMB, DER BARREL IS RIGHT BESIDE YOU! Und dann PAFF! Da kommt Freude auf, Freddy Ayers Kapuzenaugen strahlen: die Großbuchstaben sind von einem gelben Blitz gerahmt, den bräunlichen Cedillen fliegender Dauben. Armer, fetter, schlecht gezeichneter Deutscher, *so weit zu seinem kontinentalen Bombardement* ... Maurice' Homburg ist fast so hoch wie Tom Mix' Stetson, zumindest scheint es so, er zieht den einen, dann den anderen Vorhang, das kalte Licht schwillt in das leere Zimmer, überschwemmt zerknäult am Boden liegende Staublaken und Stapel von Vorkriegszeitungen – *die Wurmhaufen einer echten Familie, die nicht entzweigerissen wurde* ... — Ich stand da, denkt Busner, wie ich heute hier stehe, im Zwölf-Neununddreißiger von Moorgate nach Welwyn Garden City, am achten April 2010: Obwohl mein engster lebender Verwandter bei mir war, *bin ich doch immer allein gewesen* ... ein Junge, entzweigesprengt, als wieder die Straße bei Le Sars vermint worden war, war von einigen überenthusiastischen Poilus aus dem Süden runtergebracht worden, Michael war zufällig gerade da, als er seine letzten Worte sprach – den üblichen traurigen Quatsch, *Herzliebste, Mutter, Sarsascheiß-parillen* – und auch, dass er an dem Abend ein Tanzfest verpasst hatte, bei dem – so war zumindest gemunkelt worden – Miss Dorothy Ward auftreten würde. Irgendwo jenseits von Guedecourt krochen sie heraus und standen hinter einem Nieselschleier: Michael, Stanley und fünf andere, sie trugen Infanterieuniformen, die selbst für skeptische Blicke sauber genug waren, denn sie kamen *frisch aus der Büchse eines Mark-1-Panzers*, der kurz vor Le Transloy stecken geblieben war. Sie waren, was nicht weiter ungewöhnlich war, hinter den Reservegräben aufgetaucht – es kam sogar ziemlich häufig vor, meistens allerdings unbeabsichtigt, wenn die eine oder andere Seite überraschend vorgerückt war oder die Gegenseite sie im Stich gelassen hatte.

Mit ihrem neuen, von den Deutschen verbesserten Bohrer, einem mächtigen, von Greathead entwickelten Schildvortrieb, und der neuesten Edison'schen Abhörtechnik – die sie den kanadischen Jungs verdankten – kamen die Troglodyten schneller voran als jeder Tunnelbau von denen da oben: drei Mal so schnell. Sie schnaufen unter der Erde wie eine Dampflokomotive, die über eine gerade Nebenstrecke tuckert, in die Nacht … *Ehne Miene Ölsardine, Ehne Miene Ölsardine* … unheimlicherweise klang die ruckende Fräse tief in der Erde wie das rhythmische Rattern von Radsatz-auf-Drehgestell … *tsch-k' tsch-kank tsch-k' tsch-kank tsch-k'*–. Schächte waren bis tief in die Territorien der Kriegsgegner getrieben worden – im Osten trafen sie auf die Stollen von Sambre-et-Meuse, im Westen infiltrierten sie die Kohlegruben von Pas-de-Calais. Die Flöze hatten sich als so reichhaltig erwiesen, dass unter Ypres sogar eine Wendeanlage wartete, alles stand bereit, um die Grubenbahn einzubringen. Wenn sie hinter den Linien aufkamen, konnte es passieren, dass ein oder zwei der Troglodyten ihre Chance suchten, wenn sie nur von ihren ehemaligen Feinden festgenommen wurden, war das Schlimmste, das ihnen geschehen konnte, Gefangenschaft. Wenn ein Mann dagegen unter seine früheren Kameraden geriet – tat er gut daran, sich entweder als jemand anders auszugeben oder eine Erklärung zur Hand zu haben, warum er während seiner langen Abwesenheit von der Truppe überlebt, sich offenkundig sogar erholt hatte. Immer wieder gab es Gerüchte, dass Rückkehrer auf allen Seiten standrechtlich erschossen wurden – der Grund, warum sie gesenkten Hauptes in ihre Bohrlöcher zurückkehrten und in ihrem frei zugänglichen Hades verharrten, diese Schattenarmee, die mitkroch, wenn oben vorgerückt wurde, die jedem Rückzug auf den Fersen war, die tief unter den Kratern des neugewonnenen Niemandslands ihre Tunnels schürfte, zur Wahrung einer freien, unterirdischen Existenz: Nein, Stanley kannte nur zu gut *die neuen Gesetze der Dreiheit*, die tief unter den zerfurchten Äckern galten: Esprit de corps, das Gefühl, auf der richtigen Seite zu stehen, und diese seltsame Dialektik: Hier war eine Gruppe von Männern, dort eine zweite, die der ersten feindlich gegenüberstand – und mittendrin gab es diese dritte, bessere Truppe, *zusammengewürfelt aus ehemaligen Feinden, die sich von Stand, König-und-Herrscher, vom Kaiser und von jeder Art patrie losgesagt hatten – ein kunterbuntes Kuddelmuddel, ein Spracheneintopf, eine Gaunersprache des Glücks, die, falls ein Mann es wagte, von ihr zu kosten, bald wie von selbst aus seinem Munde sprudelte.* Außerdem griechische Liebe. Es war Phelps – der prächtig nackte Untergebene, der Stanley in die neuesten Prinzipien der politischen Ökonomie einwies – der ihn mit dieser sanften Tröstung bekanntmachte – in der Dunkelheit, als Hände gehalten, Bärte brüderlich aneinandergerieben wurden. Das Einzige, was Stanley daran schockierte, war, wie gering seine Bedenken waren: *So geschah es, dass die Männer in endlosen Nächten ihre Bajonette nahmen …* wenn er aber doch ins Grübeln geriet, begann er zu verstehen, dass der Krieg die letzte Hornhaut der Konvention abgefeilt hatte, sobald das Trommelfeuer beendet wäre, würde er *die tote, harte Haut abstreifen* und tief im Erdgedärm die bleiche, nackt umschlungene Hülle zurücklassen … *ziemlich natürlich, Knollen, Alraunenwurzeln* … Britische Frontschweine mit deutschen, behaarte Franzosen und zarte, ein fetter Senegalese gekuppelt mit einem chinesischen Coolie, alles war möglich, wenn Feydeau das nur sehen könnte, dachte Stanley – sie paarten sich mit vollkommener Unbeschwertheit, mit der allergrößten Selbstverständlichkeit, niemand – so schien es – machte sich irgendwelche Gedanken, denn was sie taten, war ja nur der promiske Ausdruck des Überlebensinstinkts. Oben betrachtete man einen Soldaten nur unter einem Gesichtspunkt: ob er überleben würde, hier unten galt als einziges Kriterium: *ob einer geliebt werden konnte* –. Wo zum Geier kommst du denn her?, sagt der eingemummte Umriss eines Offiziers. Er pisste gerade gegen ein *weitgespanntes Öltuch, das ein zerborstenes, verbogenes Gerippe, den einstigen Mametz-Wald, bedeckte.* Der Tag ist ein eleganter Sonnenschirm, verziert mit Bommelwölkchen, die Nacht ein Regenschirm mit winzigen Rissen und Löchern, in denen Sterne blinken. Bin vor Le Sars abgeschmiert, zwei Tage her, sagt Stanley und rückt näher, damit der Mann die gekreuzten Maschinengewehre auf seiner geklauten Uniform erkennen kann. – Oh, da – im Bärenfell rührt sich die *Teddy-Miene* des Offiziers – habt ihr Panzersäue aber Glück gehabt, dass ihr überhaupt durchgekommen seid, ist das hier deine ganze Mannschaft? Stanley gesteht, dass es so ist, bestätigt, dass sie großes Glück hatten, bittet den Offizier um Auskunft, wo die schweren Geschütze stehen. Wenn ich's wüsste, sagt der, würde ich hier nicht stehen und mit euch quatschen … er zupft an seinen Handschuhen … vielleicht kehrt ihr besser zu eurer Division zurück – die bringen euch auf den richtigen Weg. Da unten ist Montauban, der Hohlweg dort führt zur Frontlinie hinauf – da unten werdet ihr euch wohler fühlen … *das Etappenschwein in der eigenen Scheiße* … Als sie weiterziehen, ärgert sich Stan, dass er nicht mehr aus der Nacht gemacht hat: unter klarem Sternenhimmel, der ans Firmament genagelten Sichel – *dort oben, in den Käselöchern seiner Canyons, verstecken sich die Mond-*

menschen, abgestürzte Ballonfahrer jagen sie mit Schrotgewehren – diese Trottel! Sie sollten wissen, dass ihr Pulver im Vakuum nicht zündet … Hinter ihnen geht die Materialschlacht weiter: *Heuler, Jauler, Sirenen, Fackeln, Leuchtkugeln – dann die Knallerei, gekrönt von den Dicken Berthas der Deutschen, die irgendwo hinterm Horizont stehen und feuern. Welche Leuchtkraft! Gasflammen hinter Mattglasscheiben – die Welt ist eine Kneipe, servieren Sie Dewar's!* Er sollte es einfach genießen – kann er aber nicht, er hat sich so an die Umarmungen von Mutter Erde gewöhnt, dass mit jedem Schritt, den sie in Richtung Versorgungslinie machen, *die Rothaut mit dem Bajonett mich Stück für Stück skalpiert* – außerdem zieht ihm die kühle Nachtluft in die Knochen – *unter dem Himmelszelt, das Gedanken phosphorgrün durchblitzen … ich brech dir das Gerippe, Federball, wenn du nicht fliegst* … Seit Stanley aus der Lehmumklammerung befreit wurde, zucken ihm Hals und Arme – wenn er den Himmel über seiner rechten Schulter absuchen will, muss er sich einmal um die eigene Achse drehen. — Das Hauptquartier der Division besteht aus einigen Zeltbahnen, Unterständen, dicht an dicht, und einem mächtigen Hauptzelt, das offenbar nur für die große Sause aufgestellt worden ist. Im Inneren flackert Licht, die bunten Luftschlangen, mit denen die Stangen verziert sind, zappeln im Geklimper eines Ragtime-Klaviers, an dem ein freches Kerlchen sitzt, das gerade in dem Augenblick, als die Troglodyten eintreten, einen Stiefel auszieht und mit der Ferse über die Tastatur fährt, t't't't't't't-ting-a-ling-dring-drang-ra-drong-gong! *Er ist Fred D'Albert wie aus dem Gesicht geschnitten – ob er's ist? Komm, steig mit mir, in meine Flugmaschi-hine!* Die Bühne ist aus Schalholz und Stützen, an denen noch Schlamm klebt, grob gezimmert.

Ein Kalklicht gibt es hier nicht, nur eine Reihe zischender Paraffinlaternen. Die Männer sitzen da und starren auf das gemalte Bühnenbild einer Balustrade, auf der eine armlose griechische Göttin nicht fehlt, der Hintergrund besteht aus einer derb gemalten Masse von Kapuzinerkresse und Edelwicke. Die Männer haben, anders als die zu einem *einzigen Reispudding verkochten* Chinesen, Hindus und Mohren – in Stollen ihre Rangordnung in die Abendunterhaltung getragen, die hohen Tiere sitzen in der ersten Reihe, darunter ein gedrungener, knallrot angelaufener Oberst, für den man aus irgendeinem verlassenen Bauernhaus einen Korbsessel herbeigeschleppt hat, der eigentlich gedacht ist, den Buckel eines Greisen zu stützen – *nicht diesen fetten Arsch, der Sessel sollte knarren, wenn Vieux MacDonald seine Dritten in einem Glas Birnenbrand säubert – nicht krachen, wenn Scheißoberst Blink im Schein der Paraffinlaternen blinzelt und sich einen Schluck aus der Gurtflasche genehmigt* … Steil abfallend hinter dem Offizier sitzen reihenweise stiernackige Regimentsfeldwebel und Feldjäger, stoische Feldwebel und korpulente Korporäle – noch weiter hinten, im Schneidersitz auf blanker Erde, die Haufen von lausigen Wuschelköpfen und schmierigen Ach-du-Grüne-Neunen, von klein und kleiner werdenden, Pfeife paffenden Hilfssheriffs und winzigen, spindeldürren Alphies, die Köpfe und Schultern hängen lassen und mit den Händen kostbare Feuerchen schützen – und noch weiter hinten, an der hintersten Klappe, die Bantamgewichte mit nassem Nacken und schläfrigem Blick, die *den großartigen Auftritt der khakifarbenen Rücken* verfolgen. Die Briten grummeln, ächzen, scharren, um die Troglodyten durchzulassen, während beeindrucktes Geflüster die Runde macht … ein Panzertrupp … ein Panzertrupp … schwere Jungs … Eigentlich, findet Stan, ist ihre Hochstapelei gar nicht so unrechtens – sind wir nicht auch eine Art Panzertrupp? Auch sie rücken, hinter einem Stahlschild verborgen, unaufhaltsam vor, auch wenn sie die Hindernisse eher unter- als überrollen. In der kurzen Zeit, als alle dasitzen und Fred D'Alberts Rinkiedinkie-plinkie-plonkie lauschen, schnappt Stanley ein paar schleppende Sätze von einem Lieutnant der Grauen auf, extrehm ver-kürzt, die haben den Typen an seinem Zigarettenetui identifiziert – von Asprey, wie ich aus sicherer Quelle erfahren habe … Und er hört auch noch dies: *Wilson wiedergewählt, der Walisische Zauberer in Number Ten, der alte Franny-Joe tot in seinem Bett, Ras-Kack-Putin ins russische Eis geschubst* … Er hört zu, konzentriert sich aber eher auf seine Haltung: er sitzt still und hält seine eigenen zitternden Hände fest – was ihn so in Anspruch nimmt, dass er zuerst die goldbraune Bombe gar nicht bemerkt, die auf die Bühne platzt. Sie ist patriotisch gekleidet: rotes Mieder, weißer Bauch und ein blauer Rock, der im improvisierten Rampenlicht aufrauscht und *sehr hübsche Waden* zum Vorschein bringt. Verdammt, wir sind wohl schon tot, seufzt der Mann neben Stanley, das letzte, was du am Verbandsplatz siehst, *wenn dir die Scheiße aus deinen durchlöcherten Eingeweiden das Blut vergiftet*, ist immer eine Frau. Genau dafür sind die Röntgenstrahlen doch entdeckt worden, damit man durch Tüll und Spitze die weißen Glieder, das schamhaft errötende Fötzchen der Miss Dorothy Ward sehen kann – sie verbeugt sich gerade so tief, dass wir alle an ihrem Ausschnitt hängen, *bevor sie uns mit ihren Granatsplittern zärtlich streichelt und in einer mächtigen Druckwelle entschwebt*. Ich würd' so gern mein Schätzchen seh'n, Und gleich zum Kuscheln zu ihr geh'n, oh ja! – nehmen die Männer den Refrain auf, und weiter geht es:

Diedel-diedel-dumm, wann ist der Krieg bloß um, in Blighty bin ich zu Haus' … – Von rechts nach links, von links nach rechts promeniert sie über die schmale Bühne, sie wackelt mit dem derrière und schmeißt die langen Beine – ein Mief aus Zigarettenqualm und nasser Wolle hängt über der Menge, die Soldaten stinken nach Bier und nach dem Schweiß klebriger Tagträume, und trotzdem merken sie nun, wie Hyazinthen, Jasmin und ein Hauch von urinöser Schärfe, das süße Parfüm der Sängerin, auf sie herabsinkt – und jetzt hört auch Stan die Zeilen von vorhin, *Zu Hause bleibt kein Auge trocken, wenn Held Jack Dunn, ganz unerschrocken, steckt bis zum Hals im Lehm* … An den Stahlgriffen von Hacken und Schaufeln war in diesem Winter die Haut kleben geblieben – es war zu kalt, um den Diesel in den Motoren des Schildvortriebs aufzutauen, die Tragis steckten in der gefrorenen Erde fest, sie vergruben sich unter schweren Schichten von Zeltleinen wie Rattenkönige, wartend, lauernd auf den rechten Augenblick, nur wenn sie Nahrung oder Brennstoff brauchten, krochen sie gelegentlich aus ihren Löchern … *und abends, wenn sie sich die Zeit mit Boxen vertrieben haben, spielt er auf seinem kleinen Grammophon dieses Lied* … Als der Frühling kam, zogen einige weiter nach Arras, sie marschierten nachts, immer entlang des kurvigen Niemandslands, tagsüber gingen sie unter der Erde in Deckung – die verschiedenen Tunnelsysteme waren durch Telegraphen- und Telefonkabel miteinander verbunden, wo immer sie einstiegen, wurden sie bereits erwartet, sie wurden umarmt und geherzt, man gab ihnen warme Suppe und trockene Strohsäcke, auf die sie ihre Köpfe legten … *Schickt mich nur heim nach Engelland, in Blighty steht mein Haus, ob London oder Birmingham, die Stadt sucht ihr euch aus. Ich bin zu Haus' in*

Engelland, in Blighty steht mein Haus ... Der Abschied von Michael war Stanley schwergefallen, Michael fühlte sich berufen, nach Süden bis zur Hindenburg-Linie vorzustoßen, er glaubte nicht, dass Nivelles Offensive irgendetwas bewirken – oder gar le dernier einleiten würde. Die Pflicht ruft, mein Entchen, sagte er. Der Franzose ist nicht ohne Stolz, in Werdeng sind mehr Jungs zu uns gestoßen als an jedem anderen Frontabschnitt – so wird das wieder laufen: nur, den Jungs brennt's richtig unter den Nägeln, die wollen in die nächste Schlacht! ... *Diedel-diedel-dumm, schickt mich schnell heim nach Engelland, nach London oder Leeds* ... — Als ihm Michaels Worte wieder einfielen, lag er gerade unter Vimy Ridge im schmatzenden Morast. Die Stollen hier waren tiefer und besser abgestützt – sie hatten in den überrannten deutschen Gräben eine Menge Generatoren gefunden, die sie unten installierten, einige deutsche Ingenieure waren mitgekommen und schlossen eine Pumpe nach der anderen an, jede Art von Gerät, als wären sie der Zauberer von Menlo Park persönlich. Aber die Pumpe war noch nicht erfunden, die diese fiesen Schlickmassen absaugen konnte, in deren Strudeln Männer samt ihren Wintermänteln versanken, ganze Feldgeschütze, und eines denkwürdigen Tages sogar ein Panzer, der sich im aufgepeitschten Schlamm suhlte wie ein deutsches U-Boot im offenen Meer ... *Billy mit Elan, springt ins Aeroplan, in Frankreich kriegt er was geboten, und ruft nach vorne zum Piloten, Hör'n Sie, Krumm, mir ist ganz schwumm, wir fliegen nämlich falsch herum!* Mal ist die Erde unten, mal ist sie eben oben, sagte der stämmige Pilot, er ging ab wie 'ne Flechette, verabschiedete sich – so behauptete er zumindest – zweihundert Fuß über Grund von seiner zweimotorigen Vickers, die bis zum Aufprall Bleiarabesken spuckte, schlitterte und plumpste in einen Stollen, den die Trogis gerade erst geöffnet hatten. Da oben schwebte ich, ein wahrer Wolkenmacher, die Blüte der Ritterlichkeit – er war auf dem Weg, einen Aktenkoffer voller Landkarten zurückzugeben, der einem würdigen Gegner aus der Hand gefallen war – und im nächsten Moment mach' ich die Augen auf und stecke hier unten im Schlamm, tief unter der Erde bei euch Schmutzfinken. Reg' dich ma'ab!, schrie der ehemalige Trommler, der den ersten Versuch unternommen hatte, den Flieger zu bändigen – bevor der ihn niederstreckte. Von Huggins, dem Piloten, erfuhr Stanley von den Petersburger Aufständen. Ihr Kumpels hier unten seid bolschiger als die Bolschies, sagte er, *als er sich berappelt hatte*. Sie brachten ihn ganz nach unten – er erzählte von einem winzigen Terrier, Boinkum, den er in Roclincourt zurückgelassen hatte. Später lagen sie in unterirdischen Kojen, auf Matten aus Zinkstahl, starrten in den tropfenden Lehm des Himmels und hörten Huggins zu, der erzählte, wie Boinkum jaulte, wenn er die Dogfights seines Herrchens nicht mitfliegen durfte. Irgendwo unter Wancourt, Monchy und Thélus – schlossen sie schnell Freundschaft. Huggins entwickelte ausgeklügelte Phantasien, er sah im Schlamm kochende Wolken, in den Miasmen der Tunnels und Erdlöcher erschnüffelte er den frischen Wind einer neuen Zeit. Nachts hatte er Albträume, starr vor Angst erwachte er in der undurchdringlichen Finsternis, Tausende von Pickelhauben! hatte er gesehen, Tausende, die sich auf uns stürzen wollten –! Aber da die Welt nun mal kopfstand, wurden sie alle in den Himmel geschleudert und auf dieser Nagelmatte aufgespießt. Stan strich Huggins über die verstrohten Locken und schloss die schwere Brust des ehemaligen Piloten in seine abgemagerten Arme, *Schickt mich heim nach Engel-*

land, in Blighty steht mein Haus, ob London oder Birmingham, die Stadt sucht ihr euch aus. Ich bin zu Haus' in Engelland … säuselte er seinem Freund ins Ohr. Über ein Jahr später waren sie immer noch zusammen, die übergeschnappten Massen hatten sie die glitschige Tube hinauf nach Norden gedrückt – vorbei an Lens, Neuve-Chapelle und Fromelles, sie kamen gerade rechtzeitig, um das gnadenlose Bombardement von Passchendaele von unten mitzuerleben. Zu dieser Zeit stießen in den Kratern von Messines die ersten amerikanischen Doughboys zu ihnen, Stanley, verkrustet und demoralisiert, hatte sich nicht nehmen lassen, den kräftigen Cowboys aus dem Wilden Westen die Lage zu erklären: Die sandfarbenen Kühe sind auf unserer Seite, hier, und die feldgrauen, denen gerade ihre eigenen Marmeladeneimer um die Ohren fliegen, sind da drüben. Dieser Zaun trennt die beiden Herden voneinander, genau wie bei euch zu Hause – nur sind hier alle ziemlich durchgedreht, versteht ihr, weshalb die Zäune eines Tages durchgeschnitten werden und alle aufstehen und miteinander plaudern werden – genau wie hier unten bei uns – und dann gehen alle nach Hause. Also, wenn ich … ich sein soll wie ihr – verdammter Mist! Aber gemeinsam mit Huggins stimmt er ein Lied für die Amis an, *Ich würd' so gern mein Schätzchen seh'n, Und gleich zum Kuscheln zu ihr geh'n, oh ja! Diedel-diedel-dumm, schickt mich heim nach Engelland, denn da gehör' ich hin!* In jenen Tagen des stetig tropfenden Untergangs mussten sie immer wieder an die Kanalisation von London denken – die zwar, wohl wahr, nicht so tief war wie ihre Tunnels, aber: Nicht mal Bomben haben Lust, in der Scheiße zu explodieren, sagte Stanley, der inzwischen von vielen Henry Morton gerufen wurde, da er einen Hang hatte, Dinge zu erklären. Greengage, ehemals

Pionier, der als Junge in der Kanalisation gearbeitet hatte, sprach von ihrer einzigartige Geruchsnote, beinahe genießerisch beschrieb er die besondere Mischung aus Seife und Exkrement, wenn sie mit ihren Haken Flachsklumpen zerstocherten und Hundekadaver herauszogen, während das Wasser durch glänzende, gekachelte Düker rauschte oder über eine unterirdische Klippe stürzte, die einen Bus verschlucken konnte! Die Kanalisation, behauptete Greengage, ist ein Ort mit einer eigenen Berechtigung, sie ist mehr als ein Liebesnest für Ratten und Kackwürste, sie ist das Eingeweide der Großstadt, ein lebenswichtiges Organ ihres gewaltigen Organismus: Wenn dort unten nicht die Scheiße ihr Geschäft machen würde, könnten unsere Schönsten auch nicht durch Mayfair flanieren ... *Jack Lee beim Abendbrot, sagt seinem Kumpel McFayne, Sieh mal an, der Pflaumenmus ist wieder dran, das wird mir langsam fade. Was gäb' ich nur, für ein einziges Glas, Eliza's Himbeermarmelade!* Die Troglodyten diskutierten ausführlich, ob sie ihre Kräfte darauf verwenden sollten, ihre eigenen Stollen und Düker zu einem Abflusssystem umzuwandeln, denn seit in Flandern die Deiche und Kanäle gesprengt waren, ersoffen sie oben im stehenden Wasser.

Derweil wurden oben aus dreitausend britischen Geschützen vier Millionen Geschosse abgefeuert. Die Trogies verkrochen sich in ihren Höhlen, rauchten Lucky Strike und lasen Sidgwicks Methoden der Ethik. Einige lasen die Gedichte von Robert Browning und ließen sich von Ali, dem Zuaven, die arabische Schrift erklären, andere gelangten zu einem besseren Verständnis des Mehrwerts und der gesellschaftlichen Bedeutung von Sparvereinen. All diese *Entwicklungsphasen*, auf die sich Stanley früher nur so schwer hatte einlassen können, leuchteten ihm nun ein, er war sogar in der Lage, sie zu erläutern. Er selbst hatte ja die Reden in Feydeaus Debattierclub und die Assoziationsverhandlungen mit dem Sozialistischen Bund protokolliert – und so konnte er sich in seinem unterirdischen Refugium die Worte von Morris und Kropotkin in Erinnerung rufen, die Vorträge von Misses Marx Aveling und Miss Schreiner. Die Abgestiegenen zeigten wenig Interesse am Weltbund für Frauenstimmrecht oder die Internationale Frauenliga für Friede und Freiheit – außer Stan. Er schickte eigene Boten in die Oberwelt, die mit Ausgaben des Ardent und The Freewoman zurückkehrten, mit Büchern von Miss Dix und Misses Perkins Gilman. Stanley erklärte seinen Kameraden, dass: Die Zukunft dem feminisierten Mann gehört, dem Mann, dem es – wie uns – gefällt, seine Haut mit Batist zu bedecken, der zur Liebe fähig ist – wie wir –, der uns selbst als das schönere Geschlecht bezeichnet und Frauen nicht als Gehilfinnen behandelt, sondern als Expertinnen in der Biologie des Blutgesetzes. Um sich noch besser in das aufkommende Weltbewusstsein einzufühlen, hatte Stanley ein Päckchen Southall's Damenbinden erstanden, die er eine Woche im Monat trug – eine Zeit, in der er Huggins nicht beiwohnte. Er nähte Innenfächer in seine Bluse und füllte sie mit Sand, wobei er die Menge um ein halbes Pfund im Monat langsam steigerte. Als er seine troglodytischen Genossen ermutigte, sich der Couvade anzuschließen, hörten sie ihn an – und hießen es gut, und viele folgten seinem Beispiel, nur Mohan nicht, der vom ersten Tag an bei Stanley gewesen war und als Einziger wagte, ihn zu tadeln. Blighty nennt ihr Briten euer Land, Henry Morton, das Wort kommt aus dem Hindi, wo es bilyati gesprochen wird, und das bedeutet fremd. Verstehst du? Und jetzt, da die Briten es übernommen haben, um ihre Heimat zu bezeichnen, trifft sie selbst der Vorwurf. Es ist wie eine umgedrehte Waffe: Jedes Mal, wenn ihr das Wort verwendet, wenn ihr's singt oder ruft, schießt ihr euch mit der Bilyati-Pistole ins eigene Gesicht. *Schickt mich heim ins schöne Bilyati! Bringt mich nach London oder Leeds, die Stadt sucht ihr euch aus. Ich bin zu Haus' in Engelland …* Erst viele Monate später – nachdem die italienische Front eingebrochen war und die Bolschewiken die Ewige Stadt eingenommen hatten – stieß ein Kerl namens Cummins zu ihnen, der in Greenock Betriebsratsleiter gewesen war. Er sprach erhitzt über Hendersons Verfassung, worauf Stan sagte, das ist ja alles schön und gut – dein Katechismus. Aber wir hier sind längst weiter: das bisschen, was wir haben, gehört uns allen gemeinsam. Und wir verbittern nicht – weil es ohnehin nie Zucker gibt. Keiner von uns käme auf die Idee, eins der großen Schilde in seine eigene kleine Höhle zu schleppen! Und die Bürokratie? Welche Bürokratie? Wenn ein alter Tunnel ausgepumpt werden muss, packt jeder mit an, und wenn ein neuer elektrifiziert werden soll – dann geschieht es einfach. Wir fackeln nicht lange, die Männer, die was davon verstehen, werden eingeteilt und losgeschickt. Aber, sagt Cummins, das ist doch Anarchie – euch fehlt ein System, eine Methode, wie soll ein Programm für die Nation daraus entstehen –? Als sie es nicht mehr hören konnten, unterbrachen sie ihn und sangen: *Ich würd' so gern mein Schätzchen seh'n, Und gleich zum Kuscheln zu ihr geh'n, oh ja!* Und Stanley, der ihn noch weiter reizen wollte, gab dem furchtlosen Schotten einen schmatzenden Stirnkuss …! *Diedel-diedel-dumm, schickt mich heim nach Engelland, denn da gehör' ich hin!* Als Ludo in Arras die Linie durchbrach, meinte Cummins – der stur auf seinem eigenen sozialistischen amour propre beharrte – das würde den versprengten und verwirrten Trogis eine Lehre sein. Stanley und Huggins lachten ihn aus. Wir segeln mit einem Prahm die Schelde rauf!, riefen sie. Verstehst du denn nicht? Es ist uns völlig schnuppe, wer am Ende siegen wird – in Deutschland wird überall gestreikt, die haben es genauso satt wie wir, es waren ja nicht die Russkis, die in Brest-Litowsk kapituliert haben, sondern Ludo, Fuckenhayn und Billy der verdammte Kaiser! — Und Schmidt, ein munterer Tenor aus Köln, der durch sechzig Fuß kalten, toten Dreck eine Flasche Mosel wittern konnte, stimmte an: *Mickey O'Shea im Schützengraben, will endlich einen Scheitel haben, er stutzt den Bart und macht sich fein, von oben donnern Granaten rein. Da ruft der Soldat, vom Bade gestärkt: Der Kristallpalast brennt im Feuerwerk –!* Stanley, der den Schotten noch weiter ärgern wollte, gab ihm einen Schlag vom frisch bereiteten Eintopf, reichte ihm eine Tasse Tee dazu und sagte: Die verdammten Iren haben schon irgendwie recht: Wer nicht arbeitet, ist schneller bei der Suppe. Was Cummins mit einem doppelbödigen Grinsen quittierte. — Der Frontabschnitt war ruhig geworden, und die Trogis, die so lange dort gelegen hatten, hatten sich sehr gemütlich eingerichtet: Sie hatten Gläser und Schüsseln mitgebracht, ein Sofa aus Pferdehaar, zwei alte Gemälde aus den Ruinen eines Stadhuis, die zivile Würdenträger zeigten, und die Miniatur eines Vorkriegsbergwerks, das die Troglodyten an ihr eigenes, ausgedehntes Tunnelsystem erinnerte. Einen Schaferhund hatten sie auch. Er wurde mit Victoria's Houndmeal gefüttert, das Stanley bei Spillers in Cardiff bestellt hatte, poste restante nach Boulogne, und hielt sich tapfer in seinem Laufrad. Wurfringe aus Messing, ein Kristalldelphin, gut dreißig Zentimeter lang, ein Glaskasten voller ausgestopfter Kolibris, die zu einer bourbonischen Lilie angeordnet waren, eine chinesische Vase, in dem einige Sonnenschirme und Damengehstöcke standen – Kommoden, Reisetaschen, Handkoffer, Hut- und Kragenschachteln. Willste verreisen?, grummelte Cummins, und Stan antwortete, ich glaube, uns wird bald nichts anderes übrigbleiben. — Oben über ihren Köpfen ging der Sommer zur Neige, die hitzigen Tommys jagten die fiebrigen Deutschen nach Osten – die Unterirdischen, denen die Pandemie nichts anhaben konnte, brodelten an die Oberfläche

aus ihren Gräbern – es waren so viele! Läuse! Silberfische! Sie hatten nicht gewusst, wie viele sie waren, die Rettung, die aus der Tiefe unter dem Niemandsland kam, war unüberschaubar gewesen. Sie kamen aus Gruben gekrochen, aus Schlammlöchern, aus Bohrungen, die nicht breiter waren als die Körper der Flüchtlinge, die sie in die Erde getrieben hatten – die Wiedererstandenen, die Wiedergeborenen ... und die vielsprachige Meute ging auseinander, sie nahmen Abschied voneinander, weinten an den Schultern ihrer Kameraden, Liebhaber trennten sich und gingen ihres Weges, Brüder ebenso – und die Deutschen schlichen auf Zehenspitzen dem zerschlagenen kaiserlichen Heer hinterher, wie die Briten, Franzosen und Belgier ihren demobilisierenden Verbündeten, es war ein gigantisches Wer hat Angst vor'm Schwarzen Mann, das an der Dreihundert-Meilen-Front gespielt wurde: Als den Oberirdischen die Rücken zu kribbeln begannen, weil sie das merkwürdige Gefühl hatten, dass hinter ihnen eine riesige, niemandem zugehörige Horde drängte, blieben sie eines Tages stehen und sahen sich um – die Unterirdischen rührten sich nicht, hielten die Luft an und zählten die Minuten, bis sie gefahrlos weiter vorrücken konnten, lautlos sangen sie: *Schickt mich heim nach Engelland, in Blighty steht mein Haus, ob*

London oder Birmingham, die Stadt sucht ihr euch aus. Ich bin zu Haus' in Engelland ... Wenige Meilen hinter Nieuport requirierten sie ein Fischerboot, das zum Abdichten auf einem Kiesstrand stand. Die Männer waren überwältigt, als sie die Weiten aus Wind, salziger Gischt und graugrünen Wellenrücken erblickten, sie rissen ihre Kleider vom Leib und wälzten sich bis zur Erschöpfung im heißen Kies. Stanley, Huggins, Cummins und Mohan, unterstützt von dreizehn Coolies aus den Eingeweiden der Erde, gehörten zur Speerspitze der Rückkehrer. Die Trogies hatten bereits auf Bahnsteigen und unter den flatternden Zeltbahnen der Lager, die überall im Land aus dem Boden sprossen, ihren revolutionären Samen gepflanzt. Die Meldung verbreitete sich von selbst: Nichts war in diesem Krieg gediehen wie ihre Ideen, die in den gepflügten Äckern von Flandern, Artois, Picardie und Champagne aus den fruchtbaren Böden brachen, Sprossen, zartgrün bis weiß, weil sie so lange unter der Erde verharrt hatten, der inspirierende Widerspruch gegen all die erdrückenden Kriegsziele, die von den Generälen ausgerufen worden waren. Die Masse der Wiedererstandenen war das Natrium, das die kriegsmüden Kameraden zum Sprudeln brachte. Als sich die Gruppen vermischt hatten und gemeinsam stolpernd weiterzogen, begannen sie, die Macht der Transformation, die ihnen innewohnte, zu spüren. — Sie landeten in der Bucht von Broadstairs, gingen die Straße rauf und meldeten sich am Bahnhof. In den engen Gassen der Stadt wimmelte es vor Zeitungsjungen, die die neusten Schlagzeilen ausriefen: TAUSENDE VERMISSTE ÜBERLEBEN UNTER NIEMANDSLAND – AUSGEDEHNTES TUNNELSYSTEM, weit relevanter aber war MARY ALLEN ÜBERNIMMT FÜHRUNG DES WIEDERERSTARKTEN WSPU, und: WÜTENDE PROTESTE VON GESCHASSTEN

MUNITIONETTEN. Stanley appellierte an den Gleichheits- und Gerechtigkeitssinn des Sekretärs und überredete ihn, sie alle mit Ausweisen auszustatten – der Sekretär gab nach und hielt sie dennoch skeptisch im Auge. Er war überzeugt, dass die einen mit weißer Sklaverei zu tun hatten, andere – sie trugen Blusen, lange Haare, Augustus-John-Hüte – waren so feminin, dass es ihm beinahe den Magen umdrehte. Stanley hielt vor dem Sekretär und den Genossen diese Rede: In diesem unserem Land leben eine Million Frauen, die die Maßregelungen und Entbehrungen industrieller Arbeit erleben mussten, Arbeit, die ihnen nichts eingebracht hat als Schaden an ihrer Gesundheit und den Verlust von Freunden und Familien. Diese Frauen sind unsere natürlichen Verbündeten, Freunde – wir benötigen weder die zerrütteten Tommies noch die Haufen aus Cummins' Heimat – ausgenommen dich selbst natürlich, Horace ... — In Woolwich, Sidcup, Eltham und Plumstead gingen sie von Pension zu Pension, von Herberge zu Herberge, und wo sie auch auftauchten, waren die grün-rot gestreiften Banner längst aufgespannt: Rot für die Revolution und Grün für die auf wissenschaftlichen Prinzipien gründende Agrarwirtschaft, die es, so ihre Überzeugung, dem Neuen Britannien erlauben würde, eine wohlgenährte und kerngesunde Bevölkerung aus den Ketten materieller Not zu befreien, und zwar nicht nur durch den Einsatz von Maschinen – diese schienen eher geeignet, Körper zu zermalmen und Seelen auszustampfen – sondern durch den Flammenden Geist natürlicher, chemisch gestützter Ertragsverbesserung. Die alte Ordnung ist begraben, erklärte Stanley den derben Mädchen aus Silvertown und Mile End, sie liegt unter der Erde von Frankreich und Belgien! Und er versprach, dass ihr Leben von nun an leicht sein würde wie ein Hüpfspiel im Garten, wie das Pflücken reifer Früchte – ohne die Verpflichtung, eine bestimmte Anzahl von Körben zu füllen. Die groben Mädchen zogen ihn auf, sie riefen, Gute Güte, ist er nicht groß geworden – er ist ja ein wahrer Burlington Bertie für unser Zeitalter – worauf er zurückgab: Wir alle werden über reife Felder streifen, im Heu schlummern, in eigenen Obstgärten träumerisch wandeln, wir werden unsere Schürzen mit reifen Birnen füllen ... Die Eisenbahn fuhr im Schritttempo und ächzte unter den Massen revolutionärer Kräfte, umso schneller pochte es in ihrem Inneren, wo junge Frauen und Männer in dichtem Gedränge standen – es kam zu Unziemlichkeiten auf beiden Seiten, zu einem Taumel freier Liebe, Priester hielten das tausendfach brünftige Tröten für den Schall der letzten Posaunen, nahmen die Beine in die Hand und verkrochen sich in ihren Häusern. Und wohin er sich auch wandte, mit wem er auch sprach, Stanley war immer nur auf der Suche nach der einen: *Ich würd' so gern mein Schätzchen seh'n, Und gleich zum Kuscheln zu ihr geh'n, OH JA!* — Von der Queen-Mary-Herberge in Plumstead schickte man ihn – die Aufgabe übernahm eine fiese alte Saufnase – zum Umsiedlerhaus des Ministeriums in Pimlico. Das Haus war leer, als er ankam, abgesehen von zwei flotten jungen Damen, die von Kopf bis Fuß mit Farbe bekleckert waren und aus extravagant langen Onyxspitzen pafften. Sie standen an stählernen Karteischränken, suchten in offenen Laden, blätterten Hunderte Karten durch, bis sie die richtige Adresse fanden. — In der Stadt brodelte es, aus den Telegraphenämtern und Telefonzentralen flogen Meldungen von immer mehr Staffeln, die zu den Rot-Grünen übergelaufen waren: alle vierzigtausend Frauen der medizinischen Freiwilligendienste, weitere achtzehntausend von der Land Army, und zur Krönung über zwanzigtausend aus Queen Marys Leibgarde – ganze Abteilungen von Reservisten, die, gerade erst aufgerufen, in Windeseile eingesetzt worden waren, um Whitehall und das Parlament gegen die Aufständischen zu verteidigen. Doch sie weigerten sich, das Feuer zu eröffnen, warfen bald ihre Waffen fort und tanzten vereint und schwindlig in die Morgenröte des Neuen Zeitalters. Bei all dieser Erregung – dem Gesang, dem Rufen, dem Hupen der durch die Innenstadt rasenden Automobile – kam es nicht zu einer einzigen Gewalttat. Nur auf dem Themse-Kai bei Millbank machten sich einige wenige Flapper über einen alten Herrn lustig – sie zogen an seinen Frackschößen, schnappten ihm die Zigarre weg, *das Monokel blitzt auf seiner Brust, während er um sich schlägt, und fliegt im hohen Bogen in den Fluss ...* Er findet keine Haltestelle und geht zu Fuß über die Vauxhall-Brücke, von dort weiter auf der South Lambeth Road: Der Norden mochte in Aufruhr sein, hier aber wurden Babys noch von Kindermädchen geschoben, deren enggeschnürte Stiefel mit jedem Schritt exakt platziert im Rahmen eines Pflastersteins landeten – ein Handelslehrling schiebt sein hoch mit Rhabarber bepacktes Fahrrad unter den blau-beige gestreiften Markisen einer Geschäftsstraße vorüber, die auf warmem Pflaster zerbröselten Pferdeäpfel duften unsäglich süß nach *Heu und fröhlich verdautem Hafer*, Fliegen, *ein gesunder Teil des Ganzen*, *sausen*, kräuseln auf und lassen sich, sobald Stan vorüber ist, erneut nieder. Die Vororte von London liegen zu weit auseinander, denkt er, ihre Backsteinmassen sind zu solide, als dass ein menschlicher Anstoß in ihnen etwas bewirken könnte: die Welle der Revolution wird bei Croydon und Sydenham Hill brechen und im Gurgeln der Heimeligkeit auslaufen, im Glucker der winzigsten Unkonventionalität – eine *keck in die Stirn gezogene Mütze*. Im Vorgarten des langen, vierstöckigen Wohnhauses liegen von den Bauarbeitern zurückgelassene Sandhaufen und zerschlagene Kacheln, darüber in falsches Tudor-Fachwerk eingefasste Fensterreihen, das Zentrum des Gebäudes bildet ein neoklassizistischer Giebel, in dessen Zentrum statt einer Lünette ein rundes Fenster prangt, auf dem diese Zahl zu sehen ist: 1916. *Apfel, Birne, Haselnuss, Kinder, die ich kriegen muss. Eins, zwei, drei* — fünf oder mehr turnen barfuß herum, sie tragen Kniebundhosen und, obwohl die Septembersonne scheint, dicke Schals um ihre Stängelhälse – vermutlich, so denkt er, um die Grippe abzuwehren, die hier, an den goldenen Medaillons der Kastanienzweige, noch immer in der Luft liegt. Am Abend fliegt durchs offene Fensta, die böse Hexe Influenza! Am Abend fliegt durchs offene Fensta, die böse Hexe Influenza!, skandieren sie, was ihn zum angestellten Oberlicht einer Souterrainwohnung führt. Das ist es. Jetzt versteht er: auch wenn der Neue Morgen Aufklärung bringt, auch wenn die Revolution jede Fieberklinik, jedes Irrenhaus in ein Leuchtfeuer der Freiheit und Gemeinschaft verwandelt, *gibt es doch nichts, was die Männer und Frauen der Bewegung tun können, um die schwere Erde von seinem Rücken zu heben, Der Acker Gottes ist so klein, da passen längst nicht alle rein* … Das erdrückende Gewicht, die Dichte des Schlamms, der von den Explosionen in jede letzte Nische, in jede Falte seiner menschlichen Gestalt gedrückt worden ist – der Stahl, und der Stahl, der diesen Stahl gemacht hat – es wird mehr davon geben: es wird immer weiter gewalzt und gedreht und gefräst werden, die einzelnen Teile liegen auf der Endlosschleife des Förderbands, das in die Zukunft führt. Es gibt keinen Grund, an die Oberfläche zurückzukehren – seine Hände zittern und zucken, sein *Rü-*

cken biegt sich ... biegt sich durch, festgehalten von der Impulsivität seiner Finger, Hände, Füße, Zehen, seiner Neigung ensprechend drängt es ihn zu zeigen und zu berühren, zu kitzeln und zu lecken, alles zu wollen, *dies, das, und auch das andere ...* aber er schafft keine Bewegung, sein außer Kraft gesetzter Wille ... *Diedel-diedel-dumm, wann ist der Krieg bloß um, in Blighty bin ich zu Haus'!* – Die Bilyati-Waffe hat einen Schuss abgegeben, *mir mitten ins Gesicht ...* Das von Claude Bernard beschriebene Milieu intérieur intoniert eine düstere Schottenstimme – versteht man, denke ich, am besten als eigenständige Landschaft – bewohnbares Gelände, warum nicht? Mit Bergen, Flüssen, tiefen Seen – und, nicht zu vergessen, Feldern und Weiden ... Betrachtet man diese Landschaft aber genauer, erkennt man, dass ihre herausstechendsten Merkmale breite, ja, ja, Fairways sind, Sandbunker und wunderschöne – wirklich wun-der-schö-ne Greens. Eine zweite Stimme – garstig, zänkisch – mischt sich ein: Das hört sich an wie ein Golfplatz. DÜSTER: In der Tat – darin liegt genau das Problem. Ich meine, wenn das Milieu intérieur des Katatonikers ein geistiger Ort ist, den wir vermessen können, folgt daraus, dass er für uns unwirtlich ist: Wir können dort nicht leben. Er bringt nicht genug hervor, um seinen Schöpfer zu nähren – wer aber in seiner näheren Umgebung spielt, ist ein Gespenst, ein ... Schatten – GARSTIG: Gespenstische Vierer –. DÜSTER: Vierer, Paare – sie, die Katatonikerin, die wir hier sehen, lässt jeden vor – sie winkt sie durch, genau das tut sie gerade, sie winkt sie alle durch. Spielen kann sie mit ihnen nicht, denn sie existieren, genau genommen, gar nicht, und gerade deshalb lässt sie ihnen den Vortritt –. GARSTIG: Und die Behandlung? Wie wirkt sie sich aus? DÜSTER: Sie meinen, was wir hier machen? Nun ja, sie jagen das

Ganze in die Luft – ich meine, im besten Fall, vielleicht ist es auch nur ein Pflug, der einmal im Jahr eine tiefe Furche zieht. Wichtig ist in erster Linie, wie dramatisch der Vorgang ist – welche Auswirkungen er auf das Gehirn hat, ist noch nicht abzuschätzen, aber das künstliche Koma, die Intensität des Schocks, dann: Hallo wach! die Wiedererweckung mit einem simplen Schuss Glukose. Wenn es sich besonders schlau anhören soll, könnte man sagen, sie wird eine neue psycho-physische Passung erreichen, ich bin aber nur ein einfacher Mann aus Renfrewshire, der mit wissenschaftlichem Jargon nichts am Hut hat – und wenn ich auch nicht im Bann der Kirche bin, habe ich doch absolut erstaunliche Wiederauferstehungen gesehen ... Schwester Greengage, würden Sie bitte die Tür schließen und den Riegel vorschieben? GREENGAGE: Selbstverständlich, Doktor Cummins. GARSTIG: Wofür sind die? CUMMINS: Die Fixierungen? Eine gängige Maßnahme, wird man Ihnen in Claybury ja wohl gezeigt haben. GARSTIG: Also, ich weiß nicht, können Sie denn sicherstellen, dass –? Also, ich habe mir Ihre Akte recht genau angesehen, es sieht zumindest auf den ersten Blick nicht aus wie eine schizophrene Katatonie per se –. CUMMINS *(lacht – ein fürchterliches, reibendes Geraspel)*: Per se! Hören Sie, Marcus, jetzt machen Sie mal halblang – es ist schnurzegal, woher die Katatonie kommt, könnte auch Syphilis sein oder, wenn Sie mich fragen, der verdammte Sozialismus ... *(er murrt)* ... denn, was sich liebt, das kriegt sich auch bekanntlich –! Jetzt seien Sie nicht gleich eingeschnappt, Sie nehmen alles so verdammt ernst – seh' ich aus wie'n schottischer Nationalist? Keine Sorge, ich werd' nicht gleich die englische Faust auspacken. Wissen Sie, was wir brauchen? So einen Atomzertrümmerer wie in Cambridge, dann können wir den Wahnsinn einfach in tausend Stücke schlagen … wie gefällt Ihnen das? Leider sind wir noch nicht so weit, deshalb schalten wir gleich dieses Gerät ein, dann fällt in der halben Klinik das Licht aus – ist Ihnen das schon aufgefallen? MARCUS: Ja … sehr unheimlich, finde ich – selbst wenn die Sicherungen nicht rausspringen, schwächeln im ganzen unteren Flur die Glühbirnen, und zwar der Reihe nach, über die ganze, gewaltige Länge … es ist eine Art Puls, würden Sie wohl sagen. CUMMINS: Sparen Sie uns die Frömmelei – geben Sie mir mal die Nierenschale, Schwester … Dankeee … A-ha. Haben Sie die Pläne für die neue U-Bahn-Haltestelle gesehen, Marcus? MARCUS: Nein, noch nicht. CUMMINS: Sehr merkwürdig, das Ding – sieht aus wie eine Hutschachtel, nicht mein Fall, ich bin so alt, ich weiß noch, dass in den Wartesälen der Vorortbahnhöfe immer Porträts von irgendwelchen verdienten Bürgern an der Wand hingen, in Öl, und Vitrinen standen da, mit ausgestopften Vögeln! *Er lügt, der Folterer, er ist Alberts Geschöpf …* — Sie waren glücklich gewesen, sie waren es, die das Gemeinwesen erhielten. Die Produktion war – soviel sie wusste – gestiegen, ohne dass jemand es von ihnen verlangt hätte, schließlich war es noch nicht lange her, seit sie für den Krieg der Imperialisten geschunden wurden und für die Revolution auf die Barrikaden gegangen waren. Besen, Kleiderhaken und Körbe – einfache Dinge, die sie mit Freuden herstellten. Stanley hatte gesagt: Ihr und eure Genossinnen, nehmt euch die alte Klapse in Friern Barnet, wir brauchen sie nicht mehr, die meisten Insassen sind schon entlassen worden und werden in Familien und kooperativen Einrichtungen versorgt. Es ist nur gerecht, dass freie Frauen und Männer einer rationalen Gesellschaftsklasse das Heft in die Hand nehmen, wo noch vor gar nicht langer Zeit die Armen und Verwirrten gegen ihren Willen eingesperrt waren. (CUMMINS: Diese elektrolytische Salbe an den Schläfen verbessert den Kontakt und erhöht den Durchfluss …) Aus Stolz trugen sie weiter ihre Overalls aus der Munitionsfabrik – ohnehin gab es wohl kaum eine bessere Reformkleidung als diese grobgewirkten Leinenanzüge. Kasacks, geteilte Röcke und schwere Jacken, die sie gegen Kälte und Feuchtigkeit der alten Gebäude schützten und vor einem Fieberfrost bewahrten, der in den Mauern, in Stein und Mörtel selbst zu stecken schien. So war es am Anfang – später dann, als sich die Organisation verbesserte, spendete die Londoner Landbevölkerung Kleider, auch die waren nicht gerade fein, dafür aber praktisch und kostenlos. Tausend Genossinnen zogen in den Westflügel des ehemaligen Irrenhauses, tausend Genossen in den Ostflügel. Inmitten beider Geschlechter wohnten einige Missetäter und Konterrevolutionäre, die an ihren dunklen graubraunen Uniformen gut zu erkennen waren. Man gab ihnen einfache Aufgaben: Sie schlossen Türen auf und ab, wechselten verschmutzte Bettwäsche, verteilten Medikamente und geleiteten diejenigen, die sich ein wenig Ruhe erbeten hatten, zu besonders isolierten Rückzugsräumen. Dahinter steckte die Idee, dass diese Menschen umerzogen würden, und zwar durch den Umgang mit Frauen, die höchsten Idealen nachstrebten, und denen in ihren anstrengenden, arbeitsreichen Lebensläufen alle möglichen Krankheiten auferlegt worden waren –Tuberkulose, Typhus, Ruhr und Geschlechtskrankheiten aller Art, die sie sich im Umgang mit den männlichen Exemplaren der ausbeuterischen Klasse zugezogen hatten. (CUMMINS: *Wenn Sie nun bitte alle darauf achten würden, dass Sie mit beiden Füßen auf der Gummimatte stehen …*) Ihres war nicht das einzige Phalansterium, das die Zentral-Genossenschaft unter dem

Vorsitz von Stanley Death geschaffen hatte. Über derart banale Dinge sprachen die Kommunalisten nicht, aber im Laufe der Jahre, in denen ich die verbitterten Gefangenen belauschen konnte, habe ich herausgefunden, dass es mehrere weitere gab, in Hanwell, Napsbury, Claybury, Sheffield, Banstead und Tooting Bec – ein Ring solcher Einrichtungen umgab die ehemalige Metropole, in der ebenfalls mit verschiedenen Formen gemeinschaftlichen Lebens und Wirtschaftens experimentiert wurde und der freieste Geist herrschte. Die wildesten und freiesten Gedanken – und Reden! Stot-to-ternd, brabbelnd ... sie hat ein Bild von einem Kerl gesehen, das hing an der Wand, dann ist er aus dem Rahmen rausgetreten und hat sie sich zu Willen gemacht, und sie geriet in andere Umstände, und dann gebar sie – einen Automaten! Ihre eigene kleine Enigmarelle! (CUMMINS: *Es gibt interessante Hinweise darauf, dass Menstruation der Therapie abträglich ist – nicht relevant bei dieser Patientin, oder bei den meisten anderen Insassen, deren Menses ... wie sagt man das, Schwester?* GREENGAGE: *Also, ich weiß nicht, Doktor –.* CUMMINS: *Unterbrochen? Unterdrückt?* GREENGAGE: *Also, die kriegen nich' ihre Tage, wenn Sie das meinen ...* CUMMINS: *Oh ja, genau, si vous soulevez un jupon vous ne devez jamais exprimer la surprise ...*) Gespensterpoltern, Tischerücken – kaum verwunderlich, dass in den erregt knisternden Genossenschaftseinrichtungen über Reisen in andere Welten gesprochen wurde, über Menschen, die durch Vivisektion entstanden, geschaffen aus den festen Formen der Tiere. Einige waren überzeugt, dass aus dem auf der anderen Talseite gelegenen Palast des Volkes tödliche Strahlen auf sie gerichtet waren, was dazu führte, dass sie die Stimmen ihrer lieben, hinübergegangenen Verwandten hörten – stunden-, ja tagelang saßen sie da und kritzelten Communiqués in billige Schulhefte, die sie im Armeeladen kaufen durften. Aber das war doch nachvollziehbar, oder? Verzeihlich im Licht der Diskussionen, die ich selbst als Perzipient protokolliert und – in Form von Berichten – den Mitgliedern von Stanleys Leitungsausschuss vorgetragen habe, die alljährlich zur Inspektion ins Phalansterium kamen. (MARCUS: *Sie ist jetzt vollkommen reglos – eine ausgesprochene Hypotonie.* CUMMINS: *Genau, wie es sein sollte, das Curare bedeutet, dass sie nicht mal reagieren, wenn man sie anbumst – sehen Sie?*) Auch wenn sie ihnen nicht die allergrößte Aufmerksamkeit schenkten – aber auch das war ... verzeihlich, hatten sie nicht selbst mehr als genug zu tun? Ein Haufen von jahrhundertealten, gesundheitsgefährdenden Wohnhäusern und bombastischen Steinbauten, die die dummen Kapitalisten und Kriegstreiber von einst für die großartigste Stadt der Erde gehalten hatten, musste niedergerissen werden. An ihrer Stelle würden einige schlanke, zur Spitze stark verschlankte Türme aus Stahl und Glas errichtet werden, um dann auf den Trümmern des übrigen Gebiets die Terrassenfelder der neuen Landwirtschaft anzulegen – Weizenfelder natürlich, aber auch Flussauen, Obst- und Weingärten – denn warum sollten nicht auch die einfachen Leute ihren Gespritzten trinken dürfen – (CUMMINS: *Und ... los!*) — Gracie war die Erste, die die Veränderungen bemerkte: Spione des Ausschusses mischten sich unter die Genossen, die zur Umerziehung hergeschickt wurden, aus einem System freiwilliger Selbsteinweisung war bald schon ... Internierung geworden. Man begann, das Phalansterium zu elektrifizieren und führte weitere Formen der Mechanisierung ein, was genau zu der Reglementierung und Unterdrückung des menschlichen Geistes und des menschlichen

Körpers führte, gegen die die Revolution aufbegehrt hatte! Es folgten schon bald die ersten Strafen – die man verrückterweise als ... Behandlungen bezeichnete, die diese einst stolzen Frauen und Männer ... brabbelnd und ... vollständig zerrüttet zurückließen. Ich habe gesagt: Albert hat das zu verantworten. Er hat am Ende doch gesiegt. *Todesstrahlen von Stanley, Todesstrahlen von Albert, spielen auf dem ausdruckslosen Gesicht des jeweils anderen* ... und Albert, der Sieger, drückt dem gerade erst befreiten Land seine eigene brutale Ordnung auf. Es dauerte nicht lange, bis sie anrückten: die klinkerroten Schlangen, die über Muswell Hill glitten und durch das Tal zum Phalansterium krochen, *Zivilisatssssion*, zischten sie. Die gute Gracie – sie konnte sich an das Leben in Colney Hatch nie richtig gewöhnen. Sie hat ... sie hat mir gesagt, wenn man in den unteren Korridor hineinsieht, wenn man seinem Augapfel erlaubt, durch den halben Kilometer seines Laufs zu schießen ... hat man sich bereits ... dem Wahnsinn ergeben: der weiße, alles auslöschende Blitz *knarzt* zu Negativen von fedrigem, angewehtem Unkraut am Trassensaum. Der Zug schwankt davon, er bleibt auf dem Bahnsteig zurück, betrachtet die hoch aufragenden Seiten der Schneise und denkt: Dafür bin ich ... nicht bereit. Und so schleppt er sich mühselig die Stahltreppe hinauf, biegt nach Osten in die Friern Barnet Lane ein, weil er beabsichtigt ... *was denn eigentlich?* Er sieht auf die Uhr (das sechzehn Jahre alte Werbegeschenk einer Tankstelle, *dem ich zum tausendsten Mal keine Aufmerksamkeit schenke*): Halb zwei – in den Pubs serviert man jetzt *Nussschrot, Gasbier, offensive Knabbergeschütze, Trommelfisch ... ich habe Hunger ... aber nicht DARAUF!* Er trottet weiter, er hat vor, so glaubt er, der U-Bahn-Haltestelle Arnos Grove einen Besuch abzustatten, dessen modernistisches Hutschachtel-Design er merkwürdigerweise mit einigen *freundlichen Erinnerungen* verbindet ... Einen Blick darauf werfen – vielleicht hineingehen, *von meinem Recht Gebrauch machen, in einen Zug zu steigen, der mich nach Hause trägt.* Nach Hause. Der Gedanke kam ungebeten: dass die Wohnung auf der Fortess Road, mit seinen abgenutzten Möbeln, dem Begleitgeräusch der Versicherungsmakler ... *Weiblich, dreiundfünfzig, zehn Jahre ohne Anspruch – eine für John von Aviva?* sein Zuhause war, mehr als es das Haus auf der Redington Road jemals gewesen war – oder sonst eine seiner Wohnungen, die, wenn er es recht bedenkt, eher *Fuchsbauten waren ... in die ich mich vergrub* ... ein Eindringling zwischen Gartenzäunen, gepflegten Beeten und Geräteschuppen, der es ein Jahr oder zehn in seiner eigenen miefigen Hundehütte ausgehalten hat, wo er seinen Wurf pflegte. Als sie die ersten Kassenbrillen bekamen, zog er erschöpft weiter –. Was hast'n für'n Schwanz, Kumpel, worauf stehste so?, schleudert jemand aus dem offenen Fenster eines vorbeirasenden Autos, dahinter die Katzenpissfahne des heute üblichen Marihuanas – *Kompaktsportwagen, heißen die nicht so?* Warum widersetze ich mich?, denkt Busner, Warum wehre ich mich mit Händen und Füßen? Die Vergangenheit schleicht sich doch heran, sie wird mich am Ende einholen. Ist dies nicht auch – ein weiterer Selbsteinwand – der Kern einer jeden Gesprächstherapie, und etwas, das Ronnie in seinem albernen Heftchen genau gefasst hat – wie hat er es genannt? Die Sprünge und Wirbel, die unsere Gefühle heimsuchen. — Weiter geht's, reumütig erinnert er sich, wie modern diese Dinge in den Siebzigern waren, nicht zuletzt auch sein eigenes Selbstbefragungs-Spiel: *Das Rätsel!* Sein donnerndes Gelächter geht angesichts seiner damaligen Dummheiten in ernsthafteres Kichern über ... *wer weiß, vielleicht ist dies der Zeitpunkt, an dem ich es löse!* Die Straße führt schlecht gelaunt an unauffälligen Wohnblöcken und Nachkriegshäusern vorbei, rutscht flink über den Hügelkamm und glitscht um eine *Verkehrsfistel*, die strahlenförmig angelegte Einkaufsparaden ausschleudert. Es ist dieselbe Sequenzierung von Konsumenten-DNS, die er vor kaum zwanzig Minuten an anderer Stelle hinter sich gelassen hat: Haut & Haar *(Bitte nicht!)*, Zahnklinik König *(Gebiss royale?)*, eine Hühnchenbraterei, ein mit Telefonkartenaufklebern zugepflasterter Zeitungsstand, ein Wettbüro ... *und jetzt noch einmal von vorn – aber mit Gefühl* ... Seine Füße schmerzen, sie sind feucht im altersungerechten Schuhwerk, allerdings, fällt ihm ein: In einer früheren Zeit wäre ich längst ein Krüppel, ich hätte Ischias oder Zipperlein – *angelsächsisch klangvolle, beinahe falstaffische Leiden* ... Er stützt sich auf das Rohr einer freistehenden, hüfthohen Werbetafel, auf deren Blechschild eine junge Frau mit einem Magnum-Eis zugange ist. In der halbgeöffneten Tür des Buchmachers sieht er die grellen Nachbilder der Pferderennen: rotschimmlige Fäden, um die Bahn von Haydock Park gelegt, darunter, im leichteren Galopp, digitale Fäden, der *Glabellareflex, der das Blinken des Cursors verursacht* ... Der Binärsturm lässt nicht nach, ein Eisregen aus Einsen und Nullen – Warum widersetze ich mich? Ich bin kein Falstaff, denkt Busner, eher ein wahnsinniger Lear, draußen, auf einer Heide aus gehärtetem Glas, wo *nichts von nichts kommt. Und doch ... und doch* ... ist da etwas: Der Cursor blinkt, an und aus, *eins oder null, sollte oder wollte?* Der Gedanke geht ihm durch den Kopf, dass: Es genau zu jener Zeit gewesen sein muss – genau in diesem Jahr – als die ersten Mikroprozessoren entwickelt wurden, und neue Programmiersprachen und Betriebssysteme, die diese Prozessoren verdichteten, sodass *aus Software Hardware wurde* … Auch wenn wir – ich – überhaupt nichts davon mitbekamen, schon diese Computer waren toltekische Pyramiden, ihre Stufen führten tief in die Keller von Firmenzentralen, wo ihnen priesterartige Morlocks in weißen Kitteln zu Diensten waren. An ein frühes Computerspiel erinnere ich mich – Ping? Pong? – zwei weiße Striche auf einem schwarzen Bildschirm, die den weißen Cursor hin- und herschlugen, der beim Auftreffen einen synthetischen, schnalzenden Laut abgab. Die Visualisierung des Tischtennisspiels war absurd unbeeindruckend – plumper als ein Strichmännchen, *aber Mark fand es großartig … wir trieben uns in Spielhöllen herum und spielten stundenlang: wir zogen Hebel, drehten Knöpfe, senkten die Köpfe über all das Ringelgedingel und den scharfen Geruch von verbranntem Zucker* … Er seufzt, Aaaaah, – Mark hatte ihm einen speziellen Kuli geschenkt, in dessen dickem Bauch sechs Mienen versteckt waren: *grün, blau, schwarz, rot … die anderen beiden habe ich vergessen* … Er hatte dem Jungen sein Notizsystem erklärt, dies war seine wohlüberlegte Antwort. Mark zeigte seinem Vater auch, wie man zwei Mienen gleichzeitig drücken und duochrom schreiben konnte. Busner hatte vor langer Zeit aufgehört, irgendwelche Gedanken niederzuschreiben – *geschweige denn derart hochtrabende!* Und doch verspürt er jetzt den Wunsch nach diesem Kugelschreiber, er stellt sich vor, wie er alle sechs Spitzen gleichzeitig herausschiebt, um die Farben mit der Symbologie zu vermengen, die in seiner Wahrnehmung von *Bildern, Erinnerungen, neueren Eindrücken und vor langer Zeit angestellten klinischen Beobachtungen* zum Vorschein kommt. Aus dem Zeitungskiosk treten eine Mutter und ein kleines Kind – in passenden, scharlachroten Daunenjacken, die so grell sind, dass man sie *über ein Gletscherfeld stolpernd vom Hubschrauber aus orten könnte* ... Das Kind reißt das Cellophan von einem Lutscher, die Mutter das Cellophan von einer Zigarettenpackung, *die Brise choreographiert den fallenden Müll* ... Aaaah, er wendet sich rasch ab und bemerkt, dass ihn die Erinnerungen tatsächlich beinahe eingeholt haben, und dass sie *keine Lust auf dieses Spiel haben!* denn als er sie ansieht, schlottern sie schamlos mit den Gliedern, im grellen Sonnenlicht: Miriam *von der ich die Digitaluhr habe* und *dieses Arschloch Whitcomb – er hatte einen der ersten Taschenrechner und spielte damit an dem Tag, als ich zu ihm ging und er mir erzählte, dass sie darüber nachdächten, ein Ende zu machen*, den Stecker zu ziehen, der hinter einem grotesken Kleiderständer verborgen war, einem hölzernen Mantelbaum mit neun aufragenden, an den Spitzen von irgendwelchen Tierhörnern besetzten Zweigen. Das Putzmädchen hat sich in Rocksaum und Kabel verfangen und kommt nur mühsam auf die Beine, die Maschine, denkt Audrey, ist mindestens so hässlich wie der Kleiderständer, sie besteht aus einem Besen, einem Dudelsack und einem elektrischen Ventilator. Das Jaulen verflattert, Stille kehrt ein, die Haushälterin – *ein böse dreinblickender alter Drache*, das Gesicht in die Haare gezerrt, die Haare in einen *schauerlichen Dutt* – hat die Tür geöffnet, sie ruft in den Flur hinein: Das reicht für heute, Rose, bevor sie sich dem unerwarteten Gast zuwendet: Wen wünschen Sie zu sehen, Mr. oder Mrs. De'Ath? Einer Anrede ist Audrey nicht würdig *Hätte ich nur eine Visitenkarte*, sie antwortet: Mein Bruder wird wohl nicht zu Hause sein, wenn Sie also bitte meiner Schwägerin sagen könnten, dass Audrey De'Ath sie gern sprechen würde, wäre ich Ihnen sehr dankbar. Sie findet, das hat sie gut gemacht, und sie findet, dass sie sich für den Besuch angemessen zurechtgemacht hat, sie trägt ihren neuen Faltenrock, die beste Leinenbluse, einen Mackintosh-Mantel mit Gürtel und einen Glockenhut. Aus Applebys Sammlung hat sie einen schmalen Sonnenschirm geliehen, *ein Monatsgehalt von der hier muss er wert sein – arme alte Stute, noch einmal im Geschirr!* Die Haushälterin mustert Audrey skeptisch, ausdrücklich von Kopf bis Fuß, während hinter ihr das Putzmädchen weiter mit dem schlagenden Schwanz des Staubsaugers kämpft. Die Haushälterin will Audrey gerade die Tür vor der Nase zumachen, um mit ihrer Herrin zu sprechen, als hinter ihr im Flur zwei Türen gleichzeitig aufgehen – eine ganz hinten, durch die Albert tritt, er hat eine schwere Porzellankanne in der Hand und setzt vorsichtig einen Fuß vor den anderen – und eine auf der linken Seite, aus ihr tritt, in einer *knackig frischen Wolke aus weißem Opal*, eine Dame in Audreys Alter, die sie sogleich erkennt, obschon sie sie erst einmal, sechs Jahre zuvor, zu Gesicht bekommen hat. Albert tappt zur Haustür, sagt, Nun und, Misses Egremont? – dann sieht er, wen er vor sich hat, und einen Augenblick lang erfasst ein unerklärlicher Ausdruck seine breite, glatte Miene: *Albert ... schockiert?* bevor er an die Seite seiner Frau tritt und ihren Arm nimmt. Rosalind, meine Liebe, sagt er, das ist meine Schwester Audrey. Und zu Audrey sagt er ein knappes: Jetzt komm rein. Zu dritt treten sie ins Wohnzimmer, das *genauso hässlich eingerichtet ist wie der Hausflur.* Audrey mustert die schweren alten Eichen- und Mahagonimöbel, die als Telefontische, Radio- und Phonographenschrank Dienst tun müssen, und geht davon aus, dass hier ein häuslicher Stellungskrieg zwischen den Geschlechtern stattgefunden hat, der sich die freundliche und dralle Blondine bereits durch Kapitulation entzogen hat. Die drei bewegen sich zwischen verschiedenen, dick gepolsterten Sesseln, sie treten vor und weichen aus – ein Menuett des Unbehagens, bis Albert schließlich sagt, setz dich doch bitte, Audrey. Nee danke, Bert, antwortet Audrey, sie verwendet ihren breitesten Akzent, um ihre Reaktion zu testen. Sie nimmt einen Brieföffner vom Kaminsims und klingelt über eine Reihe von Porzellanhündchen, Porzellanschafen, Porzellanhirtinnen mit weiten Röcken und winzigen Porzellanstäbchen, bis er gegen ein Messingkistchen scheppert, das aus der Hülse einer 50-Pfund-Granate hergestellt ist. Auf das Tonnengewölbe des Deckels ist graviert: In dankbarer Anerkennung für den verdienstvollen Einsatz, verliehen an Albert De'Ath –. Mehr braucht Audrey nicht zu wissen, sie setzt den Brieföffner an und stemmt den Deckel auf, bis *kleine weiße Patronen* zum Vorschein kommen, sie fragt: Darf ich? und nimmt, ohne die Antwort abzuwarten, eine Zigarette. Beide De'Aths rücken vor, reden durcheinander, Die Streichhölzer sind –/Kann ich dir noch–?, sie lacht und akzeptiert freudig beide Schachteln, geschickt zieht sie aus jeder ein Hölzchen, zündet sie gleichzeitig an und saugt erst an der einen, dann an der anderen Flamme. Sie bläst eine Rauchfahne zwischen – die Streichhölzer, die sie erst auf den Kaminrost wirft, als sie gelöscht sind. Du bist also im Arsenal fertig?, fragt sie, was Albert mit einem Nicken einräumt. Die Situation droht abzugleiten, weshalb Albert nun sagt, Darf ich dir meine Frau vorstellen? Rosalind? Audrey grimassiert – Sehr erfreut, sagt sie und nimmt die *babyweiche Hand*, die ihr in diesem Moment entgegengestreckt wird, dann fährt sie fort: Vermisst du nicht deine Stulpenhandschuhe und die schmissige Mütze? Rosalind errötet. – Ich – Ich ... nun, ich bin überrascht, dass du dich daran erinnerst –. Ist aber so, sagt Audrey ohne Umschweife und lässt die Hand los, und mir scheint, du erinnerst dich auch. Sagen Sie mir, was hat Ihnen mein Bruder damals bei den Werkhütten erzählt? Oder hat er mich bei dieser Gelegenheit nicht erwähnt? Dann wird er es wohl später nachgeholt haben – er wird Ihnen erzählt haben, wie ich mich durchgeschlagen, wie ich gelebt habe? Einschließlich meines skandalösen Liebeslebens, meiner aufrührerischen Ansichten? Rosalind ist *noch sprachloser* – nicht anders als ihr Ehemann kultiviert sie eine Aura schwerfälliger Selbstbeherrschung, dabei ist sie ganz hübsch, nur entdeckt Audrey in ihrer überreifen Haut eine *Fleischigkeit, die madig aufzubrechen droht.* Jeder, sagt Albert, hat getan, was er konnte. *Als wäre es das, was zwischen uns steht!* Audrey lacht bitter, sie lässt sich in einen Sessel fallen, schlägt unvorsichtig die Beine übereinander, zieht an ihrem Glimmstängel und erwidert: Mag sein, Bert, auch wenn die einen mehr geopfert haben als die anderen, und einigen von uns … Sie betrachtet demonstrativ den springenden Kristalldelphin, der neben einer chinesischen Vase steht … ist es sogar sehr gut dabei ergangen. Sie wendet sich *dem albernen Ding im Schäferinnenkleid* zu und sagt lauter: Meine Liebe, hat er Ihnen gegenüber jemals unseren Bruder erwähnt? Hat er Ihnen überhaupt gesagt, dass er einen Bruder hatte? Der war leider nicht so clever wie unser Bert – er hat nicht gemauschelt wie Ihr aufrechter Ehemann! Stan hat niemandem die Stiefel geleckt, auch nicht dem König, nein, der hat sich für niemanden verbogen – aber er war unser Fleisch und Blut –! Von weit oben stürzt ein Geheul durchs Haus, ein Sprechtrichter, den Albert hat einbauen lassen, leitet es ins Wohnzimmer. Baby!, ruft Rosalind und entdeckt einen Bobtail, der vor dem Kamin auf dem Rücken liegt, seine steifen, strohgestopften Beine sind ausgestreckt, sie gluckst nachsichtig: Oh, das alberne Ding hat sein Hündchen liegenlassen, ich bitte zu entschuldigen … ich muss ihm seinen Darsing bringen –. Schleunigst verlässt sie das Zimmer, seltsam, wie sie das Stofftier unter die flauschige Achsel gesteckt hat.

Und, bohrt Audrey, als Rosalind verschwunden ist, hast du – hast du deiner wohlerzogenen Frau je von ihm erzählt? Kannst du es überhaupt ertragen, an ihn zu denken? Dich zu erinnern? Du kannst sehr gut rechnen, Bert, es gibt aber Dinge, denen man mit Rechenkünsten nicht beikommt. Albert sieht sie an, sein bedeutungsvoller Blick ist … *voller Hass, nein, dafür fehlt ihm die Leidenschaft – er hasst nicht, aber er tötet jeden, der dem Wahnsinn anheimgefallen ist? Ja, und er tut es faktisch, aus Gnade, weil sie nichts anderes verdient haben* … Schließlich sagt er, Da ist die Angelegenheit mit Collins und dem Irischen Freistaat, was man als Krieg – tatsächlich als Bürgerkrieg – bezeichnen kann. Audrey sagt: Siehst du das auch so, Bert? Sind diese beschissenen, armen Iren ein ausreichender Grund für deine Kaltherzigkeit? Ist das der Grund, warum du so ein Bleichgesicht geworden bist? Albert erbleicht, sein Ausdruck, seine Stimme werden noch flacher, noch matter, *Bleirauschen*. Ich bin heute Morgen nicht im Büro, sagt er, weil ich am Nachmittag die Zugfähre über Waterloo nehme – die Anlage der Friedhöfe muss überprüft werden, die Lage der Denkmäler und so weiter –. Er hält inne, nicht, weil er seine Schwester sieht – deren rötlich flammendes Haar, wie er bemerkt hat, zu einem modischen Bob gebändigt ist – sondern weil er den durchwühlten, mit weißen Holzkreuzen vernähten Schlamm von Flandern vor Augen hat – und er hört auch nicht ihr zu, sondern dem Architekten, einem albernen Esel, mit dem er sich wird auseinandersetzen müssen, einem Flegel, der zu unerträglichen und ehrlosen Wortspielereien neigt – selbst die Schlacht von Messines *hat er schon verballhornt*. Was ist in dem Becher?, fragt Audrey. In welchem Becher?, fragt er zurück. In dem Becher, den du in der Hand hattest, als ich reingekommen bin. Er hat bald *keine Haare mehr, der Messingknauf seiner Glatze scheint durch – er verliert die Haare, nimmt zu und gewinnt an Einfluss ... und bleibt ein harter Knochen ... immer noch gefährlich* ... Albert nimmt den Krug in die Hand, den er zwischen seinen Instrumenten – Metalllineal, Druckbleistifte, Rechenschieber, Stechzirkel ... – abgestellt hat. Audrey denkt: Er ist ihr haushoch überlegen, er kann machen, was er will – wie immer. Er hat dieses hübsche Haus gekauft und schon begonnen, seinen Trödel anzusammeln, irgendwann wird sie weg sein, dann kann er es bis unter die Dachkante vollstopfen. Durcheinander kommt er dabei nie: er weiß immer, wo all-les ist ... *Habe ich recht, Sir?* Es ist eine Art Tonikum, sagt Albert vorsichtig, ich stelle es, ähm, selbst her. Audrey lacht. – Komm schon, Bert, was soll das heißen? Er sieht in den Krug, kippt ihn leicht, um ihr die dicke braune Flüssigkeit zu zeigen. Der schwarze Tropfen!, frohlockt sie, Kaum, sagt Albert, es ist eine Mischung aus Weizenkeimen, Melasse und einigen Extrakten dieser neuen Vita-mine, in meinem eigenen, ähm, Lösungsmittel. Lösungsmittel!, gackert sie – Und was isses nun wirklich? Er setzt den Krug an und trinkt gemächlich, bevor er antwortet: – es hinterlässt einen Kloakenrand im Sand seiner rasierten Haut: *Merkur-Chrombraun mit einem sahnigen Schaumring*. Milchzucker-Stout, sagt er, den er mit einem Taschentuch abwischt, am liebsten Huggins – Guiness tut's aber auch. Audrey prustet: Du – du – du bist ja ganz der

Alte Herr! Sie schweigen eine Weile im Andenken an die Deers von Cheriton Bishop, mit Samuel ist es bergab abgegangen ... *steil bergab, der Bus ist richtig durchgegangen, mit heißgelaufenen Bremsen, das schwere Fahrzeug hat seine eigene Mannschaft niedergemäht ... Achsen brechen, Beine brechen ... Kaninchenfellmantel blutig und zerrissen ... Pferde jammern und schreien ... Letzter Halt: der Abdecker.* Was immer du bist, Bert, sagt Audrey gegenwärtig, für einen Spinner habe ich dich nie gehalten – es ist dieses Wort, Spinner, allein, das den Haken vom Hemmungsrad löst, worauf unter der Glashaube der Kaminuhr die Kugeln des horizontalen Pendels zu rotieren beginnen. Ein melodiöses Läuten, d'ding-ding-ding, d'ding ding dong, zeigt an, dass es Zeit ist aufzustehen, schon steht Audrey – seit einigen Wochen war der Entschluss in ihr gereift, er hatte zuerst eine einzige Hand, vielleicht einen Fuß, erfasst, einen krampfenden Griff angesetzt – und sie dann plötzlich, *mit der Grausamkeit eines alten Feindes*, losgelassen. Im Charleston-Takt, mit schwingenden Beinen, fliegt sie zu einem Leuchtturmmodell, das Albert De'Ath in seiner Funktion als Beiratsmitglied von Trinity House verliehen worden ist, sie hebt den Zinndeckel, Aha!, wie zu vermuten war: eine weitere Zigarettendose. Sie lässt eine aus dem Loch direkt in den gespitzten Mund springen, dann eine zweite, eine dritte – vierte – fünfte – sechste – jede landet zielsicher zwischen ihren Lippen, *sowas konnte man bei Karno in der Spielbude sehen, die Brüder Luck haben das gemacht – zu sechst waren die!* Sie dreht sich um und zeigt ihrem großen Bruder weiße Reißzähne, er tritt rückwärts zur Tür, *will mir mehr Raum geben* – genug Raum, damit sie Arme und Beine wirbeln, mit den Kissen, die sie von den Sesseln reißt, jonglieren, mit Alberts spitzen Instrumenten trommeln kann – *welch eine Wendung! er wird mich jetzt nicht stoppen – und ich kann ja nicht anders!* Mit dem Z-z-z-zucken ihrer Hände, mit dem R-r-r-rucken ihres Halses begehren nun auch ihre Glieder immer weiter auf – sie stellt fest, dass der Besuch in Blackheath – der für sie ebenso überraschend kam wie für das Ehepaar – eine jener unwillkürlichen Handlungen ist, die sich *immer und immer un'immer* wiederholen werden. Dass sie sich ertappen wird, wie sie von der Haltestelle die Montpelier Row hinaufgeht, das Gras am Saum der Heide streifend, wie sie *immer und immer un'immer wieder* mit schweren Schritten die Stufen zu dem beeindruckenden Haus hinaufgeht, bis die Feder langsam an Spannung verliert und der Guckkasten zuschnappt – nur, das wird nicht geschehen können, denn während *die unerschütterliche Vogelfrau* flattert und krallt und hackt, dringen immer unheilvollere Rhythmen herauf: die Rotation eines historischen Schwungrads, das Ziehen eines ewigen Hebels, das Absenken *dieses scharfsinnigen Denkers*, die Kopfklammer. Und das macht überhaupt keinen Spaß, diese lang vergrabenen Gefühle, *die meine Haut durchbrechen.* Audrey hört das Grollen des Maschinengewehrfeuers, sie sieht Rosalind, die ins Wohnzimmer zurückgekehrt ist, *alberne Muhkuh*, ihrem Gesichtsausdruck nach zu urteilen *hat sie noch nie einen deftigen Clogging-Tanz gesehen!* und das Geschöpf in ihren Armen: *das issdoch kein Baby! Warum trägt das Kind keine Hose …?* Oh, sagt Rosalind, Oh, Albert! Sie legt dem Jungen die Hand auf die Augen, um ihm den Anblick zu ersparen: nicht von der Frau – *von der Puppe, die Felsblöcke hebt*, und als das Ding zu kreischen anfängt, Gippkeine mehr, Misses Moore, Gippkeine mehr, Misses Moore, drückt sie seinen Wuschelkopf an ihre Brust und verschließt mit einem Klatschen sein anderes Ohr. *Oh, Albert!*, hallt es im Kopf des Kindes wider, unmittelbar gefolgt vom *Armen Peterkins!* – denn das ist er selbst, oder ein anderer kleiner Junge mit demselben Namen, der, noch fester gehalten, noch tiefer geliebt, in den *Weichteilen* seiner Mutter sitzt.

Die De'Aths vollziehen einen taktischen Rückzug in den Hausflur, wo bereits Rose, das Putzmädchen mit offenem Mund und einer Handvoll Schürze steht, das weitere Hauspersonal hat sich, ebenfalls aus taktischen Erwägungen, rar gemacht. Audrey, allein im Tumult ihres Geistes, ihrer Glieder, schraubt die wichtigste, die entscheidende Zündkapsel des gesamten, nie endenden Krieges auf und hört über dem Kreischen ihrer Drehbank: einen Mann, der ruft: Fri-iescher Fi-iesch! immer wieder, draußen auf der Straße, sie hört das sanfte Wiehern seines Pferdes, das Klicken des Hörers, die unheilvoll kratzend zurückschnellende Wählscheibe, die bedrohlich konforme Stimme ihres Bruders, Hallo, würden Sie mich bitte mit der Polizeiwache an der Blackheath Road verbinden? Ich denke, Sie werden finden, dass die Nummer zwei-eins-sechs-null nichts nützt, denkt Busner, und dann: Missverstandene Visionen und Ziffernblätter. Er hatte den Wagen am Parkeingang stehen lassen, er wollte einen Spaziergang machen und *den Kopf freibekommen*. Im August wurde die Stadt etwas ruhiger – trotzdem war die Fahrt von Friern Barnet durch den letzten Schweif der Rush Hour mörderisch – all diese *Wahnsinnigen, die stumm schreiend in ihren Tobzellen saßen*. Er hatte seine eigene abgeschlossen *ein Arztprivileg*, hatte die Schlüssel in die Tasche gesteckt und den entlassenen Insassen über die Allee zum Observatorium geführt, wobei er ein wenig den Kopf auf seinem Hals rollte, die Schultern lockerte und mit den Armen schwang – was zusammengenommen als Sport durchging, seit seine Liaison mit Mimi ein abruptes Ende gefunden hatte. *Mi-mi! Mi-mi! Mi-miiii ...!* Hinter ihm peitscht die Sirene eines Krankenwagens über die Heide, sie hat, wie er jetzt merkt, die Erinnerung an diesen Unfall ausgelöst: Es war nicht nur die Verlobung mit dem Soldaten gewesen, aus der sie sich befreien musste, sie musste sich *aus der Karosserie ihres Lebens schneiden* ... Am Observatorium bleibt Busner stehen, er erlaubt seinen Augäpfeln, den grünen Hang zur Marineakademie hinabzuschießen, als Salve durch die Takelage der Cutty Sark zu schwirren, im hohen Bogen über die dichtgedrängten Terrassen von Millwall und Cubitt Town zu fliegen – dabei den pflockartigen Türmen von drei neueren, mehrstöckigen Sozialbauten auszuweichen – und mit Kanonendonner über Mile End, Hackney, Highbury, Finsbury Park und Crouch End *zu meinen Anfängen zurückzukehren* ... In einiger Entfernung, in Limehouse und Poplar, hängen Feudel von Abrissstaub über den gebrochenen Skeletten toter Häuser. Er fragt sich, ob das Observatorium noch in Betrieb ist – ob unter der gespaltenen Kupferkuppel Wissenschaftler sitzen, *deren Blicke in die ferne Vergangenheit anderer Welten feuern?* Die Stadt, denkt Busner, ermüdet ihn – er hat keine Geduld mehr für ihre Gespreiztheit, ihr Posieren, das eine derart *dauerhafte, konkrete Form* angenommen hat. Er sieht Mimi *Distelwolle, fortgeblasen*, sie hat auf der Böschung neben dem Isle-of-Dogs-Fußgängertunnel gesessen, jetzt steht sie auf, ihr Körper platscht leise gegen die glänzende Hülle eines transparenten Plastikschirms. Sie ist ein Kind der Zukunft, denkt er, nicht die furchtbar autoritäre Amme von früher, ihre nackten Beine, *ausgestreckt* ... Dies ist genau der Augenblick, an dem er seinen eigenen Nullmeridian überschritten hat, er hat verstanden: Meine Jugend ist vorbei – und damit jede Schuld, die mit ... *wem, der Luftwaffe? verbunden ist, oder mit den anderen, weil sie ihrem Anderson-Bunker vertraut haben und es nicht für nötig befanden, die dreihundertneunundzwanzig Schritte in die Tiefe zu machen?* Seine Jugend ist vorbei, und wenn er auch weiter Ronnies Kreisel drehen und immer wieder dieselben Fehler machen könnte, die zu immer neuen Ergebnissen führen würden, *weil man das so macht*, wird er ab jetzt der Anhäufung weiterer Irrtümer dieser Art vorbeugen, indem er darauf verzichtet, seine Patienten in Typen einzuteilen. Von nun an wird es nur noch *ich* und *du* geben, nicht mehr das betrügerische *wir* und *ihr*. Er würde den Entschluss gern mit einem Luftsprung feiern, mit dem Pflücken einer Blume, dem Herzen eines Kindes – steckt aber nur die Hände tiefer in die Taschen, wittert das klebrige Lindenharz und hört, wie die ersten schweren Regentropfen auf dem Blattwerk zerstieben. Wenn ich dieser elegante Bursche im Fernsehen wäre, denkt er, hätte ich bestimmt einen Regenschirm mitgebracht. Ist er aber alles nicht: elegant, Bursche, im Fernsehen – weshalb er bucklig, mit durchnässtem Mantel und einer noch graueren grauen Flanellhose seinen Austin erreicht. — Er steht auf dem Pflaster, betrachtet noch einmal den eleganten Bogen des gewaltigen Baus, die mit einer schönen Kette von Klinkerquadern geschmückten Kolonnaden, und hält fest, dass in jeder gepflegten Anlage mindestens zwei Häuser dem Verfall anheimgegeben sind: der Putz fällt in Puzzleplacken vom Gebälk, hinter eleganten Säulen stehen Kohlensäcke und Wäscheständer, taubengedüngte Sträucher haben auf Vorsprüngen und in Mauernischen Wurzeln gefasst, Fernsehantennen taumeln von den Polyedern der gestutzten Dächer. Die Adresse, die im Who's Who von 1955, gefunden in der Klinikbibliothek, für Sir

Albert De'Ath, KG, KBE angegeben ist – und die ein neueres Telefonbuch A-D als seinen gültigen Wohnsitz bestätigt – gehört zu einem Haus, das an Verwahrlosung alle anderen noch übertrifft. *Keineswegs paragonal* … allein die zugezogenen Fenster, die geschlossenen Läden, der verwilderte Vorgarten, eine im Unkraut versunkene Skulptur, eine derbe Darstellung zweier … *indischer Keulen?* Er fragt sich, ob er sich vertan hat, hier könnten Hausbesetzer wohnen – ein kurzer Druck auf die Klingel *ein Nippel, gestülpt in eine Gipsaureole*, lässt ein wüstes Geläut erklingen, ein Brummen, einen Gong, verschiedene Bimmelgeräusche, die in den tiefsten Winkeln des Hauses verhallen, und als Busner gerade der Frage nachgehen will, wie jemand beschaffen sein muss, der ein derart phantastisches System erfindet, *wahrscheinlich ist er taub* – erschrickt er, denn die Tür öffnet sich früher als erwartet, heraus schaut ein schlaffes, stark gepudertes Gesicht, das von einer erschütternd dichten, blaugespülten Dauerwelle umgeben ist … *fast schon ein Afro!* Doktor Busner?, pfeift die Frau durch eine mächtige Zahnlücke – was er bestätigt. Sie winkt ihn herein. Ich bin Misses Haines, sagt sie, wir haben telefoniert. Eine mächtige Birma-Katze dreht Runde um Runde zwischen ihren kurzen, dicken Beinen, der dickfellige Schwanz schlägt jedes Mal ihren Tweedrock hoch – was sie nicht zu stören scheint. Sir Albert, fährt sie fort, erwartet sie. Dann passiert nichts. Sie stehen einander gegenüber im Flur, Busners Augen gewöhnen sich an die Dämmerung, jetzt beginnt er zu sehen, *wie seltsam das alles ist:* nicht einer, nicht zwei, sondern sieben Kleiderständer marschieren über den Flur in den hinteren Teil des Hauses, sie hängen voller alter Macintoshes, Schals, selbst Kittel aus König Edwards Zeiten. Die hängenden Schultern dieser *kopflosen Giganten* schrammen an einer epidermischen, in Streifen und Fetzen herabhängenden Prägetapete. Der Läufer, eigentlich von guter Qualität, lässt die gleiche *Löchrigkeit der Zeit* erkennen, unter Abnutzungskommas und -gedankenstrichen kommt die Unterlage zum Vorschein. Sein Blick weicht dem stumpfen, narzisstischen der Birma-Katze aus und bleibt an wirren Kabelsträngen hängen, am dünnen Kupfer alter, entlang der Bilderschiene verlegter Gasleitungen, daneben ein größeres Rohr ... *eine Sprechanlage?* Es ist weit weniger staubig, als Busner erwartet hatte – was auch immer hier an Irregulärem vor sich geht, es wird täglich gesaugt – nur sieht es aus, als wäre niemals etwas fortgeschafft, niemals etwas entfernt oder ersetzt worden, es wurde einfach immer nur hinzugefügt und angepasst. An der Decke hängen drei verschiedene Leuchter, jeweils aus einer anderen Ära – Leiterbügel von Gaslampen hängen schief an der Wand, *das geht wohl schon so seit* – Neunzehnhundertachtzehn, sagt Misses Haines, Mister und Misses De'Ath – so hießen sie damals – sind im Sommer Neunzehnachtzehn hier eingezogen, kurz nach ihrer Hochzeit. Ich bin Neunzehnhundertzwanzig zum Haushalt gekommen, das Staubsaugen, wissen Sie, gehörte zu meinen ersten Aufgaben – sie besaßen nämlich schon damals einen elektrischen Staubsauger, Sir Albert ist in diesen Dingen immer mit der Zeit gegangen. Busner, der nicht recht weiß, wohin er sich mit dieser Information – dieser perfekten Synthese von Telepathie und Alltäglichkeit – wenden soll, fragt: Haben Sie all die Jahre für Sir Albert gearbeitet? Wie lieb, oh nein – ich bin fort gewesen, habe alles Mögliche gemacht ... einen Eisenbahner geheiratet, wir waren bis zum Krieg in Orpington ... Nein, Sir Albert hat aber den Kontakt nie abreißen lassen, und als Lady De'Ath vor drei Jahren heimgegangen ist, hat er geschrieben und mich gebeten, wieder sein Haus zu führen. Ich hatte ja auch gerade meinen Rodney verloren, da habe ich flott die Koffer gepackt ... dass sie auch sonst flott ist, hält Busner für unwahrscheinlich, *nur ihre Zunge zeigt keinerlei Ermüdungserscheinungen* ... Er steht da und lässt sich *beschlecken und beschlabbern*, während seine eigene Zunge die *Eisbahn* seiner Amalgamfüllung betastet, die Misses Uren, die Zahnärztin in Finchley, in seinen Backenzahn gegossen hat ... Wir kriegen übrigens nicht oft Besuch, sagt sie, als durch das unverwechselbare Klappern eines überkochenden Topfs das *Vorzimmerzwischenspiel* plötzlich beendet ist – erst jetzt fällt ihm auf, dass der Gestank von in Milch gekochtem Fisch stärker geworden ist. – Oh, oh –! Tatsächlich ist Misses Haines jetzt *flott unterwegs*, die Katze rettet sich jaulend, Busner bleibt allein zurück. Ihn beschäftigt die Tatsache, dass Albert De'Aths Nicht-Abreißen-Lassen offenbar Methode ist – und die Tatsache, dass ihm einer dieser zeltartigen Regenmäntel sehr nützlich gewesen wäre, als er in Greenwich Park so nass geworden ist. Misses Haines kehrt zurück, sie ist jetzt in eine mit Türen und Fenstern von georgianischen Häusern bedruckte Schürze gewickelt. Alle aus Dublin, sagt sie, hübsch, nicht? Ich mache eine Kleinigkeit zurecht, fährt sie fort, Sie finden Sir Albert in dem vorderen Zimmer, dort links, und denken –. Sie schweigt, ihr Ausdruck verrät eine Mischung aus Beschützerdrang und *einer Art Empörung?* Er wartet darauf, dass sie den Satz vollendet, was sie unterlässt, und so schwingt, als er ins Zimmer tritt, die Mahnung in seinem Denken fort. Schnell wird klar, dass ihr Und-Denken *den Nagel auf den Kopf getroffen hat* – als Warnung, Beschreibung, Mantra, Motto und Verbot. Der hochgewachsene Greis, der in der Heillosigkeit seines großen Zimmers, in einer mit rotem Samt verhangenen Fensternische, in seinem Ohrensessel sitzt, strahlt derart deutlich aus, dass sein Hirn in mächtigen Kalkulationen, Schätzungen, Abwägungen, Ableitungen, Induktionen und chemischen Analysen rührt, dass Busner unter dem Ansturm der rasenden Konzentration beinahe zurückgeworfen wird: eine geistige Kraft, die durch große, grau-klare, vorstehende Augen beiderseits einer *paleolithischen Feuersteinaxt* strahlt und ganz auf ihn gerichtet ist. *Es ist auch nicht wirklich hilfreich*, dass Sir Albert die Glatze *eines kleinen grünen Männchens* hat, auch nicht, dass er mehrere Nickelbrillen auf seine hochaufragende Stirn geschoben hat, deren ovale Linsen im fallenden Schein einer dicht an seinen Sessel geschobenen Stehlampe blitzen. Busner denkt: Eine Großkatze, rasiert und mumifiziert, und trotzdem noch lebendig! Denn Sir Albert ist bis unter die Achseln in rot-gelbes Schottenmuster gewickelt, aus dem die eingetrocknete Haut eines weiteren, die Säule seines Halses eng umschließenden, bis oben hin zugeknöpften Regenmantels quillt. *Es ist auch nicht hilfreich* ... dass sich für Busner nirgends eine Sitzgelegenheit findet: auf jeder in Betracht kommenden Oberfläche stapeln sich Bücher und Papiere, überall stehen die lederbezogenen Kästen, wissenschaftliche Instrumente – darunter, wie Busner sieht, eine primitive Zentrifuge, eine Grammwaage, ein Astrolabium – sowie gerahmte Aufnahmen von Kraftwerken, mehrere Modelle von Generatoren, Gestetner-Maschinen, altmodische, aufrechte Schreibmaschinen, Stempelbäume und Tintenlöscher, darauf Unmengen von Schreibfedern zum Eintunken, Uhren, Vasen und Porzellanfiguren, Silbertabletts und Präsentierteller voller stockfleckiger Visitenkarten und Golf-Tees, auf Holzplatten montierte, gusseiserne Präsentationsmodelle von Flugzeugen – er erkennt einen

Mosquito-Jagdbomber – Golftrophäen im Rokokostil, auf deren Deckel schwingende Miniaturspieler verewigt sind. *Es ist auch nicht hilfreich* ... dass dieser ganze Kram über einem Terrain von edwardianischen Möbeln ausgebreitet ist – von Sofas und Tischen, Sekretären und drehbaren Bücherregalen – das aber nicht reglos daliegt, sondern zu brodeln scheint wie eine gefährlich sich auftürmende Brandung. Über dem Kamin hängen dicht an dicht gerahmte Urkunden und Fotografien eines jüngeren Sir Albert, der die Delegationen japanischer Beamter überragt und allerlei Politiker mit seinem bereits kahlen Kranium einschüchert – mit einer gewissen Genugtuung entdeckt Busner eins, in dem er einem beklommenen John Foster Dulles zu Leibe rückt. Das *hilft nun auch nicht mehr* ... denn weitere seltsame Gegenstände erregen seine Aufmerksamkeit, darunter ein kugelrunder, an einer Kette von der Decke hängender Korbstuhl und ein in einen Ledersessel gedrückter, neuer Farbfernseher, der zwar läuft, aber Gott sei Dank leisegestellt ist, auf dem Bildschirm, in lavendelfarbenen Fracks und Zylindern, trapsen *und tingeln* die Black and White Minstrels ... All diese Gegenstände, jeder auf seine Art, verweisen Busner auf Sir Alberts Denkleistung und seine Fähigkeit zur Vereinnahmung, und *es ist auch nicht hilfreich* ... dass auf einem über die Armlehnen seines Sessels geschobenen Klapptisch verschiedene Hörgeräte liegen, deren Kabel an seiner aufragenden Steilwand gesichert sind und zu einer Stelle führen, wo zwei oder drei in den verwirrenden Vorsprüngen seiner *Gautama-Ohren* verschwinden ... Vor allem *ist es nicht hilfreich* ... dass die ersten Worte, die aus Sir Alberts Mund kommen, lauten, Sind Sie Jude?, worauf er seine Brillen in einer Weise zurechtrückt, dass jeweils drei Linsen aufeinanderliegen und seine Augen bedrohlich vergrößern. Ja, sagt er schließlich, ich sehe, Sie sind einer. Busner versteht nicht – und denkt an seinen ersten Besuch bei Marcus zurück, sechs Monate ist es her. Er hat diese Begegnung als ausgesprochen schwierig, und die Behausung in St. John's Wood als bizarr empfunden – *und nun das!* Er räuspert sich und unternimmt den schändlichen Versuch, sich zu rechtfertigen: Ä-hem, ja, also ... aber ganz und gar kein praktizierender. Hätte Sir Albert Augenbrauen, wäre nun wohl ein Stirnrunzeln zu erkennen, so funkeln nur die Brillen auf seiner Wellblechstirn. Er fährt unbekümmert fort: Die Leute behaupten ja oft, dass sie jüdische Freunde haben, als wäre das in irgendeiner Weise verdienstvoll ... Er hält inne, gibt Busner Zeit, den akzentfreien Ton seiner Stimme zu würdigen, das Fehlen eines Nachklangs oder Timbres ... Von meinen Freunden, erklärt er, war nicht einer Jude, niemals – und ich bin mir bewusst, dass einige Mitglieder ihres Stammes ausgesprochen angepasst und völlig unauffällig sind. Allerdings hatte ich beruflich viel mit Juden zu tun, ich hatte jüdische Kollegen, Untergebene, und selbst einige Vorgesetzte, alles in allem, das ist meine Erfahrung, waren sie wesentlich effizienter als die Nichtjuden. Wenn es uns also gelingt, Doktor Busner, unseren Umgang rein professionell zu halten, steht einem freundlichen Austausch nichts im Wege – rauchen Sie? Busner, den die Frage auf dem falschen Fuß erwischt hat, platzt heraus: J-ja, leider ja. Sir Albert lächelt, um ihm Mut zu machen – ein besorgender Anblick. Wenn Sie den Deckel dieses Modell-Leuchtturms dort abnehmen, werden Sie sehen, dass es ein Zigarettenkästchen ist – das Feuerzeug liegt daneben, in Form einer Rikscha. Während Busner die Schädeldecke des Wallah aufschnippt, fummelt der greise Mandarin an einem der Hörgerate auf seinem Klapptisch, was zur Folge hat, dass das gesamte restliche Gespräch von einem enervierenden, auf- und abschwillenden elektronischen Pfeifton begleitet wird. Verstehen Sie etwas vom Nutzen des Transistors zur Verstärkung von Tongeräuschen?, fragt Sir Albert, als Busner die Zigarette – eine knochentrockene Senior Service – angesteckt hat und pafft, wobei er hofft, einen einigermaßen entspannten Eindruck zu machen: er hat im Durcheinander des Kaminsimses eine freie Stelle entdeckt, und stützt den Ellenbogen auf – einen Sitzplatz wird man ihm nicht anbieten, so viel ist klar. Ähm, nein, antwortet er, ich weiß leider nicht viel über Taubheit im Allgemeinen, das ist nicht mein Fach–. Nein, unterbricht der alte Mann, es gibt keinen Grund, besonders laut zu sprechen – Ich weiß sehr viel darüber, diese Geräte hier sind die neuesten und besten, die es gibt. Ihr Fachgebiet, so höre ich von Misses Haines, ist Psychiatrie, Sie arbeiten im Irrenhaus von Colney Hatch, nicht wahr? Ja, sagt Busner zustimmend, er ist nicht gewillt, dem Hirn *bei einer Tatsachenbehauptung* zu widersprechen. Wo Sie, wenn ich richtig informiert bin, mit der Aufsicht über eine Gruppe von Geisteskranken betraut sind, unter denen sich meine Schwester Audrey Death befindet. Obwohl der Satz eine schlichte Feststellung ist, signalisiert Busner auch hier Zustimmung – findet dann aber doch den Mut zu dieser ätzenden Belehrung: Ihre Schwester, Sir Albert, ist keineswegs geisteskrank – tatsächlich ist sie einer der geistig gesundesten Menschen, denen ich je begegnet bin, besonders angesichts der fünfzig Jahre währenden Tortur, die sie hinter sich hat. Schockiert vom eigenen Mut überlegt er rasch, ob sich der Aschenbecher in der Gestalt einer getöpferten Schildkröte verbergen könnte. Sein Blick fällt auf den Kaminrost, auf dem sauber gestapelt einige Bricketts liegen. Bitte nicht, sagt er, es ist ein Gasofen, die Kohle ist Dekoration – viel effizienter, außerdem ist sie bald weg, die Kohlenindustrie, in zwanzig Jahren – auch wenn es die Preisentwicklung bei uns nicht beeinträchtigen wird ... Einen Moment lang scheint es, als würde Hirn, indem es auf Abwege gerät, eine sehr menschliche Altersschwäche zeigen, doch dann: Sie werden sehen, dass die Schildkröte, die Sie ins Auge gefasst haben, tatsächlich ein praktikables Behältnis ist – nehmen Sie nur den Panzer ab. Ich höre mit Verwunderung, was Sie da über meine Schwester erzählen – als ich sie zum letzten Mal gesehen habe, hat sie versucht, meine Frau und meinen jungen Sohn anzugreifen, die Polizei musste sie mit Gewalt aus meinem Haus entfernen. Sie hatte, so schien es, einen totalen geistigen Zusammenbruch erlitten. Kurz darauf erfuhr ich, dass sie zwangsweise in Colney Hatch eingewiesen wurde, als nächster Angehöriger erhielt ich einen Fragebogen zugeschickt, den ich ausfüllen sollte. Es ging um ihre Gesundheit, ihre Gewohnheiten, ihre Launen, ihre Lebensweise und so weiter – ich konnte nur wenig beitragen, da ich in den Jahren davor kaum Kontakt mit ihr hatte. Es geht Sie wohl nichts an, Doktor Busner, aber, nun ja, Alea iacta est, dann sollen Sie ruhig auch wissen, dass sie sittlich verworfen war und dass ihre politischen Ansichten, man kann es nicht anders sagen, extrem waren. Sir Albert scheint seine Rede auf den Eintritt von Misses Haines zugeschnitten zu haben: sie kommt nämlich herein, mit ... *einem Teekocher?* Busner tritt ihr entgegen, um zu helfen, doch sie weicht hinter den Holzschrank eines Klappbetts aus den Zwanzigerjahren aus. – Ich bin ... sagt Sir Albert, während die alte Frau kniet, um das Gerät an eine hinter den Säumen der Samtvorhänge verborgene Steckdose anzuschließen ... der Überzeugung, dass Tee unmittelbar nach seiner Zubereitung getrunken werden sollte – und zwar aus gesundheitlichen wie aus geschmacklichen Gründen. Sein vervielfältigter Blick blitzt Busner an, kein Zweifel, er wünscht ein Warum? auszulösen. Doch Busner hält sich an seine professionellen Interessen: Sie haben sie aber während des Ersten Weltkriegs gesehen – ich habe Ihren Eintrag im Who's Who gelesen, Sir, und ich weiß von Miss Death, dass sie ebenfalls im Arsenal gearbeitet –. Das ist richtig, unterbricht Sir Albert trocken, ich habe sie aber bestimmt nicht mehr als ein oder zwei Mal gesehen – unsere Stellungen hätten weiter nicht voneinander entfernt sein können, sie war ein Rädchen, sozusagen, in der Maschine, während ich für die Verwaltung der Granatenproduktion – später des gesamten Arsenals – verantwortlich war. Der Piepston des Teekochers gebietet Einhalt, schweigend warten sie, bis Misses Haines zwei Tassen Tee hergestellt hat, in die sie jeweils einen großen Schuss Milch schlabbert, dazu *eins, zwei, drei ... vier!* Stücke Zucker. Busner hat keine Einwände – er ist froh, überhaupt etwas zu trinken zu bekommen, und fragt sich, ob sie *meine Tasse desinfizieren werden, wenn ich fort bin ...* Als die Teetassen verteilt sind, zieht Misses Haines den Stecker heraus und rückt mit dem Gerät ab – beide Männer *saugen an unserer Zahnfäule*, Sir Albert geräuschvoll. Als seine Tasse wieder zur Untertasse gefunden hat, sagt er, *apropos!* meine Langlebigkeit verdanke ich meinem Allerlei. Wie bitte?, sagt Busner verblüfft. Hirn gleitet gelassen über die Landstraße seines Gedankens: Mein All-llerlei, ein von mir selbst entwickeltes Adjuvans, eine Mischung aus roher Zuckerrohrmelasse, Weizenkeimen, Vitaminen und Milchzucker-Stout – obwohl diese letzte Zutat nur noch schwer zu bekommen ist, es gibt überhaupt nur noch Mackeson's. Als ich zuerst darauf gekommen bin – tatsächlich während des Großen Krieges – wusste ich noch nicht genau, was ein Adjuvans ist, ich dachte, es sei einfach eine effektive, anregende Ernährungsergänzung – in den letzten Jahren, in denen ich wegen meines Blutdrucks und so weiter verschiedene recht giftige Präparate verschrieben bekam, ist mir klargeworden, dass es deren therapeutische Wirkungen verstärkt und gleichzeitig die Nebenwirkungen eindämmt. Sklerose ... bemerkt er schulmeisterlich ... ist in der männlichen Linie meiner Familie endemisch, ohne mein Adjuvans wäre ich längst tot – zumindest hätte meine geistige Leistungsfähigkeit stark nachgelassen. Wenn Sie eine praxisnähere Fachausbildung hätten, Doktor Busner, könnten Sie es einträglich finden, die pharmakologischen Eigenschaften meines Allerlei zu untersuchen –. Nun, gibt Busner zu bedenken, da er eine Gelegenheit sieht, sich zu profilieren, es gibt keinen Grund, warum ich mit Ihrem, ähm, Allerlei nicht einige vorläufige Tests durchführen könnte – wir haben in Friern ein einfaches Labor, und einen ... ähm, einigermaßen fügsamen Apotheker. Hirn thront auf seinem Gabardineberg, sinnt nach und sagt: Ja, über die Friern Barnet Road bis hier, wenn Sie auf direktem Weg gekommen sind und den Rotherhithe-Tunnel genommen haben – was für einen Wagen fahren Sie? Busner antwortet verwirrt: Einen ... Austin. Ja, ja, schießt Hirn zurück, aber welches Modell? Busner antwortet beflissen: Einen Maxi, der neue Fünftürer, Heckklappe. Hirn denkt nach, Busner macht sich auf einen Schlenker zum Aberwitz der Regierungspolitik gefasst, das Durcheinander bei Leyland ... *und wer weiß, was sonst noch!* Aber Hirn vollzieht eine überraschende Wendung: Dann haben Ihre Räder also einen Umfang von neunundsechzig Komma acht Zoll, daraus ergeben sich für Ihre Fahrt dreizehntausendzweihundertneunundachtzig Komma drei sechs drei null fünf sieben drei zwei vier acht vier null sieben sechs vier drei drei eins zwei eins null eins neun eins sechs acht drei Umdrehungen – ungefähr. Busner bewundert seine eigene Gelassenheit und fragt: Warum nur ungefähr? Hirn kräuselt sich: Nun, ich weiß ja nicht genau, wie Sie gefahren sind, und ich weiß auch nicht, wie gewissenhaft Sie Ihren Reifendruck überprüfen – vielleicht ist der Druck sogar uneinheitlich. Wenn ich wüsste, wie uneinheitlich, könnte ich Ihnen für jedes Rad einen eigenen Wert angeben – möglicherweise mehr als siebenundzwanzig Stellen hinter dem Komma. Die Luft im Wohnzimmer steht, weil Sir Albert *wirklich alles aufbewahrt, aber wo zum Teufel kann er eine technische Anleitung des Austin Maxi gesehen haben?* In der Falle hinter den geschlossenen Vorhängen ist es nicht möglich zu hören, ob der Regen aufgehört hat – Busner wünscht zu glauben, dass es so ist, dass ein freundlicher Sommerabend folgen wird, in dem eine feuchtkühle Terrasse vorkommt, Wein, der dort ausgeschenkt wird, und ein kluges, witziges Gespräch in einem kleinen Kreis von Freunden. Es sind nicht die Desiderata, die ihm persönlich vorschweben – doch in einer voyeuristischen Weise *will ich, dass sie passieren* … in dem Einvernehmen, dass an einem beliebigen Zeitpunkt in der Zukunft … *ich das Nötige unternehmen werde, damit sie wieder in meinem Leben sind*, anstelle … *dieser Seltsamkeiten.* Seine Hand zuckt zu seinen in der Hemdtasche aufgereihten Kugelschreibern, der alte Mann fährt sichelnd dazwischen: Als Einstecktuch nicht gerade geeignet, was? Ich gehe davon aus, dass die Farben bestimmten Themen zugeordnet sind? Grün für poetische Tropen, Blau für Erinnertes, Schwarz für Ihre eigenen Einfälle – und die Aperçus der anderen – Rot für Betrachtungen, die mit Ihren medizinischen Pflichten verbunden sind? Stimmt's? Busner sagt, ja, das stimmt – und es ist mir ein Rätsel, wie Sie das wissen konnten. Ach, hören Sie, tadelt Hirn, Sie wussten es doch, Ihr System ist ja nicht gerade komplex. Busner sagt, die andere Sache – die Berechnung der Radumdrehungen ist als Beispiel für ein eidetisches Gedächtnis nicht allzu ungewöhnlich, Sir Albert, Sie sind das, was die Fachliteratur einen Savant nennt –. Und, nehmen Sie den roten?, schlägt Hirn vor. Der Psychiater lacht: Nein, den roten würde ich vielleicht nehmen, wenn Ihr Allerlei für Ihre Rechenkünste verantwortlich wäre, aber daran glauben Sie wohl ebenso wenig wie ich. Nein, Sir Albert, ich nehme den blauen Stift, für meine Notiz über einen überragenden Mnemonisten – Sie sind übrigens nicht der Einzige in ihrer engsten Verwandtschaft –. Ich bin überzeugt, dass Miss Death eine ähnliche Veranlagung hat, vielleicht hat sie Ihnen sogar etwas voraus, da sie in den vergangenen fünfzig Jahren praktisch keine neuen Daten zu verarbeiten hatte –. Erklären Sie mir das, bittet Hirn, und nehmen Sie sich gern noch eine Zigarette, wenn es Ihnen hilft, sich zu konzentrieren. Busner sagt, lieber würde ich mich setzen, Sir Albert, was er, da der alte Mann keinen Einspruch erhebt, auch tut, nachdem er von einem hölzernen Drehstuhl eine verschimmelte, steifbeinige Hundepuppe entfernt hat. Ihre Schwester ... fängt er an, und ... erklärt ihm die ganze Sachlage: der Ausbruch der Encephalitis lethargica, das charakteristische Bild ihres Kollapses, ihre Einweisung und die lange, sehr lange Zeit der Fehldiagnosen und Fehlbehandlungen. Er fasst zusammen, wie er selbst nach Friern kam und bald zu der Überzeugung gelangte, dass L-DOPA für diese seit langem aufgegebenen Patienten eine therapeutische Wirkung haben könnte. Busner beendet seinen Vortrag und weiß überhaupt nicht, wie

Sir Albert reagieren wird. Es gelingt dem alten Mann, der mit glänzenden, auf seinem erdrückenden Schädel arrangierten Brillen unheilvoll aufrecht im Sessel sitzt, mit einer Miene, die seit dem *letzten Herunterputzen dieses oder jenes nur menschlichen Untergebenen unverändert geblieben ist*, trotzdem noch, ihn mit einem einzigen Wort in Bestürzung zu versetzen: Und? Busner, der seine erste Schüchternheit vergessen hat, feuert zurück: Und was? Im Bereich von Sir Alberts Stimmbändern wird geräuschvoll Milch aufgeschäumt, Busner stellt mit Erstaunen fest, dass es ... *seufzt*. Chhhharrr ... dann sagt er mit einem Hauch von Warmherzigkeit, Und was erwarten Sie in dieser Angelegenheit von mir? Bevor Busner antwortet, beugt er sich knarzend vor, um einen besseren Blick auf die Gefühlsregung zu erhalten. Erwarten? Ähm, na ja, ich war davon ausgegangen, dass Sie vielleicht Ihre Schwester gern sehen würden, oder ihr zumindest irgendeine Form der Unterstützung zukommen lassen. Die Beihilfen für Langzeitpatienten in psychiatrischen Krankenhäusern sind mehr als dürftig – für Essen, Unterkunft und Kleidung werden pro Woche etwa vierzig Pfund gewährt, kaum mehr – wenn man die Inflation berechnet – als zu Edwards Zeiten. Er hatte gehofft, dass er bei der finanziellen Frage den alten Beamten hervorlocken würde – stattdessen gönnt sich Sir Albert eine längere Pause, in der Busner die zahlreichen gerahmten Urkunden und Zeugnisse betrachten kann, die er nun überall entdeckt, es sind so viele, dass sie eine Art *Tapete des Autodidaktizismus* bilden. Darunter sind Studienabschlüsse in Deutsch als Fremdsprache, Religion, Wirtschaftswissenschaften, Philosophie, Jura, Geschichte der Neuzeit, Vergleichende Religionswissenschaft, Mathematik, mehrere weitere Sprachen, Vor- und Frühgeschichte, Physik, Politikwissenschaft, Geographie und so weiter *ad tedium*. Es liegt auf der Hand, denkt Busner, dass er sich für diese Bildung geschunden hat – und nun schindet er uns. Sir Albert sagt: Ich hatte immer nur zweiundvierzig Minuten am Tag für meine Studien. Busner erschrickt: Bitte wie –? Sir Albert hat seine frühere, farblose Fassung wiedergewonnen, er fährt fort: Einundzwanzig Minuten im Frühzug von Blackheath nach Charing Cross, dann noch einmal einundzwanzig Minuten auf dem Rückweg am Abend – mehr Zeit hatte ich nicht – deshalb sehen Sie hier ausschließlich Gasthörer-Zertifikate der London University. In meiner Zeit war es ja kaum denkbar, dass ein junger Mann mit meinem Hintergrund ein Studium absolvierte, ich bin mit achtzehn in den öffentlichen Dienst eingetreten, das wissen Sie ja. Meine beiden Eltern und meine geisteskranke jüngere Schwester waren abhängig von mir, als ich zweiundzwanzig war – acht Jahre später war ich schon für die Granatenproduktion im Arsenal verantwortlich. Als meine ausgesprochen unnütze Schwester ihren Nervenzusammenbruch hatte – zufällig genau in diesem Zimmer – habe ich tatsächlich keine größeren Anstrengungen unternommen, ihr zu helfen. Sie müssen wissen, dass sie mich für den Tod unseres Bruders verantwortlich gemacht hat, sie war der meines Erachtens unhaltbaren Ansicht, dass ich – der Verantwortliche für die Produktion des Materials, das in der Offensive, in der er fiel, zum Einsatz kam – hätte wissen müssen, dass ein großer Teil der Granaten, die zur Front geschickt wurden, Blindgänger und Irrläufer waren, und dass ich diesen Missstand hätte beheben müssen. Tatsächlich waren viele der Granaten defekt, sie explodierten entweder zu früh – was zu Verlusten unter den britischen Angreifern führt – oder sie explodierten überhaupt nicht und waren demnach untauglich für die Zerstörung des – er benutzt das deutsche Wort – Verhaus –. Wie bitte?, unterbricht Busner. Sir Albert seufzt erneut: Chhhharrr … der Stacheldraht, in dem sich die Soldaten verfingen, junger Mann, als Jude deutscher Herkunft hätte ich schon einen gewissen Grundwortschatz bei Ihnen erwartet. Nicht schlimm, Sie haben mich nicht unterbrochen, es gibt dazu ohnehin nicht mehr zu sagen. Busner lässt sich Zeit, bevor er in höchst versöhnlichem Geschäftston antwortet: Sir Albert, bestimmt könnten Sie sich nach all den Jahren durchringen, ihr zu vergeben? Egal, was sie damals gesagt haben mag – sie war eine junge Frau, die zweifellos bereits unter den Symptomen ihrer krankhaften Hirnhautentzündung litt – außerdem … nach so langer Zeit … Er zögert, schweigt schließlich, denn Sir Alberts Gesicht nimmt die gallige Farbe des Zorns an, *Alter, du kriegst gleich 'nen Schlaganfall* … die Jahrzehnte läuten dem Greis in den Ohren, umspielt vom Klingeling des von ihm selbst optimierten Hörgeräts. Sie haben mich nicht gehört, Doktor Busner!, bellt er, ich habe gesagt, dass ich die Ansichten meiner Schwester aus zwei Gründen für unhaltbar hielt. Für ihre schändliche Verunglimpfung meiner Arbeit könnte ich ihr durchaus verzeihen: mir selbst war damals bewusst, dass das Material zum großen Teil defekt war, und dass es für die Bombardierung ausgebauter Stellungen und Verschanzungen völlig untauglich war. Doktor Busner, ich bin in den dreihundertzweiundsiebzigtausend, neunhundertsechzig Minuten, in denen ich Jura, Philosophie und auch vergleichende Religionswissenschaften studiert habe, durchaus zu einem detaillierten Verständnis von moralischer Verantwortung und Schuld gekommen. Ich bin mit mir selbst im Reinen – und ich bin auch bereit, mit meinem Schöpfer Frieden zu schließen – und was mein Verhalten in jenen Jahren angeht, wird meine damalige Jugend mildernd anzuführen sein, die aufgeheizte Stimmung jener Zeit, der Kriegsrausch, der die Bevölkerung erfasst hatte, und der – um einen treffenden Ausdruck aus der normalerweise sehr ungenauen Terminologie Ihres Fachs zu borgen – auf eine Art Groupthink hinauslief. Aber lassen Sie mich deutlich sagen: Ich verzeihe meinem jüngeren Selbst nicht aufgrund irgendeines trügerischen Relativismus – unabhängig von Ort und Zeit sind bestimmte Taten in den Augen Gottes immer falsch – aber die Umstände waren doch geeignet, die Schuld erheblich zu mindern. Ich bezweifle dagegen sehr, dass das Verhalten meiner Schwester von dieser Minderung erfasst wird: sie, die sich als Pazifistin bezeichnete, ließ sich freiwillig in die Kriegsmaschinerie einfügen und übernahm eine wichtige Aufgabe. Als sozialistische Kollektivistin maßte sie sich Urteile an, die nur dem Einzelnen zustehen. Auch als Verfechterin der Frauenrechte blieb sie ihren Überzeugungen nicht treu – und gab sich närrischerweise der Vorstellung hin, dass Omnia vincit amor. Was Ihr Argument angeht, dass sie bereits unter Encephalitis lethargica litt, als unser Bruder starb – nun, alle Tatsachen sprechen dagegen. Ich habe Constantin von Economos erste Studie der Erkrankung gelesen – etwas, zu dem Sie mit Ihrem beschränkten Talent für Fremdsprachen noch keine Gelegenheit hatten – zwar stimmt es, dass er die Pathologie 1916 in Wien zum ersten Mal nachwies, die ersten englischen Fälle wurden aber erst 1918 bestätigt – erst im April – am zwanzigsten, wenn mich mein Gedächtnis hier nicht im Stich lässt – erschien der Artikel im Lancet, der die Politik auf die der Epidemie innewohnende Gefahr eines massiven Verlusts von Arbeitskraft aufmerksam machte. Nein, als meine Schwester im Arsenal arbeitete, Zündkappen drehte und diese Hülsen stopfte, war sie nicht weniger gesund als die anderen Arbeiterinnen, deren Gesundheit – es wird Sie freuen, das zu hören – durch die Arbeit wesentlich geringer beeinträchtigt war als in vergleichbaren Industrien zu Friedenszeiten – eine Beobachtung, die auch durch Statistiken – falls Sie sich die Zeit nehmen möchten, diese zu konsultieren – gestützt ist. Nein, Audreys Anschuldigungen waren doppelt unhaltbar, denn wenn überhaupt jemand für den Tod des Gefreiten Stanley Death verantwortlich war – der, soweit wir anhand der Stelle, an der seine sterblichen Überreste 1928 gefunden wurden, feststellen konnten, tatsächlich von einer defekten Granate verursacht wurde – dann war sie es, sie und die anderen Arbeiterinnen, deren Nachlässigkeit und Ineffizienz bei der Erfüllung ihrer Pflichten teilweise kriminell fahrlässig waren. Doktor Busner, Sie verstehen jetzt vielleicht, warum hier keine Lösung in Sicht ist: Es ist durchaus nicht so, dass ich ihr für ihre Anschuldigung – die durch die lange Zeit der geistigen Reglosigkeit ohnehin an Schärfe verloren haben dürften – nicht vergeben könnte, es ist aber so, dass ich, der ich ganz und kontinuierlich im Besitz meiner geistigen Kräfte bin, sie jeden der zwanzigtausend und dreiundneunzig Tage, die – einschließlich des gegenwärtigen – seit dem Tod meines Bruders vergangen sind, verantwortlich gemacht habe. Aus diesem Grund ist es undenkbar, dass ich irgendeine Form von Kontakt mit ihr pflege, egal, wie die Umstände sind, in denen sie sich derzeit befindet. Ein Besuch im Krankenhaus kommt also nicht in Frage. Und damit, Doktor Busner, ist wohl der professionelle Teil unseres Gesprächs abgeschlossen. Wenn Ihr Besuch gesellschaftlicher Natur gewesen wäre, hätte ich Sie gebeten, noch eine Tasse Tee mit mir zu trinken. Misses Haines und ich haben die Gewohnheit, zu dieser Zeit ein wenig fernzusehen – er zeigt auf das Gerät – heute Abend freuen wir uns auf eine politische Satire. Da Ihr Besuch aber aus Gründen, die ich überdeutlich dargelegt habe, kein gesellschaftlicher ist – und auch niemals sein könnte –, wäre ich dankbar, wenn Sie mich nun unverzüglich allein lassen würden.

Gekommen ist er aber doch. Busner steht auf dem Gehsteig und sieht das Verrückteste, *das ich heute gesehen habe*, eine Plakatwand mit dem Slogan FÜHREN SIE EIN LEBEN IN LUXUS – IN PRINCESS PARK MANOR, daneben, als weiterer Anreiz: SPORTSTUDIO AUCH FÜR AUSSENSTEHENDE GEÖFFNET. Er erinnert sich an einen Nachmittag im August 1971, als Sir Albert De'Ath ohne vorherige Ankündigung in die Abteilung 20 des Friern Hospital trat. Busner vergaß, den alten Mann zu fragen, wie sein enormes und träges Hirn zu dieser Entscheidung gekommen war, denn zu jener Zeit – seine eigene Abreise nach Spanien stand unmittelbar bevor – richtete der Psychiater seine ganze Aufmerksamkeit auf die zunehmende Instabilität seiner kleinen Kohorte post-enzephalitischer Patienten. — Wellenlinien teilen die Plakatwand in drei Abschnitte, der rechte zeigt ein entsetzlich blau-grünes, ungünstig beschnittenes Foto des zentralen, von Bäumen gerahmten Fassadenteils: eine in die Länge gezogene Kuppel, ein einziger Campanile, der bogenförmige Portikus *machen aus dem früheren Irrenhaus eine plausible Wohnanlage, zumindest wenn man sich nicht erinnert* ... Im zweiten Abschnitt blickt ein junger Mann in einem glänzend schwarzen Einteiler zuversichtlich in die Ferne, seine muskulösen Arme sind angewinkelt, die geballten Fäuste ruhen auf geschwellter Brust. Es sind die Kopfhörer und der geflochtene Zopf des Kabels sowie eine verschwommene, in Shorts gekleidete Frau, die im Hintergrund auf einem Gerät zu erkennen ist, die den Schluss nahelegen, dass hier das für Außenstehende geöffnete Sportstudio beworben wird – während der dritte Abschnitt aus der Vogelperspektive eine springende Figur im Badeanzug zeigt, die vom Chlorwasser leprös besprenkelt ist – offenbar ein Bild des mit allen Annehmlichkeiten ausgestatteten Innenpools. Gefangen in *einer Krisis des Starrblicks*, gelingt es ihm nicht, sich von der Plakatwand loszureißen, der Werbetext, *Preisgekrönte, individuell gestaltete Wohnungen mit hohem Standard, umgeben von einer hinreißenden, dreißig Hektar großen Parklandschaft*, sägt in seinen Schädel, dazu: *Führen Sie ein Leben in Luxus – in Princess Park Manor ... Princess Park!* Park, muss er gestehen, hat eine unübersehbare topographische Plausibilität, aber Princess? Was kann diese Umbenennung erklären, wenn nicht ein Mythologisierungsimpuls hitlerschen Ausmaßes – *hatten sie denn keine Ahnung, was sich hier früher abgespielt hat?* Princess, denkt er, lässt an schlafende Schönheiten denken, die in ihren individuell gestalteten Wohnungen unter sauberen Decken schlummern und auf den Kuss eines schönen Prinzen in glänzend schwarzem Einteiler warten, der sie zu einem weiteren Sportstudio-Besuch wachküsst, damit sie das gesamte Kursangebot und die individuelle Betreuung wahrnehmen kann – *nicht zu vergessen den Wellness-Bereich!* — Schön war damals gar nichts gewesen, und von Gesundheit oder Wellness konnte keine Rede sein. Als Busner Sir Albert durch den grottigen Tagesraum zum Frauenschlafsaal führte, lauerten ihm Mboya, Inglis, Vail – gerade fallen ihm die Namen wieder ein – einer nach dem anderen auf: Mister Ostereich hat einen respiratorischen Anfall, ob sie ihm weitere zwanzig Milligramm DPH injizieren dürften? Helene Yudkins Opisthotonus war zurückgekehrt – wenn sie überhaupt hätte aufstehen können, wäre sie mit ihrer Krümmung wohl hintenübergekippt – ob sie Symmetrel als partiellen Agonisten für das L-DOPA verabreichen dürfen? Und Leticia Gross – ihr Name wurde nur geflüstert, obwohl das Brüllen des Frauenbergs lustvoll durch die Station hallte – hat schreckliche Angstzustände, könnten wir ihr etwas dafür spritzen? Chlorpromazin – oder Valium? Die ganze Aufregung hatte Sir Albert überhaupt nicht aus der Ruhe gebracht: sein Gang war aufrecht, sein Ausdruck ernst, er trug einen merkwürdigen Anzug mit schwarz-weißem Hahnentrittmuster, eine einzige Brille und ein einziges Hörgerät. Ich möchte meine Schwester besuchen, hatte er zu Busner gesagt, als sie an der Schwesternstation aufeinandertrafen – *und sonst nichts*. Busner konnte nur hoffen, dass seine Schwester von den Schwierigkeiten ebenso wenig beansprucht war wie er – denn so ordnete Busner die Vorfälle ein, als: *kleinere Schwierigkeiten*, kein echtes Problem – nur die Nebenwirkungen des L-DOPA, die mit einigen zusätzlichen Medikamenten in den Griff zu bekommen waren. Sie würden die Dosis titrieren, Phenothiazin und Butyrophenon als Dämpfer einsetzen – *den Schutzschirm aufspannen*, ganz nach dem Wunsch des Pflegepersonals, auf jeden Fall aber den Versuch fortsetzen, *ist ja keiner…* — Er sieht sich um, der alte Mann ist noch hinter ihm, Busner sieht erst in einer, dann in einer weiteren Nische nach, immer in Sorge, was er dort vorfinden könnte: das blau angelaufene Gesicht eines Patienten, der die Luft anhält … *bis er platzt*, oder die ausgestreckte, unwillkürlich zuckende Zunge eines anderen, *die ausnahmsweise einmal nicht vorhandene Fliegen fängt* … die Augen eines dritten, die sich, *fasziniert von Spinnweben*, an einer Ecke des Zimmers laben … sein grummelndes Bauchgefühl sagt ihm, dass etwas fürchterlich aus dem Ruder läuft – kurz nach dem Ausflug zum Alexandra Palace hat er es zum ersten Mal bemerkt: in Absprache mit Mboya hat er bereits versucht, die Enzis vom L-DOPA zu nehmen, oder die Dosis zu erhöhen, oder kleinere Dosen zu verabreichen – aber was sie auch unternehmen, die grausamen Symptome der Krankheit kehren zurück wie ... *Knochen in einem umgepflügten Schlachtfeld.* Und in seinen ruhigeren, analytischen Momenten versteht er: dass dies keineswegs Nebenwirkungen sind, sondern schlicht die vollständige Widerlegung all dessen, was er so sehnlich hatte glauben wollen- dass nicht eine wohlgeordnete Gesundheit die Grundlage der menschlichen Existenz bildet, sondern das Chaos der Krankheit, die durch die zellularen Höhlengänge der Enzis heult und kreischend in die zahllosen Verästelungen ihrer Hirnstämme fährt. Er macht Whitcomb dafür verantwortlich – wenn *der verdammte Mistkerl* nur nicht so auf das fixiert gewesen wäre, was *unterm Strich herauskommt* – ein pfennigfuchsender, söldnerischer Strich, den sich Busner wie den Stab eines Limbo-Tänzers vorstellt, unter dem der Arzt *rückwärtig stark verkrümmt ... immer tiefer* ... durchrutschen muss, während der Saum seines weißen Kittels in ... *seiner selbstverzapften Scheiße hängt!* Im ganzen Haus ist Pflegepersonal gestrichen worden, die Beschäftigungstherapie ist bereits zur Hälfte abgewickelt – die Auswirkungen auf die Patienten sind überall spürbar, vor allem bei den chronischen: Sie schlurfen durch die ungepflegten Stationsräume, wissen nicht, wie sie die Zeit totschlagen sollen, ihre von der öffentlichen Hand vernachlässigte Haut schlabbert in abgelegter Kleidung, auf ihren traurigen Augen liegt ein Schleier aus zwei Teilen Chlorpromazin und einem Teil ... *Verwahrlosung.*

Sir Albert folgt in seinem Fahrwasser. Hirn, vermutet Busner, kann dieses ganze Durcheinander unmöglich aufnehmen – und wird es wohl vor sich herschieben: in der Bugwelle psychischer Verzerrung, die Hirns unablässiger Tätigkeit vorausgeht und, falls es einmal kabbelig wird, von der großen Hakennase durchschnitten wird. Busner bleibt stehen, bittet Sir Albert, einen Augenblick zu warten: Es könnte sie traumatisieren, wenn Sie ganz ohne Ankündigung kommen – womit er Hirn sich selbst überlässt, der die Gelegenheit nutzt, über das Flachdach der geschlossenen Beschäftigungstherapie zu meditieren. Busner wirft einen Blick in Audreys Nische und freut sich, sie in ihrer üblichen Seltsamkeit anzutreffen: säuerlich, selbstzufrieden und in die Financial Times vertieft, aus der sie ihm unbedingt vorlesen möchte: Den Aktionären von Rio Tinto Zinc und Allied British Securities ausgezahlte Dividenden, Wechselkursschwankungen, das genaue Defizit in der Zahlungsbilanz. Busner betrachtet den Bericht durch die panglossianistische Brille ... als harmlose Erweiterung ihres Interesses an den Dingen der Welt, er geht vor ihrem Stuhl in die Hocke und betrachtet *Liebe liegt blutend* ihr Haar und die heldenhaften Begleiter ihrer einstigen, geschundenen Schönheit ... *aus Sicht eines Liebenden.* Genau hier *detoniert meine eigene Granate* ... er sagt: Übrigens, Miss Death, Ihr Bruder ist hier, um Sie zu sehen – und steht, da er befürchten muss, dass seine eigene, aufgestaute Antipathie die Begegnung beeinträchtigen könnte, abrupt auf, um Sir Albert zu holen. Er konnte ja nicht wissen ... / *Wie hätte ich wissen können ...?* — Er ringt sich durch, als ein stattlicher Reisebus vorüberrauscht, auf dem in Großschrift steht: BUCH DEN FLEXIBLEN BOOSTER UND WÄHLE DEIN MONATSPAKET FREI: Ich werde sagen, denkt er, dass ich mir gern eine der Letzten noch verfügbaren Wohnungen ansehen möchte, im Hinblick auf meine anstehende Pensionierung – sie werden mir alles zeigen, mit Vergnügen! Ein Wächter in signalgelber Weste hängt schlaff in einem Stuhl vor dem Pförtnerhaus *sieht aus wie ein Langzeitpatient* … die alte Frittenbude dient jetzt als Verkaufsbüro von Princess Park, mit einer ökologisch verheißungsvollen Einrichtung aus *ich hatte mal* … norwegischem Holz. Busner steht da und sieht im breiten Fenster die winzigen Pachtgrundstücke, die über das maßstabsgerechte, auf einem riesigen Tisch aufgebaute Modell der Anlage verteilt sind, als er von Reue gepackt wird: Ist dies nicht genau die Perspektive, aus der du die Welt immer betrachtet hast, du kaltherziger Mistkerl, als ein leicht fassbares – und reduzierbares! – Objekt, auf das du von deinem Gipfel herabsehen konntest? Doch sogleich spendet er sich Trost: Insofern, als die neuen Insassen von Friern das unscharfe Äußere und die falsch proportionierten Glieder einer jeden Verkleinerung aufweisen, *bleibe ich, der allwissende Gott, immer durch einen Plexiglasdeckel von ihnen getrennt* … Und außerdem: *Wie hatte ich es wissen können?* — Dass Audrey seelenruhig dasitzt, mit einer im Schoß zerknitterten Financial Times, im festen Glauben, auf Stanley zu warten. Er wird sehr alt geworden sein, sie weiß es: er ist neunundsiebzig. Sie geht davon aus, dass er einer jener Männer ist, die in den mittleren Jahren sehr stark zunehmen, weshalb sie in den Sekunden, bevor er kommt, den Umriss in ihrem Gedächtnis ausradiert und den sauberen Bleistiftstrich seiner jugendlichen Gestalt zu einer glaubhaft korpulenten verwischt … *Er wird ein fröhlicher Mann geworden sein*, denkt sie: ein fröhlicher Mann, der nie vergessen hat, dass er der Hölle des Schlachtfelds entkommen ist … *aufgehoben vom Erzengel Michael, heim-*

getragen nach Blighty ... vom Glück einer leichten Verwundung. Sie hat keine Vorstellung von seinem Leben nach dem Krieg, außer: *Er wird Kinder bekommen haben – viele Kinder, er wird all die Kinder bekommen haben, die mir versagt waren, und auch sie werden wunderschön sein ...* Und sie macht sich ein Bild von diesen Kindern, von Stans hochgewachsener, gertenschlanker Figur und den schönen, klaren Zügen der kleinen Adeline. All dies liegt so klar vor ihr wie die von Altersflecken übersäten Hände, die sich aus den Wirtschaftsseiten befreien ... *sie zucken ja* – so viel klarer als der Turm von abertausend winzig schwarzen Fenstern, der nun vor ihr aufragt, gekrönt von einer hässlichen Werbetafel, auf der das vergreiste Gesicht ihres Bruders Albert zu sehen ist, durch dessen vorstehende graue Augen ein Blick auf sie fällt ... *Todesstrahlen.*

Wenig später sitzen Sir Albert De'Ath und Doktor Zachary einander an dem praktischen Tisch der Schwesternstation, Abteilung 20, gegenüber. Busner raucht eine seiner eigenen Zigaretten – filterlose Gauloises Caporal, die kein Pfleger und keine Schwester erträgt. Sir Albert hat eine Tasse Tee angenommen, er schaufelt mit schnellen, kurzen Bewegungen braunen Zucker aus einer knittrigen Folienpackung hinein, Busner sieht ... *jemanden, der geschwind ein Grab zuschaufelt.* Ich habe mich noch weiter mit Encephalitis lethargica beschäftigt, sagt Sir Albert. Oh, tatsächlich ... ohne es als Ablenkung zu empfinden, erfreut sich Busner doch im Stillen daran, dass Hirn wesentlich unbedeutsamer wirkt, wenn er vom Riff seiner befremdlichen Bagage gezerrt und in diesen funktionellen Arbeitskontext versetzt wird, mit einem zerschlissenen Belegungsplan, der seinen kahlen Schädel rahmt. Ja-ja, fährt Sir Albert fort, wie ich bei unserem ersten Treffen bereits erwähnte, war ich damals über die Epidemie informiert, ich hatte die Daten – den Artikel im Lancet von 1918, den Regierungsbericht, der später im selben Jahr erschien, und einige weitere, kleine Veröffentlichungen – im Kopf, doch erst als ich erfuhr, dass meine Schwester an dieser Krankheit litt, begann ich mich ernsthafter und aus der Sicht des Historikers dafür zu interessieren. Der alte Mann in seinen *schicken Klamotten* beugt sich über seinen Tee und schlürft, Busner derweil *verwischt seinen Umriss, wischt ihn in die Unschärfe der Vergreisung, ihm blüht eigentlich die Einweisung.* – Ich frage mich, ob Ihnen bewusst ist, dass – soweit es sich aus der zeitlichen Entfernung und den lückenhaften Akten jener Jahre rekonstruieren lässt – es einige weitere Ausbrüche gegeben hat. Wirklich, sagt Busner verträumt und qualmend. Sir Albert beginnt, kleinlich zu werden: Ja, wirklich, Doktor Busner: in London in den 1670er Jahren, in Manchester in den 1840ern – in Wien um die Jahrhundertwende, wie wir wissen – und auch möglicherweise im Zweiten Weltkrieg, im Konzentrationslager Theresienstadt … Was durch die Gauloises-Schwaden bis zum Psychiater vordringt, der sich vorbeugt und langsam die Zigarette ausdrückt. Sir Albert spricht weiter in seinem gewohnten Roboterton: Eigentlich – und alle epidemiologischen Untersuchungen sind sich hierin einig – liegt es auf der Hand, warum gerade damals ein Hirnfieber die Bevölkerung dieser Städte erfasste: Bevölkerungsdichte, Unterernährung und so weiter und so fort … Aber der mögliche Ausbruch in Theresienstadt hat mich dazu gebracht, die Frage auf eine weniger analytische, eher … eher … Merkwürdig anzusehen: *Hirn ringt um das richtige Wort* … ja, symbolische Weise zu betrachten – vielleicht ist das Ihr Einfluss, Busner, zumindest der Einfluss Ihrer fachlichen Erfahrungen. Um den schlechten Geschmack des

Sarkasmus loszuwerden, zieht Sir Albert ein zusammengeknülltes, schmutziges Taschentuch aus der Brusttasche und wischt sich den Mund ab. Er fährt fort: Ich weiß nicht, wie gut Sie über Theresienstadt informiert sind ... *Was will er nur? Will er mich reinstecken, nach allem, was geschehen ist?* aber selbst für deutsche Verhältnisse war das Lager mustergültig verwaltet und effizient gestaltet – was allerdings, ziemlich, ähm, unmenschlichen Zwecken diente. Innerhalb der alten Stadtmauern, auf einer Fläche von weniger als einer halben Quadratmeile, drängten sich etwa zwanzigtausend Juden und andere Unerwünschte. Es gab allerlei Geschäfte – eine Polsterei, einen Schuster und so weiter – es gab eine Bäckerei, eine Brauerei, eine Maschinenwerkstatt und ein Kraftwerk, zeitweise sogar ein kleines Kammerorchester und ein Theater. Sir Albert legt eine glucksende Teepause ein und sagt mit süßem, tanninbetontem Seufzer: Ahhh, das Ziel war natürlich nicht, das Schicksal der Insassen zu verbessern, sondern eine Art Potemkinsches Dorf zu errichten, das man den Delegationen des Roten Kreuzes vorführen konnte – die Nazis haben einen ziemlich grausamen Film darüber gemacht, offenbar, ich hatte leider noch keine Gelegenheit, ihn zu sehen ... Das wäre allerdings interessant gewesen ... er gerät ins Grübeln, seine langen und *verstörend eleganten* Finger *hätscheln die leere Tasse* ... es hätte mir vielleicht geholfen, meine Theorie im Groben zu bestätigen –. Und die wäre?, unterbricht Busner und wappnet sich für irgendeine antisemitische Unverschämtheit. Die Ähnlichkeiten, sagt Sir Albert unbeeindruckt, werden Ihnen doch wohl nicht entgehen: alle diese Städte hatten zur Zeit des Ausbruchs Einwohnerzahlen, die groß genug waren, um die Krankheitsübertragung zu unterstützen – tatsächlich waren alle gerade erst massiv angeschwollen – nur in

Theresienstadt lagen die Dinge anders. Wenn wir die Faktoren betrachten, die es mit den anderen Städten gemeinsam hatte – London an der Schwelle der ersten industriellen Revolution, Manchester bereits mitten in der zweiten, Wien im Rausch der Kriegsvorbereitungen – können wir die Hypothese aufstellen, dass nicht Einwohnerzahl oder Bevölkerungsdichte entscheidend war, sondern die Dichte der Mechanisierung, der ... technischen Einrichtungen. Wie dem auch sei ... Sir Albert steht – für einen Mann seines Alters – abrupt auf und richtet sich zu voller Größe auf ... es ist, wie gesagt, nur der Ansatz einer Theorie, die ich Ihnen zum Abschied überlasse. In diesem Augenblick fällt Busner ein: Aber Sir Albert, ich habe Sie gar nicht gefragt ... also ... wie war es denn mit Ihrer Schwester? Hirn sieht mit kaum verhohlener Verachtung auf ihn herab und sagt: Wie es war? Es war gar nicht, Doktor Busner – meine Schwester ist, wie ich immer vermutet habe, in hohem Maß katatonisch und kaum ansprechbar – sie hat, soweit ich sehen konnte, meine Anwesenheit überhaupt nicht wahrgenommen, sie schien aber von einer furchtbaren Trauer ergriffen, Melancholia attonica nennt man das, nicht wahr ...? Sehen Sie, ich weiß, dass Sie mich für gefühllos halten, ich hoffe und denke aber, dass das nicht stimmt. Ich habe Ihrem Assistenten –. – Assistenten? Busner ist ebenfalls aufgestanden, sie stehen sich am Tisch gegenüber, jeder in seiner Ecke. Jaja, sagt Sir Albert, der afrikanische Herr – Mboya, so heißt er, ja? Sehr patent, ich habe ihm gesagt, dass ich mich gleich darum kümmern werde, dass Audrey eine Rente bekommt, auch über meinen Tod hinaus. Ich konnte ihm dies – Hirn kann sich ein überhebliches Grinsen nicht verkneifen – in seiner eigenen Sprache sagen, mit der ich mich ein wenig auseinandergesetzt habe.

Sir Albert schiebt die Doppeltür zum Flur auf. Seine eigene Sprache?, sagt Busner, Sie meinen ... Kikuyu? Sir Albert bleibt stehen, sieht ihn verächtlich an und antwortet: Um Himmels willen nein, Dholuo – Mboya ist ein Luo, kein Kikuyu, was wohl auch erklärt, warum er hier ist und nicht in Kenia, nicht wahr? Es erstaunt mich nicht, Busner, dass Ihre Karriere in der Sackgasse dieser Klinik feststeckt, Sie interessieren sich ja überhaupt nicht für Ihre Kollegen. Und mit diesem K.o.-Schlag in der letzten Runde, *jetzt, da wir beruflich eindeutig nichts mehr miteinander zu tun hatten, wurde Sir Albert, ungeachtet seiner vermeintlichen Solidität, entstofflicht...* — Kann ich etwas für Sie tun?, sagt sie. Die Körperfülle der Frau, Ende dreißig, ist eigensinnig verteilt – Oberarme, Hüftkissen, Brustkorb – und deutet auf beengende Wäsche unter dem schwarzen Stretch-Oberteil und der schwarzen *wirklich ... kontraproduktiven Stretch-Hose*. Ihr Gesicht ist schön, sie hat etwas von einem Falken – *Griechisch?* – sie trägt das Haar offen, die Tatsache, dass sie ungeschminkt ist, rundet das Bild ab. *Eine Immobilienmaklerin stelle ich mir anders vor*. – Ich, ähm, also ... Sie stehen an dem tischgroßen Modell der zur luxuriösen Wohnanlage umgewandelten Klinik, Busner, der Anzeichen einer kommenden Ohnmacht bemerkt, legt seine alte Hand darauf und hält sich fest ... *zur Selbsthilfe*. Ich – ich habe hier einmal gearbeitet! Es ist ihm rausgerutscht, mit seltsamem Enthusiasmus – er hatte bis zu diesem Moment fest beabsichtigt, seine Hochstapelei als Kaufinteressent für eine der LETZTEN NOCH VERFÜGBAREN WOHNUNGEN durchzuhalten. Die Frau lässt sich nicht aus der Ruhe bringen. Tatsächlich, sagt sie, und was haben Sie hier gemacht – ihr Blick schnellt über die schmutzige Kleidung, bleibt am Schweißrand seines knittrigen Huts hängen – waren Sie in der Polsterei beschäftigt? Oder etwa in der Beschäftigungstherapie? Er lacht. – Nein, nein, ich habe wirklich hier gearbeitet – als Psychiater. In allen Ecken der ehemaligen Frittenbude sitzen die Kollegen der Maklerin und tipp-tipp-tippen auf ihre Tastaturen und zuck-zuck-zucken mit ihren Mäusen, ihre Augen flitzen zwanghaft auf dem Bruchteil eines Zentimeters hin und her, und *allein durch diese Tätigkeiten, die Kontinente überwinden, fremde Welten entdecken und in die Seelen der Anderen dringen* … Ich darf nicht so überheblich sein, tadelt er sich, warum soll es schlimmer sein, als im Atlas zu blättern und gleichzeitig Radio zu hören – was ich früher oft genug getan habe. Die Frau hat die Arme gekreuzt, wodurch … *neue Schwellungen* entstanden sind – *auch darüber habe ich nicht zu urteilen, nicht in meinem Alter* … Tut mir sehr leid, sagt sie, es ist nur so, dass nicht wenige ehemalige Patienten zu uns kommen, sie wollen sich umsehen. Das erstaunt mich, möchte Busner sagen, unterbricht sich aber, als er merkt, dass er überhaupt nicht erstaunt ist. Ich denke mal, sagt er stattdessen, sie suchen nach irgendeiner Form von … er verstummt. Die Frau betrachtet ihn skeptisch und gibt seinem Gedanken eine Stimme: Geborgenheit? Ja, ich weiß, dass es so ist, sie erzählen mir nämlich, dass sie sich nirgends so geborgen gefühlt haben wie hier – viele sind ja natürlich sehr unglücklich, einige sind wirklich verzweifelt. Jetzt ist Busner an der Reihe, skeptisch zu blicken, doch er entdeckt in ihrem Ton keine Ironie, ihr Ausdruck ist offen … *ernsthaft*. Sie scheint eine *unerklärlich therapeutische Immobilienmaklerin zu sein* … Er lächelt, und sagt, Und stimmt es, wenn ich vermute, dass auch Sie hier eine gewisse Geborgenheit verspüren? Die Frau gluckst ein erfreulich kräftiges, schokoladiges Lachen, Ha-Ha, also, ha, ja … Sie streckt ihm die Hand entgegen, für die sie, so denkt er, kaum eine Mühe scheut, denn jeder Nagel ist anders verziert … *mit Mondsicheln, Regenbögen, einer Taube, zehn kleinen Szenen eher süßlicher … Geborgenheit* … Mein Name ist Athena Dukakis, sagt sie beim Händeschütteln – und Busner sucht mit geübtem Blick unter den vielen Silberringen, die sie trägt – *auch noch am Daumen!* – den goldenen der Ehe: *nur aus Gewohnheit* … Busner, sagt er, Doktor Zack Busner – ich war in den frühen Siebzigern ein paar Jahre hier. Die Frau von Mr. Dukakis lässt seine Hand los und zeigt auf das Modell. – Nun, wie Sie sehen, hat sich hier vieles verändert. Ich denke, ich kenne mich hier sehr gut aus – ich bin ganz in der Nähe aufgewachsen: Mein Vater hat die Gebäude gekauft, als die Klinik 1992 geschlossen wurde. Wieder sucht Busner in ihrem schönen Gesicht, im warmen Ton ihrer Stimme, nach Ironie, nach irgendeiner *Doppelbödigkeit oder List … einer Falltür über gähnendem Verlies, wo nichts als Leid und Verzweiflung wohnen* … Es muss merkwürdig gewesen sein für ein junges Mädchen, sagt er tastend – schließlich war das hier eine psychiatrische Klinik. *Es leuchtet mir ein* … als Dukakis mit der Mondsichel über den Plexiglasdeckel fährt und sagt, Wie Sie sehen, hat er als Erstes den hinteren Riegel der Klinik abreißen lassen, den gesamten vorderen mitsamt der Fassade hat er erhalten, das Ensemble mit den 1860 angebauten Rippen. Sie haben schon recht, es war komisch – Erinnerungen statt Immobilien … – ich war ein Teenager, er hat mich oft zu Besichtigungen mitgenommen, ich durfte herumlaufen, wie ich wollte. Die letzten Patienten hatten es offenbar eilig gehabt – ihre Zahnbürsten standen auf den Ablagen in den Waschräumen, in den Nachttischen lagen ein paar erbärmliche Habseligkeiten. Die Ärzte hatten eine Menge … komische Geräte hinterlassen – und dann waren da natürlich die Gummizellen, die haben mir einen richtigen Schrecken eingejagt! Schweigend fahren sie mit ihren Blicken über das Simulacrum der *Klapse* ... Busner erinnert sich an die seltsame Atmosphäre in den alten Nervenkliniken der achtziger und neunziger Jahre, wie sie abgewickelt wurden, wie mit jedem entlassenen Patienten ein Bett fortgeschafft und nicht ersetzt wurde, bis in den riesigen, hallenden Schlafsälen nur noch kleine Matratzeninseln standen – Inseln, auf denen behaarte, geriatrische *Berberaffen* hockten ... Es ähnelt dem Prozess der Dekolonisierung, denkt er, die fernen Besitzungen des therapeutischen Weltreichs werden eine nach der anderen abgetreten, weichen der Abrissbirne, den ... *luxuriösen Wohnungen.*

Auf Schreibtischen, Grafikschränken und der Tischplatte mit dem Modell stehen mehrere steife Papiertüten – edle, violettfarbene Tüten mit dem Logo der Anlage: die in die Länge gezogene Kuppel der ehemaligen Klinik, die beiden flankierenden Campaniles ... *nur zum Schein, sie pumpten den Gestank des Wahnsinns in den Vororthimmel, und jetzt? Pumpen sie jetzt Potpourri, frisch gemahlenen Kaffee?* Athena Dukakis sagt, die Tüten, falls Sie das interessiert, also, wir machen morgen so ein kleines Präsentationsding – da sind kleine Präsente drin, eine CD-ROM mit einem virtuellen Rundgang, eine Duftkerze, Badesalz ... solche Sachen eben ... Sie schweigt, und wird plötzlich wieder munter, und sagt, Hören Sie, ehrlich gesagt ist es hier gerade ziemlich ruhig – die Kreditkrise und so, das Geschäft ... boomt nicht gerade. Ich könnte Ihnen also gern etwas zeigen. Sie spricht aus einem Impuls heraus, *aber ausgesprochen warmherzig* ... Er geht hinter ihr die Zufahrt hinunter zur Verkehrsinsel – die wesentlich prächtiger ist, als er in Erinnerung hat, pink, malve, scharlach, ein Feuerwerk … – und fragt sich, *warum sie mir so zugetan ist.* Denn er weiß durchaus um sein reizloses, stolperndes Äußeres, seine Füße schmerzen in den Turnschuhen, *Happkeine* … und obendrauf der Pennerhut, es ergibt das perfekte Bild eines Patienten, der auf der Suche nach Geborgenheit zurückkehrt – *oder eines Unbekannten Mittellosen Geisteskranken, was ist eigentlich aus dem geworden?* Und, was vielleicht wichtiger ist, denkt Busner, was ist aus Marcus geworden, dem alten Irrenarzt, den ich über das Schicksal der Statue getäuscht habe? Als hätte der Mann Schutz nötig gehabt! Wenn er noch leben würde, er wäre – über hundert – trotzdem, es war durchaus denkbar, dass er in seiner Wohnung in St. John's saß und *seine kleinwüchsige Frau schikanierte, die mit ihren Lebersnacks über das Plastik knistert* … Auf Höhe des Haupteingangs will Busner abbiegen, um gehorsam vorbeizugehen, als er schockiert feststellt, dass sich die Tore ohne einen Laut von selbst geöffnet haben und im Inneren eine weitere Glastür gleitend aufgeht: *Dornröschens geheime Tür … die Auen, es sprießen, die Blumen, am Ufer, wo Wasser, ehe-wig strömt* … Athena Dukakis lacht. – Die Türen verwirren Sie – das war gleich das zweite, was mein Vater gemacht hat: Er hat das Haupttor öffnen lassen. Wir konnten ja schlecht zulassen, dass die Leute vom Sportstudio durch den Seiteneingang schlüpfen müssen. Wo früher die große Empore über den toten, theatralischen Saal kragte – er erinnert sich wieder, eine hyperaktive Cordelia plapperte Von N-N-N-Nichts k-k-k-kommt n-n-n-nichts – ist jetzt *eine ganze Menge* zu sehen, der hohe Saal ist in drei Ebenen horizontal geteilt worden, hinter einem Lettner aus hellem Holz und Glasscheiben sieht man in die verschiedenen Etagen. Zu ihren

Füßen geben die Fenster den Blick auf ein Schwimmbad frei, in dessen azurblauer Flüssigkeit sich ein Schwimmer fotoopportunistisch streckt – während auf Brusthöhe ein breiter, mit Naturstein bedeckter Boden eingezogen ist, der mehrere Sitzgruppen aus rundlehnigen Sesseln träg, sowie eine zinkblechverkleidete Bar und das stille Lärmen eines nachmittäglich gutbesuchten Cafés: *ein oder zwei Törtchen essen Kalbsbries.* Weiter oben, unter den alten gut erhaltenen Dachbalken, schwebt eine weitere Plattform, auf der, hinter einer Glasbalustrade, die metallischen Aufbauten einer Zusammenraufung von Laufbändern zu sehen ist. Busner sieht mehrere Beinpaare, die den Raum durchmessen, hin und her, hin und her ... *ohne irgendwohin zu wollen. Festination* ... fällt ihm ein, als er die glänzenden Stierhörner der Rudermaschinen entdeckt, und andere Geräte zum Heben, Dehnen und Reißen, die keine anderen Massen bewegen als ... größere Triceps, Biceps und Deltamuskel ... Aus denselben mentalen Nischen tritt ... *der mobile Spasmus einer Athetose hervor, myoklonische Zuckungen* ... Busner gelingt es, hoch oben über seinem Kopf die Augen einer der Auf-der-Stelle-Läuferinnen zu sehen, sie sind auf einen Punkt in der Halbdistanz gerichtet, an den ihre festinierenden Füße sie niemals tragen werden, er denkt: Sie hat eine okulogyrische Krise. Er konzentriert sich, um das Gurgeln der Espressomaschine und das Windspielgeklingel der Musikberieselung vom Tschuff-tschuff-tschuff ihres lauter werdenden Atems zu unterscheiden, und diagnostiziert sogleich den Anfang einer ... *respiratorischen Krise!* Der junge Mann auf dem Foto an der Plakatwand neben dem Haupttor, oder sein Zwillingsbruder, drängt an dem gaffenden Busner vorbei, der auf seine eigene Sporttasche herabsieht und das Sportstudio verlässt, um in einen *akuten Ka-*

ter zurückzukehren ... *eindeutig den schlimmsten, den es gibt* ... — Wie lang, fragt er sich verzweifelt, muss ich noch in dieser beschissenen Schlange stehen? Das Schlimmste daran ist, dass es nichts zu sehen gibt als den Steinboden voller zerknüllter Zettel, auf denen die Ergebnisse winziger finanzieller Transaktionen verzeichnet sind, und ein Fenster, *das ihm weh tut*, und die Sache, der er so gern aus dem Weg gehen würde: Vor ihm am Schalter bückt sich ein Mann, um dem Kassierer hinter dem Eisengitter etwas zu erklären, derart krächzend, dass es Busner nicht gelingt, die Sprache zu identifizieren. *Er ist ich* ... Maschinenschnitt für fünfzig Peseten, der Seriosität ausstrahlen soll – es handelt sich immerhin um eine repräsentative Monarchie, in der die kahlköpfigen, dem Caudillo treuen Agenten mit den glänzenden Origami-Hüten dich schnappen und *in aller Öffentlichkeit scheren können* ..., wenn sie nur wollen, – die schmutzigblaue Flugtasche der BOAC, voller leerer Weinflaschen, und diese Unruhe, das Zittern eines an die *regelmäßige Sedierung mit Ethylalkohol* gewöhnten Nervensystems ... Busner zweifelt nicht, dass der alte Mann, der seine Geldanweisung einlöst, Brite ist – denn er kann zwar die Sprache nicht identifizieren, aber das laute Radebrechen ist doch eindeutig *U.K.* ... Ein Disput ist ausgebrochen, es geht um einen kleinen schmierigen Zettel, den der Mann immer wieder in die Schale unter dem Eisengitter wirft, es dreht ihm beinahe den Magen um, als Busner erkennt, dass es ein Reisecheque von Thomas Cook ist, genau der gleiche, den er selbst einlösen muss. Der Spanienurlaub, denkt er, war im Ganzen ein Erfolg: sie haben besichtigt, gegessen, geredet und Ausflüge gemacht, und dann noch einmal von vorn. Miriam und er sind sich nicht nähergekommen, *damit war aber auch nicht zu rechnen* ... es ist anstrengend genug, dafür zu sorgen, dass das Baby nicht überhitzt, dass alle Kinder mit teurem Flaschenwasser versorgt sind. Nein, der Urlaub ist ein Erfolg gewesen, in ein paar Tagen fliegen sie nach Hause – *das Leben im Zauber des Dschungels* war es natürlich nicht, dafür aber, könnte man argumentieren, ein völlig akzeptables Kapitel der ... *langen, reizenden Geschichte des Lebens* ... Er hätte gestern Abend wohl nicht so viel trinken sollen, *damit war aber zu rechnen* ... Wenn es in dieser verpesteten Bank nur nicht so heiß wäre – wenn nur die Schlange hinter ihm nicht so zucken würde – jedes Mal, wenn er sich umdreht, sieht er ein bestürzendes Durcheinander aus zuckenden Händen, schnellenden Haaren, hauchenden und schmatzenden Lippen. Und der alte Mann mit seinem Reisecheque ist *fürchterlich erstarrt!* Die Auseinandersetzung hat, so scheint es, ihren Höhepunkt erreicht, ein Guardia Civil mit Kampfstiefeln, *von irgendeiner verborgenen Nottaste gerufen*, kommt in die Bank ... Erschüttert sieht Busner zu, wie der alte Mann am Gurt seiner Tasche fortgezerrt wird, das Leergut klimpert, in seinen Augen blitzen Tränen ... *ich müsste etwas tun, ihm helfen* ... aber Busner tut nichts weiter als nachzurücken, sein Platz ist jetzt vor dem Eisengitter, er beginnt den aufwendigen Prozess, unterschreibt hier und hier, blättert, unterschreibt hier und hier, blättert – ein *Däumeln*, ein *Handango*, bei dem ihm die endlosen Tics von Helene Yudkin einfallen – und da versteht er plötzlich, was für einen üblen und nicht wiedergutzumachenden Fehler er begangen hat: *Ich hätte sie nie verlassen dürfen – nie!* Die letzten vier Tage des Urlaubs ist Busner nur noch dem Körper nach anwesend, er kann sich kaum aufraffen, *mit meinen drei verwahrlosten Kindern* zu sprechen, *der verkommenen Schlampe, die meine Frau ist.* Als das Taxi vor dem Grove hält, geht er nur in die Woh-

nung, um den Schlüssel vom Austin zu holen, auf dem Weg hinaus zwängt er sich an Miriam vorbei, die mühsam die Koffer hereinschleppt. Sie sagt nichts: es gibt hier nichts zu sagen – *Von Nichts kommt nichts, aber Vernachlässigung ist doch etwas – danach kommt nur noch Scheidung …*
— Als er auf Station 20 ankam, es war später Nachmittag, die Sonnenstrahlen fielen im Winkel von genau fünfundvierzig Grad durch die Lanzettbogenfenster, *ich dachte damals an Burgen – vor allem an Verliese, mittelalterliche Zellen mit blankem Steinboden, angekettete Gefangene, verfilzte, dreckige Haare, die aus den Rippen und Streben komplizierter Käfige schauen … etwas von Grimmelshausen …* Im Tagesraum fand er niemanden von der Belegschaft, und die Schwesternstation war verwaist, nur der Rauch waberte … *das beißende Gespenst unserer gemeinsamen Sorgen.* Als Busner nach Spanien abgereist war, war Audrey Death die stabilste Patientin unter den Post-Enzephalitischen gewesen – ihr stuporöser Zustand beim Jahrhundertbesuch ihres älteren Bruders: hatte mit dem Schock zu tun, Doktor Busner, erklärte sie. Der Höflichkeit halber hätten Sie mir erzählen sollen, dass Sie ihn besucht haben, so aber war ich natürlich äußerst schockiert – außerdem weiß ich schlicht nicht, was ich Albert De'Ath zu sagen hätte, wir haben ja nicht einmal denselben Namen – das Einzige, was wir gemeinsam haben, ist der Zufall unserer elterlichen Herkunft. Wenn Sie ein wenig Zeit mit ihm verbracht haben, dann wissen Sie ja wohl um seine erheblichen denkerischen Fähigkeiten – denen leider kein Mitgefühl beigegeben ist, geschweige denn echtes Mitleid. Er ist der schlimmste Reaktionär, den ich kenne. Zu viel Allerlei, hatte Busner gemurmelt, und Audrey sagte: Lauter, junger Mann, und Busner wiederholte: Ich denke mal, er hat zu

viel von seinem Allerlei getrunken – worauf die Seniorin laut auflachte, sie *lachte – ein fröhliches Lachen: ein warmes, verführerisches* … Und das war das Bild, das er im Gedächtnis behielt: von einer sehr schmalen, gebeugten und wohl auch gebrechlichen Patientin; die nichtsdestotrotz im vollen Besitz ihrer geistigen Kräfte war, die ganz klar dachte … *und mit Engagement.* Es bereitet mir so ein großes Vergnügen, zu der Musikfrau zu gehen – Misses Down, nicht wahr? – sie spielt zufällig eine Weise, die ich aus meiner Kindheit kenne, das Intermezzo in A von Brahms, kennen Sie das? Ich hab's nicht parat, nein …, sagt Busner. Sie summte *sie summte*, Da-d'da, da-d'da, da-d'dah, da-d'dah, auf- und absteigende Triolen, so ließ er sie zurück – ein bisschen zuckelig, un peu ausgelassen, mit etwas anderem *war auch nicht zu rechnen gewesen* … — Als er zurückkehrte, fand er ein heilloses Durcheinander vor. *Als ich im Männersaal die erste Zelle erreichte* … Die drei alten Männer, die Herren Voss, Ostereich und McNeil, waren so reglos wie an dem Tag, als er sie zum ersten Mal gesehen hatte, sie schienen überhaupt keine Männer mehr zu sein, sondern … *baufällige, ausgebrannte Häuser, dem Verfall anheimgegeben* … ihre Gesichter waren starre Masken, die Köpfe hingen kraftlos im Nacken, die ganze Muskulatur war wie ausgehöhlt, der Körper war ihnen *Stück um Stück entglitten.* Er hatte erfolglos versucht, sie zu wecken – er schob hier ein Lid auf, rief dort in die dunkle, schmutzige Höhle eines Ohrs. Nichts. Schlimmer: das Gefühl einer umfassenden Abwesenheit – nicht nur waren die drei ohne jede geistige Regung – *sie hatten auch nie welche gehabt … ich hatte es nur geträumt, wie auch sie es vielleicht nur geträumt hatten* … Er ging zu den Frauen und fand den Koloss der Leticia Gross vor, einen mächtigen Haufen auf dem verstärkten

Katafalk – während sie sich unmittelbar nach seiner Abreise mit unendlichen Scherereien bemerkbar gemacht, das Pflegepersonal schikaniert und herumkommandiert hatte, war sie jetzt eine hundertsechzig Kilo schwere Abwesenheit, ein Berg der Schlaffheit, ihre zierlichen Züge waren endgültig in Speckrollen und Fleischwammen versackt ... in einer *langsam sich auftürmenden Welle der Dystonie*. Ihr Mann, *das freche Kerlchen*, ließ sich nicht blicken, vom medizinischen Personal war keine Spur. Als nächstes ging er zum Bett von Helene Yudkin, wo er wenigstens ein Lebenszeichen vorfand, doch nur ... *unterschreibt hier und hier, blättert um, unterschreibt hier und hier, blättert um* ... das Däumeln und Handango, die Zwangshandlung mit den Reisecheques ... *sie konnte nicht sprechen, sie konnte nicht sagen, wie zauberhaft es war ... sie war mir entglitten.* Schließlich hatte er Hephzibah Inglis angetroffen, die wortlos vorbeirauschte. Was ist mit meinen Enzis los?, so seine fordernde Frage, er hatte nicht einmal guten Tag gesagt ... sie sah mich an, als wäre ich irgendein *aufgeplusterter, vom eigenen Status gemästeter Arzt, der die kleinen Leute niedertrampelt, sie haben mir nichts erspart:* – Ihre Enzis, Dok-tor Busner? Na ja, Sie ham sich ja aus'm Staub gemacht, da ham die den Quatsch gleich eingestellt. Dr. Whitcomb hat gesehen, in welchem Zustand die armen Leute waren und hat sofort Ihr bescheuertes Medikament abgesetzt – hat er alles mitgenommen –. Er entkam Inglis' selbstzufriedenem Grinsen und steuerte endlich die kleine, einen – wenn auch schmalen – Fensterblick bietende Nische an, die er ihr besorgt hatte – er ging zu Audrey Death und machte sich laute Vorwürfe ... *weil ich sie einen Augenblick vergessen habe, weil ich meiner Verantwortung als Arzt nicht gerecht geworden bin* ... und er fand sie in einem noch schlimmeren Zustand, als er befürchtet hatte: nicht nur saß sie halb verdreht und verkrampft in ihrem Stuhl, mit Augen, die auf ein unsichtbares, hinter ihr liegendes Objekt gerichtet waren, in diesen Augen krabbelte ein ganzer Haufen Fliegen, und ihre Arme und Beine waren mit Gurten am Stuhl befestigt. Sofort machte er sich an den Gurtschnallen zu schaffen, um sie zu öffnen. Das würd' ich an Ihrer Stelle ma' schön lassen, Dok-tor, sagte Inglis, die plötzlich hinter ihm stand. Sie ham ja keine Ahnung, wenn die frei ist, dreht die total durch –. Er verlor die Beherrschung und brüllte die Pflegerin an: Diese elende Scheißklinik hat immer damit angegeben, dass *keine Hand, kein Fuß hier jemals gebunden wird* ... ist Ihnen das etwa entfallen? — Gehen wir noch ein Stück, Doktor Busner?, fragt Athena Dukakis, und er sagt, doch, doch, verzeihen Sie, ich war nur ganz erstaunt, wie ... nun ja, wie merkwürdig all das ist – also, Sie haben ja sogar den alten Grundstein erhalten. Gemeinsam stehen sie da, ihre Blicke tasten die gemeißelte Inschrift auf der weißen Plakette ab: DIESEN GRUNDSTEIN LEGTE SEINE HOHEIT FELDMARSCHALL PRINZ ALBERT ... gefolgt von den Namen einiger Irrenbeauftragter und weiterer wohltätiger Würdenträger, und ganz unten, verziert von mehreren Schnörkeln, steht das Motto: KEINE HAND, KEIN FUSS SOLL JEMALS HIER GEBUNDEN SEIN. Vielleicht, sagt Busner, als sie das Sportstudio verlassen, findet es mancher ein wenig, sagen wir, verstörend, in diesen Mauern zu wohnen, die Zeugen all dieser geistigen Qualen sind. Dukakis ist skeptisch. Für einen Psychiater sind Sie ganz schön verträumt, sagt sie, sagen Sie mir jetzt nicht, Sie sind auch so einer, der glaubt, dass alte Gebäude eine psychische Aura haben. Wie auch immer – jetzt sind sie ja sehr schön geworden, wie Sie sehen. Sie spazieren zwischen einem Heckenbusch und der Fassade des ersten Riegels, die ihren ursprünglichen Honigton zurückerhalten hat. Die Fenster sind in makellosem Zustand. Im Abstand von wenigen Metern stehen restaurierte, gusseiserne Straßenlaternen, die mit elektrischen Birnen ausgestattet wurden, offenbar, denkt Busner, um den erfreuten Bewohnern viktorianischen Bürgerstolz einzuflößen, *ohne ihnen die entsprechend niedrige Wattzahl zuzumuten.* Ja, wir waren verträumt, denkt er – und wer von uns nicht den Rückzug in die Natur angetreten hat oder auf die Barrikaden gegangen ist, hat sich mit diesem uns eigenen, nostalgischen Viktorianismus getröstet. Mit einem Lächeln erinnert er sich an die flitternde Kleidung jener Zeit – die langen weißen Schals, die Kellnerfracks vom Flohmarkt, die violettfarbenen Jacken der Band, die beim Isle of Whight-Festival durch die Menge zur Bühne drängt, die goldenen Brustschnüre, die im Takt zu Jimmy Hendrix' Axtschwüngen tanzten. Miriam hatte auf einer Blumentapete nach William Morris bestanden – während Busner selbst eine kurze Affäre mit Schnauzbart und Samtjackett hatte ... *Es muss seltsam für sie gewesen sein, sie erwachten und schwammen in einem Zerrbild ihrer eigenen Kindheit, und der Soundtrack war ein psychedelisches Um-papah ...* Inglis hatte recht gehabt, die Fixierung war notwendig gewesen, denn als nach sechzehn Stunden Audrey Deaths okulogyrische Krise endete, wurde sie, statt in die Akinesie zurückzufallen, von den extremsten Zuckungen erfasst, die Busner je gesehen hatte – jedes Körperteil tanzte seinen eigenen St.-Veits-Tanz: Finger schnappten, Hände krampften, Arme, Beine und Nacken zerrten und rissen wild umher – wenn sie nicht fixiert war, sprang sie sofort auf und lief kreuz und quer durch die Station, bis sie gegen eine Wand oder ein Möbelstück prallte und taumelnd zu Boden ging. Sie war nur festgeschnallt worden, um sie daran zu hindern, ihre eigenen brüchigen Knochen zu zerschmettern. Selbst in den Gurten stieß sie noch diese ... *seltsamen Schreie* aus, *diese spontanen Jaktationen* ... Kauf! Kauf!, rief sie und: Raus! Raus! Auch Fetzen von numerischen Befehlen flogen aus ihrem Mund: Gib mir vierzehnachtzig! Ich nehme neun! Versuchma einundsiebzig! Viertausend-zweiundzwanzig halten! Hol hundertneun – sofort! Und dieses schreckliche Gebrabbel war von einer Choreographie der Tics unterlegt, der der Psychiater, sosehr er auch bemüht war, analytisch nicht beikam und in der er keine Korrespondenzen erkannte. Gemeinsam mit Mboya hatte er versucht, Whitcomb umzustimmen, damit sie wenigstens Audrey Death das L-DOPA wieder geben konnten. Der Chefarzt gab nach – wegen der extremen Agrypnie, unter der die alte Frau litt, einer Schlaflosigkeit, der kein unterhalb der toxischen Schwelle dosiertes Beruhigungsmittel gewachsen war. Doch selbst mit dem Medikament blieb ihr Zustand extrem instabil, ihre kurzen Phasen rapider Denk- und Körperbewegungen schlugen immer wieder in zunehmend tiefe Katatonie um. Zwei Wochen lang versuchte Busner, seine Lieblingspatientin zu retten, auf der scharfen Klinge der Stabilität ein Gleichgewicht herzustellen ... *Der Tiger ist frei und das Känguruh, jetzt sind sie nur noch ich und du* ... Ein elender, zum Scheitern verurteilter Versuch: schließlich war es Mboya, der darauf bestand, die Behandlung zu beenden. *Nach Gnade und Recht, sagte er – und hatte recht* ... Die letzten Worte, die Audrey Death sprach, bevor sie in eine erlösende Ohnmacht fiel, waren einige Zahlenbrüche, deren Sinn sich nicht erschloss – achtzehn über vierkommazwei, vierundneunzig über dreizehnkommasieben, sechsundsechzigkommadrei über dreiunddreißigkommadrei bis unendlich – die Busner immer wieder in ein gedankliches System zu pressen versuchte, obwohl er wusste, dass es zu nichts führen würde. War es etwa das numerische Analog der chemischen Vorgänge in ihrem Gehirn, die das Separate ins Kontinuierliche überführten, das Berechenbare ins Relativistische?

Sie haben das Ende des vorderen Riegels erreicht, jetzt spazieren sie über den Grünstreifen, wo einst der zweite gestanden hat. Die alten, vom massiven Steinsockel befreiten Lichthöfe sind *fröhliche, sonnige Wiesen geistiger Klarheit* ... Was ist aus dem langen Korridor des Kellergeschosses geworden?, fragt Busner die Tochter des Bauunternehmers. Sie schnaubt: Er war phantastisch, aber wir konnten natürlich nicht die ganzen 1884 Fuß und sechs Zoll erhalten – das waren nicht gerade die Räumlichkeiten, die unsere potenziellen Kunden wünschen ... Nein, aber wenn Sie mal hier rüberkommen ... sie trippelt über eine Böschung hinter dem Gebäude ... sehen Sie, dass er in eine Reihe von Vestibülen unterteilt worden ist, die an jedem der Wohnblöcke entlanggeführt sind. Wenn man hier aus dem Fenster sieht, kann man sich eine Vorstellung machen, wie es einmal war. Er versucht es zu erkennen, während sie redet, aber das Bild dieses *linear angelegten Menschenpartikelbeschleunigers* stellt sich nicht ein – er sieht nur spiegelnde, blendende Scheiben und einige unbeeindruckende Kleiderhaken an einer weißen Wand, wo zwei Barbour-Jacken und mehrere Wollmützen hängen. Weiter hinten: Ein zweites Fenster, und dahinter ein weiteres Fenster, hinter dem zweifelsohne *weitere Regenmäntel hängen* ... Von Dukakis geht ein comichaft-synthetisches Dippel-amm-pamm-quack! aus, das weiter dippel-amm-pamm-quackt, als sie sich mit ihrer piktographischen Maniküre abtastet, um das Handy zu finden.

Busner tritt einen Schritt zurück, um ihr die erwarteten fünf Meter öffentliche Privatsphäre zu gewähren. Hier kommt Zachary, denkt er, und dann: *Ich bin ein Affenmann ... I'm an ape man ...* da ist es wieder, dieses Lied, mit Steeldrums und klirrenden Gitarren. Das war der Verkaufsraum, sagt sie und steckt das Telefon ein, offenbar haben wir doch einen Interessenten – ich muss leider zurück und mein Stückchen aufführen. Mit *gewinnendem* Lächeln fährt sie fort: Bitte, sehen Sie sich ruhig noch ein wenig um – am anderen Ende des Hauptgebäudes haben wir eine Musterwohnung, da können Sie sich gern einen Eindruck verschaffen, und wenn Sie Fragen haben, wissen Sie ja, wo Sie mich finden. Sie weicht zurück, ein *Panther in Elastan ... ich hätte gern noch einmal das Fleisch ihrer warmen Hand genommen* ... er bedankt sich, sie ist schon verschwunden, er steht im ehemaligen Lichthof, atmet schwer – beinahe hechelnd. Er lehnt am Fenster des zerhackten Korridors, das dunkle Raumschiff der alten Klinik dreht sich um die Achse, die durch seinen alternden Kopf führt. Busner weiß, ich habe einen Panikanfall – und ist nicht bereit, es ernst zu nehmen: Na gut, für alles gibt es ein erstes Mal ... *Denn was wir seh'n, ist was wir möchten, woran wir uns halten und was wir verlier'n* ... Er richtet sich auf, nimmt den Hut ab, massiert sich die Schläfen und denkt kopfschüttelnd: Solange mich diese uralten Liedchen plagen, weiß ich zumindest, dass ich nicht tot bin! Noch einmal betrachtet er den Lichthof, prüfend und nicht ohne Skepsis, überrascht stellt er fest, dass er sich in diesem entkernten Friern plötzlich wieder verorten kann, er steht ... *genau an der Stelle, wo ich sie zum ersten Mal gesehen habe, der Speichel lief an der Spitze des zarten Wangenknochens zusammen, bildete einen Faden, der bis zum Boden reichte, ihr kleiner*

Fuß mit dem Kinderpantoffel trat gegen die überstehende Kante des Linoleums … Noch einmal tritt er ans Fenster, legt die Stirn an die Scheibe. Es ist sehr viel Zeit vergangen, aber jetzt ist er hier: *Ich habe sie vergessen …* gesteht er erschöpft, verzweifelt … *Ich bin noch ein oder zwei Monate in Friern geblieben, dann habe ich sie zurückgelassen, wie ich immer alles zurückgelassen habe, mein ganzes Leben lang: Ehen, Anstellungen, Kollegen, Verpflichtungen, Patienten – ich habe sie alle vergessen … Es ist noch nicht zu spät, uns eine neue Welt zu bau'n? Es ist zu spät …* Denn jetzt, da er auf die letzten Wochen einer Studie zurückblickt, die nie eine richtige Studie war, wird ihm klar: *Es ging bei allem immer nur um Zeit.* Die Filme fallen ihm ein, die er damals von den Post-Encephalitischen gemacht hat, von Audrey vor allem, die an ihrer unsichtbaren Drehbank saß … *Ich habe es gesehen! Ich habe gesehen, dass die Reihenfolge nicht stimmte … dass sie mit ihren Tics durch Zeiten reiste …* Aber als Hypothese war es zu radikal gewesen: dass in den zittrigen Körpern dieser Leidenden das ganze Zeitalter der Mechanisierung verkörpert war – wie sich im Wahn der Schizophrenen die Ängste der Moderne gesammelt hatten, so waren Akinesie und Festination der Post-Encephalitischen der Start/Stopp –, der Ein/Aus-Schalter gewesen, das O/I, der Zweischritt der Technik … *den sie, Audrey, vorhergesehen hatte!* In ihren letzten, rasenden Wochen vor dem endgültigen Zusammenbruch hatte sie ihm verraten, wie es weitergehen würde: der binäre Eissturm, der im Bewusstsein der Menschheit toben würde – *wenn es damals schon die Scans gegeben hätte … später, in den Achtzigern, hätte ich ihr ins Hirn sehen können – ich hätte gesehen, wie …* Aber während Busner dies denkt, weiß er schon, dass es nicht möglich gewesen wäre … *weil ich es nicht gefühlt habe … die Kunstfertigkeit* … Er versteht jetzt, dass ihn die Popliedchen, die seinen eigenen Geist infiziert hatten, stetig daran erinnern sollten, seine liegengelassenen Arbeiten zu vollenden, sie waren Erinnerung und Anklage für all die Verbrechen des Vergessens, die er begangen hatte: *Sie darf nicht sterben, sie darf nicht ste-herben* … Es war Hurricane Smith gewesen, der diese einfachen und eingängigen Wahrheiten als Erster gekrächzt hatte, sie waren deshalb nicht weniger … *wahr*. Busner drückt sein Gesicht an die kalte Scheibe und schützt es mit hohlen Händen vor dem blendenden Sonnenlicht. Colonel Blink erkennt jetzt eindeutig das Vestibül, das aus fünfzehn Fuß des alten Klinikkorridors entstanden ist: das sind keine Regenjacken, die dort an den Haken hängen, sondern … Körper … der Leichnam seines schizophrenen Bruders Henry, der mit zweiundfünfzig Jahren Selbstmord beging, nachdem er dreißig Jahre lang in verschiedenen psychiatrischen Anstalten verwahrt worden war. Da hängt er, wie er damals wohl gehangen hat, *bevor sie ihn abschnitten* … der Kragen seines schmutzigen Holzfällerhemds hängt noch an dem lackierten Holzhaken, eine seiner Blüten, die er aus Kleiderbügeln und Plastikfolie herstellte, steckt noch in der Tasche seiner grausam hochgerissenen Jeans … *Ich habe ihn besucht – aber es war nie genug, es war Ronnies Wahnsinn über den Wahnsinn, der mich überzeugt hatte, dass ich die Krankheit meines Bruders verursacht hatte* … Und neben dem toten Bruder zuckt der noch lebende Körper seines ältesten Sohns Mark … *sein armes Gesicht!* der zwar nicht zu ewiger, finsterer Seelenpein in neonbeleuchteten Kliniken verurteilt ist, doch wider Willen und rebellierend, unter größten Schmerzen … *in einer öffentlichen Einrichtung versorgt wird* … und lange, sehr lange in seinem möblierten Zimmer in Stanmore wird sitzen müssen, bevor ihn sein Vater, der Psychiater, besucht und ... *kontrolliert, ob er seine Medikamente nimmt und Hey, Presto! kein Wahnsinn mehr – alles futsch* ... Und unter all dem Aussortierten entdeckt Busner, was denn?, dort, in eine Ecke gelehnt, ihre dünnen Metallrippen und Streben, eingehüllt in den seidigen Faltenwurf ihrer alten, fleckigen Haut? Sein eigenes ... *Dornröschen* ... gepackt vom kyphotischen Stock des extrem hohen Alters, der Bogen seines weit zurückgekrümmten Halses weist auf ihn und zeigt ihm sein stumpfes und klagendes Ende.